Kate Quinn est née en Californie du Sud. Elle est diplômée de Boston University et passionnée d'histoire depuis toujours. Ses romans sont traduits dans le monde entier. Après le succès retentissant du *Réseau Alice*, la sortie de chaque nouveau roman de Kate Quinn crée l'événement.

De la même autrice :

Le Réseau Alice
La Chasseresse

Ce livre est également disponible
au format numérique

www.editions-hauteville.fr

Kate Quinn

LA CHASSERESSE

Traduit de l'anglais (États-Unis) par Agnès Jaubert

Hauteville

Hauteville est un label des éditions Bragelonne

Titre original : *The Huntress*

ISBN : 978-2-38122-190-8

Bragelonne – Hauteville
60-62, rue d'Hauteville – 75010 Paris

E-mail : info@editions-hauteville.fr
Site Internet : www.editions-hauteville.fr

À mon père.
Combien tu me manques…

Prologue

Automne 1945
Altaussee, Autriche

Elle n'avait pas l'habitude d'être traquée.

Les mains posées sur ses genoux, la femme contemplait le lac bleu ardoise qui scintillait sous ses yeux. Sur le banc, à côté d'elle, un journal était plié. Les gros titres proclamaient des arrestations, des morts, des procès à venir qui, apparemment, se tiendraient à Nuremberg. Elle n'était jamais allée à Nuremberg mais elle connaissait les hommes qui allaient y être jugés. Certains, juste de noms. Mais d'autres avaient trinqué au champagne avec elle en signe d'amitié. Ils étaient tous condamnés. Pour leurs crimes contre la paix. Contre l'humanité. Leurs crimes de guerre.

En vertu de quelle loi ? Elle avait envie de hurler, de frapper cette injustice de ses poings. *De quel droit ?* Mais la guerre était finie et les vainqueurs avaient gagné celui de décider ce qui était un crime et ce qui ne l'était pas. Ce qui était humain et ce qui ne l'était pas.

Ce que j'ai fait était humain, songea-t-elle. *J'ai eu pitié.* Mais jamais les vainqueurs ne l'accepteraient. À Nuremberg, ils rendraient leurs jugements irrévocables, décidant de condamner à la pendaison un homme ou une femme pour des actes qui, dans le passé, avaient été commis en toute légalité.

Elle porta une main à sa gorge.

Fuis ! S'ils te trouvent ou s'ils apprennent ce que tu as fait, ils te passeront la corde au cou.

Mais où pouvait-elle aller dans ce monde qui lui avait pris tout ce qu'elle aimait ? Ce monde de loups en chasse ? Elle qui avait été la chasseresse était aujourd'hui la proie.

Alors cache-toi. Fais-toi discrète et échappe-leur.

Elle se leva et marcha au hasard le long du lac. Il lui évoquait le souvenir douloureux d'un autre lac, le lac Rusalka, son havre en Pologne, aujourd'hui dévasté, perdu à jamais. Elle devait se faire violence pour mettre un pied devant l'autre. Elle n'avait pas la moindre idée de sa destination. Mais elle refusait de rester ici, recroquevillée, paralysée par la peur, pour finir sur un plateau de la balance de leur fausse justice. Un pas après l'autre, sa détermination s'intensifia.

Fuis.

Cache-toi.

Ou meurs.

LA CHASSERESSE
PAR IAN GRAHAM
Avril 1946

Six coups de feu.
Sur la rive du lac Rusalka, elle avait tiré six coups, sans essayer de dissimuler son crime. À quoi bon ? Le rêve d'empire de Hitler ne s'était pas encore écroulé, la forçant à fuir et à disparaître. Ce soir-là, sous un clair de lune en Pologne, elle était libre de ses actes et elle avait abattu six personnes de sang-froid. Six coups de feu, six balles, six corps tombant dans les eaux sombres du lac. Tremblant, les yeux écarquillés par la peur, ils avaient trouvé refuge sur la berge. Des Juifs, échappés de l'un des trains vers l'est, peut-être, ou des survivants, fuyant l'une des purges périodiques de la région.
La femme brune les avait trouvés, réconfortés, rassurés en leur affirmant qu'ils étaient en sécurité. Elle les avait emmenés chez elle, dans sa maison sur le lac, et, souriante, les avait invités à se restaurer. Puis elle les avait reconduits à l'extérieur et les avait tués. Peut-être s'était-elle attardée à admirer les reflets de la lune sur l'eau, à respirer l'odeur de la poudre. Mais l'exécution nocturne de ces six enfants, au plus fort de la guerre, n'était pas son premier crime. Elle en avait commis d'autres. Comme ces parties de chasse au cours desquelles elle avait traqué des

paysans polonais dans de denses forêts. Et, vers la fin du conflit, le meurtre d'un jeune prisonnier de guerre anglais échappé de son stalag. Qui savait quelles autres exécutions elle avait sur la conscience... ?

Ils l'appelaient die Jägerin – la Chasseresse. Elle était la jeune maîtresse d'un officier de la SS, dans la Pologne occupée par les Allemands, l'hôtesse de somptueuses réceptions dans sa villa au bord de l'eau, et un excellent fusil. Peut-être était-elle la roussalka qui avait donné son nom au lac. Une naïade cruelle, qui vous prenait la vie.

Assis parmi les journalistes dans le palais de justice de Nuremberg, j'assiste aux procès pour crimes de guerre qui s'enchaînent et la pensée de cette femme m'obsède. La roue de la justice tourne. Elle sera fatale aux hommes au teint cendreux qui se tiennent dans le box des accusés. Mais les plus petits poissons, ceux qui s'échappent et disparaissent dans l'ombre pendant que tous nos projecteurs sont braqués sur cette cour de justice ? Et la Chasseresse ? Elle s'est volatilisée à la fin de la guerre. Elle n'était pas assez importante pour justifier des recherches. Une femme qui avait sur les mains le sang d'une petite dizaine de victimes, alors qu'il fallait retrouver les assassins de millions. Elle était loin d'être la seule. Ils étaient nombreux, ces petits poissons qui ne valaient pas la peine d'être attrapés.

Où fuiraient-ils ?

Où avait-elle fui ?

Et quelqu'un déciderait-il de les traquer ?

Partie 1

1

Jordan

Avril 1946
Lac Selkie, à trois heures à l'ouest de Boston

— Qui est-ce, papa ?

Jordan McBride avait choisi le moment idéal pour poser sa question : surpris, son père sursauta et, au lieu de tomber dans le lac, la ligne qu'il venait de lancer alla se planter dans l'érable qui le surplombait. Jordan s'empressa de le prendre en photo, capturant le désarroi comique de son expression. Son père émit trois ou quatre jurons qu'il s'empressa de lui demander d'oublier.

— Oui, monsieur, acquiesça-t-elle en riant.

Bien évidemment, elle les avait déjà tous entendus. Quoi de plus normal pour la fille unique d'un veuf qui, pour remplacer le fils qu'il n'avait jamais eu, vous emmenait à la pêche chaque beau week-end de printemps. Assis à l'extrémité de la petite jetée, son père se leva et tira sur la ligne pour la dégager de l'arbre. Elle ajusta son Leica pour saisir un nouveau cliché de sa silhouette sombre se découpant à contre-jour sur les branches frémissantes au-dessus de l'eau qui ondulait sous la caresse de la brise.

Plus tard, dans sa chambre noire, elle travaillerait l'image pour essayer d'obtenir sur les feuilles un effet flou qui rendrait cette impression de mouvement sur la photo.

— Allez, papa ! le pressa-t-elle. Parle-moi de la femme mystère.

Il ajusta sa casquette Red Sox d'un rouge fané.

— Quelle femme mystère ?

— Celle que, selon ton assistante, tu as invitée à dîner les soirs où tu étais censé travailler tard.

Jordan retint son souffle, pleine d'espoir. Elle ne se rappelait pas la dernière fois où son père avait eu un rendez-vous. Lors des rares occasions où ils allaient à l'église, à la sortie de la messe, il serrait les mains gantées des femmes qui s'empressaient autour de lui mais, à la grande déception de sa fille, aucune ne semblait jamais l'intéresser.

— Ce n'est rien, vraiment…

Il avait beau tergiverser, elle n'était pas dupe.

Son père et elle se ressemblaient. Elle avait pris suffisamment de photos pour voir à quel point : le même nez droit, le même front large, les mêmes cheveux châtain clair qu'il portait court sous sa casquette tandis qu'ils débordaient en une queue-de-cheval négligée de la sienne. Et, maintenant qu'elle avait bientôt dix-huit ans, il ne la dépassait plus que d'une demi-tête. S'il était de taille moyenne pour un homme, elle savait qu'elle était plutôt grande. Mais au-delà de leurs ressemblances physiques, elle connaissait son père. Depuis qu'elle avait perdu sa mère, à l'âge de sept ans, ils n'étaient que tous les deux et elle savait quand Dan McBride se préparait à lui annoncer quelque chose d'important.

— Papa, lança-t-elle sévèrement, raconte !

— C'est une veuve, finit-il par concéder.

À sa plus grande joie, elle le vit rougir.

— Mme Weber est venue au magasin, il y a trois mois.

Son père était antiquaire. Pendant la semaine, vêtu d'un costume trois-pièces, il officiait derrière son comptoir aux *Antiquités McBride* sur la rue Newbury.

—Elle venait d'arriver à Boston et elle vendait ses bijoux pour subsister. Quelques chaînes en or et des médaillons, rien d'exceptionnel. Mais elle avait un collier de perles grises, une pièce de toute beauté. Elle était parvenue à garder son sang-froid mais, au moment de s'en séparer, elle s'est mise à pleurer.

—Laisse-moi deviner. Galamment, tu les lui as rendues, puis tu as gonflé ton prix sur les autres bijoux et elle a fini par ressortir avec la même somme que si elle avait vendu ses perles.

—Elle est aussi ressortie avec une invitation à dîner, précisa-t-il en enroulant sa ligne.

—Regarde-toi, Errol Flynn ! Continue.

—Elle est autrichienne mais elle a étudié l'anglais à l'école. Elle le parle donc presque parfaitement. Elle a perdu son mari à la guerre, en 1943.

—De quel côté ?

—Ce genre de chose ne devrait plus avoir d'importance, Jordan. La guerre est finie.

Il fixa un nouvel appât et poursuivit :

—Elle a eu des papiers pour venir à Boston mais cela n'a pas été facile. Elle a une fille...

—Ah bon ?

—Ruth. Elle a quatre ans et prononce à peine une parole. Une enfant délicieuse. Tu vas l'adorer, ajouta-t-il en pinçant sa casquette en un geste affectueux.

—Alors c'est déjà sérieux ? s'étonna-t-elle.

Son père n'aurait pas rencontré l'enfant de cette femme si ce n'était pas le cas. À quel point... ?

—Mme Weber est une femme très bien, répondit-il en lançant de nouveau sa ligne. Je souhaite l'inviter à dîner à la maison la semaine prochaine, avec Ruth.

Il lui jeta un regard prudent, comme s'il s'attendait à la voir se hérisser. Et elle était bien obligée d'admettre qu'elle était un peu contrariée.

Quoi de plus naturel après dix années de vie avec Dan McBride, dix années d'une amitié que si peu de ses amies connaissaient avec leur propre père… Mais derrière ce réflexe instinctif de possession, elle se sentait soulagée. Il avait besoin d'une femme dans sa vie. Elle le savait depuis des années. Quelqu'un à qui parler. Quelqu'un pour le réprimander s'il ne mangeait pas ses épinards. Quelqu'un sur qui s'appuyer. S'il avait quelqu'un, peut-être cesserait-il de s'entêter à refuser de la laisser partir à l'université. Elle repoussa cette pensée. Pour le moment, elle devait juste se féliciter de son bonheur sans espérer que cette nouvelle situation ferait pencher la balance en sa faveur. Elle était heureuse pour lui. Elle le prenait en photo depuis des années. Or, quelle que soit la largeur de son sourire devant l'objectif, lorsque son visage émergeait, spectral, du révélateur, son expression trahissait toujours la profondeur de sa solitude.

— J'ai hâte de la rencontrer, affirma-t-elle avec sincérité.

— Elle viendra mercredi, à 18 heures, avec Ruth. Invite Garrett si tu veux, ajouta-t-il d'un air innocent. Lui aussi fait partie de la famille. Du moins, il le pourrait.

— Quelle subtilité, papa !

— C'est un garçon très bien et ses parents t'adorent.

— Il pense à l'université maintenant. Il n'aura peut-être pas beaucoup de temps pour les petites amies du lycée. Mais si tu m'envoyais à l'université de Boston avec lui… Leurs cours de photo…

— Bien essayé, ma belle ! répondit Dan McBride, le regard fixé sur l'autre rive du lac. Ça ne mord pas aujourd'hui.

Et lui non plus, ne mordait pas à l'hameçon qu'elle lui avait tendu.

Ils regagnèrent la berge. Taro, son labrador noir, qui paressait au soleil, se leva pour leur emboîter le pas. Elle photographia leurs deux silhouettes côte à côte se découpant sur le bois du ponton, déformé par l'eau.

À quoi ressembleraient quatre silhouettes ? s'interrogea-t-elle.

Je vous en prie, supplia-t-elle en s'adressant à la mystérieuse Mme Weber, *je vous en prie, faites que je vous aime.*

Tout en souriant, la femme aux yeux bleus que son père venait d'introduire dans le salon s'exclama :

— Quel bonheur de vous rencontrer enfin !

Jordan serra la fine main tendue. Anneliese Weber était petite et mince, ses cheveux d'un brun soyeux tirés en chignon sur la nuque. D'une élégance discrète malgré ses vêtements un peu défraîchis, elle portait une robe à l'imprimé fleuri dans des tons sombres, des gants reprisés mais impeccables et, pour tout bijou, un collier de perles grises. D'après son père, elle avait vingt-huit ans. Mais, si son visage était jeune, elle avait un regard de femme plus âgée. Quoi de plus naturel ? C'était une veuve de guerre, mère d'une jeune enfant, qui repartait de zéro dans un nouveau pays.

Jordan répondit en toute sincérité :

— Je suis ravie de vous connaître. Et ce doit être Ruth ! ajouta-t-elle.

L'adorable fillette aux nattes blondes et au manteau bleu la regardait d'un air grave. Quand elle lui tendit la main, l'enfant se déroba.

— Elle est timide, l'excusa Anneliese. Ruth a vécu dans un monde très perturbé.

Elle avait une voix grave mais limpide, sans aucune trace ou presque d'accent allemand. Juste une légère emphase sur les « V ».

— Moi non plus, je n'aimais pas les inconnus, avoua Jordan.

Ce qui n'était pas tout à fait la vérité. Mais quelque chose dans le petit visage méfiant de l'enfant la poussait à la mettre en confiance. En outre, elle avait vraiment envie de la prendre en photo. Ces joues rondes et ces nattes blondes feraient merveille dans son objectif. Laissant son père débarrasser leurs invitées de leur manteau, elle se précipita dans la cuisine pour vérifier la cuisson du pain de viande. Quand elle revint, en retirant le torchon qu'elle avait noué à sa taille pour protéger sa robe du dimanche en taffetas vert, l'apéritif était servi.

Un verre de lait à la main, Ruth avait pris place sur le canapé. Anneliese Weber inspectait la pièce en sirotant un sherry.

— C'est une très jolie maison. Vous êtes bien jeune pour tenir le foyer de votre père, Jordan, mais vous vous débrouillez très bien.

C'était gentil de sa part de mentir, approuva-t-elle intérieurement. Ils habitaient une maison étroite de trois étages, en briques sombres, dans le quartier des classes moyennes irlandaises du sud de Boston. Il y régnait un perpétuel désordre. L'escalier était raide, les canapés étaient râpés mais confortables, les tapis toujours de guingois. Avec son dos droit comme un I et ses cheveux impeccables, Anneliese Weber ne semblait pas être du genre à approuver quoi que ce soit de travers, mais elle examinait la pièce d'un regard approbateur.

— C'est vous qui avez pris cela ? demanda-t-elle avec un geste vers la photo du Boston Common.

Pris sous un certain angle, le parc, embrumé, semblait tout droit sorti d'un autre monde ou d'un rêve.

— Votre père me dit que vous êtes… quel est le mot ? Chasseur d'images ?

— En effet, approuva Jordan en souriant. Pourrai-je vous prendre en photo tout à l'heure ?

Une main respectueuse dans le dos d'Anneliese, Dan McBride la guidait vers le canapé.

— Ne l'encouragez pas. Jordan passe déjà bien trop de temps à regarder à travers son objectif.

Étonnamment, elle répliqua :

— C'est préférable à un miroir ou un écran de cinéma. Les jeunes filles devraient toujours avoir d'autres centres d'intérêt que leur rouge à lèvres et leurs fous rires. Sinon, après avoir été de jeunes idiotes, elles deviennent des adultes idiotes. Vous prenez des cours de photographie ?

— Chaque fois que je le peux.

Depuis qu'elle avait quatorze ans, elle s'inscrivait à tous les stages de photographie qu'elle pouvait s'offrir avec son argent de poche. Et assistait en catimini à tous les cours des professeurs d'université prêts à ignorer la présence d'une lycéenne aux genoux cagneux, tapie au dernier rang.

— Je prends des cours, j'étudie seule, je m'entraîne.

— Il faut être sérieux dans sa discipline si l'on veut réussir, approuva Anneliese.

Jordan sentit sa poitrine se gonfler d'allégresse. *« Sérieux. »*, *« réussir »*. Ce n'était pas ainsi que son père considérait son intérêt pour la photo.

« Tu bricoles avec ton appareil photo, avait-il coutume de dire en secouant la tête. *Tu t'en lasseras. »*

Un jour, à quinze ans, elle lui avait rétorqué :

« Je ne m'en lasserai pas. Je serai la prochaine Margaret Bourke-White. »

« Margaret qui ? » avait-il répondu en riant.

Un rire gentil, indulgent. Mais il avait ri. Anneliese ne riait pas. Elle regardait ses photos et hochait la tête en signe d'approbation. Alors, pour la première fois, Jordan s'autorisa à envisager le mot : « Belle-mère ? »

Ils passèrent à table dans la salle à manger où elle avait disposé le service en porcelaine du dimanche sur la table. Laissant son hôte lui servir les meilleurs morceaux, Anneliese l'interrogea sur le magasin d'antiquités.

La conversation porta sur une paire de lampes Tiffany, acquises au cours de la vente d'une maison.

— Je connais un excellent traitement pour faire briller le verre coloré, déclara-t-elle.

Puis, tout en écoutant Jordan parler du prochain bal de son lycée, elle corrigea discrètement la façon dont Ruth tenait sa fourchette.

— Vous avez sûrement un cavalier, une jolie fille comme vous.

Sans lui laisser le temps de répondre, son père annonça :

— Oui. Garrett Byrne. Un jeune homme très bien, qui s'est engagé comme pilote à la fin de la guerre. Mais il n'a jamais été au combat. Il s'est fracturé la jambe pendant sa formation et il a été réformé. Vous le rencontrerez dimanche, si vous voulez nous accompagner à la messe.

— Avec plaisir. J'essaie vraiment de me faire des amis à Boston. Vous y allez tous les dimanches ?

— Bien sûr.

Jordan s'étrangla dans sa serviette. Son père et elle n'allaient pas à la messe plus de deux fois par an, à Pâques et à Noël. Mais, tout à coup, assis au bout de la table, il irradiait vraiment la piété. Ce qui lui donna à réfléchir. Faire sa cour signifiait vraiment se montrer sous son meilleur jour.

Elle en était quotidiennement le témoin dans les couloirs du lycée. Visiblement, la génération précédente adoptait le même comportement. Peut-être pourrait-elle en tirer un exposé en photos : une série de clichés de couples d'amoureux de tous les âges, soulignant les similitudes qui transcendaient les générations. Avec les titres et les légendes adéquats, elle pourrait peut-être obtenir un article assez intéressant pour le soumettre à un magazine ou à un journal…

Les assiettes débarrassées, elle servit le café et découpa la *Boston cream pie* apportée par Anneliese qui lança, le regard pétillant :

— Je ne sais pas pourquoi vous appelez cette pâtisserie une tarte. C'est un gâteau. Et ne vous avisez pas d'aller dire le contraire à une Autrichienne. En Autriche, nous nous y connaissons en gâteaux.

— Vous parlez tellement bien l'anglais, avança Jordan.

Ruth n'ayant pas dit un mot, elle n'avait pas la moindre idée du niveau de la fillette.

— Je l'ai étudié à l'université. Et comme mon mari le parlait pour ses affaires, je pratiquais avec lui.

Elle était sur le point de lui demander comment elle avait perdu son mari mais, d'un regard, son père la mit en garde. Il lui avait donné des instructions précises :

« *Tu ne dois pas poser de questions à Mme Weber. Ni sur la guerre ni sur son mari. Elle ne m'a pas caché qu'elle avait traversé des périodes douloureuses.* »

« *Quel mal y a-t-il à tout savoir d'elle ? N'est-ce pas ce que nous voulons ?* »

Même si elle désirait vraiment voir son père retrouver l'amour, il fallait que ce soit avec la bonne personne.

« *Les gens ne sont pas obligés d'étaler leurs vieux chagrins ou leur linge sale juste pour satisfaire ton besoin de savoir*, avait-il répondu. *Personne ne veut parler d'une guerre après l'avoir vécue, Jordan. Alors ne t'immisce pas dans ses souvenirs, car cela peut la blesser. Et épargne-nous aussi les histoires issues de ton imagination débordante.* »

Jordan avait rougi. Son « imagination débordante » : c'était une mauvaise habitude qui remontait à dix ans. Quand elle avait sept ans, sa mère, dont elle n'avait que de vagues souvenirs, avait été transportée à l'hôpital. Elle avait été envoyée chez une tante bien intentionnée mais stupide qui lui avait dit : « Ta mère est partie », sans vouloir préciser où.

Aussi, chaque jour, elle inventait un nouveau scénario. Sa mère était partie chercher du lait. Elle était allée chez le coiffeur. Puis, voyant qu'elle ne revenait pas, ses histoires étaient devenues plus saugrenues. Elle était allée à un bal, comme Cendrillon. En Californie, pour devenir star de cinéma. Et, jusqu'au jour où son père était arrivé en larmes pour lui dire la vérité, elle avait continué à s'inventer des histoires.

« Jordan et son imagination débordante, avait plaisanté sa maîtresse d'école. *Qu'est-ce qui peut bien la pousser à inventer de telles histoires ? »*

Elle aurait pu lui répondre :

« C'est parce que personne ne m'a dit la vérité. Parce que personne ne m'a dit : "Elle est malade et tu ne peux pas la voir à cause du risque de contagion." Alors j'ai inventé de quoi remplir le vide. »

Peut-être était-ce pour cela qu'elle s'était jetée avec un tel enthousiasme sur son premier Kodak, à l'âge de neuf ans. Il n'y avait pas de trous entre les photos. Nul besoin de les combler avec des histoires. Avec un appareil photo, elle n'avait pas besoin d'en inventer. Elle pouvait dire la vérité.

Taro fit irruption dans la salle à manger, interrompant le fil de ses pensées. Pour la première fois, elle vit la petite Ruth s'animer.

— *Hund*, dit la fillette.

— En anglais, Ruth, la reprit sa mère.

Mais, déjà descendue de sa chaise, l'enfant tendait une main timide vers la chienne.

— *Hund*, chuchota-t-elle en caressant les oreilles de Taro.

Jordan sentit son cœur fondre.

— Je vais faire une photo, annonça-t-elle.

Se levant à son tour, elle partit chercher son Leica sur le guéridon de l'entrée. Puis, de retour dans la salle à manger, elle commença à photographier Ruth qui avait pris Taro sur ses genoux. Anneliese expliquait d'une voix douce :

— Si Ruth vous semble parfois très silencieuse, qu'elle tressaille ou se comporte bizarrement, il faut que vous sachiez qu'à Altaussee, avant notre départ d'Autriche, nous avons fait une rencontre très perturbante, sur les berges du lac. Une femme réfugiée qui a essayé de nous voler… Ruth est devenue très méfiante et peut donc se montrer étrange en présence des gens qu'elle rencontre pour la première fois.

Elle se tut, ne semblant pas vouloir en dire plus. Sans attendre le nouveau coup d'œil de son père, Jordan refoula ses questions. Après tout, il avait parfaitement raison quand il faisait remarquer qu'Anneliese Weber n'était pas la seule personne qui ne souhaitait pas évoquer la guerre. Personne ne voulait plus en parler.

Si, au début, tout le monde avait fêté la victoire, aujourd'hui, tout le monde voulait oublier. Elle avait peine à croire qu'à cette même époque, l'année précédente, il arrivait encore des nouvelles du front. Qu'on voyait encore des bannières étoilées dans les vitrines. Qu'il y avait encore des Jardins de la victoire et des garçons au lycée se demandant si ce serait fini avant qu'ils soient assez vieux pour s'enrôler.

Anneliese souriait à sa fille.

—La chienne t'aime bien, Ruth.

—Elle s'appelle Taro, dit Jordan en la photographiant de nouveau.

La fillette avait enfoui son nez couvert de taches de rousseur contre la truffe humide.

—« Taro », répéta sa mère. D'où vient ce nom ?

—En l'honneur de Gerda Taro. La première femme photographe à avoir couvert les lignes de front d'une guerre.

—Ce qui lui a coûté la vie, donc inutile d'insister sur les femmes photographes dans les zones de combat, fit remarquer son père.

—Laissez-moi prendre quelques photos de vous.

Fronçant les sourcils, Anneliese détourna la tête d'un air gêné.

—Non, je vous en prie. Je déteste me faire photographier.

—C'est juste un cliché en famille, la rassura Jordan.

Elle préférait les photos spontanées aux photos formelles. Les trépieds et les projecteurs redoublaient la timidité des personnes qui n'aimaient pas se faire photographier. Elles se composaient un masque, faussant l'image. Elle préférait attendre discrètement, jusqu'à se faire oublier, que ses sujets se détendent et redeviennent eux-mêmes. Il était impossible de mentir à un appareil photo.

Profitant de ce qu'Anneliese se levait pour débarrasser la table, son père se chargeant des plats les plus lourds, elle la prit en photo à son insu. Ruth fut priée de laisser Taro pour emporter le beurrier.

Dans la cuisine, son père se lança dans la description de son pavillon de chasse.

— C'est un endroit charmant. Construit par mon père. Jordan aime prendre des photos du lac. J'y vais pêcher et tirer un peu à la carabine.

Anneliese, qui mettait la vaisselle à tremper, se détourna à moitié de l'évier.

— Vous chassez ?

L'air soudain anxieux, il répondit :

— Certaines femmes détestent le bruit et le sang...

— Moi, pas du tout...

Jordan posa son appareil photo et entreprit de laver les assiettes. Quand leur invitée proposa de les essuyer, elle refusa. Elle voulait lui donner la chance d'admirer la dextérité de Daniel McBride avec un torchon. Aucune femme ne résistait au charme d'un homme capable d'essuyer correctement de la porcelaine Spode.

Un peu plus tard, quand elle prit congé, son hôte déposa un baiser chaste sur sa joue, mais ne put se retenir de lui enlacer la taille un bref instant, ce qui fit sourire Jordan. Puis Anneliese lui pressa chaleureusement la main et Ruth lui tendit ses doigts humides de la langue affectueuse de Taro. Elles descendirent les marches du perron et s'éloignèrent dans la fraîcheur de la nuit printanière. Quand son père eut refermé la porte, sans lui laisser le temps de lui poser la question, Jordan s'approcha de lui et l'embrassa sur la joue.

— Elle me plaît, papa. Vraiment.

Pourtant, elle fut incapable de trouver le sommeil. La petite cave de la maison en grès brun n'était accessible que par la rue. Elle sortit et descendit les marches abruptes menant à la minuscule porte du sous-sol, sous le perron. La discrétion et le manque de lumière servaient idéalement son objectif. Quand elle avait quatorze ans et qu'elle apprenait à tirer ses propres négatifs, son père l'avait autorisée à transformer ce local à poubelles en vraie chambre noire. Elle s'arrêta sur le seuil et inspira l'odeur familière des produits chimiques et de son équipement. Ici, elle se sentait vraiment chez elle, beaucoup plus que dans sa chambre douillette du premier étage, avec son lit étroit et le bureau sur lequel elle faisait ses devoirs. Dans cette pièce, elle cessait d'être Jordan McBride, avec sa queue-de-cheval mal faite et son cartable rempli de livres de classe, pour devenir « J. McBride, photographe professionnelle ».

Un jour, « J. Bryde » serait sa signature. Quand elle deviendrait une professionnelle comme ses idoles, dont les visages étaient affichés sur le mur de la chambre noire : Margaret Bourke-White, agenouillée face à son appareil sur une énorme tête d'aigle du Chrysler Building, comme défiant l'altitude du soixante et unième étage. Gerda Taro, accroupie derrière un soldat espagnol, contre un tas de décombres, cherchant le meilleur angle. En temps normal, elle aurait pris le temps de saluer ses héroïnes. Mais un détail la tracassait. Incapable de le cerner, elle prépara les plateaux et les produits chimiques avec la rapidité d'une photographe expérimentée. Puis chargea les négatifs des photos qu'elle avait prises au dîner et, un à un, les tira sur le papier. Elle les fit ensuite glisser dans le révélateur sous la lumière rouge de la veilleuse de sécurité. Tour à tour, comme des fantômes, les images surgirent dans le liquide.

Ruth jouant avec son chien. Anneliese Weber se détournant de l'objectif. Anneliese de dos, commençant la vaisselle… Elle fit tourner les feuilles dans le bain d'arrêt, puis dans le fixateur, et secoua délicatement les plateaux emplis de liquide. Elle transféra alors les clichés dans le petit évier pour les laver. Après les avoir suspendus au fil pour les sécher, elle longea les lignes pour les examiner.

— Que cherches-tu ? se demanda-t-elle à voix haute.

Seule dans sa pièce, elle avait l'habitude de se parler à elle-même, regrettant de ne pas avoir un collègue photographe avec qui échanger des conversations de chambre noire. Idéalement quelque ardent correspondant de guerre hongrois.

— Qu'est-ce qui a retenu ton attention, J. Byrne ?

Ce n'était pas la première fois qu'une photo faisait naître en elle ce doute tenace avant qu'elle soit tirée. C'était comme si l'appareil remarquait quelque chose qu'elle ne voyait pas, la harcelant jusqu'à ce qu'elle le découvre de ses propres yeux, et non à travers l'objectif. La plupart du temps, cette impression se révélait totalement infondée.

— Celle-là, s'entendit-elle dire.

Celle où Anneliese Weber, devant l'évier, avait le visage à moitié tourné vers l'objectif. Elle plissa les yeux, mais l'image était trop petite. Elle la tira de nouveau pour l'agrandir. Il était minuit. Qu'importait. Elle s'activa jusqu'à ce que l'image élargie pende du fil. Puis, les mains sur les hanches, elle recula d'un pas et l'observa.

— En toute objectivité, c'est l'une des meilleures photos que tu aies jamais prises, chuchota-t-elle.

Le déclic du Leica avait capturé Mme Weber debout dans l'arche de la fenêtre de la cuisine, regardant pour une fois l'objectif de côté, au lieu de le fuir, le contraste entre ses cheveux bruns et la pâleur de son visage magnifiquement rendu. Mais…

— Mais, sur un plan subjectif, cette photo fait froid dans le dos, bon Dieu !

Elle ne jurait pas souvent. Son père ne tolérait pas le langage grossier. Mais devant l'expression du visage de l'Autrichienne, c'était vraiment l'occasion de dire : « Bon Dieu ! » Elle avait été assise face à ce visage toute la soirée et n'avait rien remarqué, juste un intérêt affable et une dignité sereine. Or, la photo faisait ressortir une femme différente. Elle souriait, certes. Mais d'un sourire qui était loin d'être plaisant.

Les yeux plissés, elle agrippait le torchon comme si elle l'étranglait à mort. Toute la soirée, Anneliese avait eu l'air douce, frêle, aristocratique. Des traits qui n'apparaissaient plus du tout sur la photo. Sur laquelle elle était jolie, inquiétante et…

— Cruelle !

Le mot jaillit de sa bouche, devançant sa pensée. Elle secoua la tête. N'importe qui pouvait prendre une photo peu flatteuse. Une synchronisation malchanceuse, un flash qui vous surprenait en train de cligner des yeux, vous donnant l'air sournois. Ou la bouche entrouverte, et vous aviez l'air idiot. Hedy Lamarr photographiée sous un mauvais angle, et Blanche-Neige devient la Méchante Reine. Les appareils photo ne mentent pas mais ils peuvent assurément induire en erreur. Elle tendit une main vers les pinces à linge pour décrocher le cliché et fixa ce regard implacable.

— Que disiez-vous à cette minute précise ?

Son père parlait du pavillon de chasse…

« Vous chassez ? »

« Certaines femmes détestent le bruit et le sang… »

« Moi, pas du tout… »

Elle secoua de nouveau la tête et décida de jeter la photo. Elle ne plairait pas à son père. Il penserait qu'elle essayait de déformer l'image par pure élucubration. « Jordan et son imagination débordante. » *Mais je ne l'ai pas déformée*, songea-t-elle. *C'était bien son expression.* Elle hésita, puis la glissa dans un tiroir. Même si elle était trompeuse, elle restait l'une de ses meilleures photos. Elle ne pouvait se résoudre à la jeter.

2

Ian

Avril 1950
Cologne, Allemagne

La plupart du temps, ils tentaient de s'enfuir. Pendant un moment, Tony l'avait poursuivi mais, bien qu'il soit plus jeune que Ian d'une bonne dizaine d'années, il mesurait une demi-tête de moins. Et les enjambées plus longues de Ian le rapprochaient plus vite de leur gibier : un homme d'âge moyen, vêtu d'un costume gris, essayant d'esquiver une famille allemande qui quittait la plage avec des serviettes mouillées, pour tenter désespérément de leur échapper. Ian accéléra, sentit son chapeau s'envoler et ne prit pas la peine de crier à l'homme de s'arrêter. D'ailleurs, ils ne s'arrêtaient jamais. Ils auraient couru jusqu'au bout du monde pour échapper à leurs actes.

La famille allemande, surprise, s'était arrêtée pour les regarder. La mère avait les bras chargés de jouets : une pelle, un seau rouge rempli de sable mouillé. Déviant de sa course, Ian le lui arracha des mains en criant :

— Excusez-moi.

Puis, ralentissant, il visa et le lança violemment sur les pieds de l'homme. Qui trébucha, tituba et reprit sa course. Mais à ce moment-là, Tony le rejoignit et le plaqua au sol.

Haletant, Ian s'arrêta en dérapant devant les deux hommes qui roulaient dans la poussière. Il ramassa le seau et le rendit à la mère de famille allemande, pétrifiée. Avec un sourire en coin, il s'inclina.

— Pour vous servir, madame.

Puis, se retournant vers sa proie, il vit l'homme recroquevillé sur le chemin, gémissant, Tony penché sur lui.

— Tu n'as pas intérêt à l'avoir frappé ! lança-t-il à son associé d'un ton menaçant.

— C'est le poids de ses péchés qui l'a rattrapé, pas mon poing.

Tony Rodomovsky se redressa. Âgé de vingt-six ans, il avait la peau mate, le regard sombre et intense d'un Européen et la démarche à la fois arrogante et décontractée d'un Américain. Ian l'avait rencontré pour la première fois après la guerre. Jeune sergent aux origines polonaises et hongroises, ayant grandi dans le Queens, il était vêtu de l'uniforme le plus mal repassé qu'il ait jamais vu.

— Pas mal, la balle courbe avec le seau, reprit Tony d'un ton enjoué. Ne me dis pas que tu lançais pour les Yankees.

— J'ai joué au cricket contre Eton dans le match inter-écoles en 1929.

Ian ramassa son borsalino élimé et l'enfonça sur ses cheveux bruns qui, depuis Omaha Beach, étaient striés de blanc.

— Tu prends le relais ? lui demanda son associé en regardant l'homme à terre.

— Qu'en dites-vous, monsieur ? Pouvons-nous poursuivre la conversation que nous avions avant que je fasse référence à une certaine forêt en Estonie et à vos diverses activités sur place, et que vous décidiez de vous lancer dans un sprint ?

L'homme se mit à pleurer. Ian regarda l'étendue bleue scintillante du lac, luttant contre son habituel sentiment de déception. L'homme au sol qui venait de fondre en larmes avait été un officier supérieur de la SS qui commandait une unité d'assaut. En 1941, il avait ordonné l'exécution par les armes de cent cinquante hommes en Estonie. *Et on est bien loin du compte*, songea Ian. Car ces brigades de la mort de l'est avaient enseveli des centaines de milliers de victimes sous de fines couches de terre. Mais cent cinquante était le chiffre pour lequel il avait les preuves dans son bureau de Vienne : les témoignages de deux survivants aux mains tremblantes, aux visages accablés, qui avaient réussi à fuir.

« Cent cinquante ». Ce nombre suffisait à faire juger un homme, peut-être à envoyer le monstre à la potence. De tels moments auraient dû être glorieux. Pourtant, ils ne l'étaient jamais. Parce que, en chair et en os, les monstres avaient toujours l'air aussi banals, pitoyables.

— Je n'ai rien fait, bredouilla l'homme à travers ses larmes. Je n'ai rien fait de ce dont vous m'accusez.

Ian se contenta de le regarder en silence. D'une voix hachée, l'homme persista :

— J'ai juste fait comme les autres. Ce qu'on m'a ordonné de faire. C'était légal.

Ian s'agenouilla à côté de leur prise. Plaçant un doigt sous son menton, il leva son visage vers lui et attendit que ces yeux rougis croisent les siens.

— Que cela ait été légal ou pas ne m'intéresse pas, murmura-t-il, impassible. Pas plus que vos excuses. Vous êtes un laquais servile, cruel, et un meurtrier. Et je vais vous faire juger.

L'homme tressaillit. Ian se leva et se détourna, refoulant la rage froide qui montait en lui avant qu'elle n'explose et qu'il ne réduise l'ancien SS en bouillie. C'était toujours leurs foutues références aux ordres reçus qui lui donnaient envie de leur trancher la gorge. N'était-ce pas l'argument que tous invoquaient ?

C'était le moment où, ses yeux plongés dans les leurs, il aurait voulu les étrangler et les regarder mourir en s'étouffant sur leurs excuses.

« Ô discernement, tu as fui chez les brutes grossières et les hommes ont perdu leur raison[1]*... »*

Il expira longuement pour reprendre le contrôle de ses pulsions. *Mais pas moi.* Le contrôle était ce qui séparait les hommes des bêtes et ces hommes étaient des bêtes.

Laconique, il lança à Tony :

— Assieds-toi sur lui jusqu'à son arrestation.

Puis il regagna l'hôtel pour passer un coup de téléphone. À l'autre bout du fil, une voix rauque lui répondit :

— Bauer.

Ian plaqua l'écouteur contre son oreille droite, celle qui n'avait pas souffert d'un malencontreux raid aérien en Espagne en 1937, et annonça en allemand :

— Nous le tenons.

En dépit de toutes ses années à l'étranger, il savait qu'il avait toujours un accent britannique.

— Bravo. Je vais mettre la pression sur le procureur général à Bonn, pousser au maximum pour faire juger cette ordure.

— Mets ce procureur sur la sellette, Fritz. Je veux que ce salaud soit jugé par le juge le plus implacable de Bonn.

Fritz Bauer émit un grognement.

Ian imagina son ami, assis derrière un bureau à Brunswick, sa tête aux rares mèches grises éparses, fumant ses perpétuelles cigarettes. Pendant la guerre, il avait fui l'Allemagne pour gagner le Danemark, puis la Suède, échappant à l'étoile jaune sur la poitrine et à la déportation vers l'est. Ian l'avait rencontré après le premier des procès de Nuremberg. Quelques années auparavant, quand les équipes officielles des enquêtes sur les crimes de guerre avaient été démantelées, faute de preuves, et qu'il avait démarré sa propre opération avec Tony, il s'était tourné vers Bauer. Un soir,

---

1. Citation extraite de *Jules César* de Shakespeare, Acte III, scène 2. (*NdT*)

devant un verre de whisky et un paquet de cigarettes à moitié vide, il lui avait proposé :

« Nous trouvons les coupables, et tu les fais poursuivre en justice. »

« Nous ne nous ferons pas que des amis », l'avait prévenu Bauer avec un sourire sombre.

Il avait eu raison. L'homme qu'ils avaient attrapé aujourd'hui serait peut-être emprisonné pour ses crimes. Mais il pouvait aussi s'en tirer avec un simple blâme. Ou même ne jamais être jugé du tout. La guerre était finie depuis cinq ans et le monde avait tourné la page.

Qui se souciait encore de punir les coupables ?

« Laissez-les tranquilles, lui avait conseillé un juge quelque temps auparavant. *Les nazis sont vaincus et finis. Inquiétez-vous des Russes désormais, pas des Allemands. »*

Ce à quoi Ian avait répondu d'un ton égal :

« Vous vous inquiétez de la prochaine guerre. Quelqu'un doit balayer la crasse de la dernière. »

— Qui est le prochain sur ta liste ? demanda Bauer au téléphone.

Die Jägerin, répondit mentalement Ian. *La Chasseresse.* Mais il y avait des années qu'il avait perdu sa trace.

— Je suis sur la piste d'un garde du camp de Sobibór. Dès mon retour à Vienne, je mettrai son dossier à jour.

— Aucun d'entre eux n'est un gros poisson.

Eichmann, Mengele, Stangl – son champ d'action étant limité, les plus célèbres étaient hors de sa portée. Mais cela ne le dérangeait pas. Il ne pouvait pas mettre la pression sur les gouvernements étrangers, ne pouvait pas se battre pour les victimes des déportations massives. En revanche, il pouvait rechercher les criminels de guerre de moindre importance qui se cachaient en Europe. Et ils étaient nombreux : bureaucrates, gardes de camps, fonctionnaires. Chacun d'entre eux, pendant la guerre, avait joué son rôle dans cette gigantesque machine de mort.

Ils ne pouvaient pas tous être jugés à Nuremberg : faute d'effectifs, d'argent, d'intérêt même pour une opération d'une telle envergure. Aussi, certains avaient été jugés – comble d'une lugubre ironie, dans certains cas leur nombre s'était limité aux places disponibles sur le banc des accusés –, tandis que les autres étaient rentrés chez eux. La guerre finie, ils avaient retrouvé leurs familles, raccroché leurs uniformes et, peut-être, s'ils étaient prudents, changé d'identité ou déménagé dans une autre ville... Néanmoins, ils étaient tout simplement rentrés en Allemagne et avaient feint que rien de tout cela n'était jamais arrivé.

Souvent, on lui demandait pourquoi il avait renoncé au titre prestigieux de correspondant de guerre pour se lancer dans cette traque aussi pénible qu'acharnée des criminels nazis. Jusque-là, il avait consacré sa vie à partir en reportage sur chaque nouveau conflit, quel que soit le pays où cela le menait : de l'ascension de Franco en Espagne à la chute de la ligne Maginot avec tout ce qui en avait découlé. Courbé sur sa machine à écrire, sous une bâche qui le protégeait à peine de l'implacable soleil du désert, il avait tapé à la hâte son article avant le bouclage de l'édition du journal, avait joué au poker dans un hôtel bombardé en attendant l'arrivée des transports, avait approché une plage normande à bord d'une barge de débarquement, entouré de soldats aux visages verdis par le mal de mer, de l'eau et des vomissures jusqu'aux genoux. Oscillant continuellement entre l'ennui et la terreur dans le simple but d'apposer sa signature de journaliste.

Il avait troqué cette vie pour un minuscule bureau à Vienne, encombré de piles de listes ; pour d'interminables entretiens avec des témoins réticents et des réfugiés éplorés ; et pour ne plus jamais signer aucun article.

Peu de temps après le début de leur collaboration, Tony lui avait demandé, englobant d'un geste les quatre murs de leur bureau morose :

« Pourquoi ? »

« *Pourquoi passer de ça à ça ?* avait-il répondu avec un petit sourire en coin. *Parce que c'est exactement le même travail. C'est raconter au monde les horreurs qui arrivent. Seulement, quand je tapais mes articles pendant la guerre, à quoi ont servi tous ces mots ? À rien.* »

« *Attends, je connaissais des tas de garçons dans les rangs qui ne vivaient que pour ta rubrique. Qui disaient qu'à part Ernie Pyle, tu étais le seul qui écrivais pour les troufions qui foulaient le sol de leurs bottes et pas pour les généraux dans des tentes.* »

Avec un haussement d'épaules, Ian avait répondu :

« *Si j'y étais passé quand je suis parti bombarder Berlin avec une escadrille de Lancaster ou si j'avais été torpillé en rentrant d'Égypte, il y aurait eu une bonne centaine d'autres gratte-papiers pour prendre la relève. Les gens s'intéressent à la guerre. Mais nous ne sommes plus en guerre et tout le monde se fiche des criminels de guerre qui circulent librement.* »

Imitant le geste de son associé, il avait englobé les quatre murs du bureau d'une main.

« *Aujourd'hui, ce qui compte, ce n'est pas de faire les gros titres, mais de les provoquer. Chacune de nos arrestations ne donne lieu qu'à des articles d'une presse réticente. Et, contrairement à l'époque où j'étais correspondant de guerre, personne ne se bouscule au portillon pour faire notre travail. Que faisons-nous ici ? Nous accomplissons une mission bien plus importante que n'importe quel article que j'ai pu signer. Parce que les gens ne veulent pas savoir ce que nous avons à dire… Or quelqu'un doit les forcer à entendre la vérité.* »

« *Alors pourquoi n'écris-tu jamais rien sur aucune de nos prises ?* avait rétorqué Tony. *Ta signature inciterait plus de gens à écouter.* »

« *Je n'écris plus. J'agis.* »

Ian n'avait pas écrit un seul mot depuis les procès de Nuremberg. Il était pourtant journaliste depuis l'âge de dix-neuf ans. Depuis que, grand gamin dégingandé, il était parti de chez son père en claquant la porte et en hurlant qu'il allait travailler pour vivre et non passer sa vie à boire du whisky dans son club en se lamentant sur le pays qui partait à vau-l'eau.

Après plus de quinze ans passés sur une machine à écrire, à peaufiner et affûter sa prose pour la rendre aussi tranchante qu'une lame de rasoir, il pensait ne plus jamais rédiger un seul article. Se rendant compte qu'il rêvassait depuis un moment, le combiné du téléphone collé à son oreille, il cligna des yeux.

— Que disais-tu, Fritz ?

— Je disais que trois arrestations en une année, ça se fête, répéta Fritz Bauer. Sers-toi un verre et offre-toi une bonne nuit de sommeil.

— Je n'ai pas eu une bonne nuit de sommeil depuis le Blitz, plaisanta-t-il avant de raccrocher.

Cette nuit-là, il fit des cauchemars particulièrement pénibles. Il rêva de parachutes tordus, emmêlés dans des branches d'arbres noirs, et se réveilla en étouffant un cri dans l'obscurité d'une chambre d'hôtel inconnue.

— Pas de parachute, dit-il, les battements de son cœur si violents qu'ils couvraient presque le son de sa voix. Par de parachute. Pas de parachute.

Il se leva et, nu, se dirigea vers la fenêtre. Ouvrant les persiennes sur la nuit, il alluma une cigarette qui avait un goût de bidon d'essence.

Penché vers la ville plongée dans la pénombre, il exhala sa fumée. Il avait trente-huit ans et avait parcouru la moitié de la terre pour couvrir deux guerres. Et, jusqu'à l'aube, il resta à ruminer une rage inassouvie, intarissable, ses pensées vagabondant vers une femme debout sur la berge du lac Rusalka.

— Tu as besoin de t'envoyer en l'air, lui conseilla Tony.

L'ignorant, Ian tapa un rapide rapport pour Bauer sur la machine à écrire qu'il transportait depuis qu'il avait arpenté le désert avec les troupes de Patton. Ils étaient de retour à Vienne. La ville était grise et morose, la coquille incendiée de l'opéra témoignant encore de la guerre. La capitale était néanmoins bien plus préservée que Cologne, transformée en champ de ruines par les bombes et qui n'était guère plus qu'un immense chantier autour d'un chapelet de lacs.

Tony roula une feuille de papier en boule et le visa.

— Tu m'écoutes ?

— Non, répliqua Ian en la lui lançant à son tour. Mets ça à la corbeille. Nous n'avons pas de secrétaire pour ramasser derrière toi.

Le Centre de documentation des réfugiés de Vienne, sur la Mariahilferstrasse, manquait de tout. Les équipes d'enquête sur les crimes de guerre avec lesquelles Ian avait travaillé juste après la fin du conflit comptaient au moins vingt membres. Elles avaient la main-d'œuvre et le budget nécessaires. Même s'ils ne répondaient pas toujours présents, on essayait de faire appel à des officiers, des chauffeurs, des linguistes, des médecins, des photographes, des secrétaires et des experts juridiques. Ici, le centre était composé de Tony, qui faisait office de chauffeur, d'enquêteur et de linguiste. Et de Ian, qui enfilait le costume de secrétaire, d'employé de bureau et de très mauvais photographe.

La rente de son père décédé depuis longtemps couvrait à peine le loyer et les frais quotidiens. *Deux hommes et deux bureaux, et nous espérons soulever des montagnes*, songea Ian non sans ironie.

Tony fouillait dans une pile de journaux en allemand, en français, en anglais, et même dans un alphabet cyrillique que Ian ne pouvait déchiffrer.

— Tu broies encore du noir, lui lança-t-il. Comme toujours quand nous procédons à une arrestation. Tu pars dans une « période bleue » comme ce fichu Picasso. Prends une soirée de congé. Je connais une rousse à Ottakring et sa colocataire est une bombe. Invite-la à boire un verre, raconte-lui quelques histoires sur les shots que tu as bus avec Hemingway et Steinbeck après la libération de Paris.

— C'était loin d'être aussi pittoresque que tu le décris.

— Et alors ? Brode ! Tu as du charme, patron ! Les femmes adorent les grands bruns tragiques. Avec ton mètre quatre-vingt-dix, ta minceur de héros de guerre, ton passé malheureux…

— Oh, pitié !

— Pour parachever le tout : ton allure guindée d'Anglais coincé, avec ton regard lointain, énigmatique, hanté de drames. Rien de tel pour faire des ravages chez les femmes, tu peux me croire.

— Tu as fini ?

Ian sortit la feuille de la machine à écrire et se balança sur les pieds arrière de sa chaise.

— Regarde le courrier puis sors-moi le dossier sur l'assistant de Bormann.

— Très bien. Si tu veux finir ta vie en moine…

— Pourquoi est-ce que je te supporte ? Crétin d'Américain incapable.

— Sinistre salaud de Rosbeef, rétorqua Tony, en fouillant dans un classeur.

Ian dissimula un sourire. Il savait parfaitement pourquoi il supportait Tony. En couvrant les fronts de trois guerres différentes avec une machine à écrire et un bloc-notes, il avait rencontré un millier de Tony : des hommes à la jeunesse douloureuse, dans leurs uniformes froissés, marchant droit sur la bouche des canons. Des jeunes Américains entassés sur des navires de transport de troupes, le visage verdâtre du mal de mer. Des jeunes Anglais s'envolant dans des Hurricane avec une chance sur trois de revenir… Au bout d'un moment, connaissant mieux qu'eux leurs chances de s'en sortir vivants, il ne supportait plus leur proximité. Il avait rencontré Tony juste à la fin de la guerre. Le New-Yorkais assurait avec nonchalance la mission d'interprète dans l'entourage d'un général américain qui, manifestement, voulait le faire passer en cour martiale pour son insubordination et son allure débraillée. Ce que Ian pouvait comprendre maintenant que le sergent Anton Rodomovsky ne travaillait plus pour l'armée des États-Unis mais pour lui. Tony était toutefois le premier jeune soldat avec lequel il avait pu se lier d'amitié.

Impertinent, farceur, c'était un vrai casse-pieds. Mais quand il lui avait serré la main pour la première fois, il avait eu la certitude qu'il ne mourrait pas. *À moins que la prochaine fois qu'il m'énerve, je le tue moi-même*, était-il en train de se dire à cet instant précis. Une possibilité à envisager. Il finit le rapport pour Bauer et se leva en s'étirant.

— Prends tes boules Quiès, lui conseilla-t-il en s'emparant de son étui à violon.

Tony était en train de parcourir la pile de courrier qui s'était accumulée en leur absence.

— Tu sais que tu n'as aucun avenir en tant que violoniste ?

— Je joue mal, avec une absence totale de sentiments.

Ian plaça le violon sous son menton et fit résonner les premières mesures d'un concerto de Brahms. Jouer lui occupait les mains, l'aidait à réfléchir, lui permettait de faire le tri dans les questions qui se bousculaient en lui à chaque nouveau cas.

Qui êtes-vous, qu'avez-vous fait, et où iriez-vous pour y échapper ?

Il étirait la dernière note quand Tony laissa échapper un sifflement.

— Patron ! héla-t-il en tournant la tête. J'ai des nouvelles.

Ian baissa son archet.

— Une nouvelle piste ?

— Oui, acquiesça son associé, triomphant, le regard étincelant. La *Jägerin*.

Ian sentit toute la violence de sa rage contenue remonter du tréfonds de son être. Avec des gestes lents, mesurés, il rangea le violon dans son étui.

— Je ne t'ai pas donné ce dossier.

— C'est celui au fond du tiroir que tu regardes quand tu crois que je ne fais pas attention, répliqua Tony. Tu peux me croire, je l'ai lu.

— Tu sais donc que la piste est froide. Nous savons qu'elle était à Poznań jusqu'en novembre 1944. C'est tout.

Toutefois, la curiosité l'emportant sur la méfiance, il ressortit le dossier sur la femme qui était son obsession personnelle :

— Alors ? Qu'as-tu trouvé ? le pressa-t-il.

Le visage se fendant d'un large sourire, son associé répondit :

— Un témoin l'a vue après novembre 1944. Après la guerre, en fait.

— Quoi ?

Il faillit lâcher le dossier.

— Qui ? Quelqu'un de la région de Poznań ou du personnel de Frank ?

Ian avait retrouvé la trace de la *Jägerin* au cours du premier procès de Nuremberg. Pendant l'audience, il avait entendu un témoignage contre Hans Frank, le gouverneur général de la Pologne sous l'occupation nazie, et il avait compté parmi les rares journalistes autorisés à assister à son exécution par pendaison.

Outre les informations sur les Juifs que Frank déportait vers l'est, le fonctionnaire avait évoqué une certaine visite à Poznań. L'un des officiers haut gradés de la SS avait donné une réception en l'honneur du gouverneur général dans une grande maison couleur ocre sur les berges du lac Rusalka… À ce stade, Ian avait déjà une très bonne raison de rechercher la femme qui avait vécu dans cette maison. Le fonctionnaire qui témoignait à la barre avait été sur la liste des invités de cette réception, où la jeune maîtresse de l'officier de la SS avait fait office d'hôtesse.

—Qui as-tu trouvé ? questionna-t-il, la bouche desséchée par un espoir soudain. Quelqu'un qui se souvient d'elle ? Un nom ? Une fichue photo ?

C'était l'impasse la plus frustrante de ce dossier : le fonctionnaire de Nuremberg n'avait rencontré cette femme qu'une seule fois et il avait été ivre presque toute la soirée. Il ne se rappelait pas son nom. Il avait juste pu donner une vague description d'une brune aux yeux bleus. Difficile de pister une femme sans rien connaître de plus que son surnom et la couleur de ses cheveux et de ses yeux.

—Qui as-tu trouvé ? répéta-t-il.

—Arrête de m'interrompre, bordel ! Et je te le dirai.

Tony tapota le dossier.

—L'amant de la *Jägerin* a fui à Altaussee en 1945. Rien n'indiquait qu'il ait quitté Poznań avec sa maîtresse. Or, maintenant, il semblerait que si. Parce que j'ai localisé une fille à Altaussee dont la sœur travaillait dans une maison voisine de celle où, en mai 1945, l'amant de notre chasseresse s'était planqué avec les Eichmann et le reste de cette bande. Je n'ai pas encore rencontré la sœur mais, apparemment, elle se souvient d'une femme qui ressemblait à la *Jägerin*.

—C'est tout ?

La bulle d'espoir de Ian éclata. Il revoyait la jolie petite ville d'eaux sur un lac turquoise en contrebas des Alpes où, à la fin de la guerre, un certain nombre de nazis haut gradés s'étaient cachés. En mai 1945, les Américains y pullulaient et procédaient à des arrestations. Certains des fugitifs s'étaient laissé menotter, d'autres étaient parvenus à s'échapper. L'officier de la SS de la *Jägerin* avait préféré mourir sous une pluie de balles plutôt que de se faire prendre. Quant à sa maîtresse, elle s'était volatilisée.

—J'ai déjà passé Altaussee au peigne fin en quête d'indices, fit remarquer Ian. Quand j'ai su que c'était là que son amant s'était réfugié, je suis allé voir s'il l'avait emmenée. Si c'était le cas, j'aurais retrouvé sa trace.

— Tu t'es sans doute exprimé comme un membre de l'Inquisition espagnole, terrorisant tout le monde. Et personne n'a voulu parler. La subtilité n'est pas ton fort. Tu attaques comme un boulet de canon tout droit sorti d'Eaton.

— Harrow.

— C'est pareil, répliqua Tony en cherchant ses cigarettes. J'ai fait un peu plus de recherches. Quand nous avons parcouru tous ces kilomètres en Autriche, en décembre dernier, à chercher le garde de Belsen qui finalement avait fui en Argentine. J'ai profité des week-ends pour aller à Altaussee, j'ai posé des questions. Je suis doué pour ça.

Il l'était. Tony pouvait parler avec n'importe qui, généralement dans sa langue maternelle. Voilà pourquoi il excellait dans ce travail qui reposait si souvent sur des informations soutirées subrepticement à des interlocuteurs méfiants ou prudents.

Néanmoins, un détail l'intriguait.

— Pourquoi as-tu fait tant d'efforts en prenant sur ton temps personnel ? demanda-t-il. Pour une affaire classée ?

— Parce que c'est l'affaire que tu veux. Elle est ta baleine blanche.

Tony ajouta, en faisant un geste en direction des placards remplis de documents sur les criminels de guerre :

— Tous ces salauds, tu veux les coincer. Mais celle que tu veux vraiment, c'est elle.

Il n'avait pas tort. Ian sentit ses doigts se crisper sur le bord de son bureau.

— Une « baleine blanche », parvint-il à répéter d'un ton ironique. Ne me dis pas que tu as lu Melville ?

— Bien sûr que non. Personne n'a lu *Moby Dick*. C'est juste une lecture imposée par des professeurs trop zélés. Je suis allé dans un bureau de recrutement le lendemain de Pearl Harbor. C'est comme ça que j'ai échappé à la lecture de *Moby Dick*.

Tony secoua une cigarette et, sans ciller, plongea ses yeux noirs dans les siens.

— Ce que je veux savoir, c'est pourquoi la *Jägerin* est si importante pour toi ?

— Tu as lu son dossier, répliqua Ian.

— Oh, c'est une belle ordure, cela ne fait aucun doute. Cette histoire des six réfugiés qu'elle a tués après leur avoir servi un repas…

— Des enfants, murmura-t-il. Six enfants juifs, entre quatre et neuf ans.

L'air visiblement ulcéré, Tony, qui s'apprêtait à allumer sa cigarette, s'interrompit.

— Ton article parlait juste de réfugiés.

— Mon éditeur a jugé les détails trop sordides pour les inclure. Mais c'étaient des enfants, Tony.

Cet article avait été l'un des plus difficiles qu'il ait eu à écrire.

— Le fonctionnaire du procès de Frank a raconté que, à la réception où il l'avait rencontrée, quelqu'un avait rapporté comment elle avait supprimé six enfants qui s'étaient sans doute échappés avant d'être déportés à l'est. Une anecdote amusante pendant les hors-d'œuvre. Ils lui ont porté un toast au champagne et l'ont appelée « la Chasseresse ».

— Bon Dieu ! chuchota Tony.

Ian hocha la tête. Outre les six enfants inconnus qu'elle avait assassinés, il pensait à deux autres de ses victimes. Une jeune femme fragile sur un lit d'hôpital, le regard avide, éperdu. Un garçon d'à peine dix-sept ans, disant avec ferveur : « Je leur ai dit que j'avais vingt et un ans, j'embarque la semaine prochaine. » La femme et le jeune homme, l'une maintenant partie, l'autre mort.

C'est toi la responsable, dit mentalement Ian à la chasseresse anonyme qui hantait ses nuits d'insomnie. *C'est toi la responsable, salope de nazie !*

Tony ne savait rien d'eux, ni de la fille ni du jeune soldat. Même aujourd'hui, des années plus tard, Ian peinait à en parler. Il commença à rassembler les mots pour tout lui raconter mais, passant à l'action, son associé s'affairait déjà à gribouiller une adresse. Il allait attendre, décida-t-il, ses doigts relâchant leur prise sur le bord du bureau.

— C'est là qu'habite la fille, à Altaussee, celle dont la sœur pourrait avoir vu la *Jägerin*, lança Tony. Je pense que ça vaut la peine de lui parler en personne.

Ian hocha la tête. N'importe quelle piste valait la peine d'être suivie.

— Quand as-tu eu son nom ?

— Il y a une semaine.

— Bon sang ! « Une semaine » ?

— Nous devions boucler l'affaire de Cologne. En outre, j'attendais une autre confirmation. Je voulais t'annoncer une autre nouvelle. Maintenant, je peux.

Tony sortit une lettre de leur pile de courrier, dispersant les cendres de sa cigarette.

— Elle est arrivée pendant que nous étions à Cologne, annonça-t-il en la lui tendant.

Ian la parcourut, sans reconnaître l'écriture à l'encre noire.

— Qui est cette femme et que vient-elle faire à Vienne ?

Mais quand, atteignant le bas de la page, il lut la signature, le monde s'arrêta de tourner.

— Notre seul témoin qui a vraiment rencontré la *Jägerin* en personne et qui a survécu, lui rappela Tony. La Polonaise. J'ai sorti son témoignage et ses coordonnées du dossier.

— Elle a émigré en Angleterre, pourquoi as-tu…

— Le numéro de téléphone était noté. J'ai laissé un message. Maintenant, elle est en route pour Vienne.

— Tu n'aurais vraiment pas dû contacter Nina, murmura-t-il.

— Pourquoi pas ? En dehors de cette piste potentielle d'Altaussee, elle est notre seul témoin. Au fait, où l'as-tu trouvée ?

— À Poznań, après la retraite allemande, en 1945. Elle était à l'hôpital quand elle m'a donné son témoignage, avec tous les détails dont elle pouvait se souvenir.

Ian avait un souvenir limpide de la frêle jeune fille dans le lit d'hôpital, ses membres semblables à des baguettes émergeant d'une chemise empruntée à la Croix-Rouge polonaise.

— Tu n'aurais pas dû lui faire traverser la moitié de l'Europe, reprit-il alors.

— C'est son idée. Je voulais juste lui parler au téléphone, voir si je pouvais obtenir plus de détails sur notre cible. Mais si elle souhaite venir ici, mettons sa présence à profit.

— Il s'avère qu'elle est aussi…

— Quoi ?

Ian s'interrompit. Sa surprise et son trouble s'évanouissaient, laissant place à une envie aussi diabolique qu'inattendue. Il voyait si rarement son associé déconcerté. *Vu la surprise que tu m'as réservée, tu en mérites une à ton tour.* Jamais il n'aurait choisi de faire traverser la moitié du continent à la fleur brisée qu'était Nina Markova. Mais elle était déjà en route et il ne pouvait nier que sa présence leur serait utile pour un certain nombre de raisons… y compris pour rendre la pareille à Tony, ce qui le réjouissait d'avance. Même s'il n'était pas trop fier de l'admettre. Mais il n'avait pas besoin de se mêler d'affaires dans son dos. Et tout particulièrement de cette affaire.

— Elle est aussi quoi ? le pressa-t-il.

— Rien, répondit-il.

Hormis le fait de couper l'herbe sous le pied de son associé, voir Nina serait sans doute une bonne chose. Après tout, ils avaient à discuter de questions qui n'avaient rien à voir avec la traque de la Chasseresse.

—Je te demanderai juste de la traiter avec ménagement à son arrivée, ajouta-t-il avec, cette fois, la plus grande sincérité. La guerre ne l'a pas épargnée.

—Promis ! Je serai doux comme un agneau.

Quatre jours avaient passé et ils avaient reçu un flot de témoignages de réfugiés à cataloguer. Ian avait tout oublié de la venue de leur visiteuse quand un horrible cri strident résonna dans le couloir.

Tony leva les yeux du témoignage qu'il était en train de traduire du yiddish et, avec un soupir résigné, déclara :

—Notre propriétaire est encore en train de piquer une crise.

Ian se dirigea vers la porte du bureau et l'ouvrit. Son corps trapu dans sa robe à fleurs lui bloquant la vue, *Frau* Hummel lui désigna des traces de pas boueuses sur le sol. Ian perçut vaguement une femme nettement plus menue derrière elle. La propriétaire attrapa alors la nouvelle venue couverte de boue par le bras. Ses hurlements se transformèrent en cris de terreur. Sa prisonnière qui, d'un geste vif, avait tiré un rasoir d'une de ses bottes, l'agitait devant elle en signe de mise en garde sans équivoque. Le visage de la nouvelle venue était dissimulé sous une crinière blond pâle. Mais Ian ne voyait que ce rasoir tenu d'une poigne terriblement déterminée.

—Mesdames, je vous en prie !

Tony surgit dans le vestibule.

—La *suka* boche a dit qu'elle allait appeler la police, gronda la visiteuse, hargneuse.

—Il s'agit d'un énorme malentendu, la rassura Tony d'un ton enjoué.

Il repoussa *Frau* Hummel et fit signe à l'inconnue de s'avancer vers Ian.

—Si vous voulez bien faire part de ce qui vous amène à mon associé, *Fraülein*.

— Par ici, renchérit Ian.

Tout en regardant le rasoir d'un œil méfiant, il fit un geste vers leur porte. Leurs visiteurs faisaient rarement une entrée aussi théâtrale.

— Vous avez quelque chose à voir avec le Centre de documentation des réfugiés, *Fraülein* ?

La femme referma le rasoir mortellement affûté et le remit dans sa botte.

— Arrivée moins une heure, expliqua-t-elle dans un anglais approximatif, pendant que Ian refermait la porte du bureau.

Elle avait un accent étrange, mélange d'anglais et d'une langue d'un pays d'Europe centrale. Ce ne fut que lorsqu'elle se redressa et qu'elle repoussa ses cheveux emmêlés, dévoilant des yeux d'un bleu perçant, qu'il sentit son cœur battre la chamade.

— Tu ne me reconnais toujours pas ? demanda-t-elle.

Nom d'un chien ! songea-t-il. *Elle a changé.*

Cinq ans auparavant, elle était allongée, à moitié affamée, sur un lit d'hôpital de la Croix-Rouge, frêle et silencieuse, ses immenses yeux bleus dévorant son visage maigre. Aujourd'hui, vêtue d'un pantalon élimé, chaussée de cuissardes, une casquette en peau de phoque pas très propre à la main, en dépit de sa petite taille, elle semblait solide et pleine d'énergie. Les cheveux qu'il se rappelait d'un châtain terne étaient d'un blond éclatant, avec des racines noires, et une lueur joyeuse brillait dans son regard espiègle.

Le souffle coupé, Ian dut faire un effort pour parler.

— Bonjour, Nina.

Tony revint en claquant la porte avec fracas.

— La *gnädige Frau est calmée et apprivoisée.*

Il enveloppa la nouvelle venue d'un regard appréciateur.

— Qui est notre visiteuse ?

L'air soudain irrité, elle répondit :

— J'ai envoyé lettre... Vous pas reçu ?

Elle a fait des progrès, songea Ian. Cinq ans auparavant, ils avaient à peine pu converser. Elle ne parlait quasiment pas l'anglais, et lui parvenait difficilement à sortir quelques mots de polonais. Depuis, ils n'avaient communiqué que par télégrammes. Son cœur continuait à battre à coups redoublés. C'était bien Nina… ?

— Ainsi, vous êtes… ?

Tony semblait perplexe. Il pensait probablement à sa description d'une femme qu'il faudrait traiter avec ménagement.

— Vous n'êtes pas vraiment ce que j'attendais, mademoiselle Markova.

— Pas « mademoiselle Markova », le corrigea Ian.

Il se passa une main dans les cheveux. Maintenant, il s'en voulait de ne pas avoir tout expliqué quatre jours auparavant, regrettait d'avoir voulu jouer un tour à son associé. Car, si quelqu'un dans cette pièce se trouvait attrapé, c'était bien lui. *Bon sang!*

— Markova, le nom enregistré dans le dossier, est son nom de naissance, poursuivit-il. Tony Rodomovsky, permets-moi de te présenter Nina Graham.

La femme du lit d'hôpital, la femme qui avait survécu à sa rencontre avec la *Jägerin*, la femme qui, pour la première fois depuis cinq ans, était maintenant dans la même pièce que lui, un sourire détaché aux lèvres et un rasoir dans sa botte.

— Ma femme.

3

Nina

Avant la guerre
Lac Baïkal, Sibérie

Elle était née des eaux du lac et de la folie.

Avoir le lac dans le sang, c'était prévisible. Il en allait de même pour tous ceux qui étaient nés sur la rive du lac Baïkal, l'immense lac tectonique à l'extrémité orientale du monde. Chaque bébé qui naissait sur les berges de cette petite mer qui s'étendait comme un deuxième ciel à travers la taïga connaissait le goût métallique de ses eaux avant même celui du lait de sa mère. Mais le sang qui coulait dans les veines de Nina Borisovna Markova était parsemé d'étincelles de folie comparables à celles qui, l'hiver, scintillaient sur la banquise du lac gelé. Parce qu'il était de notoriété publique que les Markov étaient tous fous. Avec leur démarche arrogante, leurs regards farouches, ils étaient aussi sauvages que des carcajous.

« *J'engendre des fous*, disait le père de Nina quand il était ivre de la vodka qu'il brassait dans sa hutte de chasse, derrière la maison. *Mes fils sont tous des criminels et mes filles toutes des putains.* »

Il commençait à les frapper à l'aveuglette de ses gros poings crasseux et, avec des sifflements, ses enfants l'esquivaient comme des petits animaux aux griffes pointues. Nina prenait plus de coups que les autres parce que, contrairement à ses frères et sœurs, tous grands aux yeux noirs, elle était petite et elle avait les yeux bleus. Chaque fois que son père la regardait, il s'emportait.

« *Ta mère était une* roussalka », rugissait-il, engoncé dans sa chemise à moitié recouverte d'une longue barbe noire pleine de nœuds.

Un jour, quand elle avait dix ans, elle avait fini par demander : « *C'est quoi une* roussalka ? »

« *Une sirène maléfique qui nage jusqu'à la rive du lac, avec des longs cheveux verts qui flottent derrière elle comme une traîne. Elle mène les hommes à leur perte* », avait-il répondu en lui assenant une gifle qu'elle avait esquivée avec la rapidité du vif-argent.

C'était la première chose qu'un enfant Markov apprenait : esquiver. Puis il apprenait à voler, à gratter sa part de goulash aqueux et de pain dur, car personne ne partageait, jamais. Puis il apprenait à se battre. Pendant qu'au village, les autres garçons apprenaient à pêcher au filet et à chasser le phoque, les filles à cuisiner et à raccommoder le chanvre des filets de pêche, les frères Markov apprenaient à se battre et à boire et les sœurs Markova à se battre et à coucher. Ce qui les amenait à la dernière chose qu'ils apprenaient : partir.

« *Trouve un homme qui t'emmènera* », lui avait dit Olga en rassemblant ses vêtements.

Sa sœur de quinze ans, qui commençait à voir ses formes s'arrondir, avait les yeux déjà braqués sur Irkoutsk, la ville la plus proche, à des heures au-delà de l'horizon sibérien. Nina ne pouvait imaginer à quoi ressemblait une ville. Elle ne connaissait que cet ensemble de cabanes délabrées que l'on pouvait à peine qualifier de village ; les bateaux de pêche argentés et puant le poisson ; l'étendue infinie du lac.

« *Trouve un homme*, avait répété Olga. *C'est ta seule solution pour t'échapper d'ici.* »

« Je trouverai un autre moyen », avait-elle répliqué.

En guise d'adieu, Olga lui avait décoché une violente bourrade, avant de disparaître. Aucun membre de sa fratrie ne revenait jamais. C'était chacun pour soi et aucun ne lui avait manqué jusqu'au départ de son dernier frère, qui l'avait laissée seule avec son père.

Souvent, il la balançait à travers la cabane, en vociférant :

« Petite pute de roussalka *! Je devrais te rendre au lac. »*

Avec un sifflement, elle griffait la grande main qui agrippait ses cheveux en broussaille.

Il ne lui faisait pas vraiment peur. N'était-il pas comme tous les pères, après tout ? Il se dressait dans son monde, aussi immense que le lac. Et, d'une certaine façon, n'était-il pas le lac ? Le lac que les villageois appelaient parfois « le Vieil Homme ». Un Vieil Homme dont l'immensité azurée ondulait devant la porte de la cabane où un autre vieil homme la cognait.

Il n'était pas toujours violent. Quand il était d'humeur calme, il chantait les vieilles complaintes du *Père Frimas* et de *Baba Yaga*, en affûtant le rasoir qui pendait toujours à sa ceinture. Dans ces moments d'accalmie, il lui montrait comment tanner la peau des phoques qu'il abattait avec son vieux fusil accroché au-dessus de la porte ; il l'emmenait chasser et lui apprenait à marcher dans la neige sans un bruit. Ces jours-là, il ne la traitait plus de *roussalka*, mais de petite chasseresse, en lui tirant l'oreille.

« Si je t'apprends au moins une chose, ce sera à parcourir le monde silencieusement, Nina Borisovna, chuchotait-il. *S'ils ne t'entendent pas arriver, jamais ils ne t'attraperont. Ils ne m'ont toujours pas pris. »*

« Qui, papa ? »

« Les hommes de Staline. Ceux qui te plaquent contre un mur et qui te tirent dessus pour avoir dit la vérité. Ce camarade Staline est un menteur, un salaud d'assassin qui se fout de l'homme du peuple.

Des paroles pour lesquelles ils te tueraient mais encore faudrait-il qu'ils commencent par te capturer. Alors, pas un bruit et jamais ils ne te trouveront. C'est toi qui les traqueras. »

Il continuait ainsi pendant des heures, jusqu'à ce qu'elle s'assoupisse. « *Le camarade Staline est un porc de Géorgie, le camarade Staline est un sac à merde assassin.* »

Quand elle venait faire son troc, la vieille marchande de vêtements lui conseillait à voix basse :

« *Empêche-le de dire de telles choses. Ce n'est pas parce que nous sommes au bout du monde qu'elles ne peuvent pas tomber dans des oreilles indésirables. Ton père va se faire fusiller et ses voisins aussi.* »

Nina répondait :

« *Il dit que le tsar aussi était un sac à merde assassin. Comme les Juifs et les gens d'ici, et les chasseurs de phoques qui laissent des carcasses sur notre rive. Il pense que le monde est pourri, que tous les gens sont des cons.* »

« *Mais le dire du camarade Staline, c'est différent !* »

Nina haussait les épaules. Elle n'avait peur de rien. C'était une autre calamité dans la famille Markov : aucun d'entre eux n'avait peur du sang, du noir, ni même de la légende de *Baba Yaga* qui se cachait dans les arbres.

Un jour qu'elle se battait sauvagement avec une fillette du village pour une poupée cassée, elle lui avait dit :

« *Baba Yaga a peur de moi. Tu ferais bien d'avoir peur aussi.* »

Sans demander son reste, la mère de l'enfant lui avait jeté la poupée et s'était signée comme dans le temps, avant que les gens n'apprennent que la religion était l'opium du peuple.

Quand son père avait eu vent de l'épisode, il avait déclaré :

« *Téméraire, alors ? C'est pour ça que mes enfants mourront tous avant moi. Si tu n'as peur de rien, tu deviens stupide. Il est préférable d'avoir une crainte, Nina Borisovna. Concentre toute ta peur dans cette crainte, elle te garantira la prudence nécessaire.* »

Nina avait regardé son père d'un air perplexe. Elle ne pouvait imaginer ce colosse, aussi sauvage qu'un ours, avoir peur de quoi que ce soit.

« De quoi as-tu peur papa ? »

Approchant ses lèvres de son oreille, il avait chuchoté :

« Du camarade Staline. Sinon, pourquoi habiterais-je sur un lac aussi vaste que la mer, au bout du monde, à l'est ? »

« Qu'est-ce qu'il y a au bout du monde, à l'ouest ? »

Elle savait que la civilisation s'étendait à l'ouest de leur lac, là où le soleil se couchait. Mais, à part ça, elle ne connaissait quasiment rien. Le village ne comptait qu'un maître d'école et il était presque aussi ignare que ses élèves.

« Qu'est-ce qu'il y a au bout de l'ouest ? »

« *L'Amérique ?* avait grondé son père avec un haussement d'épaules. *Des diables sans dieux. Pires que Staline. N'approche pas des Américains.* »

« *Ils ne m'attraperont jamais. J'ai des pieds silencieux* », avait-elle ajouté en tapotant ses orteils.

Il avait salué sa phrase de l'un de ses rares sourires acérés et d'une gorgée de vodka. C'était une bonne journée. Les bonnes journées de son père étaient toujours suivies de mauvaises. Ce qui ne la dérangeait pas car elle était rapide, silencieuse, téméraire, et pouvait toujours l'esquiver.

Jusqu'au jour de ses seize ans, quand il essaya de la noyer dans le lac. Elle était sur la rive, dans l'air pur d'un crépuscule glacial. La couche de glace vert bouteille qui recouvrait l'eau était si limpide que l'on pouvait en voir le fond. Pendant la journée, elle se réchauffait, des crevasses la fendaient, craquant, grondant, comme si les *roussalki* se livraient bataille dans les profondeurs. Près de la rive, des monticules gelés couleur turquoise se heurtaient les uns aux autres, en blocs plus hauts qu'elle, et le vent de l'hiver les repoussait vers la terre. Quelques années auparavant, ces vagues gelées avaient débordé si loin que le vent les avait poussées jusqu'à la gare de Tankhoy, la recouvrant d'une chape de verglas bleue. Dans son manteau d'hiver élimé, les mains dans les poches, elle se demandait si elle serait encore ici pour voir le lac geler cette année. Elle avait seize ans. Un âge auquel toutes ses sœurs avaient déjà quitté la maison, la plupart, enceintes.

— Je me fiche de mal tourner, déclara-t-elle à voix haute. Je ne veux pas d'un gros ventre, c'est tout.

Mais, à peine sorties de l'enfance, les filles Markova semblaient incapables d'autre chose que de se faire engrosser et de s'enfuir. Fébrile, elle donnait des coups de pied au hasard quand son père sortit en titubant de leur cabane, torse nu, indifférent au froid. Des tatouages grossiers de dragons et de serpents se tortillaient sur ses bras et son corps exhalait de la vapeur. S'étant adonné à l'une de ses beuveries, il avait sifflé de la vodka et marmonné des propos déments toute la journée. Ses yeux brillaient d'une lueur étrange.

— Le Vieil Homme veut que tu reviennes, annonça-t-il d'un ton détaché.

Et il se jeta sur elle comme un loup. Elle s'élança vers les arbres mais l'immense main l'attrapa par les cheveux et la poussa à terre. Le choc fut si violent qu'elle en perdit presque connaissance. Quand elle revint à elle, elle était allongée sur le dos, ses bottes raclant le sol. Son père la tirait vers le lac lisse comme le verre.

À cette époque de l'année, l'épaisseur de la banquise dépassait les deux mètres. Mais, à certains endroits, elle s'amincissait. Le maître d'école du village, moins ignorant sur le lac que sur la plupart des sujets qu'il enseignait, avait expliqué que des courants d'une eau plus chaude remontaient des failles les plus profondes, jusqu'à former des trous à la surface. Son père la traînait maintenant jusqu'à l'un d'entre eux. Il tomba à genoux, brisa la fine couche et lui plongea la tête dans l'eau glaciale.

Elle fut submergée par une terreur inconnue, aussi pénétrante qu'une première gelée. Elle n'avait pas eu le temps d'avoir peur quand il l'avait traînée sur le lac par les cheveux. C'était arrivé trop vite. Mais maintenant que l'eau sombre l'engloutissait, l'angoisse la suffoquait. Le froid l'étreignant, elle voyait les abysses turquoise se déployer à l'infini. Quand elle ouvrit la bouche pour hurler, elle fut paralysée par le poing de fer de l'eau glaciale.

À la surface, elle se débattait pour se libérer de la poigne de son père dans ses cheveux. D'une main implacable, il lui enfonçait la tête de plus en plus profondément. Mais, agitant l'une de ses jambes, elle lui donna un coup de botte dans les côtes. Il lui sortit la tête de l'eau en l'insultant et, dans un sanglot, elle parvint à prendre une respiration qui lui lacéra les poumons comme un coup de poignard. Elle entendit vaguement son père jurer. Lui relâchant les cheveux, il la fit tourner sur le dos et l'étrangla de ses grosses mains.

— Retourne dans le lac, chuchota-t-il. Rentre chez toi.

Une nouvelle fois, sa tête plongea sous l'eau. Cette fois, à travers les ondulations, elle voyait la silhouette de son bourreau se découper sur le ciel assombri du crépuscule. *Remonte*, se dit-elle de façon incohérente, dans une nouvelle vague de terreur, *Remonte !* Et elle avança une main à l'aveuglette... sans atteindre le ciel. Mais le rasoir qui se balançait à la ceinture de son père.

Elle sentit ses doigts se refermer autour du manche. Le froid la tenaillait, la paralysant. Mais, à travers l'eau mouvante qui la noyait, elle se regarda agir, regarda sa main libérer le rasoir et, en un geste sauvage, lacérer la main de son père. Il lâcha prise et elle émergea du trou avec un hurlement, un fragment de la glace brisée la blessant à la gorge. Qu'importait ! Elle avait le rasoir à la main et elle était libre.

Haletants, ils étaient allongés sur la glace, de part et d'autre du trou. Son père agrippait sa main, qu'elle avait coupée presque jusqu'à l'os, son sang formant des rubans sur la blancheur de la surface gelée. Nina se recroquevilla en chien de fusil, tremblante de froid et de frayeur, des cristaux de glace se formant déjà sur ses cils et dans ses cheveux. Le sang coulait de sa gorge blessée. Le rasoir toujours brandi vers son père, elle lança en claquant des dents :

— Si tu me touches encore, je te tue !

— Tu es une *roussalka*, marmonna-t-il, l'air abasourdi devant sa fureur. Le lac ne te fera aucun mal.

Un violent frisson la secoua. *Je ne suis pas une roussalka*, avait-elle envie de hurler. *Je mourrai avant de laisser l'eau me submerger de nouveau la tête.* Mais elle se contenta de répéter :

— Je te tuerai, papa. Crois-moi.

Titubant, elle réussit à regagner la cabane. Une fois la porte verrouillée, elle se débarrassa de ses vêtements givrés, fit un feu, et se glissa nue et transie sous une pile de peaux de phoques argentées. Elle savait qu'au cœur de l'hiver, le choc glacé l'aurait tuée. Mais l'approche du printemps adoucissait le froid impitoyable et elle survécut. Son père alla cuver sa vodka dans sa hutte de chasse. Mais, frissonnant sous les fourrures, secouée de spasmes chaque fois qu'elle pensait au goût âcre de l'eau dans sa bouche et dans ses narines, pas un instant elle ne lâcha le rasoir.

Maintenant, je connais ma seule peur. À partir de ce jour, hormis mourir noyée, elle ne craindrait plus jamais rien.

Elle se libéra de ses fourrures juste le temps de trouver la vodka de son père et de boire plusieurs énormes gorgées du liquide gras et poivré. *Partir d'ici.* La pensée la taraudait. *Pour aller où ? Quel est l'opposé d'un lac ? De la noyade ? Qu'y avait-il là-bas, à l'ouest ?* Des questions absurdes. Elle comprit qu'elle était à moitié ivre. Elle se blottit de nouveau sous les fourrures et dormit d'un sommeil de plomb. Quand elle se réveilla avec une croûte de sang sur la gorge, là où le lac avait essayé de la tuer de ses doigts glacés, elle n'avait plus qu'une pensée, aussi limpide que déterminée.

Partir.

4

Jordan

Avril 1946
Boston

— Et la balle s'échappe ! Une flèche passe devant Johnny Pesky, qui plonge pour l'attraper.

Un concert de grognements de frustration s'éleva dans les gradins de Fenway Park. Jordan rabroua son petit ami :

— Garrett, je sais que la flèche est passée devant Johnny Pesky puisque je suis en train d'assister au match. Tu n'as pas besoin de me le commenter en direct.

C'était une journée de printemps idéale : l'odeur de l'herbe du stade, la rumeur de la foule de spectateurs, le bruit de grattement des crayons sur les cartes de scores. Garrett sourit.

— Admets-le, nos rendez-vous base-ball t'ont manqué quand j'étais en formation. Même mes commentaires.

Jordan ne put résister à l'envie de le prendre en photo. Avec ses fossettes, sa large carrure et sa casquette des Red Sox repoussée sur ses cheveux châtains coupés court, il avait tout de l'Américain craquant d'une publicité Coca-Cola. Ou d'une affiche de recrutement : il s'était enrôlé à la fin de sa terminale et lui avait donné la chevalière de son lycée. Mais une mauvaise fracture à la jambe pendant sa formation de pilote, suivie par la fin abrupte de la guerre avec le Japon, avait mis un terme à son passage dans l'armée de l'air. Elle savait qu'il le regrettait. Il s'était enrôlé en rêvant de combats aériens au-dessus du Pacifique, pas pour être réformé pour raison médicale avant même d'être envoyé à l'étranger.

— Certes, nos rendez-vous base-ball m'ont manqué, répondit-elle d'un ton enjoué. Peut-être pas autant que le jeu de Ted Williams pendant la guerre, mais…

Garrett lança une coquille de cacahuètes dans sa queue-de-cheval.

— Je parie que j'étais plus beau en uniforme de l'armée de l'air que Ted Williams.

— Je n'en doute pas, étant donné que Ted Williams était un marine.

— Les marines n'ont été inventés que pour les bals de l'armée.

— J'éviterais de dire ça à un marine.

— Il serait trop bête pour comprendre la blague.

Le Yankee suivant se mit en position pour battre et Jordan ajusta son Leica. Elle devrait attendre d'être dans la chambre noire pour savoir si elle avait bien capté le mouvement de la batte. Une synchronisation parfaite était indispensable à chaque grand photographe.

— Tu viens déjeuner dimanche ? poursuivit Garrett en farfouillant dans son sac de cacahuètes. Mes parents ont tellement hâte de te voir.

— N'espèrent-ils pas te voir sortir avec une étudiante de l'université de Boston, à l'automne ?

— Arrête ! Tu sais bien qu'ils t'adorent.

C'était la vérité. Et il en allait de même pour lui, ce qui la surprenait. Ils étaient ensemble depuis qu'elle était au collège. Dès le début, elle s'était promis qu'il ne lui briserait pas le cœur quand il passerait à autre chose. Les terminales partaient à l'université ou à la guerre. Mais, dans les deux cas, ils passaient à autre chose. Ce qui lui convenait parfaitement car, pour elle, rien n'était plus ridicule qu'un mariage avec votre amoureux de lycée juste après le bac. (Même si son père affirmait que cela avait parfaitement marché pour lui). Garrett Byrne la quitterait un jour pour une autre. Elle aurait certes un peu de chagrin mais elle relèverait le menton et, son Leica au cou, elle partirait couvrir des zones de guerre en Europe et aurait des liaisons avec des Français.

Mais Garrett n'était pas passé à autre chose. Une fois réformé, il était revenu de l'hôpital avec ses béquilles et avait repris leurs rendez-vous base-ball de l'après-midi et leurs déjeuners du dimanche chez ses parents. Qui l'adoraient autant que son père adorait Garrett. Le poids écrasant de tous ces espoirs parentaux semblait ne pouvoir se concrétiser que par un avenir tout tracé. À tel point qu'un reportage pour *LIFE* dans des zones de guerre en Europe semblait aussi probable qu'un voyage sur la Lune.

Garrett lui enlaça la taille d'un bras et frotta son nez contre son oreille. Et, comme toujours, elle se sentit chavirer.

—Allez ! Déjeuner dimanche. Ensuite, nous pourrons aller faire un tour en voiture, nous garer quelque part…

—Je ne peux pas, répondit-elle à regret. Je dois aller à la messe avec papa et Mme Weber.

—Ça doit être sérieux, fit-il remarquer avec un nouveau sourire. Alors, elle est comment cette *Fräulein* de ton père ?

—Très gentille.

Ils avaient de nouveau dîné ensemble. Mais, cette fois, dans le minuscule et impeccable appartement d'Anneliese Weber : elle s'était montrée chaleureuse, affable, et avait préparé des *schnitzels* croustillantes et un gâteau autrichien recouvert d'un glaçage rose et imbibé de rhum. Visiblement conquis, Dan McBride s'était laissé servir. Quant à elle, elle adorait déjà la petite Ruth qui, dans un chuchotement, lui avait demandé des nouvelles du *hund*. Tout s'était parfaitement passé. Parfaitement.

Pourtant, inexplicablement, une image restait imprimée dans son esprit. Par un étrange jeu de lumière et d'objectif,

Anneliese Weber avait l'air aussi douce et accueillante qu'une gardienne de prison.

— Elle est très sympathique, répéta-t-elle.

Les Red Sox gagnèrent quatre à deux et ils ne tardèrent pas à sortir de Fenway dans le flot des fans, écrasant des cosses de cacahuètes et des cartes de scores sous leurs pieds.

— C'est notre année, proclama Jordan. Cette année nous gagnons tout. Je le sens ! Tu m'accompagnes au magasin ? J'ai promis à papa de passer.

Main dans la main, ils se frayèrent un passage dans la foule et tournèrent dans Commonwealth Avenue. Elle ralentit le pas pour ne pas distancer Garrett, qui boitait encore légèrement. Elle songea que c'était ce jour, que le printemps soudain sonnait le glas d'un long hiver. On avait l'impression que tous les Bostoniens s'étaient débarrassés de leurs lourds manteaux pour sortir et que, leurs visages pâles béatement offerts au soleil, ils titubaient, ivres de chaleur. C'était la raison pour laquelle elle adorait Boston. Pour une métropole, ses habitants semblaient étrangement soudés, comme dans une petite ville. Tout le monde semblait se connaître, connaître les chagrins et les secrets de chacun. À cette pensée, soudain, elle se renfrogna.

Interrompant Garrett qui parlait des cours qu'il allait suivre à l'automne, elle déclara :

— J'aimerais en savoir plus sur elle.

— Sur qui ?

— Sur Mme Weber, répondit Jordan en tripotant la courroie de son Leica.

— Que veux-tu savoir ?

Ils longeaient l'*Hôtel Vendôme* et elle faillit se faire renverser par un coupé Chevrolet. Garrett la tira en arrière.

— Fais attention !

— C'est exactement ça, expliqua Jordan. Elle fait attention. Elle ne dit pas grand-chose sur elle-même. Et j'ai surpris la plus étrange des expressions sur son visage en la prenant en photo…

Garrett se mit à rire.

— Tu ne prends pas quelqu'un en grippe juste à cause d'une expression étrange !

— C'est très commun chez les filles. Quelquefois, tu surprends à son insu un garçon qui te regarde dans le couloir au lycée. Je ne parle pas de « regarder » comme tous les garçons regardent les filles, précisa-t-elle. Mais d'un regard qui donne la chair de poule. Il ne veut pas être surpris et cette expression ne dure peut-être qu'une seconde. Mais ça suffit pour te faire comprendre que tu ne veux pas être seule avec lui.

— C'est ce que pensent les filles ? s'étonna Garrett, l'air déconcerté.

— Je ne connais pas une seule fille qui n'ait pas eu cette pensée. Ce que j'essaie de dire, c'est que, quelquefois, tu surprends un regard angoissant et que ça te rebute. Ça ne te donne pas envie de prendre des risques, d'essayer de le connaître.

— En l'occurrence, il ne s'agit pas d'un garçon qui rôde autour des vestiaires du lycée. Mais d'une femme que ton père a invitée à dîner chez lui. Tu dois lui donner une chance.

— Je sais.

— Ton père semble vraiment tenir à elle. Peut-être est-ce là tout le problème, la taquina-t-il en tirant sa queue-de-cheval.

Elle se rebiffa :

— Je ne suis pas jalouse ! D'accord, peut-être le suis-je, concéda-t-elle alors. Un tout petit peu. Mais je veux que papa soit heureux, sincèrement. Et Mme Weber lui fait du bien. Je le vois. Cependant, avant de lui confier mon père, je veux en savoir plus sur son compte.

— Eh bien, pose-lui des questions !

Les *Antiquités McBride* se trouvaient au coin des rues Newbury et Clarendon. Si ce n'était pas le quartier commerçant le plus chic de Boston, il était tout de même élégant. Dans ses plus lointains souvenirs, Jordan avait toujours vu son père partir le matin pour parcourir les cinq kilomètres qui séparaient leur maison de la boutique, laquelle avait déjà appartenu à son propre père. Il montait les marches usées qui menaient à la porte ornée d'un heurtoir en bronze ancien et ouvrait les volets pour dévoiler la grande vitrine aux lettres d'or.

En arrivant, elle fronça les sourcils. Un mannequin vêtu d'une robe de mariée en dentelle ancienne et un présentoir de bagues cabochons qui scintillaient sur un plateau de velours avaient remplacé les lampes à pampilles et le portemanteau victorien exposés la veille en vitrine. Précédant Garrett, elle monta les marches et poussa la porte, faisant tinter la cloche. La vue de son père devant le long comptoir, tenant la main d'Anneliese Weber d'un air possessif, ne la surprit pas vraiment.

— J'ai de merveilleuses nouvelles, ma belle.

Elle aurait été bien incapable de définir le mélange d'émotions qui l'envahit. Son cœur se gonfla d'un plaisir sincère devant le visage illuminé de bonheur de son père qui contemplait la bague ancienne de perles et grenats à la main gauche de la veuve. Pourtant, ce fut l'estomac noué par une inexplicable appréhension qu'elle s'avança pour embrasser celle qui serait bientôt sa belle-mère.

« Eh bien, pose-lui des questions ! », avait suggéré Garrett.

Deux jours plus tard, quand elle rentra du lycée, sa chance se présenta. Mme Weber lui proposa de l'accompagner dans les boutiques pour acheter des tenues pour le mariage. Tout en flânant le long de la rue Boylston, elle cherchait une transition banale pour aborder le sujet, lorsque Mme Weber prit l'initiative.

— Jordan, j'espère que vous n'avez pas le sentiment que vous devez m'appeler… *Mutti*. Je suppose que vous traduiriez cela par Mère ou Maman.

Devant son expression ahurie, elle ajouta en souriant :

— À votre âge, ça paraîtrait bête.

— Un peu.

— Eh bien, ce ne sera pas nécessaire. Je n'ai nulle intention de prendre la place de votre mère. Votre père m'a parlé d'elle, elle semblait être une femme délicieuse.

— Je ne me souviens pas très bien d'elle.

En fait, elle se rappelait juste son absence, après qu'elle était tombée malade. Et toutes les raisons de sa maladie, qu'elle avait donc inventées puisqu'on les lui cachait. Elle regrettait de ne pas avoir plus de souvenirs. Du coin de l'œil, elle observa Anneliese dans son manteau bleu printanier, une pochette dans ses mains gantées, sa démarche gracieuse, ses talons cliquant à peine sur le trottoir. À côté d'elle, elle avait l'impression d'être lourde et pataude, et se sentait nue sans son appareil photo.

— Je pensais aller chez *Priscilla de Boston*, déclara alors sa future belle-mère. En général, je couds mes vêtements moi-même. Mais, pour un mariage, il faut une tenue exceptionnelle. Je ne sais pas si votre père a discuté des projets avec vous, les hommes peuvent se montrer si vagues sur les détails d'un mariage. Nous avions pensé nous marier dans trois semaines, à la chapelle, juste nous quatre et quelques amis de votre père.

— Et de votre côté ?

— Personne. Je ne suis pas à Boston depuis assez longtemps pour m'être fait des amis.

Jordan lui lança un coup d'œil surpris. Pour une femme qui affirmait qu'elle faisait tant d'efforts pour nouer des liens dans un nouveau pays et qui parlait un si bon anglais, cela paraissait étrange.

— Vraiment ? Pas même une voisine, ou une cliente du salon de coiffure, ou une autre mère rencontrée au parc ?

— Je trouve qu'il n'est pas facile de parler aux inconnus.

Avec un sourire hésitant, elle ajouta :

— J'espérais que vous seriez ma demoiselle d'honneur.

— Naturellement.

Jordan restait perplexe. Des mois à Boston sans faire une seule connaissance ?

— Votre père et moi avons prévu un week-end de lune de miel à Concord, poursuivit Anneliese. Si vous pouviez garder Ruth...

— Bien sûr, répondit-elle sans, cette fois, se forcer à sourire. Ruth est un amour. Je l'aime déjà.

— Elle produit cet effet sur les gens.

Prenant une discrète inspiration, Jordan demanda :

— Tient-elle ses magnifiques cheveux blonds de son père ?

Après un court silence, Anneliese acquiesça :

— Tout à fait.

— Comment m'avez-vous dit qu'il s'appelait déjà ? Kurt ?

— Oui. Quelle couleur aimeriez-vous porter pour le mariage ?

Sa future belle-mère s'engagea dans la porte à tambour de la boutique et, repoussant les vendeuses d'un geste, s'avança parmi les robes de mariée ivoire et les robes de demoiselle d'honneur fleuries.

— Ce bleu ? Il siérait si bien à votre teint.

Elle retira ses gants pour palper le tissu et Jordan regarda ses mains aux doigts nus, à l'exception des perles et des grenats de sa bague de fiançailles. Elle essaya de se rappeler : avait-elle jamais vu Mme Weber avec une alliance ? Elle était certaine que non.

— Vous pourriez porter votre ancienne bague, vous savez, lança-t-elle, essayant une nouvelle tactique.

L'air déconcerté, Anneliese demanda :

— Pardon ?

— Papa ne vous en voudrait jamais si vous continuiez à porter votre alliance. Votre mari était une part de votre vie. Sachez que nous n'espérons pas vous voir l'oublier.

— Kurt ne m'a jamais donné d'alliance.

— Ce n'est pas la coutume en Autriche ?

— Si, ça l'est, mais…

L'espace d'un instant, elle sembla presque déstabilisée.

— Nous étions plutôt pauvres, c'est tout.

Ou peut-être avez-vous menti en prétendant avoir été mariée, ne put s'empêcher de penser Jordan. *Et peut-être n'est-ce pas votre seul mensonge…*

La voix de son père s'éleva, grondeuse : « *Imagination débordante.* »

Changeant brusquement de sujet, elle regarda la robe bleu ciel, à la jupe en corolle, d'une élégante simplicité.

— Je pense que vous avez raison en ce qui concerne cette robe. Le bleu irait bien à Ruth aussi, avec ses yeux noirs. La plupart des blondes ont les yeux bleus, comme vous. Elle doit avoir les yeux de son père.

— En effet, approuva Anneliese.

Son visage redevenu impassible, elle palpait la manche d'un tailleur rose pâle.

— Eh bien, c'est très frappant, fit alors remarquer Jordan.

Elle essaya de réfléchir à la suite à donner à la conversation. Ce n'était pas juste Ruth et le premier mari d'Anneliese qui l'intéressaient, c'était tout son passé. Mais le sujet de l'alliance avait perturbé l'Autrichienne, qui semblait avoir perdu un peu de son assurance.

Elle fit une nouvelle tentative :

— Ruth a-t-elle jamais connu son père, ou bien…

— Non, elle ne se souvient pas de lui. Il était très beau, néanmoins. Aussi beau que votre petit ami. Aimeriez-vous inviter Garrett au mariage ?

— Si c'est dans la journée, il travaillera. Il fait des heures pour le patron de son père jusqu'à sa rentrée à l'université de Boston, à l'automne. Ses parents veulent qu'il entre dans la société, alors que tout ce qu'il veut, c'est piloter des avions. Garrett n'a jamais combattu. Il a été grièvement blessé à la jambe pendant sa formation et la guerre s'est finie avant son rétablissement. Il a donc été réformé. Votre mari a-t-il fait la guerre ?

— Oui.

Anneliese prit un chapeau de paille crème et examina les rubans bleus. Sans entendre sa question suivante sur sa famille, elle lui demanda à son tour :

— Vous avez l'intention de suivre Garrett à l'université de Boston, cet automne ?

Distraite, Jordan cligna des yeux.

— J'aimerais beaucoup mais papa n'y est pas favorable. Avec notre affaire familiale, il ne pense pas que l'université soit utile.

Surtout pour une fille.

— Il n'est jamais allé à l'université et a toujours affirmé qu'il n'avait aucun regret.

— Je suis sûre que c'est vrai. Mais comme n'importe quel jeune, vous devez faire vos propres choix. Peut-être pourrions-nous essayer de le faire changer d'avis, à nous deux. Même les meilleurs des hommes ont parfois besoin d'être guidés.

Ponctuant sa phrase d'un sourire de conspiratrice, Anneliese la coiffa du chapeau à rubans.

— Charmant. Et si vous essayiez la robe ? Pour moi, je pense que ce tailleur rose…

Amusée malgré elle, Jordan entra dans une cabine d'essayage. Elle avait commencé par envisager une belle-mère comme une merveilleuse solution à la solitude de son père. Puis, étant donné qu'elle ignorait tout de la femme qui entrait dans leur vie, comme une source de malaise. Mais jamais elle n'avait pensé qu'une belle-mère puisse être… une alliée. Tout en attachant la robe bleue à la taille ajustée et à la jupe en corolle, elle repensa à la suggestion d'Anneliese et sourit. *« Peut-être pourrions-nous essayer de le faire changer d'avis, à nous deux. »* De l'autre côté de la cloison, elle l'entendait se changer dans un bruissement d'étoffe. Était-elle sérieuse ? Ou bien essayait-elle de faire diversion pour couper court à ses questions ?

— Magnifique ! approuva la future Mme McBride, lorsqu'elle émergea de sa cabine. Ce bleu fait ressortir votre teint de pêche, crémeux, purement américain.

— Vous aussi, vous êtes ravissante, la complimenta-t-elle en toute sincérité.

Menue et élégante, dans un tailleur rose dragée, Anneliese pivota devant le triple miroir. Une assistante s'affairait avec des épingles. Jordan s'approcha pour effleurer une des manches.

— Vous m'aideriez vraiment à convaincre papa de changer d'avis au sujet de l'université ? La plupart des gens estiment que c'est un désir stupide, étant donné que j'ai un petit ami charmant et une place qui m'attend au magasin, où je travaille déjà le week-end.

— Fadaises ! rétorqua l'Autrichienne en lissant la veste sur sa taille. Les filles intelligentes comme vous – une autre pince ici ? – devraient être encouragées dans leurs ambitions. Pas le contraire.

— C'était votre cas, à mon âge ? ne put-elle s'empêcher de demander. Vous avez dit être allée à l'université. Où avez-vous fait vos études ?

Les yeux bleus d'Anneliese croisèrent les siens dans le miroir. L'espace d'un instant, elle se mura dans un silence songeur.

— Vous ne me faites pas entièrement confiance, Jordan, finit-elle par répondre, dans son anglais teinté d'un léger accent étranger. Non, ne protestez pas. Je peux comprendre. Vous aimez votre père. Vous voulez ce qu'il y a de mieux pour lui. Moi aussi.

— Ce n'est pas que je...

Elle sentit ses joues s'enflammer. *Pourquoi dois-tu toujours essayer de trouver la petite bête ?* se rabroua-t-elle. *Pourquoi ne peux-tu te contenter de papoter et de pousser des cris d'admiration comme une fille normale dans une boutique de tenues de mariage ?*

— Ce n'est pas que je ne vous fais pas confiance. Je ne sais pas, c'est tout, et…

Un instant, sa future belle-mère la laissa s'embourber dans son embarras, avant de déclarer :

— Je ne suis pas facile à connaître. La guerre a été difficile pour moi. Je n'aime pas en parler. Et nous, les Allemands, sommes plus réservés que les Américains, même dans les meilleures périodes.

— Je croyais que vous étiez autrichienne, lança-t-elle sans réfléchir.

— C'est exact, dit-elle en se tournant pour examiner l'ourlet de la jupe dans la glace. Mais, pour répondre à votre question, je suis allée à Heidelberg quand j'étais jeune, à l'université. J'y ai étudié l'anglais et rencontré mon mari.

Elle esquissa un sourire et poursuivit :

— Maintenant que vous en savez plus sur moi, si nous faisions nos courses et cherchions une robe pour Ruth ? Il y a une boutique pour enfants tout près.

Lorsqu'elles sortirent de la boutique, chargées de leurs paquets, Jordan sentait ses joues toujours aussi brûlantes. *Je suis vraiment nulle*, se rabroua-t-elle. Mais Anneliese ne semblait pas lui en vouloir. Offrant son visage à la brise, elle balançait son sac à main à bout de bras.

— Mon mari disait que c'était un temps pour la chasse, s'exclama-t-elle soudain. Je ne suis pas douée pour la chasse mais j'aimais partir en forêt par ce genre de journée. Avec la brise transportant tous les parfums du printemps.

Surprise, Jordan sentit l'appréhension familière lui nouer de nouveau l'estomac. Anneliese bavardait pourtant d'une manière tout à fait plaisante, enjouée. *Parce que tu es jalouse*, se rabroua-t-elle avec mépris. *Parce que tu ne veux pas partager ton père et que tu lui en veux. C'est aussi mesquin que méchant ! Et tu vas te dépêcher de chasser ce sentiment.*

5

Ian

Avril 1950
Vienne

Tony attira Ian dans un coin pour un aparté rapide.

— Tu es marié ? Depuis quand ?

Ian contempla la femme qui, maintenant assise à son bureau, ses bottes posées sur le sous-main, dévorait les biscuits de la boîte en fer.

— C'est compliqué, finit-il par répondre.

— Non, ça ne l'est pas. À un certain moment, cette femme et toi, debout face à face, vous êtes dit des mots comme « Pour le meilleur et pour le pire » et « Oui ». C'est irrévocable. Et pourquoi ne m'en as-tu pas parlé, il y a quatre jours, quand j'ai dit qu'elle venait à Vienne ? Tu as oublié ?

— Disons qu'une impulsion malencontreuse m'a poussé à te faire une blague.

Tony le foudroya du regard.

— Et qu'elle soit une petite fleur fragile, c'était une blague aussi ?

Non, ça, c'est une blague qui s'est retournée contre moi.

Ian revoyait Nina, tellement faible qu'elle chancelait, butant sur les mots étrangers de la cérémonie de mariage qui avait duré moins de dix minutes. Il avait prononcé ses propres serments à la hâte, avait glissé à l'annulaire de sa jeune épouse sa chevalière trop large, l'avait ramenée à son lit d'hôpital et s'était empressé de remplir des papiers et de finir un article sur l'occupation de Poznań. Maintenant, cinq ans après, il la regardait lécher des miettes de biscuit sur ses doigts et il remarqua qu'elle portait toujours sa bague. Qui, aujourd'hui, lui allait.

Voyant que son associé attendait des réponses, il se lança :

— J'ai rencontré Nina à Poznań, après la retraite allemande. La Croix-Rouge polonaise l'avait ramassée, à moitié morte d'une double pneumonie. Après sa rencontre avec la *Jägerin*, elle avait vécu à la dure, dans les bois. Elle donnait l'impression qu'un souffle de vent l'aurait achevée.

Mais ce n'était pas juste son état physique. Elle avait un regard tellement hagard qu'elle semblait sur le point de se briser en mille morceaux. Évidemment, il comprenait qu'elle ait changé en cinq ans. Toutefois, il avait du mal à reconnaître en la femme qui se tenait là, dans son bureau, la jeune fille si frêle de son souvenir.

Tony paraissait toujours aussi dubitatif.

— Tu as eu le coup de foudre pour la seule victime qui ait survécu à notre chasseresse nazie ?

Ne sachant par où commencer, Ian se passa une main dans les cheveux.

— Non. J'ai vu Nina quatre fois en tout et pour tout. Le jour où je l'ai trouvée, le jour où je l'ai demandée en mariage, le jour où je l'ai épousée, et le jour où je l'ai mise dans un train à destination de l'Angleterre. Elle ne possédait rien et voulait désespérément partir le plus loin possible de la zone de guerre.

Ils avaient à peine pu communiquer mais elle n'avait pas eu besoin de traducteur pour faire comprendre son désespoir. Qui, malgré lui, l'avait touché au cœur.

— La région était en plein chaos, elle n'avait pas d'identité, j'étais limité dans les contacts que je pouvais faire jouer pour la sortir de l'impasse dans laquelle elle se trouvait. Donc je l'ai épousée.

Tony le dévisagea.

— Très chevaleresque de ta part.

— J'avais une dette envers elle. En outre, nous avions l'intention de divorcer une fois qu'elle aurait obtenu la nationalité britannique.

— Alors pourquoi ne l'as-tu pas fait ? Et comment se fait-il que nous travaillions ensemble depuis des mois et que ce soit la première fois que j'entends parler de ta femme ?

— J'ai dit que c'était compliqué.

— On chuchote, on chuchote ! les interrompit Nina. Vous avez fini ?

— Oui.

Ian se laissa tomber sur la chaise en face d'elle et la regarda. Sa femme. Mme Ian Graham. *Bon sang !*

— Je croyais que tu travaillais à Manchester, finit-il par dire.

Leur dernier échange de télégrammes remontait à quatre mois.

Tony apporta une tasse de thé à leur visiteuse et la questionna :

— Pour qui travaillez-vous ?

Il semblait toujours aussi déconcerté, ce que Ian aurait apprécié s'il n'avait pas partagé son sentiment.

— Je travaille pour pilote anglais. Il vient de RAF, il a monté petit aérodrome. J'aide.

Nina remua son thé et demanda :

— Vous avez confiture ?

Elle n'était pas vraiment impolie, décida Ian, juste abrupte. Quel âge pouvait-elle avoir maintenant ? Trente-deux ans ?

Elle posa les yeux sur lui. Ces yeux d'un bleu perçant qui, eux, n'avaient pas changé. Toujours aux aguets.

—Qu'est-ce qui t'amène? lui demanda-t-il simplement.

—Le message, répondit-elle avec un geste de la tête en direction de Tony. Il m'a demandé aider à trouver votre Chasseresse. Je vais aider.

—Tu as tout lâché et pris le premier train pour traverser la moitié de l'Europe uniquement parce que tu as entendu dire que nous avions peut-être une piste sur la *Jägerin*?

Sa femme le regarda comme s'il était stupide.

—Oui.

Tony alla chercher le pot de confiture, puis s'appuya contre le bureau.

—J'espère que vous m'en direz plus sur vous-même, madame Graham. Votre mari si dévoué ne s'est pas montré très loquace.

—Juste Nina. Mme Graham est juste pour le passeport.

—Nina, c'est un joli nom. Vous êtes polonaise?

Il changea de langue pour lui poser une question. Nina répondit puis revint à l'anglais:

—Je parle anglais maintenant. Qui vous êtes, déjà? J'ai oublié écrire nom.

—Anton Rodomovsky.

Tony s'empara de sa main libre et se pencha, déployant tout son charme.

—Auparavant, sergent Rodomovsky de l'armée américaine. Mais les États-Unis d'Amérique et moi avons estimé que c'était une expérience ratée. Maintenant, je suis juste Tony, interprète, gratte-papier, homme à tout faire.

Nina plissa les yeux.

—Interprète?

—Quand on a grandi dans le Queens entouré de *babouchkas*, on apprend quelques langues, répondit-il d'une voix traînante. Le polonais, l'allemand, le hongrois, le français, un peu de tchèque, du russe, du roumain…

Elle se tourna vers son mari.

— Interprète, répéta-t-elle, comme si Tony n'était pas là. C'est utile. Quand partons-nous ?

— Pardon ?

Distrait, Ian était fasciné par les énormes cuillerées de confiture de fraise qu'elle ajoutait au breuvage brûlant. C'était la première fois de sa vie qu'il voyait quelqu'un faire subir ce sort à une innocente tasse de thé. Bon sang, c'était barbare !

— J'aide chercher la salope, annonça-t-elle d'un ton détaché. On part quand ? On va où ?

— Nous avons un témoin à Altaussee qui pourrait avoir des informations sur l'endroit où la *Jägerin* est partie après la guerre, déclara Tony.

En trois gorgées, Nina finit de boire son thé à la confiture puis elle se leva et s'étira comme un petit chat de gouttière. Ian se leva à son tour, se sentant soudain gigantesque. Elle lui arrivait à peine à l'épaule.

— Nous partons demain, déclara-t-elle. Où je peux dormir ?

— Votre mari habite en haut, expliqua Tony. Puis-je monter vos bagages ?

Ian lui lança un regard assassin. L'air innocent, son associé demanda :

— Ah bon, pas de retrouvailles passionnées ?

— Très drôle ! répliqua Ian, agacé.

Cinq ans auparavant, quand il avait demandé Nina en mariage, communiquer avec elle avait été la plus difficile des tâches. Il avait eu toutes les peines du monde à lui faire comprendre qu'il n'attendait rien d'elle, qu'il honorait une dette et ne cherchait pas à se faire payer en retour. La simple idée d'imposer une relation physique à une femme affaiblie par la maladie, ravagée par la guerre, lui aurait donné l'impression d'être un débauché tout droit sorti d'un roman de Dickens. Nina avait passé sa nuit de noces sur son lit d'hôpital et il avait passé la sienne à remplir des papiers au nom de Nina

Graham afin qu'elle puisse partir en Angleterre dès qu'elle serait rétablie.

—Je doute que notre propriétaire soit contente de vous voir habiter ici, lança Tony. J'ai loué une chambre à deux rues d'ici, à une gentille petite femme au foyer. Je vais vous accompagner, voir si je peux vous faire obtenir la chambre d'amis.

Avec un signe d'assentiment, Nina s'avança vers la porte d'un pas décontracté. En dépit des miettes de biscuit répandues et de ses membres dégingandés, elle ne faisait pas un bruit. Ce détail l'avait frappé cinq ans auparavant, quand il avait remarqué que sa femme, même tremblante de faiblesse, se déplaçait dans l'hôpital aussi silencieusement qu'un renard d'hiver.

Tony lui tint la porte, l'air toujours aussi perplexe. Derrière le battant qui se refermait, Ian l'entendit dire :

—Alors, racontez.

Il se retourna, contemplant son bureau. Cette courte visite y avait mis le chaos : des traces de pas boueuses, des ronds humides séchant sur les dossiers, une cuillère poisseuse tachant le sous-main. Partagé entre l'amusement et l'irritation, il secoua la tête. *C'est ta punition pour avoir repoussé les papiers du divorce, Graham.* Ce mariage aurait dû se terminer dans l'année suivant leurs serments. En revenant de la mairie, dans un mélange d'anglais et de polonais ponctué de gestes de mains, Nina et lui avaient conclu un accord : dès qu'elle aurait obtenu sa citoyenneté britannique, ils divorceraient. Mais les formalités n'en finissaient pas et il était parti avec les équipes qui enquêtaient sur les crimes de guerre. Nina avait fait de son mieux pour s'habituer à l'Angleterre soumise au rationnement de l'après-guerre. Et le temps avait passé. Tous les six mois environ, il lui envoyait un télégramme pour demander si elle avait besoin de quoi que ce soit. Il ne connaissait peut-être pas sa femme mais se sentait une certaine responsabilité et voulait s'assurer que la frêle jeune fille qu'il avait sortie de Pologne n'était pas totalement perdue dans son nouveau pays. Pourtant, elle avait toujours refusé son aide et, la plupart du temps, il oubliait qu'il était marié. D'autant qu'il n'y avait aucune femme dans sa vie convoitant la place qu'occupait Nina.

Quand Tony revint, il avait tout mis en ordre et il était retourné à ses dossiers.

— Tu as une femme intéressante, lui déclara spontanément son associé. S'il te plaît, dis-moi au moins que tu sais qu'elle n'est pas polonaise.

Ian cligna des yeux, incrédule.

— Quoi ?

— Ce n'est pas sa langue maternelle. Sa grammaire est terrible et son accent encore pire. Tu n'as pas remarqué qu'elle est repassée à l'anglais dès qu'elle l'a pu ?

Ian se pencha en arrière, posa un coude sur le dossier de sa chaise et considéra la situation. Combien de surprises cette journée allait-elle encore lui réserver ?

— Si elle n'est pas polonaise, qu'est-ce qu'elle est ?

Tony parut réfléchir.

— Sais-tu avec combien de grand-mères et de grand-tantes qui me corrigeaient à coups de cuillère en bois j'ai grandi ? Toutes ces vieilles dames en châle, qui cassaient les pieds à leurs filles et se querellaient pour des recettes de goulash ?

— Tu peux aller droit au but ?

— Des centaines, parce que les femmes dans ma famille sont immortelles. Et tu peux ajouter les marraines et les belles-familles, non seulement les Rodomovsky mais les Rolska et les Popa et les Nagy, et toutes les autres. Elles ont débarqué du bateau, venant de tous les pays à l'est du Rhin. Il y avait une vieille bique particulièrement méchante, la cousine par alliance de ma grand-mère, qui parlait de l'hiver à Novossibirsk et mettait de la confiture dans son thé…

Secouant la tête, il ajouta :

— Je ne sais pas sur quoi d'autre ta femme ment, mais si elle vient de Pologne, je suis un fan des Red Sox. Je reconnais un Russe quand j'en entends un.

Surpris, Ian haussa les sourcils.

— « Russe » ?

— *Da, tovarisch.*

Un instant, ils restèrent silencieux. Lentement, Ian faisait tourner un crayon entre deux doigts. Puis il finit par dire, plus pour lui-même que pour son associé :

— Peut-être que ça n'a pas d'importance. Elle était réfugiée quand je l'ai rencontrée à Poznań. Or, les réfugiés fuient rarement des passés heureux. Je doute que son histoire soit plus jolie pour avoir démarré en Union soviétique plutôt qu'en Pologne.

— Tu la connais, son histoire, au moins ?

— *Pas vraiment.*

La barrière de la langue avait rendu difficile tout échange ne concernant pas les informations de base. En outre, Nina n'était pas une source qu'il interrogeait dans le but d'écrire un article. C'était une femme en détresse.

— *Elle était désespérée et j'avais une dette envers elle. C'était aussi simple que ça.*

— *Quelle « dette » ? le pressa Tony. Tu ne l'avais jamais rencontrée. Comment pouvais-tu avoir une dette envers elle ?*

Ian prit une profonde inspiration.

— *Quand je suis arrivé à la Croix-Rouge polonaise, je cherchais quelqu'un d'autre. Un certain Sebastian.*

Un garçon dans un uniforme mal taillé, qui avait dix-sept ans la dernière fois qu'il l'avait vu. « Je leur ai dit que j'avais vingt et un ans, j'embarque la semaine prochaine. »

Encore aujourd'hui, la douleur de ce souvenir lui coupait le souffle.

— Sebastian avait été fait prisonnier de guerre à Dunkerque et enfermé dans un camp près de Poznań. Je ne l'ai pas trouvé.

Mais j'ai trouvé Nina. Elle avait sa plaque, sa veste. Elle l'avait connu. Elle a pu me raconter comment il était mort.

—Comment sais-tu qu'elle t'a dit la vérité? fit remarquer son associé d'un ton égal. Elle a menti en cachant qu'elle était soviétique. Elle aurait pu mentir sur n'importe quoi d'autre. Sur tout.

Ian tourna de nouveau le crayon entre ses doigts.

—Je pense qu'il est temps pour moi d'avoir une petite conversation avec ma femme, finit-il par concéder.

Tony fit un signe d'assentiment.

—Après Altaussee?

—Altaussee d'abord.

Le témoin, la traque, *la Jägerin*. Cela passait avant tout.

—Tu n'as pas répondu à ma question, reprit Tony. Quelle dette avais-tu envers Nina pour l'épouser sans hésiter une seconde et lui faire gagner l'Angleterre?

—*Seb lui avait promis de l'y emmener. J'ai tenu cette promesse pour lui.*

Ian s'interrompit, dévisageant son associé.

—*C'était mon petit frère. La seule famille qui me restait. Et Nina a vu la Jägerin l'assassiner au lac Rusalka.*

Mais le poison du doute s'était insinué en lui. Si elle avait menti sur sa nationalité, pourquoi pas sur ce témoignage?

Cette même nuit, incapable de trouver le sommeil dans sa chambre obscure, la femme qui l'obsédait n'était pas la Chasseresse. Penché sur le rebord de sa fenêtre, une cigarette aux lèvres, il regardait Vienne baignée par le clair de lune en s'interrogeant: Qui ai-je épousé?

6

Nina

Mai 1937
Lac Baïkal, Sibérie

Nina brisa le cou du lapin d'un geste sec et sentit l'ultime battement de son cœur sous ses doigts. Le printemps était arrivé, l'air vibrait des craquements de la glace qui se brisait en grondant à la surface du lac, lançant des éclats arc-en-ciel. L'air se réchauffant, des stalactites gouttaient et l'eau venait lécher les berges. Mais des bancs de glace flottaient encore sur les profondeurs plus lointaines. Ici, le Vieil Homme contrôlait les saisons et son emprise sur l'hiver n'en finissait pas.

Nina réinstalla le collet à lapins sous les arbres. À maintenant dix-neuf ans, elle avait toujours ses yeux bleus aux aguets sous une casquette informe en fourrure de lapin et le rasoir à portée de main. La plupart du temps, son père était trop ivre pour poser des pièges ou traquer le gibier. Aussi s'en chargeait-elle. Le lapin qu'elle tenait à la main finirait dans la marmite et elle pourrait tirer une paire de gants de sa peau, à vendre ou à troquer. Chasser lui permettait de gagner sa vie sans homme. Mais elle persistait à regarder sans trêve la rive opposée du lac. Trois ans avaient passé depuis qu'elle s'était retrouvée allongée sur la glace, le souffle coupé, les cils gelés, les yeux rivés sur l'immensité du ciel, à penser : « Partir ! » Cela faisait trois ans qu'elle se réveillait avec la sensation de l'eau froide qui la suffoquait, l'atroce souvenir de noyade. Mais où pouvait aller une fille comme elle, si petite et si frêle, aussi folle qu'un carcajou, qui ne savait rien faire d'autre que traquer, tuer et marcher en silence ?

Elle l'ignorait. Mais elle devait trouver le moyen de partir. Sinon, elle mourrait ici. Si elle restait, elle savait que le lac finirait par l'engloutir.

Balançant le lapin par les oreilles, elle persista à marteler ces vaines questions dans sa tête, comme tous les matins. La journée aurait pu passer comme tant d'autres : elle serait rentrée à la maison d'un pas lourd et aurait évité son père qui ronflait. Mais, ce jour-là, elle entendit un grondement dans le ciel.

Le gornaya *?* s'interrogea-t-elle. Mais il était trop tôt dans l'année pour le vent de la montagne qui, par temps chaud, pouvait arriver en tornades du nord-ouest, agitant frénétiquement les eaux du lac et soulevant des vagues hautes de plusieurs mètres, qui venaient se fracasser sur les rives. En outre, c'était un bourdonnement mécanique qui semblait provenir de partout. Une main en visière, elle chercha d'où pouvait venir ce bruit étrange et, bouche bée, regarda une forme noire et élégante surgir de l'horizon et planer au-dessus des frondaisons.

Un avion ? s'étonna-t-elle. Les marchands du village qui avaient été à Irkoutsk affirmaient en avoir vu. Mais, pour elle, c'était la première fois. Cela aurait aussi bien pu être l'oiseau de feu de la légende, montant dans l'azur.

Elle pensa qu'il allait fendre le ciel et disparaître. Mais le ronronnement de ses moteurs parut s'enrayer. Elle fut un instant terrifiée. Et si la machine s'abîmait dans le lac ? Soulagée, elle le vit s'incliner avec raideur et descendre sous la ligne des arbres. Elle se mit à courir. Pour une fois, elle ne prit pas la peine d'avancer sans bruit, mais se précipita, ses pieds foulant la boue des sous-bois. Et s'aperçut soudain qu'elle avait perdu le lapin. Elle s'en fichait !

L'avion avait atterri dans une longue clairière de la taïga. Debout à côté du cockpit, une boîte à outils ouverte à ses pieds, le pilote jurait. Fascinée, Nina le regarda. Dans sa combinaison, coiffé d'une casquette, il était grand comme un dieu. N'osant approcher, elle se contenta de s'asseoir sur ses talons, derrière un buisson, et le regarda s'activer sur son moteur. Elle semblait incapable de détacher ses yeux de l'avion, de ses longues lignes, de ses ailes élégantes.

Au bout d'un long moment, rassemblant son courage, elle sortit des fourrés qui la dissimulaient et se dirigea vers le pilote. Il se retourna pour se trouver nez à nez avec elle.

Il sursauta, ses bottes glissant dans la boue glacée.

— Merde ! Tu m'as fait peur. Qui es-tu ?

Il parlait un russe haché, avec un accent étrange.

— Nina Borisovna, se présenta-t-elle, la gorge sèche.

Elle leva une main pour le saluer et vit ses yeux se poser sur le sang de lapin séché sous ses ongles.

— J'habite ici.

— Qui peut bien habiter un trou boueux pareil ?

Le pilote la regarda un peu plus longuement. Revenant à sa boîte à outils, il lança :

— Une vraie sauvageonne, c'est ça ?

Nina se contenta de hausser les épaules.

— Ce n'est même pas Listvianka, je parie ? demanda-t-il.

— Non.

Même Listvianka était plus grand que son village.

Le pilote jura de nouveau.

— Je suis encore à des heures d'Irkoutsk…

— Les avions n'atterrissent pas ici, parvint-elle à dire. D'où venez-vous ?

— De Moscou, grommela-t-il en lançant ses outils dans la boîte. Je suis le courrier Moscou-Irkoutsk. La plus longue route de la Mère Patrie. J'ai contourné Irkoutsk à cause du brouillard et j'ai eu des problèmes de moteur. Rien de grave. Je pourrais ramener ce coucou à la maison avec une seule aile s'il le fallait.

—Quel genre de… je veux dire…

Nina regrettait de ne pas pouvoir cesser de rougir et de bégayer. Elle aurait pu dévorer un garçon du village pour son petit déjeuner mais face à cet inconnu, elle butait sur les mots comme une fille éperdue d'amour. À cela près qu'elle n'était pas amoureuse d'un homme mais d'une machine.

—Quel genre d'avion est-ce ?

—Un Pe-5.

—Il est magnifique, chuchota-t-elle.

—C'est un veau, dit le pilote d'un ton dédaigneux. Mais un bon veau soviétique.

Elle avança une main vers l'aile.

—Hé, recule, gamine ! aboya-t-il.

—Je ne suis pas une gamine, rétorqua-t-elle vivement. J'ai dix-neuf ans.

Il étouffa un petit rire et reprit son travail. Nina regrettait de ne pas comprendre ce qu'il faisait. Elle savait dépecer un lapin, un phoque, un daim, et reconnaître chacun de leurs os et de leurs organes. Mais les entrailles d'un Pe-5 lui étaient étrangères. Des multitudes de fils et de rouages, l'odeur de l'huile. Elle huma cette odeur, comme s'enivrant d'un parfum de fleurs des champs.

—Où avez-vous appris à voler ?

—Club d'aviation.

—Où y a-t-il des clubs d'aviation ?

—Partout, de Moscou à Irkoutsk, *coucoushka !* Tout le monde veut voler. Même les gamines. Tu as déjà entendu parler de Marina Raskova ? ajouta-t-il avec un clin d'œil.

—Non.

— Une aviatrice qui vient de battre le record de distance. De Moscou à… à quelque part. Le camarade Staline en personne lui a envoyé ses félicitations.

Avec un nouveau clin d'œil, il ajouta :

— Sans doute parce qu'elle est jolie. Raskova, j'entends.

Nina hocha la tête. Son cœur avait repris un rythme normal. Et elle se sentait soudain forte d'une toute nouvelle détermination. Quand, finalement, il referma sa boîte à outils et se leva, elle lui demanda d'un ton résolu :

— Emmenez-moi.

Il se mit à rire à gorge déployée. Une réaction qui ne la surprit pas.

— C'est juste une idée. Je suis bonne au lit, mentit-elle.

Elle n'avait jamais couché avec un homme. Elle intimidait la plupart de ceux qu'elle connaissait et, de toute façon, elle avait bien trop peur de se retrouver enceinte. Mais elle était prête à le faire ici même, dans cette clairière, si cela lui permettait de monter dans cet avion.

— Tu es « bonne au lit » ?

Le pilote regarda ses ongles maculés de sang.

— Et tu te cures les dents avec les os d'un homme, après ?

Il secoua la tête et rangea ses outils.

— Bonne chance, *coucoushka !* Tu en auras besoin, coincée ici, au bout du monde.

— Je ne resterai plus coincée ici bien longtemps, lança-t-elle.

Mais, sans l'entendre, il se hissa d'un bond dans le cockpit. Avant qu'il ait démarré ses moteurs, elle s'élança et posa une main contre l'aile. Elle lui parut chaude, palpitant sous sa paume comme un être vivant. Elle semblait lui dire : « Bonjour. »

— Bonjour, répondit-elle dans un souffle.

Puis, sans laisser le temps au pilote de l'invectiver, elle prit ses jambes à son cou et courut jusqu'à la lisière de la clairière dans le bruit assourdissant des moteurs qui emplissait l'air, faisant s'envoler les oiseaux qui tournoyaient loin des arbres. Se sentant jubiler, elle regarda l'avion dévier lentement en direction de la longue plaine, se redresser et prendre de la vitesse. Le souffle coupé, elle le vit s'élever dans les airs, vers l'azur infini. Vers l'ouest. Longtemps après qu'il eut disparu elle resta en contemplation devant l'horizon. Émue aux larmes car elle connaissait enfin les réponses à ses questions.

Quel est le contraire d'un lac ?

Le ciel.

Quel est l'opposé de se noyer ?

Voler.

Car si vous vous éleviez librement dans les airs, jamais l'eau ne vous submergeait la tête. Vous pouviez tomber, vous pouviez mourir, mais vous ne pouviez pas vous noyer.

Qu'y a-t-il plein ouest ?

Un club d'aviation. Peut-être n'était-il pas plein ouest. Mais, à quelques heures à l'ouest, elle trouverait ce qu'elle n'avait jamais soupçonné vouloir.

Elle rentra chez elle en courant, ses pieds déjà si légers qu'elle se sentait sur le point de s'envoler. Une fois à la cabane, elle emballa toutes ses possessions dans une besace : quelques vêtements, ses papiers d'identité, le rasoir. Sans l'ombre d'une hésitation, elle vida le pot que son père gardait comme tirelire, jusqu'au dernier kopeck. Il ronflait sur son lit crasseux.

—De toute façon, c'est moi qui ai gagné tout cet argent, lui déclara-t-elle. Et puis, tu as essayé de me noyer dans le lac.

Elle se détourna pour ramasser sa besace. Quand elle regarda derrière elle, elle le vit qui l'observait en silence, son œil mi-clos rappelant celui d'un loup.

—Où vas-tu ? demanda-t-il d'une voix pâteuse.

—Chez moi, s'entendit-elle répondre.

—Dans le lac ?

Elle poussa un soupir exaspéré.

—Je ne suis pas une roussalka, papa.

—Où vas-tu?

—Dans le ciel.

Jamais je n'avais pensé que je pourrais posséder le ciel. Mais, maintenant, je sais.

Il se remit à ronfler. Elle faillit se pencher et effleurer son front de ses lèvres. Se ravisant, elle prit le pot à moitié plein de vodka sur la table de la cuisine et le posa à côté du lit. Puis, sa besace en bandoulière, elle fit du stop jusqu'à la gare de Listvianka et dormit sur le quai, en attendant un train.

Après un trajet dans un wagon froid et malodorant, elle arriva à Irkoutsk le lendemain, au crépuscule. En n'importe quelle autre circonstance, elle serait sans doute restée le souffle coupé devant l'immense étendue crasseuse qu'était une ville par rapport à son village délabré. En l'espace d'un instant, elle croisa plus de monde qu'elle avait l'habitude d'en voir en une semaine entière. Mais, résolument déterminée, elle avait un but précis. Elle passa toute la nuit à essuyer les moqueries et les rebuffades de la moitié des habitants d'Irkoutsk. Puis, enfin, le trouva: un affreux bâtiment sur la rive du fleuve Angara.

À l'aube, quand le directeur du club d'aviation d'Irkoutsk arriva au travail en bâillant, quelqu'un l'avait devancé. Emmitouflée dans son manteau, ses yeux bleus à peine visibles entre sa casquette en peau de lapin et son écharpe, Nina Markova l'attendait, blottie sur la première marche.

—Bonjour, le salua-t-elle. Est-ce ici que je vais apprendre à voler?

7

JORDAN

Mai 1946
Boston

— Vous méritez un voyage de noces plus grandiose, objecta Dan McBride.

— Un week-end à Concord suffira amplement, insista Anneliese. Ce ne serait pas juste de laisser les filles seules trop longtemps.

Jordan et Ruth n'avaient pas tardé à devenir « les filles ». Et Jordan remarquait que chaque fois qu'il entendait ces deux mots, Dan McBride jubilait. Tout ce qui le rendait heureux en valait la peine. À dire vrai, elle aussi était heureuse. Elle s'était jetée à corps perdu dans les préparatifs du mariage : elle avait fait de la place dans la penderie paternelle pour les affaires d'Anneliese, avait repassé son costume de mariage. La veille du grand jour, Anneliese devait dormir là et partager la chambre d'amis avec sa fille. Et, le lendemain matin, ils partiraient pour l'église dans deux taxis différents.

— Tu ne dois pas voir ta future femme en mariée, papa, déclara-t-elle. Donc, tu prendras le premier taxi et Anneliese, Ruth et moi suivrons dans le second.

— Tout ce que tu voudras, ma belle, approuva-t-il en lui pinçant affectueusement la joue. Je suis fier de la façon dont tu mènes les choses. Il n'y a pas beaucoup de filles de dix-sept ans à qui j'aurais confié leur nouvelle sœur pour un week-end.

Pensif, il fit tourner l'alliance de son premier mariage et la changea de main.

— Je m'inquiétais de ne pas avoir été à la hauteur avec toi, après la mort de ta mère. Je n'ai pas géré la situation comme je l'aurais dû.

— Papa…

— Je le sais. Une petite fille avec une imagination débordante, qui avait été traumatisée par la mort de sa mère. Je m'inquiétais car j'avais peur de ne pas savoir t'élever seul.

Il l'enveloppa d'un regard approbateur.

— Je ne sais pas si c'est moi qui ai su m'y prendre ou si c'est ta personnalité, mais regarde-toi maintenant. Tu es si adulte, tu as la tête sur les épaules.

Je n'en suis pas si sûre. Elle avait beau se rabrouer, chaque fois qu'elle croisait le regard bleu énigmatique d'Anneliese à travers la table du dîner, les spéculations se déchaînaient en elle.

C'est ridicule. Tu aimes bien Anneliese. (C'était vrai). *Elle est charmante.* (Elle l'était). *Elle n'a même pas raconté à papa que tu as eu l'impertinence de la questionner avec un peu trop d'empressement sur son passé.* (Elle n'en avait rien fait). *Alors pourquoi persistes-tu à… ?*

Parce que tu es toujours jalouse et que tu essaies encore de la prendre en faute, se réprimanda-t-elle. Et elle continua à faire son possible pour étouffer ce sentiment.

Quelques jours avant le mariage, Garrett et elle étaient en train de s'embrasser sur la banquette arrière de la Chevrolet. Obéissant à son père qui lui avait ordonné d'arrêter de faire le ménage, elle avait accepté de sortir avec son petit ami.

— Tu es trop distraite ! lui reprocha-t-il au bout d'une dizaine de minutes. As-tu même envie qu'on passe du temps ensemble aujourd'hui ?

— Non, pas vraiment. Désolée.

Il se redressa et, d'une main, elle rangea ses cheveux qui s'échappaient de son bandeau bleu.

— Tu me tues, dit-il, une lueur de regret dans ses grands yeux.

Tout en cherchant ses clés, il descendit d'un bond de sa voiture. Il n'était pas du genre à insister quand une fille disait « non ». Il grommelait mais il renonçait. *Peut-être cette année allons-nous…*, songea Jordan.

Ils reprirent leurs places à l'avant et il démarra pour la raccompagner chez elle.

— Qu'est-ce qui te préoccupe ? finit-il par demander. Ce mariage ?

— Ce sera plus facile quand ce sera passé, reconnut-elle.

Ce serait sûrement le cas. Anneliese Weber serait Anneliese McBride, sa belle-mère. Ils seraient une famille. Et tout irait bien.

Le matin du mariage, l'aube se leva, limpide, annonçant une magnifique journée. Jordan fut la première à sortir du lit et força son père à avaler un toast. Quand elle glissa un bouton de rose blanc à sa boutonnière, il sourit. Sa nervosité était touchante.

— Je pensais que ce serait moi qui te conduirais à l'autel.

— Pas encore, papa, pas encore !

Elle recula d'un pas et, la gorge nouée par l'émotion, lui conseilla d'une voix étranglée :

— Voilà. Tu ferais bien d'aller prendre ton taxi. Si le père Harris arrive ivre, fais-lui boire du café. Pas question de repousser ce mariage. Je ne te ferai pas entrer dans ce costume une deuxième fois !

Après avoir pris quelques photos, elle l'accompagna jusqu'à son taxi. Puis elle se précipita vers la chambre d'amis et frappa. Ruth vint lui ouvrir.

— Ruthie, tu ressembles à une princesse, la complimenta-t-elle en souriant. Tu veux bien tourner sur toi-même pour me montrer ?

La fillette se mit à pivoter sur place d'un air solennel, ses cheveux blonds frôlant le col de dentelle de sa robe de velours bleu toute neuve.

Je vais te faire rire pendant ce week-end, coûte que coûte, se jura-t-elle.

— Vous voilà, dit alors Anneliese. Nous sommes presque prêtes.

Debout devant le miroir, elle se poudrait le visage et le cou d'une houppette. Dans son tailleur rose dragée et son chapeau crème à larges bords, l'air parfaitement serein, elle ne donnait pas le moindre signe d'émoi d'une future mariée.

— Vous êtes ravissante ! s'exclama Jordan. Papa en sera bouche bée.

— Vous aussi, vous êtes très jolie ! s'exclama-t-elle en se retournant pour la regarder dans sa robe bleue.

Pour une fois, elle semblait parler avec spontanéité.

— J'ai hâte de vous confectionner des vêtements, Jordan. Je couds toutes mes tenues de jour ainsi que celles de Ruth. Je pourrais vous faire une robe d'été si vous le souhaitez. Quelque chose de simple, vous n'êtes pas une fille compliquée. Une longueur trois-quarts, pas d'imprimé floral…

Anneliese se mit à rire et, l'air soudain penaude, elle se tut.

— Du meine Güte, je m'étais promis de ne pas vous proposer de vous habiller, comme si vous étiez une enfant ! Mais, en fait, c'est tout le contraire. Ce serait un plaisir de confectionner une robe pour une jeune fille qui veut des froufrous partout.

À son tour, Jordan partit d'un rire dont la sincérité la surprit.

— Je crois bien que nous allons vous aménager le solarium en salle de couture. Mais avant tout…

Elle plongea une main dans sa pochette bleue et lui tendit le bracelet que son père lui avait donné pour ses seize ans. Cela faisait des jours qu'elle voulait l'offrir à sa future belle-mère, sans en trouver le courage.

— J'ai pensé que vous aimeriez porter cela en ce jour.

— Ce serait un honneur, murmura-t-elle.

Jordan sentit fondre ses dernières appréhensions.

— Voilà ! Maintenant, vous avez quelque chose d'emprunté.

Anneliese tapota le rang de perles grises à son cou.

— Et quelque chose de vieux, ajouta-t-elle.

— Et quelque chose de neuf, finit Jordan en attachant le bijou au poignet de la future épouse de son père. Votre tailleur rose.

— Et quelque chose de bleu.

La mariée brandit le bouquet de roses crème nouées d'un ruban de satin bleu pâle et Jordan sourit.

— Le taxi attend.

Anneliese ajusta son chapeau et descendit l'escalier de son pas élégant.

Arrivée à l'église, elle s'avança vers l'autel avec la même grâce silencieuse. Quand Jordan vit des larmes briller dans les yeux de son père, son cœur se gonfla d'allégresse. Pas de doute, ce mariage en valait vraiment la peine. La voix sonore du père Harris s'éleva dans le chœur et ils furent unis.

Un gâteau et du champagne attendaient dans la sacristie. Dans le concert des bouchons qui sautaient, les amis se pressaient autour des nouveaux mariés. Qui devaient prendre un taxi pour South Station et partir en voyage de noces. Jordan avait préparé les petits sacs de riz porte-bonheur. Anneliese bavardait avec des voisins.

Dan jucha Ruth sur l'une de ses épaules.

— Tu veux tenir le bouquet de ta maman ?

— Non, elle va le faire tomber, protesta la mariée.

— Tu feras attention, n'est-ce pas, petite demoiselle ?

Il prit le bouquet des mains de sa femme et le plaça dans celles de l'enfant. Jordan prit une adorable photo de la fillette dans ses bras, enfouissant son visage dans les roses. Malgré son air réservé, elle paraissait enchantée de sa nouvelle vie.

Les coupes se vidaient, les rires fusaient. Hélé par l'un de ses collègues, le marié posa Ruth à terre et la fillette regarda autour d'elle en se mordillant la lèvre inférieure. Jordan lui prit la main.

— Que veux-tu, Ruthie ?

L'enfant fit un geste en direction de ses genoux.

— Je vois. Je vais t'accompagner aux toilettes.

Elle l'y emmena et elle lui retira le bouquet.

— Maman a dit de ne pas le laisser, protesta la fillette.

— Tu ne peux pas vraiment l'emporter au cabinet.

Docile, Ruth ferma la porte. Jordan posa alors les roses devant le miroir et prit un cliché des fleurs. Remarquant que le ruban de satin bleu pâle se défaisait, elle entreprit de le renouer et sentit une légère proéminence entre les tiges. *Peut-être un porte-bonheur de mariage ?* Elle fouilla parmi les roses et en sortit un petit morceau de métal qu'elle plaça dans sa paume.

Soudain pétrifiée, elle le fit scintiller à la pâle lumière des toilettes.

C'était une médaille de guerre. Et si ce n'était pas une médaille américaine, elle la reconnaissait parfaitement. Pendant toute la guerre, les acteurs de Hollywood l'avaient arborée dans leurs rôles de méchants nazis. C'était une croix de fer, au milieu de laquelle brillait une croix gammée.

Elle la laissa tomber comme si elle était brûlante. Elle était dissimulée parmi les roses de la mariée nouées du ruban bleu pâle comme une goutte de poison. *Quelque chose de vieux, quelque chose de neuf. Quelque chose de nazi, quelque chose de bleu.*

Abasourdie, elle sentit des frissons d'horreur glacés lui parcourir le dos.

Le bruit de la chasse d'eau la ramena au présent. Ruth allait sortir. Anneliese pouvait arriver d'une seconde à l'autre. Sans vraiment réfléchir, elle braqua son Leica. *Clic.* Quel genre de femme se mariait avec une croix gammée dissimulée dans son bouquet ? Pourquoi prenait-elle un tel risque ? Les mains tremblantes, elle rassembla les roses à la hâte, enfouit la croix de fer à l'endroit même où elle l'avait trouvée et renoua le ruban.

Ruth ressortit et trottina en direction du lavabo pour se laver les mains. Incapable de s'extraire de sa stupeur, elle la regarda.

Qui est ta mère ?

Elle lui rendit les fleurs et surprit son reflet dans le miroir : elle avait les joues rouges.

Souris, se tança-t-elle, *souris.*

Elles regagnèrent alors la sacristie.

— Vous voilà ! s'exclama Anneliese en reprenant prestement son bouquet. Ruth prend mes fleurs et disparaît ! *Mäuschen*, je t'ai dit…

Attrapant son père par la manche, Jordan l'attira de côté.

— Papa.

— Le taxi est arrivé, dit-il en prenant la valise de sa femme. Tu as le numéro de téléphone de notre hôtel à Concord, s'il y a le moindre souci. Même si je ne vois pas quel genre de problème mes filles pourraient rencontrer en deux jours !

Je pense, au contraire, que nous avons un gros problème.

Elle le tira plus fort.

— Papa.

La foule des invités les poussait déjà vers le perron.

— Qu'y a-t-il ? demanda-t-il en l'entraînant avec lui.

Elle sentit sa bouche se dessécher. Que diable allait-elle faire, réduire en pièces le bouquet sur les marches de l'église ? Qu'est-ce que cela prouverait ?

La voix joyeuse d'Anneliese résonna derrière elle.

— Jordan, attrape !

Debout sur la première marche, elle se retourna et les roses de la mariée atterrirent entre ses mains. Un concert d'applaudissements s'éleva et sa nouvelle belle-mère lança, avec un clin d'œil :

— Pour ma demoiselle d'honneur. Le train, Dan, nous allons être en retard !

Dans l'effervescence générale, les bagages furent rangés dans le coffre et, sa jupe tournoyant autour d'elle, la nouvelle Mme McBride glissa sa pochette sous son bras. Jordan, de nouveau glacée, était figée. Elle ne sentait plus la petite proéminence dure entre les tiges. Anneliese avait dû subtiliser la croix de fer avant de lui lancer son bouquet.

Si elle a pris le risque de la porter aujourd'hui et de ne l'extraire du bouquet qu'à la dernière minute, elle doit lui être très précieuse. Ou alors, j'ai tout imaginé.

L'espace d'un horrible instant, elle eut l'impression de devenir folle. « Jordan et son imagination débordante. » Sa jalousie l'avait poussée à inventer la théorie la plus absurde et, cette fois, son esprit lui avait fourni une preuve.

La courroie de son Leica la rassura. Elle n'avait rien imaginé. Elle avait vu la croix de fer. Elle en avait pris une photo. À peine rentrée chez elle, elle irait développer la pellicule dans sa chambre noire. Elle en tremblait d'avance, imaginant les bras noirs de la croix nazie émergeant comme une tête de mort à travers le révélateur. C'était sa preuve.

De quoi ? songea-t-elle en regardant son père ouvrir la portière du taxi pour sa nouvelle épouse. En soi, ce n'est la preuve de rien.

Si ce n'était que cette femme cachait quelque chose.

Ruth ouvrit son sac de riz et en aspergea les mariés. Dans un dernier tourbillon d'embrassades, Dan et Anneliese McBride montèrent dans le taxi. Qui s'éloigna sous les acclamations des invités, laissant Jordan submergée par un mélange de confusion et de terreur.

Oh ! Papa ! Qui as-tu fait entrer dans la famille ?

8

Ian

Avril 1950
Altaussee

Nina n'était pas contente de rester à Vienne.

—Non, je vais avec vous.

—Je dois embobiner une fille à Altaussee, lança Tony avec son sourire le plus persuasif. De quoi aurai-je l'air si j'arrive accompagné d'une autre femme ?

Nina haussa les épaules. Elle avait déjà été mise au courant de presque tous les éléments de la traque et avait visiblement hâte de se lancer. Ian ajouta :

—Il faut absolument que quelqu'un reste au bureau.

—Vous partez traquer la Chasseresse et je dois répondre téléphone, dit-elle d'un ton lugubre. C'est connerie.

—Je suis d'accord, concéda-t-il. Mais, Nina, je dois avoir une conversation franche avec toi avant de t'inclure dans la traque la plus importante de ma vie. Et comme nous n'avons pas le temps pour cette conversation maintenant, tu restes dans ce fichu bureau.

Ses yeux bleus se plissèrent. Il la fixa sans ciller, bouillonnant d'impatience. Le train partait dans une heure.

—D'accord, finit-elle par céder, toujours furieuse. Je reste cette fois. La prochaine fois, tu m'emmènes.

Ignorant son regard assassin, Ian prit son borsalino élimé et lui conseilla :

— Essaie de ne pas mettre le feu au bâtiment, en notre absence.

Quelques instants plus tard, un taxi les emportait à vive allure, Tony et lui, dans Mariahilferstrasse. Vienne défilait derrière les vitres, toujours aussi belle en dépit des dommages de la guerre. *Une très belle ville, certes, mais ce n'est pas chez moi*, songea-t-il. Il n'avait plus vraiment de racines depuis la mort de Sebastian. Une simple adresse ne créait pas de racines.

— Bien, nouvelle journée, nouvelle traque, déclara son associé.

— Celle-ci est différente, nuança-t-il, pensant toujours à son petit frère, avec ses genoux écorchés, sa sincérité.

Malgré leurs onze ans de différence, ils étaient très proches. Peut-être parce que leur mère était morte si peu de temps après la naissance de Seb et que la maison était devenue un véritable mausolée. Leur père se comportait comme si la famille Graham était toujours riche, et ne s'intéressait qu'à ses interminables déjeuners au club.

Alors qu'à vingt-quatre ans, il avait quitté depuis longtemps la maison paternelle, il avait déclaré un jour à son cadet :

« Tu es la seule raison pour laquelle je me fatigue encore à revenir pour les vacances. Allons à la pêche avant que le vieux commence à raconter que je ferais mieux de ne pas partir en Espagne traîner avec les communistes et les Ritals. »

Peu de temps après, il était parti pour Barcelone, muni d'un cahier et d'une machine à écrire, pour couvrir le coup d'État de Franco. Pourtant, même quand il était revenu, brûlé par le soleil et amaigri, il avait trouvé du temps à consacrer à Sebastian. Il lui avait appris à faire des ricochets sur l'eau d'un étang et son frère, en contrepartie, lui avait appris à imiter le cri des oiseaux. Tous deux avaient discuté des rumeurs sur l'Allemagne…

Sebastian, qui était mort en Pologne et qui n'avait jamais vu la fin de la guerre…

— Cette traque est différente, répéta Ian.

Son désir d'attraper la *Jägerin* était d'une telle intensité qu'il était prêt à tout.

Ballotté par le taxi, Tony feuilleta le dossier sur leur cible.

— Tu as de la chance, tu sais.

— « De la chance » ? répéta-t-il en le regardant. Mon frère aurait à peu près ton âge s'il avait vécu. Mais il est mort. Je n'ai plus de frère, Tony. Cette salope de nazie me l'a pris.

— Oui, mais tu n'as qu'une seule personne à blâmer. Une seule, répéta l'Américain en soutenant son regard qui, il le savait, flamboyait de colère. Ce qui n'est pas le cas pour beaucoup d'entre nous.

— « D'entre nous » ?

— Ma mère avait de la famille à Krakow, une véritable tribu de cousins, de tantes et d'oncles juifs, qui n'ont pas émigré à l'époque où ses parents l'ont fait. Je ne les avais jamais rencontrés mais je lui avais promis d'aller les voir si je me trouvais un jour en Pologne. Quand j'ai été démobilisé, je suis parti à leur recherche.

Accablé, il laissa échapper un long soupir.

— Ils avaient tous disparu. Tous.

La colère de Ian fondit comme neige au soleil.

— Je vois.

Bien entendu, il connaissait déjà le passé de Tony. Son associé le lui avait assené le jour où ils avaient commencé à travailler ensemble.

« J'ai peut-être grandi dans le Queens et été élevé dans la religion catholique, mais ma famille maternelle est juive polonaise. Est-ce que cela pose un problème ? » lui avait-il demandé.

« Non », avait-il répondu.

Ce qui avait mis fin à leur conversation. Il s'était toujours demandé si Tony avait perdu une partie de sa famille dans l'enfer des camps mais n'avait jamais abordé le sujet. On ne posait pas ce genre de question. On se contentait d'écouter si quelqu'un décidait de vous en parler.

—Je suis désolé, se contenta-t-il de dire.

—Ils ont été avalés par la bête. La machine à broyer. Moi, je n'ai personne en particulier à retrouver et à accuser. Tout ce que je peux faire, c'est les traquer tous, les milliers qui ont alimenté la bête. Or, il est impossible d'attraper tous ces salauds.

Esquissant un sourire, il ajouta :

—Mais toi, tu as de la chance. Tu sais exactement qui a tué ton frère. Une femme. Et nous avons une piste pour la retrouver.

— Tu as raison. J'ai de la chance.

Ils gardèrent le silence jusqu'à ce que le taxi les dépose devant la gare. Une foule animée encombrait les marches. Des hommes d'affaires autrichiens coiffés de feutres homburgs, des mères en dirndl tirant des enfants en culottes de cuir. Et nous, songea Ian, sur la piste d'une meurtrière. Même s'il refusait de s'abandonner à un optimisme excessif, une certitude absolue l'habitait soudain. Ils allaient la trouver. Sebastian n'était peut-être plus là mais son histoire serait racontée dans l'enceinte neutre d'un tribunal. Son histoire et celle des enfants assassinés par la Jägerin avant qu'elle croise un jour la route de son frère.

Ian se sentit soudain plus léger. Pour la première fois, le Destin lui envoyait un signe.

Le monde connaîtra ton nom, déclara-t-il à la Chasseresse. Je t'en fais la promesse !

Ils devaient retrouver Helga Ziegler et sa sœur sur la rive sud du lac Altaussee, à midi. Ils avançaient sur le sentier de la berge, les sommets enneigés barrant l'horizon derrière eux.

—Joue le point de vue quasi policier, lui conseilla Tony. J'ai flirté avec Helga et je lui plais mais sa sœur risque de se montrer plus méfiante. Ça passera mieux si elles pensent que nous cherchons des témoins à interroger, pas des criminels de guerre à arrêter. Les Autrichiens ont tendance à se montrer réticents s'ils se croient soupçonnés d'être d'anciens nazis.

—Ce qu'aucun d'entre eux n'était, bien entendu, rétorqua Ian, sarcastique.

—Si c'est leur histoire, nous l'écouterons sans ciller.

—J'ai déjà fait ça, tu sais.

À maintes reprises, en fait.

—Nos rôles habituels, Tony. Tu joues de ton charme et j'en impose.

—Très bien.

Puis, enveloppant d'un regard approbateur l'imperméable gris qui lui tombait aux genoux et le froncement de sourcils glacial qu'il adoptait toujours pour ce type d'occasion, il ajouta :

—Tu es si britannique et intègre que personne n'oserait te demander tes références.

Ian ajusta son chapeau en un angle plus sévère.

—Si elles ont l'impression que nous sommes alliés avec la police, je ne les détromperai pas.

Étant donné le vague statut juridique du centre, ils avaient joué à plusieurs reprises la carte d'un service indépendant qui n'était allié à aucune nation, qui n'avait aucune autorité gouvernementale. Ian avait des contacts dans la police, le système juridique et l'administration, mais il n'avait aucun moyen légal de forcer les témoins à coopérer avec les interrogatoires du centre. *Et, n'étant pas pleins aux as, nous ne sommes pas non plus en mesure de faire miroiter d'énormes récompenses pour délier les langues,* songea-t-il avec un sourire ironique.

Ils arrivèrent au banc où ils avaient rendez-vous. Devant eux, le lac paisible scintillait au soleil.

—Les voilà, annonça Tony en les montrant du doigt.

Deux femmes s'avançaient le long du chemin. Lorsqu'elles furent plus près, il remarqua leur ressemblance. Blonde, le teint rose, la plus jeune portait un dirndl rose sur un corsage blanc. Quand elle aperçut Tony, une lueur s'alluma dans son regard. L'autre, plus grande, vêtue d'un manteau vert, semblait plus réservée. Elle tenait un petit garçon d'une dizaine d'années par la main. Robuste, il portait une culotte courte. Son associé s'acquitta des présentations et fournit quelques explications habilement truquées sur le centre, et Ian s'inclina. Sans se départir de son expression autoritaire, il sortit son portefeuille pour montrer une pièce d'identité britannique insignifiante qui, néanmoins, semblait étonnamment officielle.

— *Grüss Gott, mesdames.*

— Je vous présente ma sœur, répondit Helga, qui avait déjà passé son bras sous celui de Tony. Klara Grüber.

Klara le regarda.

— Que souhaitez-vous savoir, monsieur Graham ?

Il prit une profonde inspiration et, du coin de l'œil, nota le petit hochement de tête encourageant de son associé.

— En mai 1945, vous travailliez comme domestique pour la famille qui habitait le 3 Fischerndorf.

— C'est exact.

— Avez-vous remarqué la famille qui habitait au numéro 8 ?

— Il était difficile de ne pas les remarquer, répondit Klara Grüber d'un ton acerbe.

Ian précisa ce qu'elle évitait de dire :

— Des Américains qui entraient et sortaient. Procédant à des arrestations ?

Elle lissa les cheveux de son fils et acquiesça d'un signe de tête.

— Et après les arrestations ?

— La plupart des femmes sont parties ailleurs mais *Frau* Liebl et ses fils sont restés.

— Vous voulez dire, *Frau* Eichmann, dit Ian d'un ton calme.

La femme d'Adolf Eichmann. Qui, après le suicide de Hitler, avait trouvé refuge ici même, avec une faction entière de dirigeants nazis. Parmi eux, l'amant de *la Jägerin*, Manfred von Altenbach, de la SS, qui avait trouvé la mort en résistant à ceux qui venaient l'arrêter. Certains de ses compagnons s'étaient laissé menotter. D'autres, comme Eichmann, avaient réussi à passer entre les mailles du filet et à fuir… Mais, quel que soit le sort de ces hommes, ils avaient laissé un certain nombre d'épouses et de maîtresses derrière eux.

— *Frau* Liebl, le corrigea Klara. Elle a repris son nom de naissance après la guerre. Afin d'éviter les ragots.

— *Frau* Liebl est-elle toujours ici ? demanda alors Tony d'un ton détaché.

— Oui, acquiesça Helga en haussant les épaules. Maintenant que j'ai repris le poste de Klara au numéro 3, je vois ses fils jouer dans la rue tous les après-midi.

— Et leur père ? ne put s'empêcher de demander Ian.

Adolf Eichmann était un bien plus gros poisson que ceux que le centre avait les moyens de pourchasser, mais s'il découvrait quelque chose ici, peut-être que dans le futur…

Les deux sœurs secouèrent la tête.

— Vous n'allez pas importuner *Frau* Liebl, j'espère ? Tous ces événements remontent à des années.

Ian sentit bouillonner en lui une colère familière. Les gens étaient toujours prêts à trouver des excuses, toujours prêts à oublier, sous le prétexte que cela remontait « à des années ». Se forçant à sourire, il répondit d'un ton désinvolte :

— Je n'ai nulle intention d'importuner *Frau* Liebl. C'est quelqu'un d'autre qui m'intéresse. Je sais qu'en 1945, un groupe de femmes est venu s'installer au numéro 8. L'une d'entre elles était une brune aux yeux bleus, petite, la vingtaine. Elle avait une cicatrice sur la nuque, rougie, assez récente.

Son cœur battait à grands coups. C'était une piste si ténue. Combien de femmes correspondant à cette description y avait-il dans le monde ? Qui aurait pu remarquer une cicatrice ? Aussi, ce fut avec surprise qu'il entendit Klara répondre :

— Je me souviens d'elle. Je ne lui ai parlé qu'une seule fois mais j'ai remarqué la cicatrice. Une ligne rose sur sa nuque qui descendait sous son col.

— Comment s'appelait-elle ? demanda-t-il, sa bouche se desséchant.

À côté de lui, il sentit la tension de Tony.

— Elle se faisait appeler *Frau* Becker. Ce n'était pas son vrai nom, ce que nous savions tous, ajouta-t-elle avec un sourire entendu.

D'un ton qu'il aurait voulu moins cassant, il la pressa :

— Vous ne le lui avez jamais demandé ?

Elle attira son fils vers elle et lissa le col de son manteau.

— Ça ne se faisait pas, répondit-elle. Pas pendant la guerre.

Pas de nom. Il refoula l'amertume de sa déception et entendit Tony insister ;

— Pouvez-vous nous dire quoi que ce soit d'autre sur elle, *gnädige Frau ?* Il est important que nous localisions cette femme. Nous vous en serions très reconnaissants, ajouta-t-il avec un geste discret en direction de son portefeuille.

Hésitant, Klara Grüber regarda les billets qu'il en sortait. Le centre n'avait peut-être pas les fonds pour d'importantes récompenses mais Ian était tout à fait disposé à renoncer au budget dîner de la semaine pour graisser quelques pattes. Elle hocha la tête et, rapide comme l'éclair, lui arracha l'argent.

— *Frau* Becker est restée chez les Liebl quelques mois après… euh… après tout ça.

Elle ponctua sa phrase d'un geste vague que Ian interpréta comme « les arrestations, les Américains, la fin de la guerre ». Tous ces désagréments qu'ils feignaient tous d'ignorer, comme s'ils n'avaient jamais existé.

— Elle gardait ses distances. Je la voyais parfois dans le jardin, en partant au marché. Je lui disais bonjour et elle me souriait.

Elle marqua une pause, avant d'ajouter :

— Je pense que *Frau* Liebl ne l'appréciait pas.

— Pourquoi ?

Avec un haussement d'épaules, elle expliqua :

— Deux femmes dans une maison, avec des provisions à partager malgré la pénurie due à la guerre. Sans cesse dévisagées car tout le monde savait qui étaient leurs hommes. Je pense que *Frau* Liebl lui a demandé de partir. Elle a dû quitter Altaussee à l'automne 1945.

Ian sentit de nouveau l'amertume le gagner.

— Vous savez où elle est allée ?

— Non.

Il s'était douté qu'elle l'ignorerait.

Klara Grüber souleva son fils qui pleurnichait, le cala sur sa hanche et poursuivit :

— Mais le jour de son départ, *Frau* Becker m'a demandé quelque chose. Alors que je revenais du marché, elle m'a appelée du jardin du numéro 8. Elle avait dû remarquer que j'y allais tous les matins à la même heure, parce qu'elle m'attendait.

— Que voulait-elle ?

— Que je porte une lettre pour elle, quelques jours plus tard. Je lui ai demandé pourquoi elle ne la postait pas avant de partir et elle m'a répondu qu'elle allait rapidement quitter l'Autriche.

Après un nouveau silence, elle poursuivit :

— C'est ce qui me pousse à penser que *Frau* Liebl et elle ne s'aimaient pas. Sinon, elle n'aurait pas confié la lettre à une domestique, dans la rue.

— Pour qui était la lettre ?

Son cœur s'était remis à battre la chamade. L'extrême tension de Tony était de nouveau palpable.

— Sa mère, à Salzbourg. *Frau* Becker m'a dit qu'elle me paierait pour la porter moi-même là-bas, pour ne pas la mettre à la poste. Elle ne faisait pas confiance à la poste.

Elle haussa de nouveau les épaules.

— J'avais besoin de l'argent. J'ai pris la lettre de *Frau* Becker et, une semaine après son départ, je suis allée à l'adresse, à Salzbourg. Je l'ai glissée sous la porte et n'y ai plus jamais pensé.

— Vous n'avez donc pas vu sa mère ? Y avait-il un nom sur l'enveloppe ou…

— Pas de nom. J'avais pour mission de glisser la lettre sous la porte. Sans frapper.

Après une hésitation, elle reprit :

— Elle était très prudente, je suppose. Mais tout le monde l'était, *Herr* Graham.

Helga intervint, sur la défensive :

— Vous n'imaginez pas comment c'était ici, en 1945. Tout le monde cherchait des visas, des papiers, de la nourriture. Personne ne parlait de ses affaires aux autres.

Parce que aucun d'entre vous ne voulait rien savoir, songea Ian. C'était ce genre d'attitude qui avait aidé *la Jägerin* à disparaître sans laisser de trace.

Sans grand espoir, il demanda :

— Je suppose que vous ne vous rappelez pas l'adresse.

Qui se souviendrait d'une adresse inconnue à laquelle il se serait rendu cinq ans auparavant ? Mais, abasourdi, il entendit Klara Grüber répondre sans hésitation :

— Numéro 12, Lindenplatz.

Ian croisa le regard stupéfait de Tony.

— Comment… ?

Pour la première fois depuis le début de l'entretien, elle leur sourit.

— Quand je suis revenue dans le square, en face de la maison, un jeune homme à bicyclette m'a renversée. Il s'est excusé et s'est présenté. Il s'appelait Wolfgang Grüber. Quatre mois plus tard, il m'a ramenée au même endroit et il m'a demandée en mariage. Voilà pourquoi je me souviens de l'adresse.

Ian jubila. *Bon sang!* La chance venait vraiment de tourner !

Avec un sourire chaleureux, Tony leur remit quelques billets supplémentaires.

— Mesdames, vous n'imaginez pas à quel point votre aide nous a été utile.

Helga rougit. Mais sa sœur aînée demanda, non sans appréhension :

— Allez-vous causer des ennuis à *Frau* Becker ? Elle n'a rien pu faire de mal. C'était une femme tellement gentille...

Ian réprima sa frustration. Il était bien temps de s'en soucier. Maintenant qu'elle avait empoché l'argent.

— C'est une enquête liée à une tout autre personne, précisa Tony.

C'était sa réponse standard, tranquillisante, à l'habituelle objection : « Il n'aurait pas pu faire de mal à une mouche. »

Mais Ian dévisagea Klara Grüber un long moment.

— Qu'est-ce qui vous rend si sûre que cette femme était gentille ? finit-il par demander.

— Vous savez bien. Elle s'exprimait avec distinction. C'était une dame. Et une femme n'était pas responsable si son mari était impliqué dans tout ça.

— Impliqué dans quoi ? insista-t-il. Le parti nazi ?

Les deux sœurs tressaillirent. Personne n'avait encore prononcé ce mot. Il sentit au regard implorant de son associé qu'il devait rester pondéré.

— Personne dans notre famille n'était membre du parti, précisa vivement Helga. Nous ne connaissions personne qui le soutenait.

Avec un sourire d'une touchante sincérité, Tony approuva :

— Bien entendu.

— Bien entendu, répéta Ian en tendant une main vers le fils de Klara Gruber.

Le bambin l'attrapa en gazouillant et il sentit les petits doigts potelés s'enrouler autour de son pouce.

— Vous avez un fils adorable. *Frau* Becker en a tué un à peine plus âgé que lui. D'une balle dans le crâne. Sans doute un enfant tout aussi adorable.

Les deux femmes les dévisagèrent, soudain beaucoup moins désinvoltes. Helga porta une main à sa bouche. Klara attira son fils vers elle et il surprit dans son regard l'éclair qu'il avait vu tant de fois auparavant. Comme pour exprimer une colère sourde et tenace. Il pouvait lire la question dans ses yeux. « Pourquoi m'avez-vous raconté ça ? Je ne voulais pas savoir. »

Avec un sourire, il porta une main à son chapeau.

— Encore merci, mesdames.

— Tu peux vraiment te comporter en salaud, parfois, le réprimanda Tony.

Avec un haussement d'épaules, Ian répliqua :

— Comme ça, au moins, je leur ai un peu ouvert les yeux.

Ils regagnaient l'hôtel où ils avaient réservé des chambres pour la nuit. Ian serait bien parti pour Salzbourg sans attendre mais Tony voulait interroger *Frau* Liebl le lendemain matin. Il pensait que la femme abandonnée d'Adolf Eichmann se montrerait bien plus méfiante avec des inconnus que deux anciennes domestiques, mais son associé n'avait pas tort. Ils ne pouvaient pas laisser cette piste inexplorée.

Voyant que Tony avait toujours l'air aussi désapprobateur, il suggéra :

— Je t'invite à dîner.

— Non. Je dois inviter Helga Ziegler à sortir ce soir, lui donner du bon temps. Maintenant, à cause de toi, elle va bouder. Je vais donc devoir déployer tout mon charme.

— Pourquoi l'invites-tu ?

— Passe des semaines à enjôler une fille pour la larguer dès que tu as les informations que tu voulais, elle sentira qu'on s'est servis d'elle.

— Mais oui. On s'est servis d'elle, Tony. En plus, elle a été payée.

— Qu'importe ! Personne n'apprécie de se voir éconduit dès l'instant où il n'est plus utile. Et ce n'est pas une mauvaise fille. Pas plus que sa sœur.

Il s'interrompit, avant de reprendre :

— Elles n'ont pas tort, tu sais. Les choses étaient compliquées pendant la guerre. Survivre en territoire occupé n'est pas aussi noir et blanc que l'on pourrait le croire.

— Ont-elles aidé la Résistance ? Caché des réfugiés ? Transmis des informations aux Alliés ? Ont-elles fait quoi que ce soit pour combattre ce qui se passait autour d'elles ?

Ian marqua une pause.

— Si la réponse est non, eh bien, pour moi, elles ont une part de culpabilité. Il est hors de question que je prétende le contraire.

— Nous ne savons pas ce qu'elles auraient pu faire pour aider. Nous ne pouvons pas faire de suppositions.

— À leur façon de se tortiller, on peut en faire pas mal.

Tony lui fit un salut moqueur.

— Comme ta vision du monde doit être belle. Sans la moindre nuance de gris pour la souiller.

— Tu as perdu des branches entières de ta famille en partie à cause de tous ces gens, à cause de gens comme les sœurs Ziegler, qui préféraient se voiler la face et ignorer la réalité, rétorqua-t-il. J'ai du mal à trouver des nuances de gris dans cette attitude.

— Ne sois pas aussi impitoyable. Nous pataugeons dans les cendres d'une guerre qui n'a ressemblé à aucune autre. Si nous ne faisons pas plus d'efforts pour voir les choses différemment, ça recommencera.

— Tu peux me traiter de juge impitoyable si ça te fait plaisir. J'ai assisté aux pendaisons après le procès de Nuremberg et j'ai très bien dormi la nuit suivante.

— Mais tu n'as plus très bien dormi depuis, je crois ? répliqua Tony.

— Non, mais mes insomnies n'ont rien à voir avec le fait que, pour moi, il n'existe rien d'autre que le bien ou le mal, rétorqua-t-il en guise de conclusion.

Sur ces mots, ils se séparèrent. Et Ian regarda son associé qui s'éloignait, les mains dans les poches, en hochant la tête.

S'ils avaient leurs différences d'opinion, cela ne les avait jamais empêchés de travailler ensemble jusqu'ici. Est-ce que cela pouvait arriver un jour ?

Il ne rentra pas à l'hôtel. Il flâna et se retrouva en face du numéro 8 Fischerndorf. Cinq ans auparavant, aurait-il vu la *Jägerin* sur le seuil ? Une enveloppe à la main, peut-être, attendant le passage de la domestique qui travaillait plus haut dans la rue ?

Je n'ai peut-être pas votre nom mais j'ai l'adresse de votre mère à Salzbourg, déclara-t-il mentalement à la silhouette disparue depuis longtemps. *Et si vous avez envoyé une lettre à votre mère avant de quitter l'Autriche, vous lui avez sûrement dit où vous alliez.*

Il avait attrapé plus d'un criminel de guerre de cette façon ces dernières années. La plupart n'arrivaient pas à couper les liens avec leurs familles.

Dans le jardin, un enfant jouait avec des graviers. L'un des fils d'Adolf Eichmann, qui semblait avoir dix ans. Seb n'avait que quelques années de plus quand il était parti pour Harrow, maigre et nerveux. C'était lui qui avait été chargé de le conduire à la gare avec sa malle. Leur père qui claironnait à la ronde *« mes fils vont à Harrow, les dignes fils de leur père ! »* ne s'intéressait pas à des détails comme les horaires de train.

« La pension c'est l'enfer mais c'est gérable, avait dit Ian à son frère en toute honnêteté. *Frappe tous ceux qui te cherchent, comme je te l'ai montré. Et si les plus grands s'en prennent à toi, je ferai*

spécialement le voyage pour les traîner derrière le terrain de cricket et leur flanquer une raclée. »

« *Tu ne peux pas tabasser tous ceux qui m'attaquent* », avait répliqué Seb, l'air lugubre.

« *Si. Je le peux. Promets-moi de m'écrire !* »

Et Seb lui avait écrit. De longs laïus sur l'observation des oiseaux et, finalement, une passion pour Pouchkine avaient accompagné Ian en Espagne où, d'un pas lourd, il avait suivi les Brigades internationales, et il s'était fait rabrouer pour son imprudence quand, près de Malaga, un raid aérien l'avait rendu sourd de l'oreille gauche pendant une semaine. Ensuite, les lettres de Seb l'avaient suivi à Paris, où il écrivait des articles sur la prochaine conférence de Munich. Un an plus tard, ils avaient passé deux semaines ensemble après l'accident de voiture qui avait été fatal à leur père. Son cadet, qui avait seize ans, avait pris sa première cuite et il l'avait mis au lit... Puis à Londres, six mois plus tard, le jour où il rédigeait un papier sur les sous-marins allemands qui avaient coulé un destroyer anglais près d'Orkney, son cadet était apparu sur le seuil de sa porte pour lui annoncer qu'il s'était enfui de l'école pour s'enrôler.

« *Espèce d'imbécile !* » avait-il crié.

« *Ce n'est pas parce que tu ne peux pas combattre que je ne le peux pas* », avait fulminé Seb.

En effet, après Malaga, il avait partiellement recouvré l'ouïe de l'oreille gauche, mais pas suffisamment pour satisfaire les critères de l'enrôlement... Devant l'expression de son visage, son petit frère avait marmonné.

Mais la seule querelle qu'ils aient jamais eue s'était terminée avant même de commencer et Seb s'était empressé de s'excuser.

« *Pardon. Ce n'était pas ce que je voulais dire* »

« *Tu es quand même un imbécile de t'être enrôlé*, avait rétorqué Ian. *Toutes ces heures à observer les oiseaux t'ont laissé avec une cervelle de moineau.* »

Il se demandait maintenant si, quelques mois plus tard, ce matin de mai où Seb avait été capturé, il était en train de regarder le ciel, guettant des oiseaux. S'il avait regretté de ne pas avoir d'ailes quand son bataillon, sous-armé et mal préparé, avait été forcé de se rendre, sur la route entre Doullens et Arras. Pour s'apercevoir, en devenant prisonnier, qu'à peine commencée cette guerre était finie et qu'il passerait le reste du conflit enfermé, comme un oiseau en cage.

Mais tu t'es quand même battu. Sebastian Vincent Graham avait échappé à son stalag, avait essayé de fuir la Pologne occupée, et il en était mort. Mort des mains de *la Jägerin. Et tu t'es vengé.*

C'était à Seb qu'elle devait sa cicatrice dans le cou.

C'était en tout cas ce qu'avait raconté Nina dans son mélange presque incompréhensible d'anglais approximatif et de gestuelle. Il n'avait pas très bien compris comment son frère et elle s'étaient rencontrés, comment le hasard les avait menés à la maison aux murs ocre de la Chasseresse sur le lac Rusalka, mais il y avait eu une lutte. Des coups de feu. Une lame de rasoir. Seb s'était battu en héros pour que Nina puisse s'échapper.

Toujours perdu dans ses pensées, il se détourna de la maison d'Eichmann. *Si elle m'a dit la vérité.*

— Le moment est venu d'avoir cette conversation, Nina, déclara-t-il à voix haute en s'adressant au crépuscule.

9

Nina

Juin 1941
Irkoutsk, Sibérie

Lorsque l'Union soviétique entra en guerre, Nina testait les performances d'un Polikarpov Po-2 au-dessus d'Irkoutsk, portée par une brise au parfum de nuages. Non que le biplan biplace, en bois, contreplaqué et toile, au cockpit ouvert sur le ciel, fût très performant. Il volait si lentement que des avions plus récents et plus rapides auraient décroché en essayant de s'adapter à sa vitesse. Mais le vieux coucou était maniable. Elle pouvait aisément virer sur l'aile sans se mettre en danger. Elle avait volontiers accédé à la demande des mécaniciens de le faire voler pour vérifier le bon fonctionnement des commandes.

Peu de temps après avoir rejoint le club d'aviation, elle avait effectué son premier vol dans un Po-2. Et quand l'instructeur lui avait confié le manche pour prendre son premier virage en descente, elle avait été envahie par un flot d'adrénaline. L'avion avait tangué, comme conscient d'être guidé par de nouvelles mains incertaines… Et aujourd'hui, quatre ans après ce premier essai maladroit, ayant accumulé un nombre impressionnant d'heures de vol aux commandes de son Po-2, elle survolait les nuages en faisant des loopings. Le ciel était son lac.

Cette sensation l'avait envahie la première fois qu'elle s'était élancée dans les airs, comme une *roussalka* à la chevelure verte plongeait dans un lac. Mais au lieu de plonger vers le bas, elle avait plongé vers le haut, et avait senti qu'elle avait enfin trouvé sa place. Lors de ce premier vol, des larmes de joie avaient embué ses lunettes.

Pourtant, le chemin avait été semé d'embûches. Quand elle avait posé sa requête et son acte de naissance sur le bureau du directeur du club d'aviation, il lui avait déclaré avec condescendance :

« *Ça n'est pas aussi simple, ma fille. Tu vas avoir besoin d'un certificat médical, d'un certificat d'études, de références du Komsomol. Alors seulement tu pourras soumettre ta candidature à la commission d'accréditation. Connais-tu quelqu'un à Irkoutsk ?* »

« *Non* », avait-elle répondu.

Personne qui eût pu user de son influence pour l'aider à obtenir les papiers et les approbations nécessaires. Mais, heureusement, le chef du Komsomol local s'était pris d'affection pour elle.

« *Nous avons ici l'essence de l'esprit prolétarien*, avait-il affirmé après avoir examiné son misérable parcours. *Une fille qui, à l'époque du tsar, aurait sué sang et eau dans les champs et qui, aujourd'hui, cherche le ciel ! La glorification de l'État repose sur la capacité de ses travailleurs à s'élever !* »

Après avoir entendu nombre d'autres slogans, elle avait été autorisée à postuler pour le Komsomol en passant tous les entretiens et les examens de connaissance politique. Si elle ne savait pas grand-chose sur l'histoire politique, elle savait hocher la tête avec ferveur quand quelqu'un lui demandait si elle souhaitait glorifier la Mère Patrie en participant à la récente progression de l'aviation dans le but d'égaler l'aéronautique de l'Ouest décadent. En outre, elle venait d'une impeccable lignée paysanne.

C'est bien la première fois que mon père me rend service. Si, au lieu d'être un simple paysan de Sibérie possédant à peine un kopeck, il avait été un prospère *koulak*, ou s'il avait appartenu à l'intelligentsia, le Komsomol l'aurait dédaignée. Mais le fait qu'elle soit une paysanne inculte et ambitieuse suscita son approbation sans réserve et lui permit d'obtenir la carte de membre qui lui ouvrait de nombreuses portes. Les filles du Komsomol étaient recherchées car elles étaient censées aspirer à devenir des membres du parti communiste. Tant qu'elle pouvait voler, Nina se fichait de la politique ou des partis.

Et voilà comment, aujourd'hui, elle se retrouvait à danser dans les nuages.

Elle acheva sa vrille et se positionna au-dessus du club d'aviation : rien à signaler sur les commandes de ce vieux coucou. Elle commença la descente, faisant corps avec l'avion. Comme si ses bras s'étaient allongés sur les ailes et que ses pieds avaient rejoint le train d'atterrissage, le soleil réchauffant ses cheveux comme il réchauffait la toile de lin qui couvrait les entretoises de bois.

Elle atterrit avec la douceur d'un flocon de neige s'étalant sur l'eau. Un atterrissage parfait, sans le moindre cahot. Souriante, elle sentit le sabot de queue freiner l'appareil jusqu'à l'arrêt. Elle aimait peut-être aussi le Po-2 parce qu'il n'était pas équipé de freins. *Comme moi.* Elle se hissa hors du cockpit et, assise sur le bord, dégrafa sa casquette en fourrure de lapin à moitié pelée. À vingt-trois ans, Nina Borisovna Markova était toujours aussi petite, musclée et robuste qu'une gymnaste ; sous ses ongles, la graisse de moteur avait remplacé le sang, et elle respirait les gaz d'échappement au lieu de l'air du lac. Elle était peut-être toujours un peu folle, admettait-elle, parce que tous les Markov l'étaient, mais au moins, elle avait fait sa place dans le monde en devenant aviatrice au lieu de putain. Elle savait ce qu'elle aimait, elle savait ce qu'elle craignait, mais ses angoisses ne comptaient plus car il n'y avait aucun lac à proximité, où se noyer. Un moment, elle resta assise sur son avion, offrant son visage à la caresse du soleil. Puis, d'un mouvement souple, se laissa glisser sur l'aile et à terre.

Soudain, elle comprit qu'il se passait quelque chose d'anormal.

La piste aurait dû grouiller d'élèves, de mécaniciens, de pilotes. Même à Irkoutsk, l'aviation provoquait un tel engouement que le club était toujours animé. Mais il était désert. Même la rumeur de la ville au loin – le bruit des rues, le son des voix et des pas lourds des travailleurs dans leurs bottes produites en masse – semblait étouffée. Perplexe, elle sécurisa son avion, passa en revue les boutons, les chargeurs et les commandes. S'assurer de la solidité de l'amarrage lui était désormais aussi naturel que respirer. Puis elle prit la direction du hangar le plus proche. En ce parfait dimanche de juin, le soleil au zénith brillait dans le ciel.

À l'intérieur régnait un silence de mort. Les pilotes, les élèves, ses collègues instructeurs étaient rassemblés, lunettes de vol et bidons d'huile à la main. Le visage levé, tous écoutaient le bourdonnement monotone des mots qui s'échappaient de la radio.

« … En vertu duquel, le gouvernement allemand a décidé de déclarer la guerre à l'U.R.S.S. »

Retenant sa respiration, Nina fendit la foule et aperçut les cheveux noirs comme du charbon de Vladimir Ilyich. Qui, avec elle, était l'autre meilleur pilote du club. Elle s'approcha de lui et chuchota :

— Il y a eu une attaque ?

— Ces salauds de Boches ont bombardé Kiev, Sébastopol, Kaunas…

Quelqu'un leur fit signe de se taire. Elle lui montra le haut-parleur d'où montait la voix au rythme lent de l'orateur inconnu. Vladimir lui répondit silencieusement :

— Camarade Molotov.

Le discours continuait :

« Et maintenant que l'attaque sur l'Union soviétique a été perpétrée, le gouvernement soviétique a ordonné à nos troupes de repousser l'assaut outrancier et de refouler les troupes allemandes hors de notre pays… »

Oublié, le pacte germano-soviétique ! songea Nina. À vrai dire, elle n'était pas surprise. Depuis des mois, la menace de la guerre planait dans l'air comme une odeur de dynamite. Et maintenant, c'était la guerre. Tout le monde savait que Hitler et ses fascistes étaient fous, mais assez fous pour s'attaquer au camarade Staline ?

« Le gouvernement de l'Union soviétique exprime sa confiance inébranlable en notre vaillante armée, notre marine et les faucons de la force aérienne soviétique qui s'acquitteront avec honneur… »

« La force aérienne soviétique. » Nina fit un rapide calcul. Elle avait plus d'heures de vol que tous les pilotes du club ou presque ; elle avait fait une formation avancée de deux ans à l'école de pilotage la plus proche, où elle avait décroché le titre d'instructeur aérien. Il y avait déjà des rumeurs d'avions de chasse neufs sortant des usines. Si seulement elle pouvait grimper dans le cockpit de l'un d'entre eux…

« Ce n'est pas la première fois que notre peuple doit gérer l'attaque d'un ennemi arrogant. À l'époque de l'invasion de la Russie par Napoléon… »

La voix du camarade Molotov fut soudain noyée dans un concert d'acclamations. Nina essaya d'imaginer la croix gammée de Hitler déployée sur le Vieil Homme, aux confins du monde, et hocha la tête avec un mépris amusé. Ce pays ne pardonnait pas aux intrus. Napoléon pouvait le confirmer. Il était trop froid, trop vaste, trop impitoyable, pour ceux qui n'y étaient pas nés. Un petit fasciste avec sa moustache en brosse croyait-il pouvoir marcher sur Moscou ? Il lui serait plus facile de vider le lac Baïkal avec un seau.

Manifestement d'accord avec elle, le camarade Molotov hurlait à la radio :

« Ce sera la même chose avec Hitler qui, avec sa morgue, a proclamé une nouvelle croisade contre notre pays. L'armée rouge et tout notre peuple vont de nouveau mener une guerre victorieuse pour la Mère Patrie. »

Un nouveau tonnerre d'acclamations l'empêcha presque d'entendre la conclusion :

« L'ennemi sera vaincu. La victoire sera nôtre. »

La foule se dispersa alors. Certains s'élancèrent dans l'aéroport pour colporter la nouvelle. D'autres se jetèrent au cou de leurs voisins. Les rues grouillaient peut-être de gens terrifiés, en larmes. Mais ici, au club d'aviation, si la guerre était déclarée, personne ne voudrait se trouver ailleurs que dans le ciel. Vladimir Ilyich se tourna vers elle avec un sourire farouche et elle l'embrassa avec une telle violence que leurs dents s'entrechoquèrent.

— Je vais aller m'enrôler demain, déclara-t-il, quand ils eurent repris leur souffle.

— Moi aussi.

Son sang en fusion bouillonnait.

Et même après avoir passé la nuit dans la chambre de Vladimir à boire de la vodka et à rouler entre ses draps, elle fut incapable de trouver le sommeil. Allongée dans la pièce obscure, le bras de son amant endormi sur son ventre, elle regardait fixement devant elle. De l'autre côté du mur, un couple se disputait. Elle imaginait une chaîne de bancs de glace flottant à la surface du Vieil Homme et disparaissant un à un derrière l'horizon bleu. Quand elle s'était dit : « Je peux voler », le train qui l'avait emmenée de son village à Irkoutsk avait été la première étape vers sa nouvelle vie. Et en se disant : « Je vais combattre les Allemands », elle s'apprêtait à franchir la deuxième.

Le lendemain matin, elle repassa chez elle, juste le temps de changer de chemise.

— La guerre n'est pas un jeu, lui déclara Tania. Tu ne devrais pas t'habiller en souriant comme si tu allais au bal.

Elle se contenta de hausser les épaules. Elles avaient été désignées pour partager une chambre de onze mètres carrés, dans un appartement commun avec huit autres colocataires. Elle estimait que c'était un taudis mais Tania affirmait qu'elles avaient eu de la chance de l'obtenir. Aspirant à devenir membre du parti, sa colocataire croyait fermement à l'ordre, à la vertu, à l'État. La seule chose qu'elles avaient en commun était cette chambre.

— La guerre est une calamité mais ils ont besoin de gens comme moi, répliqua-t-elle.

Tania prit son carnet, prête pour son tour de garde auprès des hauts fourneaux.

— De gens comme toi ? Tu es une individualiste.

— Qu'est-ce que ça veut dire ?

— Tu ne te portes pas volontaire pour du travail extérieur.

Elle réprima un soupir exaspéré. Sa compagne de chambre, en revanche, se portait volontaire pour tout : elle réunissait les quotas de commandes publiques pour les kolkhozes, elle faisait faire des exercices dans les usines pour améliorer la discipline de la main-d'œuvre.

— Tu ne participes pas aux réunions du Komsomol, poursuivit-elle. Je te vois assise, en train de faire ton plan de navigation ! Tu ne fais aucun effort pour participer à la vie prolétarienne…

— Ça ne vaut pas le coup !

— Tu vois ? L'État n'a rien à faire de l'individualisme. Essaie de t'enrôler, ils ne te prendront pas, assura Tania sans chercher à dissimuler sa satisfaction.

— Si, ils me prendront.

Nina esquissa ce sourire qui, elle le savait, la déstabilisait.

— Ils ont besoin de gens un peu fous. Parce que les fous excellent pendant les guerres.

C'était ce que son père lui avait raconté, quand il lui arrivait de lui chuchoter des histoires sur les tsaristes qu'il avait tués pendant la révolution. Pour la première fois depuis longtemps, elle pensait à lui. Elle ne l'avait pas revu depuis qu'elle était partie mais s'était souvent demandé si son départ l'avait tué, s'il s'était noyé dans sa vodka tord-boyaux, sans personne pour lui rapporter du gibier pour son ragoût. Pourtant, malgré une pointe de culpabilité, elle savait que jamais elle ne rentrerait, certainement pas pour un père qui avait essayé de la noyer. Ce qui ne l'empêchait pas de se demander encore de temps en temps comment il allait, s'il était vivant. *J'espère que oui, parce que si je n'arrive pas à arrêter les hitlériens dans mon avion, s'ils parviennent à atteindre le Vieil Homme, c'est toi, le vieux, qui les arrêteras.*

Elle l'imaginait se glissant entre les arbres avec son fusil, ses couteaux, un sourire découvrant ses dents pointues, exactement comme le sien, et tranchant des gorges allemandes dans un silence total.

— Une individualiste doublée d'une traînée, marmonna Tania en sortant d'un pas furieux. Je sais que tu étais encore avec Vladimir Ilyich hier soir.

— Tu veux te joindre à nous, la prochaine fois ? lui cria-t-elle tandis que la porte claquait.

Quelques minutes plus tard, elle la franchissait à son tour pour aller retrouver Vladimir et deux de leurs collègues pilotes. Ils descendirent la rue en chantant, beuglant une vieille marche d'ouvriers qu'elle n'avait jamais apprise petite. Comme tant d'autres choses dont elle avait été privée par son enfance isolée, sur les rives du lac. Un manque qui persistait à créer une distance entre la plupart des gens qu'elle rencontrait et elle. Même s'il était moins flagrant au club d'aviation qu'avec les filles du Komsomol comme Tania.

Au moins, au club, ils étaient tous unis par leur passion pour le vol. Mais, malgré tout, Vladimir et ses amis avaient grandi en sachant à quoi ressemblait une ville ; ils connaissaient l'histoire du parti et pouvaient réciter les discours les plus célèbres du camarade Staline parce qu'ils avaient étudié toutes les matières imposées par l'État. Si une enfance de paysanne était un avantage, une enfance de sauvageonne avait ses inconvénients, se dit-elle, non pour la première fois.

Plus maintenant.

Au moment où ses trois compagnons et elle rejoignirent la file d'attente qui s'allongeait à l'extérieur du bureau de recrutement jusqu'en bas de la rue, elle sentit ce sentiment de distance disparaître. Entraînée dans leur discussion enthousiaste sur l'arrivée des nouveaux avions de chasse qui allaient abattre les Messerschmitt et les Fokker de Hitler, elle se sentait incluse dans le groupe. Elle semblait incapable de cesser de sourire.

Mais quand tous les quatre ressortirent, son sourire s'était évanoui. Vladimir posa une main réconfortante sur son bras.

— Tu peux encore faire ta part.

— Mais pas en tant que pilote !

L'officier recruteur n'avait pas pris de gants : aucune femme ne devait être enrôlée dans les unités d'aviation.

« J'ai plus d'heures de vol que n'importe lequel d'entre eux ! » avait-elle protesté en faisant un geste en direction de Vladimir et de deux autres pilotes.

« Ton enthousiasme à servir le pays ne sera pas perdu. Nous avons besoin d'infirmières, d'opérateurs de communications, d'artilleurs antiaériens… »

« Pourquoi ne puis-je pas être pilote ? »

Cherchant des arguments, elle évoqua Staline. Personne ne discutait avec le Patron.

« Le camarade Staline en personne a loué l'engagement des femmes pilotes. Je suis instructeur de vol depuis… »

« Dans ce cas, fais ton travail, ma fille, avait répliqué l'officier d'un ton sévère. *Tu ne manqueras pas de travail dans la formation. »*

Et il était passé au suivant.

— Ne sois pas amère, *dousha*, lui dit Vladimir en essayant de lui enlacer la taille d'un bras. Viens fêter ça avec nous.

Elle le foudroya du regard et regagna sa chambre où elle avait collé sur le miroir une unique coupure de journal remontant à trois ans : Marina Raskova, Polina Osipenko et Valentina Grizodubova devant leur bimoteur Tupolev ANT-37, avec des sourires démoniaques parce qu'elles venaient de battre le record de distance. Quasiment six mille cinq cents kilomètres en vingt-six heures et vingt-neuf minutes. Ces trois femmes étaient ses héroïnes et celles de tout le monde, même celles du camarade Staline, qui leur avait décerné la médaille des Héros de l'Union soviétique et avait déclaré : « Aujourd'hui, ces femmes ont vengé les lourds siècles d'oppression féminine. »

Ce n'est pas en faisant la foutue infirmière que je vengerai « les lourds siècles d'oppression féminine », ragea-t-elle. Mais aucune autre aviatrice du club d'aviation n'avait été sélectionnée. Les hommes, en revanche, avaient tous été recrutés, jusqu'au dernier gamin boutonneux.

— À quoi t'attendais-tu, *Ninochka* ? lança Vladimir avec un haussement d'épaules. Seulement un pilote du club sur quatre est une fille, de toute façon.

— Mais je suis meilleure que n'importe quel homme qu'ils ont pris. Je suis meilleure que toi, déclara-t-elle sans détour.

Elle avait affirmé cela comme un simple constat, pas une insulte. Pourtant, l'air offensé, il répondit :

— Continue à parler comme ça, *dousha*, et je ne te demanderai pas en mariage avant mon départ.

Nina cligna des yeux, ahurie.

— Depuis quand veux-tu m'épouser ?

— Tous les hommes veulent une femme à laquelle dire au revoir quand ils partent à la guerre. Nous pourrions descendre au bureau, ce serait facile.

D'un geste désinvolte, il l'enlaça d'un bras.

— Tu ne m'aimes pas ?

— Tu es un excellent amant, *Vlodya*, et un bon pilote, mais tu n'es pas meilleur que moi. Je ne tomberai amoureuse que de quelqu'un qui volera mieux que moi.

— Salope !

Et il sortit d'un pas furieux pour partager ses dernières nuits au club avec une autre.

Au fil de l'été, les rangs du club d'aviation s'éclaircirent. À mesure que l'automne approchait, les journaux rapportaient les actes de barbarie de l'armée à croix gammée qui assassinait des bébés et torturait des femmes soviétiques sur le front de l'ouest.

Même dans les contrées aussi éloignées à l'est que les environs d'Irkoutsk, la vague de patriotisme enflait. On accueillait les nouvelles du front avec enthousiasme si c'était une victoire soviétique ou avec fureur s'il s'agissait d'une perfide avancée germanique. Nina était rongée par la frustration. Pas une seule unité d'aviation ne voulait d'elle ; pas un seul officier commandant une escadrille ne voulait lui confier un avion ; ce qu'elle faisait de mieux n'était d'aucune utilité. Elle passait ses journées à former des gamins de dix-sept ans qui ne cherchaient qu'à pouvoir s'entraîner en volant quelques heures avant de s'enrôler. À quoi se résumaient tous les beaux discours du camarade Staline sur les femmes de la Mère Patrie prouvant leur valeur ? À des postes d'infirmières ou de formatrices pour les hommes ?

Septembre arriva. Les forces hitlériennes continuaient leur implacable progression vers l'est. Nina, qui longeait les berges du fleuve Angara, regardait le bleu des courants rapides traversant la ville. Elle s'imaginait voler haut, dans l'un des avions de chasse neufs, fendant les nuages en hurlant, à une vitesse à lui éclater les tympans… Tout à coup, elle sentit des picotements lui parcourir le dos et elle sut qu'elle était suivie. Elle s'arrêta pour tripoter sa botte et fit glisser le rasoir dans sa main. Puis, le dépliant à l'intérieur de sa manche, elle se retourna d'un air dégagé, prête à tout. À tout, mais pas au sourire acéré qui la salua.

—Imprudente petite chasseresse, lui dit son père. Je te suis depuis le club d'aviation.

Appuyés à la balustrade, dos au fleuve, ils se regardaient. Nina gardait une distance respectueuse, même si la lueur démente qui dansait dans ses yeux, le jour où il avait voulu la tuer, avait disparu. Elle continuait toutefois à agripper le rasoir entre ses doigts. En le voyant, il sourit.

—C'est le mien.

—Il est à moi maintenant. Que fais-tu à Irkoutsk ?

—Une bonne année pour la chasse, expliqua-t-il en montrant un ballot à ses pieds. Les peaux se vendent mieux en ville.

—Comment m'as-tu trouvée ?

—Je traque les carcajous, gamine. Tu crois que je ne peux pas traquer ma sorcière du lac de fille ?

—Sorcière du ciel, désormais, rétorqua Nina.

—C'est ce que j'ai entendu dire. Ils laissent les femmes voler ?

—Trois femmes ont battu le record de la distance.

Elle l'observa. Il semblait stable sur ses deux pieds.

—Je te croyais mort. Noyé dans ta propre vodka.

Il haussa les épaules.

—C'était plus facile de te laisser remplir la marmite à ragoût quand tu étais à la maison. Les filles sont censées s'occuper de leur père. Mais ça ne veut pas dire que je ne peux pas le faire moi-même.

— Je ne suis pas désolée d'être partie.

Il esquissa un sourire sarcastique.

— Tu as volé jusqu'à mon dernier kopeck en partant. Pour ça, tu n'es pas désolée ?

— Non.

— Petite garce de voleuse ! la rabroua-t-il, une lueur amusée dans les yeux.

Nina sourit. Il était si étrange de le voir ici ; il semblait aussi déplacé qu'un loup déambulant sous les réverbères.

— Je suis contente que tu ne sois pas mort, déclara-t-elle, surprise de constater qu'elle était sincère.

Elle n'avait aucun mal à haïr l'homme qui avait essayé de la noyer. Mais elle aimait bien l'homme qui lui avait appris à chasser, qui lui avait raconté des histoires. Et son endurance face à la mort lui inspirait un certain respect, teinté de prudence. Les sentiments contradictoires qu'il lui inspirait ne lui posaient aucun problème. Néanmoins, si elle devait en choisir un seul, c'était son besoin de ne pas lui tourner le dos.

Il était maintenant en train de dire quelque chose sur la guerre, regrettant d'être trop âgé pour s'enrôler et aller tuer les fascistes.

— Je me demande s'ils mourraient plus facilement que les tsaristes, fit-il remarquer. Je t'ai déjà parlé du salaud de Moscovite à qui j'ai arraché le cœur avec une pelle ?

— Plusieurs fois, papa.

— Tu as toujours aimé cette histoire.

Il la dévisagea sous ses sourcils broussailleux.

— Je devrais avoir au moins un enfant dans cette guerre, tuant les Allemands. Tes frères sont tous en prison ou dans des gangs. Quant à tes sœurs, ce sont toutes des traînées. Et toi ?

— Ils ne veulent pas intégrer de femmes dans les unités volantes.

— Ils te croient trop sensible ?

Il partit d'un rire sonore, qui ressemblait à un aboiement.

—Pendant la révolution, j'ai vu des femmes qui pouvaient décapiter un homme sans ciller.

—Les révolutions vantent les femmes qui se comportent comme les hommes, répondit-elle. Maintenant, quand une femme demande à s'enrôler, on lui dit d'être infirmière.

—Voilà ton problème : tu demandes.

Il se pencha vers elle et elle sentit son haleine fétide.

—Tu auras ta chance, Nina Borisovna. Et, quand tu la verras, ne demande pas. Saisis-la, bordel !

—Ton conseil prouve un dédain antisocial délibéré pour les principes du collectivisme, lança-t-elle, citant le genre de bêtise que Tania passait son temps à répéter. Contraire à l'éthique des principes de la vie prolétarienne.

—On s'en fout, de la vie prolétarienne !

Malgré elle, elle tressaillit.

—Si tu continues à parler comme ça en ville, tu auras des ennuis. Tu es aussi fou qu'imbécile. Tu finiras avec une balle dans le dos.

—Non, parce que je suis un Markov. Nous attirons les ennuis mais nous les dévorons tout crus.

Il se mit alors à fouiller dans son ballot et lui lança quelque chose de doux et d'épais. Surprise, elle l'attrapa. C'était une splendide peau de phoque gris acier, aussi brillante que la glace immaculée, aussi soyeuse que la neige.

Il regarda sa vieille casquette en peau de lapin d'un œil critique.

—Fais-toi une casquette neuve si tu dois piloter des avions de chasse. La tienne est affreuse.

Elle lui sourit.

—Merci, papa.

Puis, après avoir passé son sac en bandoulière, il lui lança en guise d'adieu :

— Ne reviens pas au lac. La prochaine fois que je forcerai sur la vodka, je te noierai pour de bon, petite *roussalka*.

— Ou, cette fois, je te trancherai la gorge plutôt que la main.

— Soit l'un soit l'autre.

Il désigna de la tête la lame de rasoir entre ses doigts.

— Utilise-le pour tuer un Allemand. Fais-le pour moi.

Elle attendit qu'il ait disparu, sa haute silhouette à la tête hirsute se fondant parmi la foule aussi silencieusement qu'il disparaissait dans la taïga entourant le Vieil Homme. *Te reverrai-je un jour?* se demanda-t-elle. Bizarrement, elle avait l'intuition que non. Une pensée qui lui procurait autant de soulagement que de regret et de plaisir.

Ce même soir, assise en tailleur sur son lit, elle était occupée à découper avec soin la peau de phoque pour en faire une casquette neuve quand Tania alluma la radio.

— Ils diffusent un meeting de femmes antifascistes à Moscou, annonça sa colocataire.

Affairée à tailler sa fourrure, elle écouta d'une oreille. Elle allait se confectionner une vraie casquette d'aviateur, avec des rabats à nouer sur les oreilles, exactement ce qu'il lui fallait pour ses vols en cockpit ouvert.

« La femme soviétique représente les centaines de chauffeurs, conductrices de tracteurs et pilotes qui sont prêtes à s'installer aux commandes d'une machine de combat pour se lancer dans la bataille. »

Nina s'interrompit pour demander :

— Qui est-ce ?

— Marina Raskova.

Elle jeta un coup d'œil au visage de la coupure de journal, sur son miroir. La femme sur la droite, aux cheveux bruns, aux yeux étincelants, semblait aussi à l'aise que professionnelle devant son Tupolev ANT-37. Elle avait lu tout ce qui avait été écrit à son sujet mais ne l'avait jamais entendue parler. Sa voix sortait de la radio, chaleureuse et profonde, limpide comme le cristal. Elle aurait sauté d'une falaise pour suivre cette voix.

« Chères sœurs, proclamait Marina Raskova, l'heure d'une revanche sans merci a sonné. Rejoignez les rangs des combattants pour la liberté. »

Dites-moi comment, songea-t-elle.

La réponse arriva quelques semaines plus tard, le jour où les troupes soviétiques furent repoussées sur la ligne Mozhaisk, à quatre-vingts kilomètres seulement de Moscou. Le jour où une autre nouvelle se répandit comme une traînée de poudre dans le club d'aviation. Le camarade Staline avait ordonné la formation de trois régiments devant être entraînés au combat aérien sous la direction de Marina Raskova, Héroïne de l'Union soviétique. Trois régiments de femmes.

Une collègue aviatrice l'en informa :

— Les Komsomols locaux ont été chargés de sélectionner et d'interviewer des volontaires. J'ai déjà soumis tous mes papiers. Seules les meilleures recrues seront envoyées à Moscou.

Comment puis-je les pousser à me choisir ? se demanda-t-elle. *Une petite barbare de la taïga au parcours scolaire haché et à la réputation d'individualiste, alors que partout des femmes vont se porter volontaires pour s'enrôler. Des femmes avec des formations universitaires, des références impeccables, des relations au parti.*

C'est alors qu'elle repensa aux paroles de son père : « *Tu auras ta chance, Nina Borisovna. Et, quand tu la verras, ne demande pas. Saisis-la, bordel !* »

Elle ne prit pas la peine de remplir la paperasse. Elle rentra et réunit ses affaires de première nécessité, son passeport, sa carte de membre du Komsomol, ses certificats de pilote d'avion et de planeur. Puis elle fourra quelques vêtements dans un sac, enfouit ses cheveux sous sa casquette en peau de phoque neuve, et sortit en courant sous un sombre ciel d'octobre. Arrivée à la gare, elle jeta toutes ses pièces de monnaie sur le comptoir du guichet et lança :

— Un aller simple pour Moscou !

10

Jordan

Mai 1946
Boston

Le lendemain du départ en voyage de noces de Dan et d'Anneliese, Jordan emmena Ruth au jardin public. Rien de tel qu'une glace et une balade en bateau-cygne pour faire sourire une fillette… et la faire parler.

— Chocolat ou fraise ?

Ruth se mordillait la lèvre inférieure, indécise.

— Les deux, décida Jordan. Tu le mérites.

Ce qui lui valut un sourire timide. La fillette continuait à s'agripper à la laisse de Taro comme à un harnais de sécurité mais semblait s'ouvrir, comme gagnée par un semblant de confiance.

Ce dont tu profites, songea sévèrement Jordan.

Mais elle repoussa cette pensée.

« Les gens ne sont pas obligés d'étaler leurs vieux chagrins ou leur linge sale juste pour satisfaire ton besoin de savoir », lui avait dit son père il n'y avait pas si longtemps.

Mais il était parti en voyage de noces avec une femme qui s'était rendue à l'autel avec une croix nazie dans son bouquet et elle brûlait d'avoir des explications.

Tout en dégustant leurs glaces, elles se dirigèrent d'un pas tranquille vers l'étang aux canards. Entre elles, Taro remuait la queue. L'eau reflétait les passants qui, sur le pont, lançaient du pain. Pour une fois, elle n'eut pas le réflexe de capturer l'instant en photo.

— Tu vois cette étincelle, Ruth ? C'est une libellule. Tu as déjà vu des libellules sur le lac d'Altaussee ?

Devant l'air perplexe de la fillette, elle insista :

— N'était-ce pas là où tu habitais ? Avant de venir ici ?

La fillette hocha la tête.

— De quoi d'autre te souviens-tu, poussin ? J'aimerais en savoir plus sur toi, maintenant que tu es ma sœur. De quoi te souviens-tu avant de venir à Boston ? insista-t-elle en pressant la petite main.

— Du lac, répondit Ruth de sa voix douce.

Son léger accent allemand disparaissait déjà. Avec ses nattes blondes et son pull bleu, elle aurait pu être une vraie petite Américaine.

— Du lac que je voyais tous les jours par la fenêtre.

— « Tous les jours » ? Combien de jours ?

Anneliese n'avait pas précisé qu'elles avaient fait un long séjour à Altaussee.

Ruth répondit d'un vague haussement d'épaules.

— Tu te souviens de ton papa ? Comment il est mort ?

— Maman a dit qu'il était parti à l'est.

— Où, à l'est ?

Un nouveau haussement d'épaules.

— De quoi d'autre te souviens-tu ? demanda-t-elle aussi doucement que possible.

— Du violon, répondit la fillette dans un murmure. De maman qui jouait.

Surprise, Jordan cligna des yeux.

— Mais elle ne joue pas de violon.

La fillette fronça les sourcils.

— Elle en jouait, affirma-t-elle en caressant le dos soyeux de Taro. Elle en jouait.

— Je te crois, Ruthie.

— Elle en jouait, répéta-t-elle avec ferveur. Elle jouait pour moi.

Anneliese n'avait jamais dit qu'elle jouait d'un instrument. Elle n'avait jamais non plus demandé à allumer la radio pour écouter de la musique. Et elle ne possédait aucun violon. Jordan avait assisté au déballage de ses cartons avant le voyage de noces. Il n'y avait aucun étui. *Peut-être a-t-elle été obligée de le vendre ?*

Elle baissa les yeux vers la fillette.

— Ta maman a parlé d'un incident près du lac à Altaussee. Une réfugiée qui… comment dire… n'a pas été très gentille avec vous deux.

— Il y avait du sang, chuchota Ruth. Je saignais du nez.

Jordan s'interrompit, le cœur battant.

— Tu te rappelles autre chose ?

L'air soudain perturbé, la fillette fit tomber sa boule de glace qui fondait. Il lui était impossible d'insister plus. Elle ouvrit les bras à Ruth, qui s'y blottit.

— Ne t'inquiète pas, poussin. Tu n'es pas obligée de te souvenir si tu ne le veux pas.

— C'est ce qu'elle a dit, marmonna l'enfant contre elle.

— Qui ?

Après un court silence, elle précisa :

— Maman.

Mais, comme hésitante, elle avait hoqueté sa réponse et ses épaules menues se voûtèrent. Jordan se mordit la langue pour s'empêcher de poser d'autres questions. Qu'aurait-elle pu demander ? Elle serra étroitement sa nouvelle sœur.

— Allons faire un tour en bateau-cygne. Tu vas adorer.

— Mais j'ai fait tomber ma glace.

— Tu peux prendre la mienne.

Quand elles arrivèrent au ponton, l'enfant s'était calmée. Pourtant, Jordan n'arrivait pas à se débarrasser de son impression d'être un monstre.

Vraiment productif! se rabroua-t-elle. *Tu as bouleversé ta nouvelle petite sœur juste pour apprendre qu'Anneliese jouait peut-être du violon et qu'une réfugiée l'a fait saigner du nez à Altaussee. Ça ne prouve rien, Jordan Bryde.*

Anneliese ne semblait pas posséder grand-chose, ce qui n'était pas tellement suspect pour une femme qui fuyait les ruines d'une guerre. Non sans un certain sentiment de culpabilité, elle avait profité de son absence pour inspecter sa penderie et ses tiroirs et avait fait chou blanc. Si la nouvelle Mme McBride dissimulait quoi que ce soit susceptible de la faire accuser, elle l'avait emporté en voyage de noces, avec la croix de fer.

Reste aux aguets et attends. Même si elle brûlait d'aller tout raconter à son père, elle savait qu'elle aurait besoin de plus de preuves que deux malheureuses photos. Sinon, il se contenterait de dire en secouant la tête : « Encore Jordan et son imagination débordante ! »

Le lundi, M. McBride et la nouvelle Mme McBride étaient de retour, chargés de cadeaux. En voyant son père en pleine forme, Jordan ne put retenir un frisson de soulagement. Mais qu'avait-elle craint ? Que la délicate Anneliese lui fasse du mal ? C'était incontestablement la plus insensée de toutes les idées qu'elle ait jamais eues.

— Mes filles m'ont manqué ! s'exclama-t-il.

Il souleva Ruth dans ses bras pour l'embrasser. Et elle ne put s'empêcher de répondre au sourire contagieux d'Anneliese.

— Viens m'aider à défaire mes bagages, Jordan. Je vais te montrer le foulard que j'ai trouvé à Concord. Exactement tes couleurs.

Sa belle-mère était si chaleureuse, si enjouée, qu'elle se demanda presque si elle n'avait pas imaginé la croix de fer.

Dans la chambre, au premier étage, elles s'affairèrent à vider les valises. Devant les châles et les mouchoirs qui s'empilaient sur le lit, elle demanda d'une voix détachée :

— Je suis curieuse de savoir si vous avez jamais joué du violon.

— Non, pourquoi ?

— Juste comme ça. Oh, que ce foulard est joli, Anneliese !

— Anna, la corrigea-t-elle en nouant le foulard à franges, orné de sequins bleus, autour de son cou. Maintenant que je suis une vraie femme d'intérieur américaine, j'aimerais un vrai prénom américain !

Elle l'attira vers le miroir et, songeuse, Jordan examina son reflet.

Oui, c'est ça, effaçons votre passé ! Parce qu'il recèle un secret que vous ne voulez pas nous révéler.

— Nous avons une suite au *Copley Plaza*, disait Ginny Reilly. C'est là que ma sœur a passé sa lune de miel, c'est sublime. Alors, le soir de ma nuit de noces, Sean me portera pour franchir le seuil…

Jordan tendit une oreille vers la cuisine où Anneliese faisait cliqueter la vaisselle.

— C'est toi qui devrais le porter pour franchir le seuil, fit-elle remarquer. Sean est un vrai poids plume.

— Arrête, c'est mon fantasme.

Le salon résonna des rires étouffés de ses amies assises sur le plancher autour d'une pile de magazines.

— Il ouvrira une bouteille de champagne pendant que je passerai un déshabillé. En satin ivoire, avec un décolleté plongeant.

De nouveaux, des rires étouffés, jusqu'à ce que Ginny finisse dans un chuchotement :

—Quand nous éteindrons la lumière, il le déchirera…

Cette fois, sa phrase fut saluée par un éclat de rire général.

Jordan ajusta son Leica et photographia le petit groupe, baptisant mentalement la photo: «Juin 1946: étude sur la frustration féminine.» La remise des diplômes avait eu lieu après son dix-huitième anniversaire et, maintenant qu'elles avaient tourné la page sur le lycée, le sujet de prédilection de nombre de ses amies était l'organisation de leur mariage de rêve… et de leur nuit de noces. Toutes étaient des filles bien, qui assistaient au traditionnel déjeuner du dimanche chez leurs bourgeois de parents. Et aucune d'entre elles n'avait perdu sa virginité. Mais elles en parlaient beaucoup. Après le lycée, sur quoi d'autre pouvait-on fantasmer? Ginny travaillait chez *Filene*. Susan allait partir pour l'université de Boston à l'automne, mais avait déjà annoncé qu'elle n'y resterait que jusqu'à ses fiançailles. Et Jordan, qui avait attendu impatiemment de finir le lycée, se demandait maintenant à quoi bon? Quand, la semaine précédente, elle avait soulevé la question de l'université, son père n'avait toujours pas cédé.

«Laisse-moi lui en parler plus tard», avait chuchoté Anneliese. Devant son sourire amicalement complice, elle s'était sentie un peu coupable.

—À ton tour, Jordan, lança Ginny en riant. Comment se passera ta première fois?

Comme se tracasser ne l'avancerait à rien pour le moment, elle décida de jouer le jeu. Elles étaient complètement idiotes mais si elles ne pouvaient pas l'être à leur âge…

—D'accord, alors voilà. Nous sommes en guerre avec les Soviétiques et je suis en train de filmer le bombardement de Moscou. Je rencontre un élégant Français qui travaille pour *Reuters*. À la fin du bombardement, il m'entraîne dans un char abandonné.

—Tu veux le faire dans un char?

— Nous entendons les balles siffler. C'est très romantique. Ensuite, mes photos du bombardement font la couverture de *TIME*.

— Si j'avais Garrett, je ne rêverais pas d'un Français, dit Susan. Est-ce qu'il va te donner sa chevalière d'université ?

— Il n'en aura pas avant d'être étudiant, à l'automne, répondit Jordan, évasive.

Mais Garrett la lui offrirait probablement. Si elle l'acceptait, tout le monde s'attendrait à ce qu'elle la porte au bout d'une chaîne, à son cou, parce que c'était l'étape suivante. Le problème avec les étapes, c'était que, plus vous preniez certaines directions, plus vous étiez censée continuer dans cette trajectoire. Une trajectoire qu'elle n'était pas sûre de vouloir suivre. Elle avait à peine dix-huit ans. Comment savoir si Garrett Byrne était l'homme de sa vie ? Elle n'était même pas sûre de croire qu'il n'existait pour chacune d'entre elles qu'un seul et unique homme avec qui faire sa vie.

Interrompant ses réflexions, Anneliese entra, les bras chargés d'un plateau.

— Puis-je vous proposer du gâteau, mesdemoiselles ?

— Oui, merci madame McBride ! s'exclamèrent ses amies.

Quand elles furent de nouveau seules, elles se mirent à chanter ses louanges :

— Tu as la meilleure des belles-mères.

— Tellement élégante. Toujours tirée à quatre épingles. Ma mère a toujours l'air tellement exténuée.

— Elle est merveilleuse, approuva Jordan.

Si je pouvais être certaine qu'elle n'ait pas été une nazie, elle serait absolument parfaite.

Ses amies parties, elle descendit dans sa chambre noire.

— Le fait qu'elle ait la croix de fer ne veut pas dire qu'elle est une nazie, argumenta-t-elle à voix haute.

Elle voulait être la Jordan juste, impartiale, équilibrée, qui pouvait toujours découvrir la vérité dans le sensationnel. La médaille avait peut-être appartenu au mari d'Anneliese qui, lui, était un nazi. Elle lui avait dit qu'il avait fait la guerre. Mais avait évité de préciser s'il était pour Hitler ou pas. C'était le genre d'information que vous ne divulguiez pas si vous déménagiez aux États-Unis.

Parfaitement sensé. Tout à fait possible.

— Même s'il était nazi, cela ne veut pas dire qu'elle l'était. Elle aurait pu porter cette vieille médaille en souvenir de lui, pas parce qu'elle est fasciste.

Également tout à fait possible.

— En outre, elle ne fait peut-être pas un secret de son passé, reprit-elle en faisant les cent pas dans la chambre noire. Ce n'est pas parce qu'elle ne m'a rien dit qu'elle ne l'a pas dit à papa. Il le sait peut-être déjà. Un petit secret entre mari et femme.

Alors pose-lui la question. Mais elle sentait une réticence instinctive. Anneliese rendait son père heureux. Au cours des dernières semaines, alors qu'elle l'observait, aux aguets, cela lui avait sauté aux yeux. La gaieté avec laquelle il sifflait quand il se rasait le matin, son pas allègre quand il rentrait du travail. Et même si elle ne souhaitait pas imaginer ce qui se passait derrière la porte de la chambre paternelle, il était évident que, de ce côté-là, tout allait bien aussi. Un après-midi de la semaine précédente, elle avait frappé. En entrant, elle avait trouvé Anneliese s'affairant à tirer les draps tandis que son père attachait ses boutons de manchettes, et elle avait surpris leur sourire discret. Peut-être n'était-elle qu'une ingénue bachelière de dix-huit ans qui n'était jamais allée plus loin que retirer son chemisier dans la voiture de son petit ami, mais il sautait aux yeux que l'élégante Anneliese, l'irréprochable maîtresse de maison aux mouchoirs empesés, était bien plus que cela. Et que, visiblement, après tant d'années de célibat, elle rendait son mari très heureux. De toute façon, tout le monde avait plusieurs facettes. Alors pourquoi s'inquiéter autant de celles de sa nouvelle belle-mère ?

Elle fronça les sourcils, redoutant d'être encore en train d'inventer des histoires insensées. Avec cette même imagination incontrôlable qui la poussait à fantasmer sur les hommes en zone de guerre et les balles qui sifflaient plutôt que sur les suites nuptiales et les robes décolletées en satin ivoire.

Elle remonta au premier étage et entra dans l'ancien solarium transformé en salle de couture. Anneliese leva les yeux de sa machine à coudre.

— Te voilà ! lança-t-elle. Je suis encore dans les froufrous. Ruth en veut toujours plus.

Elle lui avait confectionné sa robe de remise de diplôme dans cette même pièce : en soie verte, ajustée à la taille, avec une encolure large et des manches trois-quarts. La robe la plus éblouissante de toutes les terminales. Puis, elle lui avait offert une brassée de roses crème pour la cérémonie. Ému aux larmes, son père s'était tamponné les yeux. Avec cette pointe de culpabilité désormais familière, elle se laissa tomber sur une chaise à côté de la table de couture en soupirant. Souriante, Anneliese lui demanda :

— Tu es fébrile ? Ce n'est pas une période simple dans la vie d'une jeune fille, la fin du lycée sans être encore passée à l'étape suivante.

— Vous allez me conseiller de cesser de me morfondre et de me fiancer ?

N'était-ce pas ce que pensait son père ?

— Non, parce que la dernière chose dont une fille de ton âge a besoin est d'être… quel est le mot ? d'être dirigée.

Elle prononça le mot avec précision. Elle mettait un point d'honneur à maîtriser l'américain familier.

— Quand j'avais ton âge, ma mère passait son temps à me faire la morale. Résultat, j'étais devenue rancunière et butée.

— J'aime bien parler avec vous, ne put-elle s'empêcher de dire. *Est-ce une stratégie ou êtes-vous vraiment aussi gentille que vous en avez l'air ?*

Les yeux pétillants de malice, Anneliese coupa un fil d'un coup de dents.

— Je n'ai nul désir d'être une marâtre.

Je persiste à vous surveiller. Et vous ne me donnez aucun indice, songea Jordan désespérément. *Rien que des raisons de vous aimer.*

Jusqu'à un certain après-midi, des mois plus tard, sur le lac Selkie.

11

Ian

Avril 1950
Vienne

Furieux, Tony donna des coups de pied dans leur banc, sur le quai de la gare.

— Cette salope ! fulmina-t-il. Cette foutue salope de nazie ! Je suis sûr qu'elle sait quelque chose.

— D'accord, acquiesça Ian en parcourant son journal. Je serais prêt à parier qu'elle en sait même beaucoup.

L'expédition matinale au numéro 8 Fischerndorf n'avait pas été un succès. En dépit de leurs demi-mensonges plausibles, du charme déployé par Tony, d'une offre d'argent, ils n'avaient rien pu soutirer d'utile de Vera Eichmann, née Liebl. Elle ne connaissait aucune brune avec une cicatrice au cou. Aucune femme correspondant à cette description n'avait habité chez elle après la guerre. Elle n'était pas responsable des divagations de ses voisins. Ils n'étaient que trop empressés à inventer des horreurs sur une veuve qui se démenait pour joindre les deux bouts. Oui, elle se considérait comme une veuve. Elle n'avait pas vu son mari depuis cinq ans. Elle souhaitait qu'on la laisse en paix. Et leur avait claqué la porte au nez.

Ian, qui avait prévu ce genre d'accueil, laissa son associé rager sans broncher. Finalement, Tony cessa de faire les cent pas et se laissa tomber sur un banc.

— Comme j'aurais voulu traîner cette femme dans sa propre cave et la tabasser pour lui soutirer la vérité.

— Tu ne le ferais pas, et tu le sais.

— Tu crois ? demanda-t-il en haussant les sourcils. Je n'ai pas de grands sentiments chevaleresques pour ce type de femme. Ce n'est pas comme essayer de comprendre les compromis que des petites gens comme les sœurs Ziegler ont pu faire pour traverser la guerre. La femme d'Adolf Eichmann était au sommet. Elle devait se douter de la manière dont son mari déportait les Juifs par millions à l'est. Crois-moi, je pourrais la cogner contre un mur. Et ça ne m'empêcherait pas de dormir si ça nous permettait d'obtenir les informations dont nous avons besoin.

— Et si ce n'était pas le cas ? Est-ce que tu commencerais à lui briser des os ? À menacer ses enfants ? Où est-ce que ça s'arrête ?

Il replia son journal, sentant la brise printanière agiter ses cheveux.

— Voilà pourquoi ce ne sont pas nos méthodes.

Ils avaient eu cette même conversation la première semaine de leur collaboration, alors qu'ils interrogeaient un *Gauleiter* responsable d'un certain nombre d'atrocités dans la France occupée. Après un entretien particulièrement peu productif, Tony avait murmuré :

« Laisse-moi l'emmener dans la ruelle derrière la maison. Je vais le faire parler. »

Avec un calme imperturbable, Ian avait pris son collègue par le col, lui avait à moitié tordu le cou, lui coupant le souffle, et l'avait hissé sur la pointe des pieds pour le regarder droit dans les yeux.

« J'ai bien toute ton attention ? » avait-il demandé d'une voix égale.

Il avait attendu son signe d'assentiment.

« Bon. Parce que nous ne tabassons pas les témoins. Ni aujourd'hui ni jamais. Et si tu ne peux pas l'accepter, tu arrêtes tout de suite. Me suis-je bien fait comprendre ? »

Sur ces mots, il l'avait relâché.

« C'est toi qui décides, patron », avait prudemment répondu Tony.

Aujourd'hui, sur ce quai de gare, il le regardait, une lueur de curiosité dans ses yeux noirs.

— Je ne dis pas qu'il faut arracher les ongles d'un homme avec des pinces, reprit-il alors. Il y a des degrés. Mais une bonne secousse et quelques claques peuvent suffire…

— Quiconque parlerait aussi facilement peut être persuadé sans avoir recours à la violence, l'interrompit Ian.

— Ça ne marche pas toujours comme ça, tu le sais. Ne me dis pas que tu n'as jamais été tenté de faire cracher un témoin.

Laconique, il répondit :

— Bien sûr que j'ai été tenté. Tu n'imagines même pas jusqu'à quel point. Mais il ne s'agit pas juste d'attraper des criminels de guerre. Ce qui importe, c'est comment nous les attrapons.

— Vraiment ?

Le regard perdu sur la voie ferrée, Ian s'accouda à ses genoux. Après un moment de silence, il finit par raconter :

— Peu de temps après la fin de la guerre, j'ai travaillé avec une équipe américaine. J'ai enquêté sur des cas de civils allemands soupçonnés d'avoir assassiné des aviateurs abattus. Les Américains avaient pour habitude de retenir le *Burgermeister* du lieu jusqu'à ce qu'il crache une liste de témoins. Puis de plaquer ces témoins contre un mur et de menacer de les fusiller s'ils ne parlaient pas. Ils parlaient toujours, nous attrapions notre homme et personne n'était abattu. Mais je détestais cette méthode.

Il se tourna vers son associé.

— Jamais nous ne pourrons retrouver tous les criminels de guerre volatilisés. Le monde est trop vaste. Si je peux éviter de me transformer en bourreau pour les traquer, je suis en paix avec cette décision.

— Seras-tu en paix si tu dois laisser tomber la *Jägerin* ? persifla Tony. Et si, en tabassant un témoin, nous coincions celle qui a assassiné ton frère et quasiment tué ta femme, ne serais-tu pas en paix avec ce résultat ?

Je ne sais pas, se dit Ian en toute honnêteté.

Il prit une profonde inspiration, refoula une bouffée de colère. Quand il aperçut le nuage de vapeur approchant, il se leva.

— Voilà le train.

Le voyage de retour à Vienne fut très long. Ils ne prononcèrent pas un mot.

Frau Hummel les accueillit sur le seuil de l'immeuble, le visage cramoisi de colère.

— Vous êtes expulsés, fulmina-t-elle. Vous et cette barbare de *Hure*…

Sans se soucier de ses cris, Ian la repoussa, entra et ouvrit la porte du centre à la volée.

— Bordel !

Le bureau ordonné était devenu en l'espace d'une journée un vrai capharnaüm. Des piles de dossiers encombraient tout l'espace, les feuilles voletaient comme de la neige sur la table, des tasses vides traînaient partout. Une odeur de thé brûlé flottait dans l'air, des mouches bourdonnaient autour du pot de confiture ouvert. Assise dans son fauteuil, la responsable de cette anarchie, sa tête blonde penchée sur un dossier qu'elle feuilletait de ses doigts poisseux de confiture, balançait ses pieds nus. Sans même lever les yeux, Nina annonça en guise de salut :

— Plus de biscuits. Ni de thé.

L'air curieux, Tony examinait l'étendue des dégâts. Ian promena longuement son regard sur son bureau profané.

— Nina, finit-il par dire.

Il attendit qu'elle lève la tête pour poursuivre :

— Pourquoi sommes-nous expulsés et pourquoi portes-tu l'une de mes chemises ?

Très à l'aise, elle remonta une manchette sur un bras et s'éventa avec le dossier qu'elle tenait à la main.

— La mienne est en train de sécher, répondit-elle. Ce *mudak* de Schleicher, je ne lis pas très bien anglais mais je crois sa femme ment. Pourquoi ne l'as-tu pas menacée lui couper le nez ?

— *Frau* Hummel compte-t-elle vraiment nous expulser ?

— Elle menace de le faire.

Elle posa le dossier et en prit un autre.

— J'ai dit je couperai son nez, ajouta-t-elle d'un ton parfaitement détendu.

Il réprima l'envie d'étrangler sa femme sur sa chaise.

— Bravo ! Nina, tu étais juste censée t'occuper du centre, répondre au téléphone.

— C'est ennui, répondit-elle en prenant son thé.

Elle chercha une cuillère des yeux. Faute de mieux, elle opta pour le stylo plume de Ian. Il réprima un soupir de frustration.

— Je lis sur vos anciennes traques, regarde comment vous travaillez. Utile pour quand nous partons à la recherche de *Jägerin*.

— « Utile » ?

Il croisa les bras.

— Tu as saccagé mon bureau, petite sauvage.

— C'est mon bureau aussi. Jusqu'à cible éradiquée, ce qui est à moi est à toi et ce qui est à toi est à moi.

Elle avala une gorgée de thé puis se leva et s'étira comme un chat, l'ourlet de la chemise empruntée lui tombant presque aux genoux.

— Que trouvez-vous à Altaussee ? Où on va après ?

— À Salzbourg, répondit-il en la foudroyant du regard. Rends-moi ma chemise.

— Non, *ladno.*

Mais, avec un haussement d'épaules, elle commença à la déboutonner.

— Bon sang ! grogna-t-il de nouveau, en ouvrant la porte de la minuscule salle de bains.

Elle sentait le peroxyde. Manifestement, elle s'était servie du lavabo pour retoucher sa couleur. Et avait tendu un fil à linge improvisé pour faire sécher un chemisier délavé et une culotte bleue satinée.

— Ton chemisier est sec, annonça-t-il en ignorant le sous-vêtement.

— Tu es facile à choquer, *luchik.* Très drôle.

Amusée, elle lui tapota le bras et ferma la porte de la salle de bains. En se retournant, Ian se trouva face à Tony, hilare.

— Elle a collectivisé le bureau, dit-il. Une vraie *Russki.*

Ian refoula sa propre hilarité. Il était maintenant partagé entre l'envie d'étrangler sa femme et l'envie de rire.

— Bon, viens m'aider à ranger le désordre de ma femme soviétique.

— Elle a empilé les dossiers à mesure qu'elle les lisait. Ce n'est pas si terrible.

— Le désordre engendre la folie.

Ian en avait l'intime conviction. L'ordre engendrait la paix et la loi. Le désordre, la guerre et le sang. Il avait assez vu des deux pour savoir que c'était vrai.

Il repoussa cette pensée. S'asseyant sur ses talons, Tony demanda :

— Quand partons-nous pour Salzbourg ? Et est-ce que nous emmenons ta charmante épouse soviétique ?

— Je ne sais pas.

Il s'interrompit.

— Que veut dire *luchik* ?

Tony sourit.

— Petit rayon de soleil.

— Ça te dérange qu'elle soit soviétique ?

Il savait à quel point les compatriotes de son associé se méfiaient des Rouges. Aujourd'hui, cinq ans après la guerre, Oncle Joe, l'ancien allié, était devenu l'ennemi de tous. Mais les plus paranoïaques face à la menace communiste étaient indéniablement les Américains.

— Elle ne passe pas son temps à citer *Le Capital*, répondit Tony en refermant un tiroir de placard. Elle n'a rien fait, excepté finir ton thé et mentir sur ses origines. Et il y a des tas de raisons à cela. Nous écoutons des mensonges tous les jours. Et pas seulement de criminels de guerre. Les réfugiés et les gens honorables mentent aussi. Sur leur qualité de Juif ou de goy, sur leurs faits de guerre et leur passé de détenus, sur leur santé et leur âge, sur le moyen par lequel ils ont obtenu leurs papiers. Pour de bonnes ou de mauvaises raisons, tout le monde ment.

Ian, qui s'était assis, bondit de sa chaise.

— Peut-être ! Il est temps que je parle à Nina. Tu veux bien embobiner *Frau* Hummel, faire en sorte que nous ne soyons pas expulsés ?

— Quel travail prestigieux, bougonna gentiment son associé en se relevant. Devenir chasseur de nazis pour les émotions fortes et se retrouver à faire de la paperasse et du charme à la propriétaire…

Quand Nina sortit de la salle d'eau, elle lança sa chemise sur son bureau, faisant pleuvoir d'autres feuilles sur le sol. L'ignorant, Ian fixa sa femme droit dans les yeux.

— Tu n'es pas polonaise. Commençons par nous dispenser de ce mensonge. Tu es russe.

Elle leva les yeux vers lui, le visage soudain méfiant. Puis, avec un haussement d'épaules, elle concéda :

— Oui.

Il tressaillit. Cligna des yeux. Il s'était tellement préparé à l'entendre nier que la désinvolture de son aveu le déstabilisa.

— Tu ne nies pas ?

— Pourquoi ?

— Tu m'as dit que tu étais polonaise. À l'hôpital de la Croix-Rouge.

— Non. Tu as supposé. J'ai laissé croire.

Ses yeux étaient aussi opaques et profonds que deux lacs bleus.

Il essaya de se rappeler. 1945, l'odeur âcre d'hôpital, d'antiseptique et de sang. Nina était encore à moitié affamée et, souffrant de pneumonie, dans les vapes. Désespéré, il voulait des réponses sur son frère. La barrière de la langue, le chaos ambiant. En effet, se souvint-il, elle n'avait pas dit qu'elle était polonaise. Une fille trouvée près de Poznań qui s'appelait Nina, un prénom si commun en Pologne… Tout le monde l'avait supposé.

— Pourquoi as-tu laissé tout le monde croire que tu étais polonaise ?

— C'est plus facile.

Elle s'écroula dans son fauteuil et posa ses bottes de mauvais goût sur le bureau.

— Je ne veux pas rentrer chez moi. Je dis que je suis soviétique, c'est là qu'ils m'envoient.

— Où est-ce, chez toi, exactement ?

— Tu traverses la Sibérie vers l'est jusqu'à ce que tu plonges, au bout de la terre, dans un lac aussi grand que le ciel. Partout la taïga, les sorcières d'eau et la glace dévorant des gares de chemin de fer entières. Tout veut ta mort et tout le monde veut partir.

Une lueur amusée dansait dans ses yeux.

— Tu retournerais, toi ?

— Si ma famille vivait là-bas, oui ! répondit-il.

Il aurait traversé toute la Sibérie pieds nus pour retrouver son frère.

— Ma famille y vit pas.

Si le regard de Nina exprima de la douleur, ce fut trop fugace pour qu'il le remarque.

— Je passe toute ma vie à aller vers l'ouest, aussi loin de ce lac que possible. Pologne ? C'est juste l'arrêt suivant.

— C'était dangereux. Tu étais presque morte quand la Croix-Rouge t'a trouvée.

— Je suis pas facile à tuer.

Ian tira une chaise et, s'installant face à elle, la dévisagea sans ciller.

— Où essayais-tu d'aller après la Pologne ?

— Aussi loin que possible à l'ouest. Tu m'as aidée à aller Angleterre. Je regarde autour de moi et je pense, pas mal. C'est laid, il y a rationnement, mais, l'hiver, la glace ne te dévore pas vivant.

— Comment est-ce qu'une Soviétique arrive en Pologne, pour commencer ?

— Mutée au front. Surpris ? Les Soviétiques, ils utilisent des femmes dans leurs guerres, pas juste pour usine ou derrière bureau.

Ian avait entendu parler de ces femmes. L'une de ses collègues correspondantes de guerre, une Américaine aux allures de mère de famille avec des nerfs d'acier, avait écrit un article pointu pour son journal sur les femmes soviétiques qui étaient recrutées comme conductrices de chars ou artilleurs. Alors que ce grand pays éclairé qu'étaient les États-Unis se contentait de demander à ses femmes de planter des Jardins de la victoire et d'économiser la graisse de bacon. En regardant sa femme tout droit venue du fin fond de la Sibérie, il n'était pas spécialement surpris de découvrir qu'elle avait été envoyée au front.

Pas étonnant que nous ayons gagné la guerre, railla-t-il intérieurement.

— Donc tu as déserté, dit-il enfin.

Avec un sourire moqueur, elle répliqua :

— Pas si officiel que ça, *luchik*. Tu crois je vais à l'ambassade et je demande asile ? Je vois une chance dans le chaos, je la saisis.

— Pas très patriotique, ne put-il s'empêcher de remarquer. Abandonner tes concitoyens au beau milieu d'une guerre…

Son sourire s'évanouit.

— Mes concitoyens, ils veulent me plaquer contre un mur et tirer.

— Pourquoi ?

— Le monde de Staline, la règle de Staline. Qui a besoin d'un pourquoi ?

— Moi.

— Pas tes affaires.

Croisant les mains derrière sa tête, il soutint son regard.

— Si, rétorqua-t-il. Tu es ma femme. Je t'ai donné mon nom, tu as obtenu la nationalité anglaise grâce à moi. Toi, ton passé, et tout ce que j'ai pu t'aider à apporter à mon pays sont absolument mes affaires.

Devant ses lèvres qui restaient soudées, il changea de tactique.

— Mon frère savait ? Quand il a promis de te ramener saine et sauve en Angleterre si vous surviviez tous les deux, savait-il que tu étais soviétique ?

— Oui, répondit-elle sans hésitation.

— Pourquoi aurait-il fait une telle promesse ? Aviez-vous une liaison ? L'amour en temps de guerre ?

Il retint son souffle et attendit. Ce n'était pas la première fois qu'il entendait parler de femmes désespérées qui échappaient à des zones de guerre grâce aux affaires d'un soldat mort et en inventant une tragique histoire d'amour à l'arrivée de sa famille éplorée. Il savait juste que, concernant son frère cadet, c'était peu probable. Il attendit qu'elle lui réponde par un mensonge. Espérant, s'aperçut-il, que ce ne serait pas le cas. Jusqu'ici, elle n'avait fait que mal l'orienter. Il se rendait compte maintenant d'à quel point il souhaitait que sa femme ne soit pas une menteuse.

Nina éclata de rire et secoua la tête.

—Amants, Seb et moi ? Non, il aimait les garçons.

Il laissa échapper un soupir de soulagement.

—Oui, je sais.

Seb le lui avait confessé le soir du décès de leur père, tellement ivre qu'il tenait à peine debout. Cela ne l'avait pas particulièrement choqué. Personne ne passait des années dans une pension anglaise sans savoir exactement ce que deux hommes faisaient ensemble, s'ils avaient ce penchant.

« Tu n'as pas l'air surpris », avait bafouillé son cadet, non seulement ivre mais aussi en larmes.

« Je ne le suis pas, avait-il répondu. *Peiné, peut-être* (il savait à quel point cela allait compliquer et mettre en péril la vie de son petit frère), *mais pas surpris. Je ne t'ai jamais vu regarder une fille, Seb. »*

« Je ne sais rien des filles. »

D'un geste vague de la main, il avait montré la maisonnée strictement masculine où ils avaient grandi. Il en allait de même pour leurs pensionnats.

« Peut-être que ça me passera ? »

« Peut-être. Sinon, eh bien, tu devras rester discret et prudent mais c'est plus commun que tu le crois. »

« Vraiment ? »

Ian leur avait versé à chacun un autre whisky et, un peu éméché, lui avait raconté crûment les diverses rencontres sexuelles dont il avait été témoin : des boucles de ceinture défaites dans les placards à fournitures des hôpitaux espagnols aux ébats derrière les buissons de Hyde Park pendant les couvre-feux.

La guerre s'était chargée de le débarrasser de toute la pudeur qu'il avait en sortant de pension. À peine cinq minutes plus tard, Seb s'était endormi sous l'effet du whisky et du soulagement.

J'ai été le premier à qui il l'a dit, songea-t-il avec tristesse. *Et Nina, si elle dit la vérité, la dernière.*

— Il te l'a vraiment confessé ?

Elle hocha la tête.

— Raconte-moi comment vous vous êtes rencontrés, ce qui s'est passé.

Sa voix lui parut brusque. Il toussota et poursuivit :

— Je n'ai pas eu beaucoup de détails quand tu m'en as parlé, il y a cinq ans. Il est difficile d'obtenir beaucoup de nuances dans une conversation où la gestuelle fait la moitié du boulot.

— Je suis en Pologne, je fuis les lignes soviétiques, commença-t-elle.

Elle ne donna aucun indice sur le comment ni le pourquoi. À voir son sourire cynique, Ian comprit que c'était un point délicat sur lequel elle ne se livrerait pas. Pour le moment, il laissa passer.

— Je pars dans forêt polonaise, vers l'ouest. J'évite villes, gens. Pas loin de Poznań, je tombe sur Sebastian. Échappé d'un camp prisonniers de guerre.

Elle secoua la tête.

— Garçon de la ville, il trébuche autour des arbres. Je le prends sous ma protection.

— Par bonté ?

Il n'imaginait pas vraiment Nina prise de pitié pour un inconnu anglais.

— On se débrouille mieux à deux. Je sais comment survivre. Il parle allemand, polonais… russe aussi, c'est comment nous parlons.

— Comment connaissait-il le russe ?

— À cause Soviétiques dans son camp. Les prisonniers ont longues heures à tuer.

Son sourire s'était adouci, son affection était flagrante.

— En essayant de m'apprendre l'anglais, Seb parle des oiseaux. Je sais que tuer les oiseaux. Il demande si je vois des macareux sur le lac où je grandis.

Elle noue ses pouces et agite ses doigts libres comme pour imiter des ailes d'oiseau et ajoute :

— Macareux ! Tu crois c'est même un vrai oiseau ?

La gorge soudain nouée au souvenir de Seb, Ian hocha la tête. Quand, enfant, son petit frère décrivait un rouge-gorge qui volait, il joignait les pouces exactement de cette façon. Tous les enfants imitent les ailes des oiseaux de leurs mains, mais Sebastian les mimait d'un geste unique.

Tu sais qu'il aimait les garçons et pas les filles et tu sais comment il mimait les oiseaux, songea-t-il. *Oui, tu as dû connaître mon frère. En outre, il devait te faire confiance.*

— Macareux, répéta Nina avec un soupir de tendresse mêlée de tristesse. Je pensais qu'il me taquinait. *Tvoyu mat*, ce garçon était blagueur.

— Pourquoi ne m'as-tu jamais raconté ça avant ? Ça fait cinq ans, Nina.

— Quand, j'ai l'occasion ? Nous nous marions, tu me mets dans un train pour l'Angleterre et tu dis tu seras là dans six mois pour commencer divorce. Je pense je te dirai là. Mais tu restes sur le continent, je reste en Angleterre, nous parlons par télégrammes. Quand je peux commencer cette conversation, pendant les cinq années ?

— C'est juste, concéda-t-il. Maintenant que nous sommes enfin à la même table pour en discuter, nous devrions lancer la procédure de divorce.

Elle hocha la tête, pragmatique.

— Ça fait assez longtemps. Tu veux reprendre ta bague ?

— Garde-la.

La chevalière paternelle, en or, gravée aux armoiries d'un comte. Son père avait toujours aimé insinuer qu'il y avait des lords dans leur lignée familiale. Mais c'était faux. Juste des gentlemen anglais déchus qui s'étaient ruinés pour fréquenter le haut du panier et qui avaient épousé les filles d'autres familles anglaises déchues. Inexplicablement, la chevalière allait bien à la main de travailleuse hâlée de Nina. Il savoura un instant de sarcasme à la pensée de la fureur de son père s'il l'avait vue au doigt d'une communiste blonde du fin fond de la Sibérie.

Il repoussa ses pensées vagabondes et regarda l'énigme qu'était sa femme provisoire. Elle le dévisageait sans ciller, ses yeux bleus ne trahissant rien.

—Raconte-moi encore une chose. Juste une. Que s'est-il passé entre toi, Seb et la *Jägerin*? Comment l'avez-vous rencontrée? Que…

—*Nyet!* lâcha-t-elle d'un ton sec.

—Quoi?

—Non. Pas pour toi. À moi. Et à Seb.

—« Jusqu'à cible éradiquée, ce qui est à moi est à toi et ce qui est à toi est à moi », répéta-t-il. J'ai le droit de savoir ce qui s'est passé au lac Rusalka.

—Non. Ma vie. J'en parle pas. Seb la combat, il la coupe, il me sauve, elle le tue. Tout va très vite. Lui mort en héros. Ça suffit.

—Ça ne suffit pas, répliqua-t-il dans un chuchotement. Il ne s'agit pas simplement du droit pour un homme de savoir comment son frère est mort. Tu nous aides à traquer la femme qui l'a tué. Tout ce que tu sais sur elle pourrait être essentiel.

—Je t'ai déjà dit… à quoi elle ressemble, comment elle bouge, comment elle parle anglais, tout. Je te dis ce que tu veux sur elle. Pas le reste. C'est à moi, répéta Nina.

—Si tu mets cette traque en péril en cachant quelque chose d'important…

—Je ne le fais pas. Ce que tu veux de moi, c'est savoir si je l'ai vue, oui? Me faire sortir quand elle devant toi pour que je dise si elle est la bonne?

À contrecœur, il fit un signe de tête.

— Ça je peux faire. Je l'ai vue. Je reconnais son visage n'importe où. Je me souviens d'elle jusqu'à la mort.

Il la dévisagea, sentant sa colère enfler. Elle le fixait d'un regard implacable.

Seb t'a sauvée ? Sa vie valait deux fois la tienne. Comment oses-tu vivre alors qu'il est mort ?

Mais il repoussa cette atroce pensée aussi violemment qu'il le put. Nina n'était pas responsable de la mort de Sebastian. Seule la *Jägerin* l'était. Uniquement elle.

— Tu trouves quelque chose à Altaussee ? demanda Nina, coupant court au duel de leurs regards. Quoi ?

Il aurait pu se montrer aussi fuyant avec elle qu'elle l'avait été avec lui. Réprimant son envie de vengeance, il répondit néanmoins :

— La mère de la *Jägerin* habite à Salzbourg et nous connaissons son adresse.

— Nous allons à Salzbourg, alors ! Cette fois je viens. Je veux la Chasseresse meure !

— Ce ne sont pas nos méthodes.

Il repensa à sa conversation de la gare avec Tony. Certaines lignes ne devaient pas être franchies. *Cette traque ne va-t-elle pas te faire frôler ces lignes ?* lui chuchota une voix intérieure. *Parce que tu es déjà au bord d'un gouffre très profond.*

— Si pas morte, attrapée, dit Nina avec un haussement d'épaules. Je viens à Salzbourg avec vous.

— OK. Nous allons nous mettre d'accord sur une stratégie et tu feras à notre façon.

— Pourquoi ?

— Parce que ça fait des années que nous suivons ces méthodes. Et que c'est comme ça. Et si ce qui est à toi est à moi tout comme ce qui est à moi est maintenant apparemment à toi, tu acceptes mes règles comme tu acceptes mon thé.

Les yeux de Nina se mirent soudain à pétiller. L'air malicieux et juvénile, tout à coup, elle plissa ses joues en un irrésistible sourire.

— « Mes règles, mon thé ». Marina dit quelque chose dans ce genre une fois.

— Qui ?

12

Nina

Octobre 1941
Moscou

Marina Mikhailovna Raskova, Héroïne de l'Union soviétique et la plus célèbre aviatrice de la Mère Patrie, était une brune aux joues roses et au sourire d'un blanc éclatant. Nina plongea son regard dans ses yeux bleus avec l'impression de se noyer dans un lac.

Visiblement amusée, la célèbre aviatrice la regarda de la tête aux pieds.

— Alors ? C'est toi qui as pourri la vie du camarade colonel ces derniers jours ? lui demanda-t-elle.

Soudain à court de mots, Nina hocha la tête. Elles se trouvaient dans un bureau emprunté au quartier général de l'armée de l'air à Moscou, une petite pièce insalubre, avec l'habituelle table croulant sous les dossiers et l'habituel portrait du camarade Staline au mur. Raskova était entrée d'un pas nonchalant, en lançant à une interlocutrice invisible dans le couloir :

— Tu me laisses dix minutes, Seryosha.

Sa voix était aussi chaleureuse et mélodieuse qu'à la radio. Nina avait suivi cette voix dans le bureau aussi aveuglément qu'elle l'avait d'abord suivie jusqu'à Moscou. Debout, tordant sa casquette entre ses mains, elle essaya désespérément de retrouver le discours qu'elle avait répété pendant les longues heures monotones passées dans le train qui l'emportait de la Sibérie à Moscou.

Comprenant qu'elle ne parlerait pas la première, Raskova lui demanda :

— Tu viens d'Irkoutsk ?

Se sentant rougir, Nina répondit :

— Oui. Non. De Baïkal. Puis d'Irkoutsk.

— Tu viens de loin pour me voir, fit remarquer l'as de l'aviation en haussant les sourcils d'un air surpris.

Certes. Elle avait parcouru plus de quatre mille kilomètres. Des fenêtres du train, la jeune femme avait contemplé de vastes couchers de soleil sur les plaines de la taïga, puis des étendues infinies de forêts sombres pleines d'arbres géants, où l'on imaginait sans peine l'isba de la sorcière Baba Yaga se déplaçant sur ses pattes de poulet.

Aux petites gares de campagne où des femmes emmitouflées dans des châles fleuris poussaient leurs chèvres qui gambadaient sur la voie ferrée avaient succédé celles des villes où, dans leurs vestes à boutons de cuivre, s'affairaient des employés des chemins de fer. Les yeux écarquillés, elle avait vu défiler des fermes, des pâturages, des usines, des rangées de maisons, des carioles à chevaux et des voitures automobiles.

— C'est la première fois que tu viens à Moscou ?

— Oui.

Elle avait été absolument terrifiée par son premier aperçu de la capitale : l'immense étendue de bâtiments en forme de boîtes, les pointes des clochers, les dômes des anciens palais impériaux et des cathédrales, la vaste place des Trois-Gares où les trains déversaient les passagers dans la ville. Submergée par un besoin impérieux de repartir, elle avait failli rester dans son wagon. Devant la foule oppressante des soldats en uniforme, des femmes coiffées de fichus, des hommes chaussés de bottes, la voix de la panique ne cessait de lui marteler : « Tu n'es pas chez toi, ici. » Outre la taille et l'étendue de la capitale, il y avait aussi la peur lancinante de la proximité de l'ennemi qui avançait. Les maisons étaient recouvertes de camouflage ; des mitrailleuses coiffaient les toits comme des grues à longues pattes ; les rues étaient bordées de barricades faites de poutres de chemin de fer soudées. Elle n'avait rien vu de tel à Irkoutsk. « Tu n'es pas chez toi, ici. Retourne à l'est. »

Mais elle ne retournerait pas à l'est. Jamais. Tout en se frayant un chemin dans la foule, elle s'était répété : « Tu es chez toi là-haut, dans le ciel. Et si passer par Moscou est le seul moyen de l'atteindre, eh bien, tu passeras par Moscou. » Elle avait donc rétréci son champ visuel, oublié Moscou et, d'un pas décidé, avait fendu cette cohue à l'haleine fétide, aux épaules voûtées par le froid, pour trouver le quartier général de l'armée de l'air.

— Je n'ai pas fait très attention à Moscou, parvint-elle à répondre. Je ne resterai pas ici assez longtemps pour que ça en vaille la peine.

— Vraiment ?

— Soit je rejoindrai ton nouveau régiment, soit je rentrerai chez moi.

Même s'il lui restait à peine un rouble en poche. Comment allait-elle parvenir à rentrer à Irkoutsk si elle était refoulée ? Elle n'en avait pas la moindre idée.

Raskova partit d'un éclat de rire aussi chaleureux que spontané.

— Pourquoi n'as-tu pas postulé par le biais de ton Komsomol ou de ton club d'aviation ?

— Ils auraient refusé. Ils sélectionnaient des filles qui étaient allées à l'université, des filles qui avaient fait des études. Alors, je suis venue te trouver directement.

Elle entendit à sa voix qu'elle prenait de l'assurance. Pourtant, elle continuait d'agripper sa casquette.

Raskova s'appuya contre le bord du bureau et retira ses gants. Toujours en combinaison, avec ses bottes, elle semblait arriver tout droit de l'aérodrome. Elle avait des mains fines et blanches mais, comme tous les pilotes, les phalanges tachées d'huile.

— Le colonel Moriakin dit que tu as campé quatre jours sur la chaise devant son bureau avant qu'il accepte de te voir.

— C'était la façon la plus rapide d'avoir un rendez-vous.

Elle fut surprise d'entendre l'aviatrice partir d'un nouvel éclat de rire.

— Il a dit que j'étais folle mais que je devais te parler, camarade Raskova.

— Tu n'es pas la première à venir me trouver directement plutôt que de passer par les canaux officiels. Combien d'heures de vol as-tu ? lui demanda-t-elle alors en croisant les bras.

Nina enjoliva son bilan de quelques centaines d'heures, présenta ses brevets et détailla sa formation. Raskova l'écouta avec une attention bienveillante. Mais quand elle parla, ses paroles l'anéantirent :

— Un beau total. Mais sais-tu combien de filles ont postulé avec autant d'heures de vol, voire plus ?

Nina sentit ses espoirs partir en fumée. Pourtant, elle persista :

— Je suis une pilote née. Faite pour le ciel.

— Comme toutes les filles que j'ai sélectionnées. Et comme beaucoup que j'ai refoulées.

Sentant que Raskova se préparait à lui opposer un refus aimable, elle refoula sa peur et s'avança d'un pas.

— Il ne s'agit pas d'un simple bilan de vol, commença-t-elle, s'efforçant de trouver les paroles justes. Les filles, dans tes régiments, ne sont recrutées ni pour former des élèves ni pour transporter le courrier. Mais pour bombarder des fascistes, effectuer des vols de nuit, mener des combats aériens contre des Messerschmitt. Tes filles ont besoin de…

Quel était le mot, le mot exact ?

— Elles ont besoin d'être plus coriaces que des vieilles bottes, finit-elle.

— Et c'est ton cas ?

— Oui. Tout comme toi, camarade Raskova.

La défiant du menton, Nina poursuivit :

— Il y a trois ans, quand tu as effectué ton vol de navigation pour le record de distance et que ton équipage n'a pas trouvé la dernière piste à cause d'une mauvaise visibilité, tu as sauté en parachute. Séparée de ta pilote et de ta copilote, tu as passé dix jours seule dans la taïga. Sans trousse de secours. Sans nourriture.

— Je me suis débrouillée, répondit Raskova d'un ton désinvolte.

Elle était habituée à être adulée par des filles qui se répandaient en effusions. Mais, comme traversée par un souvenir soudain, elle fit une grimace.

— Je n'ai pas oublié le froid. C'était comme dormir joue contre joue avec Père Frimas.

Nina s'avança encore d'un pas.

— J'ai grandi dans cette taïga. Tu y as survécu dix jours. J'y ai survécu dix-neuf ans. Le froid, la glace, une nature qui veut ta mort, rien de tout ça ne me fait peur. Pas plus que voler de nuit. Je suis plus coriace que n'importe quelle fille diplômée au bilan impeccable et avec mille heures de vol.

— Vraiment ?

Raskova l'observait.

— Réfléchis à deux fois à ta demande, Nina Borisovna. Partir pour le front est loin d'être facile. Beaucoup pensent que c'est un véritable gâchis, de donner des avions à des femmes alors qu'il y a suffisamment d'hommes pour les piloter. J'ai assuré au camarade Staline en personne que mes femmes seraient meilleures. Donc elles doivent l'être.

— Je suis meilleure. Laisse-moi le prouver.

Nina sentait son cœur battre à coups redoublés dans sa poitrine, comme une hélice prenant de la vitesse.

Un autre long moment, elle attendit, dans l'angoisse, en se remémorant les paroles de son père : *« Tu auras ta chance. Et, quand tu la verras, ne demande pas. Saisis-la, bordel ! »*

Mais sa chance s'arrêtait à Marina Raskova. Au-delà de cette pièce, il n'y avait plus rien à saisir. Soit tout finissait ici, soit tout commençait. Noyée dans le bleu des yeux de la plus célèbre aviatrice de la Mère Patrie, elle sentit sa gorge se nouer de désespoir.

Marina Raskova fourragea sur le bureau de sa collègue, trouva un stylo et un document d'apparence officielle sur lequel elle commença à gribouiller quelque chose.

— Voici un laissez-passer pour l'Académie de l'armée de l'air Joukovski. Une fois que tu y seras, tu devras te plier au règlement, la prévint-elle avec un clin d'œil. Mais au moins, il y a du thé en plus du règlement.

Son cœur se gonflant de joie, Nina demanda :

— Qu'y a-t-il d'autre à l'Académie ?

— Le groupe d'aviation 122.

Raskova pressa le laissez-passer dans sa main tendue et lui décocha l'un de ses sourires qui vous faisaient chanceler.

— Tes sœurs d'armes.

Nina resta un moment à regarder la façade en briques rouges et le portail imposant de la grandiose Académie. Puis elle monta l'escalier. À l'intérieur, elle trouva une foule d'élèves qui, pressées, se hâtaient dans toutes les directions : des femmes en combinaison et casquette de pilote, des filles aux cheveux bouclés et aux talons hauts qui donnaient l'impression de partir au bal, des femmes officiers aux visages austères qui fumaient des cigarettes et criaient des ordres. Quand elle montra son laissez-passer et sa carte d'identité à la plus proche d'entre elles, elle fut accueillie par un grognement.

— Nous partons en entraînement dans quelques jours. On te donnera un uniforme.

— Où est-ce que je dors ? demanda-t-elle.

Mais déjà l'officier s'éloignait. N'ayant pas la moindre idée de l'endroit où aller, Nina déambula un moment, encore abasourdie par son triomphe. Elle y était arrivée ; elle était là où elle devait être. Elle longea un couloir vide et fut surprise par un bâillement à s'en décrocher la mâchoire. Après quatre nuits passées sur une chaise, elle avait hâte de se reposer. Elle étala son manteau à côté d'un poêle éteint, s'y pelotonna et sombra dans le sommeil comme dans un trou noir. Au bout de ce qui lui sembla quelques secondes à peine, une voix s'éleva :

— Tu as l'air perdue, marmotte !

Elle eut toutes les peines du monde à soulever les paupières. Elle avait fait des rêves confus de combats aériens à travers des couches de nuages, la voix de Marina Raskova lui chuchotant des encouragements. Elle posa la première question qui lui fusa à l'esprit :

— Tu es ma sœur ?

— Quoi ?

La voix semblait de plus en plus amusée.

Nina se frotta les yeux. La silhouette se pencha au-dessus d'elle, floue, se découpant à contre-jour sur la lumière crue du couloir.

— Elle a dit que mes sœurs d'armes étaient ici.

— La camarade Raskova m'a dit la même chose. Bienvenue, *sestra*.

Nina sentit une main se poser sur son épaule. C'était bien le mot « sœur » qu'elle avait entendu, mais l'accent de Moscou lui donnait une connotation différente. Comme s'il s'agissait d'un nouveau genre de sœur. Comme elle n'aimait aucune de ses vraies sœurs, c'était une bonne nouvelle. L'ombre l'aida alors à se relever pour se matérialiser en une jeune femme d'un an ou deux sa cadette, mais qui la dépassait d'une bonne tête. Elle avait un teint de porcelaine et sa natte d'un noir d'ébène lui arrivait à la taille.

— Yelena Vassilovna Vetsina, se présenta-t-elle, souriante. D'Ukraine. Je suis venue à Moscou à douze ans. J'ai fait l'école de planeur à seize ans, puis le club d'aviation. J'étudiais à l'Institut d'aviation de Moscou, quand l'appel aux armes a été lancé dans les régiments.

Elle annonça un nombre très impressionnant d'heures de vol.

Nina l'écoutait sans rien dire. Elle avait devant elle une candidate avec un pedigree. Instruite, raffinée, des références parfaites. Elle était sans aucun doute un membre modèle du Komsomol et devait faire partie de celles dont la candidature avait été tamponnée et placée tout en haut de la pile. Un peu sur ses gardes, elle finit par lui adresser un petit salut de la tête.

— Nina Borisovna Markova, de Baïkal. Instructeur de pilotage au club d'aviation d'Irkoutsk.

Une fossette se creusa dans le menton de Yelena.

— Combien d'heures de vol as-tu dit avoir à Raskova ?

— Trois cents de plus que la vérité.

— Je m'en suis ajouté deux cents. Je me sentais affreusement coupable. Mais quand j'ai rencontré les autres ici, je me suis rendu compte que nous avions toutes enjolivé nos bilans. Un régiment de menteuses, voilà ce dont Raskova hérite. Heureusement que nous pouvons toutes voler comme des aigles.

La fossette s'épanouit sous un franc sourire.

— Tu t'es évanouie quand tu as rencontré Raskova ? Je jure que j'ai failli me pâmer. C'est mon héroïne depuis que j'ai dix-sept ans.

Nina lui rendit son sourire.

— La mienne aussi.

— Où es-tu affectée pour ta formation, chez les pilotes, les copilotes, les mécaniciens ou les armuriers ?

— Les copilotes.

Nina avait espéré une affectation de pilote mais Raskova lui avait expliqué qu'ils en avaient déjà suffisamment. Malgré sa déception, elle n'avait nulle intention de discuter. Elle était déjà bien contente d'être ici.

— Et moi chez les pilotes. J'ai hâte de me frotter aux nouveaux Pe-2.

S'interrompant, elle regarda son vieux manteau et s'étonna.

— Tu n'as pas encore ton uniforme ?

— Non.

— Je vais te montrer où l'obtenir. C'est le même uniforme standard qu'ils donnent aux hommes. Il est horrible. Ça va pour celles qui sont bien charpentées. Mais quand on est menue comme toi, on nage dedans. Et nous pataugeons toutes dans nos bottes, même ma nouvelle colocataire, qui a des pieds comme des péniches.

Quand Nina déballa le gros paquet contenant son uniforme, elle déplia un grand caleçon bleu et poussa un juron.

— Même des dessous d'homme ?

— « Même des dessous d'homme », répéta Yelena en riant. Attends un peu de les avoir portés pendant quelques heures.

— Ou d'avoir marché avec sur une piste par zéro degré, grommela une autre voix de femme. Tu n'imagines pas à quel point ça gratte.

Plusieurs autres élèves s'étaient rassemblées autour d'elle, l'air intéressé. Elles l'encouragèrent : « Allez ! Va mettre ton uniforme ! » Nina entra alors dans un débarras vide pour en ressortir quelques minutes plus tard. D'autres filles s'étaient ajoutées au premier groupe. À la vue de son pantalon flottant sur d'énormes et lourdes bottes, toutes partirent d'un éclat de rire.

L'espace d'un instant, elle se hérissa. En général, quand elle entendait des rires de femmes, ils étaient peu charitables ou stupides. C'étaient des rires de filles comme Tania, qui se moquaient de sa coiffure échevelée ou de son accent provincial. Mais ces rires-là étaient joyeux. Et quand elle regarda autour d'elle, elle s'aperçut qu'elles étaient nombreuses à avoir l'air tout aussi ridicule dans leurs propres uniformes trop grands.

— Nous pouvons faire un ourlet au pantalon, mais tu n'as pas de chance avec les bottes, déclara Yelena en secouant la tête. Tu as un peu de tissu à fourrer au bout ?

Elle s'empressa de rouler son foulard en boule et de le glisser dans la botte droite. Voyant Yelena dénouer le sien, elle protesta.

— Je ne peux pas prendre le tien.

— Sottises. Ce qui est à moi est à toi et ce qui est à toi est à moi, *Ninochka*.

Instinctivement, elle sentit une nouvelle pointe d'irritation. Seuls les hommes qui voulaient coucher avec elle lui avaient attribué des surnoms affectueux. Mais maintenant que Yelena avait roulé son foulard au bout de sa deuxième botte, elle commençait les présentations. Tout le monde semblait s'appeler par son prénom.

— Lidia Litvyak, nous l'appelons Lilia… Serafima, ici, est de Sibérie, comme toi.

— Pas aussi loin que le Vieil Homme, toutefois, précisa cette dernière, affable.

Avec prudence, Nina lui rendit son sourire. Elle savait déjà qu'elle ne se rappellerait quasiment aucun des noms énumérés par Yelena. Pourtant, malgré des apparences très différentes, ces femmes recrutées par Raskova avaient toutes quelque chose en commun. Certaines avaient à peine dix-huit ans, d'autres bientôt trente ; certaines étaient menues comme elle, d'autres grandes et fortes ; certaines avaient l'accent de la ville, d'autres le grasseyement de la province… Mais en les voyant s'empresser autour d'elle pour l'accueillir dans leurs rangs, avec leurs regards chaleureux, Nina comprit qu'elles étaient toutes habituées à sentir l'huile de moteur sous leurs ongles.

Les questions fusaient à présent. Toutes étaient curieuses de savoir ce qui l'avait amenée à voler. Aussi, elle leur confia :

— J'ai vu mon premier avion et je suis tombée amoureuse.

Sa réponse provoqua des hochements de tête approbateurs.

— Mon père était furieux quand je suis partie à l'école de pilotage de Kherson, raconta l'une d'elles. Les femmes de notre famille travaillaient toutes à l'usine d'acier.

— J'ai dit à ma mère qu'un jour je volerais, ajouta une autre. Elle m'a demandé : « Où ? De la cuisinière au sol ? »

Nina sentit sa poitrine se gonfler d'une sensation inexplicable. « *Sestra* », songea-t-elle, avec l'intonation qui avait fait de ce terme banal un mot unique dans la bouche de Yelena. Elle n'avait pas ressenti cette chaleur exploser en elle depuis le jour où elle était partie s'enrôler en chantant, avec Vladimir et les autres pilotes. Le sentiment jubilatoire d'appartenir au groupe. À cela près que ces femmes, elles, ne la laisseraient pas derrière.

Sans cesser de parler, ses nouvelles collègues l'entraînèrent vers la cantine.

Trois jours plus tard, sur le quai de la gare, elles parlaient encore. Prêtes à monter dans le train qui les emmènerait hors de Moscou, vers une destination inconnue : l'aérodrome où les premières femmes pilotes de l'aviation soviétique allaient être formées à devenir des tueuses.

13

Jordan

Octobre 1946
Lac Selkie

La fin d'octobre était la saison des vibrantes couleurs automnales et de la chasse au canard. En extase devant les arbres aux feuillages rouge et or qui se reflétaient dans l'eau du lac Selkie, Anneliese s'exclama :

— C'est magnifique !

Elle avait accepté avec enthousiasme la proposition de son mari d'aller passer une journée au pavillon de chasse. Dan McBride arrêta la voiture et sortit la grosse clé carrée qui fermait la maisonnette.

— C'est la première fois que nous venons ici en famille, fit-il remarquer. Je pensais bien que ça te plairait.

— Mais ne compte pas sur moi pour remplir ta gibecière, l'avertit-elle. Je serais incapable d'atteindre une cible, même s'il en allait de ma propre vie.

— Allons, je ne te crois pas…

— Tu crois que je pourrais mentir ? demanda-t-elle d'un air contrit. Kurt a toujours voulu m'apprendre mais je suis nulle. Tu attraperas bien plus de canards sans moi.

Ruth descendit de voiture à la suite de Taro. L'air inquiet, elle répéta :

— Canards. Canards morts ?

— Tu n'as pas besoin de les voir, Ruthie, la rassura Jordan. Ils vont aller à l'autre bout du lac avec leurs fusils et tu resteras avec moi. Nous ne viserons que ce que je prendrai en photo.

Ruth parut soulagée. Même si elle était toujours trop silencieuse pour une enfant, après un été passé à manger des sundaes dans des *diners* et à aller au cinéma, à table au moins, elle parlait et souriait.

Dan McBride ouvrit la porte du pavillon construit par son père sur la rive du lac et Anneliese entra. Elle inspecta la pile de bois à brûler, les étroites banquettes avec leurs couvertures, les lampes à kérosène.

— C'est ravissant ! approuva-t-elle. Comme si tout était prévu pour quelqu'un qui aurait besoin de se cacher.

Jordan, qui les avait suivis à l'intérieur, s'étonna :

— Qui a besoin de se cacher ?

Avec un haussement d'épaules, sa belle-mère répondit :

— Même s'il ne risque plus rien, un ancien réfugié continue d'avoir ce réflexe. Il veut un endroit avec une porte qui ferme et de quoi se protéger.

Elle désigna de la tête le râtelier à fusils de chasse, au mur.

— Je suppose qu'ils vont avoir besoin d'être nettoyés après un an sans servir. C'est ce que disait toujours Manfred.

— Vous voulez dire Kurt ? demanda Jordan.

Après un court silence, elle acquiesça :

— Oui. Manfred était mon père. Il m'emmenait parfois à la chasse, bien avant que je rencontre Kurt.

Jordan était intriguée.

Vous appeliez votre père par son prénom ? Ou était-ce une bévue ?

Elle regarda son père et sa belle-mère s'éloigner, portant chacun son fusil cassé sur le bras. Elle aurait voulu les suivre. Mais, avec Ruth, c'était impossible. Elle entraîna la fillette sur la jetée, où elles s'assirent. Leurs pieds se balançant au-dessus de l'eau, elles regardèrent Taro aboyer après les canards.

— Tu sais que tu vas être ma vraie sœur, poussin ? Papa va t'adopter. Tu porteras notre nom. Tu seras Ruth McBride.

Elle avait aidé son père à établir les documents qui rendraient l'adoption officielle : l'acte de naissance de Ruth, les divers visas et autres papiers qui avaient permis son entrée dans le pays.

Ruth lui adressa un sourire rayonnant. Mais son regard trahissait un certain étonnement.

Comment puis-je t'aimer autant alors que je regarde ta mère comme si elle était une criminelle ?

Quelques heures plus tard, Dan et Anneliese étaient de retour, les joues rougies par le froid.

— J'ai fait bien piètre figure, annonça cette dernière en riant. Je vous avais prévenus que j'étais un très mauvais fusil.

Jordan remarqua combien elle semblait dans son élément dans la forêt. Les feuilles mortes ne craquaient même pas sous ses pieds.

— Tu t'es bien amusée, *Mäuschen* ? demanda Anneliese à Ruth en lui tendant la main.

Elle avait du sang de canard sur la paume, pas tout à fait sec. Jordan vit clairement le sursaut de recul de la fillette.

— Maman, dit-elle.

Mais elle se détourna de sa mère pour revenir vers Jordan.

— Ruth, insista Anneliese.

Surprise, Jordan caressait les cheveux blonds de l'enfant qui, tremblante, s'agrippait à elle sans écouter sa mère.

— Elle a dû avoir peur du sang, fit remarquer Dan, sa gibecière en bandoulière. Je vais aller ranger ces bêtes pour lui épargner la vue des canards morts, pauvre petite.

Il se dirigea vers la voiture et Jordan regarda de nouveau Anneliese. Cette fois, elle n'avait pas le Leica pour la saisir.

Mais elle prit mentalement une photo de l'expression de sa belle-mère qui, sans montrer la moindre inquiétude maternelle devant la détresse de son enfant, l'enveloppait d'un regard dur, glacial.

Puis, son habituel sourire chaleureux revenu, elle se pencha pour l'attirer dans une étreinte affectueuse mais ferme.

— Pauvre *Mäuschen. Mutti ist hier*.

Elle continua à lui murmurer des paroles apaisantes en allemand. Peu à peu, Ruth se calma et noua ses bras autour d'elle.

— Qu'est-ce que ça lui rappelle ? chuchota Jordan. La réfugiée qui a essayé de vous voler à Altaussee ?

C'était une question d'apparence innocente. Mais Anneliese fit un signe d'assentiment et, ne souhaitant manifestement pas s'étendre sur le sujet, répondit :

— C'était une expérience très éprouvante. Tu veux bien emmener Ruth à la voiture ? Nous devrions rentrer.

Elle acquiesça et installa Ruth sur le siège arrière.

— Voilà ton livre, poussin. Nous en avons pour une minute.

Puis elle revint au pavillon où elle trouva son père en train de ranger les fusils tandis qu'Anneliese nettoyait la boue de ses bottes. En dépit du visage placide de sa belle-mère, elle revit l'expression froide et implacable face à sa fille.

Elle ne l'avait pas imaginée. Aussi, cette fois, lui demanda-t-elle sans détour :

— Que s'est-il passé à Altaussee ?

Ignorant son geste évasif, elle persista :

— Je suis désolée de vous interroger sur ce qui est sans nul doute un souvenir déplaisant. Mais je ne veux pas risquer de perturber de nouveau Ruth par mégarde. Comme aujourd'hui.

C'était la première fois qu'elle se montrait si directe. Mais comme observer en silence n'avait rien donné… Haussant les sourcils d'un air éloquent, elle indiqua clairement qu'elle attendait une réponse.

— Ruth et moi avons été attaquées par une femme, finit par répondre Anneliese. Un après-midi, assises au bord du lac, nous attendions notre train. Une réfugiée a engagé la conversation puis elle a essayé de nous voler nos papiers et nos billets. Ruth a été renversée, s'est violemment cogné la tête et s'est mise à saigner du nez.

— Ruth a raconté que la femme avait un couteau.

Ce n'était pas vrai. Mais elle voulait savoir. Si Anneliese confirmait cette version de sa fille, Jordan saurait qu'elle mentait.

Elle se contenta de hausser les épaules.

— Je ne m'en souviens pas. Tout s'est passé si vite. Quand la femme a vu que Ruth saignait, elle s'est enfuie en courant. Je suppose qu'elle était désespérée. Tellement de gens l'étaient.

— Ça ne semble pas beaucoup vous émouvoir, avança-t-elle.

— Le temps a passé, depuis. J'ai dit à Ruth d'oublier. Un jour, elle y parviendra. Ce sera beaucoup mieux pour elle.

Changeant abruptement de sujet, elle mit sa main en visière et regarda le lac.

— C'est tellement beau ici. Quelle est l'origine du nom Selkie ?

Pas votre meilleure diversion, songea Jordan. *Pour une fois, je vous ai prise au dépourvu.*

Ou bien la réaction de Ruth l'avait déstabilisée. Elle y réfléchirait plus tard.

— Le nom vient des colons écossais. Une selkie est une sorte de naïade écossaise. Comme une sirène ou…

— Une *roussalka* ?

Jordan pencha la tête sur le côté. Sa belle-mère avait tressailli. *Je ne vous ai jamais vue tressaillir, pas une seule fois.* De tout ce qui pouvait ébranler Anneliese, pourquoi ce mot ?

— Qu'est-ce qu'une *roussalka* ? lui demanda-t-elle alors.

— Un esprit des eaux. Une sorcière qui sort de l'eau la nuit, en quête de sang.

D'une main dédaigneuse, Anneliese coupa court à son explication.

— Une vieille fable horrible. Je ne comprends pas ce qui m'y a fait penser. N'en parle pas à Ruth, sinon elle ne parviendra plus jamais à dormir.

— Bien sûr que non !

— Tu es une si bonne grande sœur pour ma *Mäuschen*, Jordan, la complimenta-t-elle en lui effleurant la joue d'un geste, cette fois, plus spontané. Rentrons.

Quand elle se dirigea vers la voiture, son pas avait retrouvé toute son assurance. Perplexe, Jordan la suivit des yeux. Elle n'avait pas la moindre idée de ce que tout cela signifiait : une lutte sur la berge d'un lac des Alpes, des violons, des esprits des eaux, des croix de fer. Mais elle fut prise d'un besoin aussi impératif que soudain de pousser son père au volant et de démarrer en trombe en laissant Anneliese derrière eux.

Qui êtes-vous ? s'interrogea-t-elle pour la millième fois.

Mentalement, elle revit le mouvement de recul de Ruth devant la main souillée de sang de sa mère et une petite voix intérieure lui chuchota avec conviction :

Quelqu'un de dangereux.

Garrett semblait mal à l'aise.

— Je ne sais pas trop…

— Je te demande juste de la distraire.

Jordan jeta un coup d'œil derrière elle en direction de la cuisine où Anneliese fredonnait. Elle cuisinait un festin en prévision de Thanksgiving, la semaine suivante. « Mon premier Thanksgiving en tant que vraie Américaine », disait-elle joyeusement. La maison embaumait la sauge et le caramel, et la neige précoce qui tombait derrière les rideaux parachevait l'atmosphère de fêtes de fin d'année. Mais Jordan avait l'estomac noué. Elle ne se sentait pas en accord avec l'esprit de fête.

Garrett passa une main dans ses cheveux bruns.

— Si tu dois vraiment fouiller la chambre de ta belle-mère…

— Il le faut.

Parce que depuis la journée au lac Selkie, elle n'avait cessé de tourner et retourner des théories contradictoires et que c'en était assez. Profitant de l'absence d'Anneliese pendant son voyage de noces, elle avait déjà fureté dans ses affaires, mais n'avait rien trouvé. Cette fois, elle en aurait le cœur net. Quoi qu'il lui en coûte. En gardant la croix de fer, sa belle-mère avait prouvé qu'elle ne renonçait pas aux souvenirs du passé. Il devait y avoir quelque chose à découvrir.

Auparavant, elle aurait pu aisément entrer dans la chambre de son père pour l'inspecter, prétextant vouloir dépoussiérer. Mais Anneliese avait mis un terme à ses visites. La chambre ne lui était pas vraiment interdite mais, avec son habileté coutumière, sa belle-mère avait établi des limites qui ne devaient pas être franchies.

« *Jamais je n'oserais entrer dans ta chambre sans y être invitée,* lui avait-elle déclaré. *Une femme doit préserver son intimité. Tout comme les nouveaux mariés.* »

Cette allusion à l'intimité nuptiale l'avait mise suffisamment mal à l'aise pour ne pas insister. Ce qui, pour Anneliese, était bien commode. Jordan savait que cette chambre dissimulait quelque chose. Contrairement au reste de la maison. Sous couvert de faire le ménage pour les fêtes de fin d'année, elle avait passé les dernières semaines à inspecter discrètement les autres pièces. Cherché sous les miroirs, à l'intérieur des cadres, derrière les tiroirs du bureau. En vain.

Garrett continuait à protester :

— Attends au moins qu'elle soit sortie de la maison.

— J'ai essayé, il y a quelques jours, quand elle est allée faire des courses. Et j'ai dû filer de la chambre en vitesse quand elle est revenue chercher ses gants.

Tout aussi commode. Peut-être Anneliese la surveillait-elle autant qu'elle la surveillait.

— Occupe-la, poursuivit-elle. Je n'y arriverai pas si je pense qu'elle peut me surprendre avec sa démarche de chat aux pattes de velours.

— En fait, tu as peur, c'est ça ?

Garrett avait l'air dubitatif. Manifestement, il ne faisait pas confiance à son instinct, ce qui était blessant. Mais, en toute honnêteté, elle ne pouvait l'en blâmer. Quand elle énumérait ses soupçons, ils paraissaient grotesques : « Jordan et son imagination débordante. »

— Et si tu trouves quelque chose ? demanda-t-il.

Feignant de n'avoir pas entendu, elle se dirigea vers la chambre.

Remets tout exactement comme tu l'auras trouvé, se conseilla-t-elle en soulevant avec la plus grande délicatesse les combinaisons de nylon pliées dans le premier tiroir. Rien dans les tiroirs d'Anneliese, rien dans ses chaussures alignées… La voix de Garrett lui parvint de la cuisine. Il était en train de raconter sa formation de pilote, à quel point les cours théoriques étaient ennuyeux par rapport aux cours de pilotage. Elle entendit sa belle-mère lui répondre, une cuillère résonnant sur un saladier. Mais son instinct lui soufflait de se dépêcher.

Elle passa à ses robes, ses jupes, ses chemisiers sur leurs portemanteaux, ses cartons à chapeau, tâta des ourlets pour y sentir des protubérances, souleva chaque chapeau pour regarder sous le papier de soie avant de le remettre exactement en place, sonda le fond de l'armoire. Puis elle inspecta ses valises. Les poches étaient vides. L'une d'entre elles heurta la paroi de la penderie avec un bruit sourd et, en un clin d'œil, Jordan fut dans le couloir. Le cœur battant, elle tendit l'oreille, guettant le bruit de pas de sa belle-mère.

Tu as vraiment peur. Elle revoyait le visage implacable et glacé au lac Selkie.

Mais elle l'entendit au bout du couloir.

— C'est de la *Linzer Torte* Garrett. Si vous aimez tant ça, j'apprendrai à Jordan à en faire. Ruth, coupe-lui une belle part.

Sa voix était si paisible, si maternelle.

Oui. J'ai peur.

Néanmoins, elle regagna la chambre. La penderie ne révéla rien. Elle inspecta les tables de nuit, les pieds des lampes, consciente que l'heure tournait. Garrett ne pourrait pas tenir indéfiniment, à manger du gâteau et à discuter de banalités. Rien dans les lampes, rien dans les tiroirs des tables de nuit, entre les pages de sa bible.

La couverture de la bible…

Les doigts soudain tremblants, elle faillit la lâcher. Elle tourna vivement la tête vers la porte. Le murmure des voix montait toujours de la cuisine. Aussi délicatement que possible, elle décolla le cuir souple de la couverture. Visiblement souvent soulevé, il ne résistait pas. Soudain, elle sentit une aspérité sous ses doigts.

C'était une petite photo usée. Elle l'inspecta. La jeune femme était indubitablement Anneliese. Plus jeune de quelques années, l'air beaucoup plus désinvolte, les cheveux ébouriffés, sa minceur mise en valeur par son maillot de bain. De l'eau à mi-cheville dans les vaguelettes d'un étang ou d'un lac qui s'étendait derrière elle, un homme se tenait à son côté. Nettement plus âgé qu'elle, de large carrure, il portait lui aussi un maillot de bain. Souriant, il levait un bras comme pour saluer quelqu'un au loin. Au dos, Anneliese avait simplement noté « *März 1942* ».

Une photo de vacances, songea-t-elle, dépitée. Toute cette peine, tous ces soupçons, pour trouver une photo d'Anneliese et de celui qui était probablement son premier mari, pendant des vacances au bord d'un lac.

Bravo, J. Bryde. Une découverte qui te vaudra assurément un Pulitzer.

Le goût amer de la déception dans la bouche, elle s'apprêtait à ranger la photo quand elle se figea. Et de nouveau, regarda longuement. La date. « *März 1942.* »

« *März* ». Mars.

Hormis la date, un autre détail retint son attention : comme une espèce de marque sous le bras levé de l'homme… Un souvenir lui revint en mémoire et elle regarda attentivement. C'était assurément une marque. Un tatouage ? Il était difficile d'en être certaine.

Elle posa la photo sur le lit, où la lumière était meilleure, et, armée de son Leica, en prit plusieurs clichés. Une photo d'une photo : les détails ne seraient pas nets mais elle ne pouvait pas subtiliser l'originale. Si Anneliese l'avait cachée dans sa bible sur sa table de chevet, elle devait souvent la chercher, quitte à n'en sentir que le coin à travers le cuir. Elle la remit donc à sa place, pressa soigneusement le cuir et reposa la bible. Puis elle vérifia rapidement le reste de la chambre. Aucune trace de la croix de fer. Soit elle avait disparu, soit elle était cachée ailleurs. Mais elle n'osait plus s'attarder. Elle se glissa dans le couloir, referma la porte et se précipita dans la salle de bains. Après avoir poussé le verrou, elle s'assit contre la baignoire.

— Jordan ? appela soudain sa belle-mère à l'autre bout du couloir.

— Juste un instant.

À la hâte, elle tourna le robinet et s'aspergea les joues d'eau froide. Elle voyait dans la glace qu'elles étaient en feu. Pas de honte. De triomphe.

Sa belle-mère s'approchait.

— J'allais demander à Garrett de rester dîner.

— Bien sûr, répondit-elle, en se tapotant le visage pour se sécher.

Le bruit de talons s'éloigna et elle sourit à son reflet. Une date, une marque sur un bras d'homme et une médaille. Trois détails qu'elle avait photographiés. Et un appareil photo ne mentait pas.

14

Ian

Avril 1950
Salzbourg

— Gretchen Vogt. Respectable, veuve, a vécu toute sa vie à Salzbourg.

Tommy résuma sa discrète enquête menée dans le courrier, les archives de la ville et chez les voisins de la Lindenplatz.

— Une fille déclarée, Lorelei Vogt, qui a l'âge d'être notre cible.

— Des photos ? demanda Ian.

Ils traversaient les jardins à la française du Schloss Mirabell, un joli petit palais entouré de fontaines, qui ressemblait à un gâteau de mariage.

— Aucune trouvée dans les archives publiques.

— Lorelei Vogt, répéta Ian.

Était-ce vraiment la femme qu'ils recherchaient ? La *Jägerin*. Elle aurait pu mentir à la fille Ziegler qui avait livré sa lettre à cette adresse. Rien ne garantissait que Gretchen Vogt soit vraiment sa mère mais…

— Même s'il s'avère que c'est son nom de naissance, cela ne nous avancera pas beaucoup. Elle a pu en changer pour s'enfuir. D'un autre côté, j'aimerais quand même bien la connaître sous un autre nom que la Chasseresse.

La voir comme une simple *Fraülein* faisant le salut nazi comme toutes les autres et non plus comme une créature mythique.

— Les noms, c'est important, acquiesça Nina. C'est pourquoi le camarade Staline n'aime pas être appelé le Tsar rouge.

Elle s'arrêta pour cueillir un bégonia rouge dans le massif le plus proche et le glissa au revers de sa veste. *Ma femme, le Péril Rouge*, songea Ian avec un sourire ironique.

Ils sortirent du parc. La maison des Vogt était située sur la rive opposée du Salzach aux eaux couleur caramel, non loin de la place Mozart.

— Laisse-moi aborder seul Gretchen Vogt, proposa alors Tony. Si nous arrivons chez la mère de la *Jägerin* à deux et que nous nous trouvons devant un mur, ce sera fini. Laisse-moi d'abord essayer la carotte. Si j'échoue, tu prendras le relais avec le bâton.

— Entendu. Tu prends le premier round. Le coup classique de l'héritage ?

— Combien pouvons-nous dépenser ?

Ian sortit une liasse de son manteau. La somme représentait sa rente mensuelle, y compris le loyer du centre. Tony compta les billets, l'air stupéfait. Ian l'encouragea d'un signe de tête.

— Prends.

Il sentit le même frisson d'excitation que lors des parties de poker avec ses collègues correspondants de guerre, pendant le Blitz. Quand il jouait jusqu'à son dernier shilling sur la dernière main parce que les bombes s'approchaient toujours plus et que le toit avait toutes les chances de s'effondrer. *Mets tout en jeu puisque c'est la fin.*

Reste raisonnable, se rabroua-t-il.

— Si nous échouons tous les deux et que ni la carotte ni le bâton ne marchent avec *Frau* Vogt ? demanda alors Tony.

— Je lui coupe les pouces, annonça gaiement Nina, en sortant son rasoir. Alors elle parle. Carotte, puis bâton, puis rasoir. C'est simple.

— Tu as intérêt à plaisanter car ce n'est pas comme ça que ça marche, la rembarra Ian. Avec nous, rien ne marche comme ça.

Elle ne l'écoutait pas. Tony était en train de lui lancer une pique quelconque en russe à laquelle elle répondit par un geste grossier. À la fois amusé et irrité, Ian pressa le pas en direction de leur proie.

— Allons-y.

La Lindenplatz était une petite place autour d'une statue de quelque obscure sainte autrichienne au visage revêche, entourée des typiques tilleuls couverts de feuilles neuves. Un vieux quartier élégant, conçu pour les familles prospères et bien éduquées dont les membres assistaient à la messe coiffés de chapeaux du dimanche impeccables, passaient leurs étés dans le Salzkammergut et ne voulaient rien savoir du jazz. Le numéro 12 était une coquette maison blanche avec un vaste jardin entouré de murs et des jardinières bien entretenues débordant de géraniums roses. Tony frappa et, debout sur le perron bien briqué, son chapeau à la main, attendit. Cachés derrière la statue de la sainte, au milieu de la place, Ian et Nina l'observaient discrètement.

— Ne regarde pas, Nina, lui chuchota-t-il. Mets ton bras sous le mien et faisons semblant d'être des touristes.

Il avait à la main un vieux guide *Baedeker*, qu'il gardait pour les occasions où il devait rôder sans éveiller les soupçons. En Autriche, mais aussi à Budapest, Prague, Karlsbab ou Marienbad.

— « Sainte… », dit Nina, les yeux plissés pour déchiffrer le nom sur la statue.

— Liutberga.

Du coin de l'œil, Ian vit la porte du numéro 12 s'ouvrir.

— *Tvoyu mat* ! Qu'est-ce que c'est que ce nom ?

— Une ermite des années 870 environ. Ça veut dire quoi « *Tvoyu mat* » ?

— Nique ta mère !

— Bon sang, tu es d'une grossièreté !

— Je ne vois rien. Que fait Antochka ?

— Quelqu'un a ouvert la porte… Une ménagère avec un tablier blanc. Il a commencé son petit discours… Ça veut dire quoi « Antochka » ?

— Ça vient d'Anton. En russe, le diminutif d'Anton c'est Antochka. Pas Tony. Comment tu peux obtenir Tony à partir d'Anton ?

— Et comment peux-tu obtenir Antochka à partir d'Anton ? ne put s'empêcher de répondre Ian, les yeux rivés sur son associé. Ah ! Il a été invité à entrer…

— Et maintenant ? chuchota Nina.

Ian regarda la porte banale du numéro 12.

— On attend.

— Combien de temps ?

— Aussi longtemps qu'il faudra.

— Nous attendons ici pendant des heures ? Toi, moi et Liutberga ?

— La traque des criminels de guerre implique beaucoup d'attente et de paperasse. Personne n'en tirera jamais un scénario de film à suspense.

Ian s'écarta de la statue.

— Nous allons flâner un moment, admirer les arbres…

— C'est quoi « flâner » ? Je connais pas ce mot.

— Nous promener, musarder, jouer les touristes. S'il passe beaucoup de temps à l'intérieur, nous…

Sans crier gare, Nina lâcha son bras, traversa la place et longea le mur qui, à l'arrière, clôturait le jardin du numéro 12. La fenêtre du rez-de-chaussée était fermée et, très à l'aise, elle resta debout à l'étudier. Ian la rejoignit en quelques enjambées et, d'un geste, montra les jardinières aux fenêtres comme s'ils étaient venus admirer les géraniums.

— File d'ici avant que quelqu'un te voie ! marmonna-t-il à travers ses dents serrées.

— Pas de fenêtre de ce côté-là, répliqua-t-elle en montrant la maison voisine du menton. Personne pour nous voir à part Liutberga. Et elle ne mouchardera pas, la triste statue.

— File d'ici…

Ian s'interrompit. Une porte s'ouvrait du côté jardin et la voix d'une femme d'un certain âge, au fort accent autrichien, disait :

— … parler de votre affaire dehors, jeune homme ? C'est une si belle journée.

Cela devait être *Frau* Vogt.

— J'en serais ravi, *gnädige Frau*, approuva Tony.

Ian hésita. Il aurait voulu rester devant le mur à écouter. Mais un passant pouvait le remarquer. Il se tourna vers Nina, s'apprêtant à la ramener sur la place. Et s'aperçut soudain que la fenêtre était ouverte et que les bottes vulgaires de sa femme étaient en train de disparaître à l'intérieur de la maison. Elle s'était faufilée par la fenêtre, aussi silencieuse qu'une anguille.

Il essaya de la rattraper, en vain. Ne réussit qu'à empoigner un morceau de rideau en dentelle. *Sors de là !* lui intima-t-il silencieusement, sans perdre une miette des paroles de Tony qui, de l'autre côté de la maison, se répandait en amabilités. À l'intérieur, dans le couloir obscur, Nina n'était plus qu'une ombre. Il entrevit l'éclat de ses dents quand, d'un doigt recourbé, elle lui fit signe de la rejoindre. Son sourire semblait suspendu dans les airs, comme celui du chat du Cheshire d'*Alice au Pays des Merveilles* de Lewis Carroll. Puis, avançant à pas de loup sur le tapis du couloir de *Frau* Vogt, elle tourna au coin et disparut.

Je vais tuer ma femme, fulmina-t-il. *Je vais la tuer avant même de divorcer.*

Il rangea le *Baedeker* dans sa poche. Il aurait été curieux de savoir si l'Autriche, Budapest, Prague, Karlsbad et Marienbad listaient les « cambriolages » dans leurs pages d'activités locales recommandées aux touristes. Après avoir vérifié une dernière fois qu'il n'était pas observé, il se glissa par la fenêtre.

Il trouva Nina dans le salon, affairée à regarder le courrier de *Frau* Vogt.

— Nous sommes entrés par effraction, lui chuchota-t-il d'un ton sec.

— Antochka a confirmé qu'elle vivait seule. Il l'occupe dehors. Voyons ce que nous pouvons trouver.

Ce ne sont pas nos méthodes, voulait-il dire. *Ce ne sont pas les miennes*. Il aurait dû traîner Nina par la fenêtre par laquelle ils s'étaient introduits. Pourtant, il était parcouru du même frisson aventureux que tout à l'heure. Le besoin de tout miser. *Reste raisonnable*, s'était-il déjà recommandé, un peu plus tôt. Mais ils étaient tous les deux déjà à l'intérieur.

— Cinq minutes, souffla-t-il à Nina, se maudissant. Ne dérange rien. Je surveille le jardin. Bon sang, tu as vraiment une influence déplorable !

— Aucune photo d'elle. Pas adulte, en tout cas.

Elle montra le manteau de la cheminée où trônait la photo de deux mariés compassés. *Frau* Vogt et son mari, vêtus à la mode des années 1920. Il y avait également plusieurs photos, plus petites, d'une fillette aux joues rondes et aux boucles brunes. Ian scruta le visage de l'enfant comme s'il s'agissait de la meurtrière de son frère. Mais, du coin de l'œil, il perçut du mouvement à la porte donnant sur le jardin…

— … du café ? disait *Frau* Vogt alors que les gonds grinçaient.

Il poussa Nina derrière la porte et tous deux se figèrent jusqu'à ce que les bruits de pas se soient éloignés dans l'autre direction, suivis d'un tintement de porcelaine.

— Une tranche de *Linzer Torte* ? Je ne connais pas un jeune homme qui résiste à une tranche de gâteau !

Manifestement, Tony excellait à amadouer la veuve. Ian laissa échapper un long soupir et s'aperçut qu'il était en nage. Mais il souriait. Nina lui rendit son sourire, puis passa devant lui comme une ombre pour sortir du salon et se diriger vers l'escalier. Il la suivit et monta les marches deux par deux.

Si le rez-de-chaussée était entretenu avec soin pour garder l'apparence d'un certain train de vie, à l'étage il remarqua la peinture écaillée, la poussière, des marques là où avaient été accrochés des cadres. Preuve que *Frau* Vogt joignait difficilement les deux bouts. C'était de bon augure pour le pot-de-vin que devait lui proposer Tony. Laissant Nina examiner les photos du couloir, il s'avança vers la fenêtre qui surplombait la partie arrière du jardin. Il distingua un bord de table en rotin, un plateau, la tête brune de son associé qui acquiesçait et *Frau* Vogt de trois quarts : une gentille femme aux joues rouges, vêtue d'un tablier empesé. Il retint son souffle et entrouvrit la fenêtre.

— … cette affaire concernant ma fille, *Herr* Krauss. Vous la connaissiez bien ?

— Krauss, répéta Nina silencieusement.

Ian répondit de la même façon :

— Son nom d'emprunt préféré.

La consonnance si solidement allemande du nom Krauss transformait Tony d'un Européen de l'Est indésirable en un bon Aryen très soigné. Un rôle que le Juif Tony adoptait avec une ironie féroce.

— J'avoue que je ne connaissais pas bien votre fille, *gnädige Frau*, avoua Tony sans chaleur excessive. Nous ne nous sommes rencontrés que deux ou trois fois. Savez-vous où elle habite aujourd'hui ?

— Non, répondit *Frau* Vogt, une pointe de dureté dans la voix. Elle a jugé préférable de ne pas revenir à Salzbourg. Cela aurait alimenté les ragots. Il y a eu tellement d'histoires quand les Américains ont commencé à procéder à des arrestations et à émettre des accusations.

Elle s'interrompit. Ian retint son souffle. Puis elle poursuivit :

— J'ai reçu une lettre d'elle après la guerre, que l'on m'a remise en mains propres. Elle m'écrivait qu'il serait préférable pour moi qu'elle garde ses distances.

Ian fut pris d'une envie de crier, de danser, de lancer un poing triomphant en l'air. La fille Ziegler avait été payée pour livrer la lettre d'une certaine Lorelei Vogt. *Nous avons un nom. Nous avons un nom.*

— Elle disait qu'elle ne voulait pas que je sois obligée de mentir si les gens posaient des questions. Bien sûr, une fille unique manque à sa mère. Mais c'était vraiment attentionné de sa part. Il n'y a jamais eu le moindre ragot sur moi et je lui en suis très reconnaissante. Je ne suis qu'une simple veuve, je vis tranquillement. Je n'ai jamais rien eu à voir avec la guerre. Ma fille a fait en sorte que cela reste ainsi.

Décevant. Tout en restant caché, Ian posa un coude sur le cadre de la fenêtre et écouta son associé qui adoptait une autre tactique.

— Vous savez, un jour, à l'une des réceptions de Posen, votre fille et moi avons discuté de livres. Je pense qu'elle a senti qu'un jeune soldat comme moi était très loin de chez lui, alors elle a essayé de me mettre à l'aise. Elle parlait tellement bien l'anglais…

— Oui, elle a toujours été très intelligente, approuva *Frau* Vogt, qui parut se détendre un peu. Elle a étudié la littérature à Heidelberg. Son père tenait à ce qu'elle fasse des études…

— Pourquoi n'insiste-t-il pas ? chuchota Nina. Où est le pot-de-vin ?

— Elle commençait à être sur la défensive. Il la flatte, la laisse parler.

— C'est la méthode de la carotte ? C'est trop long.

Elle s'éloigna sans bruit dans le couloir et disparut dans la première chambre. Ian l'entendit ouvrir des tiroirs. En bas, entre deux bouchées du gâteau de *Frau* Vogt, Tony discutait de l'université.

— … mon rêve de continuer mes études, mais la guerre… Je suis passé sans transition des Jeunesses hitlériennes à l'armée, puis à la Pologne.

Il avait adopté l'intonation idéale de l'embarras tacite, son visage anxieux sous les cheveux habituellement en bataille qu'il avait séparés par une raie parfaite avant de les huiler, comme un vrai garçon ayant participé aux Jeunesses hitlériennes. Ce n'était pas la première fois qu'il se présentait comme un ancien soldat du Reich. Il fallait plus qu'un nom allemand et des détails sur un régiment. *Tout est dans les non-dits*, songea Ian. Les phrases voilées qui signifiaient : « Vous savez que ce n'était pas ma faute, bien sûr ? »

— Vous comprenez, n'est-ce pas ? demanda-t-il avec un sérieux d'écolier. La guerre n'avait rien à voir avec moi, pas vraiment. J'ai juste fait mon devoir. J'étais très jeune.

— C'était une époque difficile, concéda *Frau* Vogt avec la même intonation tacite. Les gens oublient aujourd'hui. Vous voulez une autre part de gâteau ?

— Oui, si vous voulez bien vous joindre à moi pour un apéritif. Juste une goutte de cognac dans votre café.

Tony sortit la flasque qu'il avait toujours sur lui pour faciliter ce type d'entretien.

— Oh, je ne devrais pas…

— Bien sûr que si, *Frau* Vogt ! la rabroua-t-il gentiment.

La mère de la *Jägerin* le laissa verser une dose généreuse dans sa tasse. Il commença à la complimenter sur sa porcelaine et elle lui coupa une nouvelle part de *Torte*. Il y mordit à belles dents, avec l'enthousiasme qui avait poussé toutes les mères d'Europe à lui pincer affectueusement la joue. Ian sentit le rire silencieux mais narquois de Nina, qui était revenue derrière lui.

— Il ment mieux qu'un poissonnier de Moscou, chuchota-t-elle. Viens m'aider à fouiller sa chambre, maintenant.

— J'y suis peut-être entré par effraction, mais je ne vais pas mettre à sac la maison d'une inconnue.

— Eh bien, laisse-moi faire et reste là, dit-elle, amusée. Tu es un hypocrite, *luchik*.

Ian fronça les sourcils.

— Peut-être, mais je préfère m'accrocher aux lambeaux de ma moralité.

— Ta moralité est plaisanterie.

— Je prends note.

Dans le jardin, *Frau* Vogt discourait maintenant sans réserve. Ian aurait parié qu'il y avait longtemps qu'elle n'avait pas eu un public aussi attentif. Pour délier les langues, la solitude était aussi efficace que le cognac.

— Ma fille a étudié la littérature anglaise, même si j'aurais souhaité qu'elle lui préfère Schiller et Heine, comme moi. C'est à Heine qu'elle doit son prénom, bien sûr. Lorelei, la sirène sur le rocher qui surplombe le Rhin.

— Votre fille était loin d'être une jeune fille en détresse sur un rocher. Quel fusil elle était ! Je me rappelle une chasse, lors d'une réception…

— Oui, c'était bien la fille de son père. Vous savez, son père était un *Freiherr* en Bavière. Mon mari étant le benjamin, il n'avait pas hérité du Wasserburg, le château de famille. Mais il allait y chasser quand il était jeune. C'est lui qui a appris à Lorelei à tirer.

— On aurait dit Diane en personne. Je dois admettre que j'étais sous le charme !

Frau Vogt poussa un soupir.

— Elle aurait dû ramener de Heidelberg un jeune homme bien, un jeune homme comme vous. Je n'approuvais pas toujours ses choix.

Un autre silence tacite, interrompu par un reniflement.

—Son *Obergruppenführer* était très élégant, mais il était assez vieux pour être son père. Sans parler de… eh bien.

Marié. Un fait que Ian regrettait tout aussi ardemment que *Frau* Vogt. Car si, au lieu d'être sa maîtresse, la *Jägerin* avait été la femme de l'*Obergruppenführer* von Altenbach, il aurait été bien plus facile de la retrouver. La paperasse s'accumulait comme des confettis pour les mariages des membres de la SS. Son nom et sa photo auraient été archivés dans une centaine d'endroits.

Tony s'autorisa un silence respectueux, n'émettant aucun commentaire sur la fille de son hôtesse qui était devenue la maîtresse d'un homme marié. Il versa encore un peu de cognac dans les deux tasses à café et se contenta de murmurer:

—L'*Obergruppenführer* von Altenbach était très admiré. Son travail en Pologne a été exemplaire, sa générosité inégalée. En fait, c'est ce qui m'amène ici, *Frau* Vogt.

Il ajusta sa cravate, jouant à la perfection le jeune homme d'affaires abordant enfin la question qui la concernait.

—Avant sa mort, l'*Obergruppenführer* avait pris certaines dispositions pour le futur. Des dispositions financières pour ses amis et ceux qu'il aimait. Et personne, bien sûr, ne comptait plus pour lui que votre fille.

Les doigts de Ian se crispèrent sur la dentelle du rideau. Ils y arrivaient…

—L'*Obergruppenführer* avait mis de l'argent de côté pour votre fille, *gnädige Frau*. Vous comprenez maintenant pourquoi je la recherche.

Seul le silence lui répondit. Ian regarda aussi loin qu'il le pouvait, mais il ne voyait que la tête au chignon impeccable de *Frau* Vogt et ses épaules soudain raidies.

—« De l'argent », répéta-t-elle enfin, la pointe d'irritation revenue dans sa voix. Après cinq ans?

— Vous connaissez la lenteur des formalités juridiques, répondit Tony avec un soupir accablé. Personne n'était même certain que Lorelei Vogt était vivante, surtout après la… fin malheureuse de l'*Obergruppenführer*, à Altaussee. Tellement de disparus, tellement d'opportunistes. Il y avait un réel danger de fraude et aucun moyen d'identifier votre fille, même si l'on avait pu la localiser. Voilà pourquoi il a été si long de trouver une personne la connaissant.

Il s'inclina avec modestie.

— Bien entendu, je suis rémunéré pour cette mission. Mais vraiment, je serais très heureux de pouvoir assister Lorelei pour revendiquer ce qui lui revient de droit. En souvenir de la bonté qu'elle a témoignée, un jour, à un jeune soldat qui était seul et très loin de chez lui. Si je pouvais l'aider à avoir une vie confortable comme le souhaitait l'*Obergruppenführer*, j'en serais extrêmement satisfait.

Ce n'était pas la première fois que Tony et Ian utilisaient l'héritage comme appât. Dans la période de vaches maigres de l'après-guerre, tout le monde rêvait de voir une somme d'argent inespérée tomber du ciel. Les rumeurs sur la fortune des nazis disparus allaient bon train car tout le monde avait entendu parler des fortunes qu'avaient amassées les puissants du Reich, grâce à leur prévoyance. De comptes suisses secrets, de tableaux de valeurs inestimables dans des puits de mines, d'or mis en réserve pour… quelqu'un.

Qu'importe si je n'ai jamais trouvé un seul criminel de guerre vivant dans le luxe derrière des propriétés à portails dorés, songea Ian ironiquement.

« Pourquoi votre fille ou vous-même n'en profiteriez-vous pas ? » suggérait Tony à demi-mot.

En entendant son associé, il sentit une bouffée de fierté.

Bon sang, mais tu es doué pour ça !

— Je ne m'attendrais pas à ce que vous me croyiez sur parole, poursuivit-il en faisant glisser une carte de visite sur la table. La société qui m'a engagé se fera un plaisir de vous rassurer.

— Laissez-moi passer un rapide coup de téléphone, demanda *Frau* Vogt, conciliante mais prudente.

Elle voulait faire confiance à ce gentil jeune homme et à tout ce qu'il lui disait… Mais elle n'était pas stupide.

Avec un sourire, Tony se cala dans son fauteuil.

— J'attendrai bien volontiers.

La mère de la *Jägerin* se leva et rentra, l'air affairé. Ian se préparait à se réfugier derrière la porte la plus proche si elle montait. Mais le téléphone était en bas. Quand elle décrocha, il entendit le son étouffé de sa voix. Resté dans le jardin, Tony versa une nouvelle rasade de cognac dans le café de son hôtesse, jeta le sien dans le massif et le remplaça par du café sans alcool de la cafetière. La voix de *Frau* Vogt lui parvint de nouveau. Elle semblait rassurée. Ian étouffa un rire, imaginant celle, rugueuse et bienveillante, de Fritz Bauer à l'autre bout du fil. Ce n'était pas la première fois qu'il les soutenait quand une histoire avait besoin d'être vérifiée. Il entendit le déclic du combiné au rez-de-chaussée et *Frau* Vogt retourna dans le jardin.

— Merci, *Herr* Krauss. Ce n'est pas que je n'avais pas confiance en vous mais…

— La confiance d'une dame se mérite, finit Tony avec un nouveau rire juvénile. J'espère que *Herr* Bauer a su vous rassurer ? Il y a aussi la question de votre compensation.

La main qu'elle tendait vers sa tasse de café se figea.

— Ma « compensation » ?

— Bien sûr. Les fonds en fidéicommis ne peuvent être débloqués qu'en faveur de votre fille, mais le temps que vous consacreriez à nous aider à la localiser aurait son prix.

Une enveloppe glissa sur la table, contenant quasiment toute la fortune de Ian jusqu'au dernier shilling.

— Même le plus petit détail. Personne ne sait jamais ce qui pourrait être utile. Y a-t-il quoi que ce soit dont vous vous souveniez sur l'endroit où aurait pu aller votre fille ?

Le silence se fit. Les yeux baissés sur les épaules de *Frau* Vogt, Ian retenait son souffle. Il s'aperçut que Nina, maintenant derrière lui, ne respirait pas non plus. La propriétaire des lieux but une longue gorgée de café au cognac, le bout de ses doigts frôlant l'enveloppe et, machinalement, Ian entrelaça ses doigts à ceux de sa femme.

—Je ne sais pas où se trouve Lorelei, déclara alors lentement sa mère. Mais elle m'a écrit.

Nina lui pressa les doigts.

—D'où viennent les lettres ? demanda Tony avec ferveur.

—Et où sont-elles en ce moment ? marmonna Nina. Je n'en trouve aucune...

—Elles viennent toutes d'Amérique, depuis un an, à peu près.

Ian perçut la pointe de dégoût dans sa voix.

—Lorelei voulait partir loin de l'Allemagne, de l'Autriche. Les tampons sont tous différents, je ne connais pas les villes.

Tony lui tapota la main alors qu'elle finissait son café alcoolisé.

—La dernière lettre de Lorelei est arrivée il y a tout juste un mois, d'un endroit qui s'appelle Ames. Elle a dit qu'elle pouvait me faire venir. Pas à Ames, dans un magasin d'antiquités de Boston, où que ça se trouve. *Antiquités McCall.* Ou peut-être *Antiquités McBain.* Mac quelque chose. Les gens comme elle et moi peuvent obtenir des papiers là-bas, une nouvelle identité, un nouveau nom, et ils changent de vie. Mais comment pourrais-je changer de vie ? J'ai toujours habité Salzbourg. Comment serais-je censée aller en Amérique ? Avec tous ces Juifs, tous ces Noirs.

« *Amérique.* » Ce mot fit à Ian l'effet d'un coup dans l'estomac, lui donnant une soudaine sensation de nausée. Sentir qu'il touchait presque au but pour découvrir qu'un océan l'en séparait... Il serra les poings et s'aperçut que Nina, d'un geste nerveux, tambourinait sa jambe de ses doigts.

— Boston ! s'émerveilla Tony, en lui resservant du café arrosé de cognac. Où est allée votre fille après Boston ?

— Elle a dit qu'il était préférable que je l'ignore. Pour moi.

— Vous savez quel nom Lorelei utilise ?

— Elle a dit qu'il était préférable pour moi que je ne le sache pas non plus.

Se renfrognant, Ian admira la prudence de la *Jägerin*. Même s'il la haïssait pour cela. Si tous les criminels de guerre se montraient aussi avisés, le centre s'écroulerait en quelques mois.

Tony fit alors glisser l'enveloppe contenant l'argent sur la table de jardin.

— Même sans connaître les détails, ça doit être réconfortant d'avoir de ses nouvelles. Un grand réconfort.

— Pas tant que vous le croyez, répondit *Frau* Vogt qui commençait à bafouiller. Elle ne dit jamais grand-chose, si ce n'est qu'elle est en sécurité, qu'elle va bien et que je dois brûler les lettres quand je les ai lues. Une mère… une mère aimerait en savoir plus. Ma seule enfant, ma fille, me manque.

Ian fut soudain pris de pitié. Une pitié qui s'évanouit tout aussi vite. *À moi aussi mon frère me manque, mais je n'ai pas le réconfort de savoir qu'il est en sécurité et qu'il va bien. Frau* Vogt avait-elle la moindre idée des atrocités commises par sa fille ?

— Vous avez brûlé toutes ses lettres ? répéta doucement Tony.

— Lorelei me l'a demandé. Les lettres, ses vieilles affaires et ses photos de femme adulte.

— Et vous l'avez fait ?

Après un silence, elle répondit :

— Ma fille est adorable, *Herr* Krauss. Mais elle est très déterminée. Je ne… je n'aime pas la duper.

Un autre silence.

— Oui, j'ai tout brûlé, confirma-t-elle.

— Menteuse !

Nina regarda Ian. Il ne s'était pas rendu compte qu'il avait parlé à voix haute.

—Elle ment, affirma-t-il.

Repoussant les cheveux blonds qui recouvraient son oreille, il se pencha pour lui chuchoter :

—Aucun parent ne détruirait toutes les photos de ses enfants.

—Si, mon père, chuchota Nina à son tour. Mais il a essayé de me noyer quand j'avais seize ans, alors…

Ian l'entendit à peine et s'avança vivement dans le couloir. Une photo serait inestimable. Ils ne pourraient pas l'utiliser légalement, étant donné qu'ils s'étaient introduits dans cette maison sans autorisation. Mais elle leur permettrait d'identifier leur cible sans avoir à compter uniquement sur la mémoire de Nina.

—Il doit y avoir une photo quelque part.

—Non. J'ai tout retourné.

Nina lui avait emboîté le pas. Ils avançaient, leurs épaules se frôlant, et, quand il leva les yeux, elle en fit autant. Le plafond était percé d'une trappe. Qui devait très probablement mener à un grenier.

—Allez *luchik* ! chuchota-t-elle. Fais-moi la courte échelle.

Sans attendre son invitation, il avait déjà attrapé sa femme par la taille pour la soulever vers le plafond. Il l'entendit actionner un loquet, lever la trappe, puis elle se tortilla entre ses bras comme un serpent pour se hisser dans la soupente. Il réprima un soupir résigné. À ce stade, il ne pouvait même plus revendiquer un lambeau de moralité. Mais, à cet instant, il s'en fichait. Il ne quitterait pas cette maison les mains vides.

Il jeta un coup d'œil rapide par la fenêtre. *Frau* Vogt avait rangé l'enveloppe contenant l'argent.

—Je n'ai rien d'autre à vous dire.

—Tu as deux minutes, lança-t-il à voix basse par la trappe.

Tony se levait de son fauteuil, se confondant en paroles rassurantes.

— Tu m'entends, Nina ?

Sa voix lui parvint au milieu d'un bruissement de papiers froissés.

— *Da, tovarisch.*

Frau Vogt semblait pleurer, submergée par le cognac et par les souvenirs. Tony lui proposait des mouchoirs...

Les bottes de Nina émergèrent soudain de la trappe.

— Tiens-moi !

Il attrapa la silhouette menue mais musclée qui se contorsionnait pour descendre du grenier. Il la stabilisa pendant qu'elle remettait le loquet en place. Son étreinte se relâcha et il faillit la faire tomber.

— Maladroit ! dit-elle, en atterrissant avec la légèreté d'un chat.

— Tu n'es pas vraiment une plume, camarade.

Il voyait qu'elle dissimulait quelque chose sous sa veste. Mais le moment était mal choisi pour l'interroger. Il referma la fenêtre de la chambre et ils descendirent l'escalier, se figeant sur le palier pour ne pas se faire surprendre par *Frau* Vogt, qui poussait Tony vers la porte d'entrée.

— C'était gentil de votre part d'écouter les divagations d'une vieille femme, *Herr* Krauss, disait-elle, la voix vraiment éméchée. Je souffre tellement de la solitude.

Ian et Nina traversèrent le vestibule arrière jusqu'à la fenêtre par laquelle ils étaient entrés. Il sentait son cœur battre à coups redoublés. Il n'avait pas battu aussi vite depuis qu'il avait été parachuté de ce bombardier en 1945. Debout devant le vide, attendant de sauter...

La porte d'entrée se ferma. Tony était sorti dans la rue. *Frau* Vogt allait peut-être revenir. Nina se faufila par la fenêtre ouverte. Ian se hissa après elle et sentit ses chaussures toucher l'herbe. Un pan de sa chemise s'accrocha à une aspérité du bois.

— *Tvoyu mat*, dépêche-toi ! siffla Nina.

— Arrête tes foutus jurons, répliqua-t-il en déchirant le tissu pour se libérer.

Elle abaissa le châssis. Il l'entraîna vivement pour longer le mur latéral et contourner la maison. Et ils tombèrent nez à nez avec Tony.

— Bon sang ! Qu'est-ce que vous faites ici ? Qu'importe, filons.

Et ils s'éloignèrent d'un pas qui n'avait rien d'un pas de flâneurs. Arrivés au fleuve, ils s'écroulèrent contre le parapet avec soulagement.

— Nina, dis-moi que tu as trouvé quelque chose, lança Ian, essoufflé.

Une lueur malicieuse dansant dans ses prunelles bleues, elle répondit :

— Cette *Frau* a peut-être brûlé toutes les lettres et les photos mais elle a gardé un album.

— Tu l'as…

— Pas une photo récente, elle les a jetées. C'est la plus récente je vois.

De l'intérieur de sa veste, elle sortit une photo visiblement arrachée à une page d'album. On y voyait *Frau* Vogt au milieu d'un groupe d'amis et de parents, devant le perron d'une église, tous sur leur trente et un.

Ian manqua de s'étouffer. Ses mains gantées croisées, la jeune femme sur la droite portait une robe à l'imprimé fleuri. À peine sortie de l'adolescence, avec un sourire emprunté, son visage et sa silhouette affichant encore les rondeurs de l'enfance. Grave, juvénile, au seuil de l'âge adulte et de la beauté. Mais déjà aux aguets, son regard distant soutenant l'objectif de l'appareil photo.

— La *Jägerin* ?

Nina émit un petit bruit, comme un chat bondissant. Il y avait quelque chose de sensuel et de troublant dans ce son, pensa Tony, comme si le chat se délectait d'avance de déchiqueter sa proie.

— Lorelei Vogt, déclara-t-elle.

— Avec au moins quinze ans de moins qu'aujourd'hui, renchérit Tony avec un froncement de sourcils.

Elle tapota la photo.

— Quand je l'ai vue, elle était plus mince. Et elle avait les cheveux plus bruns aussi.

— Donc, en quoi cette photo nous sera-t-elle utile pour l'identifier si nous tombons sur elle ? fit-il remarquer. Maintenant qu'elle est adulte, cette fille peut ressembler à n'importe qui d'autre.

— Je la connais, affirma sa femme. Je reconnaîtrais ce visage entre des millions. Quel que soit son âge. C'est les yeux.

Il regarda les yeux de Lorelei Vogt. Juste les yeux. Il était inutile d'essayer de trouver le mal dans un visage. Il se dissimulait souvent derrière les traits les plus anodins. Néanmoins…

Nina donna une tape au charmant visage empreint de gravité de leur cible.

— Des yeux de chasseur, résuma-t-elle. Froids et implacables.

15

Nina

Octobre 1941
Moscou

Le froid fit à Nina l'effet d'une claque. Il faisait bien au-dessous de zéro degré et, dans la nuit sombre, l'air lui sembla aussi glacé que l'eau du lac en hiver. Les femmes du groupe d'aviation 122 s'avançaient le long des rails, les yeux brillant d'excitation. La rumeur voulant que les Allemands soient sur le point d'envahir Moscou faisait peut-être régner la panique dans la capitale, mais ses sœurs et elle étaient enfin en route.

— Où nous envoient-ils en formation ? s'interrogea Yelena, en trébuchant dans ses bottes trop grandes.

— Qui sait ?

Nina sautilla sur place pour essayer de voir au-delà de celles qui les précédaient. Les premiers rangs commençaient à monter dans les wagons ouverts.

Les cils bruns de Yelena scintillaient, couverts de givre. Le froid la faisait pleurer et ses larmes gelaient.

— Y a intérêt à ce qu'il fasse plus chaud qu'à Moscou, marmonna-t-elle. Comment peut-il faire aussi froid en octobre ?

— Ce n'est pas ça, le froid ! mentit Nina en essayant de ne pas trembler.

Aucun Russe de Sibérie ne pouvait admettre devant un Russe de Moscou qu'il avait froid.

—Menteuse, répliqua Yelena, une lueur espiègle dans le regard. Tu as les lèvres bleues.

—Ce n'est rien comparé à l'hiver sur le Vieil Homme. Là-bas, les vagues de froid déferlent sur le lac et rien ne peut arrêter cette saloperie de glace.

Voyant Yelena faire une grimace, elle la pressa :

—Quoi ?

—Tu vas penser que je suis terriblement prude.

—Pardon ?

—Je ne peux pas entendre quelqu'un jurer, confessa-t-elle en rougissant. À la maison, mon père ne laissait personne jurer. Il décochait des tapes sur le nez assez fortes pour faire monter les larmes aux yeux. Et il ne visait pas juste celui qui avait juré mais tous ceux qui avaient entendu. Aussi, chaque fois que j'entends un gros mot, j'ai un mouvement de recul et j'attends ma tape.

Elles longeaient maintenant un wagon. Nina partit d'un éclat de rire et, juste pour le plaisir de la voir faire de nouveau une grimace, elle lança :

—Nique ta mère, Yelena Vassilovna !

Yelena poussa un soupir.

—Tu peux toujours rire. Je sais bien que je suis une petite sainte-nitouche moscovite.

Nina saisit la poignée à côté de la porte ouverte du wagon et se hissa à l'intérieur.

—Les petites saintes-nitouches moscovites sont loin d'avoir autant d'heures de vol à leur actif que toi. Allez, grimpe !

Yelena attrapa sa main tendue. À l'intérieur du wagon de marchandises, il faisait si froid que leurs haleines formaient des petits nuages de vapeur blanche. D'autres aviatrices s'entassèrent avec elles et Nina baissa son chapeau en peau de phoque bas sur ses oreilles.

— Je ne jurerai plus, si tu n'aimes pas ça, se surprit-elle à déclarer à Yelena.

Comme elle avait toujours volé seule, elle ne s'était jamais souciée de l'opinion de ses collègues. Mais maintenant qu'elle allait être la copilote de l'une d'entre elles, elle serait responsable de sa sécurité et devrait garder le cap. Le succès de leur collaboration serait basé sur une confiance mutuelle. Si pour Yelena, de nature simple et chaleureuse, la confiance coulait de source, pour elle, c'était une notion inconnue.

— Tu peux jurer autant que tu voudras, *Ninochka* ! lança Yelena en riant. Je dois m'endurcir si je dois tuer des fascistes. Je ne peux pas faire la grimace chaque fois que j'entends un juron.

Nina sourit, sentant soudain une complicité spontanée.

— Alors dis : « Il fait un putain de froid, ici ! »

— Il fait un…

Yelena esquissa un rictus.

— Dis-le, dis-le !

La petite Lila Litvyak, qui ne perdait pas une miette de leur dialogue, se mit à rire.

Rouge comme une pivoine, Yelena déclara bien sagement :

— Il fait un froid vraiment incroyable, ici.

Quand le wagon s'ébranla, elles riaient si fort qu'elles faillirent tomber. Puis la nouvelle se propagea comme une brise faisant frissonner un champ de blé.

— Engels, nous allons à Engels.

— … l'aérodrome d'entraînement, au bord de la Volga.

— Engels !

Il leur fallut neuf jours pour atteindre Engels. Neuf jours dans un froid mordant qui semblèrent durer une éternité : pressées les unes contre les autres, ballottées par le mouvement des wagons. À grignoter des rations de pain et de harengs, en avalant un thé amer sans sucre. À attendre au bord des voies ferrées, en tapant des pieds pour se réchauffer, le passage de trains d'approvisionnement, plus urgents que le leur. À parler à bâtons rompus. C'était au tour de Nina d'être surprise. Elles en savaient toutes tellement plus qu'elle. Une grande brune de Leningrad, diplômée de l'université, qui parlait quatre langues, avait les mains calleuses d'avoir creusé des pièges à char et tiré des sacs de sable. Une fille aux joues roses, de deux ans sa cadette, étudiait la pédagogie.

« Il est très important de donner aux enfants un système d'activités ludiques structurées afin de développer leur instinct coopératif. »

Marina Raskova en personne passa une matinée du voyage dans leur wagon. Quand elles la supplièrent de raconter son vol record sur le Rodina, elle répondit que ce n'était plus vraiment d'actualité et avoua que son rêve de jeunesse était de devenir cantatrice. Puis elle leur chanta un extrait du chœur d'*Eugène Onéguine*. Des voix s'élevèrent dans le wagon, se joignant à la sienne, et Nina regarda ses compagnes, complètement perdue. Elle était incapable de fredonner une seule mesure de Tchaïkovsky ; ne parlait que sa langue maternelle, le russe ; elle n'avait jamais été entraînée dans des activités ludiques structurées ni développé un instinct coopératif de sa vie.

Elle avait ressenti la même impression de décalage à son arrivée à Irkoutsk, à dix-neuf ans. Mais elle avait été si concentrée sur ses cours d'aviation qu'elle avait adopté les réunions du Komsomol et les autres caractéristiques de la vie civilisée sans se poser la moindre question. Maintenant, elle était entourée de centaines de femmes pour lesquelles ces caractéristiques n'étaient pas à acquérir en tant qu'adulte, mais des vérités dont elles s'étaient nourries comme du lait maternel. Elles parlaient de leçons marxistes et de marches avec les Jeunes Pionniers, de leur quête de chaussures assez solides pour ne pas s'effriter dès le premier jour, pendant les années de famine. Elles chuchotaient en évoquant les camions noirs qui pouvaient vous emmener si vous étiez dénoncé. À Moscou, un voisin de Yelena avait subi ce sort.

— Dans l'appartement, on lui avait attribué une chambre plus grande que celles de ses colocataires. Ils la voulaient, alors ils l'ont dénoncé comme saboteur, raconta-t-elle d'un ton détaché. Quand on l'a emmené, ses parents aussi l'ont accusé pour ne pas être déportés avec lui.

Personne ne demanda où. Elles savaient qu'il ne fallait pas poser ce type de question. Tout comme elles connaissaient les pénuries de chaussures, les conférences, Tchaïkovsky et les chants du parti. Et elle comprit qu'il y avait là plus qu'une simple différence entre les filles de la campagne et celles de la ville. C'était la différence entre une enfance civilisée et une enfance de sauvageonne.

— Tu ne dis pas grand-chose, *Ninochka*, lui déclara un jour Yelena, occupée à coudre son uniforme. À quoi ressemblait ton enfance, là-bas, sur le lac Baïkal ?

Depuis plusieurs jours, elles échangeaient des aiguilles et du fil pour coudre des ourlets, tout en bavardant.

En toute franchise, elle répondit :

— Pas à la tienne.

— C'est-à-dire ?

— J'habitais sur la rive du Vieil Homme, dans l'une des cabanes d'un hameau trop petit pour être qualifié de village… C'est le bout du monde, ajouta-t-elle avec un haussement d'épaules. Personne ne t'envoie dans les contrées sauvages parce que tu y es déjà. Personne ne fait la queue pour des chaussures : l'hiver, tu vas en forêt avec un collet, tu tues un animal et tu te fais des chaussures avec sa peau, et l'été tu te fabriques des sandales en écorce de bouleau. Il n'y a personne à qui dénoncer tes voisins parce qu'ils ont un appartement plus grand. Personne n'a d'appartement. Et nous n'avons presque pas de voisins.

Personne pour entendre votre père informer régulièrement le monde entier que le camarade Staline était un salaud d'escroc de Géorgien. Mais elle savait qu'il était préférable d'omettre ce détail.

— Peut-être, une fois dans sa vie, quelqu'un ira à une conférence marxiste, s'il peut parcourir les cent kilomètres qui le séparent de la ville la plus proche. Puis il en parlera jusqu'à l'âge de cent ans. Certaines vieilles femmes croient que le tsar est toujours en vie.

Elle remarqua les regards curieux autour d'elle et rougit.

Yelena, qui semblait lire dans ses pensées, déclara :

— Tu n'es pas une sauvage. Les lapins ne sont pas des sauvages.

Sa phrase provoqua l'hilarité générale. La veille, pendant l'après-midi, elles attendaient sur le bord de la voie ferrée, les bras croisés sur leurs estomacs qui criaient famine parce que les rations de pain et de harengs étaient en retard. Soudain, Lilia Litvyak avait disparu au coin de la gare pour revenir les bras remplis de boules vertes : des choux crus d'un dépôt quelconque attendant d'être transportés. Elles les avaient toutes dévorés comme des lapins affamés. Et Yelena avait entonné :

« Que l'on soit de Moscou, de Leningrad, de Kiev ou du lac Baïkal, nous sommes désormais toutes des lapins. »

C'était resté.

Elles arrivèrent enfin à Engels dans une humidité polaire. Une pluie glacée tombait sur la ville obscure. Chargée de son sac à dos, Nina suivit ses compagnes d'un pas traînant. Yelena se gratta le crâne, sous sa casquette.

— J'ai des poux, j'en suis sûre.

— Arrête de ronchonner, *sestra* ! lança une voix dans le rang.

Les laissant patienter dans le noir, Marina Raskova partit chercher l'officier de garde. Quand, enfin, elles furent dirigées vers le gymnase transformé en dortoir, Nina, qui s'était endormie debout, oscillait comme un cheval somnolant dans son box. Des rangées de lits de camp étaient disposées comme dans une salle d'hôpital. Elle s'écroula sur le plus proche sans même retirer ses bottes.

— Qu'est-ce que c'est que ces cris ?

— C'est Raskova ! répondit quelqu'un en riant. Le commandant lui a proposé sa propre chambre avec un lit double et elle est en train de crier qu'elle va dormir dans les quartiers communs, exactement comme nous toutes.

Les paupières lourdes, Nina bâilla à s'en décrocher la mâchoire et lâcha :

— Je serais prête à donner ma vie pour Raskova. Je me couperais une jambe. M'enlèverais un rein.

— Comme nous toutes, *malyshka*...

Ce soir-là, son dernier souvenir fut la vague sensation que quelqu'un lui retirait ses bottes.

Le jour se leva, gris et froid. Les femmes du groupe d'aviation 122 se levèrent avec le pâle soleil et, titubant, firent leurs lits au carré.

— Quand allons-nous essayer les nouveaux avions de chasse ?

Vêtues de leurs uniformes, elles traversèrent la base, leurs collègues masculins les reluquant sans vergogne. Nina soutint leurs regards avec la même insolence mais les mieux élevées hâtèrent le pas, leurs joues se colorant de rose.

— Je ne suis pas habituée à être dévisagée, chuchota Yelena. Je n'aime pas ça.

Alors qu'elles longeaient un hangar, Nina passa d'un pas nonchalant devant un mécanicien au sourire narquois qu'elle toisa du regard.

— Il faudra t'y habituer !

La première consigne du jour fut une visite générale chez le coiffeur de la garnison.

— On va couper ces nattes et ces boucles, mesdames ! Ordres de Raskova. Faites la queue pour une chaise ! appela un officier.

Maugréant, elles se rassemblèrent dans le désordre, lissant leurs longues nattes. Aucune ne semblait pressée de s'avancer. Lilia se disputait déjà avec un coiffeur. Nina sortit son rasoir de sa botte et le déplia. Défiant les autres du regard, elle attendit d'avoir toute leur attention et releva ses cheveux d'une main. Après dix jours sans shampoing, ils étaient sales, emmêlés. D'un geste vif, elle les coupa et laissa tomber la masse brune au sol.

— Allez, les lapins ! Courage !

Yelena leva le menton, fit passer sa longue natte brune sur une épaule et tendit la main vers le rasoir. L'air morose, les autres formèrent une file d'attente. À cet instant précis, toutes ces différences qui, dans le train, avaient lié la langue de Nina cessèrent d'avoir de l'importance. Les centaines de femmes, toutes issues de mondes différents, qui avaient débarqué à Engels, les filles de la ville et celles de la campagne, les diplômées et les incultes... elles n'étaient plus désormais que les recrues du groupe d'aviation 122, tondues à l'identique, leurs mondes réunis en un seul.

— La guerre sera finie avant même que nous ne soyons déclarées aptes, lança Nina.

En dehors d'Engels, les combats faisaient rage sans qu'elles y prennent part. Et elle sentait monter sa colère chaque fois qu'elle pensait aux Boches roulant sans rencontrer de résistance sur tous ces pièges à char creusés avec tant de soin ; aux ballons des barrages qui flottaient partout dans le ciel de la Mère Patrie et aux trains bondés d'enfants en larmes, évacués des villes. Des trains qui, la moitié du temps, se dirigeaient droit vers les lignes allemandes qui progressaient. Cet hiver-là, Leningrad se mourait lentement de famine, les gens s'entre-tuaient pour des cartes de rationnement et du pain... Mais, à Engels, la formation n'en finissait pas.

« *Vous avez de la chance, les filles*, les avait réprimandées Marina Raskova. *Il y a des garçons qui sont envoyés dans des régiments d'hommes avec seulement soixante-cinq heures de vol à leur actif, ce qui fait d'eux guère plus que de la chair à canon. Mais je ne vous ai pas amenées ici pour que vous subissiez le même sort.* »

— Pourtant, nous avions de meilleurs bilans de vol en arrivant ici que ces garçons formés à la va-vite, poursuivit Nina. Pourquoi sommes-nous toujours à Engels ?

— Nous ne pouvons pas nous permettre d'échouer, répliqua Yevdokia Bershanskaia avec bon sens. Nous sommes les seules pilotes femmes à aller au front. Beaucoup racontent que c'est stupide de donner des avions à des gamines avec tous ces hommes pour les piloter. Si nous voulons garder nos avions, nous devons être parfaites.

À bientôt trente ans, plus âgée que la plupart d'entre elles, Yevdokia était déjà pressentie pour un poste de commandement. Non qu'elle le souhaitât. Elle voulait piloter des avions de chasse. Comme toutes les autres. Certaines seraient donc déçues.

Atteindre la perfection se traduisait par un emploi du temps quotidien comportant un premier cours théorique, suivi de deux heures d'entraînement sur le terrain d'aviation, avant le retour dans les salles de classe pour le deuxième cours de la journée. La nuit, elles étaient tirées de leurs lits par le hurlement d'une sirène pour former les rangs sur le terrain de manœuvres verglacé. Une fois, pour essayer de gagner du temps, Nina avait essayé de mettre son manteau sur sa chemise de nuit. Mais Raskova, toujours impeccable et l'œil acéré, quelle que soit l'heure, avait remarqué l'ourlet qui flottait sur ses bottes et lui avait fait faire plusieurs tours de terrain, la bise glaçant ses jambes nues. Elle s'était écroulée dans son lit, claquant des dents, la peau des cuisses marbrée de bleu. Elle avait eu l'impression de n'avoir dormi que quelques secondes quand la sirène avait annoncé l'aube, appelant les femmes du groupe d'aviation 122 à prendre les commandes des vieux Po-2 pour des exercices de bombardement au-dessus des immenses plaines désertes où s'étendait le terrain d'aviation d'Engels, leurs avions ballottés par chaque tourbillon du vent qui, implacable, soufflait de la Volga.

— Vous avez entendu les hommes se moquer de nous ce matin ?

Yelena venait de regagner le dortoir de fortune, des gouttes de transpiration gelées à l'extrémité de ses cheveux les faisant pointer dans toutes les directions.

— Ils pensent que nos uniformes sont des blagues, ils se fichent de notre façon de défiler.

Nina, qui raccommodait un trou dans son gant avec du fil emprunté à sa collègue, répliqua :

— Ils sont juste jaloux parce que nous allons avoir des avions neufs et pas les vieux coucous. Vous avez entendu que Raskova veut essayer le Pe-2 ?

Leurs lits de camp étaient voisins. Elles partageaient tout, des chaussettes aux aiguilles à coudre. « Ce qui est à moi est à toi et ce qui est à toi est à moi », avait déclaré Yelena le premier jour à Moscou. Et toutes vivaient suivant ce principe. Lilia, son autre voisine, lui avait emprunté son rasoir pour couper les fils des manches de son manteau qui s'effilochaient.

— Il paraît que le Pe-2 est très lourd à faire décoller, avança-t-elle.

— Il est encore préférable aux Su-2 sur lesquels ils forment les pilotes actuellement. Ceux-là, c'est une blague, déclara Yelena en retirant ses gants pour fléchir ses doigts engourdis par le froid. Ils fument, ils ont des fuites, ils sont plus lents qu'une vache sur la glace.

— Ils mettront les copilotes dans des avions d'entraînement TB-3 et R-5 en janvier, annonça Nina. Une fois que nous aurons prêté serment. Lilia, tu fais une entaille dans mon rasoir, je te botte les fesses jusqu'à Moscou.

—Essaie un peu, petit avorton de Sibérie.

—Avorton toi-même !

Elles prêtèrent serment à l'armée en décembre. Marina Raskova les gratifia de l'un de ses discours d'une grande simplicité, d'une voix chaleureuse qui donnait l'impression qu'elle s'adressait à chacune d'entre elles individuellement.

—Dans notre Constitution, il est écrit que les femmes ont des droits égaux à ceux des hommes, dans toutes les activités. Aujourd'hui, vous avez prêté serment à l'armée. Alors faisons de nouveau le serment, toutes ensemble, de défendre notre patrie chérie jusqu'à notre dernier souffle.

Elles s'acclamèrent mutuellement à en avoir mal à la gorge et Raskova serra chaque main qui se tendait vers elle, embrassa chaque joue rougie par l'émotion à sa portée. Elles avaient beau travailler aussi dur que possible, l'Héroïne de la Nation les poussait toujours plus loin.

Un après-midi de décembre, Nina, qui était venue lui faire son rapport, la trouva profondément endormie sur une table jonchée de papiers. Elle allait ressortir sur la pointe des pieds, quand sa voix s'éleva :

—Je suis réveillée, lui dit Raskova malgré ses yeux fermés. J'écoute ton rapport.

Nina s'exécuta. Et termina par :

—Repose-toi, camarade commandant.

—Nous nous reposerons quand la guerre sera finie.

La nouvelle année arriva et les copilotes commencèrent leur entraînement au combat : voler de nuit, sous une lune argentée, s'habituer à l'obscurité dans le cockpit ouvert, dans l'air glacial, apprendre à atterrir à la seule lueur de feux de piste de fortune.

Toutes savaient que Raskova n'allait pas tarder à diviser le groupe d'aviation 122 en trois régiments: le régiment de bombardiers de nuit, le régiment d'avions de chasse et le régiment de bombardiers en piqué. Seules les meilleures piloteraient les avions de chasse. Et Nina savait déjà qu'elle n'en ferait pas partie.

Ne pas être la meilleure lui procurait un sentiment étrange. Elle l'avait été pendant si longtemps. Incontestablement la meilleure femme du club d'aviation. Mais des centaines de femmes avaient été les meilleures de leurs propres clubs. Trois membres d'une équipe acrobatique s'étaient enrôlées. Elles pouvaient retourner et faire tournoyer un avion comme un oiseau de proie. Lilia était insensible à la pression atmosphérique. Elle pouvait pousser sa machine jusqu'à ses dernières limites sans jamais souffrir de vertiges. Yelena atterrissait comme une plume sur les terrains les plus accidentés de la région. Nina n'en égalait aucune et elle le savait. Au début, cette prise de conscience ne l'avait pas spécialement réjouie. Pour être honnête, elle avait même éprouvé une certaine amertume en se rendant compte qu'elle était dépassée. Mais le travail et l'entraînement le lui avaient vite fait oublier. Au bout du compte, elles poursuivaient toutes le même but: combattre les fichus Hitlériens si elles décollaient un jour de ce lugubre aérodrome au bord de la Volga. Quand ce jour arriverait, Nina voulait voler aile contre aile avec des pilotes encore meilleures qu'elle.

— Tu es un aigle des hauteurs, déclara-t-elle à Yelena. Moi, je suis un petit faucon.

Elles traversaient une piste verglacée pour rejoindre la cantine, par un matin de janvier glacial. Glissant son bras sous le sien, Yelena le pressa en ce geste plein d'un chaleureux réconfort qui ne manquait jamais de l'enchanter. Peut-être parce que c'était la première fois qu'elle avait une amie.

— Tu n'es pas un petit faucon, *Ninochka*.

Ignorant les sifflements moqueurs d'un groupe de mécaniciens, elle expliqua :

— Je comprends comment les avions fonctionnent. Je tire le manche dans une direction, l'avion suit cette direction. Je comprends pourquoi. Mais la traction, le ratio, l'aérodynamique, tu voles mieux si tu comprends aussi tout ça. Moi, je n'ai rien assimilé de scientifique. J'ai le crâne dur des Sibériens, ajouta-t-elle en se frottant le front.

Se tenant l'entrejambe en un geste obscène, l'un des hommes cria quelque chose à Yelena. Les sifflements et les blagues crues avaient toujours tendance à la faire rougir. Mais pour une fois, elle était distraite.

— Ne dis pas que tu es stupide, parce que c'est loin d'être le cas.

— Peut-être pas, mais je ne comprends jamais ce que je fais en l'air. Je le fais, c'est tout. C'est magique, ajouta-t-elle en agitant les doigts.

Yelena éclata de rire. Mais Nina disait vrai : elle avait l'impression que voler était magique. Elle n'avait pas la moindre idée de ce qui faisait tourner une hélice ni du rôle des câbles, mais, dès que les roues s'élevaient au-dessus du sol, elle ne faisait plus qu'un avec l'avion. Ses bras se transformaient en ailes, son buste remplissait le cockpit, ses pieds disparaissaient dans le train d'atterrissage. Une sensation qui s'accentuait encore en vol de nuit : dans l'obscurité, elle devenait sa machine. Elle volait aussi instinctivement dans un ciel nocturne qu'une *roussalka* nageait dans le lac. Elle n'avait ni la grâce de Yelena, ni les réflexes de Lilia mais elle ne craignait aucunement l'obscurité et fendait les airs comme si elle était dans son élément naturel. Cela ne faisait pas d'elle la meilleure, mais elle était très bonne pilote. Pour elle, c'était suffisant.

Février arriva, la bise polaire apportant rumeurs et chagrins à Engels. Une des copilotes apprit que ses parents étaient morts de faim à Leningrad. Le frère d'une des élèves armurières, qui combattait l'avancée allemande, lui jurait dans ses lettres que les Boches décoraient leurs chars de têtes de Soviétiques. Mais même les nouvelles les plus atroces n'entamèrent pas la farouche anxiété avec laquelle elles reçurent leurs affectations. Retenant son souffle, Nina écouta la lecture des noms.

Le groupe d'aviation 122 était dissous. Seuls restaient les 586ᵉ, 587ᵉ et 588ᵉ Régiments. Et Nina Borisovna Markova, nouvellement promue sous-lieutenant, s'envolerait avec le 588ᵉ.

Celui des bombardiers de nuit.

16

Jordan

Thanksgiving 1946
Boston

— Jordan.

Anneliese entra dans la salle à manger et lâcha sa bombe.

— Tu as fouillé dans mes affaires ?

Les mains pleines d'argenterie, Jordan se figea. Elle regarda de l'autre côté de la table décorée pour Thanksgiving. Sa belle-mère avait sorti du buffet la porcelaine à bordure d'or que l'on n'utilisait que quelques fois par an. Elle la dévisageait, avec un air de perplexité parfaitement innocente.

— Qu'est-ce qui se passe ? demanda Dan, distrait.

À quatre pattes devant le buffet, il cherchait le plat à dinde.

— Je demandais à Jordan si elle avait fouillé dans mes affaires, répéta Anneliese sans se départir de son air interrogateur. Parce que je pense que c'est le cas.

— J'ai fait du ménage, se justifia-t-elle alors. C'est tout.

Pourvu que le tremblement dans sa voix ne soit pas trop audible. Comment Anneliese pouvait-elle se douter ?

— Alors pourquoi as-tu regardé dans ma bible ?

La photo. Elle pensait l'avoir remise à sa place, mais…

Son père se releva, surpris.

— De quoi s'agit-il ?

Les choses n'étaient pas censées se dérouler ainsi. C'était jour de fête et la maison embaumait la sauge, la dinde et le pain fraîchement cuit. Des parfums qui affolaient Taro, sa queue ne cessant de frétiller. Ruth, les joues rosies par l'émotion de son premier Thanksgiving, disposait les serviettes. D'ici une heure, ils passeraient tous à table. Ce n'était pas le jour où elle avait prévu d'aborder le sujet de la véritable identité de sa belle-mère. Elle comptait attendre la fin des fêtes. Et profiter d'être seule avec son père pour lui exposer le cas d'une voix calme, adulte. Pas de celle d'une gamine échafaudant une théorie insensée. Une fois qu'elle l'aurait convaincu, ensemble, ils pourraient confondre Anneliese.

À cela près qu'elle ne s'était pas attendue à ce que ce soit elle qui la confonde. Maintenant, les cartes étaient brouillées.

Affichant un sourire rassurant, elle essaya de changer de sujet.

— Ce n'est rien, papa. Allons voir où en est la dinde.

Mais Anneliese, l'air de plus en plus blessée, tenait bon.

— Ma bible est privée. Qu'est-ce qui t'a poussée à… ?

Les bras croisés, son père la toisa d'un air sévère.

— Que se passe-t-il, mademoiselle ?

Visiblement, il ne céderait pas. De guerre lasse, elle regarda sa belle-mère, jolie et frêle dans sa robe bleue, ses perles d'un gris nacré caressant sa gorge.

Elle soutint sans ciller le regard bleu qui ne se détourna pas. Mais elle crut y déceler une lueur de surprise. Comme si sa belle-mère s'était attendue à la voir troublée, et que son flegme la prenait au dépourvu.

— Très bien ! Si vous estimez que c'est le moment d'aborder le sujet, parlons-en, déclara-t-elle.

Elle posa l'argenterie sur la table et s'aperçut qu'elle avait les mains moites.

— Ruth, peux-tu aller jouer dans ta chambre avec Taro ? Merci poussin.

Il n'était pas question de se lancer dans cette conversation en présence de la fillette. Dès qu'elle entendit la porte se refermer, elle regarda sa belle-mère droit dans les yeux et déclara :

— Je ne sais pas si Anneliese Weber est votre vrai nom. Je ne sais pas si vous êtes vraiment née en Autriche, si vous êtes entrée dans ce pays légalement, si vous fuyiez quelque chose. Ce que je sais, c'est que vous êtes une menteuse. Vous êtes une nazie. Vous n'êtes pas la mère de Ruth.

Un silence chargé d'électricité accueillit son accusation. La tension était à son comble. Elle avait l'impression de manquer d'oxygène. Elle continua d'observer Anneliese, si parfaite, si jolie. Elle avait imaginé que sa belle-mère se déroberait, se rebifferait. Qu'elle éclaterait peut-être de rire ou fondrait en larmes.

Mais pas un muscle de son visage ne bougea. Ses yeux azur ne s'écarquillèrent pas d'un millimètre. Enfin, elle s'exclama :

— Seigneur ! Où es-tu allée chercher tout cela ?

— Jordan ! tonna son père.

Comprenant que ce n'était pas le moment d'être sur la défensive, elle s'appliqua à garder une voix froide, raisonnable.

— Ce n'est pas une histoire insensée que j'ai inventée. J'ai des preuves, papa. Regarde-les, c'est tout ce que je te demande.

En attendant le moment opportun pour les lui montrer, elle avait rangé les photos dans la doublure de son carnet. D'un geste vif, elle les sortit et posa celle qu'elle avait prise dans les toilettes, le jour du mariage, sur la table, devant lui.

— Le bouquet d'Anneliese. Elle y a attaché une croix de fer comme porte-bonheur nuptial. Une croix de fer qui ne remonte pas à la Première Guerre mondiale. Elle est frappée d'une croix gammée. C'est une médaille du Troisième Reich.

Son regard se posa de nouveau sur sa belle-mère.

— Je l'ai cherchée dans votre chambre, en vain. Qu'en avez-vous fait ?

Anneliese garda le silence. Malgré lui, Dan McBride baissa les yeux sur la photo. Jordan s'empressa de poursuivre, dans un flot de paroles. *Raconte tout. Tous les détails.*

— Ce n'est pas tout. Regarde ça.

La deuxième était la copie de la photo de vacances dissimulée dans la bible : le couple en maillot de bain, au bord du lac, saluant de la main un tiers invisible.

— C'est votre mari, Anna ? la pressa-t-elle alors.

— Oui, acquiesça-t-elle sans se départir de son calme.

— Kurt ? Ou Manfred ? Parce que je vous ai entendue utiliser les deux prénoms. D'après l'acte de naissance de Ruth, Kurt Weber serait son père. Alors qui est Manfred ?

Une lueur d'incertitude s'alluma soudain dans les prunelles bleues et Jordan sentit une bouffée de triomphe. Elle touchait au but !

— La croix de fer est à lui, c'est ça ? la pressa-t-elle. Parce que c'était un nazi. Et ne me racontez pas ces conneries comme quoi…

— Jordan ! fulmina son père, réprouvant machinalement son langage.

Mais il gardait les yeux fixés sur la photo. Imperturbable, elle poursuivit :

— … le fait qu'il ait été membre du parti nazi ne faisait pas de vous l'une des méchantes, Anna. Parce qu'il n'était pas juste nazi. Il était dans la SS, je me trompe ?

Elle frappa du doigt l'homme au bras levé sur la photo.

— Il porte un tatouage sur le côté de son bras gauche. On peut le discerner. Or, la plupart des officiers de la SS avaient leur groupe sanguin tatoué sous leur bras gauche.

Se tournant de nouveau vers son père, elle demanda :

— M. Sonnenstein nous l'avait expliqué, tu t'en souviens ? Il avait aidé à identifier l'origine des tableaux qui étaient arrivés de Hambourg juste après la guerre. Et il nous avait dit que le propriétaire était un ancien de la SS qui les vendait en essayant de se faire passer pour un marchand d'art français. Il nous avait raconté comment il avait été identifié, grâce à son tatouage.

S'adressant de nouveau à Anneliese, elle poursuivit :

— Votre mari était un officier décoré de la SS. Et ni lui ni vous n'étiez les parents de Ruth. D'après son acte de naissance, Ruth est née en avril 1942. Alors, Anna, pourquoi n'étiez-vous pas enceinte de huit mois sur cette photo qui aurait été prise en mars 1942 ?

Cette fois, le silence s'était abattu sur la pièce comme un lourd linceul. Dan McBride semblait transformé en statue de sel, son regard se posant tour à tour sur les deux photos. Les mains croisées, Anneliese la fixait d'un regard tellement angoissant qu'elle sentit son cœur s'emballer. C'était le regard qu'elle avait surpris sur la toute première photo qu'elle avait prise d'elle, la première fois qu'elle était venue dîner chez eux. Cette femme si jolie, d'apparence si vulnérable, se révélait étrangement dangereuse.

D'un geste, elle engloba les deux clichés et poursuivit :

— Et ce n'est pas tout. Vous avez inventé une histoire de réfugiée qui aurait blessé Ruth à Altaussee. Mais c'est de vous que Ruth a peur. Elle se rappelle sa mère jouant du violon. Or, vous m'avez dit n'en avoir jamais joué. Qui êtes-vous ?

La sonnerie de la minuterie indiquant qu'il était temps d'aller vérifier la cuisson de la dinde leur parvint de la cuisine. Mais personne ne bougea.

— Qui êtes-vous ? répéta-t-elle.

— Tu n'as pas la réponse ? Parce que tu sembles si sûre de toi et de ce que tu avances...

Ses yeux d'un bleu glacial se remplirent de larmes et Anneliese fut soudain secouée de sanglots.

Vous n'allez pas esquiver mes questions par des pleurs, songea Jordan en pinçant les lèvres. Mais, l'air désorienté, son père fit instinctivement un pas en avant. Sa femme se tourna vers lui en un geste éperdu et nicha ses joues humides contre sa chemise.

— Ne dites rien à Ruth, chuchota-t-elle. Mon seul but était de la protéger.

— Arrêtez de mentir ! fulmina Jordan.

Mais elle redoubla de larmes. Et malgré la stupéfaction qu'affichait son visage livide, Dan lui enlaça les épaules d'un bras.

— Allons, allons, murmura-t-il. Gardons notre calme.

— « Notre calme » ? rugit Jordan. Papa, nous avons laissé une nazie entrer dans notre famille. Elle pourrait être n'importe quoi. Une meurtrière. Qui sait à quel point elle peut être dangereuse...

— Arrête de crier, tu m'empêches de réfléchir, la rabroua-t-il.

Anneliese leva vers lui un visage rougi, luisant de pleurs.

— Il ne faut pas en vouloir à Jordan. Je t'en prie, ne sois pas furieux contre elle.

— Furieux contre moi ? répéta-t-elle, sa voix enflant malgré elle. C'est moi qui vous ai démasquée. C'est vous qui avez menti pour entrer dans...

— Oui, se contenta-t-elle de répondre. Je ne nie rien de tout cela.

La parole coupée, Jordan eut l'impression de tomber dans le vide. Elle s'était attendue à des larmes, de la colère, des dérobades. Au lieu de cela, elle acceptait toutes ses accusations sans broncher, avec un incroyable cynisme.

Se ressaisissant, elle demanda, surprise par la dureté de son intonation :

— Qu'avez-vous à dire, dans ce cas ?

— Mon mari ne s'appelait pas Kurt, répondit Anneliese d'une voix égale. Je n'ai jamais été mariée. L'homme sur la photo est mon père et il s'appelait Manfred. Et oui, il était officier de la SS. Je ne savais rien de son travail, j'ignorais tout de ses activités. Il ne parlait jamais de son métier avec moi. Et je n'étais assurément pas en position de poser des questions. Je ne suis pas une fille moderne comme toi, Jordan. Je suis allée à l'université, où j'ai étudié la poésie anglaise. Mais ma mère est morte et je suis revenue tenir la maison pour mon père, lui obéir tant que j'habitais sous son toit. Je ne faisais pas de politique. Je restais dans la cuisine. Je n'ai découvert les horreurs perpétrées par les SS qu'après la guerre. Après son décès. Peux-tu imaginer mon cauchemar ? Découvrir qu'un homme qui avait toujours été un père bon et aimant avait pris part à…

Ses yeux se remplirent à nouveau de larmes et elle tourna la tête comme pour enfouir encore son visage dans la chemise de son mari. Mais, avec un effort surhumain, elle s'essuya les joues de ses mains et poursuivit :

—Après la guerre, je ne voulais plus entendre parler de l'Allemagne ni de l'Autriche. Je voulais prendre un nouveau départ. Bien entendu, je n'ai fait aucune référence à ma famille quand j'ai postulé pour venir ici. À quoi bon ? Jamais je n'aurais été acceptée. Pendant ma première semaine à Boston, un garçon m'a lancé une pierre parce que j'avais l'accent allemand. Qu'auraient-ils fait s'ils avaient su ce que mon père avait été ? finit-elle d'une voix tremblante.

—Si vous êtes tellement innocente, pourquoi ne nous avez-vous rien dit ?

—Je voulais tourner définitivement la page sur toute cette laideur. Cette haine. Les gens lançant des insultes et des pierres… Je ne voulais pas apporter tout ça dans votre belle maison.

D'un geste désemparé, elle balaya les quatre murs, la table décorée pour Thanksgiving. Puis, délicatement, elle posa une main sur celle de son mari.

—Oui, j'ai emporté la médaille de mon père à notre mariage. C'était mon seul souvenir de lui… Et j'aurais voulu qu'il me conduise à l'autel. Ai-je eu tort ?

Ses yeux bleus noyés de larmes revinrent sur elle.

— Tu veux savoir pourquoi tu ne l'as pas trouvée quand tu as fouillé ma chambre ? Je l'ai jetée dans un étang pendant notre lune de miel. Parce que cette partie de ma vie est révolue.

Jordan se sentait envahie par une atroce sensation glacée qui lui nouait l'estomac. Elle avait toujours le sentiment de ne pas avoir fait fausse route, de ne pas s'être trompée de direction. *Tu n'as pas fait de fausses accusations*, lui chuchotait une petite voix intérieure. Mais elle se redressa et prit une profonde respiration.

— Et Ruth ? demanda-t-elle avec froideur. Expliquez-nous la présence de Ruth.

Elle dut se faire violence pour garder une voix aussi calme que celle, si suave, d'Anneliese.

Plaquant à nouveau ses paumes sur ses joues, Anneliese fondit en larmes. L'air totalement perdu, son père les regardait tour à tour. Quand il frôla d'une main les cheveux d'Anneliese, Jordan sentit son cœur se serrer.

— Ma chérie.

Il n'avait jamais pu supporter de voir une femme pleurer. Anneliese agrippa sa main et, sans la regarder, raconta dans un flot de paroles :

— Dieu m'a donné Ruth. Il nous a données l'une à l'autre à Altaussee. La guerre était finie et je marchais le long du lac. J'avais enfin obtenu mes papiers, mes billets. Je remerciais Dieu de ma chance quand j'ai vu une fillette en larmes sur un banc. Sale, maigre, ses papiers épinglés à son manteau. Elle n'avait que trois ans. Elle ne pouvait pas me dire où étaient ses parents. Qui sait ce qu'il leur était arrivé ? J'ai attendu des heures avec elle. J'étais complètement démunie. C'est alors que cette femme à moitié folle a essayé de nous attaquer. Tout le monde cherchait désespérément des billets de bateau, de l'argent. Je me suis battue pour Ruth comme si elle avait été ma fille. Et là, j'ai compris que je ne pourrais pas la quitter.

Elle laissa échapper un sanglot.

—Alors j'ai nettoyé son visage qui saignait de sa chute et, quand j'ai quitté Altaussee, je l'ai emmenée. Quand nous sommes arrivées à Boston, elle semblait croire que j'étais sa mère. La plupart du temps, j'oublie que ce n'est pas le cas. Elle était si petite, et tout est arrivé comme dans un horrible cauchemar…

Sa voix s'étrangla et le silence revint. Jordan entrouvrit la bouche. Elle était incapable de dire un mot.

—Je ne le crois pas, finit-elle par déclarer, l'étreinte glacée lui saisissant de nouveau l'estomac. C'est tellement… dramatique.

—La guerre est dramatique, Jordan. Je ne m'attends pas à ce que tu le comprennes. Tu ne l'as pas vécu, ajouta Anneliese d'une voix exsangue. Ceux d'entre nous qui sont vivants ne le sont que par chance. Les parents de Ruth ont été tués. Elle était dès lors orpheline. Mon père a été tué. Je suis restée seule. Toutes les histoires de survivants sont extraordinaires. La mort est quotidienne ; survivre est aussi imprévisible qu'un coup de théâtre.

Le visage cendreux, affaissé, Dan restait coi. Mais sa main était toujours sous celle de sa femme.

—Pourquoi avez-vous menti au sujet de Ruth ? persista Jordan qui s'agrippait à sa certitude. Pourquoi ?

—Je pensais que, peut-être, vous ne l'aimeriez pas…

Levant les yeux vers son mari, elle ajouta :

—Je suis presque sûre qu'elle est juive. Combien d'hommes auraient accepté une Juive chez eux, lui auraient donné leur nom ? J'avais peur.

Son père tressaillit.

—Jamais je n'aurais hésité à…

—Je t'ai trahi, je suis désolée. Tu ne me pardonneras peut-être pas, ajouta-t-elle en lui caressant la joue. Mais n'en veux pas à ma pauvre Ruth.

—Papa arrête, plaida Jordan en désespoir de cause. Comment pouvons-nous lui faire confiance ? Elle a menti sur tout. Tu dois…

Ses propres pensées tournoyaient, confuses. Elle ne savait même plus ce qu'elle croyait.

S'en prenant de nouveau à sa belle-mère, elle lança :

— Vous ne vous appelez pas Anneliese Weber, je suppose. C'est le nom de la mère de Ruth, qui est sur son acte de naissance. Donc ce ne peut pas être le vôtre. Vous avez menti aussi à ce sujet.

— J'ai renoncé à mon nom pour Ruth, afin que personne ne puisse me la prendre. J'avais tellement peur qu'elle me soit retirée…

Elle s'essuya les yeux.

— Et puis, de toute façon, je ne voulais plus de mon ancien nom. Le nom de mon père me semblait souillé. Weber était plus facile à prononcer pour les Américains. Et je n'ai jamais menti sur mon nom.

— Si, insista Jordan.

Cette fois, son père s'interposa :

— Non ! Elle m'a dit le jour de notre rencontre qu'elle avait changé de nom, pour qu'il soit plus facile à prononcer pour les Américains. Pour prendre un nouveau départ.

Le cœur battant à coups redoublés, Jordan protesta :

— Papa !

D'un geste tendre, Anneliese frôla de nouveau la joue de son mari.

— Il ne faut pas lui en vouloir. Elle essayait simplement de protéger son père.

J'essaie encore de le protéger. Jordan essaya de se raccrocher à ce frisson de peur instinctive qui l'avait traversée quand elle avait croisé le regard d'Anneliese en commençant ses accusations. Mais il semblait totalement évanoui. Sa belle-mère ne semblait pas dangereuse. Elle avait l'air d'une poupée brisée. Les yeux toujours noyés de larmes, elle chuchota :

— Je suis désolée. Je suis désolée. J'aurais dû tout vous dire.

Sentant ses lèvres s'entrouvrir, elle fut incapable de prononcer une parole.

— Je vous en prie, parlez, hoqueta sa belle-mère en les regardant tour à tour. Si vous ne voulez pas que…

Sa voix se brisa.

— *Du meine Güte.* Je suis désolée.

Elle se rua hors de la pièce, les épaules voûtées comme pour se protéger d'un coup. Le premier sanglot leur parvint à peine la porte de la chambre refermée.

Hébétée, Jordan observait son père. Debout, les bras ballants, il portait la belle chemise qu'il avait mise pour le dîner de Thanksgiving. Sur la table, l'argenterie et les citrouilles ressemblaient à des drapeaux de fête décorant une épave de bateau. Elle inspira pour réchauffer ses poumons glacés et sentit l'odeur âcre qui venait de la cuisine. Leur dîner était en train de brûler.

Il la regardait fixement. Elle fit un pas en avant, la vue brouillée par les larmes. Ne sachant que dire. Si ce n'était que sa tentative de confondre sa belle-mère avait tourné au fiasco.

— Papa…

Papa, je ne sais toujours pas si je la crois ou pas. Papa, j'essayais juste de te protéger.

Mais elle ne put continuer. Sa gorge se serra, nouée par les larmes, l'odeur de dinde brûlée et la fête de Thanksgiving ratée. Sans grande conviction, elle lui montra les deux photos et se força à dire :

— Les photos ne mentent pas. J'ai cru ce que j'ai vu.

Mais une pensée résonnait dans sa tête comme un glas :

Tu t'es trompée.

17

Ian

Avril 1950
Salzbourg

Cette nuit-là, ils auraient dû s'endormir d'un sommeil heureux et triomphant, peuplé de rêves de la *Jägerin* menottée. Pourtant, le cauchemar ne lui laissa pas de répit. Tiré de son sommeil par les images familières, Ian essaya de s'amuser de l'absolue prévisibilité de ses terreurs nocturnes. Mais il tremblait trop.

— Pourquoi le parachute ? demanda-t-il à voix haute dans l'obscurité de sa chambre d'hôtel. Pourquoi le foutu parachute ?

Il avait besoin d'entendre le son d'une voix, même si c'était la sienne.

Vaine question. Un cauchemar était une aiguille qui s'enfonçait à travers les mailles de la mémoire humaine ; elle laissait échapper un fil et en attrapait un autre de sa pointe, cousant des rêves sombres à partir des souvenirs les plus improbables. Le parachute était loin d'être la pire chose qu'il ait vue dans sa carrière. Alors pourquoi hantait-il ses rêves ? Pourquoi ne rêvait-il pas de l'Espagne ? De ce jour à Teruel où, son cahier à la main, il avait monté, sous une grêle d'obus, l'escalier de la résidence du gouverneur civil attaquée par les Républicains ? Et du macabre concert des coups de revolver des suicidés ? Ou bien de cette école de Naples, après la retraite des Allemands, où les fleurs qui s'amoncelaient sur les petits cercueils ne couvraient pas les pieds nus et sales des enfants qui s'y trouvaient. Pourquoi ne pas rêver d'Omaha Beach ? *Bon sang!*

— Ce serait le cauchemar le plus logique, marmonna-t-il.

Accoudé à la fenêtre ouverte, il aspira une bouffée de l'air qu'embaumait le parfum des géraniums.

S'agrippant au sable mouillé que les vagues rougies par des volutes de sang venaient lécher, assourdi par les tirs, il sentait dans sa chair l'impact des obus allemands qui pleuvaient autour de lui... Une semaine après avoir débarqué à Omaha Beach, il avait remarqué la première mèche grise dans ses cheveux bruns. Cet épisode aurait dû être le pire de son arsenal de cauchemars nocturnes.

Non, c'était le parachute accroché aux branches des arbres vert émeraude qui oscillaient paisiblement, et sa chute interminable.

Il refoula farouchement sa peur.

— Assez ! Il n'y a ni parachute, ni chute. Ni fichu cauchemar non plus, parce que tu ne peux pas te le permettre. Tu étais juste un journaliste. Un fichu écrivain, pas un soldat. Ils avaient des armes. Tu avais un stylo. Ils se battaient, pas toi. Ils saignaient, ils mouraient, tu écrivais, tu vivais. Tu n'as pas acquis le droit aux cauchemars.

Il regagna son lit, ferma les yeux et bourra son oreiller de coups de poing. Puis, roulant sur le dos, il fixa le plafond.

— Bon sang, maugréa-t-il encore, en se relevant pour enfiler une chemise.

Malgré sa peau moite, il avait froid. Il descendit à la réception de l'hôtel. Après une interminable discussion avec le réceptionniste de nuit somnolent, il parvint enfin à obtenir une communication avec le seul homme au monde qu'il savait trouver réveillé à cette heure.

— Bauer, que connais-tu de la loi d'extradition aux États-Unis ? À quoi devons-nous nous attendre ?

Il n'en connaissait que les grandes lignes. Mais il pouvait compter sur Bauer pour lui fournir les détails.

— *Guten Morgen* à toi, répondit Fritz Bauer de sa voix râpeuse. Ne me dis pas que tu suis une piste de l'autre côté de l'Atlantique ?

Ian tourna le dos au réceptionniste.

— Si. Peut-être.

Ce soir, devant les restes d'un maigre dîner, il avait écouté Nina et Tony discuter de la meilleure façon de traquer la *Jägerin*, maintenant qu'ils avaient un nom, une photo et une destination. Et avait soudain pris conscience des complications faramineuses que ce projet impliquait.

— Ce serait l'enfer, déclara succinctement son ami.

Il l'imagina se calant dans son fauteuil de cuir, un reflet de lumière sur ses lunettes.

— Une quantité incommensurable de paperasse, d'argent, et un temps infini.

Voilà pourquoi, bien entendu, le Centre de documentation des réfugiés ne traitait pas de cas à l'étranger. S'il avait déjà peu de pouvoir juridique en Europe, il en aurait encore moins outre-Atlantique. Dans son service, qui consistait en une simple pièce délabrée, les affaires qui les entraînaient à l'étranger débouchaient sur des impasses, des gouffres financiers et d'énormes pertes de temps. Qui pouvait se le permettre, quand il y en avait toujours à traquer ici même, en Europe ? Il se frotta les yeux, dans l'espoir de faire taire cette voix de froide logique. Mais, implacable, elle poursuivait. *Se lancer dans un tel marathon pour une seule cible n'est que pure obsession, pur égoïsme. Même si elle a assassiné ton frère et failli tuer ta femme.*

Bauer reprit de son timbre rauque :

— Les détails sur une extradition des États-Unis ? Ça va demander quelques recherches. J'ai un ou deux amis là-bas, laisse-moi passer quelques coups de fil quand leurs bureaux seront ouverts.

— Merci.

Il raccrocha mais la petite voix intérieure ne se taisait pas.

Tu auras beaucoup plus de chances d'attraper certains criminels en Allemagne que Lorelei Vogt aux États-Unis. Car si tu décides de concentrer tes recherches sur elle, tu courras le risque de perdre tout ce que tu possèdes, y compris ton centre. Sans doute pour ne jamais la retrouver. En outre, cette quête impartiale de justice, dont tu es si fier, deviendra une simple et banale vengeance.

— Encore à trouver ici en Europe avant d'aller à Boston, était en train de dire Nina.

Dos à la fenêtre du compartiment de train, elle partageait une banquette avec Ian, ses bottes d'un genre impossible posées sur ses genoux. Régulièrement, il les repoussait, mais elle les reposait aussitôt. Manifestement, sa femme n'avait pas plus le sens de l'espace individuel que de la propriété individuelle.

— Les amis d'université de son séjour à Heidelberg, continua-t-elle en feuilletant leur dossier de plus en plus élimé. Et son amant, le *mudak* SS ? Il est mort, mais pas sa femme. Elle sera peut-être d'accord pour parler de la pute de son mari.

— La femme d'Altenbach est morte aussi, répondit Tony. Elle fréquentait la haute société du Reich, était amie d'enfance avec Magda Goebbels quand cette dernière s'appelait Magda Ritschel. C'est pourquoi Altenbach ne pouvait pas divorcer pour notre Lorelei. Il l'a emmenée à Poznań, a laissé sa *Frau* à Berlin, et sa *Frau* s'est suicidée à la fin de la guerre. Elle faisait partie des fidèles partisans qui ne pouvaient pas affronter le monde sans leur Führer.

Essayant de retrouver la même énergie que sa compagne, Ian se concentra malgré son esprit engourdi par le manque de sommeil.

— Les amis de Lorelei en Allemagne…, répéta-t-il. Elle a peut-être écrit à ses amis comme elle a écrit à sa mère. Ne serait-ce pas bien aimable de sa part ?

Son sarcasme lui valut des sourires de ses compagnons de voyage et il dut faire un effort pour leur sourire en retour. Les difficultés qui les attendaient s'accumulaient dans son esprit comme des nuages d'orage.

Mais aucun orage ne grondait dans le ciel viennois quand ils descendirent du train.

Nina s'arrêta en haut des marches de la gare.

— *Tvoyu mat !* Je veux être là-haut, ajouta-t-elle en montrant du doigt les gros nuages qui filaient au-dessus d'eux. Toujours plus haut.

— Je ne peux pas t'emmener aussi haut mais je peux te faire grimper à soixante-cinq mètres, déclara Tony en enfonçant ses mains dans ses poches. Tu es déjà montée sur la Grande Roue du Prater, Nina ?

— C'est quoi, ce Prater ?

Ian sourit à son tour.

— Notre célèbre parc de loisirs viennois, petite cambrioleuse soviétique.

— Nous avons eu un coup de chance hier, renchérit Tony. Allons fêter ça. À nous trois, nous pouvons réunir assez de monnaie pour une virée au Prater.

Ian baissa les yeux sur Nina et mit de côté les problèmes d'extradition qui s'annonçaient.

— Nous n'avons jamais fait de voyage de noces, toi et moi ? Veux-tu que je te fasse découvrir quelques monuments de Vienne avant le divorce ?

Ils prirent un taxi jusqu'au parc d'attractions de la Leopoldstadt où se dressait la Grande Roue Ferris. Des mères exaspérées poursuivaient des enfants surexcités qui cavalaient parmi des rangées de stands de nourriture et de tir.

Quand Ian la prit par le coude, Nina protesta :

— Je n'ai pas peur. Pas à soixante-cinq mètres.

— De quoi as-tu peur ? demanda-t-il.

Encore une fois, il s'interrogea. Quelle avait été son affectation sur le front soviétique pendant la guerre ? Mais Nina, qui s'avançait déjà vers la file d'attente devant la Grande Roue, ne l'entendit pas. Il s'écarta.

— Allez-y tous les deux. J'ai le vertige.

— Tu viens, *luchik* ! insista-t-elle.

Et sans le laisser protester davantage, Tony et elle l'attrapèrent chacun par un bras et l'entraînèrent dans une nacelle qui se mit à osciller sous ses pieds. Sa vue se brouilla. Mais déjà le préposé claquait leur porte. Ayant été les derniers à monter, ils étaient les seuls occupants. Sans lui laisser le temps d'en sauter, la roue s'était mise en branle, les propulsant vers le haut.

Il sentit soudain sa bouche se dessécher. Les bruits du monde lui parvenaient étouffés, lui donnant l'impression d'être immergé. *Ne sois pas lâche, Graham.* Après tout, il n'avait pas toujours été pétrifié par l'altitude. Jusqu'à son premier cauchemar de parachute. C'est alors que tout avait changé. *Ne sois pas lâche.*

Les nacelles de la Grande Roue du Prater étaient célèbres : équipées d'un banc central, leurs vitres permettaient d'admirer le panorama sur les toits pointus et les dômes des églises de Vienne. La capitale ressemblait maintenant à une ville de poupées. Alors que Tony lui montrait les divers monuments, Nina longeait les fenêtres. Sentant la nacelle s'élever toujours plus haut, Ian avala une boule de bile qui lui montait dans la gorge. Accéder à la dernière marche d'une haute cathédrale ou longer le parapet d'une terrasse sur un toit n'aurait pas eu cet effet sur lui. Tant qu'il y avait une bonne balustrade et un sol stable entre le vide et lui, il n'avait pas de problème. Mais se balancer dans les airs dans cette fragile coquille…

C'est toujours mieux qu'un avion, se dit-il, les mains si crispées qu'il voyait ses phalanges blanchir. Dire qu'un jour il avait fait la queue pour avoir le privilège de sauter d'un bombardier au-dessus de l'Allemagne. À cet instant précis, il aurait préféré se faire écorcher vif.

— … ouvrir ces fenêtres? disait Nina. C'est ennuyeux de monter et monter comme un vieux cerf-volant sous sédatif.

Visiblement serein en la voyant baisser la partie supérieure de la fenêtre, Tony lui demanda en riant :

— Qu'est-ce que tu vas faire, grimper sur le toit?

Elle se hissa à travers la vitre ouverte et se pencha dans le vide. Ian comprenait qu'elle cherchait à avoir une vue plus large. Mais ses nerfs le trahirent. Il imagina sa femme tombant de la nacelle comme un oiseau tiré en plein vol, dans un fracas de verre brisé. Se jetant sur le sol mouvant, il l'attrapa par la taille et la tira vers le bas si brutalement qu'elle faillit être projetée sur la paroi opposée. Elle tomba, se cogna bruyamment au banc. Immédiatement, elle se releva, ses yeux bleus lançant des éclairs. Lui tournant le dos, il referma la fenêtre avec une telle force que la vitre se zébra avec un tintement qui le fit tressaillir malgré lui. Derrière le verre fendu, il voyait Vienne inclinée. Ils étaient au sommet de la roue, à soixante-cinq mètres d'altitude, cinq fois plus haut que le jour où il…

Il se détourna et vomit dans un coin.

Lorsqu'il se redressa, Nina et Tony le dévisageaient. Sortant un mouchoir de sa poche, il s'essuya la bouche et s'aperçut avec une bouffée de honte que ses mains tremblaient. Mais alors que la nacelle commençait sa descente, il expliqua, sa voix ayant retrouvé sa fermeté :

— Saut en parachute. 1945. On peut dire que, depuis, j'ai quelques problèmes avec l'altitude. Alors la prochaine fois que je vous dis de me laisser sur la terre ferme, laissez-moi sur la terre ferme, nom d'un chien!

Tony toussota, gêné.

— Je suis désolé, je ne savais pas.

— Je sais, l'interrompit-il, impatient de retrouver la terre ferme et de ne plus être dévisagé.

Il regrettait d'être un lâche.

— Je dis recommence, déclara Nina.

— Quoi ?

— C'est ce que je ferais. Au moins cent tours de roue. Toute la journée. Toute la nuit. Jusqu'à ce que j'aie plus peur.

— Non, rétorqua-t-il.

La simple pensée de refaire un tour lui donnait à nouveau envie de vomir.

— Tu passes en revue ta liste de peurs, dit-elle, le regard empreint d'une compassion distante, comme si elle lisait en lui. Tu les coches, une après l'autre, jusqu'à ce qu'il y en ait qu'une. C'est bon d'avoir une peur, *luchik*, mais juste une. Je pense que la peur que tu veux garder est la peur que tu ne trouveras jamais la *Jägerin*, non ? Alors débarrasse-toi de peur d'altitude.

Il regarda fixement sa femme. Elle était en train de renouer le foulard autour de son cou, un chiffon blanc artisanal, brodé d'étoiles bleues. Elle sourit.

— Viens, le provoqua-t-elle, en tapotant le banc. Je t'accompagne, aussi longtemps que ça prendra. Aujourd'hui, on va tuer une peur.

— Si tu te mets entre la porte et moi quand on s'arrêtera enfin, je te jette par cette foutue fenêtre, dit-il d'un ton menaçant.

Il aurait été incapable de dire combien de temps dura encore cette horrible expérience, mais plus un mot ne fut prononcé.

Ils regagnèrent le Centre de documentation des réfugiés au milieu de l'après-midi. Ses mains ne tremblaient plus et l'humiliation de son échec avait disparu.

— Bien, annonça-t-il en entrant dans le bureau qui sentait le renfermé. Je dois passer un coup de téléphone. Nina, si tu veux bien, trie le courrier. Tony, fais l'inventaire et classe tout ce qu'il y a de nouveau. N'oublions pas qu'à part celui de Lorelei Vogt, nous avons une dizaine d'autres dossiers ouverts.

Le bureau ne tarda pas à résonner du bruissement des papiers et du sifflement de la bouilloire. Ian décrocha le téléphone.

— Qu'est-ce que tu as, Bauer ? Espérons que ce sont de bonnes nouvelles.

— Naturellement, les États-Unis n'ont aucune juridiction concernant les crimes commis à l'étranger. Donc, si vous trouvez votre Chasseresse, si vous prouvez qui elle était et ce qu'elle a fait, elle devra être extradée pour être jugée.

Un autre froissement de papiers lui parvint du bureau de son interlocuteur.

— En Autriche, probablement, étant donné que c'est son pays natal, ou en Pologne où elle a perpétré la plupart de ses crimes.

Ian imaginait aisément un tribunal de Polonais revanchards, impatients de juger celle qui avait traqué leurs concitoyens sur les rives du lac Rusalka.

— Quoi d'autre ?

— Avant que tu puisses même penser à la faire traduire en justice en Europe, elle devra sans doute être jugée par un tribunal civil aux États-Unis. Et tu auras besoin de preuves concrètes de ses crimes.

— Nous les avons. Des témoins.

Nina, qui avait été témoin du meurtre de Sebastian, et le fonctionnaire de Nuremberg qui leur avait fourni la déclaration sur des enfants juifs assassinés par la *Jägerin*.

— Ce serait quand même lourd à organiser, le mit en garde Bauer.

Il se lança alors dans un flot de détails juridiques dans lesquels Ian ne tarda pas à se perdre. Son équipe manquait cruellement de collaborateurs spécialisés : des photographes, des chauffeurs, des pathologistes. Mais ce qui leur aurait certainement été le plus utile, c'était des experts juridiques. Il perçut le soupir de son ami dans le combiné. Il avait compris qu'il n'avait plus son attention.

— Les États-Unis n'ont pas extradé un seul nazi pour ses crimes de guerre, conclut Bauer sans ménagement. Pas un. Sont-ils même conscients d'en avoir sur leur territoire ? Ou peut-être, la question est : est-ce que cela a de l'importance pour eux ?

Ian raccrocha, l'estomac de nouveau noué. D'une voix calme, Tony demanda :

— Quelle est la mauvaise nouvelle ?

— Je m'interroge sur les réalités de la loi d'extradition américaine, répondit-il.

La *Jägerin*. Après tout, découvrir son vrai nom ne l'avait pas réduite à l'état d'être humain. Elle restait la Chasseresse, lointaine et insaisissable. Il se força à répondre :

— Il est temps d'affronter la réalité. Nous ne partons pas pour Boston.

Deux paires d'yeux se braquèrent sur lui, consternés. Des yeux bleus de Russe et des yeux noirs d'Américano-Polonais.

— C'est fini, reprit-il en les regardant tour à tour. Elle a filé.

— Non, elle est partie à Boston, répliqua Tony. Qui sait où après ?

— Ça n'a pas d'importance. Elle aurait pu aussi bien partir sur la Lune.

Il engloba la pièce d'un geste résigné.

— Nous sommes trois dans une pièce avec deux bureaux et quatre placards. Même si nous la retrouvions aux États-Unis, nous ne pourrions absolument pas la faire extrader pour un procès. Nous manquons de forces humaines, d'argent, d'influence, des ressources nécessaires pour organiser une traque à l'étranger. C'est impossible. J'espérais qu'il en serait autrement, mais Bauer m'a convaincu. C'est fichu.

— Moi, Bauer ne m'a pas convaincu, rétorqua son associé. Ce n'est pas fichu, à moins d'échouer, et nous n'avons pas encore échoué.

— Ce sera le cas si nous continuons.

— J'admets que les chances sont minces. Mais nous pourrions y arriver...

— Ce n'est pas un débat, l'interrompit Ian d'une voix glaciale. J'ai fondé ce centre de documentation, Tony. Je décide comment et où nous choisissons nos cibles.

— Et nous savons tous les deux que la moitié de nos arrestations passeraient à l'as si je n'étais pas là. Alors cessons de prétendre que mon maigre salaire fait de toi mon patron.

Visiblement en colère, Tony croisa les bras et ajouta :

— Nous pouvons attraper Lorelei Vogt.

— Oublie ton perpétuel optimisme américain, s'emporta Ian à son tour. Ce mouchoir de poche de bureau rempli de sueur et d'encre n'a pas les ressources pour...

Refoulant sa déception, il était aussi furieux que son collègue. La colère faisait mal mais, au moins, c'était une douleur satisfaisante.

— Donc tu as l'intention de renoncer ? demanda Tony en soutenant son regard. Alors qu'elle a assassiné ton frère ?

— Beaucoup de frères sont morts dans cette guerre, répliqua Ian d'une voix altérée. Mon deuil ne mérite pas une attention plus particulière qu'un autre. Et je n'ai pas l'intention de consumer ma vie pour me venger.

— Tu as déjà consumé ta vie, Ian. Simplement, tu ne l'as pas fait pour te venger. La vengeance, c'est pour les gens du peuple qui ne sont pas allés à Harrow.

Un sourire narquois aux lèvres, Tony poursuivit :

— Tu consumes ta vie pour ce bureau, cette cellule de moine dans laquelle tu vis, et pour trois arrestations par an.

Ian poussa un petit soupir. Plaquant ses paumes sur le bureau, il se pencha en avant.

— Ce centre est peut-être délabré, mais il signifie quelque chose. Mes quelques arrestations annuelles signifient quelque chose. Même si cela ne sert qu'à rappeler au monde que les coupables seront traduits en justice pour leurs crimes. Pour moi, cela vaut la peine.

Il fit un nouveau geste circulaire.

— Si je pars à l'étranger et que j'abandonne tout pour la vaine traque de la *Jägerin*, ce centre s'effondrera très certainement. Alors je vais rester ici et continuer à travailler sur les affaires que j'ai quelque chance de gagner. Et je le ferai avec ou sans vous.

À califourchon sur sa chaise, les bras posés sur le dossier, Nina ouvrait et fermait mollement son rasoir, en les écoutant échanger des insultes en silence. Soudain, elle se leva.

— Je dis nous allons à Boston.

— Tu n'as pas entendu un mot de ce que je viens de dire ? s'impatienta Ian en la regardant. Même si nous la trouvons, nous ne pourrons pas la faire juger.

— Eh bien, on la tuera, répondit-elle avec un haussement d'épaules désinvolte.

Il contourna le bureau, comblant l'espace entre sa femme et lui en une enjambée.

— Non. Nous ne sommes pas une fichue brigade de la mort. Nous valons mieux que ça. Les hommes morts ne paient pas leurs crimes. Ils ne souffrent pas. Le monde n'apprend rien d'eux. Sans la justice publique, tout est inutile. On ne tue pas nos cibles.

— D'accord, acquiesça-t-elle. On ne la tue pas. Je la tue. Je n'ai pas problème avec ça.

— Bon sang ! Qu'est-ce qui ne tourne pas rond chez toi ? s'emporta-t-il. Si tu tues Lorelei Vogt de sang-froid, en quoi es-tu différente d'elle ?

— Je ne le fais pas pour m'amuser, comme elle, fulmina-t-elle. Je le fais parce qu'elle essaie de me tuer. Parce que je la vois tuer ton frère.

Elle s'approcha d'un pas et, la tête penchée en arrière, le défia du regard.

— Les Russes n'oublient pas ça, comme les Anglais.

Il baissa les yeux sur sa femme. Il était assez proche pour sentir le brasier de sa fureur contenue. Les yeux plissés, ses cheveux ressemblant à une crinière blonde sauvage, elle soutint son regard.

— Je ne chercherai pas à faire justice d'une tueuse sans merci en unissant mes forces à celles d'une femme de la même trempe, finit-il par dire. Fous le camp de mon bureau !

Avec un nouveau haussement d'épaules, Nina se dirigea vers la porte.

— Hé ! lança Tony en faisant mine de s'avancer.

Mais Ian se tourna vivement vers lui.

— J'ai toujours dit que je ne travaillerais pas avec quelqu'un qui défend la justice expéditive, Tony. N'essaie même pas de me dire qu'elle plaisante.

— Plaisante pas, protesta Nina en décrochant sa vieille veste du portemanteau.

— Je le sais bien, répondit Tony. Tu trancherais la gorge de la *Jägerin* et tu t'éloignerais en souriant. Mais toi aussi, Ian, si tu te décidais à l'admettre. Tu connais peut-être plus de latin que ta femme mais ne crois pas que cela te rende meilleur qu'elle. Toi aussi, tu as des instincts sauvages. Simplement, tu prétends que tu ne les libéreras jamais.

— Je ne les libérerai jamais, répéta-t-il d'une voix égale, parce que je crois que les principes doivent l'emporter sur le besoin de vengeance.

— Les excuses aussi, sans doute, répliqua son associé. Tu connais la vraie raison pour laquelle tu ne poursuivras pas Lorelei Vogt à Boston ? Moi oui. C'est parce que tu préfères laisser une meurtrière en liberté plutôt que prendre le risque de sortir du droit chemin.

Déjà sur le seuil, Nina jeta un coup d'œil en arrière.

— C'est vrai, approuva-t-elle.

Peut-être que oui, songea-t-il. *Et c'est pour ça que je ne prendrai pas le risque. La maîtrise de soi est ce qui sépare l'homme de l'animal.*

Se tournant vers sa femme, il lança :

— Envoie-moi un télégramme quand tu seras rentrée en Angleterre. Ainsi je saurai où te faire parvenir les papiers du divorce. Si tu veux la suivre, Tony, ne te gêne pas pour moi. Depuis que je te connais, tu as toujours fait passer les femmes et les arguments faciles avant ce qui est juste.

— Depuis mon premier jour ici, je me suis toujours demandé combien de temps il te faudrait pour me virer, rétorqua l'Américain en prenant son chapeau. Salut patron !

18

Nina

Mai 1942
Engels

Il était très beau. Vert olive, décoré d'étoiles rouges, fier et neuf. Nina posa une main sur le bois réchauffé par le soleil.

« Qui es-tu ? » semblait lui demander le Po-2.

— Une amie, répondit-elle dans un souffle.

Partout sur l'aérodrome, les pilotes et les copilotes du 588e inspectaient leurs nouveaux avions. Bientôt, elles s'envoleraient pour rejoindre la quatrième armée de l'air sur le front sud du bassin du Donets, en Ukraine. Pour les avions, ce serait leur baptême du feu.

Les mains dans les poches, Yelena se tenait en retrait. Nina se tourna vers elle, sans cesser de caresser les lames de l'hélice comme s'il s'agissait de la truffe d'un chien.

— Je sais que tu es déçue que ce ne soit pas un avion de chasse, dit-elle. Mais ce coucou nous ira très bien.

Son Po-2 faisait déjà naître en elle un sentiment protecteur. Elle voulait lui couvrir les oreilles, s'assurer qu'il n'avait pas entendu qu'il n'aurait pas été son premier choix.

— Je sais, acquiesça Yelena.

Avec un sourire, elle s'avança, pensive, et tapota l'hélice. Si Nina ne s'était pas attendue à être sélectionnée pour les avions de chasse, Yelena, en apprenant qu'elle avait aussi été affectée dans les bombardiers de nuit, avait pleuré de déception. Le régiment des avions de chasse comptait désormais la petite mais fougueuse Lilia, ainsi qu'un bon nombre d'autres pilotes qui, à sa grande surprise, était devenues des amies. Au moins, elle ne perdait pas Yelena, ce dont elle s'était secrètement félicitée. Même si l'intensité de son soulagement l'avait étonnée.

— Ça te déplaît tant que ça, de piloter un Po-2 avec moi ? avança-t-elle, la gorge étrangement serrée.

— J'aurais aimé piloter un Yak-1 mais... Je t'ai dit que j'étais née en Ukraine avant que ma famille s'installe à Moscou ? ajouta-t-elle, son sourire s'évanouissant.

— Oui.

— Mon ancien village a été envahi par les Allemands.

Nina laissa retomber sa main de l'hélice.

— Maman a eu des nouvelles par sa sœur. Tout le monde fuyait, les routes étaient bondées de gens chargés de leurs baluchons, d'enfants qui criaient, de chiens qui hurlaient. Et les avions allemands les survolaient et mitraillaient les fugitifs. Mes grands-parents sont morts. Mes cousins sont morts.

Elle s'interrompit et cligna vivement des yeux. Nina se retint de passer un bras réconfortant autour de ses épaules.

— Je me fiche de ne piloter qu'un Po-2 au lieu d'un Yak, reprit Yelena. Je serais prête à voler sur un manche à balai, tant que je peux combattre les Boches.

— Et tu as la meilleure copilote du 588e, plaisanta-t-elle.

Les yeux embués de larmes, sa pilote esquissa un sourire.

— La plus modeste, aussi.

Nina savait déjà qu'elles allaient bien s'entendre. Marina Raskova avait composé toutes les équipes elle-même et elle avait sauté de joie quand elle avait entendu le nom de sa pilote. Yelena était meilleure qu'elle mais pas aussi intrépide. Yelena avait des réflexes plus rapides mais Nina avait les yeux plus vifs. Elles se complétaient à la perfection.

— Alors, camarade lieutenant Vetsina, déclara-t-elle. À partir de ce jour, mon travail est de te garder en vie. Tu pilotes l'avion et je te pilote. Et tu dois suivre toutes mes instructions.

Elle avait parlé sur le ton de la plaisanterie mais sentait naître en elle un sentiment protecteur étrangement violent. Toutes les copilotes s'inquiétaient-elle déjà de la sécurité de leur pilote ?

— Ne t'en fais pas, lieutenant. Je serai une créature douce et docile. Exactement comme lui, ajouta-t-elle, les yeux levés vers leur Po-2.

Elle lui enlaça les épaules d'un bras et Nina, posant la tête au creux de son cou, inhala le parfum du shampoing avec lequel elle avait lavé ses cheveux courts et brillants.

— Comment allons-nous l'appeler ?

— Je pense…

Tout en contemplant leur avion, Nina poussa un soupir, songeuse. « Leur avion ». Comme ces deux mots associés étaient beaux !

— Je pense qu'il nous le fera savoir quand il sera prêt, non ?

Elles s'envolèrent par un chaud matin de mai, Raskova en tête. Elle devait commander des bombardiers de jour mais avait fait le serment de commencer par escorter personnellement tous les régiments sur leurs fronts. Elle s'éleva dans les airs comme un aigle, cent douze aiglons la suivant, les étoiles rouges soviétiques scintillant sous le soleil printanier. Elles se stabilisèrent sous les nuages qui filaient dans le ciel. Assise derrière Yelena dans le cockpit, Nina voyait sa tête bouger alors que, rapidement, elle positionnait leur Po-2 en formation serrée. Quand le dernier avion vira pour s'aligner, le commandant Raskova actionna ses ailerons et toutes lui répondirent par un salut identique, l'extrémité de leurs ailes dansant en cadence. Nina se rendit compte que, derrière ses lunettes, des larmes embuaient ses yeux.

Elle n'avait pas pleuré depuis son premier vol, à dix-neuf ans. Yelena retira la main du manche et lui adressa un petit signe à l'aveuglette auquel elle répondit. Sans même voir sa pilote, elle savait que son visage était fendu d'un sourire jusqu'aux oreilles.

Mais quand elles atterrirent à Morozovskaia, les sourires s'étaient évanouis.

Une escadrille d'avions de chasse de la quatrième armée de l'air avait accueilli le 588e, l'escortant. Mais les hommes ne s'étaient pas contentés de les escorter. Ils avaient feint des figures d'attaque, comme l'auraient fait des Messerschmitt.

En voyant la première attaque en piqué, Nina s'était crispée.

« Les salauds ! »

« Ils font ça en signe d'amitié, lui avait crié Yelena. *Ils s'amusent, c'est tout. »*

Elle était parvenue à maintenir son cap. Mais plusieurs des plus jeunes pilotes, paniquées, avaient plongé, quittant la formation.

Une fois tout le monde en sécurité sur la terre ferme, Nina grommela :

— Ils vont se faire remonter les bretelles par Raskova.

— Ils ne nous voulaient pas de mal, protesta sa pilote. C'est juste un bizutage. Tous les nouveaux arrivants sur le front ont droit à un bizutage.

— Surtout nous, rétorqua sa copilote. Le projet préféré du camarade Staline. Parce que nous sommes des filles.

— Eh bien, montre-leur de l'indifférence.

Elles se mirent en marche et quittèrent la piste au pas.

— Tête haute, mesdames.

Les yeux plissés, le menton levé, Nina passa devant la haie d'honneur des hommes en combinaison de pilote qui les regardaient avec des sourires narquois. Un farceur du dernier rang les héla :

— Qu'est-ce qui se passe, les fifilles ? Vous n'êtes pas capables de différencier une étoile d'une croix gammée sur une aile ?

Nina s'arrêta pour lui adresser un geste obscène.

— Assez ! cria le commandant Raskova à qui, comme toujours, rien n'échappait. Vous serez basées à la périphérie de Trud Gorniaka, mesdames. Trouvez-vous des billets. Et évitez de prendre vos aises. Avec un front aussi instable, nous pouvons bouger à n'importe quel moment.

Dusia Nosal, une fille au visage mince et aux traits crispés, lança :

— Les Allemands sont tout proches, ici. On sent presque la choucroute. Si nous ne recevons pas d'ordres dans la semaine…

Elle était sans doute, avec Yelena, la meilleure pilote du 588ᵉ. Elle avait perdu son bébé dans un raid aérien allemand au début de la guerre.

Mais le général du 218ᵉ qui vint les inspecter le lendemain leur accorda à peine un regard.

— Comment nous a-t-il appelées ? siffla Nina.

— « J'ai reçu cent douze petites princesses, que suis-je censé en faire au juste ? » l'imita Dusia. Il était au téléphone avec le général Vershinin, à ce qu'on m'a dit.

— Il n'osera pas le dire en face à Raskova !

Hélas, Raskova repartie à Engels, le 588ᵉ recevait désormais ses ordres du commandant Yevdokia Bershanskaia. Elle n'avait rien de l'élégance de Raskova avec ses beaux yeux bleus. Mais elle était équilibrée, paisible, d'une vivacité et d'une efficacité quasi maternelles, comme une poule rassemblant ses poussins. Mais elle n'avait de patience ni pour les traînardes ni pour les geignardes. Nina savait qu'elle aurait préféré piloter des avions de chasse plutôt que de se voir nommée commandant du 588ᵉ. Si elle était déçue, elle n'en laissait rien paraître.

— Encore deux semaines de formation, leur annonça Bershanskaia, ignorant leurs grognements. Vous serez toutes testées individuellement par un pilote.

— Que pensent-ils qu'on ait fait à Engels ? maugréa Nina. Qu'on a passé notre temps à enfiler des perles ? On ne peut pas nous faire confiance avant que l'un des hommes ait attesté que nous savons par quel bout tenir un manche ?

— *Ninochka*, la rabroua Yelena avec un soupir. Arrête !

Le lendemain matin, Nina, toujours furieuse, grimpa froidement dans son Po-2 avec un pilote au visage criblé de taches de rousseur qui semblait avoir douze ans. Elle pilota son avion avec une telle violence que son inspecteur faillit être malade.

Le teint verdâtre, il déclara, à la fin du vol d'essai.

— Reçue.

L'inspecteur de Yelena, était un grand et bel homme de Leningrad, au sourire indolent. Nina le prit d'emblée en aversion.

— Ils ont de sacrées jolies pilotes à Moscou, fit-il remarquer.

Voyant Yelena rougir, il se mit à rire.

— Tu as des oreilles de vierge, *dousha* ! Tu ferais bien de t'endurcir, sinon tu ne tiendras pas une minute contre les Boches.

Il continua à débiter des insanités, se délectant manifestement des joues cramoisies de la jeune femme. Quand, enfin, il la laissa grimper dans le cockpit, Nina, qui se tenait sur le bord de la piste, le héla :

— Qu'y a-t-il, petite ? demanda-t-il, en s'avançant vers elle à grandes enjambées.

Avec un coup d'œil incrédule à sa tête qui n'atteignait même pas son épaule, il ajouta :

— Es-tu même assez grande pour voir en dehors du cockpit ?

Soudain, il poussa un cri. L'extrémité pointue d'un rasoir sibérien affilé était pressée contre l'intérieur de sa cuisse. Elle esquissa un sourire cynique et positionna son corps de façon à rendre invisible la lame entre ses doigts. Installée dans le Po-2, Yelena leur fit un signe de la main. Manifestement, elle s'interrogeait sur la cause du retard.

— Mon pilote n'apprécie pas ton putain de langage, espèce d'abruti d'âne de Leningrad, déclara-t-elle de sa voix la plus suave. Surveille-le en sa présence, sinon je te les coupe et je te les enfonce dans les narines.

— Les femmes pilotes ! dit-il, le souffle court. Le monde est devenu fou, en vous donnant des avions, espèces de salopes !

— Jamais dans ta putain de vie tu ne voleras aussi bien qu'une salope comme ma pilote.

Elle le gratifia de son sourire le plus suave.

— Alors emmène-la pour un looping et surveille ton foutu langage si tu ne veux pas que je te mette une hélice dans le cul et la fasse tourner jusqu'à ce que ton trou de balle pendouille comme ta bouche.

À la fin de son vol, Yelena lui rapporta :

— Il a dit que j'étais une pilote expérimentée et un atout pour la quatrième armée de l'air.

— Vraiment ? répondit Nina, placide.

Quand les pilotes du 588e reçurent leurs ordres, les Boches qui gagnaient du terrain en direction de Stalingrad avaient, selon la rumeur, atteint la courbe du fleuve Don.

— Trois avions seulement pour la première mission, annonça leur commandant.

De son habituel geste de la main, Bershanskaia coupa court aux protestations.

— Moi et deux chefs d'escadrille. Considérez ça comme une sortie de reconnaissance, mesdames.

— Il ne faut pas lui en vouloir, dit Yelena. Désormais, les officiers de son grade ne s'occuperont plus que des papiers administratifs. Elle devrait avoir l'honneur de piloter la première mission.

— Épargne-moi ton éternel altruisme, grommela Nina. Et contente-toi de reconnaître que tu serais prête à piétiner ta propre mère pour monter dans ce cockpit maintenant.

—Je serais prête à piétiner ma propre mère pour monter dans un cockpit maintenant, répéta Yelena, docile. Mais pas une *sestra*.

Dans la chaude brise de cette belle soirée d'été, il était impossible de croire que le front n'était qu'à quelques kilomètres de ces plaines, de ces bunkers élevés à la hâte, de ces chemins creusés d'ornières envahis de camions et de personnel au sol en combinaison. Des nuages de fumée s'élevaient à plusieurs kilomètres, à l'horizon.

—Des gisements de charbon en feu, chuchota quelqu'un.

Aux dernières lueurs du crépuscule, le régiment se rassembla sur la piste de fortune pour regarder Bershanskaia et les chefs d'escadrille se diriger vers les avions.

—Elles vont voler jusqu'au camp d'aviation près des lignes de front, chuchotait-on dans les rangs. Faire leur réserve d'obus, remplir leur mission et revenir.

Trois avions décollèrent dans un ciel qui s'obscurcissait. Les mains enfoncées dans ses poches, Nina les regarda, transpercée par une véritable douleur physique. *Demain*, songea-t-elle. À voir les visages crispés et avides autour d'elle, elle comprit que toutes avaient la même pensée.

—Je n'irai pas dormir avant leur retour. Faisons de la musique ! lança Yelena.

Une fille de Kiev entonna une vieille chanson folklorique d'une voix feutrée et mélodieuse. D'autres se joignirent à elle, leurs timbres s'harmonisant à son alto plein de douceur. Elles enchaînèrent sur une marche du parti, vive et entraînante, et d'autres voix s'élevèrent en chœur, sous le ciel d'un noir velouté, constellé d'étoiles. Nina se surprit à chanter une berceuse surannée des rives du Vieil Homme, qu'elle croyait avoir oubliée. Les vers étaient écrits dans un dialecte si ancien qu'il ressemblait à peine à du russe. Les autres filles l'écoutèrent passionnément.

— Qu'est-ce que c'était ? lui demanda Yelena.

Assise, le dos contre l'abri le plus proche, elle tripotait un bout de tissu sur ses genoux.

— Une chanson sur le lac, répondit Nina. Toutes les chansons de la région du Baïkal parlent du lac. Des vagues qui bercent les bateaux et les berceaux, poussées par la main de la *roussalka*. Puis quelque chose au sujet de la lune… Ça ne rime à rien, en fait.

— Rien ne rime à rien, appuya Yelena. Nous sommes au beau milieu d'une guerre et, à quelques kilomètres d'ici seulement, les gens meurent. Mais nous… nous n'avons jamais été aussi heureuses.

Nina regarda les reflets de la lune dans ses cheveux bruns.

— Oui, acquiesça-t-elle, songeuse.

C'était maintenant Dusia qui chantait, son visage triste souriant pour une fois. Deux autres filles se mirent à danser, tournoyant bras dessus, bras dessous, et les rires fusèrent dans la nuit. L'une d'entre elles fit signe à Nina mais elle s'affala à côté de sa pilote et pencha la tête vers le bout de tissu sur ses genoux.

— Tu couds ?

— Je brode mon foulard d'aviatrice. Des étoiles bleues sur fond blanc. Qu'en penses-tu ?

Elle le déplia pour l'offrir à la lueur des étoiles.

— Où as-tu trouvé du fil bleu ?

— Je l'ai décousu de ces horribles caleçons d'homme, expliqua-t-elle avec un sourire espiègle.

Nina éclata de rire.

Toutes étaient déjà galvanisées par la pensée de voler le lendemain. L'impatience était si vive qu'elle brûlait la bouche, comme l'eau glaciale de l'hiver, sur les berges givrées du Vieil Homme. Elles se voyaient déjà fêter leur cinq centième mission et leur titre d'Héroïne de la Nation Soviétique.

— Des étoiles dorées sur nos poitrines, juste comme Raskova !

— Quand tu es décorée d'une médaille, j'ai entendu dire que tu devais la faire tomber dans un verre de cristal, le remplir de vodka et porter un toast !

Un bourdonnement s'éleva au loin, interrompant leurs conversations. Reconnaissant le son du bruyant petit moteur radial du Po-2, elles s'élancèrent en courant vers la piste.

Un premier avion atterrit, puis un second. Les queues frôlèrent l'herbe, et les deux Po-2 s'arrêtèrent progressivement. Le personnel de service au sol s'élança pour les contrôles d'après vol et pour attacher les ailes. La silhouette charpentée de Bershanskaia se hissa hors du cockpit pour descendre sur l'aile et sauter à terre. La première chef d'escadrille suivit, retirant ses lunettes. Le régiment se pressa autour d'elles, dans une effervescence de rires et de félicitations. Mais Nina ralentit le pas. Leurs visages de marbre, les deux pilotes avaient le regard vide. Elle leva la tête vers le ciel étoilé.

Aucun bourdonnement n'annonçait un troisième avion.

— Où est la chef d'escadrille… ? commença l'une d'entre elles.

Le mouvement de tête de Bershanskaia l'interrompit. Leur chef n'eut pas besoin de prononcer une parole.

Toutes se dévisagèrent et elle sentit son cœur se serrer. Le régiment n'avait même pas connu une nuit de combat mais avait déjà enregistré ses deux premières pertes.

Bershanskaia les regarda tour à tour, avant de s'arrêter sur le visage livide de la suppléante de la chef de la deuxième escadrille.

— Tu prends désormais les commandes de l'escadrille, Mariya Smirnova.

Cette dernière hocha silencieusement la tête.

— Et, maintenant, allez vous reposer, mesdames. Demain, vous décollez toutes.

La plupart des filles regagnèrent leur caserne. Certaines, abasourdies, le visage livide, d'autres les larmes aux yeux. Mais

Yelena prit la direction opposée, vers le champ où attendaient les autres Po-2. Nina lui emboîta le pas, encore bouleversée. Deux femmes mortes, deux femmes qu'elle avait connues.

— Tu devrais aller te coucher, lui suggéra Yelena.

— Je ne laisserai pas ma pilote. C'est la première mission d'une copilote.

Ce sentiment protecteur l'envahit de nouveau, teinté, cette fois, de tendresse.

Elle la rattrapa, lui prit la main et, quand les longs doigts s'entrelacèrent aux siens, elle sentit sa gorge se serrer. Elles se dirigèrent vers leur Po-2 et, en silence, levèrent la tête vers sa forme noire, sous les étoiles. La proximité du front ne permettait pas l'installation d'un véritable aérodrome. Par cette belle nuit d'été, les avions s'alignaient, camouflés, dans l'herbe aplatie.

Où volerons-nous cet hiver ? s'interrogea Nina. Si l'armée allemande poursuivait sa progression, Moscou serait-elle tombée ? Et sans doute Leningrad, assiégée, affamée, et Stalingrad…

La voix de Yelena s'éleva comme un murmure dans l'obscurité.

— Quelles seront nos cibles, demain, à ton avis ?

— Des dépôts allemands ou des réserves de munitions, devina Nina.

Pensive, sa pilote laissa courir sa main sur le râtelier à bombes, sous l'aile inférieure de leur avion.

— Le Po-2 n'offre pas une grosse force de frappe.

— Assez pour perturber, harceler. Comme un moustique. Tu le sais.

— Mais nous ne sommes qu'un moustique dans une grande guerre.

— Un moustique dans un nuage de moustiques, la corrigea Nina. Et un nuage de moustiques peut rendre fou de douleur un homme ou même un cheval, au point de le pousser à se jeter dans un lac pour s'y noyer.

Un frisson involontaire, qui n'échappa pas à Yelena, la traversa.

— Qu'y a-t-il ?

— Me noyer. C'est la seule chose dont j'ai peur.

Elle prit une profonde inspiration et, l'espace d'un instant, sentit le goût métallique du lac dans sa bouche, la main de son père lui bloquant la tête sous la glace.

— Et toi, de quoi as-tu peur, *Yelenushka* ?

— De me faire capturer et torturer. De m'écraser.

Elle tressaillit.

— Et si c'était nous, demain ?

Nina garda le silence. Malgré la faible lueur des étoiles, elle discernait le visage pâle de sa pilote. Aussi distinctement qu'en plein jour : les yeux écartés ombrés de longs cils noirs, les lèvres fermes pressées en une fine ligne pour ne pas trembler, les cheveux bruns qui, depuis Engels, avait repoussé en boucles brunes caressant son cou de cygne. Elle attrapa son foulard aux étoiles bleues qui volait au vent et, attirant sa tête à sa hauteur, la regarda droit dans les yeux.

— Ce ne sera pas nous.

Puis elle effleura sa bouche de la sienne. Ses lèvres étaient charnues, ses joues douces. Elle enfonça ses doigts dans les cheveux soyeux. L'espace d'un instant, Yelena se raidit, son petit cri de surprise étouffé par la chaleur de leur baiser. Hésitante, elle entrouvrit les lèvres. Puis, son sang en fusion, Nina sentit sa main fine se poser sur sa joue.

Quand elles se séparèrent, Yelena la regardait, les yeux écarquillés. Nina se sentit pousser des ailes. Elle n'avait pas besoin du Po-2 pour s'envoler, elle pouvait prendre son élan et atteindre les étoiles. D'une main, elle tapota l'avion et de l'autre, attrapa Yelena par le poignet.

— Ce coucou a besoin d'un nom. Allez, viens !

Elles partirent fureter dans le quartier général temporaire des mécaniciens et quémandèrent aux rares noctambules qui rôdaient encore autour de leurs avions un pot de peinture rouge et des pinceaux. Puis elles regagnèrent leur avion et repoussèrent un coin de la toile de camouflage pour se mettre au travail. Suivant les instructions de Nina qui, grâce à sa meilleure vision nocturne, lui indiquait l'emplacement des lettres, Yelena commença à peindre.

— Le dernier mot remonte. Plus bas, reste en bas ! Raskova sait-elle qu'elle a sélectionné une pilote qui ne connaît pas la différence entre le haut et le bas ? la taquina Nina.

— Et Raskova sait-elle qu'elle a sélectionné une copilote qui n'est pas capable de donner la plus simple des directions ? rétorqua Yelena du tac au tac en lui donnant un coup de pinceau.

Quand elles eurent fini, l'aube n'était plus très loin. Les derniers mécaniciens avaient rejoint leurs quartiers. Hormis Nina et Yelena, tout le monde devait dormir à la caserne. Nina assise sur l'aile inférieure, ses pieds se balançant dans le vide, Yelena debout près d'elle, la tête penchée sur le côté, elles examinèrent leur travail. Le long de la carlingue, en lettres soignées, s'étalait l'inscription : « Pour venger nos camarades » et le nom des deux premières disparues du régiment. De l'autre côté, le nouveau nom du Po-2.

Roussalka.

— Silencieuse et immortelle, dit Yelena. Ça me plaît.

— À moi aussi, répondit Nina.

Elle l'attira contre elle et s'empara de nouveau de sa bouche. Sans la prendre au dépourvu, cette fois, mais lentement, pour lui donner une chance de la repousser. *S'il te plaît, ne me repousse pas.* Yelena n'en fit rien. De ses mains, elle prit son visage en coupe, ses lèvres à la fois avides et timides. Et Nina sentit le même vertige grisant que lorsqu'elle piquait en vrille lors d'un décrochage. Cette sensation délirante d'apesanteur.

Ses lèvres effleurant les siennes, ses doigts entremêlés à ses cheveux, Yelena murmura alors, hésitante :

— Je n'ai pas… Pourquoi moi ?

— Parce que tu es la meilleure pilote que j'ai jamais rencontrée. Et que je n'ai jamais rien vu voler d'aussi beau que toi.

— Les filles ne… ne sont pas censées…

— Je m'en fiche ! rétorqua brusquement Nina.

Glissant de l'aile, elle attira sa pilote à terre. À l'ombre de l'aile de la Roussalka, il faisait aussi sombre que dans un lac. L'herbe écrasée était douce et moelleuse comme un tapis. À tâtons, elles retirèrent leurs combinaisons. *Le vêtement le moins pratique pour des amants*, se dit Nina avec ce qui lui restait de cohérence. Tout lui paraissait nouveau, merveilleux. Yelena avait la peau satinée, diaphane, le dos cambré, sa colonne vertébrale comme un interminable collier de perles, une taille d'une finesse incomparable. Le ballet de leurs gestes aurait dû être maladroit. Après tout, elles étaient en terrain inconnu. Mais, bien au contraire, l'alchimie fut immédiate, totale. Tout comme quand elles volaient dans le ciel, à l'abri de l'obscurité protectrice du Po-2 camouflé, les bruits lointains des tirs au sol et des canons antiaériens étouffant leurs gémissements de plaisir, elles ne faisaient plus qu'une.

Ma pilote, songea Nina en caressant la hanche de Yelena d'une main. *Ma pilote.*

— L'aube se lève, finit par chuchoter cette dernière. Nous devrions rentrer.

Nina bâilla contre son bras.

— Je ne veux pas.

— Il le faut, lapin.

Elle ouvrit les yeux. À l'est, le ciel se teintait de rose. Elle voulait déjà retrouver les étoiles, l'obscurité, la nuit. Elle voulait que la nuit les enveloppe toutes les trois, Yelena, la Roussalka et elle, et les emporte dans cette mission pour laquelle elles étaient nées.

Elle se redressa et, avec un large sourire, déclara :

— J'ai tellement hâte !

19

Jordan

Thanksgiving 1946
Boston

Assise dans la lumière rouge de l'éclairage inactinique, Jordan ouvrait et refermait le volet du Leica. Même la chambre noire sentait la dinde brûlée. *Je ne dois pas pleurer*, se tança-t-elle. Mais, de temps à autre, son souffle se faisait plus court, et même l'étreinte familière de l'obscurité de la chambre noire ne lui était d'aucun réconfort. Peut-être qu'à l'étage supérieur, Anneliese sanglotait, consolée par Dan McBride, et que Ruth se demandait ce qui avait bien pu annuler son premier Thanksgiving. Son père allait finir par descendre et dire…

Tressaillant, elle revit le visage chiffonné de sa belle-mère fuyant la salle à manger, ses épaules voûtées trahissant la profondeur de sa détresse…

J'avais raison. Alors pourquoi ai-je l'impression de n'avoir rien compris ? Elle revit les photos, la croix de fer, le tatouage du défunt père d'Anneliese, la date suspecte au dos de la photo. Puis reconsidéra sa fuite précipitée, l'étudia froidement, y cherchant une trace de mensonge. Ou de comédie. Secouée par un violent tremblement, elle se rabroua : *N'en as-tu pas assez fait ?*

Elle tournait et retournait ces questions. Des photos, des prétendues preuves, et un Thanksgiving gâché. La seule chose dont elle avait la certitude, c'était qu'elle n'était plus sûre du dossier qu'elle avait monté. Plus sûre de rien du tout.

Enfin, elle entendit le bruit de la porte de sa chambre noire qui s'ouvrait, le déclic de l'interrupteur, et la lumière rouge fut noyée dans la lueur crue, blanche, des ampoules du plafond. Elle vit alors son père descendre l'escalier. Posant son Leica, elle se leva pour lui faire face et planta son regard dans le sien. Déjà, elle sentait son visage se déformer mais ne pouvait s'en empêcher. Il n'avait pas l'air en colère. S'il l'avait été, elle aurait pu se défendre. Il semblait épuisé, triste, déçu. Une expression qui la bouleversa car elle aurait préféré mourir plutôt que le décevoir.

—Anna dort enfin, commença-t-il. J'ai réussi à trouver quoi faire à dîner pour Ruth. Tu veux quelque chose ?

—Non.

Son estomac était si contracté qu'elle pensait ne plus pouvoir rien avaler de sa vie.

—Je ne sais que dire, commença-t-il.

Il paraissait si las, si abattu.

—Je ne sais pas comment... réparer mes torts. Je suis désolé de ne pas t'en avoir dit plus au sujet d'Anna. Qu'elle avait changé de nom. C'est ma faute.

—Non, ce n'est pas ta faute. C'est elle qui a menti papa, parvint-elle à dire. Elle t'a menti, elle m'a menti. Même si toutes les raisons qu'elle a invoquées sont vraies, elle a quand même menti.

—Je sais. Je ne vais pas dire que je n'en suis pas indigné. Mais elle est désolée, Jordan. C'est ce qu'elle n'a cessé de répéter en haut, en pleurant toutes les larmes de son corps.

D'une voix chevrotante, il poursuivit :

—Les gens ont des raisons de mentir. De cacher des choses. Depuis la guerre, chaque semaine, j'ai des réfugiés qui viennent au magasin pour me vendre leur dernière broche ancienne, leurs dernières pièces d'argenterie. Des hommes avec des noms que, manifestement, ils ont changé, des femmes tenant des enfants qui ne leur ressemblent en rien. Des gens qui essaient de justifier leurs cicatrices, leurs accents. Chaque semaine, j'en vois passer qui sont honteux de leurs actions pendant la guerre, ou de celles de leurs amis. Oui, elle a eu tort de mentir. Mais ça ne veut pas dire que je ne comprends pas pourquoi elle l'a fait. Que je ne l'aime plus.

Jamais elle ne l'avait entendu parler avec une telle franchise, un tel désarroi. Cela ne lui ressemblait pas. *Il souffre*, comprit-elle. *Comme il souffre !*

— Donc tu la crois ?

Il ouvrit les mains, désemparé.

— Qu'est-ce qui est le plus probable, ma belle ? Qu'elle ait trop honte de son père et de son nom pour les revendiquer ? Ou qu'elle soit une espèce de conspiratrice nazie, tête d'affiche du procès de Nuremberg ?

— Je n'ai jamais dit ça !

— Tu as dit qu'elle était dangereuse, répliqua-t-il d'une voix calme. Tu as dit qu'elle pouvait être capable de tout, qu'elle pouvait être une meurtrière. Tu as affirmé qu'elle avait menti pour dissimuler quelque horrible crime ; elle a assuré qu'elle avait menti pour dissimuler un fait dont elle avait honte. Maintenant, nous vivons avec elle depuis quatre mois. Nous la connaissons. Elle ne t'a jamais montré que de l'affection. Quant à moi, elle a été tout ce que je pouvais rêver de…

Il s'interrompit, reprit son souffle.

— Nous la connaissons, Jordan. Alors je te pose la question : quelle explication est la plus plausible ? Qu'elle soit dangereuse ? Ou juste qu'elle ait honte ?

Elle éclata soudain en sanglots et, n'essayant même pas de les contenir, laissa les larmes glisser sur ses joues. Lui enlaçant les épaules d'un bras, son père l'attira vers lui. D'une voix toujours aussi accablée, il reprit :

— Je ne te blâme pas de vouloir des réponses. Tu as eu raison de demander. Je regrette simplement que… tu n'aies pas abordé le sujet avec Anna d'une autre façon. En te montrant aussi disposée à l'écouter qu'à l'interroger.

— Ce n'était pas mon intention, parvint-elle à balbutier. Je cherchais juste à… obtenir des explications sur ce que j'avais vu.

Elle avait vu quelque chose. Et alors ? Son père avait raison. Elle en avait tout de suite tiré la pire des conclusions.

« Jordan et son imagination débordante. » Pour quel résultat ? Celui de voir son père se débattre si douloureusement avec sa déception.

— J'aurais peut-être dû t'envoyer à l'université, après tout. Anna adhérait totalement à cette idée. Elle disait que cela t'aiderait à grandir, te mettrait les pieds sur terre. Mais j'espérais tellement que tu reprendrais le magasin. Avec Garrett, peut-être. Ce n'était qu'un débarras de bibelots quand j'ai pris la suite de ton grand-père. Pour toi, je voulais en faire un endroit unique. T'assurer un véritable avenir…

Il s'interrompit mais, à son intonation, elle entrevit la vérité entre les mots : « Pourquoi n'est-ce pas assez bien pour toi ? » Le souffle coupé, elle eut l'impression de recevoir un coup de pied dans le ventre.

— Je ne sais pas comment réparer mes torts, répéta-t-il.

Il semblait prêt à pleurer. Son père, solide comme un roc, qui, de toute sa vie, n'avait jamais versé une larme en sa présence.

— C'est moi qui dois réparer ce que j'ai fait, murmura-t-elle en posant sa tête sur son épaule. Je… Je vais présenter des excuses à Anna quand elle se réveillera. Je vais tout arranger, je te le promets.

— Il faudra qu'elle y mette aussi du sien. Elle doit se montrer plus franche. Je vais avoir une petite conversation avec elle à ce sujet.

Il déposa un baiser sur son crâne.

— Tu es ma fille et tu voulais protéger ton vieux papa. Je le sais.

Sur ces mots, il se détourna et se dirigea vers l'escalier. Elle savait qu'il voulait lui cacher ses yeux humides. Il ne supportait pas qu'elle le voie pleurer.

— Il faut que j'aille coucher Ruth, dit-il.

Il monta les marches d'un pas pesant et, pour la première fois, elle remarqua des pointes de gris dans ses cheveux.

Quand elle frappa chez Garrett, il vint lui ouvrir, sa haute silhouette se dessinant dans l'embrasure de la porte. Machinalement, elle le cadra comme dans une photo, mais elle n'avait pas d'appareil. En outre, dès qu'il vit son visage, son sourire s'évanouit.

— Qu'est-ce qui ne va pas ? s'inquiéta-t-il.

— Rien, répondit-elle en frottant ses mains froides l'une contre l'autre.

Elle s'était ruée hors de sa chambre noire pour prendre un taxi, sans manteau, sans gants.

— J'avais juste besoin de m'éloigner un peu de la maison.

Il l'entraîna à l'intérieur et ils longèrent la salle à manger où des assiettes à gâteaux jonchaient la table. Il flottait dans la maison un parfum de citrouille, de cannelle, de café. La mère de Garrett sortit de la cuisine en essuyant ses mains sur son tablier.

— Jordan, mon chou, on dirait que tu as pleuré. Querelle familiale ? Ce genre de choses arrive pendant les fêtes. Chaque Noël, je jure que c'est l'année où je vais arracher les yeux de ma cousine Kathy si elle fait encore une remarque condescendante sur ma sauce aux cranberries. Laisse-moi te préparer un chocolat chaud…

Quelques instants plus tard, ils étaient assis dans la chambre de Garrett, leurs mugs de chocolat chaud nappé de crème fouettée à la main. Ponctuant sa phrase de son habituel clin d'œil, Mme Byrne leur avait lancé : « Pas de bêtises, vous deux. » La porte était donc entrouverte. Il repoussa les pièces d'une maquette d'avion à moitié finie et attendit.

— J'ai provoqué une crise d'hystérie chez ma belle-mère et j'ai peut-être détruit le mariage de mon père, commença-t-elle. Pas mal comme querelle de Thanksgiving, non ? Je préférerais que quelqu'un m'arrache les yeux à cause d'une sauce aux cranberries.

Garrett l'attira contre lui. Elle inhala l'odeur réconfortante du chocolat mêlée à celle de la colle à maquette. Sans l'interrompre, il l'écouta raconter la suite. Quand elle était bouleversée, il n'essayait jamais de donner des conseils. Il se contentait de la serrer dans ses bras et d'écouter.

Quand elle eut fini, il demanda :

— Que vas-tu faire ?

— Ramper devant Anna, en espérant qu'elle me pardonnera, répondit-elle en s'essuyant les yeux sur son pull vert. Tu n'as jamais cru mes théories de cinglée sur elle, je suppose ?

— Tu n'es pas l'une de ces filles du lycée qui passent leur temps à inventer des histoires, Jordan. Tu n'es pas folle. Tu as vu des indices. Peut-être t'es-tu trompée sur leur signification. Mais ça ne veut pas dire que tu as rêvé.

— Non, j'avais raison. Anneliese cachait bien quelque chose. Mais même si je ne voulais à aucun prix l'admettre, j'étais jalouse que papa la fasse entrer dans la famille. Ce qui m'a poussée à chercher des preuves de sa malveillance plutôt que la possibilité d'une autre explication. Une explication anodine. Résultat, j'ai fait de la peine à tout le monde.

L'humiliation était cuisante. En fin de compte, elle n'avait pas vraiment changé depuis l'époque où, enfant, elle se racontait que sa mère était partie pour faire une carrière de star de cinéma parce que c'était bien mieux que la vérité.

— Regarde le positif. Ta belle-mère n'est pas une sinistre nazie, juste une gentille dame qui fait des *Punschkrapfen*.

— J'ai été tellement bête.

À rôder dans sa chambre en enchaînant des théories dramatiques, en se croyant si habile, si perspicace. En se voyant comme J. Bryde, future lauréate du Prix Pulitzer. Quelle plaisanterie !

— Ça va se tasser, la rassura Garrett, un peu désemparé.

— Je vais devoir déployer beaucoup d'efforts pour me racheter.

Et elle ferait bien de s'y attaquer sans plus attendre. Parce que, autant affronter la réalité : elle ne serait ni la prochaine Margaret Bourke-White ni la prochaine Gerda Taro. Elle n'était qu'une idiote qui se croyait aussi infaillible qu'un appareil photo. Et pour quel résultat ? Faire souffrir tous ceux qu'elle aimait. Or, si elle ne gâchait pas leurs relations, elle avait une famille aimante, un avenir prometteur. Alors, elle allait rentrer chez elle et commencer à leur témoigner sa reconnaissance.

— Il est temps que je parte, déclara-t-elle en posant sa tasse.

— Je vais te raccompagner.

Arrivés à mi-chemin, Garrett gara son coupé Chevrolet le long du fleuve. Elle s'était remise à pleurer. Parce qu'elle se rappelait cette première photo d'Anneliese, la photo qui avait tout déclenché, et se demandait comment son intuition avait pu la leurrer de la sorte. Faire naître en elle cette certitude subite qu'elle avait pris l'une des meilleures photos de sa vie et qu'elle avait décelé une réalité cachée, importante. Or, elle s'était trompée sur toute la ligne. Elle n'avait rien vu du tout.

— Viens ici, dit Garrett en l'enlaçant dans l'habitacle obscur.

Il l'embrassa. Ses lèvres chaudes avaient le goût du cacao. Elle noua ses mains sur sa nuque et ferma les yeux. Dans quelques minutes, elle devrait rentrer chez elle, affronter de nouveau son père, commencer à élaborer des excuses pour Anneliese. Mais pas tout de suite. Garrett s'affairait à faire sauter le premier bouton de son chemisier. Après une courte hésitation, elle le déboutonna complètement et guida ses mains sur l'agrafe de son soutien-gorge. Elle sentit sa surprise. En général, ils n'allaient pas plus loin. Mais elle l'attira plus près pour un nouveau baiser. Avec un léger grognement, il fit glisser ses mains sous son pull. Par une chaude nuit d'été, ils auraient probablement continué, bercés par le murmure des flots de la rivière Charles. Mais on était en novembre, il faisait un froid glacial et les bruits des klaxons de la circulation de Thanksgiving couvraient le chant du fleuve. Ils finirent par se séparer, le souffle court.

— Hum, dit-il en tâtonnant pour reboucler sa ceinture. Je n'avais pas l'intention de te forcer.

— Tu ne m'as pas forcée. C'est moi qui ai insisté, déclara-t-elle, même si ce n'était pas ce que les filles étaient censées dire.

Et encore moins faire ! Pourtant, ce fut sans une once de culpabilité qu'elle rajusta son soutien-gorge sur le siège passager de la Chevrolet. Regrettant même qu'il ne fasse pas assez chaud pour s'installer sur la banquette arrière et continuer ce qu'ils avaient commencé, se griser de baisers, repousser le moment où elle devrait rentrer. Elle leva les yeux vers la lune dont la lumière se reflétait sur la rivière et refoula une subite bouffée de terreur.

— Il faut que je rentre, maintenant.

— Oui, acquiesça Garrett.

Il inclina la tête et l'embrassa de nouveau longuement. Puis, prenant sa main, il la guida vers la sienne où elle sentit la bosse dure et fraîche de la chevalière de son école.

— J'aimerais que tu la portes, chuchota-t-il. Tu sais que mes intentions sont très sérieuses.

— D'accord, s'entendit-elle répondre.

Pourquoi pas ? C'était l'étape suivante. Elle porterait sa chevalière pendant les années à venir, un substitut pour l'autre étape : la vraie bague qu'il lui offrirait au cours de sa dernière année d'études. Puis viendrait un mariage en juin. Les parents de Garrett seraient enchantés. Son père serait enchanté. *« J'espérais tant que tu prendrais ma suite au magasin*, avait-il dit. *Avec Garrett, peut-être.* » Un avenir concret.

— D'accord, répéta-t-elle.

Et elle éprouva un sentiment de satisfaction.

20

Ian

Mai 1950
Vienne

Le 1er mai, Ian descendit l'escalier qui menait de son minuscule appartement à son bureau. Il y trouva sa femme, déjà installée dans son fauteuil.

Finissant de boutonner sa chemise, il s'arrêta, interloqué.

— J'avais fermé la porte à clé.

Nina baissa le livre de poche qu'elle était en train de lire et mima qu'elle avait forcé la porte. Un roman au titre scabreux, *Arabella et le Libertin*. Ian regarda la poignée ballante de la porte ouverte. Il réprima un soupir. Elle lisait des romans d'amour et forçait les serrures. C'était vraiment la femme dont tous les hommes rêvaient.

Remontant ses manches, il entreprit de réparer la porte et demanda :

— Que fais-tu ici ?

Depuis la sortie en trombe de Tony quelques semaines auparavant, il n'avait plus eu de nouvelles ni de sa femme ni de son associé.

— Tony est désolé, déclara-t-elle. Il voulait s'excuser, les choses qu'il a dites.

— Alors pourquoi es-tu ici et pas lui ?

— Il dit que tu es Achille dans sa tente et il attend que tu sortes. Je lui dis qu'il est stupide *mudak* et que je vais venir plutôt et il dit Agamemnon envoie Briséis et peut-être ça marche. Je ne connais pas du tout ces gens.

— Il perd la boule. Je ne suis pas Achille, il n'est pas Agamemnon et tu n'es pas franchement un cadeau à déléguer.

Ian agita la poignée pour la remettre en place.

— Si Homère avait donné un rasoir à Briséis, Achille serait mort bien plus vite.

— Qui c'est Homère ?

— Il n'a pas écrit *Arabella et le Libertin*. Pourquoi lis-tu ce torchon ? demanda-t-il, distrait.

Les rasoirs ne semblaient pas faire bon ménage avec les romances.

— Mon premier mois à Manchester, je suis allée à la bibliothèque. J'ai besoin de livres pour apprendre sur l'Angleterre, pratiquer ma lecture. La bibliothécaire, elle a dit : « Georgette Heyer, c'est l'Angleterre. » C'est pas trop comme l'Angleterre que je vois mais peut-être c'est la guerre.

Elle rangea *Arabella et le Libertin* dans sa veste.

— De toute façon, je viens parce que Tony est désolé.

— Nous prononçons tous des paroles que nous regrettons.

Ian n'était pas surpris de se sentir soulagé d'un gros poids. Tony et lui travaillaient ensemble depuis des années, après tout ; ils étaient amis autant qu'associés. Peut-être l'étaient-ils toujours.

— Je remarque que tu ne me présentes aucune excuse, ne put-il s'empêcher de remarquer.

Nina l'enveloppa d'un long regard. *« Je vais la tuer »*, avait-elle dit de Lorelei Vogt, d'un ton parfaitement désinvolte. Elle avait parlé sérieusement et n'en était pas désolée. Et il l'avait chassée de son bureau pour cette raison. Ce n'était donc certainement pas à lui de faire amende honorable.

Ses yeux scintillaient comme si elle lisait en lui et, l'espace d'un instant, l'hostilité de leur dernière rencontre chargea l'atmosphère d'électricité. Il n'en aurait pas fallu beaucoup pour la faire renaître.

Mais elle changea de sujet.

— Tony et moi, on est allés à Heidelberg, On a cherché les vieux amis d'université de la *Jägerin*, les archives d'étudiants. Ça n'a rien donné, ajouta-t-elle en secouant la tête.

Il n'était parvenu à chasser la *Jägerin* de ses pensées qu'en travaillant vingt-quatre heures sur vingt-quatre. Resté seul au bureau, il avait dû gérer la part de Tony.

— Tu me crois, maintenant, quand je dis que cette traque est perdue d'avance ?

— Nous allons à Boston de toute façon. Tony et moi. Viens avec nous.

— Je suis sérieux, insista Ian en se penchant pour la dévisager par-dessus le bureau. Je ne travaillerai pas avec une brigade de vengeurs. Je ne travaillerai pas avec toi, étant donné que tu as l'intention de la tuer.

— *Bozhe moi !* Ne sois pas si dramatique, répliqua-t-elle en le foudroyant du regard. Je veux qu'elle soit attrapée, punie, morte. Je me fiche quoi. Tony, il dit tu es fort pour les trouver. Tony et moi, essayons seuls, peut-être nous échouons. Je ne connais pas l'Amérique, je chasse les phoques et les daims, pas les nazis. Si tu viens, je promets maintenant : nous la trouvons, je n'essaie pas de la tuer.

— Comment savoir si je peux te faire confiance ? demanda-t-il doucement.

— *Poshol nakhui, govno.*

Elle l'attrapa par le col et abaissa son visage jusqu'à ses yeux, ses yeux azur qui le transperçaient comme des poignards.

— Suis pas juste une sauvage de la taïga, siffla-t-elle. Je suis le lieutenant N.B. Markova de l'armée de l'air soviétique. Je fais une promesse et je la tiens. *Blyadt.*

Elle ponctua sa déclaration d'un crachat, le repoussant avec une telle violence qu'il tituba.

— Va te faire foutre !

Elle lisait des romans à l'eau de rose, elle cassait les serrures et elle était lieutenant dans l'armée de l'air soviétique. Exactement la femme dont tout homme rêvait ! Étrangement, il fut pris d'une envie de rire, non parce qu'il pensait qu'elle mentait mais parce que…

— Bon sang, Nina ! Quand vas-tu cesser de chambouler mon monde ?

Ses yeux lançant toujours des éclairs, elle planta ses mains sur ses hanches.

— Tu viens avec nous. Je promets de faire les choses comme tu veux. Carotte, bâton, pas de rasoir.

« Quel ennui ! » disait néanmoins son regard.

Ian ne se fatigua pas à énumérer les minces probabilités de succès. Il était clair qu'elle se fichait de savoir quelles étaient les chances d'extrader Lorelei Vogt. Et qu'il en était de même pour Tony.

— Je sais à quel point cette traque te tient à cœur, se contenta-t-il de déclarer. Autant qu'à moi. Tony a dit que Lorelei Vogt était ma baleine blanche et il n'avait pas tort. Mais dans *Moby Dick*, tous ceux qui chassent la baleine blanche meurent.

— Je ne suis pas facile à tuer. Toi non plus. Tony me dit les endroits où tu vas pendant la guerre. Viens à Boston.

— J'ai d'autres affaires. Elles sont tout aussi importantes que…

— Ian !

L'entendre prononcer son nom lui coupa la parole.

— Tu veux la Chasseresse. Pour Seb et pour les enfants, tu la veux. Je la veux pour Seb et pour les enfants, et pour moi. Ce n'est pas juste de la vengeance, c'est aussi de la justice. Ça peut être les deux. Ce n'est pas mal si c'est les deux.

Elle lui tendit une main et, une nouvelle fois, il éprouva le frisson torride de l'aventure. Il en fut galvanisé. Tout miser parce que les bombes tombaient tout près, et qui savait quelles étaient les chances d'en réchapper. Risquer le tout pour le tout. *C'est ce que tu réveilles en moi*, songea-t-il en regardant sa femme. Le côté inconscient qui l'avait poussé à partir à la guerre armé de sa machine à écrire plutôt que d'un revolver, à tout tenter pour le bon article, la bonne chronique. La bonne traque.

Cette traque va continuer, que tu en fasses partie ou pas, lui soufflait la voix de la raison. Celle qui refusait de frapper les suspects, ou d'être complice de la justice expéditive. D'une façon ou d'une autre, Nina pisterait la *Jägerin*. S'il n'allait pas avec elle, qui savait comment la traque pouvait finir ? Sans lui, il n'y avait aucune garantie que tout cela se termine proprement.

Il était incapable de définir l'avidité qui le gagnait, s'il était en train de prendre la bonne voie. Mais, tenace, une voix intérieure lui chuchotait : *Fonce !*

— Boston ? répéta Nina, sa petite main toujours tendue. Tu en es ? Ou pas ?

Partie II

21

Nina

Septembre 1942
Front du Caucase nord.

La nuit était tombée, donnant le signal du départ de la course.

Yelena courait devant Nina. Tête baissée, elle mettait toutes ses forces à prendre de vitesse la foule qui la suivait. Une botte frappa l'aile inférieure de la Roussalka. Puis, sautant d'un bond sur le côté du cockpit, Yelena leva un poing victorieux vers le croissant de lune.

— Trop lentes, les lapins. Roussalka revendique de décoller la première !

Ramassée sur leur avion comme un chat prêt à bondir, elle était tout simplement magnifique. Et Nina sentit son cœur se serrer.

Un concert de grognements s'éleva des autres pilotes qui couraient vers leur propre Po-2, dans son sillage.

— Va au diable, Yelena Vassilovna ! lança Dusia Nosal, haletante, en arrivant devant le sien. Garce à longues jambes.

— Moi aussi, je t'aime, *Dushenka*, répliqua Yelena d'une voix suave en lui envoyant un baiser.

Sur ces mots, elle s'installa dans son cockpit. Nina, qui arrivait en petites foulées avec les autres copilotes, sourit. Chaque soir, la première pilote aux commandes de son avion gagnait le droit de décoller en tête et Yelena avait les plus longues jambes du régiment. Alors, à moins d'un croche-pied (ce dont Dusia était parfaitement capable), cinq soirs sur sept, la Roussalka s'envolait avant les autres.

Lorsque Nina s'installa derrière elle, Yelena avait déjà mis sa ceinture et effectuait les contrôles.

— Moteur !

L'ordre venait du sol.

— Moteur ! répondit sa pilote.

— Hélice !

L'hélice se mit à tourner, tressautant. Le petit moteur radial bruyant démarra, crachant de la fumée. Et tandis que Nina vérifiait sa boussole et sa carte, la Roussalka se mit à rouler en grondant.

Elles n'étaient dans cette région montagneuse que depuis quelques semaines : un autre monde que leurs vols de nuit sur le front sud, dans la chaleur de l'été. Ici, dans le Caucase, des tornades pouvaient mugir entre les flancs des abrupts sommets montagneux et, en l'espace d'une seconde, projeter un Po-2 sur une paroi rocheuse. Si les vents ne vous étaient pas fatals, l'extrême densité des brouillards pouvait l'être. La semaine précédente, deux Po-2 s'étaient percutés dans l'une de ces purées de pois. Et il n'y avait eu qu'une survivante.

Le long du champ, des lumières vacillantes délimitaient une piste de fortune. Tellement près de la ligne de front que Nina entendait le crépitement pas si lointain des tirs partant du sol et des balles traçantes. Pourtant, dès qu'elles décolleraient, seul resterait l'horizon d'un bleu noir velouté s'étirant à l'infini sous l'immensité de la voûte étoilée. Ce soir, le ciel était clair, sans un nuage pour cacher le croissant de lune. La nuit idéale pour voler. Pas pour dormir. Elle sentit la Roussalka prendre de la vitesse sous les mains de sa pilote et esquissa un sourire carnassier. Elles avaient pour cible les bunkers remplis de soldats allemands fraîchement arrivés sur le front. *« Réservons un accueil chaleureux à ces garçons, mesdames »*, avait déclaré le commandant Bershanskaia lors du briefing de l'après-midi. Elle avait survolé ses *sestry* des yeux. Toutes affichaient le même sourire féroce. Ce soir, personne ne dormirait.

Le train d'atterrissage du Po-2 se souleva de l'herbe écrasée et, quand la Roussalka s'éleva, Nina sentit son cœur exploser de joie. Qu'importait qu'elle ait déjà décollé des dizaines de fois, elle avait toujours la gorge nouée d'émotion. Elle s'accorda un moment pour savourer une bouffée de l'air glacé avant de prendre ses fonctions. Yelena attendait.

— Dévie un tout petit peu à l'est... Vise le col sud-ouest..., commença-t-elle en inspectant les sommets.

À chacune de ses instructions, la Roussalka tressaillait. Certains copilotes se fiaient aux fusées éclairantes qu'ils lançaient par-dessus bord pour déterminer leur itinéraire grâce à leur lueur rouge descendante. Mais Nina dédaignait les fusées. Une carte et une boussole, la lune et les étoiles, lui suffisaient.

Le premier bombardement passait toujours à la vitesse de l'éclair. La cible se trouvait à une demi-heure de vol mais il leur sembla que quelques secondes seulement s'étaient écoulées quand elles piquèrent en direction du sol.

— Une minute, héla Yelena avant de redresser l'avion.

Nina se figea, immobile comme une statue. Malgré la cruelle morsure du vent d'automne dans le cockpit ouvert et la température glaciale à cette altitude, chaque fois qu'elles s'alignaient pour un largage, elle se sentait envahie d'une telle chaleur qu'elle avait l'impression d'être devant un feu crépitant.

La Roussalka fut prise dans un courant ascendant, puis se stabilisa. Yelena coupa les gaz et le silence se fit.

C'était le moment que préférait Nina. Quand le nez du Po-2 plongeait et qu'il commençait sa descente en apesanteur. Elle sentit l'air glisser à travers ses doigts comme l'eau le long des doigts palmés d'une *roussalka* plongeant dans l'obscurité miroitante de son lac… Silencieuse, invisible, indétectable avant qu'il ne soit trop tard, bien trop tard. Ces soldats allemands qui bâillaient sous elles n'avaient pas la moindre idée de ce que la nuit leur réservait. *Vous êtes sur notre terre, maintenant, stupides gamins*, leur rappela-t-elle silencieusement. *Vous avez votre Führer et votre patrie mais nous avons notre Mère Patrie et elle nous a.*

— Six cents mètres, lança Yelena.

Nina mit sa main en position. L'air s'emplit du bourdonnement du moteur que Yelena redémarrait. Elles volaient assez bas pour distinguer au sol les lumières, les formes sombres des abris, les camions allemands. À l'instant où elles commencèrent à grimper, Nina appuya sur le bouton.

Leur chargement de bombes tomba dans la nuit veloutée. Quelques secondes à peine après la série d'explosions en contrebas, Yelena vira sur l'aile pour échapper aux projecteurs qui transperçaient l'obscurité. La lumière les traquait comme un doigt blanc, aveugle. Mais elle l'avait déjà esquivée et, trouvant une nouvelle altitude, les avait mises hors d'atteinte. Moins de trois minutes après elles arriverait le Po-2 qui les suivait et Dusia Nosal, son visage crispé par la haine, larguerait à son tour son chargement. Puis le suivant, et ainsi de suite, et quand chaque Po-2 du régiment aurait fini son premier bombardement, Yelena et elle redécolleraient pour le second.

— Premières ! annonça Yelena à la radio sur un ton satisfait.

— Bravo, lapin !

La Roussalka avait à peine touché l'herbe aplatie que la première vague de l'équipe au sol se précipita pour l'entretien de leur appareil. Une ruche de filles en combinaison, certaines arrivant en courant, chargées de bidons d'essence, les armurières titubant sous le poids de bombes de trente-deux kilos, les mécaniciennes rampant sous l'hélice et le moteur à la lumière des torches électriques. Yelena se tourna dans son cockpit et, une main tendue vers Nina, déclara :

— Nous n'avons pas été touchées par des tirs au sol. Mais, la prochaine fois, ils seront bien réveillés.

Avec un haussement d'épaules, Nina répliqua :

— Nous avons déjà eu des trous dans la carlingue. À moins de nous toucher toutes les deux, les balles ne font pas tomber un Po-2. Et, même dans ce cas, ce coucou pourrait sans doute atterrir tout seul.

Par certaines nuits de violents combats sur le front sud, la Roussalka avait été tellement criblée de balles que ses ailes recouvertes de toile ressemblaient à du gruyère. Pourtant, quand arrivait le crépuscule du lendemain, elle était à nouveau prête à voler.

Nina lui pressa les doigts, un substitut pour le baiser qu'elles ne pouvaient pas échanger en public, et sauta du cockpit sur le sol. Elle contourna deux armurières courbées sous le poids d'une bombe. La première, accroupie, ses gants entre les dents, attachait le détonateur de ses doigts bleus de froid, éclairée par l'autre qui tenait une lampe électrique. Puis, d'un pas vif, elle se dirigea vers le bâtiment pour faire son rapport. Le commandant Bershanskaia écoutait toujours en personne la première série de rapports.

— Bien, camarade lieutenant Markova. Poursuivez votre mission.

Nina fit un salut, avala quelques gorgées d'un thé qui avait un goût de graisse de moteur, et se hâta d'en rapporter une tasse à Yelena.

— Bois ! lui ordonna-t-elle.

Elle monta sur l'aile et enjamba l'armurière qui, à genoux, tirait une bombe vers le râtelier. Yelena vida son gobelet d'un trait puis griffonna sa signature sur l'autorisation de largage qu'une mécanicienne menue brandissait sous son nez. Quelques minutes plus tard, elles traçaient un cercle pour décoller de nouveau. Derrière elles, les mécaniciennes et les armurières s'étaient déjà rassemblées autour de l'avion de Dusia, comme des abeilles autour de leur reine. Dusia se laissa aller contre le dossier de son cockpit et sa copilote partit en petites foulées faire son rapport avant de revenir avec un gobelet de thé pour sa pilote.

— Battons notre propre record, ce soir, déclara Nina alors que la mécanicienne faisait tourner l'hélice. Dix vols ?

— Dix, acquiesça Yelena dans le vrombissement naissant du moteur.

Elle perçut l'euphorie dans sa voix. Une voix qui, après six, sept, huit vols, serait brouillée par l'épuisement. Mais, pour les premiers vols, toutes étaient encore alertes. Une fois de plus, la Roussalka s'éleva dans la nuit étoilée et prit la direction de la ligne de front.

Allaient-elles avoir des pertes, cette nuit ? s'interrogea Nina. Le 588e Régiment en avait déjà subi plusieurs. Trois, la semaine précédente, lors d'une collision en plein ciel. Mais cela n'avançait à rien de penser à une balle traçante déchirant le cockpit ni d'imaginer la terreur d'une chute en vrille pour s'écraser au sol. Elles avaient une mission à accomplir. En juin, lors de leur première semaine, elles avaient atteint quatre missions de bombardement par nuit. Or, maintenant que les nuits étaient plus longues, Nina estimait qu'elles pouvaient arriver à dix. Et quand viendraient les nuits interminables du cœur de l'hiver, les nuits où l'obscurité dévorait le jour comme Baba Yaga les enfants imprudents, qui sait ce qu'elles pourraient accomplir ?

— Ça fait combien de temps que nous avons fait nos premiers bombardements sur le front sud ? l'interrogea Yelena lors de leur sixième atterrissage.

Elle mordait à belles dents dans un biscuit froid qu'elle lui avait rapporté de l'intérieur du bâtiment. Elle dut réfléchir un instant.

Les nuits se brouillaient dans son souvenir, les journées encore plus.

— Trois mois.

Sa pilote bâilla à s'en décrocher la mâchoire.

— J'avais l'impression que ça faisait plus longtemps.

Nina réprima un soupir. Ces premières semaines lui avaient fait l'effet d'un plongeon au plus profond du Vieil Homme, les pieds lestés de rocs. Elles avaient décollé pour leur premier bombardement si près du front fasciste qu'elle s'était demandé si le terrain d'aviation serait aux mains des Allemands quand elles atterriraient. Survolant des champs prêts pour la moisson, elles avaient bombardé les colonnes continues de tanks ennemis, au fur et à mesure de leur progression. Les flammes remplaçaient les faux le long des sillons dorés et des océans de blé mûrs s'embrasaient plutôt que d'aller nourrir un seul soldat ennemi. Des volutes de fumée noire s'élevaient dans le ciel quand, les yeux rougis, les pilotes avaient posé leurs Po-2 aux ailes noircies. Pour apprendre que les Boches avaient pris une autre ville, un autre fleuve, une autre capitale, qui, l'un après l'autre, étaient tombés sous le joug de la croix gammée.

D'une voix lugubre, le commandant Bershanskaia leur avait alors lu l'ordre 227, arrivé directement de Moscou :

« *Le moment est venu d'arrêter de se replier. Plus un pas en arrière.* »

« *Plus un pas en arrière ?* » s'était étonnée Nina.

Elle était harassée de fatigue. *Essaie toi-même, camarade Staline. Vois à quel point tu as envie de survoler ces champs de blé en feu. Ou de voler entre ces projecteurs éblouissants qui protègent les canons antiaériens, avec cette impression d'être épinglé et exposé comme un papillon sur une planche.*

La première fois qu'elles avaient été prises dans un projecteur, la Roussalka avait fait une embardée, sortant de sa ligne de vol. L'espace d'un instant, Nina avait perdu tous ses repères.

Soudain aveuglée, elle entendait les bombes exploser autour d'elle. Quand sa boussole interne s'était remise d'aplomb, elle avait hurlé :

« Demi-tour, Yelena, nous sommes à contresens, DEMI-TOUR ! »

À l'aveuglette, Yelena les avait remises dans la bonne direction et, hors d'atteinte des projecteurs, elles avaient regagné le terrain d'aviation, l'avion tanguant. Quand elles avaient atterri, Nina avait été incapable de descendre du cockpit. Ses jambes refusaient de lui obéir. Désemparée, elle avait attendu d'en retrouver l'usage pour s'extraire de l'avion avec lourdeur et, titubant, vomir sans complexe sur le bord de la piste, avant d'aller faire son rapport.

Affronte un barrage de canons antiaériens, camarade Staline, avait-elle pensé en entendant l'ordre 227, quand il avait été stipulé que les soldats pris à se replier seraient fusillés. *Alors nous pourrons parler de ne pas faire un pas en arrière.*

Certes, elle avait peine à croire qu'il ne s'était écoulé que trois mois. À la fin de chaque mission nocturne, on pensait à celles qui y étaient restées, comme la semaine précédente quand deux Po-2 s'étaient percutés dans un épais brouillard, leurs morceaux déchiquetés tournoyant jusqu'au sol. Des pétales de fleurs en feu flottant dans les airs.

Et pourtant, songea Nina. *Pourtant...* Chaque jour, au crépuscule, les pilotes et les navigatrices se rassemblaient, les yeux brillants, sautillant d'impatience en attendant de monter à bord de leurs avions. Toutes tendues vers le ciel.

Quand la Roussalka revint de son dixième bombardement, le ciel se colorait des premières traînées roses de l'aube. Le commandant Bershanskaia donna le signal de la fin des opérations.

— Retour à la base, mesdames !

Leurs équipages épuisés, les Po-2 redécollèrent en formation, se saluant de leurs ailerons, et prirent la direction de leur aérodrome comme un vol d'oies.

Elles étaient actuellement basées à Annisovskaia : un minuscule village du Caucase dans la région de Grozny où le lycée local avait été réquisitionné et rempli de lits de camp. Si leur arrivée avait d'abord suscité des regards méfiants chez les villageoises, elles étaient désormais habituées à voir des femmes pilotes. Comme tous les soirs, en les voyant passer, une *babouchka* accroupie les salua de sa main noueuse et demanda à Nina, avec un sourire édenté :

— Tu as tué beaucoup d'Allemands, *dousha* ?

— Presque assez, grand-mère, lui répondit-elle.

Quand elles entrèrent en cohorte dans une cantine, la vue de leur petit déjeuner provoqua des grognements.

Avec un soupir accablé, Yelena prit une assiette.

— Des biscuits rassis et des betteraves ! Un jour, ils changeront de menu et le choc sera tel que nous serons mortes avant même d'avoir avalé une bouchée.

— Du *kasha* chaud aux champignons, dit Dusia d'un ton mélancolique. C'est ce qui me manque le plus.

— Du *borsch* nappé de crème fraîche...

— Du chou cru, renchérit Nina.

Elle commença à imiter un lapin qui grignotait, provoquant un éclat de rire général.

— Quelqu'un peut réveiller Zoya ? demanda-t-elle. Elle s'est encore écroulée sur ses betteraves.

Elle avait remarqué qu'elles avaient toutes un peu de mal à s'endormir après une nuit de missions de bombardement. Qu'importait si, accablée de fatigue, vous vous étiez assoupie sur le manche lors de votre dernier vol, pour rentrer d'un pas traînant, en bâillant, du terrain d'aviation. Dès qu'elles quittaient la cantine pour retrouver leurs lits de camp, oubliant leurs paupières alourdies, toutes se mettaient à bavarder comme des pies.

« ... j'ai décroché et je jure que mon aile a coupé un buisson avant que je remonte... »

« ... un courant ascendant nous a propulsées à mi-chemin de Leningrad avant qu'Irushka nous redresse... »

Nina retira sa combinaison, s'écroula sur son lit de camp et tendit ses pieds à Yelena.

— Mes bottes, lapin ! Je ne peux plus me pencher.

Avec une petite révérence, sa pilote s'empara de sa botte droite.

— Certainement. La tsarine désire-t-elle autre chose ? railla-t-elle.

Une fois débarrassée de ses deux bottes, elle agita ses orteils et répondit :

— Un seau de vodka.

— Tout de suite, tsarine.

Puis, se laissant tomber sur le lit à côté d'elle, Yelena lui tendit son propre pied.

— Il paraît que nous devrions rester à Annisovskaia quelques mois encore. Jusqu'à la nouvelle année, même.

— Très bien. Je suis fatiguée de changer tout le temps, de dormir dans des gourbis.

Avec soin, elle plia son foulard au bout du petit lit : celui que Yelena avait brodé la nuit de leur première sortie. Sa pilote était en train de sortir son aiguille et son fil pour reprendre celui sur lequel elle travaillait en ce moment. Sur son lit de camp, une brune, de Stalingrad, raccommodait ses chaussettes. Une autre grattait la boue de ses bottes. À l'autre extrémité de l'école, quatre d'entre elles attendaient leur tour devant l'unique lavabo. Une autre fredonnait doucement, une autre encore pleurait, presque silencieusement.

— Et ça recommence ! gémit soudain Yelena. J'aimerais bien savoir à quoi c'est dû.

Dans leurs chaussettes de laine, ses longs pieds fins tremblotaient, comme traversés par du courant électrique. Tout comme ses genoux.

Nina lui répondit d'un vague haussement d'épaules. Après une nuit de bombardements, les réactions différaient. Yelena tremblotait pendant des heures. Dusia se murait dans le silence et, recroquevillée sur un côté, regardait fixement le mur. Certaines bavardaient et s'endormaient au beau milieu d'une phrase. D'autres pleuraient, d'autres faisaient les cent pas, d'autres encore sursautaient au moindre bruit. Nuit après nuit, chacune avait son contrecoup personnel.

— Tu es un roc, *Ninochka*, reprit-elle en faisant plier ses pieds qui tremblotaient toujours. Ça ne te fait aucun effet.

— Si, répliqua-t-elle en se tapotant le front. J'ai une douleur constante derrière mon œil gauche.

— Mais tu n'es jamais morose, tu ne pleurniches jamais, tu n'es jamais hargneuse.

— Parce que je n'ai pas peur.

La pilote qui nettoyait ses bottes lui lança un regard curieux.

— Jamais ?

Nina secoua la tête et répondit d'un ton détaché :

— Seul me noyer me fait peur. Vous avez vu un lac dans la région ?

— Tu es folle ! lança Yelena d'un ton admiratif. Tu es une petite cinglée de Sibérie.

— Sans doute, répondit-elle en s'enfonçant dans son oreiller. Les Markov sont tous fous, c'est dans leur sang. Mais ça fait de moi une bonne pilote, alors je me fiche d'être folle.

Toutes passaient la matinée à se débarrasser des séquelles de leur nuit de vol : tremblements, maux de tête, incapacité à rester en place. C'était toujours la même routine, se dit Nina en se massant le front jusqu'à faire disparaître la douleur : peu à peu, les tremblements cessaient, les conversations se taisaient, jusqu'à ce que la pièce s'emplisse des respirations régulières des aviatrices endormies. Mais au bout de trois courtes heures d'un sommeil profond, elles recommençaient à s'agiter dans leur lit.

Parce que l'autre constante qu'elle avait remarquée était qu'elles dormaient toutes très mal. Même elle. Le fait d'être un peu folle et de n'avoir quasiment peur de rien n'était pas un remède contre l'insomnie.

Au milieu de cette léthargie générale, alors que ses collègues reposaient, aussi immobiles que des cadavres, Nina se leva et se dirigea à pas feutrés vers la porte. Après avoir remis ses bottes, elle déambula jusqu'à une grange à la sortie du village et s'y glissa discrètement. Puis elle attendit. Les rayons du soleil éclatant filtraient à travers les fentes des planches, comme de minuscules projecteurs traquant de minuscules avions. À la fois hypnotisée et somnolente, elle regarda les grains de poussière danser dans la lumière. Tournoyer comme des Yak-1.

La porte de la grange s'ouvrit avec un craquement, puis se referma. Après un cliquetis de planches qui tombaient, bloquant la porte, les bras de Yelena lui enlacèrent la taille par-derrière et, en un clin d'œil, elle fut bien réveillée et posa la tête au creux de son cou.

— Bonjour lapin. Beau vol, ce soir.

— Je déteste être prise dans ces projecteurs, répondit sa pilote avec un frisson.

Pressant sa joue contre ses cheveux, elle poursuivit :

— Cet instant où je ne sais plus où est le ciel et où est le sol…

— Il te suffit d'écouter ta navigatrice, si fiable, murmura-t-elle en portant ses phalanges tachées d'huile à ses lèvres. Je peux toujours trouver le ciel.

— C'est du gâchis que tu sois copilote, *Ninochka*. Avec un sang-froid pareil, tu devrais piloter ton propre avion.

— Dans ce cas, qui te protégerait, mademoiselle Sainte-Nitouche de Moscou ?

— Je ne suis plus si sainte-nitouche que ça !

— Alors répète après moi : « Je déteste ces projecteurs de *merde* ! »

Elle sentit la gêne de Yelena.

— Répète ! la pressa-t-elle.

— Je n'aime pas du tout ces projecteurs, dit sagement sa pilote.

Et toutes deux partirent d'un rire silencieux. Un moment, elles restèrent immobiles, sa tête toujours sur l'épaule de Yelena dont les bras lui enlaçaient la taille. Elle avait la même sensation d'apesanteur que lorsque, moteurs coupés, elle planait libre, en silence, dans l'air pur.

— Tu trembles encore, murmura-t-elle en caressant ses doigts des siens.

— Dans une heure ce sera passé. Ça finit toujours par passer.

— Je vais le faire passer bien avant.

Pivotant sur place, elle attira la tête de Yelena et l'embrassa. Puis elle la poussa vers l'obscurité du mur du fond où elle avait déjà étalé son manteau. Certains jours, elles étaient trop épuisées pour échanger plus que quelques baisers somnolents. Mais, ce matin, leurs mains étaient avides. Les doigts tremblants, Yelena faisait sauter ses boutons, les rais du soleil en oblique caressant sa peau ivoire. Nina l'aida et la vit s'empourprer sous ses mains fébriles. Renversant la tête en arrière, sa pilote s'abandonna à ses lèvres qui, depuis la soyeuse cavité derrière ses oreilles, parcoururent sa taille fine, le creux de ses coudes et de ses genoux, avant de remonter le long de ses cuisses, jusqu'à l'endroit si sensible qui la faisait chavirer. Elle la sentit, submergée par les spasmes d'un orgasme silencieux, se mordre la main pour ne pas crier. Quand le dernier frisson la traversa, le tremblement de ses doigts avait cessé.

— Bien, murmura-t-elle.

Yelena se redressa et l'enlaça en une violente étreinte.

— Viens là.

Elle l'embrassa aussi passionnément qu'elle volait. Évanouie, la timidité de cette première nuit, sous l'aile de la Roussalka, quand l'embarras qui lui brûlait les joues l'avait presque fait rougeoyer dans le noir.

— Je ne savais pas que les filles…, commença-t-elle d'une voix étouffée.

Elle s'interrompit.

— Et toi ?

Avec un haussement d'épaules, Nina répondit :

— On entend des choses.

La plupart du temps, c'étaient les hommes qui, privés de femmes, se rapprochaient entre eux. Cela arrivait là où elle avait grandi. Les femmes jeunes et jolies étaient rares sur les rives du Vieil Homme. Du moins, dans son village. Les hommes s'arrangeaient autrement. Si l'on envisageait les choses sous un autre angle, il semblait assez naturel de supposer que, parfois, les femmes aussi.

Mais personne n'en parlait. Ni les femmes ni les hommes. Pour les hommes, Nina savait que s'ils se faisaient prendre, ils allaient en prison. Quant aux femmes, elle ne savait pas quel sort leur était réservé mais se doutait que la punition était rude. Un asile, peut-être. Et certainement, le renvoi du 588e Régiment.

La première fois, sa joue brûlant comme un fer rouge contre son épaule, Yelena lui avait demandé :

« … Tu as… ? Avant moi, je veux dire. Tu as… »

« Bien sûr, avait répondu Nina. *Quelques hommes, au club d'aviation. »*

« Je n'ai jamais voulu. Je suppose que maintenant je sais pourquoi. Les hommes me désiraient mais pas moi, avait-elle ajouté dans un soupir. *C'était pareil pour toi ? »*

« Non. J'aime les hommes. J'en ai connu un ou deux qui m'ont vraiment plu. »

Elle se rappelait Vladimir Ilyich à Irkoutsk. C'était un idiot mais, au lit, il l'avait fait grimper aux rideaux.

« Plus que moi ? » avait demandé Yelena d'un ton soudain anxieux.

« Non. Parce que personne ne vole comme toi », avait-elle répondu avec un baiser enflammé.

« Tu ne penses qu'à ça, Ninochka*?* avait dit Yelena, toujours rougissant. *Tu ne prends même pas la peine de regarder quelqu'un jusqu'à ce que tu saches s'il peut voler ou pas ? »*

« Jusqu'à ce que je voie qu'il peut voler et qu'il est courageux. »

Nina s'était tue, réfléchissant. Y avait-il autre chose, une qualité humaine pour laquelle cela valait la peine de tomber fou amoureux ? Le courage. Les compétences de pilotage. Cela lui faisait tourner la tête. C'était ce qui l'avait attirée chaque fois qu'elle avait fait des avances à quelqu'un. Cela avait toujours été des hommes car pratiquement tous les pilotes du club d'Irkoutsk étaient des hommes. Aucune autre aviatrice n'avait sa fougue, son talent, son cran, aussi ne leur avait-elle même pas accordé un regard.

Alors, peut-être n'était-il pas si difficile de comprendre pourquoi elle était tombée amoureuse de Yelena. Elle était belle, acharnée, enthousiaste et courageuse, la meilleure pilote du régiment. Qu'elle soit une femme, un homme ou une plante, une telle liste de qualités aurait suffi à la faire succomber de toute façon. Pour elle, c'était aussi simple que ça. Et ça ne méritait pas plus de réflexion. Mais Yelena persistait à s'inquiéter des raisons qui les avaient poussées l'une vers l'autre.

« Ce n'est pas naturel, ça ne peut pas l'être, ruminait-elle parfois, en citant un discours ou un livre quelconque que Nina n'avait jamais lu. *Les femmes, comme citoyennes à part entière du pays le plus libre du monde, ont reçu de la nature le don d'être mères. Laissons-les prendre soin de ce don précieux afin de mettre au monde des héros soviétiques. Nous sommes censées nous marier, être des mères et des travailleuses et, surtout, avoir des enfants. Alors ce que nous faisons ne peut pas être bien. Est-ce que c'est juste la guerre qui nous chamboule ? »*

« Peut-être, avait répondu Nina en bâillant. *Quelle importance ? »*

C'était la guerre : le jour était la nuit, la vie était la mort, le chagrin était la joie. Qui se souciait de quoi que ce soit, hormis du présent ?

Lorsqu'elles étaient sur le front sud, elles se retrouvaient à l'arrière du dépôt où les mécaniciens stockaient leur réserve d'outils. Il faisait assez chaud pour, ensuite, paresser peau contre peau. Ici, à Annisovskaia, il faisait si froid que leur haleine formait des nuages à l'intérieur de la grange. Elles s'empressèrent de renfiler leurs pantalons et leurs vestes.

— Nous n'allons plus pouvoir nous retrouver dehors très longtemps, dit Yelena avec un soupir, en passant sa chemise. Tu griffes bien plus qu'un lapin ! Je ferais mieux de t'appeler « mon chat ».

— Trouve un surnom plus dangereux que « chat », répliqua Nina. Et je trouverai un endroit plus chaud pour nos rendez-vous.

Il était plus facile de passer du temps ensemble qu'elles l'avaient imaginé. Après une nuit à voler, tout le monde était bien trop fatigué pour se soucier d'une collègue sortant en catimini. Et personne ne haussait les sourcils en les voyant marcher vers le terrain d'aviation main dans la main, en apercevant Yelena broder le foulard de Nina ou Nina s'assoupir, la tête sur les genoux de son pilote. Hors service, toutes les filles du régiment échangeaient des baisers et des étreintes. S'offraient des cadeaux et se donnaient des surnoms. La vie était trop courte pour ne pas montrer à vos sœurs d'armes que vous les aimiez. Nina avait vu d'autres aviatrices s'éclipser discrètement. Qui savait où ? Peut-être pour des rencontres privées avec des collègues pilotes ou avec les hommes des régiments voisins.

Elles restaient néanmoins très prudentes.

— Sors la première, dit-elle à Yelena. J'attends trois minutes et je te suis.

— Quelle casse-pieds ! la taquina sa compagne. Tu es pire qu'une mère.

— Bien pire. Parce que ta mère t'a dit de trouver un garçon bien et de te marier, pas de partir à la guerre et de devenir pilote, et tu ne l'as pas écoutée. Mais je suis ta copilote, camarade lieutenant Vetsina, et, contrairement à ta mère, tu dois m'écouter.

Yelena feignit un salut moqueur. Ses boucles courtes étaient en désordre, ses joues aussi roses que les petites orchidées sauvages qui fleurissaient sur les berges du Vieil Homme, leurs petites têtes humides surgissant de la neige fondante. Nina la regardait, le souffle coupé. *Je veux te serrer dans mes bras, Yelena Vassilovna. Je me battrais contre le monde entier pour toi.* Le violent sentiment de protection qui la submergeait lui était étranger. Jamais elle n'avait rien ressenti de tel de toute sa vie. Il la tenaillait presque comme une peur.

Peut-être avait-elle une seconde peur, désormais.

Yelena lui envoya un baiser et sortit. Au bout de trois minutes, elle l'imita. Quand elle regagna le dortoir, elle entendit la respiration légère de sa compagne se faire plus profonde. Elle allait dormir comme un bébé maintenant, peut-être même quatre heures. Elle ne tarda pas à en faire autant et sombra dans un sommeil de plomb.

— Debout les lapins ! Les Hitlériens ne vont pas se bombarder tout seuls, lança la voix du commandant Bershanskaia avec une bonne humeur abjecte. Allez ! Debout ! Debout !

— Nique ta mère ! maugréa Nina, soulevant à grand-peine ses paupières.

Bershanskaia était déjà partie dans le bâtiment voisin, réveiller un autre groupe de pilotes.

— Un de ces jours, je vais lui trancher la gorge. Ça lui apprendra à être si joviale. Ensuite on me plaquera contre un mur et on me fusillera, mais ça en aura valu la peine, reprit-elle en remontant ses couvertures jusqu'au menton.

Déjà debout, Yelena avait à moitié passé sa combinaison. La salle résonnait de bâillements, du bruit du froissement des vêtements et du glissement des peignes dans les boucles emmêlées.

— Ne te fais pas fusiller, *Ninochka*. Je ne veux pas être obligée de former une nouvelle copilote, maintenant que tu sais exactement comment je prends mon thé.

— Glacé et avec un goût d'huile de moteur ?

— Exactement. Allez ! debout, debout, debout !

Elle tira sur ses couvertures. Avec un glapissement, Nina sauta du lit.

— Toi aussi, je vais te trancher la gorge, *Yelenushka*, lâcha-t-elle, menaçante.

D'un geste brusque, elle enfila sa chemise par la tête et noua la corde de son rasoir à son poignet. Comme la plupart des pilotes, Yelena avait un pistolet dans son cockpit, mais Nina ne s'envolait jamais sans son rasoir.

À la pâle lumière du soleil qui baissait à l'horizon, elles partagèrent un autre repas fade. Puis, en allant recevoir les instructions, Nina vit que l'on chargeait des camions avec des armes et des bidons d'essence. Qui seraient transportés vers le terrain d'aviation auxiliaire situé plus près des lignes du front. Elles suivraient les camions à bord de leurs Po-2. Les recrues du 588ᵉ Régiment se rassemblèrent pour écouter le commandant Bershanskaia leur exposer la mission. La cible de ce soir était un pont utilisé par les Allemands pour transporter de l'approvisionnement et des blessés. Des cartes furent distribuées. Les doigts de Nina voletèrent sur les croquis.

Le briefing terminé, l'une des pilotes lança :

— Camarade commandant, la nuit dernière, pendant mon quatrième vol, j'ai calé et, quand le moteur a redémarré, j'étais quasiment en train de racler l'herbe. J'étais à assez basse altitude pour entendre les Allemands crier en courant s'abriter.

— Qu'est-ce qu'ils criaient ?

Pour Bershanskaia, il ne fallait omettre aucun détail. Jamais Nina n'avait vu un regard aussi perçant. Leur commandant, trapue et pragmatique, n'avait peut-être pas le panache d'une héroïne comme Marina Raskova. Elle était néanmoins presque sûre que, pour elle aussi, elle se ferait couper une jambe. Même si tous les matins elle avait envie de lui trancher la gorge pour la punir de l'allégresse de ses fichus réveils en fanfare.

— Qu'ont-ils crié, camarade lieutenant ?

— Avant que le bruit du moteur ne couvre leurs voix, j'ai entendu « *Nachthexen* », cita la pilote.

Bershanskaia répéta silencieusement le mot. Nina fit de même. La pilote qui avait été professeure de langue avant la guerre traduisit alors.

— « Sorcières de la Nuit ».

L'espace d'une seconde, toutes se figèrent. « Sorcières de la Nuit ». Pour une raison obscure, Nina pensa à son père, ivre et furieux sur les berges glacées du Vieil Homme.

« Qu'est que c'est qu'une roussalka, *papa ? »* lui avait demandé une petite fille, loin d'imaginer qu'un jour, elle fendrait le ciel dans un avion qui porterait le même nom.

« Une sorcière du lac », avait répondu son père.

Et plus tard, dans les rues d'Irkoutsk :

« Je traque les carcajous, gamine. Tu crois que je ne peux pas traquer ma sorcière du lac de fille ? »

« Sorcière du ciel, désormais », avait-elle rétorqué.

Peut-être pas, après tout.

Pas tout à fait une sorcière du ciel, ni même une sorcière du lac. Autre chose. Une nouvelle sorcière. Nina regarda ses sœurs d'armes du 588ᵉ : jamais le monde n'avait connu un groupe comme le leur. Elles esquissaient des sourires discrets, trahissant leur satisfaction. *« Sorcières de la Nuit »*.

— Eh bien, finit par dire l'une des navigatrices. Ça me plaît.

Un éclat de rire général accueillit sa déclaration. Puis le commandant Bershanskaia frappa dans ses mains.

— Rejoignez le terrain, mesdames !

Les Po-2 décollèrent en formation dans le ciel qui s'assombrissait, en direction du nouveau terrain d'aviation qui ne valait pas mieux qu'un vieux champ à navets.

Une fois leurs machines posées, les pilotes et leurs copilotes sautèrent de leurs cockpits, laissant la place aux armurières et aux mécaniciennes.

Puis, se hissant sur la pointe des pieds, toutes scrutèrent le ciel. Tout était oublié : l'épuisement, la faim, les tremblements, les mauvais rêves. La lune se levait en un croissant plus large que la veille. Nina huma le vent de la nuit. Grisant, il transportait des parfums de montagne et elle sentit son sang s'embraser, comme en fusion. Le regard sur la Roussalka, de l'autre côté du terrain, Yelena se raidit, prête à courir.

D'un geste de la main, Bershanskaia fit taire toutes les conversations. Et au lieu de son habituel : « Mesdames, à vos avions ! », ce soir, elle lança :

— Sorcières de la Nuit, à vos avions !

Elles s'élancèrent comme si leur vie en dépendait, courant vers leurs avions, leurs rangs traversés de rires. Yelena était en tête et Nina, essoufflée, au milieu du groupe. Vingt-quatre heures s'étaient envolées et elles se trouvaient à nouveau prêtes à attaquer leurs roulements.

Quelque part, en tête, Yelena cria :

— Trop lentes les lapins ! Roussalka décolle la première !

Quelques secondes plus tard, Nina attrapait l'aile de leur avion et se hissait dans son cockpit.

Et, une à une, les Sorcières de la Nuit décollèrent.

22

Jordan

Mai 1950
Boston

D'un bond, Garrett sauta du cockpit du petit biplan.

—Mon Dieu, Jordan ! s'exclama-t-il en riant. J'ai cru que tu allais essayer de descendre en plein vol.

—Je n'arrive pas à croire que tu aies été entraîné pour la guerre dans un avion comme celui-là. Ce n'est que du tissu et du contreplaqué !

Avec prudence, elle sortit une jambe de son propre cockpit.

—Je me demande si certaines de mes photos donneront quelque chose. Pas évident de faire une mise au point derrière des lunettes et un pare-brise…

—Il y avait longtemps que je ne t'avais pas vue mitrailler comme ça, répondit-il en la soulevant de l'aile.

—J'ai été occupée. Et ce n'est pas comme si j'allais en faire mon métier.

Certes, cette pensée lui avait été amère. Mais tous les rêves sont douloureux quand ils finissent par se flétrir. Quel était l'intérêt de transporter un appareil photo partout avec soi, de prendre des cours, de consacrer des heures à des reportages photo que personne n'achèterait jamais ? Elle avait un magasin où travailler, une sœur dont s'occuper, un mariage à organiser.

Garrett bloqua les roues de son avion.

— Maman veut te parler des fleurs pour l'église, déclara-t-il, comme lisant dans ses pensées. Elle se demandait ce que tu pensais des orchidées.

— Hum…

Elle n'avait aucune opinion sur les orchidées. Mais en tant que future mariée, elle allait sans doute devoir s'en forger une. Au Noël précédent, Garrett avait remplacé sa chevalière de lycée par le prévisible diamant. Une pierre en forme de poire sur un anneau d'or, aussi délicate que jolie. La perspective d'un mariage à l'automne, une fois qu'il serait diplômé, lui avait paru assez lointaine pour la tranquilliser. Mais la bague avait été le premier caillou d'un glissement de terrain et, depuis, elle était entraînée dans un tourbillon de projets qui se concrétisaient à une vitesse affolante : une cérémonie en septembre, une lune de miel à New York, Ruth en robe de demoiselle d'honneur d'organdi rose. La fillette était aux anges. Tout le monde était aux anges.

Elle repoussa la pensée des orchidées et des centres de table et, ajustant son Leica, photographia Garrett à côté de l'avion.

— Nous ferions mieux de rentrer. J'ouvre le magasin à 13 heures.

Le petit terrain d'aviation était situé au nord-est de Boston : une affaire croulante qui survivait grâce aux locations de sa petite collection de biplans démodés, pour des cours d'aviation, des pulvérisations agricoles et des baptêmes de l'air.

Le laissant régler les détails avec le mécanicien, elle regagna la voiture et, se regardant dans le rétroviseur, essaya de faire bouffer ses cheveux. Quand elle avait eu vingt et un ans, en juin, elle avait décidé qu'il était temps d'abandonner sa queue-de-cheval de lycéenne pour une coiffure plus adulte. Mais elle n'était plus vraiment convaincue que la coiffeuse lui ait rendu service.

« Nous allons couper un peu, lui avait-elle annoncé avec enthousiasme. *Puis nous bouclerons l'arrière. Vous serez le portrait de Rita Hayworth dans* Les Amours de Carmen. *Vous avez vu le film, ma belle ? »*

Hélas, l'effet Rita Hayworth exigeait nombre d'épingles et de bigoudis. Et elle avait eu beau déployer tous ses efforts ce matin, un bon coup de vent avait complètement aplati sa masse de cheveux châtain clair.

Coupe tout et couvre-les d'un béret comme celui de Gerda Taro ! lui souffla la voix de J. Bryde, cette part d'elle étouffée depuis longtemps qui rêvait encore bêtement de troquer ses bigoudis et ses jupons contre un élégant trench en cuir et de partir pour New York, son Leica en bandoulière. Elle repoussa cette pensée. Et se tourna vers Garrett, qui arrivait à petites foulées.

— Quand pouvons-nous recommencer ? C'était sympa.

— Quand tu voudras, répondit-il en sautant par-dessus la portière du conducteur. Je travaille ici un samedi sur deux. Pat Hatterson est le propriétaire des lieux. C'est lui qui embauche. Deux à trois samedis par mois, je fais faire aux amateurs du dimanche quelques loopings et quelques vrilles, et Pat me paie en heures de vol.

Il lui jeta un coup d'œil.

— Ça ne te fait pas peur que je vole ? Maman dit que maintenant que j'ai ma licence, elle tremble. Elle persiste à répéter que je me suis déjà cassé une jambe en volant et qu'un homme qui va bientôt se marier doit penser à sa famille.

— Tu pourras voler autant que tu le voudras quand nous serons mariés, déclara-t-elle, prononçant le mot qu'elle parvenait en général à éviter. Ça ne me dérange pas le moins du monde.

Garrett se pencha vers elle et l'embrassa longuement.

— Tu es une sacrée fille, tu sais ?

— Je le sais.

S'inclinant à son tour, elle lui murmura à l'oreille :

— Tu as toujours cette couverture dans ton coffre ?

Elle sentit son sourire contre sa joue.

— Oui.

— Tu connais un endroit dans le coin où une fille et son chéri pourraient se perdre ?

— Oui.

Peu après l'échange de la chevalière de lycée pour un diamant d'un demi-carat, elle avait décidé qu'un autre type d'échange était de règle. *Tu voulais voyager dans le monde entier, un sillage d'amants européens sur les talons. Tu peux au moins aller plus loin que de simples baisers sur la banquette arrière d'un coupé Chevrolet.*

Avec des rires étouffés, ils démarrèrent dans un crissement de pneus et un nuage de poussière et longèrent le terrain d'aviation dans la direction opposée à celle de Boston pour aller se garer dans un chemin en cul-de-sac. Garrett sortit la couverture du coffre et s'inclina d'un air cérémonieux en direction des arbres.

— Après vous, mademoiselle.

— Tu as…

Si elle faisait son possible pour se comporter en femme du monde, elle ne maîtrisait pas encore les euphémismes pour ce genre de choses, contrairement à ses amies de lycée.

— Tu sais.

Il tapota son portefeuille.

— J'étais scout, tu te rappelles ? Toujours prêt.

— J'espère que ce n'était pas dans le manuel scout, plaisanta-t-elle.

— Si ça avait été le cas, j'aurais beaucoup plus écouté mon chef de patrouille.

Ils trouvèrent un épais bosquet d'arbres et de fourrés, à l'abri des regards, y étalèrent la couverture, avant de s'y poser, enlacés. La première fois qu'ils l'avaient fait, quatre mois auparavant, dans un appartement prêté par un ami de Garrett, Jordan s'était longuement interrogée sur le processus qui consistait à commencer par s'embrasser, tout habillés, pour finir par se retrouver nus. Étant donné tous les agrafages que la mode New Look exigeait d'une femme pour être à la mode, elle ne voyait pas très bien comment l'on pouvait se déshabiller de manière élégante.

*« Voilà l'édition d'*Ambre *de ma sœur*, lui avait annoncé son amie Ginny en lui tendant un volume écorné. *Je l'ai piqué sous son matelas. Il contient dix descriptions de femmes se déshabillant devant des hommes, selon le procureur général du Massachusetts. »*

« Il s'y est intéressé de très près, étant donné qu'il a dit que ce livre était obscène », avait fait remarquer Jordan.

« Il a aussi noté qu'il y avait soixante-dix références à des rapports sexuels. Je n'en ai trouvé que soixante-deux mais je l'ai lu en vitesse, avant que ma sœur ne s'aperçoive qu'il n'était plus à sa place. »

Au bout du compte, *Ambre* n'avait pas été très utile. Et se déshabiller n'avait pas été un problème. Cela n'avait rien d'un art, tant que les vêtements se volatilisaient aussi vite que possible. Leur première fois avait été bien maladroite, mais même s'ils n'avaient pas connu la félicité absolue, ils avaient beaucoup ri. Suffisamment pour leur faire oublier leur gêne. Et, contrairement à ce que certaines de ses amies lui avaient raconté, elle n'avait pas eu très mal.

Tandis que Garrett retirait sa chemise, elle se tortilla pour éviter une petite branche à travers la couverture. Il était peut-être préférable de ne compter ni sur les livres ni sur les amies pour les conseils en matière de sexualité. Les amies, si elles en savaient plus que vous, ne donnaient que des informations contradictoires. (« Les hommes aiment le faire plus que nous. » Ou « C'est merveilleux quand on est amoureux ! ») Quant aux livres, soit ils ne disaient rien du tout (le héros et l'héroïne disparaissaient dans des points de suspension généraux), soit ils promettaient une extase automatique, vaguement évoquée.

Néanmoins, c'était sans doute leur septième ou huitième fois et Garrett et elles avaient trouvé une harmonie très agréable. Enlacés, ils roulaient longuement sur la couverture. Le soleil allumant des reflets dans ses cheveux, son fiancé lui couvrait le cou d'une pluie de baisers. Puis leurs membres s'enchevêtraient fébrilement quelques instants tandis qu'ils poussaient de petits cris haletants, et ils se séparaient, la peau moite, souriants.

Jordan se redressa et ramassa son chemisier. Elle se retourna et lança en riant :

— Garrett, ne t'endors pas !

Les yeux fermés, étalé sur la couverture, il répondit :

— Promis.

— Si, tu t'endors, répliqua-t-elle.

Sans cesser de rire, elle planta un baiser sur son oreille.

— Rhabille-toi ! Je dois aller ouvrir le magasin.

Il se rassit en bâillant.

— Tout ce que vous voudrez, madame Byrne.

— Ne dis pas ça, ça porte malheur.

Elle rajusta le diamant sur sa phalange et le regarda scintiller à la lumière tamisée du soleil qui filtrait à travers les feuillages. Malgré son apparence délicate, c'était un vrai roc. Qui aurait pu se douter que, sur une main, une bague d'un demi-carat pouvait peser aussi lourd qu'un rocher ?

Cela faisait à peine dix minutes qu'elle avait retourné la pancarte côté « Ouvert » quand la clochette du magasin tinta. Une femme entra, en se tamponnant le front d'un air stressé.

— Bienvenue aux *Antiquités McBride*, la salua Jordan. Puis-je vous offrir un rafraîchissement ?

Elle versa de l'eau glacée dans un verre Murano à pied et lui présenta des gaufrettes au citron sur un plateau à cartes de visite du XIXe siècle. L'hiver, elle proposait des gaufrettes à la menthe et du thé, dans des tasses Minton à fleurs. *« Les clients aiment être bien accueillis »*, avait dit Anneliese. L'une de ses suggestions discrètes qui avait été appliquée, à bon escient, au magasin. Jordan supposait, du moins, que c'était à bon escient, étant donné l'augmentation du stock acheté par son père. *« Il n'y a aucune raison pour que tu ne sois pas l'antiquaire le plus prospère de Boston »*, avait dit sa belle-mère. Ce à quoi il avait répondu : *« Nous faisons déjà un très bon chiffre d'affaires. »*

Mais, sans chercher à les imposer, Anneliese persistait à lancer ses idées. Et force était de reconnaître qu'elle voyait d'instinct les détails qui engendraient des bénéfices. Si elle ne passait jamais derrière le comptoir – son mari s'enorgueillissant du fait qu'elle n'ait pas à travailler –, elle aidait à sa façon.

La première cliente sortit avec un plateau laqué et une pendulette de style géorgien. Et juste avant que la porte se referme sur elle, la clochette tinta de nouveau. Quand Jordan vit Ruth entrer, sa natte blonde bondissant sur son pull d'écolière, un sourire remplaça son expression accueillante.

— Bonjour, poussin.

La fillette enroula ses bras autour de sa taille pour la serrer contre elle. À maintenant huit ans, c'était un vrai moulin à paroles qui ne ressemblait plus du tout à la petite brindille silencieuse aux yeux immenses qu'elle était à quatre ans. *Ma sœur*, songea Jordan, le cœur gonflé d'amour. Et maintenant, c'était vrai : Ruth Weber était devenue Ruth McBride.

— Je peux regarder ?

Le magasin était la caverne d'Ali Baba de l'enfant, son endroit préféré au monde.

— *Puis-je* regarder, la corrigea la voix d'Anneliese. Et oui, tu peux.

Jordan salua sa belle-mère avec un sourire. Pendant un temps, elles avaient échangé des sourires gênés. Après le désastre de leur premier Thanksgiving, le suivant n'avait pas été sans tension. Pendant le dîner, chacun avait dégusté sa dinde en sachant exactement ce que les autres pensaient. Mais, heureusement, tout cela appartenait désormais au passé. Elle l'embrassa, inhalant son parfum sucré de lilas.

Remarquant les gants immaculés et l'élégant tailleur de lin crème qui semblait sortir tout droit des pages de *Vogue* et non de la Singer d'Anneliese, elle lui demanda :

— Comment faites-vous pour être toujours si chic et impeccable ? Mes vêtements sont aussi froissés qu'une vieille serpillière.

— Une apparence décontractée sied à une jeune fille. Une mère de famille comme moi se doit d'opter pour une allure soignée et présentable.

Elle sortit un échantillon de tissu de son carnet.

— Regarde ce ravissant coton jaune. Je pensais t'en faire une robe à bretelles.

— La couleur vous irait mieux. Je ressemble à du fromage en jaune.

— Pas du tout ! Et depuis quand est-ce que je me trompe sur les couleurs de vêtements ?

Anneliese sourit à nouveau. Trois ans auparavant, Jordan, les joues en feu, lui avait présenté ses excuses et sa belle-mère, en larmes, avait fait de même. Après avoir pleuré un peu dans les bras l'une de l'autre, elles n'avaient plus jamais abordé le sujet. Aujourd'hui, quand elle repensait à ce Thanksgiving, elle se tançait sévèrement pour sa stupidité en se demandant : « Quelle mouche m'avait donc piquée ? »

— Qu'est-ce qui vous amène ? reprit-elle alors. Vous ne passez jamais au magasin pendant les heures d'ouverture.

Ces temps-ci, Dan McBride semblait consacrer une semaine sur deux à l'une de ses tournées d'achats à New York ou dans le Connecticut, où il partait vêtu des élégants costumes à chevrons choisis par sa femme. *« Peut-être que ce voyage sera mon dernier avant un moment. »*

Il passait donc moins de temps à recevoir ses clients, ou dans l'arrière-boutique où s'effectuaient les travaux de restauration. Et c'était donc elle qui tenait le magasin. Quant à l'arrière-boutique...

— M. Kolb travaille, aujourd'hui ? demanda Anneliese en rangeant le catalogue de vente aux enchères dans son cahier.

— Me voilà, madame McBride.

La porte du fond s'ouvrit et un homme d'apparence frêle, des touffes de cheveux gris derrière les oreilles, surgit. Il arrivait toujours tôt, bien avant l'ouverture.

— Je vous attendais. La table Hepplewhite, elle a besoin d'être vernie...

Il se lança dans des détails, mélangeant l'allemand et l'anglais. M. Kolb parlait avec un accent si fort que Jordan avait mis des semaines à comprendre son anglais. Arrivé avec les vagues de réfugiés venant d'Europe à la suite de la Loi sur les personnes déplacées, il avait frappé au magasin environ un an auparavant, dans un costume bon marché tout fripé, tressaillant chaque fois qu'un inconnu lui adressait la parole.

Anneliese avait suggéré qu'ils parrainent son entrée aux États-Unis.

« *Vous ne trouverez personne de meilleur pour vous aider à la restauration*, avait-elle affirmé à son mari. *Les vieux livres, les vieux documents. C'est sa spécialité. Il avait un magasin à Salzbourg quand j'étais enfant. Je suis si contente de l'avoir retrouvé.* »

« *Il ne peut pas tenir le magasin. Son anglais est trop approximatif. Et il est très nerveux.* »

« *Il a vécu des choses terribles pendant la guerre, Dan. L'un de ces camps...* »

Elle avait fini en un murmure étouffé. Et, depuis, le petit Allemand était installé dans l'arrière-boutique. Il avait toujours un bonbon à la menthe dans sa poche pour Ruth et un sourire timide pour Jordan.

— En anglais, monsieur Kolb, lui rappela Anneliese alors qu'il enchaînait en allemand. Cet antiquaire dont vous m'avez parlé, celui qui a décidé de s'installer à Ames…

— Oui, *Frau* McBride. Le dernier paiement a été effectué.

— Parfait. A-t-il fait passer cette lettre à Salzbourg pour moi ?

— Oui, *Frau* McBride.

— Pour une femme que je connaissais là-bas, précisa-t-elle alors à l'intention de Jordan. J'espère qu'elle envisage de venir à Boston. J'ai eu tant de chance d'arriver ici, de démarrer une nouvelle vie. J'aimerais en aider d'autres à faire de même.

Son anglais était aujourd'hui parfait, toute trace d'accent allemand évanouie. Elle prononçait même ses « R » comme une vraie native de Boston. Et quand quelqu'un partait du principe qu'elle y était née et qu'elle y avait été élevée, elle était tellement enchantée que jamais elle ne les corrigeait. Elle avait même coupé la deuxième syllabe d'« Anneliese » quand elle avait pris la nationalité américaine. Et se présentait désormais comme « Anna McBride ».

Dan McBride entra, l'air contrarié.

— Ces New-Yorkais, maugréa-t-il. Ils encombrent les rues, ne savent pas se garer.

— Pourquoi, comme par hasard, les touristes qui ne savent pas se garer sont-ils new-yorkais ? le taquina Jordan.

— Je sais reconnaître un supporter des Yankees quand j'en vois un.

Très élégant dans le costume qu'il avait mis pour prendre le train de New York, il posa son chapeau sur le comptoir.

— Anna, as-tu parlé à Jordan de…

— Je savais que tu préférerais le faire toi-même, répondit Anneliese avec un sourire. Ruth, viens avec moi dans l'arrière-boutique, je dois parler à M. Kolb.

La fillette l'ignora. Elle était fascinée par une broche dans une vitrine. Un petit violon en argent travaillé, destiné au revers de la veste d'une mélomane.

— Je peux l'avoir ? chuchota-t-elle.

— Certainement pas, Ruth ! C'est beaucoup trop beau et trop précieux.

— Mais…

— Ne sois pas cupide, c'est un très vilain défaut pour un enfant.

Sur ces mots, elle poussa sa fille vers l'arrière.

— Qu'y a-t-il, papa ?

— Je voulais juste parler un peu de l'organisation du mariage. Anna voudrait t'emmener choisir ta robe de mariée.

Jordan rajusta le diamant à son doigt. Choisir une robe de mariée… Cela lui paraissait une étape très importante à franchir. Très définitive. Elle soupira.

— Je m'en remets entièrement à elle. Nous prendrons même des photos pendant les essayages.

— Profites-en pour prendre une photo d'elle. Tu sais qu'elle esquive toujours l'appareil photo.

— Je sais.

Malheureusement, le meilleur cliché qu'elle avait d'Anneliese était toujours le premier, pris dans la cuisine, le visage de trois quarts, le regard implacable.

— Je voulais te parler d'un cadeau de mariage.

Il sortit un écrin de sa poche et rougit.

— À porter le grand jour. « Quelque chose d'ancien », tu sais.

— Oh, papa !

Elle frôla les boucles d'oreilles du bout des doigts : des ailes en or, de style Art déco, auxquelles pendaient de grosses perles.

— Lalique 1932. Une monture en or rose, des perles d'eau douce.

Visiblement ému, il se dandinait sur place.

— Ta pierre de naissance. Une fille aussi gentille, aussi intelligente que toi, qui s'est choisi un garçon aussi gentil et intelligent, et un avenir plein de promesses, une fille comme ça mérite des perles.

La gorge nouée par l'émotion, elle le serra dans ses bras, respirant son after-shave.

— Merci.

Il la pressa contre son cœur.

— Toutes ces discussions sur le mariage, les fleurs, les robes. Nous n'avons pas parlé de l'après, des choses importantes. Pour savoir si tu veux être une femme au foyer ou si tu veux continuer à travailler au magasin.

Il lui était presque impossible de voir au-delà du mariage. C'était comme vouloir voir derrière un sommet de montagne. Elle savait que le père de Garrett avait parlé de les aider à acheter un appartement, puis une maison. Que son propre père avait sans doute pris part à cette conversation, même si personne n'y avait fait allusion devant elle. Mais la façon dont se déroulerait sa vie quotidienne après le voyage de noces restait à bien des égards un gros point d'interrogation.

— Je sais que je veux travailler, déclara-t-elle d'un ton ferme.

— Eh bien prends un peu de temps après le voyage de noces. Cette semaine, je mettrai une pancarte « Poste à pourvoir » pour trouver un autre vendeur. Un charmant garçon ou une jolie fille pour tenir la boutique. M. Kolb ne parle pas assez bien l'anglais pour ça.

Hésitant, il tripota son revers de veste.

— Tu n'as rien remarqué au sujet de Kolb, ma belle ?

— Comme quoi ?

— Je ne sais pas. Chaque fois que j'entre vérifier les travaux de restauration, il prend des airs fuyants. Et avec son anglais si inégal, je ne peux que lui poser des questions simples. Bien sûr, Anna traduit toutes les questions délicates.

Il s'interrompit et jeta un coup d'œil en direction de la porte de l'arrière-boutique.

— Je me demandais juste ce que tu en pensais, puisque tu travailles avec lui plus que moi.

Décidant de ne pas laisser son imagination l'entraîner dans des suppositions sur le passé de quiconque, elle se contenta de répondre :

— Je suis sûre que ce sont ses nerfs, c'est tout, papa. La guerre, tu sais.

— Est-ce qu'il fait venir du monde au magasin ? Pas des clients. Mais des gens qu'il amènerait dans l'arrière-boutique ?

— Je n'ai rien remarqué. Pourquoi ?

Elle remarqua soudain à quel point son père était mis en valeur par le soleil de l'après-midi qui traversait la vitrine, illuminant la salle d'une lumière dorée.

— Ne bouge pas ! lança-t-elle en allant chercher son appareil photo, rangé derrière la porte.

— Je suis arrivé un jour et j'ai trouvé Kolb dans l'arrière-boutique avec un autre Allemand. Plus âgé. Un Berlinois qui ne parlait pas un mot d'anglais. Kolb s'est lancé dans un charabia et j'ai juste compris qu'il s'agissait d'un expert en livres rares qu'il avait amené pour le consulter.

Jordan vérifia sa pellicule et ajusta son Leica.

— Il lui arrive de faire venir des experts. Anna lui a donné la permission.

Clic.

— C'est ce qu'elle m'a dit. Mais tu dois rester vigilante. C'est un secteur d'activité qui attire les escrocs.

Avec un haussement d'épaules, il ajouta :

— Bon, Kolb me rend bien service aussi, même si parfois il me fait sursauter. J'ai envie de lui dire de se détendre avant qu'il ne s'angoisse au point de faire un infarctus.

— C'est toi qui ne te détends jamais, le rabroua Jordan en abaissant son appareil. Tu as promis de prendre un après-midi pour aller pêcher au lac, ce printemps, et tu n'y es pas allé une seule fois.

Il se mit à rire.

— J'irai bientôt, ma belle. Je te le promets.

La porte de l'arrière-boutique s'ouvrit et la tête brune d'Anneliese apparut.

— Elle aime les boucles d'oreilles ?

— Beaucoup, approuva Jordan en souriant. Vous l'avez aidé à les choisir ?

— Pas du tout.

Elle referma la porte sur l'arrière-boutique, M. Kolb et Ruth qui le regardait restaurer la reliure abîmée d'un livre.

— J'ai pensé que samedi prochain, nous pourrions aller faire les boutiques de robes de mariée ? Je suis peut-être capable de coudre une robe de bain chic. Mais une robe de mariée est au-dessus de mes compétences. J'en ai repéré une en vitrine chez *Priscilla de Boston*, avec une taille Empire, incrustée de perles...

— Je pense que j'ai choisi le week-end où je vais aller au lac, décida Dan. J'ai soudain envie de chasser la dinde de printemps.

— Tu vas chasser la dinde, répliqua Anneliese avec un sourire complice à l'intention de Jordan, et nous, les filles, nous allons chasser le chantilly français et les chapeaux. Je sais déjà quelle sera la plus redoutable des deux chasses.

Une semaine plus tard, Jordan était dans le luxueux salon d'essayage de *Priscilla de Boston*, dans la rue Boylston, quand la nouvelle arriva. Dans un fourreau de satin ivoire s'épanouissant en une large jupe corolle, elle tournait la tête pour sentir les perles Lalique osciller à ses oreilles tandis que, d'un geste, Anneliese repoussait la vendeuse qui essayait de proposer des volants.

— Ma belle-fille n'est pas une mariée à froufrous.

Elle se tourna vers elle, prête à la taquiner sur son rôle de mère de la mariée. Comme elle se réjouissait de voir qu'elles pouvaient désormais rire et plaisanter ensemble ! Et elle la vit soudain tourner les yeux vers la porte. Un homme en costume sombre entrait.

— Madame Daniel McBride ?

Anneliese acquiesça d'un signe de tête.

— Le vendeur de votre magasin a dit que nous vous trouverions ici. C'est au sujet de votre mari.

Jordan descendit de l'estrade de la couturière, sentant le satin ivoire s'étaler à ses pieds. Du regard, elle photographiait la scène en petits clichés saccadés. L'homme en costume, l'air mal à l'aise. *Clic.* L'expression pétrifiée de sa belle-mère, son visage soudain livide. *Clic.* Un voile de mariée Chantilly lui tombant des mains. *Clic.*

Mal à l'aise, l'homme toussota.

— Je crains qu'il y ait eu un accident.

23

Ian

Mai 1950
À bord du SS Conte Biancamano

C'était la première fois depuis longtemps que Ian s'accordait des instants de détente. Assis dans le foyer du cinéma du grand transatlantique, il n'avait rien d'autre à faire que regarder le défilé des passagers en smoking et en robe de soirée, qui flirtaient nonchalamment en fumant des cigarettes ou en tournoyant sur des airs de jazz. « *Savoure ces moments*, semblait lui chuchoter le navire. *Abandonne-toi à des rêves oisifs avant que la traque commence à Boston.* »

— Je m'ennuie tellement que je pourrais sauter par-dessus bord, déclara-t-il à sa compagne.

Elle sourit : c'était une grande femme maigre dans la cinquantaine, affligée d'un léger bégaiement. Elle portait un pantalon ample, des bracelets en ivoire de sanglier au bras, et ses mains mutilées attiraient les regards.

— Tu veux un autre ve… verre ?

Ian inspecta son gobelet.

— Non merci.

— Et les histoires que j'ai entendues sur l'époque où tu buvais tellement avec Hemingway qu'il en roulait sous la table ?

— Elles ont un peu vieilli.

—Toi aussi, tu vas vieillir. Et alors, qu… qu'est-ce que tu auras pour les prouver ?

—Moins de gueules de bois, Eve. Moins de gueules de bois.

Ian se faisait souvent la réflexion qu'une vie passée à courir le monde et les guerres offrait un grand avantage : il ne savait jamais quand le hasard remettrait sur son chemin un vieil ami vu pour la dernière fois sur un aérodrome espagnol, dans un bar en Tunisie, sur le pont d'un navire de guerre français. La dernière fois qu'il avait rencontré Eve Gardiner, c'était à Londres, pendant le Blitz. Il l'avait vue retirer des éclats de verre de ses cheveux au beau milieu d'un pub qui venait d'être bombardé. Lorsque la sirène s'était déclenchée, tout le monde s'était rué vers un abri antiaérien, mais elle était restée, tranquillement, à lire la dépêche quotidienne de la journaliste américaine Ruby Sutton.

Quand, l'alerte passée, il était revenu, elle lui en avait lu un passage :

« C'est leur bonne humeur qui me surprend. Comment cette ville peut-elle afficher un sourire collectif et continuer à être plus ou moins à l'heure au travail ? »

Avant de lui dire :

« Miss Ruby Sutton écrit une bonne chronique. Tu as du p… pain sur la planche, Ian. Essaie d'être à la hauteur de cette excellente presse et retourne au bureau avec le sourire, d'accord ? »

Et maintenant, ils étaient en train de boire du whisky dans l'atmosphère de luxe oisif de ce transatlantique qui voguait vers les États-Unis. Il laissait derrière lui la morosité de Vienne bombardée, son centre-ville temporairement fermé. Il partait pour une nouvelle traque. Ici, il était dans l'incertitude de la transition, avec une vieille amie rencontrée par hasard.

Eve vida son verre et se leva.

—J'ai été contente de tomber sur toi, Gra… Graham. Je resterais volontiers, mais j'ai un grand colonel dans la ca… cabine, qui m'évite de m'ennuyer lors de mes voyages transatlantiques.

À son tour, il se leva et l'embrassa sur la joue.

— Est-ce là le secret pour survivre à un voyage en bateau ? J'aurais dû mettre un officier de l'armée dans mes bagages.

Du menton, Eve montra l'autre extrémité de la salle de cinéma où l'on apercevait la crinière blonde de Nina qui fendait la foule.

— Tu as mis une anarchiste russe dans tes bagages. C'est une pi… pilote ?

— Je n'en ai pas la moindre idée. Pourquoi ?

— Je l'ai vue inspecter le ciel à la minute où elle est montée à bord. C'est le réflexe de tous les pilotes. Comment peux-tu ignorer si ta fe… femme est pilote ?

— C'est compliqué. Voulez-vous que je vous escorte jusqu'à votre cabine ? Je ne voudrais pas que vous vous retrouviez nez à nez avec un passager ivre sur un pont obscur.

— J'ai un Luger P08 au creux de mon d… d… dos, Graham. Si un passager ivre me cherche des ennuis sur un pont obscur, je le desc… descends, voilà tout.

Sur ces mots, Eve se fondit dans la foule.

— C'était qui ? demanda Nina en se laissant tomber sur la chaise que l'Anglaise venait de quitter.

— Une vieille amie.

Il regarda sa femme d'un air interrogateur.

— Elle me dit que tu es pilote, lieutenant Markova ?

Nina haussa les sourcils. Avec son pantalon rapiécé et ses bottes mauvais genre, son apparence improbable détonnait au milieu des passagers élégants. Cela ne semblait pas la préoccuper le moins du monde.

— Oui. Comment elle sait ?

— Elle s'acquittait de missions particulièrement floues pour les services secrets britanniques et les gens comme elle sont plutôt doués pour observer. Tu leur dis juste « Bonjour » le matin et ils connaissent ton métier, ta date de naissance, ton roman préféré et la façon dont tu bois ton thé. Ton anniversaire est quel jour ?

—Pourquoi ?

—Parce que je connais ton métier, camarade lieutenant Markova, comme je connais ton abjecte prédilection pour la confiture dans le thé et les romans sentimentaux historiques, mais j'ignore totalement la date de ton anniversaire. Sur le certificat de mariage, je crois que j'ai inventé quelque chose.

—22 mars. Née un an après la révolution.

Dans ce cas, elle avait donc trente-deux ans depuis peu.

—Je te dois un cadeau d'anniversaire, camarade.

—Le cœur de la *Jägerin* au bout d'une pique ?

—On dit que le mariage signifie livrer son cœur à l'autre. Mais je ne pensais pas que c'était à prendre au sens littéral. D'ailleurs, la réponse est non, ajouta-t-il.

Nina émit un reniflement de dédain.

—*Antochka* va nous rejoindre ?

—Cette divorcée milanaise avec qui il a sympathisé avant-hier soir ne l'a toujours pas laissé sortir de sa cabine.

Ce qui avait facilité l'organisation des couchages. Nina avait gardé la petite cabine réservée pour M. et Mme Graham tandis que Ian partageait celle de Tony. Il s'était d'abord demandé si, après leur dispute de Vienne, cela pouvait créer un malaise. Mais son collègue américain n'y avait pas fait allusion et ils avaient retrouvé leur vieille camaraderie. Néanmoins, il se félicitait qu'il soit parti s'installer avec la blonde Italienne aux ongles rouge carmin. La seule classe qu'ils pouvaient s'offrir avec sa rente du mois de mai proposait des cabines qui étaient loin d'être spacieuses.

—C'est ta faute. On perd du temps sur ce bateau, tu sais, maugréait Nina. Sans ta fichue peur de l'altitude, on vole cette distance bien plus vite. J'ai peur de l'eau. Mais tu m'entends me plaindre de ce bateau ?

— Oui. Tu te plains de ce bateau depuis le départ de Cannes.

— Je suis quand même montée dessus. Tu peux pas monter dans un avion, tu es trop sensible ? Lavette de l'Ouest ! Personne en Union soviétique est sensible.

— Manifestement, répondit-il avec un sourire sardonique.

— *Mat tvoyu cherez sem'vorot s prisvistom.*

— Qu'est-ce que ça veut dire ?

— Nique ta mère !

— Bon sang ! Cette bouche que tu as…

Ils abandonnèrent leur table et se mirent à déambuler sur le pont. La nuit était fraîche, l'océan baigné par la clarté d'un pâle quartier de lune. Nina foudroya l'astre du regard.

— Je hais quartier de lune !

— Je ne m'en serais pas douté ! persifla Ian en souriant.

Elle demeura silencieuse. Son visage s'était fermé.

— Tu as vu la frise au plafond du grand hall, sur le bateau ? demanda-t-il alors en l'observant. Jason et les Argonautes partant chercher la Toison d'or. La traque, par essence, vouée d'avance à l'échec. Mais ils l'ont trouvée. Peut-être allons-nous, nous aussi, trouver notre Toison d'or.

— Je veux pas parler, répliqua-t-elle, abrupte.

— Très bien.

Il alluma une cigarette et, s'accoudant au bastingage, se perdit dans la contemplation de l'océan. Lentement, la foule se dispersa, les gens regagnant les cabines pour la nuit. Le profil de Nina se découpait à contre-jour. Il remarqua à quel point elle était jolie. Une pensée lui traversa l'esprit : elle était faite pour être regardée au clair de lune. En temps normal, il aurait repoussé cette tocade. Mais, maintenant, appuyé au parapet de ce grand navire, il se surprit à penser qu'il n'avait jamais embrassé sa femme. Brusquement, il prit conscience, avec un désir viscéral, qu'il en avait envie. C'était une tornade russe qui lui volait ses chemises et posait ses bottes sur son bureau mais, à la clarté des étoiles, elle semblait sculptée dans de l'argent.

Bon sang! se tança-t-il, à mi-chemin entre la fureur et l'amusement.

Il n'avait pas le moindre désir d'être attiré par une femme dont il allait bientôt divorcer. Et pourtant, il l'était. Il jeta sa cigarette à la mer et s'entendit demander :

— Tu me trancherais la gorge si je t'embrassais ?

Les yeux de Nina se détournèrent du quartier de lune, assombris par le souvenir d'une vieille douleur. Il leur fallut un moment pour se fixer sur lui.

— Ça ne fait rien, murmura-t-il.

Déjà, il se retournait, quand elle l'attrapa par le cou, l'attira vers elle pour planter ses yeux dans les siens et plaqua sa bouche sur ses lèvres. Ce n'était pas un baiser, c'était un ouragan. Ses doigts vigoureux sur sa nuque, elle fit remonter son genou entre ses cuisses. Il enfonça ses mains dans ses cheveux et la colla contre lui. Il sentit sa forme compacte quasiment l'escalader alors qu'elle lui mordait la lèvre inférieure. Il la mordit à son tour, s'enivrant de la saveur de sa bouche, mélange de glace, de sel, de rage. Sa femme l'embrassait comme si elle essayait de boire le sang de son cœur par sa gorge.

— Bon sang! finit-il par répéter, le cœur battant à tout rompre. Cette bouche que tu as…

Elle l'enveloppa d'un regard détaché, comme si de rien n'était.

— Je ne veux pas parler, répliqua-t-elle.

Son goût persistait sur sa langue comme la brûlure glaciale de la vodka, lui électrisant la gorge.

— Moi non plus.

Ils s'entraînèrent mutuellement jusqu'à la petite cabine réservée au nom de M. et Mme Graham. Ian n'y avait pas encore mis les pieds. Il hésita. *Est-ce une bonne idée ?*

Non, s'empressa-t-il de se répondre. *Mais je m'en fous.* Faisant claquer la porte derrière eux, il souleva sa femme dans ses bras et l'embrassa de nouveau.

— *Chyort*, marmonna-t-elle en tirant sur sa chemise alors qu'ils s'écroulaient sur le lit. Tu fais quoi ?

Il tira le rasoir de sa botte.

— Je te confisque ton armement. Je ne suis pas assez bête pour coucher avec une femme armée.

— Tu vas devoir te battre avec moi d'abord.

Elle feignit un grognement de carcajou et, riant et pestant à la fois, le ceintura de ses membres puissants. Sur qui passait-elle sa rage ? Sur lui ou sur elle-même ? S'il n'en avait pas la moindre idée, pour un peu, il aurait vu jaillir des éclairs alors que, dans une lutte fébrile, ils s'embrassaient et s'agrippaient l'un à l'autre. Sa propre colère le galvanisait. Et, attisée par la violence de son désir, l'hostilité qu'il refoulait depuis la dispute dans son bureau fit naître en lui un brasier. S'emparant de ses cheveux, il les tira. Tout en lui mordant l'épaule, elle noua ses jambes autour de sa taille. Le rasoir se déplia à moitié et, sans qu'il ait eu le temps de se libérer, elle lui égratigna le bras.

— Je sais me battre, Péril Rouge.

Il lança le rasoir de l'autre côté de la cabine et l'embrassa de nouveau, s'enivrant de son goût de glace et de vent polaire qui mettait son sang en fusion. Enfin, il s'enfonça en elle comme dans un vent contraire, ballotté, emporté, grisé par le cataclysme de leur union torride.

Quand ils parvinrent à recouvrer leurs esprits, les premières paroles de Nina furent :

— On divorce encore ?

Il éclata de rire. Ils avaient toujours le souffle court, la peau moite, un peu rougie par des gouttes de sang de l'entaille, indolore, à son bras. Qui avaient tacheté les draps.

— Je pense que ce qui vient de se passer annule le motif de non-consommation.

— C'est…

Elle chercha le mot, murmura quelque chose en russe. Se tortillant pour s'écarter de lui, elle s'assit contre le pied du lit et le dévisagea, les sourcils froncés. Si sa propre colère s'était évanouie, elle fulminait toujours et, méfiante, semblait sur la défensive.

— On est en traque. On cherche, on se dispute, le sang bouillonne, on baise. Ça va pas plus loin.

Ian se pencha vers elle pour caresser le galbe gracieux de sa jambe toujours enchevêtrée à la sienne et suivit l'arc vigoureux de son mollet. Fasciné, il s'aperçut qu'elle avait un tatouage sous le pied. En lettres cyrilliques pointues : « шестьсот шестнадцать ». Le désir viscéral que lui avait inspiré sa femme sur le pont n'avait pas disparu, il s'était intensifié. Il referma ses doigts autour de sa cheville.

— Si c'est ce que tu veux, camarade.

— Oui.

Elle avait l'air féroce. À quoi pouvait-elle bien penser ? Quel souvenir avait-elle refoulé quand elle s'était arrachée à sa contemplation de la lune pour se jeter sur lui ?

— À qui pensais-tu quand tu m'as embrassé ? demanda-t-il alors en effleurant du pouce les lettres cyrilliques sur son petit pied.

Elle le regarda sans ciller.

— À personne.

Menteuse, songea-t-il tout en attirant vers lui sa bouche boudeuse. *Que se passe-t-il dans ta petite tête, Nina ? Qui es-tu ?* Il n'en avait toujours aucune idée. Il savait juste qu'au lieu de s'éclaircir, le mystère s'épaississait.

24

Nina

Janvier 1943
Front du Caucase nord

— Ça fait treize ! cria Yelena alors qu'elles remontaient. Prends le manche.

Elles étaient désormais habituées à décrypter le son grêle des mots qu'elles échangeaient dans l'interphone.

Nina prit le relais. Malgré sa combinaison doublée de fourrure et son masque de pilote en peau de taupe, elle tremblait. Rien ne pouvait vous réchauffer dans un cockpit ouvert, sous une lune glacée. Mais c'était toujours mieux que les armurières, qui travaillaient à mains nues, même au plus fort de l'hiver. Il leur aurait été impossible de fixer les détonateurs des bombes avec des gants épais. Le visage impassible, stoïques, elles s'activaient, leurs mains bandées mauves comme des violettes, et perdaient parfois les extrémités de doigts. Mais rien ne les ralentissait. Avec plus de six mois de pratique à son actif, le régiment maîtrisait à la perfection ses roulements : un Po-2 pouvait atterrir, refaire le plein d'essence, se réarmer et redécoller en moins de dix minutes.

« *C'est contraire au règlement mais c'est notre méthode et ça marche* », avait admis Bershanskaia.

Dans le cockpit avant, Nina vit la tête de Yelena ballotter de sommeil. Au cours de ces longues missions d'hiver, quand les huit vols par nuit pouvaient s'étendre jusqu'à douze ou plus, toutes les pilotes et leurs copilotes avaient commencé à dormir par rotations. En général, Yelena dormait à l'aller et Nina au retour. Ce qui valait mieux que prendre le risque de s'endormir toutes les deux à la fois. Pendant ces longues nuits d'obscurité, le sommeil était l'ennemi, la tentation qui vous entraînait et vous faisait tomber du ciel.

Nina lutta contre ses bâillements jusqu'à ce qu'elles arrivent en vue de la cible.

— Réveille-toi, lapin ! cria-t-elle en frottant la tête de sa pilote de ses doigts gantés. Dusia est en ligne.

Bombarder les bâtiments désignés comme des états-majors était toujours un enfer. Les projecteurs et les tirs venant du sol étaient deux fois plus agressifs.

— Je suis réveillée, répondit Yelena, qui secoua la tête pour s'éclaircir les idées.

Elle reprit le contrôle des commandes et plongea pour s'aligner méticuleusement derrière le Po-2 de Dusia. Les nuits comme celle-ci, les équipages volaient par deux. Dusia bombardait la première et déviait sa trajectoire pendant que les obus fusaient dans le ciel, la pourchassant… La Roussalka arrivait alors, planant derrière elle, et profitait de ce que les projecteurs et les canons étaient occupés.

Ce soir, Yelena évita habilement l'un des projecteurs qui ne cherchait pas le Po-2 de Dusia et s'aligna dans l'obscurité la plus totale. Puis, une fois les bombes larguées par Nina, elle fit demi-tour.

— Dors, *Ninochka*, lui conseilla-t-elle dans l'interphone. Je te réveillerai quand j'amorcerai la descente…

Elle s'interrompit. Brusquement, l'avion pencha sur la gauche et elle dut lutter pour le redresser. Nina se pencha hors de son cockpit et émit un juron. Tout à coup complètement réveillée, elle ordonna :

— Fais demi-tour. Une bombe de vingt-cinq kilos est restée accrochée au râtelier.

Toute trace de lassitude disparue, Yelena demanda :

— Tu la vois ?

— Oui, la dernière bombe n'est pas tombée.

Déjà Yelena faisait demi-tour et, survolant de nouveau la cible, s'enfonçait dans la nuit. Nina aperçut le Po-2 suivant qui commençait sa descente, la pilote se demandant sans doute si elles avaient perdu leurs repères. Elles n'avaient pas le temps de s'en inquiéter. Nina activa le largage mais rien ne tomba. Elle lança dans l'interphone :

— Elle est coincée ! Stabilise-toi et décélère !

— Pourquoi ? demanda Yelena en essayant de redresser l'avion qui tanguait encore sur la gauche, s'aidant de l'aileron opposé et du manche.

Nina dégrafa son harnais de sécurité.

— *Ninochka*, qu'est-ce que tu fais ?

— Je vais la pousser, répondit-elle sobrement en se levant.

— Nina Borisovna, remonte dans cet avion !

Ignorant l'ordre de sa pilote, elle lança :

— Garde la vitesse de décrochage constante.

Sur ces mots, elle enjamba son cockpit.

Elle posa une botte puis l'autre sur l'aile inférieure. Transpercée par un vent aussi violent et glacial qu'un courant du lac, elle se mit à claquer des dents et, soudain paralysée, s'agrippa un moment de ses doigts gantés au bord du cockpit. Ce n'était pas de la peur. Mais elle était aussi gelée que si elle avait été dévorée par la glace. Le vent était une force malveillante qui essayait de l'entraîner vers le sol, huit cents mètres plus bas. S'il réussissait, elle tournoierait dans les volutes de nuages et Yelena ne pourrait que regarder, impuissante.

« Remue-toi, Sorcière de la Nuit ! » lui ordonna la voix de son père. Serrant ses dents qui s'entrechoquaient, elle se faufila le long de l'aile inférieure, entre les haubans. La Roussalka oscilla et, l'espace d'un instant, elle se demanda si elle n'allait pas glisser dans le vide. Mais Yelena stabilisa le Po-2. Progressant lentement le long de l'aile, sentant la morsure glacée de l'air dans son dos, elle tapota sous l'aile à l'aveuglette, en vain. À l'aide de ses dents, elle retira alors un gant, puis tâtonna sur le râtelier à bombes, ses doigts nus se collant douloureusement au métal gelé. À cette altitude, la peau ne donnait pas l'impression d'avoir été plongée dans de la glace mais embrasée par des flammes. Combien de temps faudrait-il avant que ses doigts soient paralysés ? L'aile tremblant sous elle, elle tira sur le râtelier invisible et imagina le largage sans vraiment le sentir. Si, par l'effet d'un courant ascendant, elles percutaient une montagne, ne s'accrochant à l'avion que d'une main, elle serait propulsée comme une ligne de canne à pêche dans un lac…

Elle sentit alors un pincement et quelque chose céder sous ses doigts. Et entrevit la bombe qui tombait silencieusement dans l'obscurité. *Dommage de la gâcher sur ce qui ne doit être qu'un versant de colline nu.*

Elle rebroussa chemin en glissant à plat ventre sur l'aile. Quand elle se releva pour se jeter la tête la première dans son cockpit, échappant au vent, elle eut l'impression de l'entendre, comme trahi, émettre un sifflement haineux. La voix de Yelena criait dans l'interphone et, récupérant la sienne, claquant toujours des dents, elle lui dit :

— Nous pouvons faire demi-tour. Ah ! Bordel !

— Quoi ?

— J'ai fait tomber mon gant.

— C'est tout ce que tu trouves à dire ? Essaie un peu de remonter sur mon aile et je te balance dans le vide, petite cinglée de Sibérie ! Bordel !

— Tu as ju… juré.

— Quoi ?

Yelena faisait faire demi-tour à l'avion.

— Tu as juré, mademoiselle Sainte-Nitouche de Moscou. Yelena Vassilovna, tu as juré !

Elle glissa sa main nue sous son aisselle. Malgré ses dents qui claquaient toujours, elle parvint à sourire.

— Va au diable ! lança Yelena.

Une seconde plus tard, son rire étouffé lui parvint à travers l'interphone.

Soudain somnolente, elle se cala dans son siège, sentant ses paupières s'alourdir.

— Où sommes-nous ?

— Au sud de la cible.

— D'accord.

Le ciel s'éclaircissait déjà sous les premières lueurs de l'aube.

— Ajuste nord, nord-est et nous…

Les tirs arrivèrent de nulle part, mitraillant l'aile du Po-2 dans un fracas qui évoquait de l'acier perforant du carton. La forme sombre fila au-dessus d'elles. Yelena hurla « Messerschmitt » et précipita l'avion vers le bas. Se tournant frénétiquement dans son cockpit, Nina regarda derrière la queue de la Roussalka, et sentit sa bouche se dessécher. Jusqu'ici, elles n'avaient jamais eu affaire à des avions de combat allemands, uniquement à des canons antiaériens. Celui-ci avait disparu dans les ténèbres. Mais les Messer étaient très rapides. Trop rapides pour un Po-2 qui volait si lentement que n'importe quel avion de combat aurait calé son moteur en essayant de s'ajuster à sa vitesse. Il ne lui restait plus qu'à revenir le mitrailler.

Ce qu'il fit. Dans un nouveau passage assourdissant, le mitraillage démolit une aile. Elle sentit un frisson de terreur la traverser. Si elle y avait toujours été allongée, à essayer d'extraire la bombe de son casier, elle aurait eu le dos criblé de balles.

La Roussalka fit une embardée et Yelena la fit plonger dans le vide. Elle savait que les nuages n'étaient pas assez épais pour les cacher et que les manœuvres d'esquive consommaient beaucoup d'essence. Elles en avaient déjà utilisé pas mal à tourner en cercles pour lâcher la dernière bombe. *« Atterrissez et dispersez-vous »* : c'étaient les ordres de Bershanskaia en de telles circonstances. *« Atterrissez et dispersez-vous, mesdames. Ils ne vous poursuivront pas à terre. »* La Roussalka volait déjà à une altitude de deux cents mètres.

Abattues, songea Nina avec une étrange lucidité. *Nous avons été abattues.* C'était toujours préférable à brûler dans les airs quand l'arrivée d'essence s'embrasait. Ou à s'écraser avec tellement d'os brisés que vous vous retrouviez condamnée à une mort lente dans votre cockpit. Devoir atterrir et se disperser vous laissait une chance. Où était le Messer ?

— Champ, trente degrés sur la droite.

Yelena pointa le nez de l'avion dans la direction indiquée. *Abattues.* Les autres allaient mettre leurs couverts pour le petit déjeuner, à leurs places habituelles, et attendraient leur retour. Quand un Po-2 ne revenait pas, c'était la coutume au 588e. Puis, au bout de deux jours, peut-être trois, on renonçait à disposer les assiettes des absentes. Quand personne ne pouvait continuer à feindre que vous reviendriez, blessées, mais vivantes…

Le Messer glissa au-dessus d'elles comme un cerf-volant noir et tira une nouvelle salve. Yelena fit tomber le Po-2 de deux cents mètres à cent cinquante. Jamais Nina ne l'avait vue effectuer un atterrissage aussi rapide, aussi brusque. Une seconde encore et les roues rebondirent sur la terre gelée.

— DEHORS ! hurla Nina en se libérant de son harnais de sécurité pour la seconde fois ce jour-là.

Les joues cramoisies, Yelena s'extrayait déjà de son cockpit ; leurs bottes frappèrent le sol en même temps. Elles étaient dans un champ au sol rugueux, cerné de broussailles sombres. Le jour se levait bien trop vite, la lumière pâle allongeant leurs ombres devant elles. Un bruit métallique d'hélices s'éleva de nouveau et le Messerschmitt revint, ses croix gammées brillantes semblables à des araignées.

Elles firent demi-tour et se ruèrent vers les fourrés. Pour la première fois de sa vie, Nina avait l'impression d'être un lapin courant se mettre à l'abri. Sous la mitraille qui criblait le champ, elle ne se rendit même pas compte qu'elle s'était jetée au sol. Allongée sur le ventre, la tête entre ses bras, elle voyait les mottes de terre sauter autour d'elle. Avait-elle été touchée ? Elle n'en avait pas la moindre idée. Elle sentait uniquement son sang qui battait furieusement à ses tempes.

L'avion repassa au-dessus de leurs têtes. Ses oreilles sifflaient. Elle se releva à grand-peine et, prise d'une panique soudaine, sentit son cœur faire un bond dans sa poitrine. Devant elle, la longue silhouette de Yelena gisait à terre. Mais elle tourna la tête.

— *Ninochka*, dit-elle, haletante.

Une seconde plus tard, elles étaient toutes les deux debout, trébuchant en direction du sous-bois. Elles y rampèrent et, quand elles entendirent le bruit des moteurs du Messer qui revenait, se figèrent, cramponnées l'une à l'autre, leur tête enfouie chacune dans l'épaule de l'autre.

Le Messer survola une nouvelle fois le champ.

— Attends, dit Nina dans un souffle.

Plaquant leurs foulards couverts d'étoiles sur leurs bouches, elles étouffèrent les nuages froids de leur haleine. L'avion allemand repassa, mitraillant de nouveau.

— Si les Allemands nous prennent, promets-moi que tu me tueras, chuchota Yelena.

— Ils ne nous captureront pas.

— S'ils le font…

— Arrête !

Un troisième survol.

— Tu sais ce qu'ils font aux femmes pilotes. Ils nous violeront puis nous tueront, reprit sa pilote dans un chuchotement, son débit plus rapide que des grêlons frappant un toit. Et nous serons qualifiées de traîtres pour nous être laissé capturer.

— Nous ne sommes pas des traîtres. Nous avons suivi les ordres.

— Quand on est prise, ce n'est pas comme ça qu'ils le voient.

Le souffle court, elle poursuivit :

— J'ai laissé mon pistolet dans le cockpit.

— Chut.

— S'ils nous attrapent, tu me tranches la gorge avec ton rasoir, *Ninochka*. Promis ?

Le visage de Yelena, ce qu'elle avait de plus précieux au monde, était livide de terreur. Elle le prit en coupe dans ses mains, l'une gantée, l'autre nue.

— Je t'aime, murmura-t-elle. Je t'aime et je te tuerai avant de laisser les Boches te prendre, si c'est ce que tu veux.

Tout ce que tu voudras. Je t'aime assez pour tout. Même pour ça.

Le souffle court, Yelena ferma les yeux. Elle l'attira contre elle. Le ronronnement du moteur du Messerschmitt s'éloigna.

Elles attendirent.

— Les battements de ton cœur sont aussi réguliers que ceux d'un tambour, chuchota alors Yelena. Tu n'as même pas peur, je suppose ?

— Non. Parce que nous sommes en sécurité. Personne n'a jamais attrapé une *roussalka*, encore moins deux. Nous allons leur glisser entre les mains comme l'eau entre les doigts.

Yelena enfouit son visage dans sa combinaison fourrée. La tête levée vers le ciel, Nina lui caressa les cheveux. Des étoiles glacées scintillaient, annonçant l'arrivée d'un jour nouveau. Comme il faisait froid ! Elle ferma les yeux et revit les vagues turquoise du Vieil Homme venir à sa rencontre. Elle les rouvrit en un sursaut.

— Tu commençais à t'assoupir, lui chuchota sa pilote. Tu t'es assoupie alors que tu es peut-être sur le point d'être mitraillée à mort par un Messerschmitt.

— La nuit a été longue.

Elle tendit l'oreille. Ni bourdonnement de moteur ni martèlement de balles.

— On prend le risque ?

— Il le faut. Il fait presque jour.

— Ils pourraient être aux aguets.

— Nous les aurions entendus atterrir.

Elles se frayèrent un chemin hors des fourrés. Comme il était étrange d'être sur le sol, d'entendre la neige craquer sous ses pieds, d'apercevoir à l'horizon les collines et les arbres déchiquetés. Dans les airs, on oubliait à quoi ressemblait la terre ferme. La vie se résumait à un cockpit ou à une série d'aérodromes et de pistes interchangeables.

Yelena laissa échapper un long soupir.

— Si la Roussalka est bousillée, nous devrons regagner la base à pied.

— Dans ce cas, nous regagnerons la base à pied. Comme Larissa Radchikova et sa pilote, le mois dernier.

Elles s'étaient échappées en zone neutre et étaient rentrées en traversant la ligne de front, toutes deux criblées d'éclats d'obus de la tête aux pieds.

Retenant leur souffle, Nina et Yelena regagnèrent la Roussalka qui gisait, inclinée, comme ivre, au milieu du champ. Yelena entreprit d'inspecter le moteur pendant que Nina sautait dans l'un des cockpits, puis dans l'autre, pour les examiner tour à tour.

— Bon, nous avons toujours un moteur, annonça-t-elle, sa tête surgissant entre les haubans. Et une hélice… presque entière.

Nina étudia le tableau de commandes, réduit à un tas d'éclats de bois.

— Nous avons les commandes. Pas grand-chose d'autre mais nous avons chacune un manche.

Yelena récupéra son pistolet et fit un pas en arrière.

— Tout ce dont un Po-2 a besoin, c'est d'un manche, d'un moteur et d'un pilote. Je préfère faire confiance à la Roussalka pour nous ramener plutôt qu'essayer de rentrer à pied.

N'ayant aucun moyen de savoir si elles étaient en territoire allemand ou pas, elles pouvaient tomber sur leurs propres troupes ou dans un nid de Boches.

Nina la rejoignit et, ensemble, elles contemplèrent l'hélice : il lui manquait un tiers de l'une des deux pales.

— On casse le tiers de la pale opposée pour l'équilibrer ? finit-elle par suggérer. Elle est déjà criblée de balles. On n'a pas besoin d'outils pour casser le bout.

Malgré sa pâleur, Yelena hocha la tête.

— Ça va ? s'inquiéta Nina immédiatement.

Sa pilote parvint à faire un nouveau signe d'assentiment. Pas convaincue, Nina hocha la tête à son tour. Elles s'activèrent aussi rapidement que possible, cognant la pale de l'hélice jusqu'à obtenir la même longueur que celle qui était endommagée. Enfin, Yelena mit le contact et Nina démarra l'hélice. Un quart d'heure plus tard, elles volaient, s'élevant mollement après un décollage qui avait demandé deux fois plus de temps que d'habitude à leur petit avion.

— Il faut prendre de la hauteur ! cria Nina alors qu'elles avançaient en tanguant.

Voler en plein jour lui donnait l'impression d'être nue. Au moins, on était au cœur de l'hiver, la saison où l'aube ressemblait plus au bleu foncé du crépuscule. Yelena fit monter la Roussalka dans un gémissement de moteur qui résonna comme celui d'un d'animal blessé à mort.

— Quelques jours de réparation, et tu seras comme neuve, chuchota Nina à son avion.

— Je pensais vraiment ce que j'ai dit, commença Yelena. Si nous nous faisons abattre un jour, je préfère que tu me tues plutôt qu'être faite prisonnière.

Nina devinait que le son de sa voix altérée n'était pas dû aux interphones.

— Personne ne va se faire abattre. Nous sommes presque arrivées à la base.

Elles y seraient dans vingt minutes au plus.

— Il pourrait toujours être là. Le Messerschmitt.

— Il n'est pas là.

— Il aurait pu faire le guet et attendre que nous décollions de nouveau.

— Il n'est pas là ! affirma-t-elle d'un ton sans réplique.

Yelena ne répondit rien. Elle voyait le mouvement de ses épaules qui trahissait sa respiration hachée. La Roussalka oscillait et elle était ballottée dans son cockpit comme un bouchon par les vagues. La tentation du sommeil était toujours aussi forte, ce besoin irrépressible de fermer les yeux et de s'assoupir. *Va-t'en et fous-moi la paix !* pensa-t-elle. *Nous sommes à deux doigts de tomber comme une boule de feu.*

Le brouillard dense de la nuit s'éclaircissait.

— Nous devrions survoler l'aérodrome, lança-t-elle alors. Correction de quinze degrés à l'est.

Les vols de nuit auraient pris fin depuis longtemps mais les filles seraient toujours là, les yeux rivés sur le ciel. Elles attendaient toujours quand un avion était en retard.

La lueur rouge d'une torche apparut, bienvenue. *Enfin la piste !* Soulagée, Nina laissa échapper un long soupir. Mais, avec un cri, Yelena fit faire une embardée au Po-2.

La Roussalka hurla comme si elle avait été égorgée. Elle fut prise de telles secousses que Nina eut l'impression que les ailes allaient se cisailler.

— Yelena…

La voix de sa pilote s'éleva dans l'interphone, de plus en plus forte.

— Il nous vise. Je le vois. Là, devant…

Pour la troisième fois en une heure, Nina se libéra de son harnais de sécurité.

— Ce sont juste des balises d'atterrissage. Personne ne nous mitraille.

— Il nous tire dessus.

Dans une secousse à donner la nausée, la Roussalka piqua du nez.

— Nous sommes touchées.

— Non ! Nous ne sommes pas touchées. Tu hallucines.

C'était arrivé à d'autres pilotes. Surmenés, ils voyaient le danger partout, les balises d'atterrissage devenant des tirs ennemis. Plongeant à travers les restes de son pare-brise éclaté, Nina attrapa les cheveux de Yelena qui s'échappaient de sous sa casquette. Elle la tira brusquement en arrière, l'écartant des commandes, et sa tête alla cogner contre son siège.

— Arrête ! rugit-elle en attrapant son propre manche de sa main libre.

Ses doigts nus étaient tellement engourdis qu'elle ne les sentait plus. À l'aveuglette, elle donna un coup sec, et le moteur se mit à crachoter. La descente en vrille s'arrêta et elle dut déployer toute sa force pour remettre l'avion dans la ligne de vol. Elle n'osait pas lâcher Yelena. Si sa pilote agrippait de nouveau son manche et les faisait tomber, ce pauvre oiseau blessé décrocherait. Toujours dans cette position inconfortable, à moitié debout et hors de son cockpit, Nina la retenait d'une main. Agrippant de l'autre le manche comme si sa vie en dépendait, elle s'arc-bouta pour piquer, une douleur fulgurante lui traversant l'épaule sous l'effort. La Roussalka plongea du nez vers le sol, rebondit violemment et finit par la propulser en avant, à travers le pare-brise brisé. Un éclat de verre lui lacéra l'avant-bras, la mettant au supplice. Mais elle s'en fichait, elles avaient atterri et roulaient sur la terre gelée, saines et sauves. Et Yelena allait bien. Elle ne cessait de pleurer en répétant « Pardon, pardon », ce qu'elle n'aurait jamais fait si elle avait encore été en proie à des hallucinations.

Nina s'écroula dans son siège, le bras douloureux, en nage, tremblant de tous ses membres, les gouttes de transpiration gelant déjà sur sa peau humide. Elle ne sentait plus sa main droite qui refusait de lâcher le manche. Mais cela n'avait pas d'importance. Elles étaient à terre. Hébétée, elle tapotait le tableau de commandes du Po-2.

— C'est bien, ma vieille.

Puis le monde chavira.

Dans les trente secondes qu'il fallut au flot de pilotes qui les attendaient pour les rejoindre, Nina perdit connaissance.

— Qui a été désignée pour être ta copilote ?

— Zoya Buzina, répondit Yelena. Sa pilote est immobilisée à cause d'une balle dans le genou. Tirs au sol.

Allongée sur son lit, Nina fulminait :

— Zoya Buzina ? La rousse de Kiev avec les dents en avant ?

— Ne fais pas la tête. C'est une bonne navigatrice.

— Pas aussi bonne que moi.

À la perspective de voir Yelena partir voler avec une autre, Nina sentit une flèche de jalousie la traverser. Elle était arrêtée pour deux semaines, juste à cause de cet éclat de pare-brise qui lui avait traversé l'avant-bras.

— Si elle te ramène avec la moindre éraflure, je lui fais avaler ses dents de devant.

Assise au pied du lit de camp, dans sa combinaison fourrée, Yelena se mit à rire. À moitié allongée, le bras en écharpe, Nina ne décolérait pas. À l'exception d'elles deux, le dortoir était vide. Les autres étaient sorties en cohorte pour le briefing du soir.

Avant de les suivre, Dusia avait ébouriffé les cheveux de la blessée.

— Garde ton trou au bras bien au chaud. Il est parfaitement assorti à ton trou à la tête, ma folle de lapin.

Les blagues avaient fusé mais les regards étaient empreints de compassion. Ses *sestry* comprenaient à quel point il était douloureux de ne plus avoir le droit de voler.

Yelena prit soudain une profonde inspiration et Nina se prépara au pire.

— J'ai failli nous tuer toutes les deux.

Se penchant vers elle, elle la fit taire d'un baiser, leurs lèvres chaudes s'attardant dans la pièce froide.

— Arrête !

— L'espace d'un instant, j'ai cru que les balises d'atterrissage étaient les feux d'un Messer. Je savais bien que ce n'était pas possible. Mais, à ce moment précis, j'avais vraiment l'impression que c'était la réalité. Je ne pouvais pas m'arrêter.

Un frisson la traversa.

— Si je nous avais fait faire une vrille de plus…

— Mais tu ne l'as pas fait.

— Parce que tu m'as cogné la tête contre le siège, rétorqua Yelena en essayant de sourire.

Mais, dans son visage émacié, ses yeux étaient encore plus sombres que d'habitude. Nina sentit son estomac se nouer. Depuis quand était-elle si maigre ?

— Tu as eu une crise de panique, *Yelenushka*. Une hallucination. Ça peut arriver à tout le monde.

Même aux meilleurs pilotes, aux meilleurs navigateurs. La question était simplement de savoir si un moment de panique leur serait fatal ou pas.

Hier, pour elles, il ne l'avait pas été.

— Tu n'as rien dit à Bershanskaia, reprit Yelena. Si elle avait su, elle m'aurait peut-être consignée aussi.

Nina connaissait sa pilote par cœur, chacun de ses doutes, chacune de ses inquiétudes.

— Tu dois te remettre à voler. Si tu restes au sol ne serait-ce qu'une seule nuit, tu vas broyer du noir. Vas-y, fais dix bonnes missions de bombardement sans incident, et tu seras en pleine forme. Et maintenant, va rejoindre les autres, avant que Bershanskaia remarque ton absence.

Yelena effleura ses lèvres d'un dernier baiser et la laissa. Une fois seule, elle s'écroula sur l'oreiller et se perdit dans la contemplation du plafond. Quand elle ferma les yeux, sa seule vision fut celle de Yelena aux commandes d'un Po-2 d'emprunt qui décollait dans le ciel nocturne sans elle.

Pourtant, une question la taraudait : était-elle bien sûre que sa pilote soit apte à voler ?

À l'aube, elle se leva péniblement de son lit et se dirigea vers l'aérodrome. Au passage, un avis pour une réunion du Komsomol attira son attention. (« L'entraide au combat est la Loi des membres du Komsomol. ») L'équipe au sol s'affairait à couvrir de bâches de camouflage les Po-2, déjà rentrés.

Elle interrogea l'une des filles.

— Où est Yelena Vetsina ?

Celle-ci se tourna vers elle, les yeux rougis, les lèvres tremblantes. Nina fut soudain frappée par le silence qui régnait sur tout le terrain. Les membres de l'équipe au sol travaillaient, les épaules voûtées. Elle perçut le son étranglé de l'une d'entre elles qui pleurait. Dans le ciel, le quart de lune s'évanouissait dans les lueurs d'une aurore magnifique. Mais le monde semblait avoir été projeté en plein cauchemar.

— Qu'est-il arrivé ? demanda-t-elle.

Elle aurait été bien incapable de dire si elle avait rugi ou chuchoté.

25

JORDAN

Mai 1950
Boston

— Seigneur, nous Vous confions l'âme de Daniel, Votre serviteur…

Le cercueil de Dan McBride était recouvert de lilas et de roses. C'étaient les lilas qui sentaient le plus fort, leurs effluves s'élevant dans la chaude soirée de printemps comme si quelqu'un avait cassé une bouteille de parfum. Jordan eut un haut-le-cœur. Qui avait bien pu commander cette énorme gerbe de lilas à l'odeur de papier hygiénique écœurante pour un cercueil ?

—Aux yeux de ce monde, il est maintenant mort ; à Vos yeux, il vit pour l'éternité…

Son regard vide errant sur le cercueil enseveli sous les fleurs, sur les têtes coiffées de chapeaux noirs, penchées sur la tombe, elle s'interrogea. Qui, en fait, décidait qu'un cercueil devait être couvert de fleurs ? Celui de son père aurait dû crouler sous les appâts de pêche, les cartes de scores des matchs des Red Sox, les bouteilles de whisky. Elle aurait apporté les assiettes du service en Minton que, aussi loin qu'elle s'en souvienne, ils utilisaient pour le déjeuner du dimanche et les aurait lancées, une à une, pour qu'elles aillent se briser sur le couvercle du cercueil…

— Pardonnez les péchés qu'il aurait pu commettre par faiblesse humaine et, dans Votre bonté, accordez-lui la paix éternelle…

« La paix ». Quel intérêt pour son père si elle-même n'était pas en paix ? Si Ruth et Anneliese ne l'étaient pas ? Il était le noyau de la famille, celui qui leur apportait la paix. Machinalement, elles s'étaient regroupées autour de l'endroit où il aurait dû être : Anneliese à un pas de distance, comme tenant le bras droit de son mari. Silhouette filiforme en noir, le visage dissimulé sous la voilette de son chapeau de veuve. Ruth, tremblante, à ce qui aurait dû être sa gauche.

— C'est presque fini, poussin, parvint-elle à chuchoter, serrant la petite main dans la sienne.

Le prêtre entonna :

— *Nous Vous en prions par le Christ, notre Seigneur.*

Un concert de « Amen » lui répondit.

Jordan fut prise d'une envie subite de dire à l'enfant : « J'ai menti, Ruth. Ce ne sera jamais fini. Cette journée va durer une éternité. » Ensuite viendraient les condoléances au cimetière, puis le lugubre retour en voiture jusqu'à la maison où seraient servis des gâteaux et des gratins, du whisky et du café. Tous répéteraient leurs condoléances, se tamponneraient les yeux de leurs mouchoirs, tous voudraient savoir ce qui s'était passé, demanderaient des détails, déclameraient : « Quelle tragédie ! » Combien de fois aujourd'hui Anneliese et elle allaient-elles le répéter ? Un accident de chasse. Personne n'était responsable. Son fusil avait explosé…

« Votre père s'occupait-il de son arme lui-même, mademoiselle ? » lui avait demandé le policier chez *Priscilla de Boston*.

« Oui. »

Quand elle l'accompagnait au lac, elle l'avait toujours vu nettoyer son fusil avec le plus grand soin avant de le ranger à sa place.

« Il était à mon grand-père. Il y tenait beaucoup. Il ne le raccrochait au mur qu'une fois parfaitement impeccable. Comment a-t-il… »

« Le problème n'était pas le fusil, mademoiselle. Mais les munitions. Il a visiblement acheté des cartouches à poudre sans combustion. Avec un vieux LC Smith calibre douze comme le sien, ce vieil acier souple fond si l'on utilise les cartouches les plus récentes. Et j'ai bien peur que rares soient ceux qui sont au courant. Les cartouches ont la même apparence et les gens ne se rendent pas compte. Les achetait-il en personne ? »

« Toujours. Je ne chasse pas et Anna non plus », avait-elle répondu en tripotant une agrafe tordue à sa taille.

Elle avait arraché la robe de mariée ivoire pour remettre sa robe d'été, à une telle vitesse que toutes les attaches étaient tordues.

« Dans ce cas, soit il s'est trompé de modèle, soit il ne s'est pas rendu compte que ce modèle plus récent ne conviendrait pas à son fusil. J'ai déjà été témoin de ce type d'accident. Je suis tellement désolé, mademoiselle », avait-il ajouté avec un regard empreint de compassion.

Tout le monde était « tellement désolé ».

— Accueille-le dans le repos éternel, Seigneur, finit enfin le père Harris.

Elle se joignit à la réponse à l'unisson.

— Que son âme et l'âme de tous les fidèles défunts, par la grâce de Dieu, reposent en paix.

— Amen.

— Quelle tragédie, Jordan chérie. Et dans la fleur de l'âge !

— Je sais.

Son visage figé en une expression polie, elle agrippait d'une main l'assiette de gâteau allemand au chocolat qu'elle n'avait pas touché. Son interlocutrice était une lointaine cousine de son père. Les enterrements attiraient toujours des hordes de cousins.

— Comment est-ce arrivé exactement, mon chou ?

— Un accident de chasse. Personne n'est responsable, récita-t-elle. Il est parti au lac chasser la dinde et son fusil a explosé. Il s'est trompé de cartouches.

— Je l'ai répété des centaines de fois à mon mari. « Vérifie toujours tes cartouches. » Tu crois qu'ils écoutent, les hommes ?

Le salon était bondé de gens en noir : un verre de sherry ou de whisky à la main, ils se servaient du gratin et des cookies à la table qui croulait sous les victuailles. Debout à côté de la cheminée, Anneliese était aussi immobile qu'une statue. Jamais Jordan n'oublierait le son que sa belle-mère avait émis quand elle avait vu son mari sur le lit d'hôpital. C'était avant que les bandages cachent l'étendue de ses blessures, sa main droite amputée de ses doigts, l'entaille à son cou, le côté droit de son visage déchiqueté. Anneliese avait laissé échapper un gémissement étranglé, comme un animal pris au piège. Si elle avait eu le moindre doute sur l'amour que sa belle-mère portait à son père, il aurait été immédiatement balayé : ses pleurs ne tarissant pas, elle avait écouté les interminables explications sur les dégâts provoqués par les débris de balles aux mandibules et aux dents, à l'orbite oculaire et à l'arcade zygomatique. Semblant maintenant avoir épuisé toutes ses larmes, elle se tenait dans le salon avec Jordan, toutes deux pareilles à des statues de sel.

— Au moins, ton père n'a pas souffert, était un train de dire un crétin bien intentionné.

— Non, répondit-elle à travers ses dents serrées.

— Comment est-ce arrivé, mon chou ?

— Un accident de chasse, personne n'est responsable, répéta-t-elle.

Elle devait se faire violence pour refréner son envie de hurler : « Bien sûr, il a souffert ! Il a survécu deux semaines après l'accident, vous croyez qu'il n'a pas souffert ? »

Certes, les chasseurs qui l'avaient trouvé juste après l'accident lui avaient peut-être épargné de se vider de son sang dans les bois.

Mais ils ne lui avaient pas épargné la souffrance. Quant aux médecins, ils n'avaient cessé de répéter d'un ton enjoué : « Votre père est un coriace. »

Comme si cela aidait à le voir allongé sur son lit d'hôpital, semblant se flétrir de jour en jour à mesure que l'infection se propageait.

— Au moins, sa famille l'a accompagné jusqu'à la fin.

— Oui.

Toutes ces heures passées assises à son chevet, chacune d'un côté du lit, à lui caresser les mains. *« Peut-il nous entendre ? »* avait-elle demandé aux médecins. Ils avaient vaguement répondu que la détonation lui avait abîmé le tympan, ce qui semblait être leur manière de dire qu'ils n'en étaient pas sûrs. Il semblait osciller entre conscience et inconscience. Il ne pouvait pas parler, pas avec sa mâchoire brisée et sa langue mutilée. Mais parfois, il essayait de bouger.

« Il a repoussé ma main », s'était écriée Anneliese un jour.

Et Jordan était montée sur le lit et avait enlacé son père jusqu'à ce qu'il se calme.

« Je ne peux pas supporter de le voir souffrir. Faites qu'il dorme. Donnez-lui autant de sédatifs qu'il le faudra », avait alors plaidé sa belle-mère, blanche comme un linge.

Mais il n'avait tenu que deux semaines.

La sonnette retentit. Jordan descendit, salua les nouveaux venus bienveillants, emporta un nouveau gratin dans la cuisine déjà envahie de plats chauds et de salades de pommes de terre. *Allez-vous-en tous, et emportez votre nourriture !* Mais ces gens étaient là pour son père, se rappela-t-elle. Des marchands de livres anciens, des commissaires-priseurs, des voisins, des relations de la paroisse ; un petit groupe d'antiquaires qui étaient venus de New York et se répandaient en exclamations chaleureuses : « Un homme bien, Dan McBride. Comment un tel accident a-t-il pu arriver ? Il était si réfléchi ! »

La voix de Garrett s'éleva derrière elle et il l'enveloppa de ses bras.

— Comment vas-tu ?

Je ne veux pas qu'on me serre dans ses bras, je ne veux pas qu'on me demande comment je vais. Je veux qu'on me laisse tranquille.

Mais cela n'aurait pas été juste envers lui. Elle se força à lui rendre son étreinte, essayant de ne pas suffoquer.

— Mes pauvres enfants, gloussa une voisine. Jordan, pauvre petite, ne pas avoir ton père pour te conduire à l'autel.

D'une main, elle frôla l'une de ses boucles d'oreilles Lalique. Offertes pour un mariage, portées à un enterrement. Voyant qu'elle ne répondrait pas, Garrett expliqua :

— Le mariage a été reporté au printemps prochain.

À l'autre bout du salon, quelqu'un venait de fondre en larmes. Et la voix de Ruth s'éleva. Ce qui était tout à fait inattendu car la fillette ne piquait jamais de colère.

— Elle veut entrer.

Ses joues rosies baignées de pleurs, elle secouait la poignée de la porte de la chambre du fond où Taro, enfermé pour l'après-midi, gémissait et grattait.

— Je veux ma chienne.

Sa voix se transforma en hurlement. D'un pas rapide, Anneliese fendit la foule et la prit par le poignet.

— Il est temps que tu ailles dans ta chambre, Ruth.

— Pas sans ma chienne, cria l'enfant en se dégageant brusquement.

Lâchant le bras de Garrett, Jordan vola à la rescousse de sa sœur.

— Je vais aller la coucher, Anna.

— Merci, murmura Anneliese avec ferveur.

Et, la laissant porter Ruth à l'étage, elle alla accueillir un groupe de voisins qui arrivaient. Rouge de chaleur et d'émotion, l'enfant sanglotait.

— C'est normal de pleurer, poussin. Enlève cette robe trop lourde et couche-toi dans ton lit.

— Je… Je peux avoir Taro ?

— Tout ce que tu voudras, mon ange.

Bientôt, Ruth et Taro furent blotties l'une contre l'autre, les paupières gonflées de la fillette se fermant toutes seules. La chienne lui frottait le coude de sa truffe.

— *Hund*, chuchota-t-elle. *Hübscher Hund.*

Troublée, Jordan, qui était en train de tirer les rideaux, s'interrompit. La fillette n'avait pas parlé allemand depuis des années.

Quand elle redescendit au salon, Anneliese lui murmura d'un ton las :

— Merci. Je ne savais pas comment la calmer quand elle s'est mise à crier.

— Elle va dormir, maintenant, répondit-elle en se frottant les yeux. C'est Ruth qui a de la chance, elle a la paix, le silence. Combien de temps pensez-vous que cela va encore durer ?

Anneliese se massa le front.

— Des heures. Et si tu t'éclipsais un moment ? Fais le tour du pâté de maisons, va faire une balade en voiture avec Garrett.

— Je ne peux pas vous laisser avec tout ça.

— Jordan, dit-elle, en soutenant son regard de ses yeux azur, je n'aurais pas pu gérer ces deux semaines à l'hôpital si tu ne t'étais pas occupée de tout.

Elle esquissa un sourire triste avant d'ajouter :

— Ce n'est pas si difficile, après tout. Avec un mouchoir et un sourire toujours prêts, tu réponds à toutes les questions par : « Accident de chasse. Personne n'est responsable. »

Jordan sentit ses yeux la brûler.

— Anna…

— File, lui dit-elle en lui donnant une petite poussée. Va rejoindre Garrett. Je trouverai des excuses.

Mais elle n'alla pas rejoindre Garrett. Elle aperçut ses larges épaules de l'autre côté de la pièce et, après lui avoir jeté un coup d'œil coupable, elle sortit du salon, prit son sac à main et ouvrit la porte d'entrée.

Pour se trouver nez à nez avec une voisine replète, l'air maternel, qui avait un doigt ganté de noir sur la sonnette.

— Jordan, mon enfant. J'ai apporté un peu de tarte au citron meringuée. La préférée de ton père.

— Merci beaucoup, madame Dune. Vous trouverez ma belle-mère en haut.

— Il y avait un article si élogieux sur ton père dans le journal. Quel pilier de notre communauté c'était. Dommage qu'ils se soient trompés sur les dates.

— Oui, j'ai vu.

Ils s'étaient trompés sur l'âge de son père et avaient raconté qu'Anna McBride était née et avait grandi à Boston, où elle avait rencontré son mari.

« C'est sans doute ma faute, avait dit Anneliese. *J'avais l'esprit tellement confus quand ils m'ont demandé les détails. »*

— Je te laisse juste la tarte, mon chou, et je monte.

Un moment, elle resta sur le perron, la tarte dans les mains. Elle voulait se précipiter dans sa chambre noire et s'y cacher jusqu'à ce que tout le monde soit parti. Mais elle était sûre que Garrett viendrait l'y chercher. Et elle ne se sentait pas capable de supporter de nouvelles étreintes.

Le chauffeur de taxi qui avait déposé Mme Dunne sur le seuil se pencha par sa vitre.

— Vous voulez aller quelque part, mademoiselle ?

— Oui, s'entendit-elle répondre, stupéfaite. Oui, je veux aller quelque part. Au coin des rues Clarendon et Newbury.

Ce ne fut qu'à mi-chemin du magasin que, sur la banquette arrière, elle sortit de son hébétement pour s'apercevoir qu'elle tenait toujours une tarte meringuée au citron. Elle dut se retenir pour ne pas éclater de rire. Ou, peut-être, fondre en larmes. C'était le gâteau préféré de son père. Le taxi se gara devant les *Antiquités McBride*. Après avoir grapillé suffisamment d'argent pour régler le chauffeur, elle descendit, la tarte toujours à la main.

Un ruban de crêpe noir était noué au heurtoir. Elle l'arracha, chercha ses clés dans son sac et entra. Sous le soleil de cette fin d'après-midi, les lieux lui parurent poussiéreux. Le magasin était fermé depuis bientôt trois semaines. Machinalement, elle tourna la pancarte du côté « Ouvert » et posa la tarte sur une vasque ancienne en céramique. Puis elle passa derrière le comptoir. Elle traça les initiales de son père dans la poussière, en ressentant une envie presque irrésistible de l'appeler… car alors la porte de l'arrière-boutique allait sûrement s'ouvrir, et il allait apparaître, souriant, pour lui demander : « Que puis-je faire pour toi, ma belle ? » Il lui suffisait de l'appeler. Ce n'était pas lui dans ce lit d'hôpital. Tout cela était une erreur.

Le bruyant sanglot qui la secoua résonna dans la galerie où régnait un silence de mort. Laissant libre cours à ses larmes, elle s'agrippa au comptoir.

— Bon sang, papa ! Pourquoi t'es-tu trompé en achetant tes cartouches ? Pourquoi a-t-il fallu que tu prennes ce vieux fusil au lieu d'un neuf qui ne t'aurait pas explosé à la figure ?

La sonnette de la porte tinta.

— Excusez-moi…

Elle leva les yeux et prit une profonde inspiration.

— Oui ?

À travers les larmes qui lui brouillaient la vue, elle vit un homme sur le seuil. Jeune, il avait les mains dans les poches.

— Vous travaillez ici, mademoiselle ? Je cherche du travail.

Il referma la porte, faisant de nouveau tinter la cloche au son argentin. Chaque semaine, son père l'avait briquée pour la garder rutilante.

— « Du travail » ? répéta-t-elle.

Incapable de fixer son regard, elle cligna des yeux deux ou trois fois. *Pourquoi suis-je venue ici ?*

— Il y a un panneau « Poste à pourvoir », expliqua le jeune homme en montrant la vitrine. La semaine dernière, j'ai vu un Allemand qui arrivait…

— M. Kolb ?

— C'est ça. Mais il m'a indiqué que je devais parler aux propriétaires.

« Poste à pourvoir ». Son père avait mis ce panneau la semaine de sa mort. Il cherchait un vendeur. *« Un charmant garçon ou une jolie fille pour tenir la boutique. »* Elle cligna de nouveau des yeux et se concentra sur l'homme qui, maintenant, se tenait de l'autre côté du comptoir. Mince, brun, la peau mate, il était à peu près de sa taille et semblait être de quatre ou cinq ans son aîné. Son col ouvert et ses cheveux en bataille ne seraient pas du goût d'Anneliese. « Négligé », dirait-elle avec son « tss-tss » désapprobateur germanique.

— Anton Rodomovsky, se présenta-t-il en tendant la main. Tony.

— Jordan McBride, répondit-elle machinalement.

— Pour quel poste cherchez-vous quelqu'un ? demanda-t-il après un court silence. Vous avez votre Allemand. Que fait-il ?

— M. Kolb fait des travaux de restauration. Mon père…

Elle s'interrompit de nouveau.

— Alors vous avez besoin d'un vendeur, peut-être ?

Il sourit, deux plis se creusant dans ses joues minces.

— Je ne connais strictement rien aux antiquités, mademoiselle McBride. Mais je peux tenir une caisse et je pourrais vendre de la glace à un Esquimau.

— Je ne sais pas… si nous recrutons. Il y a eu un décès. Le propriétaire…

Elle baissa les yeux vers le comptoir poussiéreux.

— Retentez votre chance la semaine prochaine.

Son sourire évanoui, Tony la dévisagea longuement.

— Votre père ?

Elle parvint à hocher la tête.

— Je suis désolé. Tellement désolé.

Elle fit un nouveau signe de tête. Debout derrière le comptoir dans son affreuse robe noire, elle semblait figée.

— Il y a une tarte dans la vasque en céramique, finit-il par faire remarquer.

— Tout le monde persiste à m'apporter des tartes. Depuis sa mort. Comme si une tarte au citron meringuée pouvait tout régler.

Il prit la tarte de Mme Dunne et la déposa sur le comptoir en verre. Puis il s'approcha d'une vitrine dans laquelle treize cuillères du XVIIIe siècle en argent, ornées de visages d'apôtres, étaient disposées en éventail. Il en prit deux et, revenant vers elle, lui en offrit une.

Avec l'impression que sa poitrine allait exploser, elle la plongea dans la tarte et enfourna une bouchée. La pâtisserie n'avait absolument aucun goût. Un goût de cendres. De crème à raser. *Mon père est mort.* Elle avala une nouvelle énorme bouchée.

Tony en prit une à son tour. Il mâcha, avala.

— C'est une… très bonne tarte.

— Ne vous sentez pas obligé de mentir, lui dit-elle en continuant à manger. Cette tarte est infecte. Mme Dunne ne met jamais assez de sucre.

— Alors, où peut-on manger des bonnes tartes à Boston ? Je viens d'arriver.

— Chez *Mike's Pastry* vous trouverez de bonnes pâtisseries. Dans le North End.

Tony plongea sa cuillère dans la couche de meringue.

— Je crois bien que je vais y faire un saut pour vous rapporter un gâteau digne de ce nom.

— Vous n'êtes pas obligé.

— Je ne peux pas ramener votre père. Je ne peux rien faire pour soulager votre peine. Mais je peux au moins m'assurer que vous ne mangiez pas une tarte infecte.

— Je ne veux plus de tarte, bon sang !

Elle éclata en sanglots et, suffoquant, se mit à hoqueter, inondant de larmes l'épouvantable meringue de Mme Dunne. Tony Rodomovsky sortit un mouchoir de sa poche. Sans dire un mot, il le poussa sur le comptoir. Puis il alla tourner la pancarte du côté « Fermé ». Les épaules secouées de soubresauts, elle s'essuya les yeux, ses larmes ne tarissant pas. *Mon père est mort.*

— Je suis tout à fait navré de vous avoir dérangée, mademoiselle McBride. Je vais vous laisser maintenant.

Elle sentit de nouveaux sanglots lui serrer la poitrine tel un étau. Elle semblait prête à exploser. Elle ne souhaitait qu'une chose, s'y abandonner. Mais, se faisant violence, elle les refoula momentanément et, d'un geste, repoussa les cheveux humides qui lui balayaient le front. Puis elle regarda son bon samaritain droit dans les yeux.

— Revenez lundi, monsieur Rodomovsky.

— Pardon ?

— Ma belle-mère voudra une candidature et des références en bonne et due forme, poursuivit-elle en se frottant vigoureusement les yeux. Mais, en ce qui me concerne, vous êtes engagé.

26

Ian

Mai 1950
Boston

— C'est une réussite !

Tony entra en trombe dans leur appartement récemment loué.

— J'ai officiellement pris contact.

Ian acquiesça d'un grognement. Sur le parquet, entre la fenêtre et la table, allongé sur le ventre, il était à la moitié de ses cent pompes quotidiennes.

— Comment ? demanda-t-il entre deux nombres.

Quatre-vingt-douze, quatre-vingt-treize. Ses épaules le brûlaient.

— Quelle cible ? ajouta Nina.

Elle mangeait des sardines à même la boîte, assise sur le bord de la fenêtre ouverte, ses pieds se balançant au-dessus du vide de quatre étages.

— Les *Antiquités McBride.*

Il accrocha prestement sa veste au clou qui, à côté de la porte, faisait office de portemanteau.

— *Frau* Vogt a dit que le magasin de Boston qui procurait en douce des papiers à des criminels de guerre avait pour nom les

Antiquités McCall ou *McBain* ou *Mc-Quelque chose.* Vous avez devant vous leur nouveau vendeur.

Ian fit mine de se lever, mais Nina fit passer ses jambes à l'intérieur de la fenêtre et lui posa ses bottes sur le dos.

— Encore sept !

— Va au diable ! la rabroua-t-il.

Néanmoins, il se remit sur le sol. *Quatre-vingt-quatorze, quatre-vingt-quinze…*

Tony se laissa tomber sur une chaise devant la table et repoussa le livre de poche que lisait Nina et qui s'intitulait *La Mariée espagnole.*

— Je vais avoir besoin de références. Tu me rédiges quelque chose d'élogieux, patron ? Et fais-le sous mon vrai nom. Tony R., né et élevé dans le Queens, engagé directement à sa sortie du lycée de Grover Cleveland, le lendemain de Pearl Harbor. Qu'y a-t-il de plus crédible que ça ?

Il plaqua une main sur son cœur en une pose patriotique.

— Je peux surveiller le magasin. De plus, le salaire nous sera utile.

— Tu peux le dire !

Entre la rente de Ian et les économies de Tony, ils avaient réussi à louer un deux pièces au dernier étage, qui donnait sur Scollay Square. La place semblait fréquentée principalement par des fêtards amateurs d'alcool : les étudiants de l'université qui s'agglutinaient chez *Joe & Nemo* pour manger des hot-dogs et les marins en permission qui s'entassaient dans le *Half Dollar Bar.* L'appartement sentait la graisse et le cirage, mais il était moins cher qu'un hôtel. Cela valait donc la peine de supporter la serrure cassée et la table à trois pieds dont le quatrième coin était soutenu par un radiateur hors service. Et Ian devait admettre que tout revenu serait bienvenu.

Il prit un bloc et commença à prendre des notes.

— Ce vendeur allemand si nerveux que j'ai rencontré la semaine dernière au magasin McBride ? demanda-t-il.

— J'ai un nom maintenant, Kolb. Je déteste la règle qui consiste à blâmer les Boches pour tout, mais ce Boche-là était sacrément nerveux. Il est chargé des travaux de restauration.

— Comment as-tu découvert ça ? demanda Nina en faisant repasser ses jambes à l'extérieur de la fenêtre. Tu n'as même pas encore commencé ton travail.

Ian la regarda. La voir balancer ses bottes dans le vide à une hauteur de quatre étages lui donnait la nausée.

— C'est la fille du propriétaire qui me l'a dit. Celle qui m'a donné le poste. Un homme qui est doué pour la restauration d'antiquités peut l'être aussi pour la fabrication de faux papiers. Ce Kolb pourrait avoir une activité parallèle, au noir, et soutirer de l'argent à des criminels de guerre. La mère de Lorelei Vogt nous a raconté que les gens comme sa fille pouvaient obtenir des papiers dans ce magasin, des papiers d'identité, des nouveaux noms.

Exprimant à haute voix la pensée qui le tourmentait depuis que cette traque avait pris ce virage vers l'Amérique, Ian se releva :

— Pourquoi auraient-ils besoin de nouveaux papiers pour commencer ? Les États-Unis sont plus obsédés par les communistes que par les nazis. Jamais un criminel de guerre n'a été extradé et ils accueillent des réfugiés de guerre en provenance d'Europe depuis 1948.

— Tant que ce ne sont pas des réfugiés de guerre juifs, marmonna Tony. « Oh non, nous ne voulons pas de Yiddish ici. Tout sauf eux ».

— Par conséquent, quiconque est arrivé sous son vrai nom n'aurait pas besoin de se fatiguer à se faire faire de nouveaux papiers ?

— Les gens intelligents le feraient, déclara Nina d'un ton détaché. Tu gardes ton nom, il est archivé. Si quelqu'un veut, il consulte, y compris ton passé militaire. Aujourd'hui, personne n'est intéressé pour regarder. Demain, qui sait ? L'année prochaine, dans cinq ans, dans dix ans. C'est toujours là si quelqu'un regarde.

— Ma femme est une paranoïaque professionnelle, fit remarquer Ian.

— Je suis soviétique.

— C'est pareil, profanatrice de thé.

— Un nom est écrit sur une liste, il y reste pour toujours, dans un tiroir. Peut-être quelqu'un le regarde un jour. Ou peut-être quelqu'un décide que liste est importante. Alors camion noir vient vous chercher.

Avec un haussement d'épaules, Nina ajouta :

— Si je quitte mon pays avec des secrets à cacher, je change mon nom, mon passé, tout pour être en sécurité.

Tu as quitté ton pays avec des secrets bien gardés, ajouta silencieusement Ian. Sa femme et lui avaient passé presque toute la traversée de l'Atlantique à rouler entre les draps. Mais pour autant, il n'en savait pas plus sur son compte. Elle s'endormait à côté de lui, semblait se méfier de tout signe d'affection hors du lit, et n'était pas disposée à répondre à la plupart des questions qu'il voulait lui poser. Comme la raison pour laquelle elle avait quitté sa patrie…

— Eh bien, quoi que distribuent les *Antiquités McBride* depuis leur arrière-boutique à des criminels de guerre paranoïaques, je suis prêt à parier mon salaire du mois prochain que Kolb est celui qui s'en charge, déclara Tony.

Ian s'assit et se balança sur les deux pieds arrière de sa chaise.

— Vois ce que tu peux trouver. Surveille aussi les propriétaires. Ils pourraient être complices.

— Une charmante étudiante de Boston aurait aidé la Chasseresse à obtenir une nouvelle identité et à disparaître ? railla son collègue en croisant les mains derrière sa tête. Je suis sceptique.

— Parce que tu crois qu'une fille de vingt et un ans ne peut pas être dangereuse ?

Nina but jusqu'à la dernière goutte de l'huile de sa boîte de sardines.

— À la guerre, j'en connais plein : on appelle la plupart « *sestra* ». Ne l'écarte pas juste parce qu'elle est jolie.

— Qui a dit qu'elle était jolie ? protesta-t-il. Je n'en ai pas la moindre idée. Elle pleurait toutes les larmes de son corps parce qu'elle avait perdu son père. Je lui ai passé des mouchoirs, je ne l'ai pas reluquée comme un coureur de jupons au coin de la rue.

— Mais tu crois déjà qu'elle ne peut pas être impliquée. Ce n'est pas ce que tu penses ?

Elle se tourna vers Ian.

— Ça veut dire qu'elle est jolie, oui ?

— Absolument ! répondit ce dernier en sortant les notes qu'il avait prises sur la famille McBride.

— Je n'apprécie pas ! s'offusqua Tony. Je ne suis pas un G.I. qui salive et qui perd tous ses moyens dès qu'il voit passer une paire de jambes bien galbées. Je suis tout à fait capable d'objectivité.

— « Bien galbées », répéta Nina.

— Révélateur, acquiesça Ian.

— Maintenant que vous deux couchez ensemble, vous vous liguez contre moi. C'est parfaitement injuste.

Il lança un papier roulé en boule à Ian. Nina lui jeta la boîte de sardines vide à la poitrine.

— Très bien. Je surveillerai la fille, déclara-t-il.

— Et la mère aussi, renchérit Ian.

Ses notes sur la veuve McBride étaient brèves. Il les avait tirées de la notice nécrologique et du court article de journal sur l'antiquaire décédé et sa famille, qui mentionnait une Mme Anna McBride, née et élevée à Boston.

— Et les dossiers du magasin ? Ils pourraient contenir les traces d'autres individus qui ont été aidés en cachette. Nous savons qu'il n'y a pas que la *Jägerin*.

— Seraient-ils assez stupides pour garder des dossiers d'activités illicites ? demanda alors Tony qui, à son tour, s'était mis à griffonner.

— Tu gardes toujours des dossiers, dit Nina d'un ton ferme. Ce n'est pas stupide, c'est quelque chose à échanger. Quelqu'un à jeter du traîneau pour les loups, si la police vient frapper.

— Encore ta paranoïa staliniste.

Malgré ses railleries, Ian sentait l'énergie vibrer dans la pièce, maintenant que la traque était lancée. Ici, dans ce nouveau bureau, une nouvelle atmosphère flottait dans l'air. À Vienne, le travail était séparé du plaisir. Le soir, Tony rentrait dans sa chambre louée et lui montait au premier, retrouver son lit pliant et son violon. Ici, à Boston, il n'y avait pas de séparation. De l'aube au crépuscule, ils étaient ensemble. Une fois qu'ils eurent épuisé le sujet de *Herr* Kolb et de la méthode à adopter, ils repoussèrent les notes griffonnées de la table pour laisser la place à des bols de soupe en boîte réchauffée, et dînèrent au coude à coude. Et leur repas n'atténua en rien leur farouche détermination. Lorelei Vogt leur appartenait à tous les trois à parts égales et, maintenant, aucun océan ne les séparait plus d'elle.

Nous allons la trouver, songea Ian. *Face à nous trois, elle ne fait pas le poids.*

L'aube se levait et Nina était sur le toit.

Ian et Tony partageaient les deux lits contre deux murs opposés de la seule chambre. Nina avait insisté pour prendre le canapé sous le Velux du salon.

« Je ne dors à côté de personne », avait-elle rétorqué à Ian quand il lui avait proposé le deuxième lit, avec l'espoir qu'il pourrait le rapprocher du sien.

Il était 4 heures du matin. Ian trouva le salon vide et le Velux ouvert. Il grimpa sur le bras du canapé. Un simple saut avait dû suffire à Nina pour monter sur le toit, mais il attrapa le bord du vasistas pour s'y hisser.

La terrasse était un carré plat et nu, entouré d'une corniche à hauteur des genoux. Dans le ciel encore sombre, un mince ruban rose s'étirait sur l'horizon de la ville. Il la trouva allongée sur la corniche, en contemplation devant les étoiles pâlissantes. En voyant sa tenue, il esquissa un sourire amusé : elle portait son pantalon rapiécé, l'un des vieux pulls de Tony et une paire de ses propres chaussettes.

Sans s'avancer vers elle, il lui demanda :

— Vas-tu arrêter de collectiviser le linge ?

Il n'était pas question qu'il s'approche du bord. La seule vue du vide face à elle lui retournait l'estomac.

— Tu as de plus belles chaussettes que moi, répliqua-t-elle.

— *Harrods*. La clé de la survie dans la plupart des circonstances que la vie vous inflige est de prendre soin de ses pieds. C'est quelque chose que j'ai appris en pataugeant dans la boue espagnole, dans les années 1930. Tu vas tomber, ajouta-t-il en la voyant étirer des pieds en l'air.

Elle déplia ses orteils, qui s'arquèrent comme une queue d'oiseau en éventail.

— Non, répliqua-t-elle en étendant les bras.

Rêveusement, elle les agita de haut en bas comme si elle était dans un flux d'air. Ian détourna les yeux du bord. Les bruits de la circulation matinale montaient de la rue : le crissement des pneus sur l'asphalte, les cris discontinus d'un ivrogne rentrant chez lui, auxquels répondaient les cris des gens respectables en route pour leur travail. C'était une ville jeune, impétueuse et décidée, et elle plaisait à Ian.

Nina avait toujours le regard perdu dans les étoiles.

— *Tvoyu mat*..., dit-elle avec un sourire. Le ciel de la nuit me manque.

— De l'époque où tu étais pilote ?

Lui soutirer des informations équivalait à interviewer un porc-épic, toutes piques dehors, vous fouettant de sa queue. Mais il ne pouvait s'empêcher d'enquêter quand même. Sa curiosité de journaliste qui posait des questions n'était pas morte avec son envie d'écrire des articles.

— Tu n'as pas raconté grand-chose sur ta carrière de pilote pendant la guerre.

— J'étais copilote. Je vole pour des missions de bombardement dans le 588e Régiment de bombardiers de nuit. Plus tard connu sous le nom de 46e Régiment d'aviation de bombardiers de nuit des gardes « Taman ».

Elle se redressa et haussa un sourcil.

— Tu as l'air surpris.

— Je le suis, admit-il honnêtement.

— Quoi, tu crois que les filles volent pas ?

— Je sais très bien que les femmes volent. Je suis surpris que tu aies été copilote parce que c'est un travail qui demande de l'obéissance, un esprit d'équipe et de la précision. Pas vraiment les qualités qui me viennent à l'esprit quand je te regarde, petite anarchiste !

— J'étais bonne copilote !

Piquée au vif, comme il l'avait espéré, elle retira ses chaussettes pour lui montrer les tatouages sur les plantes de ses pieds. Une étoile rouge sur la droite, des lettres pointues sur la gauche. Il l'avait déjà interrogée à ce sujet mais elle lui avait répondu d'un haussement d'épaules. Maintenant, comme il s'approchait, elle étira son pied gauche, le posa dans sa main, et traduisit l'inscription « шестьсот шестнадцать ».

— Six cent seize. C'est le nombre des missions de bombardement que j'ai faites pendant la guerre.

— Tu ne parles pas sérieusement ?

Un pilote de bombardier britannique qui avait survécu à vingt missions était censé avoir eu de la chance.

— Six cent seize, répéta-t-elle avec un sourire narquois. Nous petites Soviétiques travaillions plus dur que vos pilotes anglais.

Ian réfléchit à une réplique mordante. Il avait consacré tant d'articles de presse à ces pilotes anglais. Mais Nina retira son pied de sa main et le remplaça par celui avec l'étoile.

— Ordre de l'Étoile rouge, décerné janvier 1943.

Il leva les yeux du pied tatoué de sa femme et croisa son regard dans lequel dansait une lueur à la fois entendue et amusée.

— Je suis… impressionné, camarade.

— Les Hitlériens disaient qu'une escadrille de Po-2, la nuit, ressemblait à un groupe de sorcières sur leurs balais.

Un sourire découvrant ses dents pointues, elle retira son pied.

— Alors ils nous appelaient les *Nachthexen*.

— Les « Sorcières de la Nuit » ? Ça semble plutôt grandiose venant de la prosaïque imagination allemande.

— On leur fichait une de ces trouilles !

Elle s'assit sur ses talons, sur le rebord de la terrasse, et s'accouda à ses genoux. Une cicatrice ancienne marquait son avant-bras, une sorte de nœud, comme si la peau avait été trouée. Il savait qu'il pouvait lui faire cambrer le dos en parcourant cette cicatrice de ses lèvres, mais rien sur son origine.

— Et ça ? demanda-t-il. Puisque nous nous racontons nos vies.

— Ah oui ?

— Je l'espère bien, Schéhérazade.

— C'est qui celle-là ?

— Une femme fascinante qui racontait des histoires. Elle était mariée à un type qui, lui non plus, ne savait pas ce qui l'attendait en l'épousant.

Avec un reniflement de dédain, elle inspecta sa cicatrice.

— Juste un accident de vol. Deux semaines je n'avais pas le droit de voler. Aussi, la raison pourquoi j'ai rencontré camarade Staline, ajouta-t-elle.

27

Nina

Janvier 1943
Moscou

Sur l'aérodrome du front du Caucase nord, elles avaient toutes pleuré sur les épaules les unes des autres. Du commandant Bershanskaia à la toute dernière recrue des mécaniciens, elles avaient sangloté.

« *À Marina Mikhailovna Raskova* », avait fini par dire Bershanskaia.

Éperdues de chagrin, les femmes du régiment qu'elle avait fondé avaient répété :

« *À Marina Mikhailovna Raskova.* »

Son Pe-2 s'était écrasé au cours d'un vol vers un terrain d'aviation près de Stalingrad. Lui coûtant la vie. Elle avait trente-trois ans. Après avoir survécu à tant d'événements, elle avait trouvé la mort dans un vulgaire accident d'avion sur les rives de la Volga.

Puis Nina et les deux autres pilotes du régiment rivées au sol par leurs blessures avaient été convoquées dans le bureau de Bershanskaia, qui était en train de rédiger une série de laissez-passer.

— Elle sera enterrée dans deux jours, expliqua leur chef. Avec tous les honneurs militaires, sur la place Rouge. Notre

« commandante » aura droit aux premières funérailles nationales de la guerre à Moscou.

Toutes trois hochèrent vigoureusement la tête. Les Sorcières de la Nuit s'étaient envolées vers leur cible de la nuit. On n'annulait pas une mission uniquement parce que la fondatrice de son régiment était morte. Raskova elle-même aurait été indignée à cette idée. Les yeux maintenant secs, Bershanskaia leur déclara :

— Il y aura une garde d'honneur autour de ses restes pendant la veillée funèbre. Il est impensable que ses régiments ne soient pas représentés. Je ne retirerai pas trois pilotes en activité de leur mission, mais chaque régiment doit envoyer ses trois officiers blessés qui ont les meilleurs états de service. Vous partez toutes les trois demain.

À l'aube, Nina trouva un uniforme féminin neuf sur son lit. Elle le déplia et le regarda avec horreur.

— Putain !

Elle se débattait avec les boutons rigides pour l'enfiler, quand les Sorcières de la Nuit revinrent de mission, épuisées et couvertes de givre. Yelena fit un tour complet autour d'elle.

— Qu'est-ce que c'est que ça ? Ils nous donnent enfin des tenues conçues pour les femmes ?

Une dizaine de ses collègues contemplaient Nina dans son nouvel uniforme, leurs visages marbrés de larmes s'éclairant d'un sourire. La veste et la jupe de tailleur, complétées par des escarpins à talon, étaient aux antipodes de leurs volumineuses combinaisons.

— Je n'ai jamais porté d'escarpins de ma vie, gémit-elle. Je vais me casser la figure au beau milieu de la place Rouge.

Sa remarque provoqua les rires qui leur manquaient cruellement. Des rires teintés de tristesse, certes. Mais elles riaient.

— Ninochka a besoin de nous, les lapins, déclara Yelena en cherchant ses aiguilles à tricoter. Le moment est venu pour les Sorcières de la Nuit d'opérer leur magie.

Dusia fit un ourlet à la jupe trop longue. Zoya aux dents en avant se chargea de son insigne, qu'elle astiqua pour le faire briller comme un diamant. Et une navigatrice longiligne qui avait été coiffeuse à Novgorod se munit de peignes et de serviettes.

— Nous allons faire quelque chose de ces cheveux, Nina Borisovna, annonça-t-elle en faisant bouffer la crinière rebelle qui lui tombait maintenant jusqu'aux épaules. Tu ne peux pas représenter le 588e sous un tas de foin châtain et terne. Irusha, je sais que tu as une bouteille de peroxyde en réserve. Apporte-la-moi.

— Quelle importance les cheveux, tant qu'ils sont coiffés ? demanda Nina en chancelant sur ses talons neufs.

Mais les filles étaient déterminées. Si elles n'avaient plus de larmes pour pleurer Raskova, elles avaient besoin de se distraire de leur chagrin.

— Laisse-les faire leurs chichis, lui conseilla Yelena. Elles ont besoin de trouver une façon d'aider, même si ça ne concerne que des cheveux.

Elle céda. Et, lorsque l'heure du départ arriva, stable sur ses talons, elle était resplendissante, sa chevelure désormais blonde remontée en chignon, ses lèvres maquillées avec un crayon de navigation. Leurs collègues de dortoir leur ayant consacré les mêmes efforts, ses deux compagnes assignées à la garde d'honneur étaient tout aussi splendides.

— Nous serons fières de vous trois ! s'écrièrent leurs *sestry* en chœur. Et elle sera fière de vous.

Elles les chargèrent d'une multitude de fleurs séchées à déposer au milieu des innombrables couronnes mortuaires de la patrie reconnaissante qui s'empileraient à la mémoire de Marina Raskova.

— Rapporte-moi quelque chose de Moscou, lui demanda Yelena sur le quai de la gare. N'importe quoi, même un gravier. Ça me manque.

Nina se remémora ce qu'elle avait vaguement aperçu de Moscou à son arrivée d'Irkoutsk.

— Pourquoi ? C'est laid.

— Tu ne dois pas voir la ville comme elle est mais comme elle sera. C'est une ville en route pour la gloire. Là où nous habiterons ensemble, après la guerre !

Elle sentit son estomac se nouer. Elle était incapable de se projeter plus loin que sa prochaine mission. Et Yelena faisait déjà des projets pour après la guerre ! Elle répéta, tâtant le terrain :

— Après la guerre, nous irons habiter Moscou ?

— Où habiter sinon à Moscou quand on le peut ?

— Un endroit qui ne serait pas un gourbi ?

Yelena lui donna une tape. Le train sifflait.

— Tu verras Moscou dans toute sa gloire, cette fois. En l'honneur de Raskova. Promets-moi que tu vas adorer la capitale.

Elle s'apprêtait à promettre mais, déjà, le train partait. Yelena lui pressa la main et disparut.

Elle avait eu l'intention de regarder la campagne jusqu'à l'arrivée. Pourtant, la fatigue l'emporta. Écrasées, ses compagnes et elle dormirent presque tout le long du trajet, leurs joues pressées contre les vitres et les séparations en lattes de bois du compartiment. Quand, titubant, les yeux bouffis, elle traversa la place des Trois-Gares, à Moscou, elle eut la sensation de remonter le temps. Elle venait de descendre du train de Sibérie, pas du front du Caucase… le 588e n'avait pas encore été formé, seul existait le Groupe d'aviation 122… Marina Raskova était en train de voler quelque part, bien vivante, en attendant de lui donner sa chance.

Mais Marina Raskova n'était plus qu'un tas de cendres dans une urne solennelle, dans une chapelle ardente, au centre de l'immense hall voûté du club de l'aviation civile. Et pour Nina, Moscou ressemblait toujours à une épave grise.

En la voyant bâiller, l'une de ses compagnes lui tendit un flacon de cachets.

— Le médecin m'a donné ça. Ils nous empêcheront de dormir pendant la veillée. Des « cachets Coca-Cola », ajouta-t-elle, ayant recours à l'américain.

Nina en avala deux et, autour d'elle, tout devint brumeux. Pourtant, portée par une étrange ivresse, elle eut l'impression que les événements de la journée se mélangeaient comme des confettis lancés en l'air. Elles se dirigèrent vers un bureau quelconque où elles furent accueillies par un essaim de fonctionnaires aux visages revêches qui aboyaient des ordres. Son bras douloureux en écharpe, elle emboîta le pas à ses compagnes et se laissa guider à travers le hall voûté du club de l'aviation civile. Elles passèrent devant l'urne devant laquelle veillerait la garde d'honneur de Raskova, suffoquées par le parfum des roses de l'énorme rangée de couronnes funéraires. Elles eurent à peine le temps d'échanger en murmurant quelques rapides paroles avec les autres femmes de la garde d'honneur, que Nina n'avait pas revues depuis Engels. Saluant par la même occasion leur héroïne, elles se chuchotèrent en guise de bonjour :

— Marina.

Tout le temps que dura la longue veille, elle se tint tête haute, rigide, regardant droit devant elle. Presque tout Moscou défilait : des femmes aux épaules voûtées, des enfants maigres, des hommes aux bottes lacées avec de la ficelle... La journée se termina par une nouvelle agitation confuse de fonctionnaires et de dignitaires en costume et, soudain, ce fut le lendemain. L'esprit toujours aussi embrumé mais comme grisée, Nina prit sa place dans la longue et majestueuse procession qui s'avançait sur la place Rouge, après les drapeaux et d'autres couronnes. Le seul visage que l'on distinguait dans la foule était celui de Raskova, ses cheveux bruns et son large sourire reproduits sur des centaines de photos agrandies et brandies au-dessus de la foule. Comme, selon son père, les paysans avaient coutume de brandir leurs icônes, avant la Révolution.

Au moment où ses cendres furent enterrées, les effets des « cachets Coca-Cola » s'estompaient. Oscillant sur ses talons, Nina écouta l'oraison funèbre du lieutenant général Shcherbakov, qui résonna, diffusée dans tout le pays. Il évoqua les très hautes qualités de la femme soviétique et combien elle faisait honneur à son pays.

Un souvenir s'imposa alors à Nina : l'hommage qu'avaient rendu les Sorcières de la Nuit sous les étoiles à la chef d'escadrille qu'elles avaient perdue lors de sa toute première sortie, leurs chansons pleines de douceur qui avaient résonné sur tout le terrain d'aviation. C'était l'hommage que l'on aurait dû rendre à Raskova. Et non cette rhétorique artificielle et les lugubres mesures de *L'Internationale*. Aujourd'hui, à la place de ces vieillards, c'étaient des femmes qui auraient dû glorifier Raskova.

Deux à terre, se surprit-elle à penser. *D'abord la chef d'escadrille puis Raskova. Qui sera la prochaine?* Ce qui était une question stupide car le régiment avait connu bien d'autres pertes. Pourtant, cette pensée la taraudait : « *Qui sera la prochaine ?* »

Le visage de Yelena passa devant ses yeux et, saisie d'une terreur fulgurante, elle sentit les battements de son cœur s'arrêter.

Les cendres de Marina Raskova furent solennellement ensevelies dans les murs du Kremlin. Les drapeaux en berne, les officiers saluèrent, tandis qu'un unique avion survolait, lugubre, la place Rouge à basse altitude. C'était fini.

— Les aiglons de Raskova.

Au son de cette célèbre voix, entendue si souvent diffusée dans des haut-parleurs ou à la radio, Nina eut l'impression que toutes les *sestry* présentes allaient s'évanouir. Ces femmes qui, mitraillées par des canons antiaériens, gardaient leur sang-froid, rougissaient et se dandinaient comme des écolières. Elles étaient incapables de lever les yeux vers le grand camarade Staline.

Les funérailles avaient été suivies par d'interminables réceptions ; encore des costumes, encore des discours appris par cœur. Nina, qui s'était autorisé trois « cachets Coca-Cola » supplémentaires, se sentait de nouveau comme ivre. Elles avaient été alignées dans une banale antichambre où elles avaient attendu une heure. Non loin, des bouchons de champagne sautaient. Soudain, une porte s'était ouverte sur un flot d'arrivants. Sous l'assaut des flashs des appareils photo, toutes avaient cligné des yeux. Sauf Nina. Habituée aux projecteurs ennemis, elle n'allait pas se dérober devant un appareil photo. Dans la lumière éblouissante, elle avait soudain vu le camarade Staline émerger de son escorte de dignitaires comme un loup des fourrés, en chair et en os, dans son uniforme rutilant.

Un nouveau frisson parcourut l'assistance quand un aide de camp annonça que les membres de la garde d'honneur de Marina Mikhailovna Raskova allaient être décorés de l'Ordre de l'Étoile rouge. Sa déclaration fut saluée par un tonnerre d'applaudissements. Mais, intérieurement, Nina haussa les épaules. Quelle importance avait une médaille ? Une bonne dizaine de pilotes du 588ᵉ qui étaient en vol à ce moment-là avaient de bien meilleurs états de service. Elle ne recevait cette médaille que parce qu'elle était retenue au sol au moment de la mort de Raskova. En outre, le camarade Staline ne devait pas non plus accorder beaucoup d'importance aux médailles qu'il décernait. Il était en train de griffonner sur un carnet avec un bout de crayon. Peut-être prenait-il note des innombrables derniers décès de Stalingrad. Comme il était étrange d'avoir devant soi quelqu'un qui vous était si familier et qui, pourtant, vous était inconnu. Comme, au temps des tsars, les paysans qui avaient un aperçu de Dieu. À cela près que le camarade Staline avait plus de pouvoir que Dieu.

À neuf reprises, les flashs crépitèrent alors que, tour à tour, elles s'avançaient, radieuses, pour se voir épingler l'étoile à cinq branches en émail rouge. Éblouie par la lumière crue, Nina sentit l'épingle glisser dans le tissu de son uniforme. Elle avait l'impression qu'elles s'avançaient une à une pour être fusillées. Si le camarade Staline avait décidé, dans cette antichambre, de substituer des balles aux médailles sur leurs poitrines, personne ne l'en aurait empêché.

Derrière l'épaule de l'aide de camp affairé à lui épingler son étoile, elle observa le secrétaire général. Sa moustache était plus grise que sur ses portraits. Son visage aux joues lourdes, grêlé. Ses dents étaient tachées par le tabac de sa pipe. Ses paupières épaisses lui donnaient un air endormi. *Mais vous n'êtes pas du tout endormi*, songea Nina. *Pas du tout*. Dans une pièce voisine, un nouveau bouchon de champagne sauta. Le champagne n'était-il réservé qu'aux membres du parti ou tout le monde y avait-il droit ? *Uniquement les membres du parti*, devina-t-elle.

Le camarade Staline s'avança pour prendre chacune d'entre elles par les épaules et la féliciter chaleureusement.

— Tu fais honneur à l'État.

Il l'embrassait sur les deux joues, à la manière des paysans, des prolétaires. Puis il passait à la suivante. Rouge pivoine, les yeux brillants, toutes restaient muettes. L'aide de camp qui avait pris le carnet du camarade Staline avait les bras chargés de dossiers. Quand il tomba sur la tranche, il s'empressa de le ramasser. Mais Nina avait eu le temps d'y jeter un coup d'œil. Le secrétaire général, avec son front plissé et son air important, dessinait des loups. Des loups en rouge et noir, qui débordaient des pages.

Des mains lourdes se posèrent sur ses épaules.

— Tu fais honneur à l'État.

Elle sentit la moustache dure et rugueuse du camarade Staline frôler ses joues. Le géant des portraits était à peine plus grand qu'elle. Constat qui la fit sourire. Elle surprit l'esquisse d'un sourire sous la moustache grisonnante en réponse au sien.

— Celle-là, dit le grand homme à son aide de camp. Cet aiglon a regardé le camarade Staline droit dans les yeux !

Elle entendit la voix de son père lui murmurer : « *Le camarade Staline est un salaud de menteur qui se fout du prolétaire.* »

La voix lui sembla si forte qu'elle s'inquiéta. L'homme à l'haleine dérangeante de tabac l'entendait-il ?

« *Dis-lui que c'est un sac de merde assassin* », lui conseillait-il maintenant.

Ce n'est pas utile, papa, pensa-t-elle.

Les lourdes mains toujours sur ses épaules, le secrétaire général demanda :

— Qu'est-ce qui te fait sourire, camarade lieutenant Markova ?

Certaine que ce loup pouvait déceler un mensonge, elle répondit en toute vérité :

— Mon père parlait souvent et avec passion du camarade Staline.

Il se rengorgea.

— Ton père était un fervent patriote ?

— Il a coupé beaucoup de gorges tsaristes, camarade Staline.

Ce qui était aussi la vérité absolue.

— Un bon serviteur de l'État, alors ?

Le camarade Staline sourit de nouveau. Il avait le blanc des yeux jaune, comme son père. Elle revit son regard interrogateur le jour où il avait essayé de la noyer. Celui du camarade Staline était identique.

— Combien d'ennemis de l'État as-tu tués, Nina Borisovna ?

— Pas assez, camarade Staline.

« *Salaud de porc de Géorgie*, siffla son père. *Noie-le, garce de roussalka !* » Et elle ne put s'empêcher de penser à quel point il serait facile de tuer l'homme le plus puissant de la patrie, ici et maintenant. Elle avait le rasoir dans sa manche. Elle l'emportait partout avec elle. Elle pouvait le faire glisser dans sa paume, l'ouvrir d'un coup sec et trancher cette gorge épaisse d'une simple entaille. Elle sourit à nouveau.

— Bonne chasse, aiglon.

Le camarade Staline l'embrassa de nouveau sur chaque joue, puis recula d'un pas, détournant son regard perçant de son visage. Des flashs crépitèrent de nouveau. Puis il quitta la pièce.

« Des Étoiles rouges ! »

Le cri avait fusé dans les casernes et toutes avaient fait la révérence, comme si trois *tsarevnas* étaient rentrées au régiment.

« C'est grâce à vous, s'était écriée Nina, couvrant le tumulte de sa voix. *Le camarade Staline m'a remis une Étoile rouge parce que ma nouvelle coiffure lui a plu. »*

— Moi aussi j'aime ta nouvelle coiffure, la complimenta Yelena.

Dès qu'elles en avaient eu l'occasion, elles s'étaient éclipsées dans la grange où elles étaient maintenant allongées côte à côte dans un coin du fond.

Sa pilote portait à son col une rose séchée provenant de l'une des couronnes mortuaires de Marina Raskova : le seul souvenir de Moscou qu'elle avait eu le temps de lui rapporter.

— Tu es née pour être blonde, *Ninochka*. Ça te fait sortir du lot et tu *dois* sortir du lot.

— Dans ce cas, je resterai blonde rien que pour toi.

Sur ces mots, elle s'empara de ses lèvres pour un long baiser. Leur haleine était blanche dans l'air glacial.

— Je t'ai manqué ? lui demanda-t-elle alors.

— Pas du tout ! Zoya n'a jamais essayé de grimper sur l'aile, répondit Yelena avec un sourire espiègle.

Elle lui donna une tape affectueuse.

— Tu as vu les filles des autres régiments. Quelles sont leurs nouvelles ?

— Tu savais que les deux autres régiments étaient mixtes ? Les femmes et les hommes ensemble. « Par nécessité », ont-ils dit. Le 588e est le seul qui reste uniquement féminin.

— Ça a intérêt à rester comme ça. Les pilotes hommes ne sont pas assez consciencieux. Ils prennent même le temps d'aller dîner entre deux missions de bombardement. Quand pour la dernière fois l'une d'entre nous a-t-elle mangé ailleurs que dans son cockpit ? Pas étonnant que nos résultats soient bien meilleurs.

Se tortillant pour lui faire face, Yelena effleura son étoile et chuchota :

— Alors, il est comment ?

Elle n'avait pas besoin de préciser de qui elle parlait.

— Petit, alors qu'il prétend être d'une telle stature !

— C'est la taille de son âme, pas de sa tête, répondit sa pilote, souriante. Je me serais évanouie à ta place.

Nina avait l'habitude d'entendre les autres exprimer leur admiration. Mais Yelena était toujours prompte à sourire de la bouffonnerie et des contradictions du parti.

— Ce n'est pas Dieu, *Yelenushka*. Juste un autre tas de merde du parti en costume.

Elle se redressa vivement.

— Ne dis pas ça !

— Je ne le dis pas. Pas en public, répondit-elle en l'imitant. Je ne veux pas que le camion noir se gare devant ma porte.

— Mais tu le penses ? la pressa-t-elle, horrifiée. Que le secrétaire général est…

— Un fils de porc conspirateur qui écrase les gens ? dit-elle avec un haussement d'épaules. C'est ce que mon père m'a toujours répété. Bien sûr, il disait la même chose du tsar, mais…

— Exactement. Tu as dit que ton père était aussi cinglé qu'un sanglier ivre de vodka. Je pensais que tu désapprouvais tout ce qu'il racontait.

— Cinglé ne veut pas dire qu'il se trompe, rétorqua-t-elle spontanément. Je pense que le camarade Staline est un imposteur.

Yelena ramena ses genoux sous sa poitrine.

— Que veux-tu dire ?

Nina revit la capitale décorée pour Marina Raskova, qui aurait sans doute été plus heureuse d'entendre les voix mélodieuses de ses pilotes entonner le chœur des paysans d'*Eugène Onéguine* qu'elle avait un jour chanté avec elles, en route vers Engels.

— Tous ces défilés, ces discours… c'est comme une scène de théâtre ou… Je ne sais pas, ajouta-t-elle avec un haussement d'épaules. Je suis juste une simple copilote originaire du Vieil Homme. Je ne sais rien.

— Non ! Tu ne sais rien, répliqua Yelena d'une voix tranchante. Parce que là-bas sur le lac, tu n'as que la glace et la taïga et que rien ne change jamais. Mais je me souviens de Moscou dans mon enfance. Et avant, de ce que mon grand-père m'a raconté. À cause du camarade Staline, les choses sont différentes.

— Mieux ? la provoqua-t-elle. Comme faire la queue à 3 heures du matin pour s'acheter des chaussures, ainsi que tu m'as dit que ta mère le faisait quand tu étais petite ?

— Ce sera mieux. Le camarade Staline a un plan pour la ville, pour nous tous. Je regarde Moscou et je peux voir la capitale comme il la voit. Comme elle sera après la guerre.

Nina la dévisagea. Elle avait envie de lui lancer : « C'est un loup aux yeux jaunes déguisé en homme. Et tu es en admiration parce qu'il a décidé de me décorer d'une médaille plutôt que me dévorer ? »

Mais elle se contenta de dire d'un ton pincé :

— Tu m'as manqué tous les jours. Sommes-nous vraiment en train de nous disputer une heure après mon retour ?

— Non, dit Yelena d'un ton tout aussi pincé. Tu ne comprends pas, c'est tout. Tu ne comprends pas. Nous avons grandi dans des conditions si différentes.

Je suis une rustre, songea Nina. *Juste une petite sauvage qui ne comprend rien.*

Le silence se fit.

— Je n'étais pas vraiment en état de voir les choses comme toi, finit-elle par avancer. Moscou ou le camarade Staline… Grâce à ces cachets, j'ai vu double pendant tout l'enterrement.

Leur effet passé, elle avait eu un mal de tête carabiné.

— Les cachets Coca-Cola, précisa-t-elle. Si c'est ce que les Américains servent pour leurs dîners, pas étonnant qu'ils soient tous fous.

Comme elle l'avait espéré, Yelena s'attendrit immédiatement. Dénouant ses bras de ses genoux, elle lui prit la main.

— Je n'avais pas l'intention de te sauter à la gorge. Je suis si fatiguée, c'est tout. Nous volons de si longues heures, la nuit. Quatorze missions, quinze missions. Tu savais qu'ils allaient bientôt nous transférer ? Quelque part près de Krasnodar.

Avec un soupir résigné, elle ajouta :

— Ils disent que ce sera encore pire là-bas.

Avec pour seule note de couleur la rose séchée à son col, des cernes noirs sous les yeux, elle avait l'air épuisée. *Ma rose de Moscou*, se dit Nina.

— La Roussalka est de nouveau apte à voler ?

— Oui, les mécaniciens ont enfin donné leur feu vert.

La conversation se poursuivit, enjouée, sur la Roussalka, le pilotage, tout ce qu'elles aimaient. Était-ce la raison pour laquelle elles ne s'étaient jamais disputées auparavant ? Parce qu'elles ne parlaient que de guerre, de voler, et l'une de l'autre ?

Eh bien, elles ne se disputeraient plus. Nina n'avait pas la moindre envie de revenir dans la grange pour discuter de la politique du parti. Tout ce qu'elle voulait, c'était des câlins, des rires et faire l'amour. *Donnez-moi juste la Roussalka et Yelena. Je n'ai besoin de rien d'autre au monde.*

Elles étaient en train de s'emmitoufler pour regagner leurs quartiers en catimini quand la voix amusée du camarade Staline résonna à son oreille : *« Alors, laquelle de vous est la prochaine ? Yelena ? La Roussalka ? Ou toi, petit aiglon ? »*

Un frisson la traversa, comme si la main palmée d'une roussalka s'était emparée de son cœur en une étreinte glaciale. *Qu'as-tu vu ?* interrogea-t-elle silencieusement le secrétaire général. *Qu'as-tu vu ?*

Peut-être rien. Peut-être était-ce juste les cachets Coca-Cola qui la rendaient craintive.

Ou peut-être avait-il vu que le dernier des aiglons de Marina Raskova ne croyait pas les conneries qu'il inventait pour les filles comme Yelena, les histoires sur le glorieux avenir de la Mère Patrie. *L'a-t-il vu ?* Elle persistait à se poser la question. Il avait dû voir quelque chose, suffisamment pour se rappeler son nom. Peut-être l'avait-il noté, après coup, dans son carnet, à côté des loups qui couraient. Parce que l'enquête arriva dans l'année.

28

Jordan

Juin 1950
Boston

Dan McBride était assis, un morceau de papier de verre à la main, et regardait derrière lui, par-dessus son épaule. L'image frissonna dans le bain de fixateur, fantomatique sous la lumière rouge. Jordan l'entendit lui dire, comme il l'avait fait cet après-midi-là : « *Qu'est-ce que tu fais, ma belle ?* » aussi clairement que s'il était ici, dans la chambre noire.

« *Fais comme si je n'étais pas là*, avait-elle répondu. *Je veux une photo de toi dans l'atelier.* »

C'était l'une des dernières photos de son père qu'elle avait prises. Elle sentit une larme rouler jusqu'à son menton et l'essuya. Depuis qu'elle était descendue en trombe dans la chambre noire, à 23 heures, pour développer des négatifs, une heure auparavant, elle pleurait par intermittence. Pourquoi ne pas développer des photos ? Elle ne supportait pas la pensée de rester allongée dans son lit, à contempler le plafond. Ne supportait pas de penser au lendemain, un autre jour de travail au magasin, maintenant qu'il était rouvert, pour aider à former le nouveau vendeur puis rentrer dîner, dans un silence de plomb, et manger l'un des gratins de l'enterrement qu'Anneliese aurait sorti. Elles ne seraient que trois autour de la table, au lieu de quatre… Elle cligna des yeux et recula d'un pas pour voir la rangée de négatifs.

— Celle-là.

Une photo en contre-plongée de son père, les yeux baissés sur un plateau à cartes de visite terni.

— C'est vraiment toi.

Daniel Sean McBride au travail, le vrai Daniel Sean McBride. C'était lui. C'était une bonne photo.

Elle s'aperçut que ses larmes coulaient à flots, de nouveau. Elle leur laissa libre cours et passa aux photos prises sur le petit aérodrome où Garrett l'avait emmenée voler. Elle savait qu'elle aurait dû lui téléphoner. Il lui avait laissé des messages. Tout comme sa mère, qui avait fait des allusions discrètes à des dates du printemps pour reprogrammer le mariage. La pensée de se replonger dans l'organisation du mariage lui donnait envie de hurler.

— Je t'appellerai demain, dit-elle à voix haute.

Avec un soupir, elle se mit à nettoyer les plateaux des produits chimiques.

Alors qu'elle se glissait à l'intérieur de la maison, une silhouette mince et pâle sortit de l'obscurité, au pied de l'escalier de l'entrée.

— Toi non plus, tu ne pouvais pas dormir ?

La voix d'Anneliese la fit sursauter.

— Vous m'avez fait peur.

— Je suis désolée, s'excusa sa belle-mère en resserrant le cordon de sa robe de chambre bleu pâle. J'allais faire du chocolat chaud. Tu en veux ?

— Oui, merci. Ruth vous a encore réveillée ?

— Ses terreurs nocturnes empirent.

Anneliese se dirigea vers la cuisine de son pas silencieux et sortit deux mugs du placard. Quand Taro les rejoignit, guettant un morceau de nourriture qui pourrait tomber à terre, elle gratta ses oreilles noires en un geste affectueux.

— Je ne sais pas comment faire avec Ruth quand elle se met dans un tel état. Elle a toujours été si docile. Je ne sais pas quoi faire quand elle ne l'est pas.

Avec un soupir, Jordan répondit :

— Papa lui manque, c'est tout. Elle s'est endormie ?

— Oui, finalement. Et maintenant, c'est moi qui n'arrive pas à fermer l'œil.

Jordan regarda sa belle-mère. À la lumière crue de la cuisine, ses cheveux bruns lâchés pour une fois, son visage sans poudre ni maquillage, elle avait l'air vulnérable.

Quand elle voulut l'aider, elle déclina :

— Non, assieds-toi. Tu dois être fatiguée après toutes ces heures de travail au magasin.

— Le nouveau vendeur sera bientôt prêt à le tenir seul. Il sera d'une aide précieuse.

Elle parvint à sourire et avança une chaise à la table de la cuisine.

— Il m'a dit qu'il pourrait vendre de la glace à un Esquimau, et c'est la vérité.

— Comment s'appelle-t-il, déjà ?

— Tony Rodomovsky.

Jordan avait pensé qu'il serait gênant de travailler avec un homme qui l'avait vue pour la première fois en larmes devant une tarte au citron meringuée. Mais cela n'avait pas été le cas. Le nouveau vendeur avait récupéré son mouchoir la semaine suivante, avec bonne humeur, sans faire la moindre référence à cet épisode. Et il avait traité Jordan exactement comme il traitait toutes les autres femmes qu'il rencontrait au magasin. À savoir qu'il avait flirté avec elle. Le genre de flirt insignifiant, sans exigences, qui était agréable. Son sourire disait : « Comme vous êtes jolie. Je vous en prie, laissez-moi m'occuper des clients. En fait, laissez-moi m'occuper de tout. » Les femmes étaient sensibles à ce sourire. Il ne connaissait quasiment rien aux antiquités mais il en était tellement contrit que les clientes semblaient ne pas lui en tenir rigueur.

—Vous savez qu'il a convaincu Mme Wills d'acheter quelque chose, au lieu de seulement passer une heure à critiquer chaque objet ?

—C'est un charmeur. Est-ce que je l'ai rencontré ? demanda Anneliese en se massant le front. Ça a été un tel tourbillon, ces derniers jours. Je ne m'en souviens plus.

—Pas encore. Il a d'excellentes références. Vous voulez le voir avant la fin de sa période d'essai ?

—Je passerai bientôt.

Avec un soupir, elle ajouta :

—Je ne veux même pas mettre un pied au magasin. J'avais mes petites idées pour améliorer les ventes, mais ton père tirait une telle fierté d'avoir une femme qui n'avait pas besoin de travailler... Y aller maintenant me donnerait l'impression que je ne respecte pas son souhait.

—Je peux m'en occuper, vraiment. Vous avez les autres affaires de papa à gérer.

Que faire de ses vêtements, de ses chaussures, de ses possessions ? Fallait-il enlever son blaireau et son rasoir de la salle de bains ? Tous ces détails à gérer après un décès.

Anneliese faisait chauffer le lait.

—Il était très organisé, heureusement. Nous n'aurons aucun souci à nous faire pour l'argent. Il avait une assurance. Nous n'aurons pas à nous serrer la ceinture pour joindre les deux bouts. J'ai rendez-vous avec le notaire au sujet de son testament.

Jordan était incapable d'envisager le moindre détail officiel.

—Si je peux aider...

—À nous deux, nous pouvons venir à bout de tout, la rassura sa belle-mère en versant le lait.

Tournant la tête vers elle, elle lui sourit.

—J'ai tellement de chance que tu sois une fille aussi capable, Jordan. Plus qu'une fille, vraiment. Je devrais arrêter de t'appeler comme ça. Le fait d'avoir une femme adulte à mon côté m'est d'un grand réconfort en ces circonstances.

Le compliment la réchauffa plus que la tasse de chocolat chaud qu'elle posa entre ses mains.

— Merci.

Elle prit la chaise en face d'elle. Quand elle repoussa ses cheveux derrière ses épaules, Jordan distingua sur sa nuque la ligne rose pâle d'une cicatrice qui disparaissait sous son col.

— Vous vous êtes blessée ? demanda-t-elle en la montrant.

Elle ne se souvenait pas de l'avoir remarquée.

— Un accident d'enfance, dit Anneliese avec une grimace. J'ai toujours trouvé cette cicatrice moche, alors je la cache avec du fond de teint dès que je me lève. Le maquillage américain fait des miracles.

— Elle n'est pas moche. Elle se voit à peine.

— C'est ce que disait ton père. À Dan, ajouta-t-elle en cognant son mug contre le sien.

— À papa, renchérit Jordan.

Elle savoura l'onctueux breuvage. Anneliese faisait les chocolats chauds comme personne. Elle y ajoutait un ingrédient secret. Puis elle commença à observer sa belle-mère, de l'autre côté de la table.

— Comment allez-vous, Anna ? Je veux dire, vraiment ? Vous faites bonne figure avec les voisins mais vous buvez du chocolat à 3 heures du matin.

Anneliese se massa les tempes.

— Je fais un rêve depuis des années. Depuis la guerre. Il avait quasiment disparu quand je suis venue vivre dans cette maison mais il est revenu. Ton père était un bon antidote contre les cauchemars.

Elle s'interrompit, dit un mot en allemand, essaya de trouver l'équivalent en anglais.

— « Très de cette terre » ? Si je me réveillais à côté de lui, j'étais tout de suite rassurée. Il était solide. Avec lui, aucun rêve ne pouvait me poursuivre.

Jordan sentit sa gorge se nouer. Mais ce n'était pas de tristesse. Et elle raconta :

— Je le revois assis au bord de mon lit, quand j'étais petite, me dire que les chauves-souris ne pouvaient pas sortir de mon rêve pour m'attraper.

— C'est de ça que tu rêvais ? demanda Anneliese en repoussant une mèche de cheveux rebelle. Les chauves-souris ne sont pas si méchantes.

— J'avais l'âge de Ruth. Elles étaient assez méchantes. Et vous, racontez-moi votre cauchemar.

Voyant son hésitation, elle la pressa :

— Ça ne peut pas faire de mal de me le raconter.

Sa belle-mère donnait l'impression de ne pas vouloir se confier. Mais elle fit glisser sa main sous la masse de sa chevelure brune et, tandis qu'elle se frottait la nuque, les mots parurent jaillir malgré elle.

— Le rêve commence toujours sur la rive d'un lac. Une femme court droit vers moi. Elle est petite, en haillons, et je sais qu'elle veut me tuer.

— Pourquoi ?

— Je l'ignore. Tu sais, les rêves n'ont aucun sens. Mais elle irradie de haine.

Elle tressaillit avant de poursuivre :

— Je la chasse en direction du lac, sur la rive nue où elle ne peut pas se cacher… Mais elle se cache. Elle disparaît dans le lac. Il l'avale, l'attire comme s'il l'aidait à se camoufler. Je reste debout sur la rive à attendre qu'elle revienne pour moi.

À son tour, Jordan frissonna. Anneliese parlait d'une voix lente, rêveuse, comme si elle était à moitié endormie.

— J'attends longtemps et, finalement, je comprends que tout va bien. Qu'elle est partie. Que je suis en sécurité.

Elle leva les yeux et l'enveloppa d'un regard étrange.

— C'est alors qu'elle émerge du lac, couverte de sang, et qu'elle glisse dans l'eau, vers moi. Ses dents sont comme des pointes, ses ongles brillent comme des lames de rasoir. Et c'est l'instant où je me réveille, avant que la sorcière de la nuit me tranche la gorge.

— C'est horrible, ne put s'empêcher de dire Jordan.

— Je sais.

Sa belle-mère souleva sa tasse avec un sourire forcé.

— Ce qui explique le chocolat en pleine nuit.

— Qui est la femme du cauchemar ?

— Quelqu'un que je ne connais pas.

Taro posa son long museau sur le genou d'Anneliese, qui la caressa en lui disant des paroles affectueuses en allemand.

— Je pense qu'elle sort d'un de ces épouvantables contes de fées que l'on m'a racontés, trop petite. Une *roussalka*.

— Vous avez déjà prononcé ce mot, se rappela Jordan, fouillant dans sa mémoire. La première fois que nous sommes allés au lac Selkie.

— C'est exact. Une *selkie* vient aussi d'un lac, poursuivit Anneliese d'un ton maintenant plus léger. Mais c'est la version écossaise. Elle n'est pas aussi malveillante. En Allemagne existe une légende sur une certaine Lorelei qui, assise sur un rocher surplombant le Rhin, peigne sa longue chevelure. Si tu vas plus à l'est, elle devient bien plus dangereuse. Une *roussalka*.

Elle baissa ses yeux bleus vers la table.

— Une *roussalka* ne sort que la nuit, vêtue des eaux du lac. Si tu croises son chemin, elle te tue.

Un court silence se fit.

— Eh bien, finit par dire Jordan, j'ai de la chance de n'avoir jamais fait d'autres cauchemars que celui des chauves-souris. Ou celui de traverser le hall de l'école en soutien-gorge. Comme une publicité pour Maidenform.

— Et maintenant, je t'ai parlé des sorcières de la nuit ! Je suis désolée, Jordan. Jamais je n'aurais dû te raconter quelque chose d'aussi horrible. En pleine nuit, en plus !

Anneliese regarda la pendule d'un air navré.

— Je ne suis plus moi-même après ces cauchemars. Ils me rendent craintive et je me mets à bavasser. Ce qui ne me ressemble pas du tout.

— Ça vous a aidée ?

— Je pense que oui. Je vais peut-être pouvoir dormir, maintenant, ajouta-t-elle en vidant son mug.

— Dans ce cas, je suis contente que vous me l'ayez raconté.

Jordan se leva et ramassa les tasses, qu'elle mit dans l'évier.

— Puis-je juste vous dire…

Sa belle-mère qui, Taro sur les talons, se dirigeait vers la porte de la cuisine, s'arrêta à mi-chemin.

— Oui ?

— Je suis si contente de vous avoir.

Jordan planta son regard dans les yeux azur et ajouta :

— Nous n'avons pas vraiment démarré du bon pied à cause de mon imagination débordante. Mais je ne sais pas ce que je ferais sans vous, maintenant.

Anneliese tendit un bras et lui frôla les cheveux.

— Tu t'en sortirais très bien sans moi, Jordan. Tu es un pilier, aussi forte que ton père.

Elles s'étreignirent avec ferveur. *Il n'y a plus que nous deux, désormais*, pensa Jordan. *Nous deux, à nous serrer les coudes pour faire vivre Ruth, une chienne et une boutique.* La notion n'était peut-être plus aussi effrayante qu'elle l'avait été.

— Peut-être pourriez-vous me conduire à l'autel, au printemps prochain ? suggéra-t-elle alors quand elles se séparèrent. Qu'en pensez-vous, est-ce que ce serait contraire à la tradition ?

— Bien sûr, si tu veux. Il y a juste un petit problème, ajouta Anneliese avec un sourire malicieux.

— Lequel ?

— Tu n'as pas le moindre désir d'épouser Garrett Byrne.

Sur ces mots, elle l'embrassa sur la joue pour lui souhaiter une bonne nuit.

— Voilà. Je t'ai donné un autre sujet de rêve que les sorcières de la nuit émergeant des lacs.

29

Ian

Juin 1950
Boston

— Mauvaises nouvelles, patron.

La voix de Tony résonnait à l'autre bout de la ligne comme s'il avait été au fond du lac sibérien de Nina. Alors qu'il n'était qu'à faible distance, au coin des rues Clarendon et Newbury.

Ian fit passer le combiné de son oreille endommagée à la valide. Il était en train de boutonner sa chemise. Les griffures de Nina le long de son dos le firent grimacer.

— Je t'écoute.

— Sympathiser avec Kolb n'a servi à rien. Il ne veut pas se laisser convaincre de parler. Juste un grognement. Puis il trouve une excuse quelconque pour s'échapper.

Décevant, songea Ian. *Mais pas surprenant.* Depuis des semaines maintenant, les efforts déployés par Tony pour charmer leur suspect se heurtaient à un mur. Nina entra dans la chambre. Simplement vêtue de l'une de ses chemises, elle avait un air inquisiteur.

— Je déteste reconnaître mon échec, mais la stratégie de la carotte a officiellement échoué, conclut son associé.

Elle se hissa sur la pointe des pieds pour tendre l'oreille vers l'écouteur.

— C'est notre tour ? demanda-t-elle.

— Ne vous gênez pas, répondit Tony. Pour le moment, Kolb me prend pour un idiot d'Américain, trop bête pour remarquer qu'il m'évite. Mais si je persiste, il va commencer à se méfier. Je suis à court de prises. C'est ton tour de batte.

Ian chercha un bout de crayon.

— C'est une métaphore de base-ball ?

— Tu es sur la terre des braves et des hommes libres, maintenant, patron. Il est temps de laisser tomber le cricket. Je serai au magasin jusqu'à l'heure de la fermeture. La jolie Mlle McBride doit amener sa belle-mère pour qu'elle approuve mon recrutement. Mais Kolb ne travaille pas cet après-midi. Vous avez encore deux heures devant vous si vous voulez tenter votre chance.

— Pourquoi pas ? dit-il en baissant les yeux vers Nina. Nous n'avons pas de billets de concert pour ce soir, si je ne m'abuse, chérie ?

— Suis pas ta chérie, espèce de *mudak* capitaliste !

Il sourit et reprit à l'intention de Tony :

— Donne-moi l'adresse de Kolb.

Quand il raccrocha, Nina avait repéré son pantalon dans la traînée de vêtements épars qui menait à la chambre. Ian l'examina : il était rapiécé de partout.

— Tu n'aurais rien qui te donne une allure de secrétaire aux lèvres pincées ?

Elle le dévisagea comme s'il lui parlait chinois. Il poussa un soupir résigné.

— Je suppose qu'en tant qu'homme marié, ce moment était inévitable.

— Quoi ? demanda Nina d'un ton soupçonneux.

— Je t'emmène faire les boutiques.

— *Blyadt !* murmura Nina en franchissant la grande double porte de *Filene* sur Downtown Crossing.

Ian ne pouvait qu'imaginer à quel point cela devait lui paraître étrange. À quel point cette immense ville américaine, bruyante et prospère, semblait insolite à quelqu'un qui avait passé presque toute sa vie à l'autre bout du monde, dans l'armée de l'air soviétique, puis dans une Angleterre ravagée par la guerre et soumise au rationnement. Elle avait déjà été stupéfaite par le magasin bon marché de leur quartier, sur Scollay Square. Mais, maintenant, éblouie, elle ne cessait de cligner des yeux.

— Tout est présenté comme ça ? À vendre ? Pour tout le monde ?

— C'est l'idée.

— Pas de queue devant la porte, pas de marchandage, pas de rationnement…

Elle resta en contemplation devant le rayon des parfums.

— Même en Angleterre, c'est pas comme ça. Les étagères sont vides, avec pénurie de tout. Ici, c'est comme…

Elle prononça un mot russe.

— Une corne d'abondance ? devina Ian. Une extrême profusion ?

— Pourriture de décadence industrialiste. Tout ce que j'entendais à mes réunions de Komsomol. À quel point l'Ouest est gaspilleur et corrompu. *Der'mo*, je regrette de ne pas être venue avant.

— Essaie de ne pas faire trop de commentaires sur le capitalisme ou le socialisme là où on pourrait t'entendre.

Il confia sa femme à une vendeuse du rayon prêt-à-porter féminin qui, les bras chargés de jupes, l'entraîna dans une cabine. Devant l'air extrêmement dubitatif de Nina, il sourit.

Lorsqu'elle ressortit en quête d'autres vêtements, il jeta un coup d'œil à sa montre.

— Les hommes trouvent toujours que les femmes mettent trop de temps, fit remarquer la vendeuse avec un clin d'œil.

Il l'entendit à peine. *Herr* Kolb arriverait chez lui dans deux heures. S'ils pouvaient le surprendre à sa porte, fatigué après une longue journée, il ne se méfierait pas.

Nina émergea de la cabine vêtue d'une robe d'été à fleurs à la jupe bouffante, large comme une crinoline.

— C'est ça que portent les secrétaires ?

— Absolument pas. Il faut que tu ressembles à une garce, maussade et sans cœur, qui déteste tout et tout le monde et, surtout, les petits étrangers ingrats qui mentent au sujet de leurs faits de guerre. Tu as sûrement rencontré quelqu'un qui…

— Ma chef du Komsomol d'Irkoutsk, répondit-elle immédiatement.

— Parfait. Entre dans son personnage.

— *Nu, ladno.* D'accord.

Nina disparut dans la cabine, en lançant :

— C'est autre raison pourquoi j'aime ici. Pas de réunions politiques.

— Je peux te garantir qu'il y en a aussi dans l'Ouest décadent et qu'elles sont tout aussi ennuyeuses. Tu n'as jamais été un journaliste novice qui prend des notes dans la tribune de la Chambre des communes pendant que le membre du Parlement du fin fond du Yorkshire se perd en discours interminables sur le pourrissement des racines du canton.

La vendeuse revenait, chargée de chemisiers.

— Elle sera ravissante avec ces…

— Pas de rose. Pas de nœuds, déclara-t-il en effleurant la pile de corsages à froufrous. Vous n'avez rien de marron ?

— Votre femme n'a pas un teint à porter du marron, monsieur Graham. Pour être honnête, je pense qu'aucune femme n'a un teint à porter du marron.

Elle battit en retraite en secouant la tête d'un air accablé. Et Nina réapparut, dans une jupe crayon chocolat et un chemisier à manches courtes.

— Oui ?

— Des manches longues. Quelque chose qui cache les marques laissées par les années à te faire mitrailler par des Messerschmitt au lieu de prendre des cours de sténo.

Il en savait plus sur l'origine de ces cicatrices, désormais. Elle avait été si amusée par son étonnement lorsqu'elle lui avait raconté sa rencontre avec le secrétaire général Staline qu'elle s'était laissée aller à lui relater bien d'autres histoires, sur le toit-terrasse.

Retirant déjà son chemisier, elle disparut derrière le rideau et fit remarquer :

— Je vois d'autres hommes assis devant les cabines. C'est une chose que les hommes américains font ? Ils ont l'air agacé pendant que les femmes essaient des vêtements ?

Ian sourit et se cala contre le mur. Il s'amusait comme un petit fou.

— Pas tant une coutume américaine qu'une coutume de gens mariés. Les hommes russes n'attendent pas des heures pendant que leurs femmes essaient des robes ?

— Les hommes russes attendent des heures dans une queue mais uniquement pour de la vodka. Au moins, la vodka est meilleure qu'ici, ajouta-t-elle avec un reniflement de dédain. Vous, les gens de l'Ouest, vous ne savez pas boire.

— Tu n'as visiblement jamais vu une pièce remplie de correspondants de guerre jouant au poker, à Weymouth.

— Trouve-nous vodka et tu rouleras sous la table bien avant moi, *luchik*.

— Remplace-la par du whisky et tu peux toujours essayer, petite cosaque.

Elle ressortit dans un chemisier bleu marine, à manches longues, à col haut.

— Oui ?

Les mains sur les hanches, elle le dévisagea, les yeux plissés, avec un froncement de sourcils menaçant.

— Tu ressembles à un bourreau qui connaît la sténo, approuva-t-il, admiratif.

— C'est foutu chemisier horrible, acquiesça-t-elle en se regardant dans la glace. Mérite de mourir dans un goulag de l'Arctique, ce chemisier. Mérite d'emballer des entrailles de poisson sur un baleinier, de filtrer de l'essence dans des jerricans.

La vendeuse, toujours en pleine effervescence, revenait avec une robe de couleur vive sur le bras. Elle la brandit sous le nez de Nina. Rouge comme un drapeau soviétique, elle était assez courte pour dévoiler le galbe de ses jambes musclées.

— Vous êtes sûre de ne pas vouloir quelque chose de plus coloré, madame Graham ? N'est-elle pas née pour porter du rouge ?

— Absolument, ironisa Ian, imperturbable. Nous la prenons.

Nina se renfrogna.

— Pourquoi ?

— Je ne peux pas acheter une robe à ma femme ?

— On divorce, tu t'en souviens pas ?

— Et alors ? Tu la porteras pour le divorce.

Et il paya la robe. Il ne pouvait pas se le permettre mais il s'en fichait.

Peu après, sa pseudo-secrétaire sur les talons, il se retrouva sur Summer Street et chercha un taxi. Détrempés, les trottoirs brillaient. Il avait dû pleuvoir pendant qu'ils étaient à l'intérieur, l'un de ces rapides orages d'été si courants à Boston. Fidèle à son habitude, Nina leva les yeux pour inspecter le ciel.

— Bonnes conditions de vol ? demanda-t-il.

— Encore pluie à venir, pas bon. Mais nuages pour semer Messer, très bon. C'est bonnes conditions pour chasser, ajouta-t-elle avec un sourire taquin.

Il lui offrit son bras.

— Alors partons à la chasse.

Quand *Herr* Kolb ouvrit sa porte, Ian sut exactement ce qu'il voyait. Parce que nombre de coupables avaient vu la même chose au cours des dernières années : un enquêteur de haute taille dans un complet avec un pantalon aux plis impeccables et au sourire dénué de toute trace d'humour. Kolb eut la réaction de la plupart d'entre eux quand ils se retrouvaient face à cet homme : il s'écarta nerveusement comme s'il voulait déjà se cacher.

Une réaction qui plut à Ian. Qui lui plut même beaucoup trop.

— *Kann ich*… je peux vous aider ?

Kolb était un petit homme, dans un costume qui flottait sur ses épaules maigres. Il cligna vivement des yeux. Ils avaient bien calculé leur coup. Il n'avait même pas eu le temps de retirer sa veste.

— Monsieur ? reprit l'Allemand.

Ian laissa le silence s'éterniser. Ils devaient être nerveux avant de parler. Trop nerveux pour demander une pièce d'identité, pour s'interroger sur la légitimité de leur présence ici, pour se poser la question de leurs véritables droits.

— Jurgen Kolb ? demanda-t-il avec son accent britannique le plus hautain.

La voix de son père. L'intonation trop sonore, trop assurée, qu'il avait entendue toute son enfance. La voix d'un homme qui partait du principe que le monde lui appartenait parce qu'il avait fréquenté les bonnes écoles, les gens qu'il fallait ; un homme qui savait que le soleil ne se couchait jamais sur l'Empire britannique. Et que, bon sang ! il fallait le rappeler aux Boches, aux Ritals, aux métèques.

— Je suis Ian Graham de…

Il débita une série d'acronymes inutiles en espérant que *Herr* Kolb, avec son anglais inégal, ne les assimilerait pas. Puis il lui montra brièvement son passeport, tamponné de suffisamment de sceaux et de cachets pour intimider quiconque n'aurait pas eu la conscience tranquille.

Kolb tendit une main pour le lui prendre.

— Je peux…

Il le dévisagea, glacial.

— Je ne pense pas que ce soit nécessaire. Et vous ?

L'espace d'un instant, l'incertitude plana. Kolb pouvait leur fermer la porte au nez. Il pouvait leur demander de vraies références. Mais il se replia et recula à l'intérieur. Il le suivit d'un pas nonchalant et Nina entra à son tour, le regard implacable, comme si elle voulait déporter Kolb dans un goulag sur-le-champ. Dans l'appartement de location, sommairement meublé d'un lit, d'une table et d'un réfrigérateur, il régnait une chaleur étouffante. Une odeur d'huile de friture et de rouille flottait dans l'air.

— Qu'est-ce que c'est que cette intrusion ? s'indigna Kolb avec son accent allemand. Je n'ai rien *fffait* de mal.

— C'est ce que nous allons voir.

Prenant son temps, Ian fit le tour des lieux, les mains dans les poches. Sur la table, à côté d'une bouteille d'un whisky bon marché, un verre était à moitié plein. Il s'était servi à boire dès qu'il était rentré, avant même d'enlever sa veste…

— J'ai quelques questions pour vous, Fritz. Soyez gentil de coopérer.

— Je ne m'appelle pas Fritz. Je m'appelle Jurgen. Jurgen Kolb.

— Pas du tout, répliqua Ian, affable. Espèce de pitoyable petit Boche !

— *Ich verstehe nicht.*

— Vous *verstehe* parfaitement. Montrez-moi vos papiers d'identité.

Lentement, Kolb sortit son portefeuille, son passeport, ses divers papiers. Ian les parcourut et les passa à Nina, qui prit des notes comme si elle était en train de copier des secrets d'État.

— Excellent faux, approuva-t-il en admirant le passeport. Un travail d'une rare qualité.

C'était le cas. Soit Kolb était le vrai nom du vendeur des McBride, ce dont il doutait, soit son hypothèse d'avoir affaire à un expert en faux papiers se confirmait de seconde en seconde.

—*Ich verstehe nicht*, répéta Kolb, renfrogné.

Ian enchaîna en allemand. Il le parlait couramment, malgré son accent. Et Kolb sursauta lamentablement.

—Vos papiers sont faux. Vous êtes un criminel de guerre. Vous êtes entré aux États-Unis sans signaler vos crimes en Europe, ce qui compromet votre statut légal dans ce pays.

L'homme baissait les yeux sur ses genoux.

—Non.

—Si. Et vous aidez d'autres criminels de guerre comme vous, probablement dans l'arrière-boutique de ce magasin d'antiquités, au coin des rues Newbury et Clarendon.

Kolb jeta un coup d'œil au verre qui attendait sur la table, puis fixa de nouveau ses genoux. Ian le prit et fit tourner le whisky pour attirer l'attention de l'Allemand.

—Comment avez-vous décroché ce poste, Fritzie ? Vous avez embobiné la veuve en lui faisant croire que vous étiez un expert en livres anciens ? Vous avez piqué la clé de l'arrière-boutique à la fille pendant qu'elle retrouvait son fiancé, pour monter une opération clandestine et vous faire payer par vos vieux amis nationaux-socialistes ?

Ian secoua la tête.

—Ce qui est drôle avec les Américains, c'est qu'ils ne s'inquiètent pas beaucoup des ex-nazis. Ils sont bien plus remontés contre les communistes, ces temps-ci. Mais, en dépit de tout le foin qu'ils font autour de l'accueil des réfugiés de guerre, les Ricains ne les aiment pas vraiment, surtout le genre qui exploite la veuve et l'orphelin.

Il s'interrompit.

—Comme vous.

—Ce n'est pas vrai, marmonna Kolb.

Nina secoua la tête comme si elle n'avait jamais entendu de tels mensonges.

— Oh si ! Maintenant il ne me reste plus qu'à décider ce que je vais faire de vous.

Ian avala une gorgée de whisky et fit une grimace.

— Bon sang ! Un faussaire ne gagne pas assez pour s'offrir un single malt ? Dites-moi qui vous avez aidé. Pour qui vous avez fait des papiers ?

Le menton de Kolb tressauta mais il garda les lèvres obstinément fermées.

— Vous ne semblez même pas vous rendre compte que vous avez de la chance, aujourd'hui.

Ian prit la bouteille et regarda les yeux de l'Allemand se poser dessus.

— Ce n'est pas vraiment vous qui m'intéressez, Fritzie. Donnez-moi quelques noms et j'oublierai le vôtre.

Kolb s'humecta les lèvres.

— Je ne connais aucun nom. Je suis venu commencer une nouvelle vie. Je n'étais pas un nazi.

— *« Ich bin kein Nazi, ich bin kein Nazi. »*

Ian reposa la bouteille et regarda Nina.

— Ils disent tous ça, non ?

Elle hocha la tête d'un air menaçant en agitant son crayon.

Soudain bavard, Kolb s'écria en allemand :

— J'étais membre du parti, mais ce n'était pas comme vous le décrivez. On était obligé d'être membre du parti, juste pour survivre. Je ne faisais que mon travail.

Ah, le doux bruit des justifications ! Une fois qu'ils commençaient à se justifier, on aboutissait à un résultat.

Ian se cala dans une chaise.

— Quel travail ?

— J'étais un expert. En livres rares, en instruments de musique. Mon avis était recherché.

Il redressa sa cravate avant de poursuivre :

— J'expertisais les antiquités qui avaient été rassemblées et envoyées en Autriche, leur première étape, avant de rejoindre des collections privées à Berlin. C'est tout.

— « Rassemblées ». C'est un joli mot pour « volées ».

— Ce n'était pas mon travail, s'entêta-t-il. Je ne faisais qu'estimer les objets que l'on m'envoyait. Je restaurais ceux qui étaient endommagés, je vérifiais leur emballage pour le transport. Je n'étais pas responsable des saisies.

— C'était le travail de quelqu'un d'autre, compatit Ian. Bien sûr. Eh bien, un homme qui peut déceler un faux est généralement plutôt doué pour en fabriquer.

— J'utilisais mes compétences honnêtement, pour gagner ma vie, c'est tout.

— Je veux des noms. Qui avez-vous aidé ? Où se trouvent-ils maintenant ?

Lorelei Vogt. Il avait le nom sur le bout de la langue. Mais il le refoula. S'il existait le moindre risque qu'il puisse l'alerter, il ne voulait pas que Kolb sache qu'ils cherchaient une personne en particulier. L'Allemand pourrait déjà la prévenir que quelqu'un traquait des criminels de guerre. Mais c'était un risque qu'ils allaient devoir prendre. Sans Kolb, ils n'avaient pas la moindre piste.

Le petit homme s'humecta de nouveau les lèvres.

— Je n'ai aidé personne. Je ne cache rien.

— Dans ce cas, vous ne verrez pas d'objection à ce que ma secrétaire jette un coup d'œil à la ronde.

L'Allemand ouvrit la bouche pour protester mais il lui lança un regard glaçant.

— Un homme innocent donnerait sa permission sans l'ombre d'une hésitation.

Maussade, Kolb haussa les épaules.

— Il n'y a rien à trouver.

— Parfaitement honorable, c'est ça ? railla Ian.

Nina ferma son carnet d'un coup sec et entra dans la chambre d'un pas déterminé. Kolb semblait anxieux. Mais quand Ian remarqua que c'était lui et non sa pseudo-secrétaire qu'il suivait des yeux, ses espoirs de la voir trouver quelque chose de compromettant commencèrent à diminuer.

— Buvez un verre, suggéra-t-il alors en lui versant une rasade de whisky.

Juste assez pour lui imbiber la langue, attiser la soif de l'ivrogne. À voir l'avidité avec laquelle Kolb s'empara du verre, il le soupçonna d'être un vrai poivrot.

— Reprenons depuis le début. Votre vrai nom, pour commencer. Pourquoi le cacher ? Ce n'est pas illégal ici de prendre un nouveau nom. En général, vous, les Chleuhs, vous optez pour Smith ou Jones. Mais vu votre anglais lamentable, vous ne voyiez pas l'intérêt d'essayer de vous inventer une autre nationalité, suggéra-t-il sans chercher à dissimuler le mépris dans sa voix. Ou alors, vous avez juste coupé votre vrai nom ? Était-ce Kolbaum, Kolbmann ? Il y a beaucoup de Juifs dans le milieu des antiquités, êtes-vous juif ? Vous aidiez les nazis pour obtenir un passepo…

— Je ne suis pas juif. Je suis autrichien, de pure ascendance !

Confirmant ses attentes, sa question avait outragé l'Aryen en Kolb.

Même un petit appartement comme celui-ci était long à fouiller minutieusement. Nina inspecta chaque latte de plancher en quête de clous lâches, chaque placard en quête de double fond, chaque ressort de lit, assiette, vêtement. Elle laissait Ian bombarder Kolb de questions. Il fit avaler à l'Autrichien un tiers de la bouteille de whisky, oscillant entre un sarcasme mordant et un rugissement cinglant, qui faisait sursauter le suspect sur sa chaise. Il apprit que son véritable nom était Gerhardt Schlitterbahn, récolta de fastidieuses informations sur ses activités pour le Troisième Reich en Autriche, qui l'avaient conduit à estimer des pianos Blüthner et des premières éditions d'ouvrages de Schiller, confisqués à des familles juives. Puis il lui raconta qu'après la guerre, alors qu'il mourait de faim, Daniel McBride avait accepté de le parrainer en échange d'expertises pour son magasin. À partir de là, se fermant comme une huître, il n'ajouta plus rien.

Ian eut beau le menacer de revenir avec un mandat d'arrêt, de le faire renvoyer en informant ses employeurs que l'homme qu'ils avaient parrainé était un nazi, aller même jusqu'à lui proposer de l'argent, rien n'y fit. Les lèvres scellées, il ignora les pots-de-vin et les menaces. La peau moite de transpiration, à moitié ivre, il reniflait et sursautait chaque fois que Ian se rapprochait. Refusant pourtant d'admettre qu'il avait aidé d'autres nazis, refusant de donner des noms.

Debout derrière lui, les poings sur les hanches, Nina secouait la tête. Elle avait mis l'appartement à sac avec le genre d'efficacité dont la police secrète faisait preuve pour conduire ses raids, imaginait Ian. En vain. Si Kolb était en possession de listes ou de documents incriminants, ils n'étaient pas ici.

Sa vive déception lui laissait un goût amer.

Il regarda Kolb qui se mordillait la lèvre inférieure, couvant la bouteille de whisky d'un regard avide. *Vous savez. Vous savez où elle est.* Une telle information, détenue derrière cette bouche muette...

— Vous éprouvez gravement ma patience, Fritz, finit-il par dire.

— Je n'ai rien à vous dire, pleurnicha l'Autrichien, sa voix de plus en plus stridente. Je n'ai rien fait. Rien du tout.

Tellement brimé. Traité avec une telle injustice.

Ian n'avait pas eu l'intention de bouger. Il se leva avant même d'en prendre conscience et balança la bouteille de whisky à terre. Elle se brisa en mille morceaux. D'une main, il attrapa Kolb par le col et le plaqua contre le mur.

— Vous cataloguiez des livres volés pendant que leurs propriétaires étaient déportés dans des wagons à bestiaux. Alors ne venez pas me raconter que vous n'avez rien fait, petite merde de nazi!

Les yeux écarquillés, Kolb poussa un glapissement. Il le plaqua contre le mur et soudain son visage devint mauve.

— Dites-moi qui vous avez aidé, siffla-t-il, le sang lui battant aux tempes. Dites-moi qui vous protégez.

Lorelei Vogt. Donnez-la-moi.

Mais l'expert se contentait de regarder droit devant lui en gémissant. Jamais, de toute sa vie, Ian n'avait autant voulu faire du mal à un homme. Le jeter à terre et lui cribler le visage de coups de poing, jusqu'à ce qu'il crache du sang et des morceaux de dents avec des noms.

Il ne parlera pas, lui chuchotait une petite voix intérieure. Il pouvait toujours le terroriser, il avait une autre peur, plus violente. Très probablement de la *Jägerin. Si j'étais un gratte-papier servile sirotant du whisky, j'aurais vraiment très peur de ce que cette femme pourrait me faire. Une femme qui a tué six enfants de sang-froid.* Ian fut traversé par une pensée aussi froide qu'impitoyable. *Il faudrait vraiment l'amocher pour qu'il ait plus peur de toi que d'elle.*

Néanmoins, à ce stade, il ne pouvait plus espérer une information valable. Quelqu'un qui souffrait le martyre était prêt à dire n'importe quoi pour mettre un terme à la douleur.

Mais Ian s'en fichait. Il en avait quand même envie. Envie de réduire cet homme en bouillie.

C'est alors qu'il perçut un déclic derrière lui. Il n'eut pas besoin de se retourner pour savoir que Nina avait déplié le rasoir qu'elle avait toujours dans sa manche. Quoi qu'il fasse, sa femme ne l'arrêterait pas.

Il prit une profonde inspiration et reposa Kolb au sol. Puis, le laissant s'effondrer contre le mur avec un cri étouffé, il fit un pas en arrière et prit son mouchoir pour essuyer les éclaboussures de whisky sur ses doigts.

S'efforçant de garder une voix placide et détachée, il déclara :

— Je vous crois peut-être, Fritz. Vous n'êtes peut-être qu'un homme malheureux rescapé d'une triste guerre, qui essaie de faire son chemin dans le monde. Vous avez de la chance que mes collègues aient d'autres noms plus intéressants que le vôtre, ajouta-t-il avec un geste de main impliquant des hordes d'employés anonymes des services de police et du bureau de l'immigration.

Il récupéra son chapeau et Nina son carnet. Elle avait rangé le rasoir. Seuls l'odeur de l'alcool, le crissement du verre sous les pieds et la terreur dans les yeux du petit Autrichien trahissaient ce qui avait failli arriver.

Ce qui pourrait encore arriver. Un coup de poing en plein ventre et quand Kolb serait plié en deux, Ian lui briserait le nez d'un genou. Le craquement serait grandiose.

Au lieu de cela, il demanda :

— Ai-je besoin de préciser que vous ne devez pas envisager de quitter Boston ?

— Non, s'empressa de répondre Kolb.

— Bien. Les innocents ne fuient pas. Si vous fuyez, je vous poursuivrai. Et je ne serai pas aussi sympathique, la prochaine fois.

Il enfonça son borsalino sur sa tête. La rage s'atténuait, lui laissant un sentiment de nausée. *Bon sang, Graham. Qu'étais-tu sur le point de faire ?*

— Bonne journée, parvint-il à dire.

Et il se sauva.

30

Nina

Juillet 1943
Front russe à proximité de la péninsule de Taman

— Bois ton Coca-Cola, lapin, dit Nina en bâillant.

Elle sortit sur l'une des ailes et tendit à Yelena deux des cachets d'amphétamine.

Huit missions au-dessus de la Ligne Bleue, les fortifications allemandes qui s'étendaient – s'étiraient – depuis Novorossiisk jusqu'à la mer d'Azov, huit missions sur le fil du rasoir, au-dessus d'un lacis de projecteurs, de canons antiaériens, d'aérodromes ennemis, d'avions de combat en alerte... Depuis leur transfert au printemps, les Sorcières de la Nuit avaient mitraillé sans relâche la même région. Jubilant, elles avaient pris leurs nouveaux postes avec fierté car tout le monde savait désormais que les Boches étaient en train d'être repoussés. Les croix gammées tombaient devant les Étoiles rouges et le 588e avait son rôle à jouer.

*Le 46e*, se rappela Nina alors que la Roussalka recevait son autorisation de décoller. En février, le 588e avait été renommé le 46e Régiment de bombardiers de nuit de la garde Taman.

« Cinq autres régiments de pilotes de Po-2 dans notre prochaine division, mesdames, avait annoncé Bershanskaia avec fierté. *Et aucun n'a été nommé régiment de la garde. »*

« Les hommes sont loin de notre nombre de raids ! » avait lancé Nina du fond de la foule, provoquant un fou rire général.

Et même si Bershanskaia leur avait fait signe d'un geste de la main de reprendre leur sérieux, le commandant souriait. Parce qu'elles savaient toutes que c'était la vérité. Les autres régiments volaient beaucoup mais leurs équipages ne poussaient ni leurs avions ni eux-mêmes à leur extrême limite. Elles ne s'étaient pas battues pour venir au front pour se faire traiter de « petites princesses ».

Cela faisait longtemps que personne n'avait traité une Sorcière de la Nuit de la sorte. Mais Nina savait qu'aucune d'entre elles n'avait oublié.

Yelena lui montrait un Po-2 devant elles.

— … elle m'inquiète, disait-elle en désignant de la tête la pilote qui regardait dans le vide à l'extérieur de son cockpit. Irina ne va pas bien depuis la mort de Dusia.

— Comme elle n'a pas su protéger sa pilote, elle pense qu'elle aurait dû aussi mourir, et non pas s'asseoir à la place de Dusia.

En avril, cette dernière avait reçu une balle d'un Focke-Wulf à travers le plancher de son cockpit. Elle avait été touchée au crâne et elle était morte sur le coup. Irina, sa copilote, avait dû atterrir, pétrifiée. Mais elle avait volé la nuit suivante.

— Ne me dis pas que c'est ce que tu penses ! s'exclama Yelena.

— Non, c'est ce qu'*elle* pense.

La promotion de la place arrière à l'avant d'un cockpit n'arrivait qu'en cas de mort d'une pilote. Vous perdiez une *sestra*, vous deviez la remplacer par une autre et continuer de voler. Avec un frisson, Nina toucha son foulard brodé d'étoiles pour se porter chance.

Elles s'élevèrent aisément dans le ciel sans nuages. Ce soir, elles avaient été les quatrièmes à décoller. Nina sentit l'effet de ses cachets à cette acuité, cette vigilance absolue, dans un monde au ralenti. Plus tard, elle le paierait quand, agitée, incapable de fermer l'œil, elle ne parviendrait pas à trouver le sommeil. Mais cela en valait la peine. Se sentir aussi lucide, vivante et invincible dans les airs n'avait pas de prix.

— Projecteurs ! cria-t-elle dans l'interphone alors qu'elles approchaient de leur cible.

Yelena, qui avait déjà repéré les quatre colonnes de lumière fouillant l'obscurité, avait commencé sa descente. Elle vit l'avion de tête dans les faisceaux croisés, tel un point blanc décoloré.

Soudain rouge, il s'embrasa dans une gigantesque flamme.

L'espace d'un instant, elle eut l'impression que ses oreilles avaient explosé, qu'elle était devenue sourde. Où étaient les canons ? Il n'y avait pas d'obus explosant dans l'air, les batteries aériennes au sol étaient silencieuses. Et pourtant, un Po-2 était en train de tomber du ciel dans une pluie de fragments rouge et or flamboyants.

— Plonge ! hurla Yelena à l'avion suivant.

Mais d'étranges flèches lumineuses traversaient déjà la nuit. Elles ne provenaient pas du sol. Le deuxième avion explosa en plein vol, coûtant la vie à deux autres de leurs *sestry*. Nina sentit une boule de bile lui monter dans la gorge.

— Avions de combat de nuit, s'entendit-elle crier à travers l'interphone. Ils nous visent avec des avions de combat de nuit.

C'était la première fois qu'elles étaient touchées de cette façon. Les balles traçantes embrasaient leurs fragiles avions comme du petit bois sec. Le troisième Po-2 en ligne aurait dû se déporter, plonger sous la ligne de vol. Mais, sans dévier, il fonça droit dans la lumière des projecteurs. Nina frémit. Irina était aux commandes. Irina qui, après avoir ramené le cadavre de Dusia, était restée assise, comme paralysée, pendant des heures. Nina cria dans sa direction. En vain.

Elle devait être figée sous le choc. Comme l'avait été Yelena la fois où elle avait imaginé des Messerschmitt. Sans même essayer d'esquiver les balles traçantes, Irina poursuivit sa trajectoire, lentement, comme une étoile filante. Quelques instants plus tard, son avion se consumait dans le ciel comme une feuille de papier.

La prochaine cible serait la Roussalka.

Déjà, Yelena les avait fait plonger.

— Sous les lumières, lui hurla Nina dans l'interphone.

Elles tombaient rapidement. Du coin de l'œil, elle voyait l'épave enflammée de l'avion d'Irina. Le fuselage carbonisé, une moitié d'aile, une torche éblouissante, comme une horrible vision de la chevelure embrasée d'une morte, tombaient en braises rougeoyantes. Yelena se força à descendre à moins de six cents mètres, cinq cents, quatre cents, faisant chuter l'altimètre de la Roussalka.

— On survole la cible, cria Nina. Garde le cap.

Normalement, elle aurait dû lâcher les bombes. Mais elles étaient maintenant bien trop bas. À deux cents mètres, et elles continuaient à chuter. Nina regarda derrière elle et vit le Po-2 qui les suivait touché au beau milieu de sa manœuvre de dérobade. Une hélice tournoya dans la nuit comme une étoile, les fusées de la copilote explosèrent en gerbes de couleurs en même temps que les ailes se détachaient. Et, pour la première fois, à leur lumière verte, elle aperçut la forme d'un avion de combat de nuit allemand, se découpant sur l'obscurité.

— Sous cent mètres ! cria Yelena, en remettant le moteur en route alors que l'aiguille de l'altimètre était au plus bas.

La Roussalka rugit, son nez se soulevant, alors que Yelena, volant toujours en rase-mottes, lui faisait faire demi-tour.

— Je ne vois rien…

Nina dut lutter pour trouver ses repères vers leur nouvelle destination et les ramener à l'aérodrome. Cette mission était terminée. Les projecteurs déchiraient toujours l'obscurité mais les Sorcières de la Nuit s'étaient dispersées dans le vent pour se réfugier dans les nuages et reprendre la route de leur base.

Au sol, en bas, étincelaient des fragments en flammes. *Quatre avions*, se dit Nina, hébétée. Jamais elles n'en avaient perdu autant en une seule fois. Jamais. Les pertes se produisaient une à une, un avion à la fois. Parfois deux. Mais pas quatre.

Yelena, qui montait à une altitude plus sûre pour larguer leurs bombes et s'en débarrasser, pleurait :

— Dis-moi où aller. Donne-moi la direction. Ramène-moi à la base.

— Comment les Boches connaissaient-ils notre cible ?

— Même eux peuvent avoir de la chance. Qui sait ?

En l'espace de dix minutes, elles avaient perdu huit filles. Un instant, elles étaient immortelles, les Sorcières de la Nuit piquant vers leur cible. L'instant suivant, elles brûlaient comme des chandelles.

Nina et Yelena étaient enlacées devant l'école qui leur servait désormais de quartiers. Le visage enfoui dans les cheveux de sa pilote, elle lui murmura :

— J'ai été promue pilote. J'ai pris du galon, avec trois autres copilotes.

Cette séparation aurait dû la mettre hors d'elle. Mais elle n'avait plus une once de colère en elle.

— C'est là qu'est ta place, assura vaillamment Yelena. Le régiment a besoin de toi dans un cockpit de pilote, pas pour me guider.

Mais son visage se décomposa. Nina l'attira vers elle et, sans se soucier de trouver un endroit discret, embrassa ouvertement ses yeux humides, ses joues mouillées. Depuis leur retour au quartier, devant les huit lits repliés qui resteraient vides cette nuit-là, toutes s'embrassaient, s'étreignaient, se réconfortaient mutuellement. Un magnifique matin d'été s'était levé sur la nuit la plus mortelle de l'histoire du régiment et toutes savaient que, ce soir, elles repartiraient. La rumeur disait que si le moindre avion de combat de nuit allemand surgissait, elles auraient leurs propres chasseurs de nuit pour les protéger.

Yelena s'essuya les yeux.

— Ils t'ont déjà donné un Po-2 ? Pour ce soir ?

Elle hocha la tête, avant de préciser :

— Bershanskaia va t'assigner Zoya comme copilote. Elle est chevronnée. Tu avais raison sur ce point. Elle s'occupera bien de toi.

Elle se retint d'ajouter : « Mais pas aussi bien que moi. » À cet instant précis, lui donner confiance était tout ce qui comptait.

— Qui est ta copilote ? lui demanda alors Yelena.

— Galina Zelenko.

— La petite Galya ? Comment cette stupide maigrichonne est-elle censée te protéger ? rétorqua-t-elle avec une brutalité qui ne lui ressemblait pas. Elle a l'air d'avoir douze ans !

— Elle en a dix-huit et je la terrifie. Est-ce que je fais vraiment si peur ? demanda-t-elle, feignant la désinvolture.

En vain. *« Je ne veux pas te quitter*, avait-elle envie de crier. *Je ne peux pas voler avec une autre que toi.* » Mais c'était ainsi : on perdait une *sestra*, une autre prenait sa place dans le cockpit, on continuait à voler.

Debout dans le soleil, elles se cramponnaient l'une à l'autre.

— Je veux juste que cette guerre finisse, chuchota Yelena. Je veux un appartement à Moscou surplombant la rivière, *Ninochka*. Je veux m'asseoir devant la fenêtre avec une tasse de thé et, ma main dans la tienne, regarder des bébés jouer sur le parquet. Je veux dormir dix heures par nuit. Je ne veux plus tuer, pas même une araignée.

La paix, du thé et du soleil. Nina essaya de s'imaginer un appartement face à une large rivière grise, des enfants qui riaient, du thé sucré à la confiture de cerises. Mais tout ce qu'elle voyait, c'étaient des avions tombant du ciel comme des fleurs en feu. *Je veux tuer des nazis. Que cette guerre finisse demain ou dans cent ans, jamais je ne cesserai de vouloir tuer des nazis.*

— Tu n'es pas fatiguée de tout ça, Nina ? L'obscurité, la frousse, les cauchemars ?

Jamais ! Elle avait la mort dans l'âme, elle était malheureuse, elle titubait d'épuisement. Elle souffrait de l'habituel mal de tête qui suivait la dissipation de l'effet des cachets Coca-Cola. Mais elle voulait déjà repartir en vol.

Repartir à la chasse.

— Il est comment ? demanda Galina d'un ton anxieux en donnant son thé à Nina.

Elle semblait vraiment avoir douze ans.

— Qu'est-ce que tu veux dire ? C'est du thé d'aérodrome. Il est froid et il a un goût de gasoil.

Elle signa la décharge que la mécanicienne qui était montée sur l'aile brandissait sous son nez. Galina donna une petite tape à leur avion en s'installant dans le siège de la copilote.

— On peut lui donner un nom ? C'est ce que font certaines pilotes.

— C'est juste un Po-2. Prends le manche quand nous atteindrons une certaine altitude. Ainsi, tu pourras faire de la pratique.

Elles décollèrent et s'envolèrent dans les nuages à la suite de la Roussalka pilotée par Yelena.

— Garde la main légère, ne le brusque pas.

Pendant un mois, elles effectuèrent des missions au-dessus de la péninsule, avant de regagner leur caserne située près de Krasnodar. Ce n'était même pas une grange aménagée, cette fois, mais des tranchées creusées à même le sol avec des planches en guise de lits et des fils à linge tendus au-dessus de la boue pour faire sécher leurs dessous et leurs chaussettes. Pour dormir, Nina avait élu domicile sous de vieilles bâches de camouflage d'avion, les bras sur ses yeux pour bloquer la lumière, où elle attendait Yelena. Les longues journées d'été et le fait qu'elles n'avaient plus de vraie caserne rendaient leurs rencontres compliquées.

En août, l'air lugubre, Yelena lui annonça ;

— Je suis détachée. Huit équipages doivent rejoindre les bataillons de la Flotte de la mer Noire.

Nina sentit son cœur se serrer.

— Quand reviendras-tu ?

— Quand nous aurons pris Novorossiisk.

Se voulant rassurante, elle l'embrassa tendrement. Mais Nina n'était pas rassurée. Pour une pilote, il était très dur de voler entre la mer et les montagnes, quand les tempêtes soufflaient du large... Elle l'attira farouchement contre elle et enfouit sa tête au creux de son épaule. *Promets-moi que tu reviendras.* Mais personne ne faisait jamais pareille promesse.

Yelena partit pour Novorossiisk. Nina continua de survoler la péninsule, la Crimée, la côte déchiquetée par les vagues le long de la mer d'Azov.

— Nina Borisovna, tu assisteras l'escadron en formation pendant tes heures de permission, l'informa un jour Bershanskaia qui griffonnait, assise devant une pile de paperasse. Quatre mécaniciennes viennent tout juste d'être promues.

Le 46e formait des pilotes remplaçantes au sein du régiment, les pilotes formaient leurs copilotes, les copilotes formaient leurs mécaniciennes, les mécaniciennes formaient leurs armurières. Elles tiraient fierté de savoir que n'importe quel poste pouvait être pourvu au sein même du régiment.

Nina salua.

— Va dormir un peu, camarade commandant.

Peu importait leur grade, elles se parlaient franchement. Ce qui choquait les officiers des autres régiments. Mais les Sorcières de la Nuit n'en avaient cure.

Son visage s'éclairant d'un sourire, Bershanskaia écrasa sa cigarette dans un cendrier fait d'un éclat d'obus aplati.

— Nous dormirons quand nous serons mortes.

Ce qui ne va plus tarder, maintenant, songea Nina.

Cette même nuit, son tour faillit arriver.

Ce soir-là, les sept missions de leur vol de nuit s'étaient déroulées sans incident.

Galina lisait les positions, donnant la cible de la nuit le long de la côte de la péninsule. Il semblait toujours étrange à Nina d'écouter les indications plutôt que de les donner.

À la fin de la dernière mission, alors qu'elle amorçait un large virage pour prendre le chemin du retour, sa copilote annonça :

— Masse brumeuse très basse, venant de la mer.

— Je la vois, répondit-elle en plongeant.

Mais, sous ses yeux, le vent qui se levait projetait l'épais nuage gris dans leur direction. Elle poussa le Po-2 plus bas à travers le nuage dense… plus bas…

— Corrige la trajectoire de soixante degrés à l'ouest, lui dit Galina d'une voix trahissant sa nervosité. Nous sommes trop loin.

— Je dois sortir de ce brouillard.

Le Po-2 rebondissait comme un ballon. Trois cents mètres, deux cents. Enfin, l'avion sortit de la chappe des nuages. *Putain !* jura-t-elle intérieurement, soudain submergée par la panique. Elles survolaient la mer. Elle tourna frénétiquement la tête. Mais l'eau s'étendait à l'infini, les vagues déferlant en rouleaux. Et aucune terre en vue.

— Trouve-moi notre position. Trouve-moi la terre…, pressa-t-elle sa copilote.

— Nous avons volé trop à l'est, au-dessus de l'eau, au lieu de…

— Je me fous de savoir où est l'eau ! Tout que je te demande, c'est de me sortir de là !

Les nuages tourbillonnaient, secouant le Po-2, le poussant vers le bas. Moins de cent mètres, cinquante… Nina regardait l'altimètre, hypnotisée.

— Ouest, hurla Galina dans l'interphone. Vire à l'ouest.

Mais les vents soufflaient violemment vers l'est. Elle avait beau lutter, les commandes refusaient d'obéir à la poigne de Nina. Le Po-2 planait, presque immobile, oscillant juste assez pour maintenir son altitude. Le vent contraire annulait la poussée du moteur et refoulait l'avion vers l'arrière.

Si nous n'avons plus d'essence et que nous chutons vers la mer, nous coulerons et nous nous noierons sans avoir eu le temps de nous extraire de nos cockpits.

« *Ressaisis-toi, garce de* roussalka*!* » gronda soudain la voix de son père. Mais une seule pensée la taraudait : elle s'était enfuie à des milliers de kilomètres à l'ouest pour échapper au lac, s'était élevée le plus haut possible dans le ciel pour échapper au lac. Et, pourtant, elle allait quand même mourir noyée.

L'aiguille de l'altimètre était tombée tout en bas du cadran. *Huit mètres, nous sommes à huit mètres de hauteur.* Planant juste au-dessus des flots sombres et enragés, poussées par les nuages sombres tout aussi enragés, pressées entre les deux paumes d'un géant...

— Nous n'allons pas nous noyer, cria Galina dans l'interphone. Nous n'allons pas nous noyer.

Nina se rendit vaguement compte qu'elle criait depuis quelque temps déjà.

Si, nous allons nous noyer. Déjà elle voyait les plus grosses vagues gicler, éclaboussant leurs ailes.

— Nous n'allons pas nous noyer.

— Si, nous allons nous noyer.

Le bras qui tenait le manche était raide, transpercé jusqu'à l'épaule par une douleur insoutenable. Il serait plus facile de renoncer à lutter contre le vent, de donner un coup sec sur la gauche et de faire piquer l'hélice dans l'eau. Avec une telle violence qu'elles seraient toutes les deux inconscientes avant de se noyer. Elle fixait la mer, hypnotisée.

— Nous n'allons pas nous noyer, scandait Galina, comme une mélopée. Nous n'allons pas nous noyer.

Elle le répéta jusqu'à ce que les féroces assauts du vent faiblissent légèrement, le répéta inlassablement, alors que Nina était toujours figée dans son siège. Tout en continuant à psalmodier, sa copilote ramena l'avion dans le vent et parvint à le maintenir, vacillant, à la bonne altitude. Elle répétait encore la phrase incantatoire quand, s'extirpant de son hébétement terrifié, Nina reprit le manche et les posa sur la première bande de terrain libre de la côte abandonnée. Le moteur ralentit. Elles s'écroulèrent dans leurs sièges et Galina se tut enfin. Se libérant de son harnais de sécurité, Nina se retourna pour regarder sa copilote. La tête renversée en arrière, les yeux fermés, elle était d'une pâleur mortelle. Son cockpit était éclaboussé de vomissures.

— Nous ne nous sommes pas noyées, lui dit Nina faiblement.

« Pas grâce à toi, roussalka », lui dit son pere. Nina savait qu'elle méritait son mépris. Elle frissonnait toujours de terreur. Mais cette atroce sensation glaciale qui l'avait paralysée avait disparu. Était-ce ce qu'avait ressenti Yelena quand elle avait vu le Messerschmitt, dans son hallucination ?

« Tu as eu une crise de panique. Ça peut arriver à tout le monde. » N'était-ce pas ce qu'elle lui avait dit ?

— Merci, dit-elle à sa copilote.

À sa grande surprise, Galina répondit :

— Yelena Vassilovna m'a dit que tu détestais voler au-dessus de l'eau. Elle m'a dit que si nous nous trouvions un jour en difficulté au-dessus de la mer, je devrais t'assurer que nous n'allions pas nous noyer et me tenir prête à prendre le manche.

— Vraiment ?

— Je lui ai demandé de me donner tous les conseils qui m'aideraient à voler pour toi. Tu es ma pilote, poursuivit-elle comme s'il s'agissait d'une évidence.

Nina se sentit sourire.

— De quoi as-tu peur, Galya ?

C'était la première fois qu'elle appelait sa navigatrice par son surnom.

Après un long silence, elle répondit :

— Des camions noirs.

Nina hocha la tête. En général, on n'abordait pas ce sujet. Mais, ici, sur le rivage désolé de la mer, aucune oreille dangereuse ne pouvait vous entendre et vous dénoncer.

— Ils sont venus prendre mon oncle, il y a quelques années, poursuivit Galya. Le contremaître de son usine l'avait dénoncé comme agitateur. Il a été conduit à la Loubianka et il n'est jamais revenu. Ma tante a dû le dénoncer aussi pour ne pas être emmenée à son tour. C'est ce dont j'ai peur, le camion s'arrêtant devant ma porte.

— Je ne peux pas te protéger de ça.

Elle savait que le camion pouvait venir chercher n'importe qui pour n'importe quelle raison, si même il y avait besoin d'une raison.

— Le camion ne peut pas venir te chercher en l'air, Galya, reprit-elle. Alors de quoi as-tu peur, dans le ciel ?

— De ces obus allemands. Ceux qui ont les balles traçantes rouge, vert et blanc. Quand elles explosent en dizaines de petits projectiles dans le noir, je pense à des fleurs...

Galya frissonna.

— Eh bien, si nous voyons des fleurs et que tu restes paralysée de terreur, je te sortirai de là, lui promit Nina. Et si nous sommes de nouveau bloquées au-dessus de l'eau, c'est toi qui m'en sortiras. En attendant, tu peux nous ramener à la base.

Le visage de sa copilote s'illumina. Elles rentrèrent, ballottées par le vent. Et, à leur retour, elles apprirent que cette même chappe de nuages bas avait eu raison d'un autre Po-2, qui était tombé à la mer.

Au cours de l'été et de l'automne, seize de leurs *sestry* perdirent la vie. Nina n'espérait qu'une chose : que ce territoire en vaille la peine. Ce territoire invisible que leurs troupes reprenaient aux Allemands. Hormis le fait que cette terre était imbibée de sang, elle ne voyait pas pour quelle cause elles sacrifiaient leur vie.

— Qui sont ces nouvelles ? demanda Yelena, à son retour de Novorossiisk en octobre. Elles sont tellement jeunes.

Ébahie, elle promenait son regard sur les casernes.

— Des nouvelles venues, répondit Nina.

Ces volontaires pour le front regardaient avec stupéfaction les aviatrices décharnées, dans leurs volumineuses combinaisons, qui arboraient de plus en plus souvent l'Ordre du Drapeau rouge et l'Ordre de l'Étoile rouge. Nina et Yelena avaient les deux médailles et l'on chuchotait que les premières étoiles d'or des Héroïnes de l'Union soviétique, la plus haute distinction de la Mère Patrie, n'allaient pas tarder à être décernées.

Nina avait surpris Galina vantant sa pilote auprès d'une nouvelle recrue : « Ma pilote dort avec un rasoir sous son oreiller et elle connaît le camarade Staline. »

L'expression à la fois terrifiée et impressionnée de la novice l'aurait fait mourir de rire si elle n'avait pas été aussi inquiète pour Yelena.

— Tu as une mine effroyable, lui dit-elle en toute franchise.

Avec une grimace, Yelena plaisanta :

— Ce que toute femme rêve d'entendre.

Le teint cendreux, elle n'avait plus que la peau sur les os. L'aube automnale était glaciale mais le froid jouait en leur faveur : plus personne ne s'attardait sur le terrain d'aviation une fois les missions de la nuit terminées. Réfugiées dans la tranchée, leurs *sestry* se réchauffaient les mains autour du feu dans un baril d'huile.

Mais elles avaient regagné la Roussalka. Enlacées, elles étaient allongées sous une aile. Elles optaient toujours pour la Roussalka, ignorant le nouveau Po-2 sans nom de Nina. C'était un bon avion, robuste, fiable, mais ce n'était pas le leur.

— C'était dur de survoler Novorossiisk ? insista Nina en se tournant vers sa compagne pour lui faire face.

Elle avait remarqué le léger tremblement des mains de Yelena qui n'existait pas deux mois auparavant.

— Pas si dur. J'ai entendu dire que la situation s'était corsée, ici.

— Rien de pénible.

Elles se sourirent. Nina savait qu'elles mentaient toutes les deux. *Sur quoi d'autre nous mentons-nous ?* Mais elle repoussa cette pensée.

— La guerre sera bientôt finie, reprit Yelena avec plus de conviction que l'été précédent. Alors, notre rêve se concrétisera.

— Quel rêve ?

— Nous ensemble, à Moscou. Je nous imagine chaque fois que j'ai besoin de garder le cap.

Elle lui donna un petit coup de coude.

— Imagine ! Dormir de nouveau la nuit plutôt que le jour, courir après des bébés sur le plancher après le déjeuner…

— Dois-je t'expliquer comment arrivent les bébés, mademoiselle Sainte-Nitouche de Moscou ? Parce que si tu crois que toi et moi pouvons en faire un ensemble… !

Elle chatouilla la naissance des seins de Yelena. Qui, en riant, repoussa sa main.

— Il y aura beaucoup d'orphelins de guerre qui auront besoin de mères. Tu ne veux pas d'enfants ? demanda-t-elle comme si rien n'était plus naturel.

Non, pensa Nina.

— Je n'y ai jamais réfléchi, se déroba-t-elle.

— Je sais ce que tu penses.

J'en doute.

— Tu penses que nous ne serons pas capables de cacher ce que nous sommes dans la vraie vie. De cacher ça.

D'un geste, elle les engloba, leur univers secret sous l'aile de la Roussalka.

— Mais nous le pourrons, affirma-t-elle. Tu peux me croire. Beaucoup de veuves habiteront ensemble après la guerre, mettant en commun leurs vivres et leurs pensions. Tant que nous élèverons des enfants pour la patrie et que nous aurons chacune notre histoire de fiancé mort au front, personne ne se posera de questions sur le fait que nous partagions un appartement. Nous pourrons être pilotes dans le civil, instructeurs de pilotage.

Sa voix était enthousiaste, ses joues roses. L'estomac noué, Nina comprit qu'elle y pensait depuis longtemps.

— Ce ne sera pas comme pendant notre enfance, *Ninochka*. Les pénuries. Les queues pour l'essence. Ne jamais pouvoir s'acheter de chaussures. Le monde sera différent, après la guerre. Moscou sera différent.

Pire. Après des années de famine et de guerre, ce sera pire.

— Et nous ne serons plus de simples pilotes de club d'aviation. Nous serons des officiers, décorées, issues des aiglons de Marina. Tu as rencontré le camarade Staline, poursuivit-elle, retrouvant cette exaspérante pointe d'admiration. Nous ne manquerons pas de recommandations quand nous postulerons pour rejoindre le parti, tu verras. Ensuite, nous pourrons nous faire pistonner pour un appartement que nous n'aurons pas à partager avec trois autres familles. Et obtenir de somptueux postes à l'Académie Joukovski, ou ailleurs si tu le souhaites.

Elle jacassait maintenant, pleine d'espoir. Des espoirs si justifiés. Après tout, quoi de plus agréable, de plus naturel, que ses souhaits ? La plupart des femmes du régiment chérissaient sans doute les mêmes rêves pour la fin de la guerre.

— Ce n'est pas trop demander, *Ninochka*. Toi, moi, un toit, un ou deux bébés, un travail de pilote dans le civil au lieu de lâcher des bombes.

Se penchant en avant, elle effleura ses lèvres des siennes.

— Il nous suffit de survivre à la guerre et nous pourrons concrétiser notre projet.

— Peut-être n'est-ce pas trop demander, mais si je voulais autre chose ?

— Quoi ? demanda Yelena en lui caressant la joue. Tu ne veux pas habiter Moscou ? Nous n'y sommes pas obligées, je sais que tu n'aimes pas cette ville.

Je n'aime ni Moscou, ni Irkoutsk, ni le Vieil Homme. J'ai parcouru des milliers de kilomètres à travers la Russie et, hormis ses ciels, je n'ai rien aimé. Elle était heureuse de la survoler parce qu'elle n'était pas obligée de la regarder : un pays avec des foules impitoyables, d'innombrables drapeaux déployés, des queues devant les boulangeries, des haut-parleurs diffusant leurs éternelles salades, dirigé par un loup.

— Quand la guerre sera finie, que veux-tu ?

Yelena attendait toujours sa réponse. C'était une question tellement simple. Certainement la question la plus simple de toutes pour des soldats en temps de guerre. Tout le monde rêvait du futur, une fois le bain de sang terminé. Tout le monde, apparemment, sauf elle. En toute honnêteté, elle n'y avait jamais accordé la moindre pensée. Pourquoi penser au-delà du présent, au-delà d'une nuit passée à voler et d'un matin passé à embrasser Yelena ? Pourquoi, malgré ses chagrins et ses terreurs, ne pas préférer cette vie nocturne, étrange et périlleuse, à n'importe quelle autre au monde ?

Elle regarda le sourire anxieux de son amante.

Ce que je veux Yelenushka *? Je veux voler en mission, traquer les Allemands et t'aimer. Et la seule chose commune à nos deux listes, c'est toi.*

31

Jordan

Juin 1950
Boston

« *Tu n'as pas le moindre désir d'épouser Garrett Byrne.* » La constatation sèchement assenée par Anneliese persistait à la poursuivre alors qu'elle essayait de s'occuper derrière le comptoir.

Bien entendu, je veux épouser Garrett, se dit-elle. *Pour preuve, le demi-carat qui scintille à ma main gauche.*

La voix de Ruth interrompit le fil de ses pensées. La fillette se tenait devant la vitrine la plus proche.

— Je peux prendre le violon ?

— Ce n'est pas un jouet, poussin, répondit-elle distraitement. C'est une copie du XIXe siècle d'un Mayr.

— Mais il est petit, plaida l'enfant. Il est à ma taille.

— C'est un demi-violon, a dit M. Kolb.

À l'avant du magasin, elle entendait Tony Rodomovsky dire à Anneliese :

— Je suis ravi de vous rencontrer enfin, madame McBride. Mes condoléances pour votre deuil récent.

Elle était arrivée vêtue d'un tailleur noir à jupe corolle, un petit chapeau noir à voilette élégamment incliné sur ses yeux.

Jordan se pencha sur la photo de son père tirée la veille au soir, qu'elle était en train de rogner. C'était un bon portrait. Un très bon portrait. Elle était suffisamment capable de juger son propre travail pour s'en rendre compte.

« *Tu pourrais en faire quelque chose*, lui chuchota sa petite voix intérieure. *Quelque chose de professionnel.* »

Comme quoi ? se répondit-elle. *Tu n'es pas une professionnelle.* Elle n'était qu'une jeune fille avec un travail sympa dans un magasin d'antiquités et un passe-temps distrayant dans sa cave. Au printemps, elle deviendrait l'épouse d'un gentil mari qui partirait au bureau tous les matins et elle aurait un passe-temps distrayant auquel elle se consacrerait dans la chambre d'amis.

—J'ai préparé le compte-rendu hebdomadaire, si vous souhaitez le voir, madame McBride.

Tony revenait vers le comptoir, suivant Anneliese.

—Juste un instant.

Sur ces mots, il disparut dans l'arrière-boutique. Se souvenant que sa belle-mère était passée pour donner son approbation finale au nouveau vendeur, Jordan lui demanda :

—Qu'en pensez-vous ?

—Il a l'air charmant. Si tu es satisfaite de ses références, je ne vois aucune raison de ne pas le garder. Tu es bon juge en matière de caractère.

Anneliese la serra brièvement dans ses bras et jeta un coup d'œil à la pendule du magasin.

—J'ai un rendez-vous avec le notaire de ton père au sujet du testament. Peux-tu garder Ruth jusqu'à la fermeture ? Oh mon Dieu !

Elle venait de voir la photo de son mari.

—N'est-ce pas lui, dans toute sa splendeur ? demanda Jordan.

Des larmes brillant dans ses yeux, sa belle-mère hocha la tête. À travers le comptoir, Jordan pressa sa main gantée de noir.

Quand Tony revint avec le compte-rendu, Anneliese le lui prit distraitement des mains.

—Nous sommes contentes de vous avoir à bord, monsieur Rodomovsky.

Et elle sortit dans un sillage de parfum au lilas.

—Ouf! fit Tony. Je tremblais.

—Ce n'était pas la peine. Soyez certain qu'il n'existe pas une femme sur Terre que vous ne puissiez charmer, monsieur Rodomovsky.

—Tony, la corrigea-t-il comme toujours. Chaque fois que vous dites « monsieur Rodomovsky », je cherche mon père et je commence à comptabiliser mes plus récents péchés.

Penché sur le comptoir, il lui décochait le même sourire qu'à toutes les femmes qui entraient dans le magasin. Même si, avait-elle remarqué, il était sujet à des variantes. Le sourire juvénile pour les plus de soixante ans, qui lui pinçaient la joue (puis achetaient quelque chose). Le sourire canaille pour les plus de quarante ans qui, les yeux mi-clos, le regardaient d'un air spéculatif (puis achetaient quelque chose). Le grand sourire qui lui plissait le coin des yeux et creusait des fossettes dans ses joues pour les plus de vingt ans, qui rougissaient (puis achetaient quelque chose). Même Anneliese avait eu droit à un sourire personnalisé, teinté de compassion devant ses vêtements de deuil, et elle y avait réagi.

Jordan refoula son envie de rire. Tony Rodomovsky aurait sans doute flirté avec une marotte s'il n'avait aucun autre public. Elle se félicitait de l'approbation d'Anneliese car il était vraiment doué pour les affaires.

—Princesse Ruth! s'exclama-t-il en voyant le petit nez pressé contre le verre de la vitrine qui renfermait le violon. Vas-tu nous faire l'honneur d'un récital?

Généralement, Ruth était timide avec les inconnus. Mais quand il l'avait rencontrée, Tony avait mis un genou à terre et avait déclaré qu'il était de notoriété publique que la princesse

Ruth de Bostonia ne parlait pas aux chevaliers errants avant qu'ils aient mérité ses faveurs par leurs valeureux exploits et que lui, Tony, chevaucherait volontiers jusqu'aux confins du monde pour gagner son estime. La fillette était alors sortie de sa réserve avec un sourire, intriguée.

Aujourd'hui, elle le laissa lui baiser la main. Puis, plaçant un violon imaginaire sous son menton, elle se mit à jouer. Jordan s'étonna. Où avait-elle vu jouer du violon ? Il était manifeste qu'elle connaissait parfaitement la posture du violoniste.

Elle répondit à sa propre question. *Sa mère. Sa vraie mère.* Ruth avait dû la voir jouer. Ils ne sauraient jamais comment ni où, étant donné l'âge de la fillette à l'époque. Pendant des années, elle avait semblé avoir oublié. Mais le souvenir remontait à la surface et elle était comme fascinée par le demi-violon. Cette réaction était-elle due au fait que le seul homme qu'elle ait jamais connu en tant que père était soudain parti, tout comme sa mystérieuse mère musicienne avait disparu ?

Son regard revint à son père sur la photo. La nuit précédente, alors qu'elles partageaient un chocolat chaud, Anneliese avait dit qu'il était solide. *« Avec lui, aucun rêve ne pouvait me poursuivre. »*

Peut-être était-ce la raison pour laquelle Ruth faisait des cauchemars. Ce père solide, à la carrure d'arrière de football américain, qui avait été son point d'ancrage depuis quatre ans, n'était plus.

— Vous êtes dans les nuages cet après-midi, mademoiselle McBride.

Le regard de Tony s'était fait grave. Jordan se prépara à l'habituel « Ça va ? » plein de sollicitude qu'elle entendait quotidiennement de la part de ses voisins, connaissances, amis, depuis la mort de son père, et elle se prépara machinalement à lui répondre par l'habituel et joyeux : « Ça va très bien ! »

Mais il demanda :

— Voulez-vous que je m'en aille ? Je peux vous proposer un mouchoir, ou une oreille attentive, si vous voulez. Mais je peux aussi vous laisser tranquille pour un peu de calme et de paix et pour pleurer un bon coup. Dans l'ordre qui vous conviendra. Tout ce qui compte c'est que vous soyez seule.

Prise au dépourvu, elle ne put s'empêcher de rire.

— C'est… souvent ce que j'ai désiré ces dernières semaines.

C'était la raison pour laquelle elle persistait à se réfugier dans la chambre noire. Où, généralement, on ne la suivait pas.

— Bien, dans ce cas, dit Tony en se redressant. Est-ce que je prends la poudre d'escampette ?

— « La poudre d'escampette » ? Je ne m'attendais pas à ce genre d'expression dans la bouche d'un natif du Queens. Ce n'est pas un peu désuet ?

— J'ai passé trop d'années à travailler avec un Rosbeef cultivé. Son langage a déteint sur moi.

Avec un sourire en coin, il suggéra :

— J'ai une idée. Pourquoi ne prenez-vous pas la poudre d'escampette, mademoiselle McBride ? Ramenez princesse Ruth à la maison tôt, prenez un peu de temps pour vous.

Jordan ouvrit la bouche, sur le point de refuser. Mais la clochette retentit et la voix de Garrett lança :

— Ah ! Jordan, te voilà.

Il lui enlaça les épaules d'un bras et scruta son visage pour s'assurer qu'elle n'avait pas pleuré.

— Comment tu… ?

— Je vais très bien.

— J'essaie de convaincre Mlle McBride de rentrer tôt, aujourd'hui, intervint Tony. Vous aurez peut-être plus de chance, monsieur… ?

— Byrne. Garrett Byrne, se présenta Garrett en lui tendant la main. Vous êtes le nouveau vendeur ?

— Gagné ! Tony Rodomovsky. Vous êtes le fiancé ?

— Gagné !

Ils échangèrent une poignée de main. Et Jordan s'interrogea. Existait-il deux jeunes hommes dans le monde qui puissent se serrer la main sans se jauger mutuellement, pour savoir lequel avait la poigne la plus forte, lequel était le plus grand ? Garrett se redressa de tout son mètre quatre-vingt-six. Tony s'avachit contre le comptoir, l'air amusé.

Avant qu'ils passent au rituel suivant qui consistait à savoir qui avait fait la guerre et qui ne l'avait pas faite, Jordan prit les devants.

— Je ne peux pas rentrer tôt, Garrett. Anna va voir le notaire et je dois rester jusqu'à la fermeture.

— Je peux fermer pour vous, proposa Tony, qui ne lui était d'aucun secours.

— Tu vois ?

Garrett ébouriffa les cheveux de Ruth. Jouant toujours de son violon imaginaire, l'enfant l'ignora.

— Nous pourrions aller au cinéma, emmener Ruth. Tu m'as manqué.

— Toi aussi, tu m'as manqué.

Il m'a manqué ? se demanda Jordan. *Oui, il m'a manqué.*

— M. Kolb est déjà rentré chez lui, ajouta Tony. Il n'y aura pas grand-chose à faire ici.

Jordan hésita. Jamais son père n'aurait laissé un nouveau vendeur dans le magasin avant qu'il ait travaillé un bon mois et d'être absolument certain de ne pas avoir affaire à un voleur. Mais, depuis trois semaines, le travail de Tony était irréprochable et Anneliese avait donné sa bénédiction.

— Vous savez comment fermer ? lui dit-elle en lui tendant les clés. Viens Ruthie. Tu veux aller au cinéma ?

Son archet imaginaire resta en l'air. Plus tôt dans l'année, elle avait été fascinée par Cendrillon. Et avait usé la patience d'Anneliese en la suppliant d'acheter des souris blanches.

— *Cendrillon* ?

Tony rangea le violon imaginaire dans son étui avec le plus grand soin.

— Va chercher tes pantoufles de vair, princesse. Je m'occupe de tout. Je vais le garder bien en sécurité pour tes cours de violon.

Garrett tenait la porte en souriant. Mais Jordan s'arrêta, frappée par une idée soudaine.

— N'oubliez pas ça, mademoiselle McBride, lui dit Tony en lui tendant la photo de son père, laissée sur le comptoir, rognée et prête à être encadrée.

Il s'attarda un instant à la regarder.

— Votre père ?

— Oui, acquiesça Jordan d'une voix étranglée.

Elle pouvait parler de lui cent fois sans problème et, la cent unième fois, sans aucune raison, sa gorge se nouait. Elle regrettait de ne pas comprendre pourquoi. Peut-être aurait-elle moins souffert. Et peut-être pas.

— C'est une bonne photo, la complimenta Tony en la lui donnant. Vous devriez la garder ici.

— Pourquoi ?

— C'était son magasin. Sur cette photo, il ressemble à l'antiquaire au travail tel qu'on se le représente, ajouta-t-il en le montrant du menton.

— C'était exactement ça, acquiesça-t-elle.

Et une nouvelle idée fusa en elle. Elle esquissa un lent sourire.

— Jordan ? lança Garrett d'une voix perplexe.

Tony pencha la tête sur le côté.

— Mademoiselle McBride ? J'aime faire sourire une fille mais, d'habitude, je sais pourquoi.

S'il n'y avait pas eu un comptoir entre eux, Jordan l'aurait serré dans ses bras. Au lieu de cela, rayonnante, elle attrapa son chapeau de paille noir au portemanteau et l'enfonça sur sa tête.

— Tony, dit-elle en oubliant le « monsieur Rodomovsky ». Merci. Deux fois merci.

— Anna, je viens d'avoir la meilleure des idées !

Jordan sortit sur le minuscule balcon d'où sa belle-mère regardait la rue et s'arrêta, surprise.

— Je ne savais pas que vous fumiez.

— J'aimais beaucoup fumer une cigarette avant le dîner.

Renversant la tête en arrière, Anneliese offrit son visage au long crépuscule d'été et aspira une bouffée. Elle portait toujours le tailleur noir qu'elle avait mis pour aller voir le notaire. Mais elle avait retiré ses escarpins, qui étaient par terre, à côté de son sac.

— Tu sais quelle était l'opinion de ton père concernant les femmes qui fument. J'avais donc arrêté. Tu en veux une ?

— Avec plaisir.

Elle sortit un étui en argent et alluma une cigarette à la sienne.

— Où est Ruth ?

— Elle joue avec Taro en haut. Garrett vient de nous déposer. Il est venu nous chercher pour aller au cinéma, mais il n'y avait rien.

Jordan inhala la fumée et vint s'accouder à la balustrade du balcon.

— J'ai eu une idée, aujourd'hui. Grâce à une remarque de Tony. Faisons prendre des leçons de violon à Ruth.

L'espace d'un instant, Anneliese parut presque choquée.

— Pourquoi ?

— Elle ne peut pas regarder un violon sans être fascinée. Cela la rendrait si heureuse.

— Une enfant qui pousse des cris et qui devient agressive n'a pas besoin d'être plus gâtée. Elle a besoin de discipline. Nous avons été trop laxistes avec Ruth.

— Elle n'est pas gâtée, protesta-t-elle. Elle est triste, en colère, et papa lui manque. Pourquoi ne pas essayer quelque chose de différent ? Quelque chose qui lui rappelle qu'elle peut être heureuse ?

— D'accord, mais pas le violon, rétorqua Anneliese en prenant une nouvelle bouffée. Quels que soient ses souvenirs de sa mère, ils ne peuvent pas être agréables. Je ne veux pas qu'elle soit encore plus perturbée. Il vaut mieux qu'elle oublie totalement le violon.

— Si ça ne lui plaît pas, nous arrêterons les leçons. Mais…

— Non, Jordan. Je ne veux pas que ses souvenirs remontent à la surface.

Anneliese sourit, comme pour s'excuser de son refus.

— En outre, c'est assez juif, non, d'être obsédé par la musique ? L'une de leurs meilleures qualités, bien sûr. Ils font d'excellents musiciens. Mais nous ne voulons pas que Ruth soit mise dans le même panier. Avec un nom comme Ruth Weber, elle était indubitablement juive. Dieu merci, au moins, elle n'en a pas l'apparence.

— Anna, franchement ! s'exclama Jordan. Toutes les fillettes de Boston prennent des leçons de piano. La musique est loin d'être une spécificité juive. Et même si c'était le cas…

— Tout le monde a compati avec les Juifs après la guerre. Mais ça ne veut pas dire que l'on veut être leur voisin. Ce n'est pas ce que je veux pour Ruth.

Le sujet manifestement clos, Anneliese passa à autre chose.

— Il y a autre chose que je voulais te dire Jordan. Tu sais que j'ai vu le notaire aujourd'hui, au sujet du testament de ton père. Tout est en ordre. Le magasin est à moi jusqu'à ma mort ou jusqu'à ce que je me remarie. Puis il sera pour Ruth et toi en indivision.

— Bien sûr.

Elle entendit la voix de son père : *« Pour toi, je voulais en faire un endroit unique. T'assurer un véritable avenir… »*

— Que vouliez-vous me dire ?

— Que tu n'es pas obligée d'accepter.

Jordan leva les yeux, surprise.

— Comment ça ?

— Les pères veulent construire des patrimoines pour leurs enfants. Mais, quelquefois, ils ne prennent pas la peine de se demander si leurs enfants en voudront vraiment.

Toujours aussi pénétrant, le regard azur d'Anneliese se voulait compréhensif.

— Tu as été une fille si obéissante, en travaillant dans ce magasin. Mais je sais que ce n'est pas ce que tu voulais. Tu aurais dû aller à l'université. J'ai plaidé ta cause mais, comme tu le sais, ton père n'a jamais été favorable à cette idée. Comme il n'était pas convenable de contredire mon mari, j'ai laissé tomber la question. Mais je pensais qu'il avait tort. Et je le pense encore.

— Il n'avait pas tort, répliqua-t-elle, sur la défensive. Je n'avais pas besoin d'aller à l'université. J'avais déjà un avenir, j'avais Garrett, j'avais…

Sa belle-mère attendit de l'entendre énumérer tout ce qu'elle avait d'autre. Voyant qu'elle se taisait, elle reprit :

— Je vais garder le magasin comme ton père l'aurait souhaité, n'aie crainte. Un revenu pour moi, un héritage un jour pour Ruth et toi. Mais cela ne veut pas dire qu'il doit être un fardeau pour toi, Jordan, poursuivit-elle en allumant une nouvelle cigarette. Tu ne veux pas être coincée derrière un comptoir à vendre des cuillères en argent à des vieilles dames. Je sais que non. Qu'aimerais-tu faire à la place ?

— Je me marie avec Garrett au printemps, répondit-elle machinalement.

Sa belle-mère sourit. Jordan se sentit rougir.

— Et l'université ? s'enquit Anneliese, ignorant complaisamment le mariage et Garrett. Tu pourrais postuler pour Radcliffe ou pour l'université de Boston. Mais je pense qu'une jeune femme a tout à gagner à quitter sa ville. Tu pourrais aller en Californie si tu en avais envie. Une nouvelle université, un nouvel État.

L'université. Elle se rappela combien elle en avait rêvé à dix-sept ans.

— Je ne pense pas que… j'en aie encore envie, répondit-elle lentement. J'ai vingt-deux ans. Je ne me vois pas commencer un cycle d'études en compagnie de toutes ces filles de dix-huit ans, dont la moitié ne seront là que pour se fiancer.

Anneliese n'eut pas l'air surprise.

— Tu devrais aller à New York, dans ce cas. Trouver un travail qui te plaît, pas un travail que tu crois aimer.

Jordan sentit ses mains se crisper sur la balustrade du balcon. Cette conversation était-elle réelle ? L'était-elle vraiment ?

— Ne crois pas que j'essaie de te faire partir, s'empressa de préciser sa belle-mère avec un nouveau sourire. Tu es chez toi, ici. Mais tu n'es pas obligée de rester coincée à Boston à cause du magasin ou des souhaits de ton père. Je veux que tu sois heureuse. Ça te rendrait heureuse de partir à l'étranger ? De trouver un travail de photographe ?

— Je ne sais pas si je suis assez douée pour ça.

— Tu ne le sauras pas tant que tu n'auras pas essayé, rétorqua Anneliese, son bras posé à côté du cendrier. Prends ton appareil photo et va trouver des sujets à photographier en Europe. C'est une autre façon d'apprendre que les cours universitaires.

— Je ne peux pas partir, répliqua-t-elle par réflexe.

— Qu'est-ce que tu quitterais ? Le magasin ? D'abord, tu ne le veux pas vraiment, ensuite, il tournera très bien sans toi. Quitter Garrett ? S'il t'aime, il attendra. Quitter Ruth ? Si tu te maries au printemps, elle devra, de toute façon, s'habituer à ton absence.

— Mais je serai à Boston, je pourrai la voir. Pas dans l'État voisin.

Ni de l'autre côté de l'océan.

— Ruth a déjà perdu assez de gens.

— Ruth s'adaptera. Les enfants s'adaptent toujours. C'est ta sœur, pas ta fille. Tu n'es pas obligée de construire ta vie en fonction d'elle.

Elle s'interrompit un instant.

— Et tu n'as pas à te sentir déloyale de vouloir autre chose que ce que ton père voulait pour toi.

Pourtant, c'est le cas, voulait répondre Jordan. *J'ai changé tous mes projets à cause de lui.* Mais son imagination l'entraînait déjà loin, bien plus loin que Boston. Elle se vit passer son Leica en bandoulière et prendre un bus pour New York. Entrer dans les immenses bureaux de *LIFE* et postuler pour un emploi de coursier, d'assistante en chambre noire, n'importe quoi lui mettant le pied à l'étrier. Elle s'imagina parcourant l'Espagne sur les traces de Robert Capa et de sa célèbre photo représentant la mort d'un *soldat* républicain. Elle pensa à l'idée que le commentaire anodin de Tony sur la photo de son père avait fait naître dans son esprit. La seconde idée pour laquelle elle l'avait remercié. Qui la taraudait et qu'elle avait hâte de mettre en œuvre. Elle voulait y consacrer du temps, au lieu de se l'interdire sous prétexte que se lancer dans un grand et ambitieux reportage photo était stupide de la part de quelqu'un pour qui la photo n'était qu'un loisir.

Ne plus jamais la considérer comme un loisir.

— Ce que je suis en train de te dire, c'est que je peux t'aider, poursuivait Anneliese d'une voix chaleureuse. C'est ton héritage, Jordan. Tu y as droit. Aimerais-tu voyager ? Je te ferais une rente. Aimerais-tu prendre un appartement à New York et travailler comme photographe ? Je pourrais t'aider financièrement jusqu'à ce que tu commences à gagner un vrai salaire. Ce n'est pas une proposition que je ferais à n'importe quelle fille de vingt-deux ans. Mais tu es majeure et tu as la tête sur les épaules. Laisse-moi le magasin, laisse-moi Ruth, laisse-moi Boston. C'est trop petit pour toi.

Elle se tourna vers elle, souriante.

— Qu'est-ce que tu veux ?

Jordan ouvrit la bouche, s'apprêtant à répondre, mais fondit en larmes. Elle entendit Anneliese écraser sa cigarette et franchir l'espace entre elles. Ses bras l'enlacèrent. Et elle se mit à sangloter sur cette épaule mince alors que, le crépuscule cédant la place à la nuit, le ciel s'obscurcissait et que la demi-lune commençait son ascension. Elle sentit une dernière flèche de ressentiment. Pourquoi Anneliese la connaissait-elle bien mieux que son père, qui l'avait connue toute sa vie ?

— Qu'est-ce que tu veux ?

Je veux le monde.

32

Ian

Juin 1950
Boston

— Comment ça s'est passé avec Kolb ?
La voix de Tony craquelait dans le téléphone de la cabine. Ian regarda la demi-lune qui montait. Pendant qu'il était dans l'appartement de Kolb avec Nina, la nuit était tombée.

— On n'en a rien tiré, répondit-il, laconique. Tu as enfin rencontré la veuve McBride. Quelque chose à signaler ?

En théorie, ils n'avaient pas exclu que les propriétaires du magasin puissent être impliqués dans les activités de Kolb.

— Une brune aux yeux bleus, agréable. Elle parle avec l'accent raffiné de Boston. Pas de cicatrice au cou. Ça ne mangeait pas de pain de vérifier. Elle ne s'est pas attardée, m'a juste posé quelques questions. Elle n'a pas essayé de discuter avec Kolb ni avec les clients. Je vais surveiller, voir s'il essaie de lui parler ou de lui donner quelque chose. Mais elle ne semble pas intervenir au magasin. À première vue, s'il est impliqué dans une quelconque combine, elle n'est pas au courant.

— Il l'est, affirma brièvement Ian. Simplement, nous ne pouvons pas encore le prouver.

Il raccrocha et regagna le *diner* au coin de la rue. Déjà installée devant un Coca-Cola, Nina faisait le guet à travers la vitrine. C'était un *diner* vraiment ordinaire, désert à l'exception de la vieille serveuse dont la cendre de cigarette faillit tomber dans le café à cinq cents qu'il commanda. Mais la table du coin, près de la vitrine, offrait une vue discrète sur l'immeuble de Kolb. Un immeuble qui n'avait pas d'entrée à l'arrière, à part une échelle d'incendie illégalement hors d'usage. Ian n'imaginait pas que le faussaire vieillissant puisse descendre en se pendant par les mains à l'échelle de secours. Le restaurant était donc idéal pour leur opération de surveillance.

— Tu devrais rentrer, suggéra-t-il à Nina.

Quelque part, il était affligé, profondément affligé, de ne pas avoir réduit Kolb en bouillie. Aussi voulait-il rester ici, à boire du mauvais café, jusqu'à ce que ce regret soit totalement évanoui.

— Tu t'es bien débrouillée ce soir, ajouta-t-il.

Il avait craint que son goût pour l'anarchie rejaillisse sur leur travail mais elle avait suivi le plan à la lettre, avait cherché des indices. Et elle s'était révélée très utile.

— *Spasibo*, le remercia Nina. Et si Kolb prend la fuite ?

Elle retira les épingles de son chignon sinistre et secoua ses cheveux.

— Je le suivrai pour savoir qui il va retrouver. Je vais le surveiller jusqu'à ce qu'il nous conduise à quelque chose ou à quelqu'un de nouveau.

Nina prit le menu.

— Et sinon ?

— Dans les affaires passées, arrivés à un certain stade, nous avons pris la décision de passer à autre chose.

Les yeux plissés, elle répliqua :

— Pas cette fois.

— Non.

Ils avaient surmonté l'obstacle que représentait l'océan. Et puis, il y avait leur obsession. Ian but une gorgée de café et esquissa une grimace.

— Nous serons probablement obligés de passer de très longues heures sur cette banquette.

— Ils ont des hamburgers. C'est déjà ça.

Nina fit signe à la serveuse. Ian savait que, pour elle, les hamburgers étaient un miracle de la vie américaine bien plus convaincant que la liberté de parole.

Quand la serveuse fut hors de portée, elle reprit :

— Kolb s'enfuit, peut-être il s'enfuit pour toujours. Nouvelle ville, nouveau nom. C'est un faussaire. Il peut se faire des nouveaux papiers.

Il hocha la tête, se rappelant diverses opérations de filature ratées dans le passé. Il n'était pas facile pour une toute petite équipe de monter une opération de surveillance vingt-quatre heures sur vingt-quatre.

— Nous ne sommes que trois, reprit-elle, comme lisant dans ses pensées. Nous ne pouvons pas suivre tous ses faits et gestes.

— Nous pouvons essayer. Je le surveille de l'aube jusqu'à ce qu'il arrive au magasin.

Il ne dormait plus beaucoup, de toute façon. Il pouvait aussi bien venir ici à 4 heures du matin et rester assis à surveiller une porte.

— Tony l'observera au magasin. Et toi…

— Je prends les nuits.

— Entendu, Sorcière de la Nuit.

Ian sentit sa colère se dissiper, remplacée par la honte. *Tu as perdu ton sang-froid. Tu as plaqué un témoin contre un mur et tu l'as à moitié étranglé.* Qu'importait la force de la tentation, c'était la première fois qu'il se comportait de la sorte.

Bon sang ! Ça lui avait fait du bien.

Il regarda sa femme.

— Je suppose que je te dois des excuses.

Elle haussa les sourcils, surprise.

— Je t'ai chassée de mon bureau, à Vienne, parce que tu as dit que tu choisirais la violence plutôt que la légalité. Pourtant, c'est moi qui viens de plaquer un homme contre un mur uniquement parce qu'il m'a mis en colère. C'est l'hôpital qui se fout de la charité.

— « Hôpital » ? C'est quoi rapport avec Kolb ?

— Laisse tomber.

Le hamburger de Nina arriva. Il la regarda y mordre à belles dents. La porte de l'immeuble de Kolb resta fermée. Après une accusation, les chances étaient toujours soit de voir le coupable filer dans l'heure suivante, soit qu'il ne bouge pas et feigne de n'avoir rien à cacher. Il aurait parié que Kolb était du genre à filer…

Il poussa un soupir. Il savait déjà que la nuit allait être longue. L'une de ces nuits d'insomnie, quand le parachute glissait sur son épaule.

— C'est lac, dont je rêve, déclara Nina à brûle-pourpoint.

Ian cligna des yeux.

— Quoi ?

— Lac. Me noyer. Quelquefois, mon père me pousse sous l'eau, quelquefois la *Jägerin*. Toujours lac, ajouta-t-elle avec un haussement d'épaules. Ton lac, c'est quoi ?

— Il n'y a pas de lac. Comme il n'y a pas d'hôpital. Ton anglais est très étrange, camarade.

Nina prit une nouvelle bouchée de hamburger.

— C'est parachute ? demanda-t-elle, la bouche pleine.

Il sentit son sang se glacer.

— *Antochka* dit que tu marmonnes dans ton sommeil. Quelque chose sur parachute.

— Ce n'est rien, répondit-il d'un ton cassant malgré lui.

— C'est quelque chose, répondit-elle. Ou sinon, pourquoi c'est ton lac ?

Il demeura silencieux et Nina se contenta de le regarder.

— Il s'appelait Donald Luncey, commença-t-il.

Pourquoi lui racontait-il cela? Il n'en avait jamais parlé à personne.

— G.I. de San Francisco. Dix-huit ans. Il m'appelait Papi. Je devais lui paraître vieux. Il me donnait l'impression d'avoir douze ans.

— Me rappelle ma copilote après j'ai été promue pilote, déclara-t-elle avec un sourire. La petite Galya semblait âge faire des randonnées, pas missions aériennes au-dessus de la mer Noire.

— Que lui est-il arrivé? demanda-t-il.

Le sourire de Nina s'évanouit.

— Morte.

— Donald Luncey aussi. En mars 1945, les troupes américaines ont été parachutées en Allemagne. J'ai supplié un parachutiste de me laisser sauter avec lui.

— Pourquoi?

— C'est ce que tu fais si tu veux être un bon correspondant de guerre, essaya-t-il d'expliquer. Au front, personne n'aime les journalistes. Les gradés s'inquiètent que tu sois témoin de quelque chose que tu n'aurais pas dû voir et qui les ferait passer pour des imbéciles. Les pauvres bougres dans les rangs te prennent pour un vampire, qui leur brandit son carnet sous le nez pour dégotter un article, quand ils essaient désespérément de rester en vie. La seule façon de ne pas te faire détester, c'est de te retrouver dans le vif de l'action avec eux. Dormir avec eux, boire avec eux, sauter des avions avec eux, partir au feu avec eux. Tu partages le danger, ils partageront leurs histoires. C'est la seule manière de bien faire son boulot.

Quand ils s'étaient mis en file pour sauter, Ian avait baratiné le soldat Luncey. Il avait un visage étroit au nez aquilin, des oreilles en feuilles de chou, un grand sourire.

— On a sauté, poursuivit-il. Les autres ont atterri sains et saufs et ont effectué leur mission. Mais Donald Luncey et moi, nous avons dévié de notre trajectoire. Notre parachute est resté accroché dans une forêt allemande.

Une autre femme lui aurait pris la main. Mais celle qu'il avait épousée se contenta de soutenir son regard, impassible.

Il était resté suspendu à douze mètres au-dessus du sol, dans les branches d'un énorme chêne, oscillant, enchevêtré dans ses suspentes, haletant. Il avait un couteau. Mais il se trouvait dans une si mauvaise position que la lame avait glissé et qu'elle était tombée sur le sol avant qu'il ait pu trancher une seule des suspentes. Ses courroies étaient trop serrées pour qu'il puisse s'en extraire sans les couper. Pourtant, comparé au soldat Luncey, il avait eu de la chance. Son parachutiste était descendu à travers l'arbre en heurtant toutes les branches, pour finalement s'immobiliser, accroché dans le vide. Une côte brisée lui avait perforé un poumon. C'était du moins ce qu'il avait supposé. Et, pendant les sept heures qui avaient suivi, le jeune G.I. avait souffert une lente agonie, son poumon se déchirant à mesure qu'il oscillait en poussant des cris de douleur. Il se souvenait de chaque seconde de ces heures interminables : il avait commencé par lui dire de ne pas bouger pour ne pas aggraver la blessure. Puis il avait essayé de se balancer vers lui, pour le rejoindre et l'aider, mais en vain. Alors, il avait fini par attendre, suspendu, que les hurlements du jeune G.I., entrecoupés de « Papi » murmurés, se taisent.

— Quand il a fini par mourir, j'avais des hallucinations, parvint-il à raconter. Dues à la déshydratation et au choc. Donald Luncey était devenu mon frère. C'était Seb. Je savais que ce n'était pas lui. Je savais que Seb était prisonnier dans un stalag en Pologne, mais c'était quand même lui, jusqu'à la dernière tache de rousseur. Mon petit frère pendait, mort, dans l'arbre, à côté de moi.

La bouche desséchée, tremblant du froid de l'horreur, Ian était resté ainsi, presque toute la journée, à contempler le cadavre oscillant dans le vide. Il avait essayé de se concentrer sur le sol au-dessous de lui mais ces douze mètres qui tanguaient sous ses bottes lui avaient paru le double, une chute d'une longueur infinie dans l'obscurité.

—Ah, dit Nina. C'est pour ça que tu as ton truc. Le truc avec l'altitude.

—C'est idiot, vraiment. Je ne suis même pas tombé. On m'a trouvé peu après. Ils m'ont détaché, sain et sauf. J'ai eu beaucoup de chance.

De la chance, certes, mais ce n'était pas pour autant qu'il s'en était sorti sain d'esprit, songeait-il parfois. La guerre était finie depuis cinq ans et pourtant, le rêve restait récurrent. Avec Seb uniquement. Donald Luncey n'y apparaissait même pas. Du début à la fin, c'était son frère qu'il ne pouvait pas sauver.

Nina nappa son hamburger de ketchup comme si elle le noyait dans le sang.

—Rumine pas, *luchik*. Ça sert à rien ruminer.

—Toi, tu ne broies jamais du noir, c'est ça?

Malgré sa manière anarchique de gérer sa vie, Nina était d'un équilibre remarquable. Ce qui était vraiment exceptionnel étant donné tout ce qu'elle avait traversé. Il aurait été curieux de savoir si cet équilibre était le résultat de sa carrière de pilote de guerre ou si elle avait toujours été comme ça. Comme ses collègues, les Sorcières de la Nuit.

—Beaucoup partent du principe que les femmes n'ont rien à faire sur la ligne de front, mais après t'avoir entendue parler de tes amies du régiment...

—Les femmes sont douées pour la guerre, affirma-t-elle d'un ton détaché. Pas en compétition, comme les hommes. Dans toutes les missions, pas prouver qui est meilleure dans stupides cascades.

— Tu m'as dit une fois que tu étais sortie sur une aile d'avion à huit cents mètres d'altitude, petite cosaque. Si tu veux parler de cascades.

— C'était nécessaire. Ma pilote m'a engueulée.

Elle sourit, mais une ombre passa sur son visage.

— Elle a eu bien raison.

Il observa le visage animé qui s'était soudain figé.

— Je peux voir à quel point elles te manquent. Tes amies.

— *Sestry*, murmura-t-elle.

Il devina que le mot signifiait « sœurs ».

— Elles étaient toutes comme toi ?

Elle se contenta de hausser les épaules et il imagina des centaines de Nina recevant des avions et lâchées sur le front Est du Führer. *Bon sang!* Pas étonnant que Hitler ait perdu la guerre.

— Avant nous, personne n'a jamais fait ce qu'on a fait, reprit-elle en prenant son hamburger qui dégoulinait de ketchup. On le paie maintenant. Des rêves, des spasmes, maux de tête…

— Je sais ce que tu veux dire, dit-il en tapotant son oreille gauche. Elle n'a plus jamais été normale depuis que j'ai manqué d'y passer pendant cette mission de bombardement, en Espagne.

— Mes oreilles non plus, plus aussi bonnes qu'avant. Cockpit Po-2 est bruyant. Et les années, réveillée toute la nuit, toutes les nuits. Je ne dors toujours pas toute une nuit.

— N'aie pas honte. Tu étais un soldat.

Rien à voir avec mes cauchemars absurdes.

Elle parut saisir sa pensée muette.

— Toi aussi tu es allé à la guerre, *luchik*. Tu vas à la guerre, tu as un lac ou un parachute après. Tout le monde.

— Les soldats oui. Ils l'ont mérité. Je n'étais pas un soldat. Les cauchemars sont pour ceux qui se battent, pas pour ceux qui gribouillent. J'étais peut-être au front mais je pouvais partir quand je voulais. Ils ne pouvaient pas.

— Et alors ? Même risque pour soldat ou chasseur.

— « Chasseur » ?

— Chasseurs au pluriel, précisa Nina. Toi. Et moi. J'étais soldat et chasseur, mais la partie importante c'est chasseur. Très différent de soldat.

— Je ne comprends pas bien.

— Les soldats combattent à la guerre. Ça leur donne des cauchemars. Un lac, un parachute. Ça leur donne envie d'arrêter, de rentrer.

Elle avait fini son hamburger et mangeait son ketchup à la cuillère, comme une soupe.

— Les chasseurs à la guerre affrontent les mêmes risques, les mêmes combats, alors ils finissent avec un lac ou un parachute aussi. Mais nous n'avons pas la chose que les soldats ont, les autres ont. La chose qui dit « Arrête ». Nous avons un cauchemar, nous le détestons. Mais si guerre finie, les soldats rentrent. Alors que nous, nous avons besoin d'une nouvelle chasse.

Ian la dévisagea.

— Ça n'a aucun sens.

— Si. Les soldats deviennent soldats, expliqua-t-elle d'un ton calme. Les chasseurs sont nés chasseurs. Ou tu as besoin de traquer le danger ou pas.

— Je n'ai pas besoin de traquer le danger, Nina. Tous les Anglais n'arpentent pas les champs en tirant au fusil.

Elle poussa un soupir impatient.

— Ces garçons sur lesquels tu as écrit. Les G.I., les aviateurs. Qu'est-ce qu'ils voulaient ?

— Ils parlaient de chez eux, comme tous les soldats. De films, de barbecues dans des jardins, de sortir voir les filles.

— Alors la guerre finit et ils retournent à ça, oui ?

— Ceux qui ont de la chance.

Les autres finissaient comme le soldat Luncey. Ou comme Seb.

— Certains, non. Comme Tony. Il ne rentre pas chez lui pour se marier, pour trouver du travail. Il reste, il trouve une chasse. Toi non plus, tu rentres pas chez toi. Ta guerre finit, tu commences à traquer les Hitlériens.

Nina lécha du ketchup sur son pouce.

— Les filles avec lesquelles je vole, elles sont presque toutes comme tes G.I. Elles rêvent de paix, de bébés, de tout le bortsch qu'elles peuvent manger. La guerre finie, elles ont la paix, elles sont heureuses. Mais moi ?

Avec une grimace, elle poursuivit :

— Pendant la guerre, j'ai eu mes mauvaises nuits, j'ai rêvé le lac, mais jamais ça m'a donné envie de bortsch ou de bébés. Ma guerre finie, tu me fais partir en Angleterre, je finis au club aérien de Manchester. Je fais des loopings sur un vieux biplan, de la voltige sans cibles, je deviens folle. Jusqu'à ce que je reçoive un message sur la *Jägerin*. C'est bien alors. Parce que j'ai de nouveau cible.

Elle les montra tour à tour du doigt puis montra la porte de Kolb.

— Moi… à la guerre, je traque nazis pour bombarder. Avec la paix, je traque nazis pour faire payer.

Ian secoua la tête.

— Si toi et moi sommes des chasseurs, si c'est un besoin de traquer notre proie et que nous nous y adonnons, nous ne valons pas mieux que la *Jägerin*. Et si c'est ça la vérité, je vais rentrer chez moi et me mettre une balle dans le crâne.

— *Nyet*, fit Nina avec conviction. La *Jägerin*, elle est genre différent de chasseur. Une tueuse qui chasse parce qu'elle aime chasser. Peut-être elle a excuses. Des ordres de son Reich, de son *mudak* d'amant, mais juste des excuses. Elle tue parce qu'elle aime tuer et elle chasse ce qu'elle pense être des cibles faciles. Des enfants, des gens en fuite, ceux qui ne peuvent pas se défendre. Tu ferais ça ?

— Bon sang, Nina, non !

— Moi non plus. Nous ne chassons pas les sans défense, *luchik*. Nous chassons les tueurs. C'est comme les villageois qui chassent le loup devenu fou. Juste quand le loup est mort, les villageois rentrent et nous on trouve le prochain loup fou. Parce qu'on peut continuer. Les autres, ils essaient de continuer, ils ne font que...

Elle mima une explosion.

— C'est trop pour eux ; ils éclatent en morceaux. Pas nous. Les chasseurs, ils sont différents. On ne peut pas arrêter, pas à cause de mauvais sommeil, ou de parachute, ou de gens qui disent que nous devons vouloir la paix et les bébés à la place. C'est un monde plein de loups fous et nous les chassons jusqu'à la mort.

C'était la chose la plus sensée qu'il l'ait jamais entendue dire. Ian se cala sur sa banquette et la regarda de la tête aux pieds.

— J'ignorais que ma femme était philosophe.

— C'est russe. On s'assied, on boit trop, on parle de mort.

Elle repoussa son assiette vide.

— Ça nous rend joyeux.

— Les chasseurs chassant une chasseresse...

Il fit tourner sa tasse de café maintenant froid.

— C'est notre première traque, Nina. Normalement, nos cibles ne sont pas terriblement impressionnantes. Ils ont peut-être commis des actes atroces mais, en chair et en os, ce sont des petits hommes pitoyables, qui se trouvent des tas d'excuses, un peu comme Kolb. La *Jägerin*, ce n'est pas le cas. Elle a eu le culot de se cacher à la vue de tous à Altaussee, en dépit du fait que la région était passée au peigne fin pour trouver les nazis. Elle a réussi à venir aux États-Unis sous une nouvelle identité. Elle a brouillé les pistes.

— Et maintenant, c'est elle la cible, dit Nina.

— Et c'est une cible très intelligente, souligna-t-il. Elle ne sera pas facile à coincer.

— Les chasseurs chassant une chasseresse ?

Nina tendit une main à travers la table et accrocha son index du sien.

— Nos chances sont bonnes.

C'était la toute première fois qu'elle le touchait en dehors de la chambre. En général, Nina était un vrai porc-épic quand il s'agissait de donner ou de recevoir le moindre signe d'affection. Il sourit. Leurs doigts toujours liés, ils regardèrent les portes immobiles de *Herr* Kolb en silence. La lune était montée dans le ciel. Cela faisait longtemps qu'ils étaient assis dans ce *diner*.

— Je pense que Kolb restera chez lui ce soir, dit-elle.

Ian acquiesça.

— Rentre. C'est absurde de rester tous les deux à s'ennuyer ici.

— C'est pas ennuyeux.

— De regarder une porte ? Tu peux faire toutes les comparaisons que tu veux entre voler en mission de bombardement et traquer des nazis, mais ce genre de chasse implique beaucoup plus de paperasses et d'attente. Je suis surpris que tu ne t'ennuies pas plus que ça. Ou, poursuivit-il, frappé soudain par une idée, est-ce que ça veut dire que ça te plaît de travailler de nouveau en équipe ? Pas comme ton régiment de *sestry*, bien sûr. Mais d'être avec Tony et moi, et que nous visions la même cible ? Est-ce que c'est ce que…

D'un geste brusque, elle arracha sa main à la sienne et, sans comprendre, il vit son regard, soudain assombri, lancer des éclairs.

— Suis pas votre équipe, lâcha-t-elle, glaciale. C'est une chasse. Une seule, juste à cause de la *Jägerin*. On la trouve et tout est fini. On divorce, je rentre, fini.

— Ce n'est pas obligatoire, protesta-t-il. Même après le divorce, tu peux rester au centre, Nina. Tu travailles bien avec Tony et moi. Ça te plaît. Je le sais. Pourquoi ne pas rester ?

Il prit tout à coup conscience de l'intensité avec laquelle il le voulait. Sous son anarchique intrépidité, elle cachait la discipline d'un copilote et un dévouement total. De plus, une femme dans l'équipe était un atout. Elle pouvait se charger de missions de surveillance impossibles pour un homme.

— Reste avec nous après que nous aurons attrapé Lorelei Vogt, la pressa-t-il, mettant toute la véhémence possible dans ses paroles. Reste, Nina.

— Pas équipe, répéta-t-elle, le regard implacable.

Et elle sortit en trombe.

33

Jordan

Juin 1950
Boston

Le regard de Garrett alla de l'une à l'autre des deux photos, sur la table de la chambre noire.

— Tu as travaillé toute la semaine sur ces deux photos ?

— J'ai fini par les réussir.

Passer la semaine à s'échiner dans sa chambre noire (à développer, agrandir, recadrer, pour tout jeter et tout recommencer) avait porté ses fruits. Deux tirages. Mais deux tirages dont elle pouvait être fière.

Impeccable dans son costume d'été en tissu léger, Garrett arrivait tout juste du bureau. Elle savait qu'elle ressemblait à une loque en comparaison, avec ses cheveux attachés par un bout de ficelle, son vieux short éclaboussé de liquide de développement.

— Elles sont sympas, la complimenta-t-il, espérant visiblement ne pas s'être trompé dans son choix d'adjectif.

La première était un cliché en contre-plongée de son père qui, dans l'atelier, soulevait un plateau à cartes de visite en argent. Elle avait joué avec l'exposition et avait rogné l'image pour obtenir un plan serré de ses mains, de son front plissé par la concentration, de ses lèvres esquissant un sourire, du dos du plateau décoré de volutes.

Elle avait griffonné au crayon à papier un titre : « Un antiquaire au travail. »

— Elle exprime la quintessence de papa au travail mais aussi la quintessence de n'importe quel antiquaire au travail. Voilà pourquoi j'ai rogné l'image pour ne montrer qu'un fragment de son visage. Ce n'est pas uniquement lui. C'est tous ceux qui font ce métier.

La deuxième photo était une photo de Garrett sur le terrain d'aviation à la périphérie de Boston. Il faisait des signes devant l'avion. Là aussi, elle avait rogné l'image de façon à en faire ressortir l'essentiel. Ce n'était pas son beau fiancé devant l'objectif, mais un pilote, n'importe quel pilote, tous les pilotes : en bref, il étendait un bras vers l'extérieur comme s'étendait une aile, avec le sourire d'un homme qui, comme la machine, aspirait à s'élever dans les airs. « Un pilote au travail. »

— Très sympas, répéta-t-il, l'air perplexe.

Songeuse, elle resta un moment à contempler ses deux épreuves. Avait-elle perdu son temps ? *« Tu interprètes encore »*, la réprimanda la sempiternelle voix, celle qui lui reprochait de faire des rêves insensés. Mais une voix plus sereine, plus analytique, lui souffla : *« Ce sont de bonnes photos. »*

— Le reportage s'intitulera « Boston au travail ». Ce sera une série de quinze à vingt portraits, des gros plans tout en sobriété. Je vais y consacrer mon été.

Depuis le soir de sa conversation avec Anneliese sur le balcon, elle avait passé la semaine à se demander ce qu'elle voulait vraiment.

Garrett se gratta le menton.

— Et le magasin ?

— Après l'enterrement, l'ancienne vendeuse de papa, Mme Weir, a proposé de revenir si nous avions besoin d'aide.

Anneliese m'a donné carte blanche pour l'engager à plein temps pour me remplacer.

Son cerveau foisonnait déjà de projets. Tous ces gens qui travaillaient à Boston et n'attendaient que de se faire photographier. Les pâtissiers de *Mike's Pastry* dans le North End : elle reviendrait avec quelques images pittoresques de leurs doigts pétrissant la farine. Le père Harris à la messe et ses mains jointes quand il élevait l'hostie.

Perdu dans ses pensées, son fiancé effleura d'un doigt l'avion sur la photo le représentant.

— C'est pour quoi ?

— Mon portfolio. Comme je n'ai pas d'expérience professionnelle, j'ai besoin d'un bon travail à présenter. Je vais passer l'été à photographier tout ce que je pourrai trouver.

Elle prit une profonde inspiration, avant de poursuivre :

— Cet automne, je pars à New York, pour essayer de travailler comme photographe.

— « Cet automne » ? répéta-t-il avec stupeur. Mais nous nous marions au printemps prochain.

Se forçant à lever la tête, elle le regarda droit dans les yeux.

— J'aimerais repousser le mariage pour un temps.

Elle se prépara à sa réaction. Mais fut surprise de voir son visage s'éclairer.

— C'est juste l'appréhension, lui dit-il d'un ton rassurant. Ma mère dit qu'il est tout à fait naturel pour une future mariée d'avoir le trac. Elle aimerait que tu passes la voir bientôt, pour choisir les fleurs. Elle m'a parlé de pétunias. Ou peut-être de phlox.

— Je ne suis pas prête pour les phlox, Garrett. Je ne suis pas prête à fixer une date. Je ne suis pas prête du tout.

Quel soulagement de prononcer enfin ces mots, au lieu de passer son temps à les refouler !

— Je ne veux pas encore me marier. Je veux travailler. Je veux être photographe. Je veux savoir si j'ai du talent ou pas.

Elle se tut, essoufflée. C'était seulement cette semaine qu'elle avait pris conscience de tout ce qu'elle voulait vraiment. Aller en France et prendre la tour Eiffel en photo, même si c'était l'image la plus banale du monde. Travailler pour le bouclage d'un magazine, les yeux brûlants, en buvant du café froid, parce qu'un rédacteur en chef qu'elle n'avait pas encore trouvé voulait son reportage pour 8 heures précises. Elle voulait se cogner à des collègues dans une chambre noire, partager des cigarettes et des idées. Elle voulait voir son nom au bas d'un article : J. Bryde.

Garrett semblait perdu.

— Nous avons tellement de projets.

— Les projets peuvent changer. Viens avec moi, lui dit-elle en entrelaçant ses doigts aux siens. Viens à New York, à l'aventure. Travaille pour TWA au lieu de…

— Allons, arrête tes blagues !

— Je ne blague pas. As-tu même envie de travailler avec ton père au bureau ? Tu t'y ennuies ferme.

Il libéra sa main et croisa les bras.

— Es-tu en train de rompre nos fiançailles ?

— Pas du tout. Je dis simplement que nous devrions repousser.

— Nous sommes ensemble depuis cinq ans. Maman va avoir le cœur brisé si nous attendons encore plus longtemps.

Elle s'en voulait, certes. Mais elle refoula impitoyablement son sentiment de culpabilité. Elle ne se marierait pas uniquement pour leur faire plaisir.

— C'est nous qui nous marions. Ne veux-tu pas être sûr avant de me dire oui pour la vie ?

— Je suis déjà sûr.

— Vraiment ?

Elle marqua un temps.

— Tu ne m'as jamais dit : « Je t'aime. »

Il sembla pris au dépourvu.

—Mais si.

—Quand m'as-tu dit « je t'aime » en me regardant dans les yeux pour la dernière fois ? À part au lit, en plein…

—Pas si fort !

—Nous sommes au sous-sol, Anna ne peut pas nous entendre.

—Et qu'est-ce qu'elle aurait à dire à ce sujet ? demanda-t-il, se renfrognant.

—Absolument rien.

Quelle sensation divine c'était ! Prendre ses propres décisions, sans se laisser influencer par des adultes convaincus de détenir la vérité.

—Je vais avoir une rente, la même somme qui si j'allais à l'université. Et j'ai mes propres économies. Je louerai un appartement.

Elle s'interrompit. Cela faisait trop d'informations pour Garrett, qui avait l'air de nouveau furieux.

—Tu sais quoi ? dit-il en pointant un doigt sur elle. Toi non plus, tu ne m'as jamais dit que tu m'aimais.

Elle prit appui contre la table de la chambre noire et en effleura le bord d'un doigt. Son diamant en forme de poire scintillait sous la lumière crue.

—M'as-tu été fidèle, Garrett ? demanda-t-elle à brûle-pourpoint. Quand tu es parti à la guerre, tu m'as donné ta chevalière de lycée et tu m'as fait promettre de ne sortir avec aucun autre. Et toi ?

Il bredouilla quelque chose et elle haussa les sourcils. Il s'éclaircit la voix.

—Je ne suis jamais sorti avec une autre fille, marmonna-t-il.

Elle attendit.

—Mais certains types, ils disaient que ceux qui sortaient juste du lycée avaient le droit de s'amuser. Alors, on ne voulait pas…

« Être envoyés outre-mer et mourir sans avoir jamais couché », ajouta Jordan silencieusement.

— C'est bien ce que je pensais.

— C'est arrivé une seule fois… D'accord, deux. Mais je pensais que tu serais furieuse si…

— Je ne suis pas furieuse, répliqua-t-elle dans un soupir.

Son visage s'illumina.

— Vraiment ?

— Garrett, lui dit-elle avec douceur. N'est-ce pas là un problème justement ? Si je t'aimais à la folie, ne serais-je pas un peu blessée ou jalouse ?

Après un silence gêné, elle reprit :

— Tu m'aimes beaucoup. J'aime le base-ball et nous prenons toujours du bon temps sur la banquette arrière de ta voiture. Et je n'ai pas cherché à me faire épouser, je ne t'ai pas demandé d'arrêter de voler. Ça t'a plu.

Tellement de choses s'étaient cristallisées cette semaine, alors qu'elle travaillait à la lueur rassurante de la lampe rouge. Tellement.

— Je t'aime beaucoup Garrett. Vraiment. Tu es attentionné, attachant, tu me fais rire et tu ne m'as jamais demandé d'arrêter la photo… ni pensé que j'étais une traînée parce que j'aime autant que toi nos parties de jambes en l'air sur la banquette arrière. Mais…

— Où veux-tu en venir ?

— Nous nous entendons bien, poursuivit-elle avant de flancher. Mais est-ce de l'amour ou de l'habitude ?

Le silence s'éternisa. Elle le regarda sans ciller. Il avait les yeux baissés sur ses bras croisés. Il finit par relever la tête.

— Je voudrais que tu me rendes ma bague.

Eh bien, elle avait sa réponse. Sentant sa gorge se nouer, elle fit glisser le diamant de son doigt.

— Je suis désolée, commença-t-elle.

Mais il se détourna et, le dos raide, se dirigea vers l'escalier d'un pas furieux. Arrivé devant la porte, il la regarda du haut des marches.

— Je vais l'annoncer à ma famille si tu l'annonces à la tienne.

— Dis à ta mère que je suis désolée. Elle a été merveilleuse pour moi. Je…

Elle s'interrompit avant que la culpabilité la rattrape. Et, détournant les yeux, les baissa sur « Un pilote au travail ».

— Garrett…

— Quoi ?

Sa voix était aussi abrupte que son dos était raide.

— Quand tu m'as emmenée voler, tu avais l'air si heureux, dit-elle en pointant le cliché du doigt. C'est lui le vrai Garrett Byrne. Celui qui porte une combinaison de pilote, pas celui qui est en face de moi à cet instant précis, en costume. Tu devrais recommencer à voler, pas…

— Merci pour le conseil. Tu peux te le mettre où je pense !

Sur ces mots, il sortit de la chambre noire en claquant la porte.

Avec un long soupir, elle baissa les yeux sur son annulaire gauche, nu. Ses yeux la brûlaient. Allait-elle pleurer ? *Cinq ans*, pensa-t-elle. *Cinq ans !*

Mais, refoulant ses larmes, elle lança :

— Au travail, J. Bryde ! Cette carrière ne va pas démarrer toute seule.

34

Nina

Juillet 1944
Front polonais

— Les Allemands se replient ! Il n'y en a plus en Pologne.

Mais les Boches se battaient férocement, se cramponnant à chaque parcelle de terrain.

L'hiver avait été glacial. Pendant leurs missions de nuit, elles avaient claqué des dents derrière leurs masques en fourrure de taupe. Galya, sa copilote, qui avait perdu un orteil gelé, essayait d'en rire.

« Quelle allure je vais avoir dans mes sandales de bal ? »

Peu après le début de l'année, Yelena avait été touchée au mollet par une balle tirée du sol. Le cœur serré, Nina avait vu son amante arriver du terrain d'aviation en boitant, un bras autour du cou de sa copilote, Zoya, qui la soutenait.

Elle était tombée à genoux pour tâter la blessure de ses doigts.

« Ce n'est rien, l'avait rassurée Yelena. *Elle a traversé un muscle et elle est ressortie. Arrête de faire des chichis ! »*

Le printemps avait fait place à l'été. Effectuer moins d'heures de vol leur permettait de bénéficier de davantage d'heures de sommeil. Mais elles semblaient toutes avoir perdu la capacité de dormir plus de quelques heures d'affilée.

« *J'ai de tels maux de tête !* » criait Zoya.

Et Nina essayait de lutter contre son sentiment de jalousie en voyant Yelena la serrer contre elle en lui murmurant des paroles rassurantes. Une pilote se sentait proche de sa copilote. C'était inévitable. Elle l'aimait. *Ne l'aime pas plus que moi*, Yelenushka. La rousse Zoya avait perdu son mari pendant la bataille de Stalingrad. Elle avait deux enfants qui vivaient à Moscou avec sa mère. Yelena s'extasiait devant leurs photos, non sans mélancolie...

Elle ne l'aime pas plus que toi, se martelait Nina. Yelena et elle continuaient à sortir en catimini pour aller s'allonger ensemble sous l'aile de la Roussalka, s'embrasser et se raconter des bêtises. Rien n'avait changé.

Uniquement parce qu'elles n'abordaient aucun sujet risquant de troubler cet équilibre.

Quand l'été arriva, elles survolèrent la Pologne : une terre de fumée, de ruines, de boue. *Une terre qui a été violée*, pensa Nina. Les pluies d'été avaient transformé le sol en une colle épaisse, cruelle, qui aspirait les roues des Po-2 et dans laquelle les camions de carburant s'embourbaient. Dans leurs tranchées grossières, aux parois suintant l'humidité, elles avaient de la boue jusqu'aux mollets.

— Mais regarde ça ! s'exclama Yelena en brandissant une délicate fleur rouge. Un coquelicot ! J'en ai trouvé dans le champ à côté de l'aérodrome.

Émue presque aux larmes, Nina contempla le coquelicot qui se flétrissait déjà au bout de sa tige. *Je suis si fatiguée.*

« *Est-ce que quelqu'un s'en soucie*, roussalka *?* » ricana son père. Alors elle embrassa Yelena, enfonça le coquelicot sur le devant de sa combinaison, avala un nouveau cachet de Coca-Cola et continua.

— Ça devrait être un verre en cristal, pas un gobelet à soupe.

— Nous n'avons pas de verres en cristal. Nous avons de la chance que Bershanskaia nous permette de boire de la vodka !

Les Sorcières de la Nuit se mirent à rire. Radieuses, leurs visages tachés d'huile, elles avaient oublié leur épuisement. La nouvelle était tombée à l'aube, alors qu'elles étaient arrivées à la cantine en troupeau : Nina Markova et quatre autres pilotes allaient être nommées Héroïnes de l'Union soviétique.

Ce ne serait pas officiel avant la cérémonie. Mais cela ne voulait pas dire qu'elles ne pouvaient pas porter le traditionnel toast. Yelena et quatre autres aviatrices avaient été les premières à recevoir l'honneur suprême. Elles se pressèrent au premier rang et retirèrent leurs étoiles. Yelena fit tomber la sienne avec un bruit métallique dans la petite boîte de conserve vide entre les mains de Nina. Les quatre autres élues tendirent leurs propres gobelets à soupe pour recevoir à leur tour des étoiles empruntées. Tout le régiment défila devant elles, en souriant, toutes avec un gobelet en fer contenant les deux cents millilitres de vodka autorisés aux pilotes. Obéissant aux ordres de Bershanskaia, elles laissaient généralement l'alcool aux hommes. Mais, aujourd'hui, chaque Sorcière de la Nuit versait toute sa vodka dans les boîtes des Héroïnes imminentes, les remplissant jusqu'au bord pour couvrir les étoiles d'or.

— Buvez, buvez ! s'écrièrent-elles.

Nina vida la boîte pleine de vodka d'une traite, l'étoile d'or de Yelena s'entrechoquant avec ses dents. Elle refit surface avec une sensation de vertige, et Yelena et les autres Héroïnes levèrent leurs gobelets à leur tour en s'écriant : « Bienvenue, *sestra* ! » avant de vider le reste de vodka du régiment. Sans rancune, toutes se pressèrent autour d'elles en les acclamant. Nina fut embrassée si souvent que ses joues étaient cramoisies. Elle se sentait ivre de vodka et d'amour. *C'est juste une médaille*, se dit-elle en la pressant dans la paume de Yelena. Mais, en riant, celle-ci la fixa de travers sur la poitrine de sa combinaison.

— Porte-la aujourd'hui ! Habitue-toi à son poids !

Elle était si belle avec ses joues couleur coquelicot. Et quand elle lui chuchota: « Toi aussi, tu es belle », Nina comprit qu'elle avait dû parler à voix haute…

Quand la sirène hurla, elle regarda autour d'elle comme engourdie, trop heureuse pour s'affoler. Mais les portes de la cantine s'ouvrirent brutalement et trois filles de l'équipe au sol lancèrent, haletantes:

— Des avions de combat arrivent sur le terrain d'aviation, les Po-2 n'ont pas encore été camouflés, décollez!

Les pilotes et leurs copilotes se précipitèrent et s'élancèrent dans l'aube qui colorait le ciel de rose. Nina laissa tomber son gobelet à soupe et se mit à courir à l'aveuglette derrière les cheveux noirs de sa pilote. Yelena était déjà dans son cockpit, le moteur de la Roussalka rugissant, quand elle se jeta presque la tête la première à l'arrière. Quelqu'un cria et la forme en araignée du premier Messerschmitt apparut. À leur gauche, un Po-2 s'envola vers l'est, passant au-dessus de la rangée d'arbres la plus proche. Un autre s'éleva vers le nord et plongea dans l'abri des nuages. Bientôt tous les Po-2 décollèrent dans le plus grand désordre. Chacune se contentait de propulser son avion dans les airs pour s'échapper dans n'importe quelle direction. La Roussalka prit son envol comme un oiseau, droit vers le soleil levant.

— Est-ce qu'on a les coordonnées de la nuit? demanda Nina machinalement.

Elle cligna des yeux. Il se passait quelque chose d'anormal. Elle tripota l'interphone.

— Quoi? demanda Yelena d'une voix étrangement brouillée.

Le Messerschmitt survola l'aérodrome et commença à mitrailler. Dans le fracas des balles, Yelena faisait grimper la Roussalka aussi vite que possible.

— Quoi?

Soudain, Nina comprit.

— Oh, je me suis trompée d'avion!

Galya s'était dirigée vers leur Po-2. Mais, machinalement, elle avait couru après Yelena pour rejoindre la Roussalka. Amusée, elle se mit à rire.

— Nina ?

Elle sentit ses oreilles siffler. L'avion tournoyait-il ?

— Merde ! cria-t-elle. Je suis ivre. Et toi ?

Elle avait toujours tenu la vodka comme une native de Sibérie, une Markov. Mais elle n'en avait pas bu une goutte depuis des mois. Et le monde entier semblait tanguer.

— Non, répondit Yelena.

La Roussalka zigzaguait vraiment. L'aérodrome s'éloignant, elles s'élevaient à vive allure dans des lambeaux de nuages roses. Il leur suffisait de disparaître dans le ciel et elles seraient à l'abri de nouveaux Messer. Contrairement à la fois où elles avaient été poursuivies au sol, elles avaient assez de carburant pour tenir en l'air. *Nous sommes en sécurité*, se dit-elle alors que l'aérodrome disparaissait.

— À quelle altitude sommes-nous ? Dans quelle direction allons-nous ? demanda-t-elle.

Après un silence, Yelena répondit :

— Je ne sais pas.

— La boussole.

— La boussole est floue.

Après un nouveau silence, Yelena avoua :

— Je suis ivre.

Et, soudain, elles se mirent à hurler de rire dans leurs cockpits. Un gobelet de vodka sur un estomac vide, après une longue nuit de vol, sans dormir… *Nous sommes soûles comme des grives*, songea Nina. Ce qui décupla son hilarité. Voler avec Yelena au lieu de Galya ; voler de jour et non de nuit : tout était sens dessus dessous. Elle se rendit soudain compte qu'elles volaient justement tête en bas. Yelena faisait un looping au-dessus d'une traînée de nuages.

— Je maîtrise ! cria-t-elle.

Elles survolaient maintenant la couverture nuageuse, filant dans le ciel rose du petit matin. Plissant les yeux, Nina regarda sur le côté de son cockpit. Combien de temps faudrait-il au Messer avant qu'il abandonne l'attaque ?

— Autre Po-2 en dessous.

Yelena actionna les ailerons et l'avion répondit à son salut. Puis Nina s'empara du manche. Pourquoi pas ? Elles devaient tuer le temps avant de prendre le risque de redescendre. Un moment, elles jouèrent avec l'autre Po-2, se pourchassant mutuellement. L'autre avion restait sous elles, frôlant le tapis de nuages.

Soudain, Nina comprit.

— Oh ! Ce n'est pas un autre avion. C'est notre ombre !

Ce qui déclencha une nouvelle crise de fou rire. Se libérant alors de son harnais de sécurité, Nina se leva à moitié et se pencha dans l'air glacé.

— Je te défends de remonter sur cette aile ! cria Yelena.

Mais Nina se hissa juste assez pour tirer les cheveux de sa pilote vers elle et pour, grisée, l'embrasser passionnément dans le vent du matin.

— Atterrissons ! lui cria-t-elle. Parce que nous sommes tellement ivres que nous allons finir à Berlin.

Yelena amorça la descente avec une embardée et, après avoir cahoté sur la piste boueuse, l'avion s'arrêta.

— C'était un atterrissage ? Ou on s'est fait abattre par un Allemand ? plaisanta sa copilote en descendant.

— Arrête ! la rabroua Yelena en riant.

Elle se glissa hors de son cockpit et se serait étalée sur le sol si Nina ne l'avait pas rattrapée par la taille.

— Relève-toi, lapin !

Elle la traîna le long de la piste, laissant l'équipage au sol tirer les bâches de camouflage sur la Roussalka.

— On ne peut pas retourner à la cantine dans cet état. Je ne pourrais pas regarder Bershanskaia dans les yeux !

Elles parvinrent à signer les documents d'atterrissage puis, toujours en riant, s'éclipsèrent derrière l'aérodrome temporaire.

— Des coquelicots ! murmura Yelena dans un souffle.

Elles se trouvaient maintenant dans un champ d'herbes folles, parsemé de fleurs rouges épanouies. Yelena tituba et tomba la tête la première dans les coquelicots, entraînant Nina avec elle. Ne voyant aucune raison de se relever, elles restèrent allongées dans le carré de seigle, enlacées, à s'embrasser. Nina, sur le dos, avait les yeux rivés au ciel. De la Pologne, elle n'avait vu que la laideur, la boue, la fumée, les ruines hideuses. Mais ici, dans cet étroit champ de vision, elle retrouvait enfin la beauté : le bleu pur d'un ciel bordé d'épis de seigle et de coquelicots qui ondulaient, la tête de son amante reposant sur sa poitrine.

— Nous devrions rentrer, finit par chuchoter Yelena.

Elle entrelaça ses doigts à ses cheveux bruns.

— Je ne veux pas.

— Il le faut, lapin.

À regret, elles se séparèrent et regagnèrent l'aérodrome. Les effets de la vodka s'étaient quasiment dissipés.

— Je pourrais dormir pendant une semaine entière, déclara Nina en bâillant.

Mais avant qu'elles aient eu le temps d'atteindre les casernes, elle entendit une voix la héler.

— Camarade lieutenant Markova !

Se retournant, elle vit le commandant en second du régiment qui approchait. Avec un sourire, elle la salua. Mais sa supérieure ne lui rendit pas son sourire. Si elle avait presque toujours l'air grave – Nina n'aurait pas voulu porter le fardeau du poste de commandant en second et de chef d'état-major –, aujourd'hui, elle lui offrait un visage glacial. Soudain terrifiée, Nina sentit fondre les derniers effets euphoriques de la vodka.

— Tu dois te présenter chez la camarade commandant Bershanskaia immédiatement.

Elle fit un pas en avant, ne comprenant pas ce qui pouvait provoquer une expression d'une telle austérité. À part la mort : un Po-2 qui s'était écrasé ou qui avait disparu.

— Quel est le problème ? Quelqu'un n'est pas rentré ? Est-ce que Galya... ?

— Présente-toi chez la camarade commandant Bershanskaia, répéta-t-elle.

Graduellement, elle se rendit compte que, sur l'aérodrome, tous les yeux étaient braqués sur elle. Le cœur cognant soudain à grands coups, elle lâcha le bras de Yelena, qui semblait aussi perplexe qu'elle. Et prit la direction du bureau temporaire de Bershanskaia. Là, au garde-à-vous, dans sa combinaison de vol sur laquelle était épinglée l'étoile d'or empruntée, des pétales de coquelicots écrasés toujours emmêlés à ses cheveux, elle apprit que son monde s'écroulait.

Au début, elle ne comprit pas ce qui se passait. Déroutée, elle regardait Bershanskaia qui, la tête baissée sur son bureau, tournait autour du pot.

— Je suis sûre que tu comprends qu'en temps de guerre, la vigilance est accrue, Nina Borisovna. Des ennemis de l'État sont démasqués tous les jours.

Voyant que son commandant n'attendait visiblement pas de réponse, elle hocha la tête.

— Même dans les régions les plus reculées, on trouve des ennemis de la patrie. La distance n'est pas une protection. Nous devons tous et sans relâche faire preuve de la plus grande vigilance par rapport aux ennemis et aux espions qui s'introduisent secrètement dans nos rangs.

Il était manifeste qu'elle faisait référence à quelqu'un. Nina ne voyait pas à qui.

Un silence se fit. Elle hocha de nouveau la tête, sa confusion à son comble.

— Il y a eu très récemment une dénonciation, très loin à l'est, à Baïkal. Un homme dénoncé comme ennemi de l'État.

Bershanskaia continuait à esquiver son regard.

— Un tout petit village, non loin de Listvianka.

Elle sentit soudain une alarme sonner dans sa tête.

— Oh ?

Bershanskaia leva enfin la tête et planta ses yeux dans les siens.

— Tu le connaissais peut-être. Je suis sûre que c'est le cas. Tout le monde appartient à la même famille dans les coins les plus reculés, n'est-ce pas ?

Elle accentua le mot « famille » avec un éclat dans le regard. Agrippant sa casquette en peau de phoque, Nina avait l'impression que les implications explosaient comme des obus.

— Tout le monde n'est pas parent là-bas, sur le Vieil Homme, parvint-elle à dire. C'est un lac immense, après tout. Avec beaucoup de villages. L'homme avait-il une femme ? Des enfants ?

— Des enfants adultes, m'a-t-on dit.

De nouveau ce regard éloquent. *« Des enfants. »*

— Pourtant, n'importe quel enfant serait bien avisé de prendre ses distances avec un père qui fait des discours anticommunistes et des déclarations incendiaires sur le camarade Staline.

Son père avait été dénoncé. Les mots restèrent en suspens, silencieux, hideux. *Papa.* Il lui parlait si souvent en esprit, rugissant, hargneux. Maintenant, il était silencieux. *Qu'as-tu dit ? La mauvaise personne a-t-elle surpris l'une de tes diatribes ?* En un sens, il avait de la chance que ses délires ne l'aient pas fait tomber depuis longtemps, se dit-elle vaguement.

— Un mandat d'arrêt a été lancé contre cet homme.

Bershanskaia s'éclaircit la voix.

— Les ennemis de l'État doivent être punis avec la plus grande sévérité.

— Sait… sait-on qui a dénoncé cet homme ?

— Non.

Était-ce sa faute ? Elle avait croisé les yeux du camarade Staline à l'enterrement de Marina Raskova. Avait envisagé de lui trancher la gorge. Et il s'était arrêté. Pas longtemps mais il s'était arrêté. Avait-il noté son nom au passage, à côté des croquis de loups qui couraient dans son carnet ? Ou s'en était-il juste souvenu quand il l'avait vu dans la liste des officiers décorés de l'Étoile d'or ? Tout cela arrivait-il parce que le secrétaire général n'avait pas aimé la façon dont la plus petite des aiglons de Raskova avait soutenu son regard ? Il faisait condamner à mort pour moins que ça…

Nina repoussa cette pensée. Qu'importait la cause. Le résultat était là. Que ce soit à la suite de l'intervention du Patron ou du simple rapport d'un voisin, son père avait été dénoncé. Ce mot bourdonnait à ses oreilles, aussi assourdissant qu'une balle traçante. La voix de Bershanskaia lui parvenait par intermittence.

— Bien entendu, les innocents n'ont rien à craindre entre les mains de…

Elle faillit éclater de rire. Être innocent ne signifiait pas que vous étiez en sécurité. Personne n'était dupe. Son père était fichu, elle le savait. Bershanskaia le savait. Et il n'était pas innocent. Chacun des monologues qu'il avait vociférés au fil des ans était assez grave pour le condamner à une balle dans le crâne.

Papa.

D'une voix rauque, elle interrompit Bershanskaia :

— Où est-il ? Mon… cet ennemi de l'État ?

Ne jamais prononcer un nom, toujours rester évasif. Voilà comment on discutait de tels sujets. Une conversation pouvait avoir lieu tout en n'ayant jamais lieu.

Après une hésitation, Bershanskaia répondit :

— Il peut arriver que des difficultés se présentent quand les ennemis de l'État cherchent à échapper à leur arrestation et à la punition qu'ils méritent.

Nina sentit un tout autre genre de rire s'étrangler dans sa gorge. Ainsi, ils n'avaient pas été capables de rafler son loup de père ? Il avait dû disparaître dans la taïga dès qu'il les avait vus arriver. Le trouveraient-ils jamais, ces fonctionnaires que l'État produisait en série, avec leurs casquettes bleues et leurs interminables paperasses ? *File, papa. File comme le vent.*

Le bourdonnement à ses oreilles ne se taisait pas, mais elle entendait le bruit des gouttes d'eau qui tombaient d'une fuite dans le toit.

— Qu'est-ce que ça signifie ? parvint-elle à demander. Pour ceux qui lui sont… apparentés ?

— Tu comprends que dans de telles circonstances, des mandats d'arrêt sont souvent lancés contre la famille d'un ennemi de l'État, répondit Bershanskaia en soutenant son regard sans ciller. Par crainte que ces attitudes antisoviétiques aient pu s'enraciner dans la cellule familiale.

— Est-ce… est-ce que ce serait le cas, ici ?

— Oui. Oui, en effet.

Floc. Floc. Floc. La fuite s'atténuait. Nina était pétrifiée. Un instant auparavant, elle souhaitait bonne chance à son père. Et maintenant, elle regrettait de ne pas lui avoir tranché la gorge avant de quitter le domicile familial. Il avait esquivé son arrestation, ils allaient donc prendre sa famille à sa place. Pour la première fois depuis des années, elle pensa à ses frères et à ses sœurs, dispersés aux quatre vents. On était sans doute en train de les rafler et de les jeter en prison. Elle n'imaginait pas une troïka prendre en pitié la progéniture Markov, la descendance sauvage d'un ennemi déclaré de l'État. Des voyous. Voilà dans quelle catégorie on les mettrait. L'État se portait mieux sans voyous.

— Les enfants ne sont pas tous comme leur père, parvint-elle à dire. Des faits de guerre pourraient sûrement parler d'eux-mêmes.

Lieutenant N.B. Markova, Ordre du Drapeau rouge, Ordre de l'Étoile rouge, six cent quinze missions de bombardement réussies à son actif, bientôt Héroïne de l'Union soviétique. Ça comptait sûrement pour quelque chose.

— Avec un état de service aussi important…

Mais Bershanskaia secouait la tête.

— L'État ne prend pas de risques.

Eh bien, dans ce cas…

L'espace d'un moment, elles se regardèrent. Puis, avec un soupir, le commandant croisa les mains sur son bureau.

— Même une bonne citoyenne soviétique a peur à la perspective d'une arrestation, poursuivit-elle, maintenant sur le ton de la conversation. Mais une bonne citoyenne soviétique saurait comment se soumettre à la volonté du verdict, contribuer à dénoncer son père, et donc avoir une chance de se sauver elle-même.

— Dans quel but ? demanda-t-elle.

Au lieu d'une balle, prendre dix ou vingt ans dans un goulag ? Près de Norilsk ou de Kolyma ?

Bershanskaia changea de tactique.

— Nous avons eu la chance d'avoir des records exceptionnels dans le régiment. Mais si l'une de mes pilotes commettait une faute, je ne pourrais pas la défendre.

Sans cesser de regarder Nina droit dans les yeux, elle ajouta :

— Même si cela me chagrinait.

Nina approuva d'un signe de tête. Le régiment passait avant tout. C'était le devoir de n'importe quel officier. Bershanskaia devait déjà se faire un sang d'encre pour l'avenir de son régiment. Depuis le tout début, les dames du 46e devaient justifier leur existence avec chacune de leurs missions de bombardement, faire preuve d'une perfection constante. Et maintenant, elles avaient une brebis galeuse en leur sein, la fille souillée d'un ennemi de l'État. Qu'est-ce que cela signifiait pour le régiment ? Elles n'avaient plus Marina Raskova, l'aviatrice préférée du camarade Staline, pour parler en leur faveur. Nina fit un nouveau signe de tête, sans amertume. Bershanskaia ne pourrait pas dire un seul mot pour sa défense.

— Un acquittement est tout à fait possible, bien sûr. Tu as raison quand tu dis que tes faits d'armes exceptionnels feront pencher la balance en ta faveur.

Cela n'avait pas d'importance. Même acquittée, elle ne reviendrait jamais au 46ᵉ. Elle serait marquée par son lien avec un traître. Sa carrière dans le régiment était finie. Plus jamais elle ne volerait avec Galya derrière elle ; ne boirait le thé au goût d'huile dans le cockpit entre deux missions ; ne viserait une cible, en ligne derrière Yelena et la Roussalka... Soudain, elle sentit une douleur déchirante la transpercer, comme si elle avait été poignardée par une stalactite. Qu'allait faire sa compagne quand le camion noir viendrait la chercher ? Quand allait-il venir ? Cela ne devrait pas tarder si Bershanskaia avait découvert ce préavis d'arrestation. Les ennemis de l'État étaient toujours embarqués au petit matin. Le bruit de moteur qui s'arrêtait, le grattement officieux à la porte. Yelena et les Sorcières de la Nuit seraient au beau milieu d'une mission de bombardement de nuit quand elle serait emmenée, encadrée par deux gardes.

Elle se demanda confusément comment cela pouvait lui arriver. Comment une journée commencée avec de la vodka, des rires, des baisers dans une aube rose, pouvait aboutir à cette évocation floue d'horreur et de condamnation.

— Pour le régiment, disait Bershanskaia d'un ton prudent, les choses doivent se faire... discrètement. Il ne doit pas y avoir de problème.

Ces mots la firent instinctivement réagir. Elle sentit tous ses muscles se tendre comme des cordes, ses cheveux se dresser sur sa tête. Les dents serrées, elle étouffa un hurlement sauvage. Elle se rappela le *« Plus un pas en arrière »* du camarade Staline. À l'intérieur de sa manche, elle sentait le poids du rasoir de son père. Elle ne savait pas ce qu'exprimait son visage, mais remarqua que sa chef s'était raidie.

À travers ses dents serrées, elle lâcha :

— Je ne suis pas douée pour la discrétion, camarade commandant.

« Mais tu es douée pour provoquer des problèmes, chuchota son père, pernicieux, d'une voix amusée. *Tu es une Markov. Les problèmes nous trouvent toujours mais nous les dévorons vivants. »* Elle n'allait pas rester assise docilement dans une cellule, jusqu'à ce que ses accusateurs arrivent pour l'arrêter. À l'instant où une brute coiffée d'une casquette bleue viendrait la prendre par le bras pour la conduire à l'est, de son rasoir, elle repeindrait la pièce en rouge. Ils finiraient par la prendre – contrairement à son père, elle n'avait aucun endroit où fuir –, mais ce ne serait ni facile, ni propre, ni discret. Bershanskaia le voyait clairement. Derrière son bureau, elle poussa un soupir.

Nina restait plantée devant elle, tremblant, écumant de rage. *Alors ? Tu n'as pas tant changé que ça, si ?* Toute la chaleur, la camaraderie du 46e, toute la tendresse de l'amour de Yelena… mais il suffisait de presque rien pour que resurgisse la fille de Markov, la garce de *roussalka* née des eaux du lac et de la folie. *De presque rien.*

Ses jambes se dérobèrent et elle s'assit brusquement sur la chaise face au bureau de Bershanskaia. Un coup d'œil à la pendule au mur l'étonna. L'après-midi était déjà bien avancé. Ce serait bientôt l'heure des instructions pour la mission de la nuit.

Elle refoula un soupir tremblant.

— Cela a été une conversation très instructive, camarade commandant. Je suppose que tu as informé toutes tes pilotes pour les exhorter à une vigilance constante contre les saboteurs, les ennemis de l'État.

— Bien sûr, répondit Bershanskaia d'une voix circonspecte. Toutes.

— Ma copilote a des accès de vertige. La camarade lieutenant Zelenco est malade et aurait besoin d'une nuit de repos.

Défiant sa supérieure du menton, Nina poursuivit :

— En tant qu'ancienne copilote, je suis plus que capable d'effectuer la mission de ce soir seule.

Le silence s'éternisa. Son pouls s'affolant, elle sentit sa bouche se dessécher.

— Tu peux voler seule ce soir, camarade lieutenant Markova. Et dis à ta copilote de se présenter à l'infirmerie.

— Merci camarade commandant Bershanskaia, lâcha-t-elle, les lèvres engourdies.

Pour la dernière fois, elle se mit au garde-à-vous.

L'air grave et d'un geste lent, Bershanskaia la salua à son tour.

Et Nina prit congé.

La rumeur s'était déjà répandue.

Quand, dans un état second, Nina quitta le bureau de Bershanskaia, personne ne l'approcha. Elle passa devant ses collègues qui la regardèrent dans un silence grave, leurs yeux éloquents. Personne ne lui tendit la main, personne ne parla. Jusqu'à ce qu'elle atteigne la grange délabrée qui leur servait de caserne. Yelena, qui l'attendait sur son lit, se leva, les yeux gonflés.

— Oh *Ninochka* !

Ses bras vigoureux se refermèrent autour d'elle en une étreinte qui lui coupa le souffle. Nina s'écroula contre elle et s'abandonna à des petits sanglots. Tout en lui caressant les cheveux, Yelena déclara :

— Il paraît que Galya est à l'infirmerie. La nouvelle a déjà fait le tour du régiment.

Il était manifeste que Yelena savait ce que cela signifiait. D'une voix angoissée, elle poursuivit :

— Tu vas voler seule ?

Ne faisant pas confiance à sa voix, Nina hocha la tête.

— Ne fais pas ça, chuchota-t-elle. Bats-toi contre les accusations. C'est une erreur. Ils ne vont pas condamner une Héroïne de l'Union soviétique. Si tu fais appel…

Bien entendu, Yelena, avec sa foi inébranlable dans le système, pensait que l'acquittement était une simple question d'innocence. Nina secoua la tête.

— Non.

— Pourquoi ne veux-tu pas…

— Je vais voler ce soir, *Yelenushka.*

Ce serait son six cent seizième vol de mission. Son dernier.

Yelena recula, les yeux brillant de larmes.

— Ne t'écrase pas, la supplia-t-elle. Ne te jette pas sur les canons allemands. Ne m'oblige pas à voir des flammes monter de ta carcasse.

— Je ne vais pas m'écraser, assura-t-elle d'une voix rauque.

Elle se libéra des bras de son amante. Elle n'avait pas de temps à perdre. Se forçant à refouler le chaos de ses pensées, elle farfouilla sous son lit pour réunir ses maigres possessions. À la guerre, une pilote avait besoin de peu : un pistolet, une trousse de premiers secours en cas d'accident. Un vieux foulard blanc brodé d'étoiles bleues… Elle fourra le tout dans un sac à dos et fouilla partout dans la caserne afin de récupérer tous les vivres possibles. Dans le bureau de Bershanskaia, elle avait été trop hébétée pour concevoir un plan. Elle n'avait pas réfléchi plus loin que sa proposition de voler seule. *« Quitte le sol,* lui avait soufflé son instinct. *Envole-toi dans le ciel avant qu'on te passe les menottes. »*

Et maintenant ?

Malgré elle, elle s'imagina se dirigeant vers une batterie antiaérienne, aveuglée par le faisceau blanc du projecteur et, pour une fois, plongeant dessus au lieu de l'éviter. L'image était tentante. Il était préférable de partir dans le feu et la gloire. De dormir.

Je suis si fatiguée.

Mais elle repoussa cette vision. Et regarda Yelena qui, debout dans sa combinaison de pilote, retenait ses larmes. Elle ouvrit la bouche pour parler. Avant de se rappeler qu'elles étaient peut-être écoutées. D'un doigt sur ses lèvres, elle la mit en garde. Puis, chargée de son sac à dos, elle l'attrapa par le bras et elles sortirent sans un mot, traversèrent le champ piétiné et s'arrêtèrent au milieu de la piste. Le soleil déclinant de l'après-midi tapait encore fort, des insectes bourdonnaient. Il n'y avait personne à cinquante mètres à la ronde pour écouter ce qu'elles avaient à se dire.

Enfin, elle se tourna vers sa compagne pour lui faire face.

—Je ne vais pas m'écraser. Je vais m'enfuir. Je vais voler vers l'ouest.

Le frisson de détermination qui naissait au creux de son ventre était tout ce dont elle avait besoin. Vers l'ouest, pas vers l'est. Le rêve de l'enfant qui avait grandi sur les berges du Vieil Homme.

Le regard noyé dans les yeux écarquillés de Yelena, elle prit son visage adoré au creux de ses mains et, le cœur battant la chamade, lui murmura:

—Viens avec moi.

Cela non plus n'était pas planifié. Mais le tourbillon d'émotions qui lui nouait la poitrine – la surprise devant son arrestation imminente, la fureur contre son père, l'âpre chagrin d'avoir perdu son régiment – était soudain traversé par un espoir infime.

—Viens avec moi, répéta-t-elle.

Et, soudain, les mots coulaient, fervents, directs. L'heure n'était plus aux généralités floues. Ici, sous le ciel immense, Nina en avait fini avec les euphémismes du parti.

—Attends jusqu'au dernier moment et cours vers le cockpit du copilote. Ils ne pourront pas nous arrêter. Ils nous déclareront toutes les deux mortes avant l'arrivée de mon mandat d'arrêt. Et nous serons libres comme des oiseaux, sans que le régiment soit déshonoré. Jusqu'où pouvons-nous aller, toutes les deux, avec un Po-2 aux réservoirs pleins ?

D'un geste, Yelena désigna la laideur du champ piétiné, la fumée floue à l'horizon à l'ouest.

— En Pologne ? Ça grouille d'Allemands.

— Où d'autre ? N'importe où à l'intérieur de nos propres lignes, ils me trouveront. Pour moi, soit c'est l'ouest, soit je pique sur la première batterie antiaérienne.

Yelena tressaillit et se détourna.

— Tu n'es pas obligée de partir. Tu seras acquittée.

— Non, l'interrompit Nina. Je fuis maintenant ou je meurs plus tard. Dans quelques jours, quelques semaines, quelques années. Mais je vais mourir. Je peux traverser la Pologne, aller plus loin même. Vers un nouveau monde.

Elle n'avait pas la moindre idée de ce qu'elle ferait, larguée dans la Pologne dévastée par la guerre. Mais elle savait qu'ensemble, Yelena et elle pourraient survivre.

— Viens avec moi, répéta-t-elle en serrant ses mains dans les siennes. À l'ouest, *Yelenushka*. Où les camions noirs ne viennent pas au petit matin parce que ton voisin veut ton appartement.

— Ne dis pas ça ! s'écria Yelena avec une peur instinctive des oreilles indiscrètes.

Mais elle la défia du menton.

— Pourquoi pas ? Ils m'ont déjà dénoncée. Ils ne peuvent pas le faire deux fois.

Elle en éprouvait une satisfaction féroce. La vaste terre qui l'avait engendrée lui retirait son régiment, son avion, ses amies ? Elle lui tournerait le dos sans un regard en arrière, à cette impitoyable garce gelée. Et elle emmènerait la plus remarquable de ses Héroïnes avec elle. Yelena et elle seraient tellement mieux si elles pouvaient fuir la Mère Patrie et attendre la fin de la guerre. Plus de disputes sur la politique du parti, ni sur le camarade Staline, plus rien pour les diviser. Et, vu de l'extérieur, elle comprendrait ce qu'était ce pays. Elle lui donnerait tout ce qu'elle voudrait. Un appartement surplombant une rivière, des bébés jouant par terre. Elle était prête à arracher tout cela à mains nues du monde capitaliste inconnu, à l'arracher et à le déposer aux pieds de Yelena, si seulement elle la suivait à l'ouest ce soir.

Mais son cœur se serra. Yelena secouait la tête.

— Ma mère est à Moscou, dit-elle. Mes tantes et mes oncles en Ukraine. Je ne peux pas les laisser. Ils seraient tous dénoncés et arrêtés tour à tour, pour une simple rumeur disant que j'ai déserté.

— Bershanskaia va nous déclarer abattues. Des héroïnes mortes au combat.

— Et je les laisse croire que je suis morte ? Je les laisse me pleurer ? Ma mère n'a plus que moi, elle a perdu tous ses autres enfants.

Je me fiche de ta famille. Tout ce qui compte, c'est toi. Mais elle se garda bien de le lui dire.

— Ce n'est pas juste ma famille, poursuivit Yelena. Je ne peux pas quitter le régiment.

— Je quitte le régiment ! rétorqua Nina. Tu crois que c'est facile ?

— Non, non. Pas du tout ! Je veux dire…

Son visage décomposé, des larmes brillaient entre ses cils noirs.

— *Ninochka*, je ne peux pas les quitter pour toi. Je ne peux pas les trahir. Elles ont besoin de moi.

— J'ai besoin de toi.

Elle avait voulu le lui crier. Mais ne parvint qu'à le chuchoter. Malgré le soleil, ses mains qui agrippaient celles de Yelena étaient glacées.

— Elles continueront à voler sans toi. Aucune de nous n'est irremplaçable. On met une autre *sestra* dans le cockpit et on continue à voler. C'est la méthode du régiment. Mais, pour moi, tu es irremplaçable.

Yelena arracha ses mains aux siennes.

— Tu m'en demandes trop, s'écria-t-elle. Quitter ma famille, mon régiment, mon pays, renier mon serment.

— Ton pays se débarrasse de moi, cria-t-elle à son tour. Six cent quinze missions de bombardement victorieuses et ils vont me tirer une balle dans la tête ou me tuer au travail dans un goulag, et tout ça parce que mon père est un ivrogne mal embouché. Grâce à ce pays, je n'ai plus ni famille, ni régiment, ni serment. Tu es tout ce qui me reste.

Yelena continuait à secouer la tête. Mais, cette fois, avec une obstination aveugle.

— Ils ne vont pas te tuer. C'est une erreur.

— Réveille-toi. Cet endroit est pourri.

— Comment peux-tu penser ça ? Tu t'es battue pour la patrie pendant plus de deux ans.

— Parce que c'est tout ce que peut faire quelqu'un comme moi.

Elle se rendit compte qu'elle s'emportait mais elle ne pouvait pas s'arrêter.

— Je suis douée dans les airs, je suis douée pour la chasse, je suis douée pour survivre. J'ai donc tout donné à ce régiment à cause de nos *sestry*. Je m'arracherais le cœur pour n'importe laquelle d'entre elles. Mais tout ce que je peux faire, c'est partir et les laisser annoncer au monde que je suis morte. Je me fiche de la Mère Patrie, Yelena. C'est une masse de terre gelée qui était là bien avant moi et y sera bien après. Je l'ai servie deux ans, mais elle n'aura pas ma mort. La Mère Patrie et le camarade Staline peuvent aller au diable !

Sa rose de Moscou eut un mouvement de recul. Prenant son visage entre ses mains, elle planta ses yeux dans les siens et l'embrassa avec fougue.

— Viens avec moi, répéta-t-elle, contre ses lèvres frémissantes. Viens avec moi et laisse tout derrière toi. Sinon, tu mourras ici.

Elle mit tout son cœur, toute sa foi, tout ce qu'elle était dans ces paroles. Elle sentait son pouls battre comme le vaillant petit moteur de la Roussalka quand il commençait à accélérer pour le combat. Yelena allait fondre en larmes, pleurer tout son saoul entre ses bras, puis tout s'arrangerait. Elles avaient le temps. Elles pouvaient partir.

Mais aucune larme ne roula de ses longs cils noirs humides.

— Ce pays est peut-être « pourri », murmura-t-elle d'une voix presque inaudible, mais si les meilleurs partent, qui sera là pour l'aider à progresser après la guerre ?

Dans la poitrine de Nina, le moteur se tut. Et Yelena se pencha pour coller son front au sien.

— Je sais pourquoi tu dois partir, *Ninochka*. C'est partir ou rien. Mais je ne peux pas renoncer à ma patrie ni à mon serment par amour.

Elle parvint à esquisser un sourire sous ses yeux noyés de larmes.

— C'est le genre de chose qui fait dire aux hommes que les petites princesses n'ont rien à faire au front.

Le silence s'étira entre elles, aussi profond, aussi glacial que le Vieil Homme. Sa bouche s'entrouvrit mais elle était incapable de prononcer une parole. Ni « Ne me quitte pas ». Ni « Va au diable ». Ni « Je t'aime ». Rien. Elle recula en titubant et trébucha sur une motte de terre.

D'un bras tendu, Yelena la redressa et essaya de l'attirer à elle.

— *Ninochka.*

Nina se dégagea brusquement. Un baiser de plus et elle s'abandonnerait au violent sanglot qui l'étouffait. Un baiser de plus et elle pleurerait toutes les larmes de son corps dans les bras de Yelena. Elle lui promettrait de rester, de dénoncer son père, de passer dix ou vingt ans dans un goulag si c'était ce qu'elle désirait. Un baiser de plus et elle serait totalement perdue. Dans les vieilles légendes, une *roussalka* pouvait d'un seul baiser, brûlant comme la glace, faire mourir d'extase un humain.

Peut-être était-ce Yelena la *roussalka*. Et non la petite Nina Markova qui, bouleversée, avait l'impression d'être en train de mourir.

— Nina, répéta Yelena avec douceur.

Elle ne se retourna pas. Aveuglée par les larmes, les lèvres scellées sur ses propres suppliques, elle avança sur des jambes flageolantes jusqu'au bord du champ où elle s'arrêta, tête baissée. En voyant l'étoile dorée toujours épinglée de travers sur sa poitrine, la médaille d'Héroïne de l'Union soviétique de Yelena, elle l'arracha à l'aveuglette et la jeta dans la boue. La sirène se déclencha, annonçant le briefing du soir. Les pilotes allaient jaillir de la cantine et des casernes pour recevoir leurs instructions sur la mission de la nuit. Les yeux fermés, Nina resta clouée sur place. Elle entendit Yelena passer à côté d'elle, ses pas légers dans ses bottes épaisses, et pensa, éperdue : *Ne me touche pas. Je vais me briser si tu me touches.*

Elle perçut son soupir accablé quand elle se pencha pour ramasser l'Étoile d'or. Puis soudain, elle ne fut plus là. Tandis que quelque part, à l'intérieur, ses sœurs d'armes recevaient leurs consignes pour la nuit, elle resta au bord du champ, à contempler le soleil qui s'enfonçait derrière l'horizon alors qu'un quartier de lune commençait son ascension. *Je vais me briser*, se martelait-elle, ses pensées tournoyant comme le roulement des avions. Mais elle ne se brisa pas. Elle resta sur place, hébétée, attendant que son cœur cesse de saigner, que ce détestable croissant de lune finisse de monter… que son dernier vol de Sorcière de la Nuit commence.

35

Ian

Juillet 1950
Boston

Quand Tony rentra de sa journée de travail aux *Antiquités McBride*, il avait l'air de boire du petit-lait.

— Bonne nouvelles !

Ian leva des yeux pleins d'espoir de leur table jonchée de papiers. Cela faisait une semaine maintenant qu'il faisait le guet au *diner* et il commençait à se lasser du café de cet établissement.

— Kolb a-t-il essayé de prendre la poudre d'escampette ?

— Non. La nouvelle n'est pas aussi bonne que ça. Kolb est rentré chez lui comme d'habitude. Nina le suit à la trace. Ta petite poupée soviétique a la filature dans le sang.

Au moins, ma petite poupée soviétique me parle, songea Ian. Nina semblait avoir un caractère très imprévisible. Le lendemain du jour où elle était partie, furieuse, elle l'avait accueilli avec sa jovialité coutumière et n'avait montré aucun scrupule à l'entraîner au lit après le départ de Tony pour la journée. Qu'il était compliqué d'avoir une liaison avec sa propre femme !

Écartant cette pensée, il regarda son associé.

— Qu'as-tu découvert ?

— Un pistolet à tatouage.

Son collègue mettait à profit ses heures de travail pour fouiller discrètement les lieux, dans l'éventualité où Kolb y aurait dissimulé quoi que ce soit. S'il conservait des informations sur ses anciens clients et qu'il était assez prudent pour ne pas les planquer chez lui, le magasin des McBride n'était-il pas la cachette idéale ?

— J'ai appris pas mal de choses sur le commerce des antiquités au cours des dernières semaines. Et ce pistolet à tatouage n'a aucune raison de se trouver dans cet atelier.

— Il doit probablement aider à dissimuler des tatouages de groupes sanguins.

Quelqu'un d'assez paranoïaque pour payer afin d'avoir un nouveau nom et un nouveau passé le serait assez pour dissimuler un tatouage.

— C'est un prétexte pour le menacer si nous tentons à nouveau notre chance avec lui, ajouta Ian.

— Quand ?

— Pas encore. Je ne veux pas qu'il prévienne quiconque, je veux juste jouer avec ses nerfs.

Les gens inquiets commettaient des erreurs.

— Commence donc à regarder ça pendant que tu attends, dit Tony en sortant des papiers de sa poche.

— Nom d'un chien ! Je ne suis même pas encore arrivé à bout de ta première liasse.

— Mets le turbo, patron.

Lors de ses fouilles discrètes dans les dossiers des McBride, Tony cherchait principalement des listes. Ainsi qu'il l'avait spéculé la semaine précédente, si Kolb avait recélé au magasin des informations sur les adresses et les identités de criminels de guerre, il aurait fait une liste en les faisant passer pour des acheteurs, des clients ou des antiquaires. Des faux noms mêlés aux vrais. Et le nouveau nom et l'adresse de Lorelei Vogt pourraient très bien se trouver dans l'un de ses tiroirs, sous leur nez.

Son associé plaqua une pile de listes copiées de ses pattes de mouche désordonnées. Jamais il ne prenait les originaux. Si la police était impliquée, ce qui arriverait un jour, Ian n'avait pas l'intention de voir leurs preuves ternies par des accusations de vol. Chaque fois qu'il voulait accéder aux caissons, Tony demandait la permission et replaçait tout ce qu'il prenait. C'était une méthode non officielle mais ils avaient l'habitude de procéder ainsi.

« *En outre,* avait fait remarquer l'Américain, *si nous avons besoin d'agir légalement, quelle que soit l'information que nous trouvions, nous irons voir la famille McBride, leur exposerons tout, ferons jouer leur devoir civique pour aider à appréhender le criminel, et obtiendrons toute latitude pour utiliser les informations que nous aurons réunies. Mon don de persuasion et ta solennité font des miracles.* »

Tout en feuilletant les nouvelles listes, Ian prit le téléphone. Il devait vérifier que tous les antiquaires et clients dont les noms étaient notés étaient bien ceux qu'ils affirmaient être. Jusqu'ici, toutes les identités qu'il avait contrôlées étaient exactes. Mais il ne s'était attaqué à cette tâche qu'une semaine auparavant. Ils allaient avoir une facture de téléphone pharamineuse. *Lentement et sûrement*, se rappela-t-il. La plupart des traques demandaient des mois.

Tony était en train de mettre un peu d'ordre sur le bureau qui croulait sous les cartes et les notes, comme s'ils étaient sur un site archéologique.

— Je n'épluche pas les dossiers datés d'avant l'année dernière, expliqua-t-il. Kolb est arrivé à Boston avec les premières vagues de réfugiés qui ont suivi la Loi sur les personnes déplacées. Une information que j'ai réussi à soutirer à Mlle McBride. Je doute donc qu'il ait pu aider notre Chasseresse avant début 1949, au plus tôt.

— Selon *Frau* Vogt, sa fille a quitté l'Europe en 1945, répondit Ian en tirant un trait sur une salle des ventes de Dutchess

County. Mais si la *Jägerin* est arrivée à Boston avant la Loi sur les personnes déplacées…

— Sans doute de façon douteuse, par l'Italie ou les réseaux de l'Église, enchaîna Tony. Sans garant ni famille ici, elle aurait été obligée de se démener pour s'implanter.

— À moins qu'elle soit venue avec des liasses de billets, ce qui est peu probable.

Ian n'avait jamais trouvé un criminel de guerre qui soit parvenu à fuir sa patrie pour ensuite s'installer dans le luxe.

— Donc, Lorelei Vogt a passé quelques années en se débrouillant. Kolb est arrivé fin 1948 ou début 1949. Elle l'a trouvé et a découvert qu'il pourrait l'aider…

— Ce n'est qu'à ce moment-là qu'elle a écrit à sa mère pour l'inciter à venir la rejoindre. Tu penses que… Non.

Tony s'interrompit et leva un doigt vers lui.

— Je te défends d'ajouter cette liste au mur.

Alors qu'il s'apprêtait à punaiser la plus récente d'entre elles, Ian concéda :

— C'est vrai, nous commençons à manquer de place.

— Ensuite viendront les photos scotchées et les fils de couleur s'entrecroisant pour relier des différentes théories. Et, en moins de deux, nous nous retrouverons dans l'un de ces navets pourris où un général plante des fanions dans une carte en disant : « Les Ricains sont là, les Rosbeefs là et les Boches là. » Pas question ! répéta Tony.

— Dans ce cas, tu te charges des coups de fil.

Cela faisait longtemps qu'il n'avait pas pris son violon. Jouer l'aidait à faire mentalement le tri dans les multiples possibilités. Laissant son associé composer un numéro et se lancer dans ses habituels boniments de charmeur, il sortit l'instrument. Ian pensait que l'un de ces noms, répertorié de façon anodine comme « antiquaire dans le Dutchess County » ou « marchand de porcelaine à Becket, Massachusetts », pouvait appartenir à un ancien criminel de guerre. Un garde du camp de Belsen fuyant un héritage de violence, un gratte-papier qui avait constitué les dossiers utilisés pour la rafle des socialistes à Berlin... Ou la *Jägerin*. Certes, c'était fastidieux et cela pouvait n'aboutir à rien. Mais la traque avait piétiné pendant qu'ils attendaient que Kolb les mène à quelque chose de nouveau. Et la règle, quand une traque n'avançait pas, c'était de passer au crible la vie quotidienne, de trouver le détail qui ne cadrait pas et de l'exploiter.

Pendant que Tony enchaînait les appels, il commença de jouer, essayant de se souvenir de la chanson que Nina lui avait chantée sur la terrasse l'avant-veille. Il l'avait écoutée en se demandant pourquoi elle refusait de rester au Centre alors que, de toute évidence, elle appréciait leur travail d'équipe. Mais il s'était bien gardé de lui poser la question. Elle ne pouvait pas sortir en trombe d'un immeuble de quatre étages comme elle l'avait fait du *diner* l'autre soir, mais elle pouvait très bien essayer.

Remettant la question à plus tard, il se concentra sur Saint-Saëns. Quand la dernière note s'éteignit, il se retourna. Sur le seuil de la pièce, une fillette blonde, menue, le contemplait avec des yeux immenses.

Stupéfait, il abaissa son archet. Tony se retourna, au beau milieu d'un appel. La musique et son baratin au téléphone avaient dû étouffer le bruit de la porte qui s'ouvrait.

L'enfant blonde fit un pas dans la pièce, son regard allant du violon à lui, comme si elle cherchait où la musique avait disparu.

Une voix appela de l'escalier :

— Ruth !

Sans le quitter des yeux, la fillette l'ignora. Ian soutint son regard. Même s'il entendait « Ruth », le prénom gravé dans son esprit était Seb.

— Quel morceau jouiez-vous ? demanda l'enfant.

Elle devait avoir sept ou huit ans, sa chevelure dorée tombant en cascade sur un corsage impeccable. Brun aux yeux noirs, Sebastian ne ressemblait en rien à cette apparition. Alors pourquoi cette flèche de douleur, comme s'il la reconnaissait ?

Soudain, un souvenir s'imposa à son esprit. Il le revit en face de leur père, lors d'un Noël, l'air paniqué en entendant qu'il allait partir en pension une année plus tôt que prévu.

« Quelle chance tu as, mon garçon ! »

Il voyait maintenant la similitude : son frère et cette fillette étaient tous les deux des enfants soignés, aux chaussures bien cirées. Et pourtant, la perplexité désespérée de leurs regards était la même que celle qu'il avait vue, plus tard, chez les orphelins de guerre à Naples, à Moscou, à Londres. Des enfants tétanisés, recroquevillés dans des lits d'hôpital ou des immeubles bombardés, cherchant leurs foyers des yeux.

Sebastian avait regardé leur père et demandé à brûle-pourpoint :

« Ne puis-je pas plutôt aller habiter avec Ian ? »

Ce qui lui avait valu une gifle et un discours sur son devoir de ne pas être le déshonneur de sa famille en faisant la chochotte.

« Je regrette que tu ne puisses pas habiter avec moi, Seb, avait-il dit. *Mais c'est notre père. Jusqu'à ta majorité, tu restes chez lui. »*

« Mais ce n'est pas chez moi », avait marmonné Seb.

Et la petite fille devant lui contemplait le violon comme si l'instrument la ramenait chez elle.

— Quel était ce morceau ? murmura-t-elle.

— Saint-Saëns, répondit-il. Le morceau du Cygne, du *Carnaval des animaux*. *Sol* majeur, mesure à six-quatre. Et toi, qui es-tu ?

Quelqu'un à qui sa courte vie n'a pas fait de cadeaux, ne put-il s'empêcher de penser, même s'il ne savait rien de cette enfant.

Plus tard, il devait se dire que Ruth McBride aurait pu lui demander n'importe quoi, il était déjà prêt à tout accepter.

36

Jordan

Juillet 1950
Boston

Dès qu'elle entendit les notes de musique étouffées, Ruth se précipita en haut de l'escalier et arriva la première devant la porte de Tony Rodomovsky, Jordan sur les talons. Quand elle la rejoignit sur le palier, debout sur le seuil, Tony regardait la fillette d'un air perplexe. Derrière lui se tenait un inconnu, un violon calé sous le menton. Avec un sourire d'excuses, elle se tourna vers son nouveau collègue.

— Je suis désolée de vous déranger.

— Pas du tout. La serrure de cette porte est si fragile, elle s'ouvre d'une poussée.

Il sourit, l'air toujours surpris.

— J'étais si occupée à mettre la responsable du magasin au courant de ma routine que je n'ai pas vu que vous étiez parti sans votre salaire. Vous avez de la chance que j'aie votre adresse dans les dossiers et que j'aie été assez motivée pour faire le détour en rentrant.

Elle lui tendit le chèque et se tourna vers Ruth. Son esprit était déjà occupé par l'après-midi qui s'annonçait. Grâce à Mme Weir revenue tenir le magasin avec son efficacité habituelle, elle était libre de ses mouvements. Et pas seulement aujourd'hui, mais jusqu'à la fin de l'été. Elle allait enfin pouvoir se plonger dans ces pellicules qui attendaient d'être développées, les pâtissiers de *Mike's Pastry*, tous ces clichés de tabliers blancs et de mains pétrisseuses… Mais en voyant le visage de sa sœur d'adoption, elle resta interloquée.

Depuis quand n'as-tu pas souri ainsi ?

L'homme plus âgé qui avait baissé son violon était manifestement en train de répondre à la fillette. Il avait une voix profonde, grave, à l'accent britannique. Le visage rayonnant, Ruth continuait à poser des questions. Elle redevenait le petit moulin à paroles, non plus l'enfant triste et silencieuse qu'elle était depuis la mort de leur père. L'enfant qui se réveillait en gémissant une nuit sur deux, en marmonnant à moitié somnolente des fragments de phrases en allemand, et qui refusait de se faire consoler.

Le soir de l'avant-veille, inquiète, Jordan avait confié à Anneliese : *« Je ne sais pas si je vais partir à l'automne. Ce sera trop difficile pour Ruth. »*

Ce à quoi sa belle-mère, dans un accès d'impatience inhabituel, avait rétorqué : *« Ruth ira très bien. Fais tes projets et pars, Jordan. C'est le mieux pour vous deux. »*

Elle ne pouvait nier que c'était aussi ce qu'elle voulait. Et chaque jour un peu plus. Mais laisser Ruth si malheureuse…

Néanmoins, à cet instant précis, alors qu'elle bombardait l'inconnu de questions, elle n'avait pas l'air malheureuse.

Jordan la prit par la main, surprise de ses manières.

— Je suis désolée si ma sœur vous dérange, monsieur…

— Ian Graham. Je suis un ami de Tony, de Vienne. Il a eu la gentillesse de nous accueillir pour une visite, ma femme et moi. J'aimerais vous la présenter, mais elle est sortie.

L'Anglais lui serra la main. Brun, le regard perçant, maigre comme un clou, il semblait approcher la quarantaine. Elle eut l'impression que son nom lui était familier. Avant qu'elle ait eu le temps d'approfondir pourquoi, Ruth, toujours si timide avec les inconnus, montra l'archet dans l'autre main de M. Graham.

— S'il vous plaît ?

Tony sourit.

— Princesse Ruth veut entendre un air.

— Si tu veux, acquiesça M. Graham. Mais je te préviens, je ne joue pas très bien.

Plaçant le violon sous son menton, il rejoua la lente mélodie. En voyant l'enfant s'avancer imperceptiblement sur le plancher, comme happée par la musique, les yeux rivés aux longs doigts sur l'archet, Jordan sentit son cœur se serrer. Ignorant Tony qui brassait des papiers sur la table derrière elle, elle ajusta son Leica. *Clic.* Le petit visage captivé de sa sœur…

— Je l'ai entendu à la radio, s'exclama la fillette à la fin du morceau. Ça avait l'air différent… hum. Plus sombre ?

— C'est exact. Saint-Saëns a composé ce morceau pour un violoncelle.

— C'est un violon plus gros ?

— Ils sont apparentés, disons. On le cale entre les genoux plutôt que sous le menton, expliqua l'Anglais en mimant le mouvement.

Elle l'imitait, dans un babil de questions. Enchantée, Jordan prit une nouvelle photo. Bientôt, la fillette tint l'instrument imposant dans ses petites mains, tandis qu'il lui montrait comment le glisser sous son menton en le posant sur son épaule, tout en gardant le corps bien droit.

— Tu as besoin d'un demi-violon. Mais essaie quand même celui-là. Une gamme complète, de *do* à *si*…

Tendue par la concentration, Ruth suivit ses instructions.

— Ça sonne faux.

Il corrigea sa façon de tenir l'archet.

— Voilà. Maintenant, premier doigt *sol*, deuxième doigt *la*, exactement sur la corde *fa*…

Il lui expliqua ce que signifiaient ces noms, lui donnant une mini leçon en l'espace de cinq minutes. Sa petite élève improvisée était si concentrée qu'elle clignait à peine des yeux. Jordan les regardait, savourant le moment.

Quand, finalement, l'enfant rendit le violon à son propriétaire, elle lui déclara :

— Ruthie, je vais te trouver un professeur.

Ruth leva un regard brillant d'espoir vers l'Anglais.

— Lui ?

— Non, poussin. Il a été très aimable de te montrer quelques bases mais il n'est pas professeur.

— Je veux lui, répondit-elle.

— Ruth, ce n'est pas poli. Tu ne connais pas M. Graham.

— Je pourrai lui donner une ou deux leçons si vous êtes d'accord.

L'Anglais semblait aussi surpris que Jordan. Il avait visiblement fait son offre spontanément, sans y réfléchir.

— Je ne peux vraiment pas accepter. Vous ne nous connaissez pas, ma sœur et moi.

— Je serais content de lui montrer quelques gammes et quelques bases. Attention, je ne suis pas un professionnel. Mais il est toujours plaisant d'encourager les jeunes vers la culture.

Il baissa les yeux sur la petite fille qui contemplait son instrument avec convoitise et sourit. Son sourire était exceptionnel. Il illuminait son visage britannique et austère tel un rayon de soleil.

Anneliese n'aurait pas approuvé de la voir accepter un service d'un parfait inconnu. Dan McBride non plus, de son vivant. Mais elle s'en fichait. Jamais la fillette n'avait réagi ainsi auparavant. Posant mille et une questions, cette dernière était en train de tirer l'Anglais par sa manche. Pour une raison quelconque, cet homme lui était sympathique.

— Merci infiniment, monsieur Graham. Bien entendu, je vous dédommagerai pour votre temps.

L'enfant rayonnait.

— C'est sans importance. Pouvez-vous lui procurer un demi-violon ?

Elle pensa immédiatement à la copie XIXe du Mayr.

— Oui. J'en ai un au magasin. Il ne devrait pas sortir de sa vitrine mais il est assuré pour qu'on puisse en jouer.

Sa belle-mère l'aurait tuée pour cette suggestion. Elle n'avait donc pas besoin d'en être informée.

— Le Mayr, dit Ruth dans un souffle, aux anges.

M. Graham haussa les sourcils et fit remarquer :

— Savais-tu que Mozart jouait d'un Mayr ?

Quand Jordan eut fini d'organiser la leçon et pris congé, sa sœur était quasiment en état de lévitation.

— Je vous raccompagne, mademoiselle McBride, proposa Tony.

Il les suivit et referma la porte de l'appartement derrière eux. De l'autre côté, le violon avait repris et Ruth tourna la tête pour écouter la musique.

— Mardi soir, ce sera toi, lui déclara Jordan.

Elle s'apprêtait à s'élancer dans la première volée de marches quand elle la retint par une main.

— Pas un mot à ta mère, Ruthie. Ce sera notre secret, d'accord ?

Anneliese était pleine de bonnes intentions mais, dans ce cas précis, elle avait tort.

Son visage fendu d'un large sourire, elle hocha la tête.

— J'aime la voir sourire, dit Tony. Vous aussi, mademoiselle McBride.

— Jordan, le corrigea-t-elle impulsivement. Je vous dois un service, maintenant. Pour m'avoir présentée à votre ami. Comment vous êtes-vous rencontrés ?

— Rien de bien passionnant…

Tandis que Ruth sautillait de marche en marche en fredonnant la mélodie de Saint-Saëns à la perfection, ils discutèrent du bureau de Vienne et des montagnes de paperasse.

— Pourquoi être resté en Europe quand vous avez quitté l'armée ? s'étonna Jordan.

— Parce que je n'étais pas prêt à entendre ma mère me tanner pour que je m'établisse avec une fille bien. Et parce que c'est ce que je fais. Je me balade. Je n'ai pas d'objectif. C'est tout au moins ce que mes tantes critiques et mes coachs de football au lycée m'ont toujours dit. J'ai quitté l'armée sans but précis, j'ai vadrouillé dans Vienne en travaillant pour Ian, puis mon errance m'a ramené dans mon pays.

— Et votre errance vous a amené au commerce des antiquités ?

— Exactement. Qui sait combien de temps je vais errer avec vous ?

Elle sourit.

— Je marche trop vite pour quelqu'un qui se contente d'errer.

— Je peux piquer de sacrées pointes de vitesse quand je poursuis ce que je veux.

Son sourire se transforma en rire. Ils sortirent dans Scollay Square, qui était très animé, et Jordan prit la direction de la rue Tremont où se trouvaient des taxis. Tony lui emboîta le pas, Ruth sautillant entre eux.

— Vous n'êtes pas obligé de nous accompagner, Tony.

— Mais je me montre galant, protesta-t-il. Je suis en train de flirter avec vous. Vous n'avez pas remarqué ?

— Oh si, j'ai remarqué !

Maintenant qu'elle était sans fiancé, pour la première fois depuis cinq ans elle pouvait s'autoriser à remarquer. Et flirter en réponse, si elle le souhaitait. C'était un sentiment agréable.

— Vous flirtez aussi avec toutes les clientes qui franchissent la porte du magasin, lui rappela-t-elle alors.

— Je flirte avec elles parce que je veux leur vendre un vase Ming. Je flirte avec vous parce que je veux vous inviter à dîner ce soir.

À regret, elle secoua la tête.

— J'ai des projets.

— Pas avec votre Clark Kent de petit ami, je le sais.

— Il ne ressemble pas à Clark Kent.

— Le menton carré, la montre de papa, le fer de lance du pays. J'ai fait la guerre avec environ mille autres comme lui.

— Ne soyez pas impoli. Garrett a été très gentil avec vous la seule fois où vous l'avez rencontré.

— Les gentils garçons sont ternes. Sortez dîner avec moi.

Elle haussa les sourcils.

— Je suis votre patronne, vous vous en souvenez ?

— Et vous avez dit que vous aviez une dette envers moi…

— C'est pour ça que vous êtes intervenu en haut, quand vous avez dit à M. Graham de jouer pour Ruth ? Pour pouvoir me manipuler et me faire accepter un rendez-vous ?

Elle l'espérait vivement.

— J'essaie de vous manipuler et de vous faire accepter un rendez-vous parce qu'on est vendredi soir et que je préférerais passer la soirée avec vous plutôt qu'avec un British sarcastique qui se plaint des Américains et de leur bière trop froide.

Soudain, il lui prit la main gauche et frôla son annulaire gauche de son pouce.

— Et je n'ai pas pu m'empêcher de remarquer que vous êtes plus légère que la semaine dernière d'environ un demi-carat.

— Ah bon, vous avez remarqué ?

Il la tenait d'une poigne ferme et elle ne sentait aucune moiteur nerveuse dans sa paume. Juste le contact de son pouce effleurant son doigt.

— J'ai remarqué dès le lendemain, pour être honnête.

Il lâcha sa main avant qu'elle ait pu se libérer et leva un bras en direction d'un taxi qui se dirigeait vers eux.

— Alors, le dîner ?

— Je sors tout juste de longues fiançailles, Tony.

— Ça veut dire que vous ne pouvez pas dîner ?

Le taxi passa sans s'arrêter.

— Ça veut dire qu'accepter un rendez-vous est peut-être un peu prématuré.

— On n'a qu'à dire que ce n'est pas un rendez-vous, répliqua-t-il en la regardant sans ciller. Ça peut être juste un dîner.

Jordan le dévisagea d'un œil spéculateur.

— Répondez d'abord à ma question.

— Allez-y.

— Vous êtes un supporter des Yankees ?

— Meilleure équipe de base-ball !

Jordan sourit.

— Je ne sors pas dîner avec un fan des Yankees.

— Je suis anéanti ! s'exclama-t-il en plaquant une main sur son cœur.

— Comme nous allons vous anéantir en octobre.

— Laissez-moi vous emmener à Fenway. Les paris sont ouverts.

Mettant fin à ses taquineries, Jordan expliqua :

— Je ne peux aller ni dîner, ni à un match. Je travaille. Trois rouleaux de pellicules. J'en ai au moins jusqu'à minuit.

Elle aimait plaisanter avec lui. Elle aimait savoir que rien ne trahissait l'existence d'une petite amie dans l'appartement d'en haut… Mais elle n'allait pas différer son travail pour un rendez-vous. Elle avait un reportage photo à terminer. Il y avait tant à faire et l'été passait si vite.

Il ne protesta pas.

— Et demain ?

— Film du samedi soir avec Anna et ce petit poussin. Puis, le lendemain, déjeuner du dimanche. Tradition hebdomadaire.

Jamais Dan McBride ne leur manquait autant que le dimanche.

— Lundi ?

— Je travaille aussi, je suis désolée. Je vais prendre des photos de danseurs dans un studio de danse.

Elle lui exposa son concept de « Boston au travail ».

—Vous m'avez aidée à trouver l'idée, vous savez. Quand vous m'avez dit que mon père ressemblait à l'antiquaire type.

—Ah c'était donc ça ! Ce jour où vous êtes sortie du magasin avec Clark Kent en me gratifiant du plus grand sourire que j'aie vu de ma vie chez une fille qui n'était pas allongée. Je n'ai pas arrêté de me demander ce que j'avais fait pour le provoquer.

—Monsieur Rodomovsky, dit Jordan, feignant d'être choquée. Restez correct, je vous prie.

Elle essaya de garder une expression sérieuse mais, quand Tony haussa un sourcil, elle éclata de rire.

Il sourit.

—Permettez-moi de vous accompagner au studio, lundi. Je porterai votre sac, je vous passerai les pellicules. Vous ne voulez pas d'un aimable serviteur ? Je pensais que tous les photographes avaient un assistant.

—Les photographes célèbres.

Elle savait parfaitement qu'il la flattait. Mais, à son ton élogieux, elle sentit néanmoins une vague de chaleur l'inonder.

Un taxi finit par s'arrêter. Tony leur ouvrit la portière avec un geste théâtral à l'intention de Ruth. Et Jordan céda à la tentation.

—Retrouvez-moi au studio, lui dit-elle en lui donnant l'adresse.

—J'y serai.

Il n'essaya pas de lui presser la main, de lui toucher le bras pour lui dire au revoir. Mais resta sans bouger, les mains dans les poches, souriant. D'un sourire un peu plus marqué que d'habitude. Imperceptiblement aguicheur. Et elle fut un peu amusée de sentir des papillons dans son ventre, en réaction. *Il n'est pas sérieux*, se rabroua-t-elle. Elle pourrait le photographier déployant tout son charme et intituler le cliché « Un séducteur à l'œuvre ».

Et alors ? Elle avait la moitié d'un été devant elle et elle était libre d'en profiter avec n'importe quel séducteur sur lequel elle jetterait son dévolu.

— À lundi, le salua-t-elle.

Et elle s'obligea à ne pas regarder derrière elle alors que le taxi démarrait.

Ce même soir, après le dîner, Anneliese lui lança :

— Tu es encore dans la lune, ce soir. C'est la deuxième fois que je te demande un torchon.

— Pardon.

Jordan le lui passa puis plongea une main dans l'évier plein d'eau savonneuse pour prendre une autre assiette.

Sa belle-mère l'observait.

— On dirait que tu penses à un homme.

Elle retint un sourire.

— Je le savais ! s'exclama Anneliese en riant. Il t'a invitée à dîner ?

Par la fenêtre de la cuisine, le soleil allumait des reflets dans ses cheveux bruns et sur sa robe bleu marine.

— Oui.

Une assiette à la main, elle hésita.

— Vous ne pensez pas que c'est trop rapide, j'espère ? Que je pense à quelqu'un de nouveau, alors que Garrett et moi venons de rompre…

— Et qui a rompu ? Lequel de vous deux a prononcé les mots ?

— En fait, c'est lui.

Elle s'était contentée de lui raconter que c'était fini, sans lui donner de détails.

— Je lui ai demandé si nous nous aimions vraiment. Ou pas. Et il m'a demandé de lui rendre sa bague.

— Donc il a rompu. Et tu n'as pas le cœur brisé. Et je m'en félicite. Alors pourquoi ne pourrais-tu pas passer à quelqu'un d'autre si tu en as envie ?

— Les filles qui sortent juste après avoir rompu leurs fiançailles se font traiter de tous les noms.

Jordan connaissait parfaitement ces noms. Et n'avait pas pu s'empêcher d'y penser cet après-midi, après avoir pris congé de Tony. Même si elle se répétait qu'elle était désormais libre de voir qui bon lui semblait. Elle avait beau vouloir être une femme libre, il était difficile de s'émanciper de l'image de la jeune fille parfaite en tout point.

— Je ne veux pas que les gens pensent que je suis une…

— Ce n'est pas ce qu'ils penseront de Garrett Byrne s'il décide de t'oublier en sortant avec toutes les filles de Boston, fit remarquer Anneliese.

— C'est différent pour les hommes. Vous le savez. C'était sûrement pareil en Autriche quand vous aviez mon âge, ajouta-t-elle en versant une nouvelle dose de liquide vaisselle dans l'eau.

Pensive, sa belle-mère s'appuya contre l'évier.

— Oui. Ton père n'approuverait peut-être pas que tu sortes avec un nouveau soupirant après avoir mis un terme à cinq années de fiançailles, mais…

— Et vous ? Qu'en pensez-vous ?

Je vous en prie, ne désapprouvez pas. Elle ne s'était jamais rendu compte d'à quel point son opinion lui était précieuse.

L'air mutin, Anneliese sourit.

— Je pense que si tu ne t'amuses pas après cinq ans de fiançailles, tu n'en auras plus jamais l'occasion…

Soulagée, elle se mit à rire, ses joues se colorant de plaisir.

— Vous êtes coquine, quelquefois, Anna.

— Et tu es une femme adulte de vingt-deux ans qui devrait profiter de sa liberté. Raisonnablement, ajouta-t-elle en sortant une soucoupe rincée de l'eau de vaisselle. Mais en tant que belle-mère, je dois te mettre en garde : fais quand même attention à toi.

Jordan réprima un soupir. Pourvu qu'elle ne se lance pas dans un discours sur la vie. Si merveilleuse et coquine qu'elle soit, on n'avait pas envie de discuter de certaines choses avec sa belle-mère. Mais Anneliese essuya la soucoupe et demanda :

— Alors, ce jeune homme qui t'a invitée à dîner ? Est-il beau comme une star de cinéma ?

Elle revit le visage mince et joyeux de Tony.

— Pas exactement.

— Grand ?

— Non, ma taille.

— T'a-t-il sauvée héroïquement d'une voiture qui allait te renverser ou d'un dragon qui allait te dévorer ?

— Non, nous nous sommes rencontrés en mangeant une tarte.

Anneliese eut un nouveau rire.

— Il doit avoir quelque chose d'exceptionnel. Pas juste une tarte.

Jordan réfléchit.

— Il sait regarder. Quand une femme lui parle, il la regarde vraiment.

— Ah ! Certains hommes reluquent, d'autres regardent, ajouta-t-elle dans un soupir. Les premiers nous hérissent, les seconds nous font fondre. Les hommes ont beaucoup de mal à faire la différence entre les deux. Contrairement à nous !

— Exactement, approuva Jordan en lui tendant une assiette à essuyer. Papa savait comment regarder ?

— C'est la première chose que j'ai remarquée à son sujet. Il pouvait admirer une dame comme s'il était en train d'admirer un magnifique vase de porcelaine, sans lui donner l'impression qu'il était en train de lui mettre un prix.

— C'est bien.

Anneliese avait beau être très silencieuse concernant sa vie d'autrefois, elle lui parlait toujours de son père. Et cela atténuait la douleur de son absence.

— En fait, je me demandais si ce n'était pas notre nouveau vendeur aux yeux noirs qui te rendait rêveuse. Mais tu ne l'as sûrement pas rencontré en mangeant une tarte, dit-elle en se détournant pour ranger la saucière. C'est aussi bien. Le nouveau vendeur est polonais, je crois ? Les Polonais travaillent dur. Mais ils sont très émotifs, très peu fiables par certains côtés.

Après avoir réprimé un sourire, Jordan leva les yeux au ciel. *Juste quand elle donne l'impression d'être une femme du monde, elle se transforme en M. Avery, du coin de la rue, qui met tout le monde en garde contre les Ritals qui sont roublards et les Irlandais paresseux.*

Chaque fois qu'elle avait entendu Anneliese faire ce genre de commentaire, elle avait tenu sa langue. Car son père la réprimandait : « *Même si tu n'es pas d'accord avec ta belle-mère, il n'est pas poli de la contredire.* » Mais il n'était plus là. Elle lui lança donc vertement :

— Anna, cette opinion est ridicule !

Mais déjà, elle avait changé de sujet. L'air pensif, elle prit du liquide vaisselle.

— Je suppose que ton admirateur mystérieux n'est pas anglais ? M. Kolb m'a téléphoné au sujet d'un Anglais qui lui a posé des questions... Je me demandais si tu avais vu quelqu'un de ce genre dans les parages.

Ian Graham avait dû passer voir Tony au magasin. Quand elle lui avait proposé de lui indiquer l'itinéraire pour les leçons de Ruth, il avait répondu qu'il y était déjà allé. Il était sans doute préférable d'esquiver le sujet par une pointe d'humour. Après tout, ne venait-elle pas de l'engager à l'insu de sa belle-mère ?

— Je ne sors pas avec un Anglais. Du moins, pas que je sache, plaisanta-t-elle.

— Bon, les craintes de M. Kolb sont peut-être infondées. Ou bien, il était encore ivre, finit Anneliese, sèchement.

— Il sentait l'alcool ce matin. Je n'ai pas voulu en parler, étant donné que cela n'affecte pas son travail.

— La guerre a été dure pour lui. En réaction, certains boivent, certains voient des problèmes là où il n'y en a pas.

Toujours songeuse, elle se sécha les mains à son tablier.

— Mais préviens-moi si quiconque passe pour poser des questions. Si M. Kolb a des ennuis, j'aimerais être au courant.

Jordan cligna des yeux, perplexe.

— De quel genre d'ennuis s'agirait-il ?

— Un homme qui boit peut toujours s'attirer des ennuis.

La lumière chaude de la cuisine illuminant ses cheveux bruns et sa robe sombre, sa belle-mère semblait toujours absorbée dans ses pensées. La scène ramena Jordan à son projet.

— Ne bougez pas et laissez-moi vous prendre en photo.

— Tu sais que je déteste ça !

— Je vous en prie, laissez-moi prendre des instantanés pour ma série. Votre vraie personnalité quand vous travaillez.

— Et de quel travail s'agirait-il ?

Elle resta silencieuse. Quelle activité résumait l'essence d'Anneliese ? La cuisine, quand elle préparait sa délicieuse *Linzer Torte* ? La couture, ses doigts rapides courant sur un col de dentelle ? Ni l'une ni l'autre ne semblait tout à fait juste. Sur les rares photos qu'elle autorisait, elle était toujours pareille : anonyme et jolie, le visage tourné vers le flash comme un bouclier. Était-ce la véritable Anneliese ?

— Je le découvrirai, lui promit-elle.

Un instant, sa belle-mère parut amusée, puis son sourire s'évanouit, laissant place à une expression plus sombre.

— Jordan, nous avons évoqué la possibilité que tu t'occupes de Ruth si je partais en voyage d'affaires pour le magasin…

— Je pensais que vous vouliez engager quelqu'un pour gérer les achats et tout le reste, répondit-elle en dénouant son tablier.

— Après quatre années avec ton père, je pense pouvoir distinguer une belle pièce en porcelaine d'une camelote.

J'aimerais aller à New York pour assister à quelques ventes aux enchères.

— Je peux m'occuper de Ruth. Surtout avec Mme Weir qui me remplace au magasin. Elle l'a tenu pour papa il y a des années, et je sais qu'elle va le faire tourner comme une horloge. Vous devriez aller à New York, Anna.

L'idée de voir Anneliese prête à prendre les rênes de la boutique lui plaisait. Sa belle-mère aussi avait peut-être hâte de déployer ses ailes, d'être autre chose qu'une femme au foyer avec sa machine à coudre. *J'aimerais vous voir essayer*, se dit Jordan, malgré une pointe de culpabilité vis-à-vis de son père. Son amour avait été si exclusif. Mais il était aussi… étouffant. Elle savait que jamais elle n'exprimerait cette pensée à voix haute mais elle ne pouvait l'empêcher de naître.

— Dans ce cas, je vais prévoir une semaine environ à New York, disait Anneliese, décidée. Et si tu veux bien garder Ruth, j'irai ensuite deux semaines à Concord.

Jordan était en train d'accrocher son tablier mais s'arrêta.

— Pourquoi Concord ?

— Parce que c'est là que ton père et moi avons passé notre lune de miel, répondit sa belle-mère en frôlant le plan de travail d'un doigt. Je… je veux dire adieu à ce souvenir.

— Oh, Anna !

Elle lui effleura la main avec tendresse. Elle décelait une certaine culpabilité dans le regard azur de sa belle-mère. Peut-être s'était-elle, elle aussi, sentie captive de l'emprise ferme et affectueuse de Dan McBride sur sa vie.

Les paupières mi-closes, Anneliese lui agrippa les doigts.

— Je devrai être forte pour Ruth quand tu seras partie. Je ne pourrai plus m'emporter avec elle comme je l'ai fait ces derniers temps. Si je peux… prendre un peu de temps pour me ressourcer, je serai prête.

— Tout ce que vous voudrez.

Elle sentait sa main glacée dans la sienne. *Bravo J. Bryde. Trop occupée à rêvasser à un rendez-vous éventuel pour remarquer à quel point ta pauvre belle-mère est épuisée.* Prise de remords, elle l'embrassa sur la joue, lui dit de s'asseoir avec un verre de sherry et sortit avec Ruth et Taro pour admirer le soleil couchant. Rassurante, elle expliqua à la fillette que sa mère allait s'absenter pendant quelques semaines mais qu'elle serait là pour elle en toutes circonstances. Et que, oui, elle prendrait son cours de violon la semaine prochaine. M. Graham n'oublierait pas.

Il serait tellement plus facile d'emmener Ruth à ses leçons de musique si Anneliese n'était pas là pour fureter partout.

37

Ian

Juillet
Boston

— Jamais je n'aurais imaginé en me réveillant ce matin que, ce soir, tu aurais une élève, et moi, un rendez-vous avec une fan des Red Sox.

Après avoir mis Jordan McBride et sa sœur dans un taxi, Tony venait de rentrer dans l'appartement, où Ian était en train de ranger son violon.

—J'aurais dû me douter que tu profiterais de cette traque pour suivre la première jolie fille qui croiserait ton chemin, railla-t-il.

—Je veux qu'elle rentre chez elle en se demandant si je vais l'embrasser lundi matin, et non pourquoi son employé partage inexplicablement un appartement avec un Rosbeef. Je ne veux pas non plus qu'elle s'interroge sur cette table couverte de papiers qu'elle aurait pu reconnaître comme des listes copiées dans sa boutique.

Tony s'affala sur une chaise et posa ses bottes sur le radiateur hors d'usage. Encore ému par l'intense réaction de Ruth à la musique, Ian referma l'étui. En général, si quelqu'un pleurait en l'écoutant, c'était plutôt parce qu'il massacrait le morceau.

— En effet. J'ai remarqué que tu te dépêchais de rassembler des papiers et de les cacher, pendant que je jouais. C'est pour ça que tu n'arrêtais pas de me faire des clins d'œil pour que je donne des leçons à la fillette ? Pour que sa sœur n'arrête pas de parler et surtout qu'elle ne regarde pas autour d'elle ?

Ce qui était un peu la raison pour laquelle il avait offert de donner des leçons. Tony l'étudiait, les mains croisées sur sa tête.

— En partie. Pourtant, tu m'as étonné en faisant cette proposition le premier. Pourquoi ?

— Je l'ignore moi-même.

Le regard blessé de cette enfant avait fait naître en lui le souvenir poignant de Seb. Et sa proposition avait jailli spontanément…

— Autrefois, j'avais essayé d'apprendre à mon frère à jouer. Il avait à peu près le même âge. Mais il ne s'intéressait qu'aux oiseaux.

Il sourit à ce souvenir et Tony lui rendit son sourire.

— En tout cas, tu as fait le bonheur de cette gamine.

« *… cette même chanson qui se fraya un chemin dans le cœur meurtri de Ruth, alors que, loin de sa terre natale, elle pleurait son pays dans des champs de blés étrangers* », se récita Ian, se rappelant un poème de Keats.

Cette impression planait encore : « elle pleurait son pays ».

Non, il ne regrettait pas un instant d'avoir pris le temps de faire briller le bonheur dans ces yeux, cet après-midi. Même pendant qu'on chassait une meurtrière, on pouvait consacrer un moment à rendre heureux un enfant. Ou alors, à quoi bon tout cela, bon sang !

Tony interrompit le fil de ses pensées.

— J'aime bien Ruthie. C'est une pauvre petite bien triste. Mais ce n'est pas une raison pour refuser l'argent que t'offre Jordan pour les leçons. Nous avons déjà une note de téléphone colossale.

Haussant les sourcils, Ian s'étonna :

— Depuis quand l'appelles-tu Jordan au lieu de Mlle McBride ? En tout cas, profite de ton invitation pour essayer d'en savoir plus sur Kolb. Et ne lui brise pas le cœur sous prétexte d'aller à la pêche aux renseignements.

Un art que Tony semblait parfaitement maîtriser. Il savait garder cette légèreté avec les femmes qui les empêchait de souffrir quand il disparaissait.

Soulevant le combiné du téléphone, Tony railla :

— Parce que maintenant, tu es expert dans l'art de ne pas briser les cœurs ? Dans ce cas, je te laisse flirter avec la prochaine fille au bout du fil, pour le travail.

— Certainement pas ! rétorqua Ian en parcourant la nouvelle page d'adresses. Je suis un homme marié.

— Je croyais que vous divorciez ?

— Oui. Nous divorcerons. Quand nous en aurons le temps.

Tony réfléchit un instant. Puis, reposant le téléphone, il déclara avec un sourire en coin :

— Ian, est-ce qu'il t'a vraiment échappé que tu étais en train de tomber amoureux de ta femme ?

Son associé leva les yeux.

— Ne sois pas ridicule !

— Écoute. J'ai été content quand vous deux vous êtes décidés à partager plus qu'un nom. Tu ne peux pas vivre que de criminels de guerre et de ton violon. Que tu le veuilles ou pas, tu es affreusement seul. Et Nina correspond exactement à la conception que tu as de l'amusement. Car, sous ton air empesé, tu aimes vivre dangereusement et ta femme est de loin l'incarnation de la femme la plus dangereuse qui soit. Comme jamais ni toi ni moi n'en avons rencontré. Et maintenant, elle est bien plus qu'une distraction, je me trompe ? Car, après avoir oublié pendant cinq ans que tu avais une femme, tu es soudain M. Je-Suis-Un-Homme-Marié.

Ian croisa les bras, cherchant une réponse. Il finit par dire :

— Je ne vois vraiment pas en quoi ça te regarde.

— Ça me regarde parce que je suis ton ami, salaud de Rosbeef ! Et que je ne voudrais pas que tu aies le cœur brisé quand nous en aurons fini avec cette traque et que ta femme retournera s'éclater dans les nuages.

38

Nina

Août 1944
Front polonais

Une voix solitaire monta vers le ciel, feutrée, tremblotante. La voix de Yelena, quelque part dans la foule des pilotes, qui chantait la berceuse ancienne des rives du Vieil Homme, celle que Nina avait chantée sur le terrain d'aviation, le premier soir. Toutes joignirent leurs voix douces à la sienne. Elle ferma ses yeux brûlants. Elles savaient. Soit par une rumeur chuchotée, soit par le fil qui les reliait comme le canal d'une radio partagée, elles savaient toutes.

Le quartier de lune poursuivait son ascension au-dessus du terrain auxiliaire, les pilotes attendant l'ordre de voler. Ses pieds foulant la boue polonaise, tenant d'une main sa casquette en peau de phoque, de l'autre son sac à dos, Nina sentait une boule se former dans sa gorge.

Ça ne peut pas être en train d'arriver, songea-t-elle.

La chanson se tut.

Se faisant violence, elle leva les yeux. Tout en chantant, ses collègues s'étaient rapprochées alors que, la tête obstinément baissée, elle refusait l'inévitable. Elles firent bloc autour d'elle, cachant instinctivement la détresse du régiment aux possibles curieux. Beaucoup versaient des larmes silencieuses, leurs visages tournés vers elle comme des fleurs : des têtes rousses, brunes, blondes, des yeux noirs, des yeux bleus. Tremblante, Nina poussa un soupir et inspira l'odeur mélangée de graisse de moteur et de transpiration, de boue et de crayons de navigation. Le parfum des femmes qui vivaient pour le ciel. Elle ne voyait pas Yelena mais sa voix résonnait en elle. Pas sa voix implacable lui criant quelques heures auparavant : « Tu m'en demandes trop ! » Mais sa voix enjouée lorsque, presque trois ans plus tôt, elle l'avait attrapée par le bras et lui avait souhaité : « Bienvenue, *sestra* ! »

La voix posée de Bershanskaia s'éleva, chassant le souvenir.

— À vos avions, mesdames !

La gorge sèche, Nina fit un pas en avant, puis un deuxième. Un bruissement traversa le groupe. L'espace d'un moment, sans un mot, les Sorcières de la Nuit se pressèrent autour d'elle. Elle fendit la foule composée de ses sœurs, sentant leurs doigts frôler son épaule, son dos, ses cheveux. L'une d'elles lui pressa la main avec ferveur. Elle ne sut jamais laquelle.

— Dites à Galya d'avoir la main plus légère sur le manche, balbutia-t-elle.

Puis elle traversa le terrain en direction de son avion. Son pas se fit plus rapide et, soudain, elle se mit à courir. Du coin de l'œil, pour la dernière fois, elle aperçut Yelena, le visage déformé par le chagrin, pliée en deux dans les bras réconfortants de la rousse Zoya. Ses compagnes de régiment s'agglutinèrent autour d'elle pour dissimuler sa douleur aux yeux indésirables. Puis elles l'entraînèrent, noyée dans la masse de leurs combinaisons et, leurs bottes foulant la terre, s'élancèrent vers la rangée des Po-2. Elle sentit son cœur se déchirer mais elle ne regarda pas en arrière. Plus jamais elle ne regarderait en arrière, vers l'est, dans la direction du Vieil Homme. Regarder en arrière, c'était se noyer. Regarder droit devant, c'était voler.

Presque malgré elle, elle monta sur l'aile de la Roussalka. Elle n'avait pas décidé consciemment de prendre son vieil avion. Mais elle devait laisser son propre Po-2 à sa copilote. Maintenant qu'elle avait été promue pilote, Galya allait avoir besoin de tous les avantages que pouvait apporter un avion qu'elle connaissait. Quant à Yelena, elle ne serait pas déconcertée par un nouvel avion. Yelena pouvait faire voler n'importe quoi… N'entendant aucune protestation s'élever dans son dos, elle s'installa dans le cockpit de la Roussalka. Quand elle mit le contact, le vrombissement familier atténua un peu sa douleur.

Tout autour d'elle, les autres Po-2 se réveillaient. Aucun étranger ne pourrait dire le lendemain que le régiment avait dévié de sa routine : elles chantaient souvent sur le terrain d'aviation, couraient toujours vers leurs avions, et les vérifications avant le vol étaient en cours, exactement comme tous les soirs. Si, plus tard, quelqu'un s'étonnait de leurs larmes et de la tristesse sur leurs visages, elle faisait confiance à Bershanskaia pour trouver une explication plausible, prétextant que le régiment était démoralisé par les pertes récentes à l'extérieur d'Ostrolenka. Les Sorcières de la Nuit garderaient le secret.

L'équipe au sol se mit à courir et éclaira la piste d'une simple lueur clignotante, de façon à marquer le point de décollage. Elle se rappela Yelena grommelant, le mois précédent : « Bientôt, ils s'attendront à nous voir atterrir à la lumière du briquet de Bershanskaia. »

Assez ! se tança-t-elle alors qu'on faisait signe à la Roussalka d'avancer. *Assez !*

Le manche qu'on pousse vers l'avant. Les roues qui prennent de plus en plus de vitesse. Nina décolla, sentant ses bras se fondre dans les ailes et son sang couler dans la conduite de carburant. Les Sorcières de la Nuit la suivaient, l'une derrière l'autre, formant une sorte de flèche filant droit vers la lune qui montait dans le ciel.

Six cent seize vols. Le dernier vol.

C'était la dernière fois qu'elle s'élevait de la piste de décollage. La dernière fois qu'elle se stabilisait à la bonne altitude, glissant à travers les volutes de nuages argentés. La dernière fois qu'elle piquait sur une cible. La dernière fois qu'elle coupait les gaz pour plonger et planer en silence comme l'ange de la mort. Elle prit une profonde inspiration et retint son souffle. Puis elle fit graduellement vrombir ses moteurs, les entendit rugir et, alors que les projecteurs transperçaient le ciel, décrocha les bombes des râteliers. L'avion en oblique, elle glissa le long de la cible, attirant sur elle les tirs de l'artillerie antiaérienne et les faisceaux lumineux, pour ne laisser que l'obscurité dans son sillage et permettre à Yelena d'arriver furtivement avec sa propre cargaison mortelle. Elle sentit l'aveuglement familier des projecteurs la projeter contre la voûte céleste, entendit la série d'explosions au sol, et vit les bombes éclater en bouquets rouge, vert et blanc.

Elle expira longuement et plongea, toujours plus bas, afin que ses *sestry* puissent vraiment témoigner du fait que leur pilote de tête n'avait pas réussi à redresser, et qu'elle avait disparu en tombant. Se retournant, elle vit Yelena émerger des lumières et repartir en arrière. Puis, après avoir stabilisé la Roussalka, elle continua de voler bas, tout droit, dans les ténèbres. *« Qu'est-ce qu'il y a au bout du monde, à l'ouest ? »* s'était demandé une petite fille sur la rive gelée d'un vaste lac. *« Qu'est-ce qu'il y a au bout de l'ouest ? »*

Que ça lui plaise ou pas, elle allait le découvrir.

Alors qu'elle remontait au-dessus des nuages, dans son cockpit de nouveau baigné par le pâle clair de lune, elle remarqua la rose séchée sur le tableau de bord. La rose qu'elle avait arrachée à l'une des gerbes funéraires de Marina Raskova pour la rapporter à Yelena. Celle-ci l'avait soigneusement fait sécher et l'avait fixée à côté de l'altimètre. *Ma rose de Moscou.*

Elle sentit son premier sanglot s'étrangler dans sa gorge. Arrachant la rose, elle l'écrasa et, une main levée, laissa les pétales en lambeaux s'envoler au vent. S'élevant vers l'ouest, sans un regard en arrière, seule dans son cockpit, elle pleura. C'était son six cent seizième vol.

À l'aube, des meutes de Messerschmitt et de Focke-Wulf auraient envahi l'espace aérien. Jusque-là, elle avait l'avantage. *Je suis toujours une Sorcière de la Nuit.* Tant que régnait l'obscurité, elle pouvait se cacher du monde entier.

Combien de temps lui faudrait-il pour traverser la Pologne ? Au-delà s'étendait l'Allemagne, le ventre de la bête. Serait-il plus sûr de virer au sud, de prendre la direction de la Tchécoslovaquie ? Où qu'elle atterrisse, comment pourrait-elle être en sécurité sans argent et en ne parlant que le russe ? Elle avait survolé un monde déchiré par la guerre, baigné de sang et bardé de barbelés. Or, dès qu'elle viendrait à manquer d'essence et qu'elle devrait fouler la terre ferme, elle allait très probablement mourir. Elle avait lu cette certitude dans les yeux noyés de larmes de ses sœurs pilotes : là-bas se trouvait le danger. Même leur petite folle de Sibérie ne pourrait lui échapper.

Penchée sur son tableau de bord, elle volait toujours plus loin, fendant la masse obscure des nuages. Droit vers l'ouest. Quelque part, au-dessous d'elle, se trouvait Varsovie agonisante. Elle laissa Varsovie derrière elle. Du moins le supposa-t-elle. Un mauvais vent contraire se leva et la Roussalka se mit à peiner. Elle jeta un coup d'œil à la jauge de l'essence. L'altitude et la vitesse faisaient déjà baisser le niveau du carburant. Le vent se fit plus violent et elle sentit son cœur se serrer. Avec un réservoir plein, un Po-2 pouvait couvrir plus de six cents kilomètres dans de bonnes conditions de vol. Mais, avec ce méchant vent de face, elle n'irait pas au-delà de quatre cents.

— Putain ! ragea-t-elle.

Mais la fureur ne l'emmènerait pas plus loin à l'ouest. Seule l'essence le pouvait et elle n'en avait presque plus. Le jour était loin de se lever et l'aiguille de la jauge indiquait le niveau le plus bas quand elle fit descendre la Roussalka sous les nuages. Aucune lumière de ville ou de village ne brillait au sol, pas même de fermes isolées. Aussi loin que ses yeux habitués à l'obscurité distinguaient quelque chose, elle ne voyait qu'une immense forêt sombre. Elle continua de descendre jusqu'à frôler les cimes des arbres, en quête d'une clairière. Un Po-2 pouvait atterrir dans une assiette, disait-on. Elle supposait vaguement que, si elle n'en trouvait pas, elle s'écraserait dans les sapins et mourrait perforée par les branches ou brûlée dans son cockpit.

Le moteur s'arrêta. La jauge de l'essence indiquait que le réservoir était vide. L'avion commença à tomber.

Silencieusement, elle se mit à planer comme pour sa dernière mission de bombardement. Mais cette fois, elle n'avait aucune bombe à lâcher, aucun vrombissement d'un moteur la propulsant vers le ciel. Elle glissait juste de plus en plus bas, entre les cimes des arbres.

Enfin, avec une pointe de déception, elle aperçut une clairière. Le chant des sirènes l'appelant vers les ténèbres ne s'était pas totalement éteint. Et, quelque part en elle, son chuchotement persistait à vouloir la séduire. Mais elle ne pouvait pas choisir une solution aussi lâche alors qu'une piste s'étendait devant elle. Elle aligna la Roussalka dans l'axe de la clairière et effectua un atterrissage en douceur, ses ailes faisant craquer les branches des arbres qui se dressaient comme un mur. Quand, enfin, l'avion s'immobilisa, elle resta assise dans le cockpit, le souffle court. Le bruissement du vent dans les branches se mêlait à l'odeur de feuilles pourries et d'écorce. Son nez était désormais habitué à des odeurs plus rudes, des odeurs d'essence, de graisse de moteur. Mais il lui suffit d'une bouffée de ce parfum de forêt nocturne pour être transportée dans les sentiers des immenses bois qui entouraient le Vieil Homme, sur les pas de son père, quand il lui apprenait à chasser dans la taïga.

Les membres ankylosés, elle sortit de son cockpit et sauta sur le sol. Au clair de lune, elle vit qu'il manquait une lame à son hélice.

—Alors, c'est fini, dit-elle à voix haute.

Son vague espoir de dérober des bidons d'essence quelque part pour faire le plein de la Roussalka s'évanouit. Sans un atelier d'usinage, il était impossible de réparer une hélice coupée en deux. Depuis qu'elle était montée pour la première fois dans un cockpit, à dix-neuf ans, elle avait passé la moitié de sa vie dans le ciel. Désormais, elle allait devoir se contenter de sa frêle forme humaine et de ses pieds : la Roussalka ne volerait plus jamais.

File d'ici! File! N'importe qui avait pu entendre le Po-2 atterrir. Des patrouilles allemandes, des Polonais cherchant des ennemis, des fugitifs repérant des voyageurs pour les voler. N'importe qui pouvait décider de faire des recherches et, jusqu'à preuve du contraire, elle partirait du principe que tous ceux qu'elle rencontrerait seraient des ennemis. *File d'ici avant que quelqu'un te trouve!* Mais elle était incapable de bouger. Elle pensait avoir déjà quitté tout ce qu'elle avait à quitter, son régiment, ses sœurs, son amante. Or, elle avait encore un adieu à faire. À sa vaillante Roussalka, avec sa carlingue peinte et son petit moteur résolu, la Roussalka dont les ailes l'avaient transportée à travers tant de missions, dont l'ombre les avait accueillies, Yelena et elle, dans l'herbe, par des longues journées d'été. La Roussalka qui devenait si vivante à son contact que, pour un peu, elle aurait pu l'entendre chanter. Nina ne pensait pas pouvoir éprouver plus de chagrin mais, ce soir, elle entoura son avion de ses bras et, la tête contre la carlingue, laissa libre cours à ses sanglots.

Enfin, après avoir essuyé ses yeux brûlants, elle commença à le détruire à mains nues. Elle arracha le cockpit et le fuselage comme si elle arrachait des lambeaux de chair aux os, les démantelant de tout ce qui pouvait être utilisé. Elle bourra son sac à dos à craquer. Puis elle alla ramasser des feuilles mortes et des brindilles dans le sous-bois, humide et boueux d'une pluie récente. Mais même si cela n'avait pas été le cas, elle aurait volontiers pris le risque d'embraser les arbres. Son chagrin disparaissait pour être remplacé par la fureur brûlante des Markov, la rage aveugle et destructrice de son père, qui balayait tout sur son passage. Elle se fichait de brûler la moitié de la Pologne et de réduire ses propres os en cendres. Elle ne laisserait pas la Roussalka pourrir sur place. Après avoir rempli le cockpit de petit-bois, elle gratta une allumette de sa réverse et la lança dans la matière inflammable. Le feu prit, s'attisa, les flammes s'élevèrent. Elle recula et, un moment, regarda la fumée. Elle ne se détourna qu'une fois la Roussalka dévorée par un brasier, sa toile rigide ondulant pour révéler sa structure en bois. Puis, chargée de son sac à dos, elle suivit son ombre qui s'allongeait vers l'ouest et, laissant la Roussalka se consumer et mourir sur son bûcher funéraire, elle s'enfonça sous les arbres.

Une boussole. Un pistolet chargé. Des allumettes. Un sac de provisions d'urgence. Du lait concentré, une barre de chocolat, les vivres qu'elle avait piqués dans les casernes. Le foulard brodé d'étoiles bleues. Un rouleau de tissu raide, d'entretoises et de câbles arrachés à la Roussalka. Le rasoir.

C'était tout.

Elle poussa un soupir.

—Ce n'est pas tout, dit-elle à voix haute.

Elle avait de bonnes bottes, une combinaison épaisse, sa casquette en peau de phoque. Elle avait le temps chaud de l'été. Et aussi tout ce qu'elle avait appris en grandissant sur les rives du Vieil Homme.

Elle marcha jusqu'à ce qu'elle perçoive le murmure d'un ruisseau. But au creux de ses paumes en coupe. Mangea la moitié de sa barre chocolatée. Puis elle se bricola un abri à l'aide des tissus et des montants récupérés sur la Roussalka. Le rasoir serré dans son poing, elle s'y écroula, écrasée par le sommeil comme par une avalanche. Et se réveilla en pleine nuit, en nage. Elle souffrait d'atroces crampes aux jambes et claquait des dents comme en plein hiver. Elle qui n'avait jamais été malade en faisait désormais l'expérience, le nez coulant et les yeux larmoyants, ses mains tremblant trop pour allumer un feu de camp. Elle se blottit dans son abri et essaya de se masser les jambes pour faire disparaître les crampes. Sentant l'odeur âcre de sa propre sueur, elle leva la tête et vit son père qui la regardait de ses yeux au blanc jauni.

— Tu n'es pas ici, dit-elle en claquant des dents. Je rêve.

Il s'accroupit.

— Depuis combien de temps n'as-tu pas pris un cachet de Coca-Cola, petite chasseresse ?

Deux jours. Ou plus ? Sans qu'elle en ait conscience, une autre journée avait passé. Elle aurait pu jurer que cela ne faisait qu'une heure que les tremblements l'avaient réveillée la nuit. Pourtant, entre deux crises, une journée s'était écoulée à son insu. Cela faisait donc trois jours qu'elle n'avait pas avalé l'un de ces cachets qui inondaient ses veines de vif-argent. Et elle en prenait tous les jours depuis des mois.

Son père renifla d'un air moqueur.

— Va-t'en ! hurla-t-elle.

Puis elle poussa un nouveau cri de douleur. L'espace d'un instant, elle ferma les yeux et, quand elle les rouvrit, il était midi. Jamais elle n'avait eu aussi faim de sa vie. Elle avait fini le lait concentré. Avec un frisson de terreur, elle constata qu'elle n'avait plus de provisions. Elle parvint à sortir en titubant de son abri de fortune pour poser quelques pièges. Malgré ses mains tremblantes, elle parvint à fabriquer un collet sommaire avec les câbles de l'avion.

Le temps passait, les heures se confondant. Lorsqu'elle était réveillée, elle avait des crampes et des coliques, allait se désaltérer au ruisseau et revenait se pelotonner dans l'abri, secouée de spasmes. Quand elle dormait, son sommeil était peuplé de cauchemars. Elle survolait le lac encore et encore, perdait le contrôle de la Roussalka et coulait à pic dans l'eau aigue-marine, ses poumons éclatant. Elle imaginait des pas à l'extérieur de l'abri et, se réveillant en hurlant, elle pressait la gâchette du pistolet, inlassablement, visant l'obscurité. Pour se rendre compte, trop tard, qu'il n'y avait personne et qu'elle venait de gâcher des munitions. Elle aurait pu pleurer mais les larmes ne servaient à rien. Elle rentrait en rampant dans l'abri pour rêver que Yelena mourait, plongeant dans un tourbillon de flammes. *Si elle meurt, tu ne le sauras jamais.* Yelena était partie. Elle ne saurait jamais si elle avait vécu ou si elle était morte, si elle était tombée amoureuse de quelqu'un d'autre. Succombant aux larmes, elle sanglotait dans sa nuit hantée de cauchemars.

Combien de temps fut-elle malade? Elle aurait été bien incapable de le dire. Les jours et les nuits semblaient défiler par cycles. À un certain stade, son père disparut et elle parvint à s'extirper suffisamment de sa léthargie pour se déshabiller et laver sa combinaison crasseuse. Assise, nue, sur la berge en attendant que ses vêtements soient secs, elle fléchit ses doigts à la lumière du soleil. Amaigris, ils ne tremblaient plus. *Fichu Coca-Cola!* Elle continuait à faire des rêves horribles, en proie à des certitudes aussi soudaines qu'illogiques, comme quelqu'un arrivant furtivement dans son dos. Mais les crampes avaient quasiment disparu et elle avait recouvré assez de forces pour faire un feu et cuire le lapin qu'elle avait pris au collet.

—Il est temps de se remettre en route, dit-elle à voix haute.

Parce que Nina Markova voulait peut-être mourir, mais elle était trop obstinée pour mourir dans une forêt polonaise.

Elle enfila sa combinaison encore humide, démolit son abri et reprit sa marche vers l'ouest.

C'est au cours de la deuxième semaine qu'elle rencontra Sebastian.

39

Jordan

Juillet 1950
Boston

Les danseuses répétaient sans relâche le long d'une barre usée, leurs silhouettes reflétées dans les miroirs qui couvraient les murs. *Clic.* Elles frottaient leurs pointes dans la boîte à résine. *Clic.* Silencieuse, Jordan photographiait les élèves du cours supérieur de la Copley Dance Academy. Un chignon serré se dénouant en plein demi-plié, un front appuyé contre un pied cambré en un geste de lassitude. *Clic, clic.*

Lorsqu'ils quittèrent le studio de danse, Tony demanda :

— Vous avez ce que vous vouliez ?

— Je crois. Je n'en serai sûre que lorsque je regarderai les négatifs, répondit-elle en passant la courroie de son Leica en bandoulière. Vous avez été très efficace.

Elle était surprise de voir à quel point il l'avait aidée. Garrett avait eu tendance à l'irriter lors de ses séances de photos. Il persistait à l'embrasser en douce ou à lui parler alors qu'elle essayait de se concentrer. Tony avait été différent. Il avait flirté outrageusement, non avec les danseuses mais avec Mme Tamara. La professeure de quatre-vingts ans l'avait traité de « coquin » en russe et, au lieu de la chasser au bout de dix minutes, l'avait autorisée à assister à l'intégralité du cours. Quand les danseuses avaient commencé leurs pliés, il les avait imitées d'un air grave, les faisant tellement rire qu'elles avaient oublié la présence de la photographe. Et elle avait pu commencer à les photographier sans avoir à attendre qu'elles se détendent. Puis, appuyé contre le mur, Tony s'était fait discret, et, devançant ses besoins, lui avait tendu les films.

— Vous avez été un assistant hors pair, le complimenta-t-elle alors qu'ils tournaient dans Copley Square.

Il sourit, marchant d'un pas nonchalant, tête nue sous le soleil d'été. La chaleur faisait chatoyer le trottoir. Dans le square, les femmes épongeaient leurs paumes moites dans leurs gants humides et les hommes tiraient sur des cols empesés qui étaient devenus mous.

— Pouvons-nous discuter de ma rémunération pour mon travail de ce matin ?

— Oh, il y a une rémunération maintenant ? répliqua-t-elle en ajustant son chapeau d'été à larges bords. Combien allez-vous me coûter ?

— Une promenade en bateau-cygne.

— Un Bostonien digne de ce nom préférerait mourir plutôt que d'être surpris sur un bateau-cygne, à moins d'y être traîné par sa petite sœur. C'est pour les touristes.

— Je suis un touriste et une promenade en bateau-cygne est mon salaire pour avoir porté votre sac et flatté cette vieille dame qui affirme être une comtesse, une Russe blanche ayant fui les bolcheviques.

Glissant son bras sous le sien, Jordan prit la direction du jardin public, à quelques rues de distance.

— Une comtesse, une Russe blanche ?

— Elle a un accent ukrainien. Mais je suis un gentleman, je ne pouvais pas la traiter de menteuse.

— Ainsi vous avez parlé russe avec Mme Tamara et français avec ces touristes parisiens qui sont venus à la boutique il y a trois semaines. Et je suis sûre de vous avoir aussi entendu parler allemand avec M. Kolb, ajouta-t-elle en penchant la tête sur le côté.

— Ce qui ne lui a pas trop plu. Drôle de type, celui-là ! Comment votre père l'avait-il rencontré ?

— Il venait de l'étranger et il avait besoin d'un garant. Il est nerveux, admit Jordan. Mais la guerre ne l'a pas épargné. C'est, du moins, la version d'Anna.

— Est-ce qu'Anna ressemble à la méchante marâtre ? Vous offre-t-elle des pommes empoisonnées, vous fait-elle dormir dans la soupente ?

Avec un sourire, Jordan répondit :

— Non, elle est merveilleuse.

— Dommage, j'ai toujours aimé les histoires de méchantes marâtres. Ma grand-mère hongroise me racontait des contes macabres quand j'étais petit, le genre où ce n'est pas Cendrillon qui gagne à la fin, mais la méchante belle-mère. Plus on s'enfonce à l'est du Rhin, plus les contes de fées sont sinistres.

— Hongrois maintenant ? Vraiment, combien de langues parlez-vous ?

— Six ou sept. Huit ? répondit-il avec un haussement d'épaules. Mes grands-parents du côté de ma mère étaient hongrois et polonais, ceux du côté de mon père roumain et allemand, et tous sont arrivés dans le Queens pour grappiller un peu du rêve américain. Ça fait beaucoup de langues autour d'une table pour un enfant.

— Et vous les avez toutes apprises, comme ça ?

— Il y a deux manières d'apprendre une langue rapidement. Et l'une d'elles est d'avoir moins de dix ans et un cerveau jeune et malléable.

— Et l'autre ?

Avec un sourire espiègle, il répondit :

— Sur l'oreiller.

Jordan lui coula un regard en coin. Il mima le geste de retirer son chapeau en signe d'excuse.

— Je suis désolé. *Es tut mir leid. Sorry. Sajnálom. Imi pare rau. Przepraszam.*

Elle se figea, comme captivée.

Il interrompit son flot d'excuses multilingues.

— Normalement, quand une fille regarde fixement mes lèvres, je pense qu'elle veut un baiser. Mais, vous, vous êtes en train de composer mentalement une photo, c'est ça ?

Sans répondre, elle leva son Leica.

— « Un interprète au travail. »

Un gros plan sur cette bouche en pleine conversation, accompagnée du geste de la main.

Avec un grognement, Tony prit la sienne et l'entraîna dans les allées du jardin public tachetées d'éclats du soleil qui filtrait à travers les arbres.

— Femme cruelle, qui anéantit mes espoirs en me photographiant au lieu de m'embrasser... !

Elle s'arrêta sur un banc non loin de l'entrée, à quelque distance des bateaux-cygnes où des foules de touristes devaient se presser.

— J'ai besoin d'une photo en mouvement. Alors parlez. Racontez-moi quelque chose sur vous. N'importe quoi !

— Je préférerais parler de vous, répondit-il en posant un coude sur le dossier du banc. Quand avez-vous pris votre première photo ?

— L'hiver de mes neuf ans. Avec un petit Kodak. Subjuguée par les arbres couverts de givre.

Il sourit et elle le photographia à trois reprises. Elle savait déjà que ce serait une bonne série. Tony Rodomovsky n'était pas beau mais il était photogénique : brun, un nez insolent, de longs cils d'un noir d'encre, du gâchis puisqu'un homme n'avait jamais besoin de mettre du mascara.

— Quand vous êtes-vous enrôlé dans l'armée ?

— Le lendemain de Pearl Harbor. Un vrai cliché ambulant : à dix-sept ans, j'ai dit au recruteur avec un clin d'œil : « Oui, sergent, j'ai l'âge légal ! » Puis je suis entré en guerre et j'ai découvert que c'était aussi ennuyeux qu'au lycée. Ce qui était le cas si on se retrouvait coincé dans un poste d'interprète, bien sûr. Comment s'est passée votre guerre ?

— Campagnes de récupération de ferraille et exercices d'urgence pour savoir comment réagir en cas d'invasion japonaise. Comme si les Japonais allaient envahir Boston, enfin !

Une photo de Tony l'écoutant. *Clic.* Il semblait boire ses paroles et, de temps à autre, frôlait son bras de ses doigts.

— J'ai passé la plus grande partie de la guerre à rêver, poursuivit-elle. J'ai dévoré les articles sur les femmes journalistes et photographes qui partaient à l'étranger. Le bateau qui transportait Margaret Bourke-White a été torpillé et elle a dû l'abandonner pour un canot de sauvetage. J'en suis presque morte d'envie. Je voulais tellement être torpillée !

— Tant que vous vous en tiriez avec quelques bonnes photos du torpillage ?

— Voilà ! Et elles auraient fait la couverture de *LIFE*. C'était exactement ainsi que ça se déroulait dans mon fantasme. Puis, qui sait, j'aurais peut-être épousé Ernest Hemingway et vécu une vie d'action et de prestige.

Elle s'interrompit. Et soudain, fit le lien. Les journalistes et les photographes qu'elle avait idolâtrés, indifférents au danger, arpentant les zones de guerre, pleins de fougue. Les noms qu'elle pouvait réciter comme ses amies ceux des stars de cinéma. Capa et Taro, Martha Gellhorn et Slim Aarons et… Graham.

— Graham. Votre ami anglais est-il le Ian Graham ?

L'air amusé, Tony répondit :

— En chair et en os.

— Et il a proposé d'apprendre les gammes à ma petite sœur, poursuivit-elle en secouant la tête. Je lisais ses chroniques pendant la guerre, quand elles ont été diffusées !

— Je vais être jaloux si vous continuez à vous extasier sur mon patron.

— Pourquoi ? Une fille ne peut pas avoir le béguin pour un homme plus âgé ? le taquina Jordan. Surtout un homme grand et beau, avec un accent ravageur, qui a été partout où elle a toujours voulu aller ?

— Il est marié. Et puis, je préférerais que vous ayez le béguin pour moi.

— Alors charmez-moi. Racontez-moi votre travail d'interprète dans un centre de documentation.

Elle leva de nouveau le Leica.

— Ce n'est ni une vie d'action ni une vie de prestige. Un flot de réfugiés s'est déversé à Vienne. Ils ont raconté leur histoire et j'ai traduit pour Ian.

— Écrivait-il des articles ou…

— Non. Il a dit qu'il n'écrirait plus. Il y a renoncé pour faire du travail concret auprès des réfugiés et n'a pas rédigé un seul article depuis les procès de Nuremberg.

Pensive, elle acquiesça :

— Je peux comprendre que cela vous fasse perdre votre âme. Année après année, être témoin de la souffrance humaine et en alimenter la presse. Comment avez-vous vécu vos missions d'interprète ? À entendre chaque jour des histoires de guerre alors que le reste du monde voulait oublier ?

Son sourire disparut, remplacé par une expression songeuse, et il croisa les mains entre ses genoux.

— Un interprète essaie de travailler avec un temps de recul. D'une certaine façon, vous n'êtes pas vraiment présent. Vous êtes comme le câble entre deux interphones ; grâce à vous, deux personnes, à chaque extrémité, peuvent s'écouter. Et c'est le principal, en fin de compte. Bref, si les gens prenaient seulement la peine de s'écouter, ils…

Il s'interrompit.

—« Ils » quoi ? murmura Jordan.

Il eut un sourire en coin.

—Ils continueraient probablement à s'entre-tuer.

Clic. Voilà la photo, songea-t-elle. Une bouche mobile exprimant un cynisme amer, cette même bouche qui esquissait un sourire encore teinté d'espoir en dépit de tout ce dont il avait été témoin.

Elle déclara alors :

—Ce n'est pas tellement différent du métier de photographe. Je ne suis pas professionnelle, pas encore. Mais j'éprouve le même sentiment que celui que vous décrivez. En un sens, l'objectif me permet de prendre de la distance avec la scène que je photographie. J'en suis témoin mais exclue.

—Les gens pensent que ça vous rend insensible. Mais c'est faux.

Un jeune garçon qui promenait un épagneul en laisse passa devant eux. Tony tendit une main vers le chien, qui lui lécha gaiement les doigts avant de continuer son chemin.

—En fait, vous êtes la meilleure version d'un interphone, ajouta-t-il.

—Ou d'un objectif.

La tête penchée sur le côté, elle observa Tony. Qui aurait deviné que son charmeur de vendeur pouvait être capable d'une telle profondeur ?

—Vous avez fait la guerre après Pearl Harbor. Puis, au lieu de rentrer chez vous, comme tout le monde, vous avez enchaîné sur ce travail en faveur des réfugiés. Pourquoi ?

Avec l'ombre d'un sourire, il répondit :

—Savez-vous à quoi ressemblait ma guerre ? À rien. Pendant quatre ans, je n'ai jamais tiré un coup de feu sous l'effet de la colère, je n'ai même pas mouillé mes bottes. J'ai passé toute la guerre de tentes en bureaux, à traduire des acronymes pour des grands chefs de diverses armées qui ne parlaient pas la même langue.

— Donc, vous êtes resté en Europe pour vous donner une chance d'en faire plus. Alors pourquoi être rentré cette année ? Je n'ai pas l'impression que vous vous soyez lassé de ce travail.

Il prit du temps pour répondre, comme s'il analysait ses propres pensées.

— Je ne m'en lasse jamais, finit-il par dire. Mais j'avais envie de faire… quelque chose de différent. Ian est un justicier, la balance de la justice dans une main, le glaive dans l'autre. Je veux faire plus.

— Comme quoi ? persista-t-elle, ignorant le tapage d'un groupe de ménagères chargées de leurs courses qui passait.

Tony s'ébouriffa les cheveux d'une main.

— Je ne sais pas. Archiver toutes ces histoires, peut-être ? Afin qu'elles ne soient ni oubliées ni perdues. Personne n'aime parler de sa guerre une fois la paix signée. Tous veulent oublier. Mais que se passe-t-il quand ils meurent, emportant tous leurs souvenirs dans la tombe ? Nous avons tout perdu. Et nous ne pouvons pas nous le permettre.

« Vous devriez parler à ma belle-mère, faillit-elle suggérer. *Une autre réfugiée qui ne souhaite qu'une chose, oublier. »* Mais Anneliese en avait sûrement le droit. Parce que, outre la douleur et le deuil, son histoire était aussi une histoire de honte. La honte du lien avec la SS, à laquelle son père avait appartenu. *« Je suis américaine désormais »*, disait-elle toujours d'une voix ferme si on lui posait des questions sur son passé.

Au lieu de cela, elle demanda :

— Vous savez pourquoi je préfère les images aux mots ? Parce qu'il est impossible de les ignorer. La plupart des gens trouvent plus facile d'oublier ce qu'ils lisent que ce qu'ils voient. Ce qui est saisi par l'image est présent, c'est la réalité. C'est ce qui rend la photo à la fois si merveilleuse et si tragique. Photographiez quelqu'un ou quelque chose au bon moment et vous en savez tout. Voilà pourquoi je veux rapporter tout ce que je vois. La beauté, la laideur. Les horreurs, les rêves. Tout, tant que je peux mettre un objectif en face d'eux.

— Et quand avez-vous su ce que vous vouliez ? demanda Tony. Je devine que c'est quand vous avez entendu le déclic de votre petit Kodak pour la première fois.

Jordan sourit.

— Comment savez-vous ?

— La niaque. Vous en avez à la pelle, dit-il en la parcourant du regard. Je n'en ai aucune, alors je la remarque quand je la rencontre chez quelqu'un.

À son tour, Jordan le regarda de la tête aux pieds. Enfin, elle déclara :

— Vous êtes amusant quand vous flirtez, Tony. Mais quand vous êtes sérieux, vous êtes carrément fascinant.

— C'est dommage. Je ne peux pas rester sérieux plus de dix minutes.

— Vous pourriez vous entraîner. Vous tiendriez peut-être un quart d'heure.

— Mon record, c'est douze minutes. Qui va embrasser qui ?

— Qui a dit que nous allions nous embrasser ?

— Vous y pensez. J'y pense, répondit-il, une lueur de malice dans ses yeux. Qui commence ? Ce serait bête de se cogner le nez.

— Pourquoi aurais-je besoin de vous embrasser ? J'ai pris une demi-pellicule de votre bouche pendant que vous parliez. Une fois que j'aurai rogné et filtré l'image, je saurai tout ce qu'il faut savoir sur votre bouche sans vous avoir embrassé une seule fois.

— Mais quelle perte ce serait !

— Le temps dans une chambre noire n'est jamais perdu.

— Cela dépend entièrement de ce que vous y faites.

— J'y travaille. Et ne vous avisez pas de dire que « tout ce travail sans jamais s'amuser fait de Jordan une fille terne ». Je déteste cette phrase. La plupart des gens l'emploient parce qu'ils veulent que je leur fasse plaisir, sans se soucier du mien.

— D'ailleurs, ils se trompent. Le travail ne fait pas de vous une fille terne. Le travail fait de vous une fille absolument fascinante.

Il prit sa main posée sur l'appareil photo et embrassa la pulpe de son index. Le doigt qui pressait le déclic du Leica.

Et elle sentit un déclic en elle.

— Bateaux-cygnes ? finit-il par dire. Ou est-ce que faire de la barque dans un étang est trop ennuyeux pour vous, Jordan McBride ? Je pourrais me laisser convaincre de renoncer à mon salaire.

« *Tu viens de rompre de longues fiançailles*, la réprimandait la voix de la raison. *Tu ne devrais pas te précipiter !* » Mais elle la fit taire et, passant son index dans le cou de la chemise de Tony, elle l'attira vers elle.

— Peut-être y a-t-il une autre forme de paiement.

Un long baiser languide sous le soleil brûlant. Elle posa ses doigts contre sa gorge chaude et, de son pouce, il caressa la ligne de sa pommette. Il l'embrassait avec une lente précision grisante, comme s'il pouvait l'embrasser toute la journée sans jamais se lasser, comme s'il pouvait l'embrasser pendant un an, si c'était ce qu'elle voulait. Pour l'instant, c'était ce qu'elle voulait.

— Êtes-vous attendue quelque part ? finit-il par demander en picorant sa peau de ses lèvres, du menton à l'oreille. Ou pouvons-nous y passer la journée ?

Oh oui, s'il vous plaît ! Elle toussota, baissa les yeux vers sa montre pour se donner une chance de reprendre son souffle. Bon sang, Anneliese devait être en train de faire ses bagages en prévision de son départ pour Concord et New York !

Elle se leva d'un bond.

— J'ai promis d'aider chez moi. Puis je dois descendre dans ma chambre noire. Travailler.

Tony déposa un dernier baiser sous son oreille puis recula.

— Très bien.

Il ne protesta pas, ne lui dit pas que son travail pouvait attendre. Il se contenta d'acquiescer tout en l'enveloppant de son regard d'un noir de jais, résolu.

— À demain, pour la leçon de Ruth. Nous pourrions peut-être aller au cinéma, après ?

— Oui, répondit-elle sans hésitation.

Comme il était agréable de savourer la compagnie d'un homme, son attention, ses baisers, sans sentir le poids des attentes des parents, des voisins. *« Quand vas-tu t'établir, Jordan ? » « Quand vas-tu officialiser, Jordan ? »*

Comme il était agréable de savourer la compagnie d'un homme sans songer une seconde à « officialiser ».

40

Ian

Juillet 1950
Boston

Ian était surpris de voir à quel point il aimait montrer à Ruth comment jouer de son demi-violon. Peut-être parce qu'elle faisait preuve d'une telle avidité, d'un tel besoin désespéré d'absorber tout ce qu'il pouvait lui apprendre. La plupart des fillettes de son âge ne jouaient-elles pas à la poupée plutôt que de supplier de faire des gammes ? Captivée, elle l'écoutait lui enseigner la position des doigts, la manière de se tenir, les bases.

— Accorde toujours ton violon sur le *la*.

Et Ruth joua spontanément un *la* parfait.

— Très bien. Rappelle-toi ce morceau de Saint-Saëns que je jouais. Comment commençait-il ?

Elle fredonna l'introduction en *sol* majeur. Il jeta un coup d'œil à Jordan McBride qui était assise derrière le comptoir du magasin, avec une tasse de thé.

— Mademoiselle McBride, je ne serais pas surpris qu'elle ait l'oreille absolue.

La sœur de Ruth rayonna. Elle était arrivée avec l'enfant à l'instant même où il accrochait son borsalino usé à un porte-parapluie ancien et où Tony tournait la pancarte du côté « Fermé ». Certes, il s'en était un peu voulu d'avoir fait cette proposition alors qu'il était déjà si occupé. Mais devant le regard plein de ferveur dont l'enfant avait enveloppé le violon et celui étincelant de bonheur de Jordan McBride, il avait senti fondre ses réticences. Avec un sourire en coin, il lui avait dit :

— Prends ton instrument et, pour l'amour du ciel, ne le fais pas tomber. Détruire un Mayr, même une réplique, serait un crime contre l'art.

Jordan s'était affairée à servir le thé dans des tasses en Minton. Penché sur le comptoir, Tony ne perdait pas une miette de ses préparatifs.

Puis, après que son élève eut joué en tremblant un peu ses premières gammes, Ian déclara :

— Ça suffit pour aujourd'hui.

— Encore, s'il vous plaît, supplia l'enfant.

Mais Jordan, une main tendue par-dessus le comptoir, lui prit le violon.

— Tu nous ferais passer toute la nuit ici, poussin. Et M. Graham a d'autres obligations. Je te ramènerai demain pour que tu t'entraînes.

Avec un soupir, Ruth regarda l'instrument retrouver sa place derrière la vitrine.

— Qu'est-ce que tu dis à M. Graham maintenant ? lui lança alors Jordan.

Elle fixa Ian sans ciller et demanda :

— Pourrez-vous me donner une autre leçon demain ?

— Ce n'était pas ce que je voulais dire ! rectifia Jordan.

— Quand pouvez-vous me donner une autre leçon, monsieur ? se corrigea Ruth.

Ian éclata de rire.

— Vous n'êtes pas obligé de recommencer, s'empressa d'ajouter Jordan. Je ne veux pas m'imposer.

Il ouvrit la bouche pour saisir l'occasion de se défiler qui lui était offerte. Pourtant, il répondit malgré lui :

— Cela ne me dérange pas. Tu serais d'accord pour jeudi, poussin ?

Les sourires radieux des deux sœurs McBride illuminèrent la pièce comme des soleils. *Bon sang !* songea-t-il. Elles lui étaient tellement sympathiques qu'il regrettait de les avoir rencontrées sous un prétexte quelque peu fallacieux.

— J'espère que je ne suis pas trop directe de vous poser la question, déclara soudain l'aînée avec empressement. Vous étiez en Espagne avec Gerda Taro, monsieur Graham. Vous n'imaginez pas à quel point je l'admire. C'est l'une de mes héroïnes. Comment était-elle ?

— Gerda ? se souvint-il. Ils l'appelaient « *la pequeña rubena* ». Le petit renard roux. C'était une sacrée fanfaronne, dotée d'un sacré courage.

Elle l'écoutait, des étoiles plein les yeux. Derrière elle, Tony lui sourit. Il l'avait déjà prévenu qu'elle avait reconnu son nom, ce qui l'avait autant surpris que la passion de Ruth pour les gammes. Les jeunes femmes ne s'intéressaient-elles pas plutôt aux stars de cinéma qu'aux journalistes ?

— Vous étiez à la Libération de Paris, disait-elle maintenant. Je me rappelle l'une de vos chroniques.

— Oui, j'ai rédigé ma première mouture dans le bar de l'*Hôtel Scribe*, coincé entre une femme qui écrivait un article pour le *New Yorker* – je crois que c'était Janet Flanner – et John, qui semblait avoir la pire gueule de bois de France.

— John ?

— Steinbeck.

Voyant à son expression à quel point elle était impressionnée, il s'empressa d'ajouter :

— Ce n'était pas aussi prestigieux que ça peut le paraître. Juste une pièce remplie de journalistes soignant leurs ampoules et essayant d'envoyer leurs articles à temps pour le bouclage.

L'air émerveillé, elle buvait ses paroles.

— Et après ?

Projeté dans le passé malgré lui, Ian s'appuya au comptoir.

— Nous avons fait une partie de poker sur le plateau du camion qui nous emmenait loin de Paris.

Assailli de questions, il finit par raconter une histoire, puis une autre, en buvant une deuxième tasse de thé.

— Vous racontez ces histoires et j'ai l'impression d'y être ! s'exclama Jordan. Mais Tony dit que vous avez renoncé à écrire.

Il haussa les épaules.

— J'ai vu assez d'horreurs. Je n'ai plus de mots.

Elle semblait malgré tout vouloir lui mettre un stylo entre les doigts. Mais Tony s'interposa :

— Princesse Ruth s'impatiente, dit-il en désignant du menton Ruth qui se dandinait d'un pied sur l'autre. Et nous avons un rendez-vous, McBride.

Jordan débarrassa les tasses à thé et passa dans l'arrière-boutique. Ian en profita pour dire, étonné :

— J'avais cru comprendre qu'elle ne savait rien d'utile sur Kolb.

— Ce n'est pas pour le travail, précisa son associé. Nina surveille Kolb jusqu'à l'aube et il est trop tard pour passer des coups de fil. Je ne peux donc absolument rien faire de plus concernant la Chasseresse. Alors j'emmène une jolie fille au cinéma.

— Si tu veux inviter une jolie fille, ne serait-il pas moins compliqué d'en choisir une qui ne soit pas impliquée dans notre affaire ? demanda Ian d'un ton suave. Une à qui tu ne serais pas obligé de raconter des bobards ?

— Elle me plaît, c'est tout.

Tony hésita, l'air pensif, ce qui ne lui ressemblait pas.

— Elle a des ambitions, de grandes ambitions. Elle me pousse à voir plus grand aussi. Pas juste à te servir de sbire.

Ian essaya de résister à une envie de sarcasme, en vain. L'air impassible, il demanda :

— Le fait que tu sois en train de tomber amoureux d'un témoin t'a-t-il complètement échappé ?

Avec un regard mauvais, son collègue rétorqua :

— Ce n'est pas comme toi qui rêves à notre meurtrière soviétique.

— C'est une idée absurde, que tu peux oublier.

— Jordan me fait rire, c'est tout. Je la fais rire. Nous prenons tous les deux un peu de bon temps. Où est le mal ?

— Pour commencer, crois-tu qu'elle aura envie de rire quand elle apprendra ce que ton invitation à sortir avec toi dissimulait ? Je ne sais peut-être pas tout sur les femmes mais je sais qu'elles n'aiment pas être leurrées.

Jordan ressortit de l'arrière-boutique, les interrompant :

— J'espère que ça ne te dérange pas d'emmener Ruth au cinéma, Tony ? Ma belle-mère est en déplacement.

— J'ai les moyens de payer trois billets.

Il sourit à la grande blonde dans sa robe d'été jaune, elle lui sourit en retour, et Ian sentit le courant qui passait entre eux. C'était flagrant.

Il y a quelque chose d'étrange dans cette traque. Elle nous chamboule tous. Il rentra, avec un sentiment de malaise, pour prendre la relève de Nina et surveiller Kolb. Puis attaquer leur liste de coups de téléphone. Et, l'après-midi suivant, quand Tony rentra de son travail au magasin d'antiquités, le malaise était oublié.

— Bravo ! déclara Ian à son équipe. Nous avons démêlé notre première piste.

Debout autour de la table, ils regardaient la liste.

— Sept de ces adresses sont des fausses, reprit-il. Sans suivre aucune logique, elles sont mélangées aux vraies. Mais les

Antiquités Riley à Pittsburgh, *Huth et Fils* à Woonsocket, Rhode Island…

Il poursuivit son énumération.

— Aucune n'est vraie.

— Qu'obtiens-tu quand tu composes leurs numéros ?

— Ce sont toutes des résidences privées.

Une fois, une femme avait répondu, d'autres fois, un homme, dans certains cas la voix aiguë d'un enfant. Mais tous avaient été aussi perplexes quand il s'était enquis de l'affaire citée sur la liste.

— En outre, j'ai entendu au moins trois accents allemands. Et quand j'ai demandé à l'opératrice de me trouver le numéro de la société, elle m'a répondu qu'il n'y avait pas de *Huth & Fils* à Woonsocket, Rhode Island, ni nulle part ailleurs à Rhode Island. Idem pour les autres. Ces affaires n'existent pas.

Ian sentait son cœur battre plus vite. Finalement, le fastidieux travail juridique débouchait sur une piste.

Tony se mordillait l'ongle d'un pouce.

— As-tu eu l'impression que l'un de tes interlocuteurs se méfiait ?

— Certains semblaient nerveux. L'un d'entre eux m'a raccroché au nez. La plupart du temps, je disais que j'avais composé un faux numéro et raccrochais sur-le-champ.

Nina n'avait pas prononcé une parole. Mais ses yeux étincelaient. Et quand Ian regarda ses collègues tour à tour, il sentit qu'ils partageaient sa frénésie.

Sept adresses. La *Jägerin* pouvait habiter à l'une d'entre elles.

— Voiture ou train ? demanda Ian. Nous avons quelques jours de voyage devant nous.

— Nom d'un chien !

Ian survola du regard la multitude de panneaux inconnus et s'arrêta dans un crissement de freins. Tony avait pris le train pour le Queens pour aller voir un cousin et il était revenu avec une Ford rouillée empruntée.

— Passe-moi cette carte, Nina !

Elle la froissa, tout en mordant de ses dents blanches et pointues la peau d'une betterave. Elle mangeait les betteraves crues comme d'autres les pommes. Il espérait qu'ils n'allaient pas être arrêtés par un policier s'interrogeant sur sa tendance à dévier vers la gauche de la route, à l'anglaise. Parce que la femme à côté de lui ressemblait à une petite cannibale blonde, avec ses dents tachées de rouge.

— Tu tiens la carte à l'envers, camarade. Tu fais une sacrée copilote.

— Je guide dans des ciels remplis d'étoiles, pas dans des endroits appelés Woonsocket, répliqua-t-elle avec humeur.

— Je ne monterai jamais en avion avec toi, alors merci de commencer à apprendre à guider en deux dimensions plutôt que trois.

— *Mat tvoyu cherez sem'vorot s prisvistom.*

— Laisse ma mère en dehors de ça.

Le trajet entre Boston et leur première cible avait pris deux heures. Ils avaient laissé à Tony la filature de Kolb. Nina avait passé presque tout son temps à lui raconter la façon dont elle avait rallié la Pologne en avion pour fuir le mandat d'arrêt qui l'attendait en Union soviétique. Puis sa rencontre avec Sebastian. Les cartes routières américaines étaient peut-être un mystère mais il commençait à comprendre comment se guider à travers le champ de mines qu'était sa femme : n'importe quelle question sur le lac Rusalka ou la *Jägerin*, n'importe quelle démonstration de tendresse, la plongeait dans un silence exaspéré ou la faisait purement et simplement exploser. Mais elle était contente de lui parler de Seb. Et il enregistrait toutes ses histoires pleines d'affection comme des trésors. De nouveaux souvenirs de son petit frère, chacun d'entre eux inestimable… Mais, maintenant, le moment était venu de se mettre au travail.

La Ford cahota dans une banlieue paisible où des bicyclettes jonchaient les allées séparant des pelouses verdoyantes. Le numéro 12 était une petite maison jaune avec un modeste jardin entretenu avec amour. Ce n'était certainement pas un magasin d'antiquités portant pour nom *Huth & Fils*. Devant cette évidence flagrante, Ian sentit son pouls s'accélérer. Ceux qui habitaient ici n'étaient pas ceux qu'ils prétendaient être.

Nina, qui vibrait d'impatience, s'était tue aussi. Il passa devant le numéro 12, se gara au coin de la rue, et ils descendirent de voiture. Sa femme avait repris le chemisier à col haut digne et respectable du jour où ils avaient interrogé Kolb, et un chapeau d'été à larges bords lui ombrageait le visage. Elle glissa son bras sous le sien et ils remontèrent la rue d'un pas tranquille, comme s'ils étaient chez eux. Ainsi qu'ils l'avaient décidé au préalable, elle le lâcha et continua à marcher, tandis qu'il se tournait, comme pris d'une impulsion, devant le porche du numéro 12.

Si personne n'avait répondu, ils seraient retournés attendre dans la voiture. Mais la porte s'ouvrit sur un homme d'une cinquantaine d'années, trapu, une raie au milieu de ses cheveux coupés avec une précision toute prussienne.

Ian retira son borsalino avec un sourire contrit.

— Bonjour, dit-il de son accent de pension britannique le plus raffiné. Je suis vraiment désolé de vous déranger mais ma femme et moi envisageons de déménager dans le quartier.

Il salua Nina d'un signe de la main. Debout devant la maison voisine, elle avait le nez dans la carte, comme si elle était myope. Si, par hasard, la *Jägerin* venait ouvrir, il était important de la tenir à distance. Cette dernière pouvait avoir un souvenir aussi clair de son visage que Nina du sien.

Elle lui répondit d'un signe distrait, dissimulant adroitement ses traits derrière la carte et derrière les larges bords de son grand chapeau, mais sans donner l'impression qu'elle essayait de se cacher. Bon sang, elle était douée pour ça, se dit Ian non sans admiration.

— Nous pensions à une maison à une rue d'ici. Je m'appelle Graham.

Il lui tendit la main droite, comptant comme toujours sur deux facteurs : que la plupart des gens étaient incapables de refuser une poignée de main. Et qu'un accent britannique snob faisait naître une confiance instinctive. Comme presque toujours, cela fonctionna. Sans hésitation, son interlocuteur lui serra fermement la main.

— Vernon Waggoner. Ma femme et moi habitons ici depuis un an.

Il était bien allemand. L'accent indéniable, les W prononcés comme des V, les V comme des F. Ian se lança dans une conversation agréable mais anodine, se renseigna sur l'amabilité des voisins, les écoles pour les filles qu'il n'avait pas. M. Waggoner avait-il des enfants ? Non, il vivait seul avec sa femme. Waggoner restait poli mais formel.

— Est-ce que votre femme se plaît dans le quartier ? demanda-t-il alors. La mienne a très envie de se faire des amis ici.

Il était tout à fait possible que la *Jägerin* se soit établie avec un nouveau mari. Ses possibilités de travail auraient pu être limitées en tant que réfugiée. Mais même s'il voulait voir l'occupante de cette maison, il ne pouvait pas faire durer la conversation sous le porche éternellement.

— Vernon ?

Une autre voix arriva du vestibule et une femme apparut, se séchant les mains à un torchon.

— Nous avons de la visite ?

Son accent allemand était beaucoup plus fort que celui de son mari. Ian la dévisagea et lui présenta ses excuses pour son intrusion. Très dodue, blonde, les yeux bleus. Elle devait avoir probablement le même âge que la *Jägerin*. Il était très possible que la jeune femme de la photo ait grossi et se soit teint les cheveux. Tout en lui serrant la main, il l'attira dehors, sur le perron, de façon que Nina puisse la voir au mieux. Son cœur battait à coups redoublés.

Mais elle rangea le journal sous son bras et traversa la pelouse pour monter les marches, sa main gantée tendue. Il sentit ses espoirs s'effondrer. En restant à distance, elle lui aurait signalé : « Oui, c'est elle. »

— Venez-vous d'Autriche ou d'Allemagne, madame Waggoner ? demanda-t-il alors, dissimulant sa déception. Jeune, j'ai passé quelques années à Vienne, j'en ai un très bon souvenir.

— Je viens de Weimar, répondit Mme Waggoner, son sourire indiquant son soulagement que son accent allemand n'ait pas provoqué un regard mauvais.

— J'avais une bonne amie de Weimar, en fait… Est-ce que le nom Lorelei Vogt vous dit quelque chose ?

Tous deux le dévisagèrent d'un regard vide, sans la moindre réaction. Il est vrai que cela aurait été un miracle. Même s'ils l'avaient rencontrée, qui savait sous quel nom ?

— Je ne veux pas vous déranger plus longtemps, dit-il alors en prenant le bras de Nina, qui murmura quelque politesse inaudible. Vous avez été tout à fait aimables.

— Je vous en prie, dit Waggoner.

Il se montrait suffisamment jovial, mais il n'avait pas échappé à Ian que, dans ce pays de l'amitié expansive, il ne les avait pas invités à entrer. Debout sur son seuil, il souriait d'un sourire plaisant, ses yeux ne trahissant rien. *Je me demande qui tu étais avant de devenir Vernon Waggoner de Woonsocket, Rhode Island.*

— Encore merci, dit Ian.

Il redescendit les marches du perron, la main de Nina agrippant son coude d'une poigne de fer.

— Pas elle, murmura-t-elle.

— Je sais.

Ils tournèrent au coin de la rue, disparaissant à la vue du couple. En lui ouvrant la portière côté passager, il déclara :

— Mais c'était quelqu'un. Je pense qu'il cache des choses et que ça le rend nerveux. Assez pour payer Kolb afin de lui procurer un nouveau nom.

Il referma la portière et contourna la voiture pour s'installer au volant.

— Un fonctionnaire des camps ? reprit-il alors. Un garde de la Gestapo ? L'un de ces médecins nazis qui supprimaient les handicapés pour assainir la race supérieure ?

Il entendit sa voix monter et il s'interrompit. Il avait tellement voulu que ce soit Lorelei Vogt. Que cette porte s'ouvrît sur la femme qui avait tué son frère.

— Nous reviendrons pour ce *mudak* une autre fois, dit Nina en retirant ses chaussures à talon. Nous savons où il est, à quoi il ressemble. Plus tard, après la *Jägerin*, nous le prendrons. Quel qu'il soit.

— C'est un foutu nazi ! Mais pas celui que nous cherchons.

C'est en frappant le volant que Ian se rendit compte qu'il avait le poing fermé.

— Sept noms sur la liste, fit-elle alors remarquer. Encore six chances.

Quand il fléchit ses doigts douloureux, elle répéta le même geste qu'au *diner*. Elle accrocha son index au sien. Loin d'être un geste de réconfort, c'était un rappel. Une promesse que les chasseurs devaient encore abattre leur cible. Ian baissa les yeux sur son doigt enchaîné au sien, avant de les plonger dans ses iris azur, aussi calmes qu'une mer étale. Nina Markova, une femme ouragan, qui, sous un tempérament plein de fougue, dissimulait une profonde quiétude.

Il avait pour la première fois senti cette sérénité quand il s'était aperçu qu'ils pouvaient être assis face à face à une table, en parfaite harmonie, sans avoir besoin de se parler. Et il se sentait de nouveau serein à cet instant précis, en dépit de la frustration de la traque. Il pressa son doigt, elle lui rendit sa pression. Puis, se retirant et s'affairant de nouveau, elle prit les cartes.

Je suis en train de tomber amoureux de ma femme, songea-t-il. *Va au diable, Tony !*

Se faisant violence, il relégua cette révélation à plus tard. Ils avaient du travail.

— Donne-moi cette liste, camarade. Six adresses de plus, six chances de plus.

Mais ils ne trouvèrent Lorelei Vogt ni à l'adresse dans le Maine, ni à celle de New York, ni à celle du Connecticut, ni à celle du New Hampshire. À ce stade, au bout de deux semaines de vaines recherches, après avoir épuisé jusqu'à leur dernier cent ou presque, maudissant le sort, Ian et Nina durent rebrousser chemin en direction de Boston.

41

Nina

Septembre 1944
À l'ouest de la Pologne

Quand Nina ne prenait pas garde, elle perdait toute notion du temps. Elle ne sut donc pas exactement s'il s'était écoulé dix jours ou deux semaines quand elle vit son premier Allemand.

Elle venait de passer plusieurs jours angoissants. Les arbres s'étant clairsemés, elle avait dû avancer à découvert dans la campagne, prenant bien soin d'éviter tous les panneaux indiquant des villes. Elle avait pillé les potagers de maisons isolées, s'emparant de leurs carottes et de leurs navets pour accompagner la viande rôtie des animaux qu'elle parvenait à prendre au collet. Après avoir envisagé de frapper discrètement à l'une de ces portes pour essayer de troquer du gibier contre du pain, elle avait pris conscience de son apparence dans sa combinaison crasseuse, avec ses ongles cassés souillés de sang séché. Le premier réflexe d'une ménagère polonaise en la voyant sur le seuil de sa porte aurait été de pousser un hurlement. Et qui pourrait arriver en courant ? Un robuste fermier armé d'une fourche ? Un soldat allemand ? Aussi fut-elle soulagée de retrouver la protection des arbres quand les champs cultivés laissèrent de nouveau place à la forêt. Elle devait s'astreindre à éviter les gens. Or, bien entendu, ce jour-là, elle tomba sur cinq hommes.

Elle était en train de se frayer un chemin sur un talus couvert de ronces quand un cri aigu la figea. Ce n'était pas celui d'un animal pris entre les crocs d'un prédateur. Ce son venait d'une gorge humaine.

Un autre cri fut suivi d'une série de vociférations. Puis une voix masculine, jeune, s'éleva, paniquée et distincte : « *Nicht schiessen, nicht schiessen.* »

« Ne tirez pas. » Même Nina connaissait ces mots d'allemand. Si vous ne parveniez pas à regagner les lignes alliées ou à vous suicider avant d'être capturé, vous leviez les mains en l'air et vous disiez : « *Nicht schiessen.* » Une supplication bien vaine quand on connaissait le sort que les Allemands réservaient aux prisonniers.

À la seconde même où elle avait entendu des voix humaines, elle avait battu en retraite. Mais maintenant qu'elle savait que, quelque part devant elle, elle allait tomber sur un Allemand armé d'un fusil, elle s'élança tout droit. *Avec toutes les missions que j'ai effectuées, toutes les bombes que j'ai lâchées, je n'ai jamais vu un Allemand en face.* Tous étaient restés anonymes : les pilotes sans visage dans le cockpit des Messerschmitt, les doigts invisibles qui tiraient les balles traçantes dans le ciel.

Elle entendit soudain un coup de fusil. Un cri. Le bruit sourd d'un corps qui frappait le sol. Après avoir sorti son rasoir de son sac à dos, elle le tint d'une main, prit son revolver de l'autre et accéléra le pas. Comme elle se maudissait d'avoir gâché ses balles pendant ses rêves délirants. Elle s'arrêta derrière un bosquet en lisière d'une clairière et, retenant son souffle, regarda à travers les branches. Elle aperçut quatre hommes, debout. Un cinquième était allongé à terre, ses bras maigres en croix, une balle entre les deux yeux. Derrière lui, les mains levées, ses deux compagnons pétrifiés, squelettiques, dans des uniformes qu'elle ne reconnut pas.

Deux Allemands en uniforme, les cheveux bien coupés, les tenaient en respect. Le plus proche d'elle braquait encore son arme sur le cadavre. L'autre visait les deux prisonniers de la sienne. Tout le monde criait, en allemand et dans une autre langue qui lui était inconnue. Le plus jeune des deux prisonniers, un brun, essayait de plaider. L'autre, un blond filasse, semblait vouloir se battre, les Boches lui hurlant manifestement de reculer. La cacophonie était telle que personne ne l'entendit émerger des sous-bois.

Comme mue par un instinct impitoyable, elle s'élança droit sur l'Allemand qui avait tiré sur l'homme à terre. Alerté par les yeux écarquillés de surprise du plus jeune des deux prisonniers, le soldat pivota sur ses talons et elle entrevit son visage en un éclair. Jeune et brun, sa gorge replète émergeait de son col. Il recula en braquant son arme. Trop tard. Déjà, elle bondissait sur lui comme un loup sur sa proie. Comme si, à lui seul, l'Allemand cristallisait tous les Hitlériens que les Sorcières de la Nuit avaient affrontés : l'avion de combat de nuit qui avait abattu huit de ses *sestry* en plein vol, le pilote de Messerschmitt qui avait poursuivi la Roussalka, transformant ses ailes en passoires. Ce nazi, sa croix gammée attachée à son bras comme une araignée, allait payer pour tous. Elle sentit un hurlement monter de sa gorge et, brandissant son rasoir, lui trancha la joue jusqu'à l'os. Le sang gicla dans un jet cramoisi. Le soldat poussa un cri. Et l'autre Allemand bondit. Le prisonnier blond s'était jeté sur lui pour prendre son arme. Un coup de feu retentit. Mais Nina n'apercevait que des mouvements confus derrière sa victime. Qui tomba, s'étalant par terre. Elle s'acharna sur lui. Et ne releva la tête que lorsqu'elle l'eut réduit à une masse pulpeuse, sur les aiguilles de sapin. Un silence opaque s'était fait.

Lentement, elle cligna des yeux. Sa gorge était douloureuse. Le deuxième Allemand était mort aussi. Le prisonnier blond avait son pistolet à la main. Le brun agrippait son mollet de ses paumes. Devant leurs regards ahuris, elle se rendit compte que le rasoir dégoulinant de sang se balançait toujours à sa main engourdie. Quand elle voulut l'essuyer à sa manche, elle vit que sa combinaison était trempée de sang. Se penchant, elle fouilla le cadavre de l'Allemand, sur lequel elle trouva un mouchoir d'une propreté stupéfiante. Après avoir nettoyé son rasoir et son visage, elle le laissa choir, comme un drapeau cramoisi, sur les ruines de sa gorge, et sentit son âme, qui semblait l'avoir quittée pour des rivages inconnus, regagner son corps.

—Lieutenant N.B. Markova du 46e Régiment d'aviation de bombardiers de nuit des gardes « Taman », se présenta-t-elle d'une voix distante. Héroïne de l'Union soviétique, décorée de l'Ordre du Drapeau rouge et de l'Ordre de l'Étoile rouge.

Les deux hommes la dévisageaient, comme abasourdis, et sa réserve fut submergée par une vague de désespoir. Qui savait s'ils étaient anglais, français, hollandais, américains. Ils ne la comprenaient pas. Elle aurait pu aussi bien être en train de converser avec des rochers dans cette clairière souillée de sang. Soudain triste, elle se demanda si elle reparlerait un jour à un être humain. Si elle allait mourir la prochaine fois qu'elle rencontrerait un Allemand, et que sa dernière conversation serait celle de cette horrible nuit, sur une piste d'aérodrome boueuse où Yelena lui avait brisé le cœur.

Le plus jeune des prisonniers s'avança alors en boitant, se tenant toujours le mollet. Brun, aussi maigre qu'un clou, son long visage grave, il déclara :

—Artilleur Sebastian Graham, 6e Bataillon du régiment royal West Kent, échappé du Stalag XXI-D de Posen, se présenta-t-il dans un russe lent mais clair. Hum... Enchanté de vous rencontrer. Bill, Sam et moi nous sommes échappés ce matin. Nous avions été envoyés réparer une route. Nous avons décampé droit sous les arbres. Nous avons tourné en rond pendant des heures à la recherche d'une voie ferrée, pour pouvoir sauter dans un wagon. Ces abrutis ont fini par retrouver notre trace. On a eu de la chance, Bill et moi, de tomber sur vous, ajouta Sebastian Graham en secouant la tête.

Bill – William Digby, dont elle n'avait compris ni le nom de régiment ni le grade –, grommela quelque chose en anglais. Elle aurait parié qu'il avait dit : « Sam a eu moins de chance. »

Ils ne s'étaient pas attardés dans la clairière théâtre du carnage. À l'aide de haillons, Sebastian avait fait un garrot autour de sa blessure due au coup de feu du deuxième Allemand. Pendant ce temps, Nina, aidée de l'Anglais aux cheveux blond filasse, avait dépouillé les deux morts de leurs vêtements, de leurs armes, de tout ce qui pouvait leur être utile.

Puis ils s'étaient mis en route, Sebastian en boitillant, le bras autour des épaules de Bill. Traînant le sac surchargé, Nina les avait guidés jusqu'à la clairière tranquille, baignée d'un ruisseau, qu'elle avait repérée plus tôt dans la matinée. Essoufflés, ils s'étaient affalés au bord de l'eau et avaient étanché leur soif.

Puis, tandis que Bill dévorait une barre de chocolat trouvée sur l'un des Allemands et que Sebastian examinait sa blessure, Nina entreprit de fouiller leur butin. Ce matin, elle était seule. Maintenant, ils étaient trois. Elle en avait presque le vertige.

— Où sommes-nous ? demanda-t-elle. En Pologne ou…

Elle voulait tellement savoir. Après avoir navigué pendant des années en se basant sur des cartes et des coordonnées, n'avoir que sa boussole pour se diriger dans ce monde d'arbres et de panneaux polonais la rendait folle.

— Nous sommes juste à l'extérieur de Posen. Le nom que les Boches ont donné à Poznań. Fort Rauch dans le Stalag XXI-D. À moins de trois cents kilomètres de Berlin.

Sebastian Graham se pencha vers elle avec enthousiasme. Sa jambe devait le faire souffrir mais l'ivresse de la liberté semblait anesthésier la douleur.

— Est-ce que l'armée rouge approche ? s'enquit-il. Nous avions une radio au camp qui nous permettait d'avoir les nouvelles du front de l'Est. Mais s'il y a une division qui progresse plus près que nous pensions…

— Non, je suis seule.

Songeuse, elle regarda la pile constituée par le magot allemand : des boîtes d'allumettes, des canifs, des munitions. Que pouvait-elle dévoiler de la façon dont elle était arrivée ici ?

Elle opta pour une explication simple et finit par dire :

— J'ai dévié de mon cap et je me suis écrasée. J'ai dû abandonner mon avion.

Sebastian regarda sa jambe ensanglantée.

— Eh bien, je peux tirer un trait sur mon rêve d'être transporté dans une tente d'hôpital soviétique et de recevoir un litre de vodka.

— Et tu peux t'en féliciter, dit Nina. Les médecins soviétiques te donneraient la vodka mais, ensuite, ils te couperaient la jambe.

Elle avait la voix rauque. Rauque d'avoir hurlé quand elle s'était jetée sur l'Allemand, rauque de n'avoir pas parlé à âme qui vive depuis des semaines. Jamais elle ne se serait doutée de combien elle était avide de dialoguer avec quelqu'un avant que ce jeune Anglais, curieusement bilingue, ne lui tombe du ciel.

— Comment va cette jambe ? s'enquit-elle alors.

Elle fit mine de vouloir l'examiner. Mais Bill la foudroya du regard et, d'un geste, lui fit signe de reculer. Puis il s'agenouilla devant le pied de Sebastian.

— Ton ami ne m'aime pas, fit-elle remarquer.

Une fois les deux Allemands éliminés, il avait passé un moment accroupi à côté du cadavre de Sam, ne se relevant que lorsqu'il avait été décidé après une querelle qu'ils n'avaient pas le temps de creuser une tombe. Elle devinait qu'il lui en voulait de n'avoir pas bondi des sous-bois avec son rasoir quelques secondes plus tôt. Elle lui rendit son regard mauvais. *Je vous ai sauvés tous les deux. J'aurais pu passer mon chemin et vous laisser vous faire abattre tous ensemble.*

Semblant deviner ses pensées, Sebastian déclara :

— Ne lui en veuillez pas trop. Notre groupe était partagé entre ceux qui espéraient voir Oncle Joe descendre de la colline pour libérer les camps et ceux qui estimaient qu'Oncle Joe et ses troupes étaient des barbares.

Sincèrement amusée, Nina sourit.

— Nous sommes des barbares. C'est pour ça que nous sommes en train de battre les Boches.

Sebastian lui sourit en retour. Il ne lui paraissait pas avoir plus de seize ou dix-sept ans. Rachitique, le visage mangé par d'immenses yeux, les joues couvertes d'un duvet. Les Anglais envoyaient des bébés au front désormais. Son russe était lent, parsemé d'un étrange argot anglais qu'elle ne comprenait pas. Mais son accent était étonnamment bon.

— Où as-tu appris le russe ?

— Avant d'arriver dans ce stalag à Posen, ils m'ont mis dans un autre camp. L'enceinte voisine était occupée par des prisonniers soviétiques. J'y suis resté un bon moment. Et quand on est enfermé, à part jouer aux cartes et écouter son estomac gargouiller, les occupations sont rares. Alors pourquoi ne pas payer Piotr Ivanovich de Kiev en cigarettes s'il vous apprend sa langue ? J'ai toujours eu une bonne oreille pour les langues.

— Qu'est-il arrivé à Piotr Ivanovich ?

La grimace de Sebastian n'était pas due à l'eau que Bill versait sur sa blessure.

— Il a été pendu pour avoir volé. Ils ont laissé son corps se décomposer. Ils font toujours ça avec les Soviétiques. Certes, ce n'est pas un cadeau de tomber entre les mains des Allemands quand on est un Rosbeef ! Mais c'est toujours mieux que pour vous, les Russes. Pauvres diables.

— Au 46e, nous avions toutes juré que nous nous mettrions une balle dans le crâne avant d'être faites prisonnières, expliqua-t-elle.

Elle regarda sa blessure. La balle avait traversé le mollet. Avec ce type de blessure, il n'y avait pas grand-chose d'autre à faire que la nettoyer, la panser et espérer qu'elle ne s'infecterait pas. Bill était déjà en train de déchirer le maillot de corps d'un des Allemands pour en faire des bandages. Il commença à en enrouler un autour de la jambe de Sebastian, qui pâlit. Quand elle voulut l'aider, encore une fois, il la repoussa en maugréant.

— Que dit-il ? demanda-t-elle.

— Il veut pas croire que vous êtes pilote. Il dit que même les Rouges ne sont pas assez bêtes pour mettre des femmes dans des bombardiers.

Elle haussa les sourcils, retira sa botte droite, plongea la main dans le talon et en tira ses cartes d'identité et ses insignes.

— Dis-lui que s'il doute de moi, je peux lui trancher la gorge de mon étoile rouge.

Sebastian ne traduisit pas. Bill prit la carte de Nina de mauvaise grâce puis la jeta au sol. Sebastian la ramassa et la lui rendit, en un geste plus formel.

— Mon ami n'est pas disposé à vous présenter des excuses, car il n'aime pas avoir tort. Mais je vous en présente pour lui. Nous devons la vie à votre intervention, lieutenant Markova, et je peux vous assurer de notre gratitude la plus sincère.

Elle faillit éclater de rire. Décidément, les Anglais étaient une race à part. Combien d'entre eux étaient parvenus à survivre à cette guerre en se prenant les pieds dans toutes leurs bonnes manières ?

— J'aurais tranché cette gorge allemande qu'il s'agisse de vous sauver ou pas. Mais je vous en prie.

L'air surpris, Sebastian se retourna et se remit à discuter en anglais avec son compagnon.

— Bill et moi allons camper ici cette nuit, finit-il par expliquer. Voulez-vous vous joindre à nous ou préférez-vous reprendre votre route vers l'est aussi rapidement que possible ?

Bien entendu, il pensait que son but était de rejoindre son régiment. Décidant de différer leur séparation, elle répondit :

— Je vais rester ce soir.

Elle répugnait à quitter la seule personne dans cette nature sauvage avec qui elle pouvait avoir une conversation.

Quelques heures plus tard, elle se félicita d'être restée. Les deux Anglais étaient des incapables. Si elle ne leur avait pas expliqué comment faire d'un filet de fumée vacillant une flamme, ils auraient utilisé jusqu'à leur dernière allumette pour démarrer un feu. Ils la regardèrent d'un air perplexe quand elle leur montra comment mâcher des écorces de bouleau pour subsister. Et quand elle revint en traînant une jeune biche maigre qu'elle avait abattue avec l'un des pistolets allemands, avant de lui ouvrir le ventre pour en sortir ses entrailles, Sebastian sembla vraiment écœuré.

— Tu la vides et tu enterres les entrailles, expliqua-t-elle en extrayant les boyaux visqueux. Puis tu dépèces la viande utilisable. Tu n'as jamais chassé ?

— Bill vient de Cheapside, expliqua-t-il. Et je suis allé à Harrow.

— Où c'est ?

— Ça n'a pas d'importance, dit-il en regardant le tas de viscères. Depuis quatre ans, je ne pense qu'à manger et, tout à coup, je n'ai plus faim.

Assise sur ses talons, elle se mit à nettoyer le rasoir.

— Attends de sentir l'odeur quand ça cuira. Tu as été prisonnier pendant quatre ans ? Tu avais quel âge quand tu t'es enrôlé ? Douze ans ?

— Dix-sept, protesta-t-il. Quelques mois plus tard, mon unité s'est fait attaquer à la sortie de Doullens.

— Vous vous êtes rendus ? ne put-elle s'empêcher de demander.

Elle se rappelait le « Plus un pas en arrière » du camarade Staline et les rumeurs sur les hommes qui étaient abattus par leurs propres officiers s'ils faisaient mine de reculer. Dans l'armée rouge, se rendre n'était même pas envisageable.

Malgré les quatre années écoulées, une lueur de honte passa dans le regard de Sebastian.

— Ce n'était pas du tout ma décision, répondit-il d'un air pincé. J'étais juste un artilleur. Nous étions censés mener un combat d'arrière-garde, empêcher les Boches de prendre la route Doullens-Arras, et nous n'avions qu'un fusil et cinquante balles par homme et seulement dix-huit fusils-mitrailleurs Bren. On ne peut plus faire grand-chose une fois que les munitions sont épuisées et que les chars avancent sur vous.

Il regarda les hauts arbres sombres que le crépuscule commençait à obscurcir.

— Quatre ans derrière les fils de fer barbelés... et maintenant, je suis dehors.

Son visage anguleux exprimait un émerveillement attendrissant et, malgré elle, elle sentit son cœur se serrer. Quatre années enfermé, à croupir dans la peur, la fébrilité, la faim, et il était encore capable de s'émerveiller. Elle n'arrivait pas à décider si c'était stupide ou admirable.

La nuit tombée, Nina fit cuire le dîner. Les deux Anglais sursautaient à chaque bruit dans les fourrés. Et Bill persistait à se hérisser chaque fois qu'elle lui donnait un ordre. Amusée, elle comprit que les soldats anglais n'avaient pas l'habitude des femmes lieutenants. Mais quand il la croyait occupée, il la regardait fixement. Sebastian faisait de même.

Lorsqu'elle surprit l'un de ses coups d'œil incrédules, le jeune homme s'empressa de s'excuser :

— Je suis désolé. Nous ne voulons pas être impolis. Mais vous n'imaginez pas à quel point il est étrange de voir un visage de femme après quarante-huit mois à n'avoir vu que des hommes.

Elle arrêta de faire rôtir les morceaux de gibier à la broche.

— Vais-je avoir des problèmes avec l'un de vous deux ?

Elle vit les épaules de Sebastian tressauter. D'abord inquiète, Nina comprit qu'il riait tellement qu'il en tremblait.

— Lieutenant Markova, dit-il entre deux accès d'hilarité, j'ai été élevé en gentleman. Certes, pour mon père, un gentleman doit faire preuve de galanterie à l'égard des femmes tout en considérant qu'elles ne sont pas bonnes à grand-chose. Mais, pour mon frère, non content de se montrer galant, un gentleman doit aussi accorder de l'importance à une opinion féminine et ne jamais se permettre un geste déplacé. Et même si je n'étais pas un gentleman, je ne suis pas totalement idiot. Seul un imbécile imposerait quoi que ce soit à une femme qu'il a vue pour la première fois surgir d'une forêt pour mettre un homme armé en pièces avec un rasoir.

Il partit d'un rire contagieux. Et Nina ne put s'empêcher de sourire.

Ils dévorèrent alors des morceaux de biche carbonisés à l'extérieur et à moitié crus à l'intérieur, la graisse coulant sur leurs mentons.

— Je me fiche de me faire prendre et renvoyer au stalag, déclara Sebastian d'une voix pâteuse, en rongeant un morceau de cartilage. C'est meilleur que n'importe quel repas de prisonnier de guerre que j'ai fait en quatre ans. Est-il vrai que Varsovie est en pleine rébellion ?

— Aux dernières nouvelles. C'est vrai que Paris a été libéré ?

Ils échangèrent des nouvelles enthousiastes dans les deux langues. Puis, une fois leur festin terminé, Sebastian essaya de faire le tour du feu en boitant mais ne parvint qu'à effectuer deux pas en titubant.

— Ça chatouille, plaisanta-t-il, pinçant les lèvres de douleur.

Les deux Anglais échangèrent alors un long regard avant de se lancer dans une discussion à voix basse. Nina avait l'impression de comprendre ce qu'ils étaient en train de décider. Elle se leva pour aller voir si sa combinaison était sèche. Après l'avoir rincée tant bien que mal du sang allemand, elle l'avait accrochée à une branche à proximité. Après l'avoir enfilée sur son pantalon et sa chemise, elle regagna leur feu de camp et vit Bill affairé à fouiller le butin des soldats morts.

— Il te laisse, c'est ça ? demanda-t-elle à Sebastian en s'asseyant à côté de lui.

— Je lui ai dit qu'il aurait plus de chances de s'en sortir libre s'il ne devait pas me traîner avec ma patte estropiée. S'il prend l'uniforme du Boche, celui qui n'est pas taché de sang, il peut se diriger vers la gare la plus proche, essayer de bluffer avec une carte d'identité allemande, et partir pour la France.

Il jeta un bâton dans le feu et ajouta :

— J'en ferais autant à sa place.

— Vraiment ?

Elle ne pouvait s'imaginer abandonner une *sestra*.

— N'est-ce pas ce que tout le monde fait en planifiant une évasion ? On se sépare une fois libres, pour égaliser les chances de chacun.

L'Anglais essayait de prendre un ton détaché mais il n'était pas aussi doué pour dissimuler ses émotions qu'il l'était pour atténuer son accent. Ils regardèrent Bill essayer l'uniforme allemand, qui pendouillait sur ses épaules maigres mais ne lui allait pas trop mal. Pour la première fois, le blond sourit avant d'enfiler les bottes ennemies qui brillaient toujours.

— Je lui donne une journée avant d'être repris, déclara Nina.

— Probablement. La plupart des évadés le sont. On se fait remarquer, attraper, et ramener au camp dans les deux jours au plus. Mais certains réussissent. Un type du nom de Wolfe dans mon unité, Allan Wolfe. Il a réussi à son troisième essai. On ne l'a pas revu depuis.

— Parce qu'il est probablement couché dans un fossé.

— Ou il est rentré en Angleterre, aussi libre qu'un oiseau. La chance doit tourner pour certains, dit Sebastian en faisant jouer un bâton dans ses mains fines. Si elle a tourné pour Allan Wolfe, pourquoi pas pour Bill Digby ?

— Il ne devrait pas te quitter, fit remarquer Nina en regardant Bill examiner les cartes d'identité des Allemands.

Après un silence, Sebastian murmura :

— Je n'étais même pas censé participer à cette évasion.

C'était une conversation étrange à avoir à l'insu de son compagnon de captivité. Mais avec la barrière de la langue, ils auraient pu être seuls.

— C'était le plan de Bill et Sam, ils s'étaient battus ensemble, copains de Dunkerque. Les Boches m'avaient ajouté à la dernière minute pour ces réparations de route. Donc, ou ils m'emmenaient, ou ils tiraient un trait sur leur projet. Ils me trouvaient un peu inutile. Ce en quoi ils n'avaient pas tort, je suppose, ajouta-t-il avec un haussement d'épaules. Je me suis fait blesser pendant que Bill tuait l'un des Boches et vous l'autre. En tout cas, je ne suis pas sous la responsabilité de Bill.

Pas maintenant que Bill m'a rencontrée, songea Nina avec une pointe d'aigreur. *Les gens de l'Ouest !* Montrez-leur une femme armée avec une poitrine décorée de médailles et six cent seize missions de bombardement à son actif et quelle sera leur réaction ? *« Formidable, une infirmière ! Largue le blessé avec la femme et prends la route la conscience tranquille parce que, bien entendu, elle s'occupera de lui. »*

Eh bien, le lieutenant N.B. Markova ne s'occupait que d'elle. Elle allait vers l'ouest et n'avait pas le temps de jouer les infirmières.

— Dors un peu, conseilla-t-elle alors à Sebastian Graham.

Elle ignora la respiration irrégulière du blessé de l'autre côté du feu. *L'Ouest.*

Bill partit aux premières lueurs de l'aube. Sebastian lui serra la main et Nina l'aida à s'orienter. Mais quand elle le vit lorgner sa boussole, elle la rangea dans sa chemise. Ils le regardèrent s'éloigner d'un pas lourd à travers les bois, rêvant sans nul doute déjà de l'Angleterre. Son compatriote se tourna alors vers elle avec l'air de vouloir en finir.

— J'imagine que vous voulez rejoindre votre régiment aussi vite que possible, lieutenant, déclara-t-il d'un ton formel. Je ne vous retarderai pas dans votre voyage vers Varsovie. Je suppose que je ne vais pas tarder à être repris. Je serai rentré à temps pour un vrai dîner de soupe de navet en poudre et d'un ersatz de café.

Il se força à sourire.

— Franchement, tout ça en valait la peine, rien que pour se remplir l'estomac de gibier et passer une nuit à la belle étoile.

Il se leva, pencha d'un côté, et essaya de lui cacher que sa blessure était douloureuse.

Putain de ta mère, songea Nina. *Putain !*

— Nina Borisovna, se présenta-t-elle.

— Quoi ?

— Je ne suis pas ton lieutenant, appelle-moi Nina Borisovna. Je vais rester quelque temps avec toi, ajouta-t-elle en le foudroyant du regard.

Elle enfonça ses mains dans ses poches.

— Jusqu'à ce que tu ailles mieux. Après, je pars à l'ouest.

— À l'ouest ? répéta-t-il d'un air perplexe. Pourquoi ne rejoignez-vous pas…

— Je ne peux pas rejoindre mon régiment parce que je me ferais arrêter. Je ne suis pas un déserteur, fulmina-t-elle en voyant la lueur sceptique dans son regard. Et je ne suis pas une lâche non plus. Mon père a critiqué le camarade Staline et toute ma famille a été dénoncée.

Elle voyait qu'il doutait d'elle. N'importe qui l'aurait fait. Pourvu qu'il réagisse comme le lui imposait la prudence, qu'il lui demande de le laisser. Dans ce cas, elle ne se retrouverait pas coincée à soigner un novice avec une jambe blessée alors que son seul désir était de fuir.

Mais après quelques secondes de réflexion, il finit par dire :

— Je vous crois.

Elle réprima son grognement de frustration.

— Pourquoi ?

— Vous avez tué cet Allemand et vous m'avez sauvé la vie, répondit-il simplement. Vous n'êtes pas une lâche. Et si vous ne pouvez pas vous résoudre à abandonner un inconnu comme moi, vous n'auriez pas déserté votre régiment, à moins d'y être obligée.

Elle se permit enfin de bougonner :

— Je n'arrive pas à croire que quelqu'un d'aussi confiant que toi ait réussi à survivre aussi longtemps, l'Anglais.

Il lui sourit.

— Mes amis m'appellent Seb.

42

Jordan

Août 1950
Boston

Comme c'est étrange, se dit Jordan. *Tu pourrais presque prendre une photo de ce groupe sur l'aérodrome et l'appeler « Ex-fiancés : étude d'un moment de gêne. »*

Elle n'avait pas revu Garrett Byrne depuis qu'elle lui avait rendu son diamant et qu'il lui avait dit : *« Merci pour le conseil. Tu peux te le mettre où je pense ! »*

Et maintenant, voilà qu'ils se rencontraient par hasard sur ce petit terrain d'aviation, à la sortie de Boston, où il l'avait emmenée voler pour la première fois. Ce qui n'aurait pas été si terrible si elle avait été seule. Mais elle était accompagnée de Tony qui, une lueur hilare dans le regard, les regardait se débattre avec leurs non-dits.

Pour un homme qui avait passé des années à interpréter des dialogues, il était étonnamment doué pour interpréter les silences.

— Bonjour, le salua-t-elle aussi cordialement que possible. Je ne pensais pas te trouver ici, Garrett.

La combinaison couverte de taches d'huile de son ex était à l'opposé du costume qu'il portait pour travailler avec son père. Et correspondait bien plus à sa véritable personnalité.

— Je travaille ici à plein temps, maintenant. J'aide au hangar et je fais faire des baptêmes de l'air. J'ai acheté une part de l'affaire, expliqua-t-il. J'essaie de la faire prospérer pour, un jour, la racheter à M. Hatterson. Au début, papa n'était pas emballé. Mais il a changé d'avis.

Ainsi, il avait suivi son conseil après tout ? Elle se retint de lui lancer : « Je te l'avais dit ! » Mais il pouvait sans doute le lire dans ses pensées.

— Que fais-tu ici ? demanda-t-il en croisant les bras.

Puis, regardant Tony qui lui enlaçait la taille, il poursuivit :

— Nous nous connaissons, je crois ? Timmy ?

— Tony Rodomovsky. Content de vous revoir, Gary.

— Garrett, Byrne.

— Ah oui !

Jordan se dégagea de Tony. *Les hommes, franchement !*

— Je voulais faire quelques photos des mécaniciens, s'ils étaient d'accord. Ça ne dérangerait personne si je prenais une pellicule dans le hangar ?

« Un mécanicien au travail. » Ses photos des fils du garage Clancy, une affaire familiale de son quartier, n'avaient rien donné. Un moteur de voiture n'offrait pas grand intérêt d'un point de vue visuel.

Un autre homme aurait pu se montrer rancunier et refuser. Garrett se contenta de hocher la tête avec raideur, ses yeux se posant alors sur la jeune femme qui, l'air impatient, rôdait derrière eux.

— Tu ne me présentes pas à ton amie ?

Sans laisser à Jordan le temps de prononcer une parole, Nina Graham se précipita vers lui.

— Vous avez des avions ? demanda-t-elle avec son étrange accent. Allons les voir.

Quand, un peu plus tôt, Tony était passé la chercher chez elle, Jordan s'était étonnée de voir une tête blonde à l'arrière de sa Ford.

« Je suis au regret de t'annoncer que nous avons une invitée imprévue, avait-il lancé avec un regard noir pour sa passagère. *Jordan McBride, je te présente Nina Graham, la femme de Ian. Ce matin, dès qu'elle a entendu que je partais pour un aérodrome, elle a décidé de m'accompagner, sans me demander mon avis. »*

« Ravie de vous rencontrer, madame Graham », l'avait-elle saluée.

Mais Mme Graham l'avait interrompue d'un geste impatient.

« Nina. Alors, c'est toi la fille qui plaît à Antochka ? »

Sous son regard interrogateur qui la balayait de la tête aux pieds, Jordan avait murmuré quelques civilités tout en cachant sa déception. Sachant qu'elle pouvait tirer un trait sur leur halte tendresse sur la route de l'aérodrome. Avec Anneliese toujours à Concord, Ruth qui jouait presque tous les après-midi chez des voisins, le magasin en bonnes mains grâce à la très capable Mme Weir, sans compter Ian Graham et sa femme en voyage sur les routes depuis quelques semaines, Tony et elle avaient été libres de s'embrasser autant qu'ils le voulaient. Et elle s'était réjouie de pouvoir recommencer aujourd'hui. Parce que, contrairement à d'autres, loin de considérer un baiser comme un bref préliminaire avant de déboutonner le chemisier de sa partenaire, le New-Yorkais embrassait comme un homme qui savourait ce moment. Mais la présence de cette femme qu'elle n'avait jamais rencontrée auparavant ne pouvait que compromettre ses projets. Même si ce qu'elle avait entendu sur son compte était certes très intéressant.

« L'épouse de guerre communiste de Ian, lui avait un jour expliqué Tony. *Ne pose pas de questions. »*

Ayant imaginé une beauté exotique en zibeline, elle était à mille lieues de s'attendre à cette petite tornade chaussée de bottes usées.

Très professionnelle, Nina Graham était en train de serrer la main de Garrett en le bombardant de questions :

— Vous avez quoi ici ? Travel Air 4000 ? Quoi d'autre ? Stearman, Aeronca, Waco ?

— Principalement des avions américains, répondit-il. Vous êtes une passionnée, madame Graham.

Amusée, Jordan remarqua qu'il lui décochait son sourire le plus charmant.

Nina esquissa une moue pleine de modestie.

— Je vole un peu.

— Eh bien, permettez-moi de vous montrer quelques trucs pendant que Jordan et Timmy visitent…

Elle les regarda s'éloigner d'un pas vif. Les yeux levés vers le ciel, Garrett se répandait en explications. Tony lui chuchota à l'oreille :

— Nom d'un chien ! Il est en train de flirter avec elle.

— Il essaie de me rendre jalouse, avança-t-elle avec un sourire entendu.

Soulagée de constater que le manège de son ex la laissait de marbre, elle plongea sa main dans son sac pour en sortir une pellicule. Si elle avait encore eu besoin de s'en convaincre, elle avait là l'ultime preuve qu'elle ne s'était pas trompée en annulant ce mariage.

Elle entendit Garrett expliquer :

— Ce Travel Air s'appelle Olive. Saviez-vous que les pilotes aimaient donner des noms à leurs avions ? Je pourrais vous emmener faire un tour rapide, sans trop vous secouer…

Tony s'étouffa de rire.

— Elle ne va en faire qu'une bouchée.

Partageant son hilarité, Jordan lui lança :

— Profite du spectacle. Je vais prendre mes photos.

Tony porta son sac jusqu'au hangar, où il chercha des mécaniciens des yeux. Après s'être assuré qu'ils étaient à l'abri des regards, il la poussa avec nonchalance sous un vieil avion d'épandage, où il l'embrassa longuement.

— En attendant plus tard, murmura-t-il, quand nous nous serons débarrassés de notre invitée surprise, une fois qu'elle aura dévoré Gary tout cru.

Il l'embrassa de nouveau, d'un baiser interminable. Jordan finit par se dégager et, l'esprit embrumé, essaya de se rappeler pourquoi elle était ici. *« Un mécanicien au travail. »*

Elle trouva les mécaniciens, se présenta, bavarda avec eux d'un ton enjoué, les flatta, et les fit rire. Tony lui avait appris comment détendre les gens au fil d'une conversation. Puis elle leur fit signe de reprendre le travail, leur posant des questions sur un ton admiratif. S'ils regardaient l'objectif, elle les réprimandait gentiment, ne les photographiant qu'absorbés par leur tâche. Elle finit sa deuxième pellicule avec un sentiment de satisfaction. *Je m'améliore*, se félicita-t-elle en remerciant ses sujets. Son reportage photo était en train de vraiment prendre forme. Il serait la pièce maîtresse du book qu'elle présenterait lorsqu'elle se lancerait dans sa recherche de travail à New York. Bientôt, elle allait devoir commencer à penser à un appartement, à des entretiens professionnels…

Et apprendre la nouvelle de son départ à Ruth. En lui promettant de rentrer tous les mois pour la voir. Elle esquissa une grimace. La fillette était au courant de son projet de New York mais ne voulait pas voir la réalité en face. Et, depuis quelque temps, elle avait été tellement obsédée par la musique que, hormis son violon, elle ne remarquait quasiment plus rien. Tous les soirs, à la fermeture du magasin, profitant de l'absence d'Anneliese qui avait pour habitude de fureter partout, elle emmenait l'enfant s'exercer. Et si elle ne la traînait pas pour rentrer, elle risquait de laisser passer l'heure du dîner.

Quand Anneliese avait appelé de Concord, elle lui avait dit, prudente :

« Ruth va très bien. »

« Pas de cauchemars ? »

« Pas depuis quelque temps, non. »

Avec ses exercices quotidiens et une leçon chaque fois que M. Graham était disponible, Ruth s'épanouissait. À la fin de la dernière, le journaliste lui avait déclaré :

« Vous aurez bientôt besoin d'un vrai professeur. Je peux lui apprendre les gammes et des airs simples. Mais elle absorbe comme une petite éponge. Elle essaie même de reproduire des mélodies qu'elle m'a entendu jouer ou qu'elle a écoutées à la radio. »

Ce qui la rassérénait un peu. *Si Ruth a la musique, elle s'adaptera très bien à mon départ, à l'automne.* Ce qui signifiait qu'elle allait devoir en parler à Anneliese. Bientôt. Mais pas encore.

Percevant une certaine tension dans la voix de sa belle-mère, à l'autre bout du fil, elle lui avait alors demandé :

« Vous passez un séjour agréable ? »

« Je fais des projets, avait-elle répondu avec un soupir. *Cet été a été riche en projets, non ? »*

Songeuse, Jordan sortit du garage pour rejoindre Tony sur le terrain d'aviation.

Et l'été passe tellement vite.

Bientôt, elle ferait ses bagages pour partir à New York. Et elle dirait adieu aux soirées au magasin, passées à regarder un célèbre correspondant de guerre apprendre à sa sœur à jouer une simple mais envoûtante berceuse de Sibérie, la terre natale de Nina Graham. Aux conversations enjouées qui suivaient la leçon. À M. Graham qui préparait du thé et, de sa voix pince-sans-rire de baryton britannique, racontait une anecdote sur Maggie Bourke-White. À son travail de photographe, qui lui demandait une telle concentration qu'un jour, à son insu, son chemisier dos nu s'était dégrafé. À Tony…

Il se tourna vers elle et, le visage fendu d'un sourire espiègle, montra du doigt le biplan bleu et crème baptisé Olive qui s'élevait de la piste pour effectuer une lente boucle autour du terrain. Et devant ce sourire irrésistible, elle ne put empêcher son estomac de se nouer. Et elle n'essaya pas. *Profite maintenant, profite de tout. Avant la fin de l'été.*

— Gary a emmené Nina faire un tour, expliqua-t-il en riant. Il lui a proposé d'essayer de piloter avec le tableau de bord de l'élève. On va bien rigoler !

Au-dessus de leurs têtes, Olive interrompit soudain sa boucle paisible pour plonger brusquement vers le sol, fit le tour du terrain dans un bruit assourdissant, puis se retourna sur le dos et s'éleva dans le ciel à une allure vertigineuse. L'avion disparut quasiment dans l'azur avant de revenir en rugissant à quelques mètres au-dessus du toit du hangar, son ventre peint survolant leurs têtes comme un éclair, si près qu'ils auraient pu le toucher. Une dernière figure de voltige, puis Nina fit atterrir Olive sur la piste, n'utilisant que la moitié de la distance nécessaire à Garrett pour décoller.

Jordan regarda Tony. Et ils éclatèrent de rire. Quand Garrett, le visage un peu pâle, descendit du cockpit de l'instructeur, elle dut se faire violence pour reprendre son sérieux. En un mouvement leste, Nina sauta à terre, comme un chat d'un toit.

— … un peu lourd à manier, était-elle en train de dire en retirant sa casquette, mais un bon petit avion. Sympa.

Elle tapota l'aile, en vraie pilote.

— Vous avez plus rapide ?

— Hum. Non, pas encore. Nous sommes une petite structure.

Garrett reprit ses esprits, son expression à mi-chemin entre le dépit et l'admiration. L'admiration l'emportant, il demanda :

— Pourriez-vous me montrer quelques trucs, madame Graham ?

— Elle était pilote dans l'armée de l'air soviétique ?

Après avoir déposé Nina à l'appartement de Scollay Square, Tony avait discrètement fourni certaines explications.

— Oui. Mais vu la folie anticommuniste qui règne dans ce pays, nous n'en parlons pas.

Il se gara devant la maison des McBride et, d'un bond, descendit de voiture.

—Voilà. Je suppose que tu vas disparaître dans ta chambre noire pendant quelques heures pour développer toutes ces photos ?

—Comment as-tu deviné ?

Mais elle s'interrompit. Ruth jouait chez une petite voisine. Elle ne devait pas aller la chercher avant des heures. *Des heures*, se répéta-t-elle en observant Tony.

Il lui ouvrit la portière côté passager et, sous son regard inquisiteur, haussa les sourcils.

—À quoi penses-tu ?

À rien de convenable ! Mais au diable les convenances ! Elle était lasse des étapes à franchir, des rendez-vous, des baisers sous le porche, des présentations aux parents embarrassantes. Cette lente progression par phases approuvées des « gens comme il faut » qui lui donnait tellement l'impression d'être en cage avec Garrett. Elle voulait vivre une expérience personnelle, coquine, juste pour elle, une expérience grandiose, qui n'aurait rien de convenable.

Elle prit une profonde inspiration.

—Tu veux voir ma chambre noire ?

Il esquissa ce lent sourire qui faisait plisser le coin de ses yeux.

—J'en serais honoré.

C'était la première fois qu'elle l'entraînait dans cet escalier qui descendait du perron à son enclave privée. La première fois qu'elle y emmenait quelqu'un d'extérieur à la famille, en fait, en dehors de Garrett. Elle actionna l'interrupteur et lui montra Gerda et Margaret au mur, puis son équipement. Tony fit le tour des lieux, inspectant chaque détail.

—Ainsi, c'est ici que tu passes tes meilleurs moments.

—Certains difficiles aussi. C'est toujours ici que je viens pleurer papa.

Pas aussi souvent maintenant. Avec le temps, son chagrin commençait à s'atténuer. Elle supposait qu'il allait continuer à diminuer, ce pour quoi, d'une certaine manière, elle était désolée. Si le chagrin faisait souffrir, il entretenait aussi le souvenir.

— Que ce soit bon ou mauvais, tout ce qui est important arrive ici, déclara-t-elle en respirant les odeurs familières.

Tony effleura la longue table, leva les yeux vers les lumières.

— L'endroit me plaît.

— J'en veux un qui fasse deux fois cette taille. Je veux des assistants pour tirer les épreuves. Je veux d'autres photographes avec qui échanger.

Elle retira ses chaussures.

— Je veux tellement de choses.

— Je voudrais te dire que je te les donnerai mais tu dois les gagner.

Il s'appuya au mur.

— Allez, au travail !

— Quand je commence à travailler, je perds la notion du temps, le mit-elle en garde.

— J'ai tout mon temps. Nina prend le relais de Ian pour un travail et il monopolise notre téléphone. Je n'ai rien d'autre à faire que te regarder.

Il noua ses mains derrière sa tête.

— Et tu es une vision incroyablement tentante quand tu t'absorbes dans ton travail.

— Je t'en prie ! le rabroua-t-elle. Arrête !

Elle prit un morceau de ficelle et attacha ses cheveux en une queue-de-cheval. Quand elle les souleva, elle sentit les yeux de Tony se poser sur sa nuque comme un baiser et se tourna vers lui avec un sourire.

— C'est monotone de regarder quelqu'un développer des pellicules. Tu vas t'ennuyer à mourir.

— Quand tu te concentres, tu te mordilles la lèvre inférieure. Je pourrais passer des heures à te regarder et être heureux.

— Tu es un charmant menteur, Tony Rodomovsky.

— J'essaie de ne pas mentir.

Elle fut prise d'une envie subite de traverser la pièce et de l'embrasser sur-le-champ. Mais elle savourait trop l'attente pour hâter leur baiser.

— Dans ce cas, voyons maintenant si j'arrive à bien travailler sous le regard d'un homme qui nourrit des pensées impures.

Il sourit de nouveau.

— Des pensées *très* impures.

Elle alluma la lumière rouge, sortit sa pellicule et s'attaqua à la tâche, se délectant de sentir ses yeux sur elle. Après avoir sorti un à un ses tirages du bain et les avoir accrochés au fil, elle recula d'un pas.

Tony, qui était venu se placer derrière elle, lui demanda :

— Verdict ?

— Celui-ci peut-être. Peut-être celui-ci, ajouta-t-elle en en montrant un d'un doigt. J'ai besoin de l'élargir, de faire un gros plan sur les mains contre la lame de l'hélice.

Il l'enlaça par-derrière et les examina par-dessus son épaule.

— Comment le sais-tu ?

Sentant son menton effleurer son cou, elle répondit, le souffle court :

— Comment sait-on quoi que ce soit ? Les cours. La pratique. Des années de travail difficile.

Il lui mordilla le lobe d'oreille.

— Je vois.

— Dis-moi un secret, plaida-t-elle en penchant la tête en arrière.

— Pourquoi ?

— Parce que nous sommes dans le noir et que, dans le noir, les gens échangent des secrets.

— Toi d'abord.

— Quelquefois, je m'appelle J. Bryde. C'est le pseudonyme que j'ai choisi pour ma signature. Mais il m'arrive de lui parler comme si elle était réelle. La célèbre J. Bryde qui a parcouru le monde avec un appareil photo et un revolver, les hommes et les prix Pulitzer tombant à ses pieds.

— Je ne suis pas Pulitzer mais je tomberai à tes pieds.

Il embrassa l'autre côté de son cou. Elle passa une main dans ses cheveux.

— Ton tour. Quel est ton secret ?

Un moment, il resta silencieux, le menton sur son épaule, ses bras serrant sa taille.

— Il y en a un que je veux te confier, dit-il lentement. Mais je ne peux pas.

— Pourquoi pas ?

— Ce n'est pas le mien. Pas encore.

— Tu as une femme et six enfants dans le Queens ?

— Pas de femme. Pas de petites amies. Pas d'enfants. Ça je le promets.

— Un casier judiciaire ? Un mandat d'arrêt à ton nom ?

— Non.

— Très bien, alors.

Habituellement, sa curiosité aurait été aiguisée. Mais, dans la chaleur grisante de cette chambre à l'éclairage rouge, elle s'en fichait. Elle n'avait pas amené Tony chez elle pour le soumettre à un examen de futur mari et lui faire débiter ses références. Il pouvait garder tous les secrets qu'il souhaitait. Elle en avait quelques-uns aussi.

— Dis-moi un autre secret, alors. Si tu ne me dis pas celui-là.

— Je suis juif.

— Vraiment ?

— Oui. Tu veux que je parte ?

— Non, répliqua-t-elle en ponctuant sa réponse d'une tape.

Avec une pointe de méfiance, il ajouta, sur la réserve :

— Certains n'aiment pas l'apprendre.

— Tu as connu une fille qui n'a pas aimé ? devina-t-elle.

— Une fille en Angleterre. Pendant un temps, j'ai cru qu'elle comptait pour moi. Elle a cessé de répondre à mes appels quand je lui ai raconté que ma grand-mère maternelle était une Juive de Cracovie.

Avec un haussement d'épaules, il ajouta :

— J'ai été élevé dans la religion catholique mais, pour beaucoup, il suffit d'être un quart juif.

Elle plaqua son dos contre lui, ses bras chauds toujours autour de sa taille.

— Tu es Tony Rodomovsky, j'aime tout chez toi… et ne t'avise pas d'en faire une blague grivoise.

— Loin de moi cette idée !

Un moment, ils restèrent enlacés, en silence. Puis il déposa un baiser sur son épaule et recula d'un pas.

— Tu as d'autres pellicules à développer ?

— Oui, parvint-elle à dire.

L'air s'était soudain alourdi d'une indéniable tension. Elle développa la deuxième pellicule. Son travail n'était certes pas aussi méticuleux que d'habitude, mais cela lui était bien égal ! Sentant le regard brûlant de Tony sur elle, elle accrocha ses tirages au fil, rinça les bacs de leurs produits chimiques.

— Terminé ? demanda alors sa voix chaude derrière elle.

Elle repoussa les derniers plateaux, pivota sur place pour le regarder droit dans les yeux. Et s'abandonna totalement. Aucune hésitation, aucune question. Elle envoya au diable la raison !

— Viens ici.

— Enfin ! Une autre pellicule aurait eu raison de moi.

Éclairé par la lumière rouge, il s'avança vers elle et, tirant sur la ficelle qui retenait ses cheveux, les libéra lentement. Elle avait abandonné les crans à la Rita Hayworth depuis longtemps. Elle sentit sa chevelure filer entre ses doigts.

— Je pars à New York, à l'automne, lui avoua-t-elle avant qu'ils ne cessent de parler. Jusque-là, je vais me tuer à la tâche dans cette chambre noire et m'occuper de ma sœur. Et, je l'espère, vivre une aventure folle et passionnée avec toi.

Elle noua ses bras autour de son cou et planta ses yeux dans les siens. Un regard sombre dans lequel elle avait envie de se noyer.

— Qu'en dis-tu ?

Il répondit d'une voix rauque :

— C'est le paradis.

Leurs bouches se soudèrent, leurs mains fébriles faisant sauter les boutons, dénouant leurs ceintures, tirant leurs pans de chemise de leurs pantalons. Elle prit appui sur sa table de travail et, se hissant, s'y assit, l'attirant vers elle. La chemise de Tony atterrit sur le sol, suivi par son chemisier.

— J'ai toujours envisagé de mettre un lit ici pour les soirs où je travaille tard, murmura-t-elle entre deux baisers. Mais je ne l'ai jamais fait.

Il fit sauter l'agrafe de son soutien-gorge et l'allongea sur le dos.

— C'est un oubli regrettable, acquiesça-t-il.

— Tu as des…

Elle s'interrompit dans un cri.

De ses lèvres, il butinait ses côtes, la privant de toute capacité de parole. Jamais elle n'aurait pensé que cet endroit était si sensible. D'un autre côté, jamais elle n'était sortie avec un homme qui avait pris la peine d'y prêter attention. Garrett compris.

— Dans ma poche.

— Bien. Dépêche-toi.

Elle leva les bras et l'attira vers elle.

— Non, dit-il en plaquant ses poignets sur la table, avec ce sourire qui la faisait défaillir. Tu as travaillé pendant des heures, J. Bryde. À mon tour !

43

Ian

Août 1950
Boston

— Cinq adresses et rien ? demanda Fritz Bauer.

À l'autre bout du fil, sa voix éraillée de fumeur gronda dans l'oreille de Ian.

— Pas la *Jägerin*, en tout cas.

Il aurait parié une coquette somme que les cinq hommes aux portes desquels il avait frappé et qui avaient écouté son histoire de « déménagement dans le voisinage » avaient des états de service à cacher.

— Nina est parvenue à les prendre en photo avec un petit Kodak en prétendant photographier le quartier. Ce sont des clichés relativement clairs. Peux-tu faire un travail de rapprochement avec tes dossiers, voir si nous pouvons trouver des noms qui correspondent aux visages ? Si ce sont des criminels de guerre identifiables ?

— Ne t'ai-je pas prévenu des difficultés d'une bataille d'extradition aux États-Unis, Graham ?

— Quelqu'un doit mener cette bataille, répondit-il avec un sourire sombre. Je vais t'envoyer les photos. Je pars en Pennsylvanie demain.

C'était la sixième adresse sur la liste et le plus long trajet jusqu'ici. Plus de six heures de route. S'ils n'y trouvaient pas la *Jägerin*, leur dernière chance était l'adresse en Floride. *Pourvu qu'elle soit en Pennsylvanie*, priait Ian. Il n'était pas sûr que leur budget, mis à rude épreuve, puisse leur permettre plus de voyages en voiture. Et s'ils étaient déjà en août – août ! – avec encore deux adresses à vérifier, c'était parce que, entre le téléphone, le loyer, et les déplacements visant à enquêter sur les cinq premières adresses, ils avaient dû attendre le versement de sa rente mensuelle. Leur traque d'une meurtrière était au point mort parce qu'il manquait 10 dollars sur le compte en banque.

Alors qu'ils entraient en Pennsylvanie, pensif, il demanda à Nina :

— C'est mon imagination, ou est-ce que Tony semblait vraiment pressé de nous voir partir aujourd'hui ?

— Il va s'envoyer en l'air, expliqua-t-elle d'un ton parfaitement détaché.

À l'idée de son associé avec Jordan McBride, il s'exclama :

— Bon Dieu !

— Tu es choqué ? Tu penses qu'il devrait commencer par l'épouser ? le taquina sa femme d'un ton amusé.

— Non. Je serais mal placé pour avoir ce genre de principe.

Il avait passé des années dans des zones de guerre, où chaque journée de survie signifiait que, le soir venu, vous pouviez décider de ce que vous alliez boire et de la fille avec qui vous alliez coucher. Où personne ne se souciait de bienséance ni de mariage.

— Mais Tony n'a pas intérêt à briser le cœur de cette fille, ajouta-t-il d'un ton menaçant.

— Tu l'aimes bien.

— J'aime beaucoup les deux filles McBride.

Il s'étonnait de voir à quel point il appréciait la demi-heure qu'il passait au magasin d'antiquités après les cours de Ruth. Il préparait du thé, Jordan le suppliait de raconter des histoires de guerre et Tony faisait des blagues. Certes, cela lui avait permis de passer le temps en attendant d'avoir de l'argent pour repartir avec Nina enquêter sur les dernières adresses de leur liste. Mais cela ne se résumait pas qu'à ça.

Nina se pelotonna sur son siège comme un chat.

—Je ne t'imagine toujours pas enseigner à des enfants, *luchik*.

Elle n'assistait jamais aux leçons de Ruth. Le soir, elle était toujours de garde pour surveiller Kolb.

—C'est très... mot ? Fade ? Domestique ?

—Ruth est une enfant adorable. Les enfants comme elle me font penser à l'avenir.

Nina pencha la tête sur le côté d'un air curieux. Tout en traversant une banlieue délabrée, il essaya de développer sa pensée.

—Elle est née pendant la guerre et, grâce au ciel, elle a eu beaucoup plus de chance que ces pauvres enfants que Lorelei Vogt a abattus sur la berge du lac. Elle est vivante pour jouer de la musique, pour grandir en pleine santé. D'autres enfants nés à la même époque qu'elle vont grandir et déclencher de nouvelles guerres. C'est le lot de la race humaine. Mais Ruth ne sera pas comme eux. Elle, au contraire, apportera de la musique au monde. Une enfant comme elle représente tout ce que le futur peut offrir de positif. Construire une génération équivaut à construire un mur. Une brique saine, un enfant sain à la fois. Avec suffisamment de briques saines, tu obtiens un bon mur. Avec suffisamment d'enfants sains, tu obtiens une génération qui ne souhaitera pas se plonger à nouveau dans une guerre mondiale.

—Ça fait beaucoup de philosophie pour une gamine qui sait jouer quelques gammes, ironisa Nina.

Elle lui coula un regard en coin.

—Tu en veux ? Des enfants ?

— Surtout pas ! Je trouve la plupart des enfants affreusement ennuyeux !

Une pensée fusa en lui.

— Tu n'es pas en train d'essayer de me dire quelque chose, j'espère ?

— Pauvre de moi, non ! s'exclama-t-elle.

Il poussa un soupir de soulagement. Ils avaient fait attention mais les accidents arrivaient.

— Je ne veux pas de bébés, poursuivit-elle d'une voix détachée. Je n'en ai jamais voulu. C'est bizarre ? On dirait que chaque *sestra* dans mon régiment voulait des bébés.

— Je pense que les gens comme nous ne font pas de bons parents. Toujours en chasse.

— Et on préfère chasse à bébés.

Ian sourit. Sa femme avait dit « on ».

Après un long trajet épuisant, ils arrivèrent à destination pour trouver la maison de cette banlieue de Pennsylvanie vide. Au bout de plusieurs heures à attendre le retour des occupants, Nina fit un signe de tête en direction d'un chauve corpulent et d'une femme aux cheveux gris qui rentraient chez eux. Il savait qu'ils étaient loin d'être aussi respectables qu'ils le paraissaient. Mais ils n'étaient pas leur cible. Ils jouèrent toutefois leur petite comédie pour permettre à Nina de prendre ses photos.

Cette fois, quand ils remontèrent en voiture, Ian ne donna pas de coup de poing dans le volant. *Encore un voyage pour rien.*

Il appuya sa tête contre son siège, ferma les yeux et, avec lassitude, déclara :

— Prochaine étape : la Floride ! Je ne peux pas franchement dire que j'ai rêvé un jour d'y aller.

— *Tvoyu mat !* répondit Nina avec un soupir.

— Exactement, approuva-t-il.

Puis ils reprirent la route de Boston.

Malgré les longues journées d'été, il ferait nuit noire quand ils arriveraient. Puis, après avoir passé une journée à dormir pour récupérer de la route, il faudrait calculer ce qui reviendrait moins cher pour aller en Floride entre la voiture et le train.

— Ou sinon, nous pouvons y aller en avion, proposa Nina. J'en emprunte un à l'aérodrome de Garrett Byrne. C'est un vol facile.

— Tu ne peux pas juste lui emprunter un avion comme tu empruntes un bol de sucre !

— On l'enferme dans placard. Comme ça, il ne peut pas refuser.

— Nique ta mère ! dit Ian en riant malgré lui. Non.

Les ennuis ne commencèrent que lorsqu'ils s'arrêtèrent pour dîner. Le crépuscule allongeait ses longues ombres mauves, alors qu'ils traversaient une ville industrielle désolée à plusieurs heures de distance de Boston. Nina insista pour s'arrêter.

— Je mange quelque chose ou je mange le volant tellement j'ai faim.

Ian se gara au parking du restaurant le plus proche, un établissement du nom de *Bill*, comparé auquel le *diner* dans lequel ils passaient tant de temps à surveiller l'appartement de Kolb ressemblait à un palace gastronomique.

— Ne nous attardons pas, murmura-t-il en entrant.

La clientèle était majoritairement masculine. Des buveurs de bière, qui leur jetèrent des regards peu accueillants.

La serveuse les regarda fixement en prenant leurs commandes, ses sourcils se haussant d'étonnement en entendant l'accent de Nina.

— D'où venez-vous, madame ?

— De Boston, dit Ian.

Alors que simultanément, Nina répondait :

— De Pologne.

La serveuse les dévisagea plus longuement. Impassible, Ian soutint son regard.

— Deux hamburgers, extra ketchup, répéta-t-il.

Elle s'éloigna avec son bloc-notes en leur lançant un autre coup d'œil en coin. Nina, qui semblait plutôt amusée, se pencha devant lui pour lancer une œillade à une armoire à glace qui la reluquait.

— Je vais me laver les mains, annonça-t-elle alors.

Elle se leva et, nonchalante, s'avança entre les banquettes ternes, s'attirant des commentaires de trois hommes chaussés de bottes de chantier. Ian n'avait pas besoin d'entendre pour imaginer leurs paroles. Nina se mit à rire et répondit par une longue phrase dans un anglais saccadé, ponctuée d'un geste de main. Les trois hommes se hérissèrent et elle continua à déambuler en direction des toilettes. L'un d'entre eux se leva pour se diriger vers la place qu'elle venait de quitter. Ian se cala contre le dossier de sa banquette, et croisa les bras.

— Ta femme parle bizarre.

— Elle est polonaise.

— J'ai rencontré plein de Polonais, pendant la guerre, insista-t-il. Ils ne parlent pas comme ça.

— Parce que tu as voyagé partout en Pologne ? Tu as fait l'expérience personnelle de la riche variété des dialectes régionaux de Poznań à Varsovie ? répliqua-t-il de son ton le plus méprisant.

L'homme fronça les sourcils.

— Fais pas le malin.

— Si je te disais d'aller te faire voir, dans ce cas ?

La voix de Nina s'éleva derrière lui.

— Problème, *luchik* ?

— Non, dit Ian sans détourner le regard. Aucun problème, chérie.

Imperturbable, elle se glissa sur sa banquette, devant l'intrus. Ian supposait que, quand on avait regardé Joseph Staline droit dans les yeux, un ivrogne belliqueux de l'ouest du Massachusetts n'était pas franchement intimidant.

Ignorant leur visiteur, comme s'il était invisible, elle demanda alors :

— On sera à Boston à minuit ? Ils sont très longs ces voyages en voiture. Je dis encore nous empruntons un avion.

— Pour moi, elle ne parle pas comme une Polonaise, marmonna le malabar.

Il les foudroya du regard et regagna sa table. Ian poussa un soupir de soulagement. La serveuse leur apporta les hamburgers et M. Costaud et ses deux amis se levèrent et sortirent du restaurant. Mais il resta sur ses gardes. Nina continuait à attirer des regards inquisiteurs. Même dans son chemisier et sa jupe guindés, elle ne ressemblait toujours pas à la touriste de base. Peut-être était-ce sa façon de soutenir ces regards furtifs sans ciller, ou peut-être sa manière de manger les hamburgers, qui lui rappelait les documentaires sur les habitudes alimentaires des tribus cannibales des îles Fidji.

Il remarqua que la serveuse ne leur rendait pas toute leur monnaie, mais ne chipota pas. Prenant Nina par le bras, il ramassa son borsalino et ils quittèrent les lieux. Il faisait maintenant nuit noire.

Soudain, il se raidit. Mais il ne fut pas surpris de voir trois silhouettes émerger de la pénombre. À côté de lui, il sentit sa femme s'immobiliser, parfaitement détendue. Il remarqua qu'elle souriait.

— Je peux vous aider ? demanda-t-il aux trois hommes d'un ton glacial.

— J'ai rencontré des Russes à la guerre aussi, répondit le costaud, qui sentait la bière. Elle parle comme eux, pas comme une foutue Polonaise. Ta femme est une coco ?

— *Da, tovarisch*, dit Nina.

Et, soudain, tout se précipita. Le malabar fit un pas vers elle, Ian s'interposa et lui décocha une droite dans le menton. L'homme hurla. Un de ses copains l'imita et, se ruant vers lui, le prit par les côtes. Ian entendit alors le déclic caractéristique du rasoir qui s'ouvrait.

— Ne tue personne ! parvint-il à crier avant qu'un coup dans la cage thoracique ne lui coupe le souffle.

Le premier lui assena alors une claque violente, qui ricocha sur son oreille. Il apercevait Nina qui se débattait avec le troisième. La retenant prisonnière de ses bras, il la soulevait du sol. Submergé par un mélange de terreur et de rage, il vit la tête blonde de sa femme cogner violemment le nez de son assaillant. L'homme beugla en réponse, son cri déchirant la nuit. Devançant un nouveau coup de poing de son propre agresseur, Ian lui enfonça sa botte dans le tibia puis, d'une bonne bourrade dans les flancs de celui qui le maintenait, il se libéra enfin. Et vit le rasoir de Nina fendre brutalement l'air pour déchirer la chemise et la peau du bras de celui qui la soulevait de terre. Le cri de l'homme se transforma en hurlement perçant et il la laissa retomber sur le gravier. Elle se rattrapa et s'apprêtait à se relever quand son adversaire la frappa au visage du dos de sa main.

Ian bondit sur lui et lui colla un coup de poing dans la pomme d'Adam. Puis il le fit tomber et lui donna deux vigoureux coups de pied dans le ventre. Quand il vit que Nina était debout, il hurla :

— À la voiture !

Elle s'élança avec lui et se précipita sur le siège passager. Il s'installa rapidement au volant et, tant bien que mal, tourna la clé de contact et actionna les diverses commandes. Un cri résonna et il sentit la voiture trembler sous l'effet d'un coup de pied dans le pare-chocs. Enfin, ils démarrèrent, le crissement de pneus se mêlant au rire hystérique de Nina.

— Tu es folle, cria-t-il. Merde, j'ai perdu mon chapeau !

Son rire calmé, elle lui sourit.

— Tu sais te battre ! Tu as dit que tu pouvais, je ne le croyais pas…

— J'avais ce chapeau avant même le Blitz, gémit-il.

Mais lui aussi souriait. Ils sortaient à vive allure de cette petite ville peu fréquentable pour s'enfoncer dans la nuit. La main avec laquelle il avait cogné était très douloureuse. Il sentait des gouttes de sang glisser le long de son visage. Et il ne pouvait cesser de sourire. Il jeta un coup d'œil à sa femme.

— Tu es blessée ?

— Je pense peut-être il m'a cassé le nez, répondit-elle, indifférente.

— Bon sang ! s'exclama-t-il, son sourire s'évanouissant. Je m'arrête.

— Ce n'est pas la première fois. Papa m'a cassé le nez quand j'avais onze ans. J'avais renversé un pichet de vodka.

— Je sais, tu es aussi dure que le roc, tu as été élevée par des loups, mais laisse-moi juste jeter un coup d'œil.

Sur le bas-côté, les phares de la Ford transperçant la nuit d'encre, il sortit la lampe torche du coffre. Nina descendit de voiture, ses pieds crissant sur les graviers. Adossée à la carrosserie, elle le laissa examiner ses blessures. Son petit nez qui saignait enflait rapidement. Ian pinça ses os nasaux, lui arrachant des jurons. Mais tout semblait en ordre.

— Ce n'est pas cassé. La prochaine fois, je te conseille d'éviter de narguer les ivrognes qui veulent juste se battre.

— Et qu'est-ce qu'il y a de drôle alors ?

Elle essuya le sang d'un revers de main.

— Alors, comment est-ce qu'un Anglais maigre et convenable comme toi apprend à se battre comme un chiffonnier ?

Elle mima le coup de coude qu'il avait décoché à son deuxième adversaire.

— Tous les garçons élevés en pension apprennent à boxer. Quant au coup de coude dans les reins, ce sont les guérilleros qui me l'ont appris. Pendant la guerre d'Espagne. Je ne cherche pas la bagarre. Mais si quelqu'un m'agresse, pas question que je me batte à la loyale.

Le sang lui battait toujours aux tempes, mais l'adrénaline commençait à retomber.

— J'aime ça, chez toi, *luchik*, approuva Nina, ses yeux azur scintillant dans le noir.

Ian revit l'éclair blond de ses cheveux devant le restaurant quand son agresseur l'avait frappée d'un revers de main. Et il l'attira soudain en une étreinte violente. Il voulait rebrousser chemin et tabasser le salaud.

Elle se tortilla pour se dégager de ses bras.

— *Nu, ladno*, s'impatienta-t-elle. Tout va bien, personne n'est blessé, on roule.

Refoulant ses tourments intérieurs, Ian se remit au volant.

Ma décision est prise. Je ne te laisserai pas partir. Je ne sais pas ce que je dois faire pour te persuader de rester, Nina Markova, mais je vais trouver.

44

Nina

Septembre 1944
Aux environs de Poznań

Nina croisa les bras.

— Ça fait deux semaines. C'est bien cicatrisé.

Sebastian s'appuya sur sa jambe blessée et fit une grimace.

— Ça me fait mal quand je marche.

— Tu simules, déclara-t-elle.

L'Anglais poussa un soupir. À vingt et un ans, il n'avait que cinq ans de moins qu'elle, mais elle ne pouvait s'empêcher de le considérer comme un gamin. Il dégageait une spontanéité, une confiance, que même ses années de captivité semblaient ne pas avoir ternies.

— Pouvons-nous nous asseoir, s'il te plaît ?

Elle s'exécuta en lui lançant un regard noir. Maintenant qu'ils étaient retranchés dans leur camp depuis quinze jours, à attendre que la jambe de Seb cicatrise, l'endroit semblait bien plus habité : rincée à l'eau de la rivière, une lessive séchait, leur feu de camp maintenant bordé de pierres était équipé d'une broche de fortune. Nina avait hâte de partir.

— Tu sais que je veux aller à l'ouest.

Regrettant visiblement de devoir la contrarier, il fit remarquer d'un air embarrassé :

— C'est de la folie, Nina. Tu n'as ni destination ni plan.

— Je veux fuir la Pologne.

— Tu penses que l'Allemagne sera mieux ? Nous n'avons ni papiers ni vêtements, lui rappela-t-il en lui montrant sa tenue de combat sale. Il y a fort à parier que nous serons pris. Et tu seras une prisonnière de guerre, avec moi. Simplement, tu seras la seule femme dans un camp plein d'hommes. Et, fais-moi confiance, ce ne sont pas tous des gentlemen.

— Dans ce cas, nous marchons en forêt, en direction de l'ouest.

— Tu vas suivre les sentiers des sous-bois jusqu'en Allemagne, sans cartes ? Et qu'arrivera-t-il quand les températures chuteront ?

Nina éclata de rire.

— Je viens de Sibérie, *malysh.* Il ne fera pas assez froid pour me tuer.

— Ne m'appelle pas « gamin ». Tout ce que je veux, c'est ne pas me faire prendre. Et que tu ne te fasses pas prendre non plus.

Il la regarda sans ciller de ses yeux ombrés de longs cils.

— Je te dois la vie, Nina. Si tu n'étais pas arrivée, cet Allemand m'aurait tué. Ou, si je lui avais échappé, j'aurais titubé à travers ces arbres jusqu'à ce que je meure de soif ou qu'un autre Allemand me ramasse. J'ai une dette envers toi et si nous sommes tous les deux pris, je ne pourrai jamais te remercier.

Elle ouvrit la bouche. *« Le petit mollusque anglais a raison sur un point*, fit remarquer son père. *Ton plan est de la folie. »*

— Nous nous cachons ici, persista Seb. Dans la forêt, c'est plus sûr qu'une clairière. Assez proche de Posen pour nous nourrir, être à l'écoute des nouvelles. Pourquoi continuer ? Nous trouverons difficilement mieux pour attendre la fin de la guerre.

— « Attendre »… !

— Ça ne pourra plus être long, s'empressa-t-il de poursuivre. Dans quelques mois, peut-être même avant la fin de l'année, ce pays grouillera d'alliés qui auront remplacé les sentinelles allemandes.

— Grouillera de Soviétiques quand nos forces arriveront. Je ne les attendrai pas.

— Nous dirons à tout le monde que tu es polonaise. Que tu as perdu tes papiers. La Croix-Rouge nous aidera, en tout cas.

— Et on fait quoi en attendant ? On reste assis autour du feu, à broder ?

— J'ai passé quatre ans à ne rien faire d'autre qu'attendre. Il nous suffit de rester cachés au chaud et de trouver suffisamment de nourriture.

— « Nous », répéta-t-elle en le foudroyant de nouveau du regard. Tu parles de moi, là.

Deux semaines dans la forêt et ce garçon de la ville ne pouvait toujours pas allumer un feu sans gâcher la moitié du petit bois.

— Jusqu'à la fin de la guerre, j'ai besoin de toi, admit Sebastian. Après la guerre, c'est toi qui auras besoin de moi.

Nina haussa les sourcils d'un air perplexe.

— Je suis sujet britannique. Une fois que les Allemands seront finis, je peux me faire rapatrier en Angleterre. Je t'emmènerai.

Elle cligna des yeux.

— Comment ?

Avec un haussement d'épaules, il répondit :

— Mon frère a des relations partout ; il pourra te parrainer. Et tu pourrais un jour obtenir la nationalité britannique. Tu as juste besoin de connaître du monde. Et, tu peux me croire, nous, les Graham, connaissons du monde. Tu me gardes en vie jusqu'à la fin de la guerre, répéta Sebastian Graham, et je te fais passer en Angleterre et m'assure que tu t'y établisses. Je te dois bien ça.

Nina hésita. Que connaissait-elle de l'Angleterre, sinon que c'était un pays de capitalistes où il y avait du brouillard la moitié du temps ?

— L'Angleterre, reprit Sebastian d'un ton enjôleur. Le plus à l'ouest où tu puisses aller sans quitter l'Europe. Sans parler du fait que nous avons Piccadilly. L'aile égyptienne du British Museum. Le *fish and chips*. Tu n'as pas vécu tant que tu n'as pas goûté au *fish and chips*, Nina. Pas de Komsomols, pas de goulags, pas d'appartements collectifs. Un gentil roi qui bégaie et qui ne pratique pas les exécutions de masse. C'est une sacrée progression par rapport à l'Union soviétique, tu peux me croire ! Et tu pourras l'appeler ta patrie. Tout ce que nous avons à faire, c'est nous planquer et rester soudés.

Nina n'avait pas la moindre idée de ce qu'était le *fish and chips*. Ni Piccadilly. Les mots qui l'interpellaient étaient : *« Le plus à l'ouest où tu puisses aller sans quitter l'Europe. »*

— Tu m'aides à survivre et je t'obtiens la nationalité britannique, résuma-t-il. Qu'en dis-tu ?

Qu'il était étrange de n'avoir rien d'autre au monde qu'un unique coéquipier. Elle avait vécu pendant si longtemps parmi des centaines de femmes. Puis elle s'était retrouvée à errer dans les arbres avec pour seule compagnie ses hallucinations. Et, maintenant, elle avait Sebastian Graham. Pouvait-il exister alliance plus étrange ?

— Je voulais m'enrôler dans la RAF, raconta-t-il. Pour les Spitfire et le prestige. Mais le salaud de recruteur m'a ri au nez.

— Effectuer des missions de bombardement n'a rien de prestigieux, répondit-elle en poussant une feuille sur une pierre plate, entre eux.

Sebastian lui apprenait à jouer au poker. Patiemment, il avait marqué un assortiment de feuilles avec un bout de bois calciné pour en faire un jeu de cartes.

— Les feuilles de chêne sont-elles des cœurs ou des piques ?

— Des piques.

Il pencha la tête sur le côté et tendit l'oreille.

—C'est une sittelle.

—Quoi ?

Il imita un cri d'oiseau.

—Tu ne sais rien de la forêt mais tu connais les oiseaux ? s'étonna-t-elle.

Elle poussa la feuille – reine de pique – sur le rocher.

—J'aime les oiseaux.

Il joignit les mains et fit un drôle de geste imitant un battement d'ailes.

—Mon frère, Ian, m'a donné mon premier livre sur les oiseaux. Les autres garçons disaient que c'était un hobby efféminé jusqu'à ce que je les frappe. Ian m'a appris à frapper le jour où il m'a offert le livre. Il m'a dit que j'avais le droit d'aimer ce que je voulais. Mais qu'il était préférable d'être prêt à frapper ceux qui me chercheraient des ennuis.

Sebastian pencha la tête en arrière pour écouter les gazouillis qui se mêlaient aux bruissements des feuilles dans le vent.

—Il y a tellement d'oiseaux, ici. Des sitelles, des étourneaux, des butors... Au camp, j'avais l'impression de ne voir que ces énormes corbeaux déplumés.

Ils n'avaient toujours pas changé de campement. Ils n'allaient pas tarder à avoir besoin d'un meilleur abri mais, pour le moment, il faisait encore suffisamment chaud. Sebastian n'avait aucun don pour poser des collets ou pister le gibier. Mais il était doté d'une étonnante endurance alors que sa jambe cicatrisait. Et il parlait suffisamment le polonais pour troquer du gibier contre du pain chaque fois qu'ils s'aventuraient à l'entrée de l'un des villages. Un jour, Nina parvint à dérober des hauts-de-chausses, une casquette et une veste sur un fil à linge. Ces vêtements rustres de paysan donnaient à Sebastian une apparence de voyageur débraillé plutôt que de soldat évadé.

Un jour, après avoir failli tomber sur un groupe de sentinelles allemandes en sortant de la forêt, elle le mit en garde :

— Nous ne pouvons prendre ce risque trop souvent. Jamais deux fois le même village, jamais les grandes villes. Elles grouillent de Boches. Sans parler des villageois affamés qui cherchent à dénoncer les voyageurs suspects.

— Tu n'as aucune confiance dans l'humanité, Nina, si je comprends bien ?

— Toi si ? s'étonna-t-elle.

— J'ai confiance en l'humanité, en fait, répondit-il en essorant une chaussette. Mes compagnons de camp n'étaient pas tous des saints, mais il y avait des règles. On ne volait pas. On partageait la nourriture avec les amis quand on en avait. Et même les Boches n'étaient pas tous des brutes. Ils avaient leurs règles aussi, et la plupart essayaient de faire preuve d'impartialité.

Il mit les chaussettes à sécher sur un rocher ensoleillé. Ils étaient en train de laver leur linge sale dans le ruisseau. Sebastian était tout à fait disposé à frapper les chaussettes mouillées contre un roc sans se plaindre que c'était un travail de femme, contrairement à la plupart des hommes russes. Peut-être était-ce typiquement anglais, supposait-elle. Ou alors, quand vous comptiez déjà sur une femme pour éviscérer le gibier, il vous était difficile de refuser une tâche sous prétexte qu'elle n'était pas masculine.

— Il y avait beaucoup de générosité entre ces murs, poursuivit-il. Bien plus que dans ces pensions qu'on appelle *public schools* en Angleterre.

— Pourquoi « *public schools* » ? Toutes les écoles ne sont pas publiques ?

— Ce n'est pas un système d'éducation collective, tu peux me croire, répondit-il, avec un reniflement de dédain. Si Ian et moi avions côtoyé les paysans à l'école, mon père en serait mort.

— Tu côtoies une paysanne en ce moment, fit-elle remarquer.

— Et si mon père était toujours en vie, je t'inviterais à la maison pour le thé uniquement pour voir l'expression de son visage, répliqua-t-il, souriant à cette pensée. Quant à Ian, il ne sourcillerait même pas si tu brandissais ton rasoir sous son nez au-dessus de l'assiette de sandwichs. Rien ne choque mon grand frère. Mais mon père, la vache ! Il lui aurait suffi de te voir pour s'étrangler avec un scone.

Le sourire de Sebastian était rare et étonnamment charmant. Avec ses longs cheveux bruns qui repoussaient, hirsutes, et ses cils interminables, il avait dû faire palpiter bien des cœurs sur sa petite île embrumée. Le sien était toutefois loin de palpiter.

C'était un beau garçon mais il lui rappelait trop Yelena. *J'ai fini d'aimer les idéalistes aux âmes tendres, aux longs cils, qui rêvent de voler*, se dit-elle en essorant ses propres chaussettes avec violence. *Parce que ce sont ceux qui vous arrachent le cœur et l'emportent avec eux quand ils s'envolent.* Qui se ressemble s'assemble. Seb et Yelena devraient chacun trouver un conjoint au cœur aussi bon que vaillant pour les adorer jusqu'à la fin de leurs jours. Elle avait tiré un trait sur l'amour. Elle dormirait seule ou elle trouverait un chasseur aux yeux clairs et au cœur aussi pur qu'un diamant ; quelqu'un qui ne lui volerait pas son âme pour la briser.

Chassant ces pensées moroses, elle demanda :

— Tu as laissé une fille derrière ? Avant de t'enrôler ?

Il détourna les yeux.

— Un garçon ? insista-t-elle d'un ton détaché.

Quand elle le vit pâlir, elle reprit :

— Je m'en fiche. Je me posais juste la question.

Bien au contraire, elle était soulagée de voir qu'il ne risquait pas d'essayer de la séduire.

Pendant une bonne heure, il se mura dans le silence. Elle finit par raconter :

— J'avais quelqu'un. Une fille. Donc…

— Oh ! se contenta-t-il de dire.

— Je pensais que c'était une habitude pour les Anglais, les garçons ensemble ? C'est ce qu'ils nous disent, que tous les hommes anglais le font et que c'est pour ça qu'ils ne peuvent pas se battre.

Le visage de Sebastian avait repris une couleur normale.

— Non. Ils disent que c'est en réaction à la pension parce qu'il n'y a pas de filles. Et qu'après ça passe.

— Et toi, ça n'a pas passé ?

— Non. Je n'avais personne. Je savais juste que je ne...

Il s'interrompit, avant de poursuivre :

— J'ai toujours pensé qu'une fois que je connaîtrais une femme, ce serait différent. En ayant grandi entre mon père et mon frère, puis la pension avec juste des garçons, ensuite l'armée, enfin quatre ans prisonnier de guerre...

— Tu n'as pas à savoir quoi que ce soit sur les femmes pour savoir si tu veux coucher avec elles ou pas, fit remarquer Nina, amusée.

— J'imagine. Ton amie, quand as-tu... ? demanda-t-il en rougissant.

— Je ne veux pas parler d'elle ! répliqua-t-elle.

Et le sujet fut clos.

Les journées se firent plus courtes et, avec septembre glissant sur octobre, l'air commença à sentir l'automne. Ils continuèrent à poser des collets, à nettoyer du gibier, à laver leurs chaussettes, leurs chemises, et à se débarbouiller dans le ruisseau. Nina, qui avait toujours des accès de tremblements, regrettait ses cachets Coca-Cola. Et, la nuit, elle ne pouvait dormir que quelques heures d'affilée. Mais, surtout, elle s'ennuyait. Sebastian avait d'innombrables façons de passer le temps : il jouait au poker avec son jeu de cartes en feuilles, s'entraînait à ses cris d'oiseaux, essayait de lui apprendre l'anglais.

— L'anglais est une langue stupide, maugréait-elle.

— Vas-y doucement. Dieu… sauve… le… roi.

Docile, elle répétait, essayant d'imaginer une vie dans un banc de brume, à manger ces choses étranges que Sebastian appelait *pudding* et *scones*, à boire du thé d'une théière et non d'un samovar. Peut-être pourrait-elle trouver du travail dans un aérodrome ? Mais, même si c'était le cas, il n'y aurait pas de femmes comme les Sorcières de la Nuit. Pas de mécaniciennes qui chanteraient en se passant les clés à molette, pas d'armurières qui souffleraient sur leurs doigts bleuis par le froid, pas de pilotes qui s'élanceraient en courant vers leurs avions, briguant l'honneur d'arriver la première.

Les cheveux bruns de Yelena volant au vent, ses lèvres douces.

Elle se leva d'un bond.

— Nourriture ?

Ils évitaient toujours les routes encombrées et les villes. Cachés derrière des arbres ou accroupis derrière des buissons, ils attendaient de pouvoir approcher des réfugiés ou des paysans isolés, chargés de paniers. Sebastian racontait comment ils avaient fui Varsovie et vivaient maintenant à la dure. Il y avait trop d'histoires similaires. Chaque carrefour était jonché de détritus abandonnés par des réfugiés en quête de sécurité : les valises renversées, les chariots vides, les baluchons pillés, abandonnés par des voyageurs qui suivaient les pancartes en direction de villes que Nina n'avait aucun désir de connaître. Quand ils venaient marchander des objets de première nécessité, il était rare qu'ils s'attirent des regards soupçonneux. Sebastian se chargeait de parler et Nina faisait le guet.

Il brandit le butin du jour, quelques pommes de terre farineuses dans un sac.

— Ce soir, nous allons nous régaler. C'est mieux que d'essayer de dépasser Berlin en douce, non ?

Je ne sais pas, répondit-elle intérieurement.

Elle essaya de se débarrasser de sa superstition selon laquelle ce fichu pays était maudit. Il n'y avait aucun sens à trouver à ce paysage lunaire, à cette terre dévastée que la guerre avait traversée, la labourant de ses griffes acérées. Alors qu'ils rentraient péniblement vers leur camp, elle huma le vent.

— L'hiver arrive.

Quand vint novembre, le froid épuisait déjà Sebastian. Les arbres dressaient leurs branches noires, des couches de glace faisaient scintiller les cavités les plus sombres, la terre durcissait. Pourtant, l'hiver et les morsures qui l'accompagnaient commençaient à peine.

— Ce n'est rien, déclara Nina sur un ton qu'elle voulait encourageant. Tu devrais voir les vents qui balaient le Vieil Homme en hurlant.

Il était assis, emmitouflé dans tous ses vêtements. Amaigri, il avait les yeux cernés.

— On peut allumer un feu ?

— Il ne fait même pas froid. Gardons-le pour ce soir, quand la température tombera.

Il ne se plaignit pas. Il ne se plaignait jamais : un trait de caractère qu'elle aimait chez lui. Mais, visiblement frustré, il pinça les lèvres.

Contrariée à son tour, elle demanda :

— Tu n'avais pas l'habitude d'avoir froid dans ce camp ?

— La respiration de quarante hommes dormant dans une seule cabane réchauffe une pièce. Et puis, c'était un espace fermé.

Il fit un geste en direction de leur abri. Ils avaient quitté leur vieux campement pour un endroit plus protégé pour l'hiver. Sebastian avait soutenu qu'ils devraient trouver refuge dans Poznań même. La ville était traversée par une vaste étendue boisée – des lacs paisibles, des forêts denses – qui apportait une touche de nature à la civilisation. Mais elle avait protesté que la proximité des Allemands était trop risquée. Ce à quoi il avait répliqué qu'en se rapprochant de la ville, ils trouveraient de la nourriture plus facilement. Elle avait fini par céder, à contrecœur. Au nord-est de l'un des lacs artificiels, ils avaient trouvé une grotte de bonne taille dans un éboulement de rochers, protégée par des sapins et par une corniche. Ils y avaient fait leur feu de camp, installé leurs couvertures chapardées sur des fils à linge et avaient rendu l'abri le plus sec et le plus douillet possible. Mais il ne les protégeait pas du froid.

—Je n'irai pas jusqu'à dire que mon pieu de prisonnier me manque mais, au moins, il avait un toit, essaya de plaisanter Sebastian.

Exaspérée, Nina pensa à Marina Raskova, qui avait survécu dix jours dans la taïga sans trousse de premiers secours. À Yelena, qui avait grandi à Moscou et qui faisait fi des températures polaires d'Engels en blaguant sur le fait que le givre lui allongeait les cils. Mais si Sebastian Graham était trop civilisé pour comprendre ce qu'était le vrai froid, il n'en était pas responsable. Il était ici, elle n'avait que lui. Et, en regardant son visage creusé, elle comprit à quel point elle s'était attachée à lui.

—*Malysh*, lui murmura-t-elle en prenant sa main enroulée dans un tissu. Ça va empirer. Il va neiger. Nos dents vont se déchausser parce que je ne trouverai pas assez de verdure ou de baies. Nous passerons presque tout notre temps à chercher du bois pour le feu et, malgré ça, il ne nous réchauffera pas. Il y aura des moments où tu voudras mourir. Mais tu ne mourras pas. Parce que je sais comment survivre à un hiver en pleine nature. Et nous ne sommes pas en pleine nature, Seb. Nous sommes dans une forêt domestiquée, à Poznań, avec la civilisation à quelques kilomètres de nous. Nous allons survivre. Simplement, ça ne va pas être agréable. Tu me comprends?

—Oui, acquiesça-t-il en faisant un effort pour sourire. C'est moi qui t'ai convaincue de camper pendant l'hiver plutôt que de continuer vers l'ouest. Je ne vais pas craquer, je te le promets.

Mais le silence ténébreux qui remplaça son sourire la mit mal à l'aise.

L'après-midi suivant, ils cherchaient de quoi se ravitailler sur les berges du long plan d'eau étroit qu'était le lac artificiel : des baies rouges à cueillir, des endroits pour pêcher si elle parvenait à fabriquer des hameçons et des cannes à pêche.

— Qu'est-ce que c'est que ça ? demanda Sebastian en montrant une crique à bonne distance, plus loin sur la rive. J'aperçois du jaune.

C'était la première fois qu'ils s'aventuraient si loin.

Plissant les yeux, elle parvint à distinguer un toit pointu, des fenêtres. C'était une maison. Et pas une ferme !

— La villégiature d'un Boche quelconque, dit-elle avec dédain.

Ces temps-ci, toutes les belles maisons de Poznań appartenaient à des Allemands. Du moins, pour le moment. Chaque fois qu'ils tombaient sur des réfugiés avec lesquels ils prenaient le risque d'échanger des nouvelles, la rumeur d'une possible débâcle allemande vers Berlin se confirmait.

— Une grande maison comme celle-là aura un cellier ou une cave à cambrioler.

— Trop risqué, commença Nina.

— S'il y a trop de monde, nous battrons en retraite, répliqua-t-il, enjôleur. Parole d'honneur.

Elle effleura le rasoir dans la poche de sa combinaison, le revolver à sa ceinture. Il y avait longtemps qu'elle n'avait plus de munitions. Mais Sebastian avait raison. Ils n'avaient pas besoin de tenter leur chance. Il leur suffisait de jeter un coup d'œil.

Son estomac gargouillait quand ils commencèrent à longer la rive du lac. De l'autre côté, elle apercevait des plages éparses. Sans doute fréquentées par des nageurs, l'été. Mais aujourd'hui, tout était calme, le silence uniquement troublé par le pépiement des oiseaux. Sebastian, qui les connaissait tous, imita leurs cris. Et elle se réjouit de voir ses joues recouvrer quelque couleur. Lorsqu'ils arrivèrent devant la maison aux murs ocre, l'après-midi touchait à sa fin. Longue et basse, illuminée par les couleurs du couchant, elle surplombait le lac et la forêt. Un ponton s'avançait dans l'étendue azur. Nina détourna les yeux. Même un lac si bleu, si paisible, aussi différent que possible du Vieil Homme battu par les vents, prisonnier de la glace, lui donnait des frissons.

Les lieux semblaient déserts. Les volets étaient fermés mais de la fumée s'échappait d'une haute cheminée. Ils rampèrent à l'arrière, là où les branches des arbres qui n'avaient pas été abattus encerclaient la maison tels des bras noirs. Il n'y avait ni bétail, ni poulailler, ni fils à linge. Rien qui puisse être aisément dérobé. Ils échangèrent des coups d'œil en silence. Nina secoua la tête. Sebastian, qui était accroupi, se leva pour la suivre et regagner l'abri des arbres. Mais, soudain, ils entendirent quelqu'un toussoter derrière eux.

Nina pivota sur ses talons pour se trouver nez à nez avec une femme.

Comment s'est-elle approchée si près sans que je l'entende ?

La pensée fusa en elle. Elle n'avait fait craquer aucune des feuilles qui jonchaient le sol. Pourtant, elle se tenait devant eux. Mince, brune, les yeux bleus, elle avait à peu près son âge. Chaudement emmitouflée dans un manteau bleu et une écharpe à damier, elle tendait les mains en un geste apaisant. Elle souriait mais Nina crispa les doigts sur son rasoir. *Comment avez-vous fait pour vous approcher autant sans qu'on vous entende ?*

Elle parlait polonais d'une voix basse et agréable. Sebastian répondit prudemment, son propre polonais étant fragile. La femme fronça les sourcils et changea de langue. Anglais ? La surprise le faisant sursauter, Sebastian l'imita, parlant trop vite pour que Nina puisse suivre. Si elle pouvait maintenant former des phrases simples et hachées, elle était loin de le parler couramment. Elle gardait les yeux braqués sur cette femme en bleu, ses pieds silencieux chaussés d'élégantes chaussures de cuir, son regard impassible.

— Elle dit que nous sommes au lac Rusalka, traduisit enfin Sebastian, revenant au russe.

« Rusalka ». Le mot lui donna la chair de poule. Elle fit un pas en arrière. La femme sourit, recula aussi, ses deux mains vides levées. Un espoir prudent se peignant sur son visage, Sebastian reprit :

— Elle demande si nous avons faim.

— Pourquoi ?

Nina avait la chair de poule.

— Elle veut aider.

À voir son expression, Sebastian semblait se débattre entre la prudence et l'espoir. Mais l'espoir l'emportait.

— Elle dit que nous n'avons rien à craindre.

45

Jordan

Août 1950
Boston

— Anna! s'exclama Jordan en ouvrant la porte de la chambre noire. Je pensais que vous aviez prévu de rester à Concord une semaine de plus.

— Mes filles me manquaient.

Anneliese la serra dans ses bras. Toujours tirée à quatre épingles, elle portait son ample manteau noir et son chapeau à voilette de la même couleur.

— Ruth est partie jouer chez les Dunne ?

— Oui, répondit-elle sans quitter sa belle-mère des yeux.

Elle toussota pour couvrir le bruit de froissement d'étoffe qui montait d'en bas.

— Comment s'est passé votre voyage d'affaires ?

— Rejoins-moi en haut. Je vais faire du thé glacé et je te raconterai. À moins que je ne t'interrompe dans ton travail, ajouta-t-elle d'un ton inquiet.

— Pas du tout. Donnez-moi dix minutes.

Elle était très consciente de la présence de Tony qui, sous l'escalier, était en train de boutonner sa chemise.

Le bruit des talons d'Anneliese s'éloigna. Elle referma la porte et mit le verrou.

— On a eu chaud, dit-elle en riant. Tu es décent ?

— Jamais.

Tony sortit en enfilant ses bretelles.

— Tu vas monter boire du thé glacé ? demanda-t-il, souriant.

— Oui. Je dois être une bonne fille.

Elle redescendit l'escalier, il la prit par la taille et elle noua ses bras autour de son cou.

— J'ai eu plusieurs semaines seule pour en profiter et m'amuser, après tout.

— Je viendrai m'amuser quand tu voudras, dit-il en l'embrassant au creux du cou. Tu veux que je monte, l'air respectable, le chapeau à la main ?

— Non. Pas question.

Il se mit à chercher ses chaussures. Elle en trouva une sous la table. Cet après-midi, ils avaient été un peu trop pressés pour arriver jusqu'au lit qu'elle avait pourtant préparé avec des couvertures.

— J'ai du succès auprès des mères, je te promets. Je sais comment jouer le garçon du Queens propre sur lui, et non le séducteur sans vergogne tapi sous un escalier de chambre noire.

Malgré son habituel ton taquin, Jordan décelait cette méfiance qui, parfois, le rattrapait instinctivement. La méfiance de son premier soir ici, quand il lui avait parlé de la fille qui ne l'avait plus rappelé une fois qu'elle avait appris qu'il était juif.

Elle s'approcha et entrelaça ses doigts aux siens.

— Tu sais pourquoi je ne veux pas te présenter en haut ? Pas parce que tu ne plairais pas à Anna. Pas parce que tu n'es pas l'homme le plus charmant, le plus présentable que je pourrais jamais espérer avoir à mon bras. Mais à cause de Ruth.

— Princesse Ruth m'adore.

— Exactement. Tu l'appelles Princesse Ruth et applaudis avec enthousiasme chaque fois qu'elle réussit une nouvelle gamme. Et si tu montes et que tu commences à te montrer charmant avec sa mère pendant le thé, elle sera enchantée à l'idée que tu es mon amoureux. Et je ne veux pas lui refaire vivre la même déception qu'avec Garrett. Parce qu'elle l'adorait aussi et que, quand j'ai dû lui dire que, finalement, il ne serait pas son grand frère, ça lui a brisé le cœur. Je ne veux pas qu'elle croie que quelqu'un d'autre fait partie de la famille à moins d'être sûre qu'il va rester longtemps, très longtemps.

Elle lui pressa les doigts.

— Voilà pourquoi je ne t'emmène pas en haut pour le thé.

Cette imperceptible méfiance disparut et il répondit :

— J'adore le thé glacé. Ça vaudrait peut-être le coup de rester longtemps, très longtemps, si c'est un thé glacé qui en vaut la peine.

— Je pensais que nous vivions juste une folle aventure d'été.

— Des amendements pourraient être apportés au contrat original. Une extension possible de trois mois pour une aventure automnale, selon un accord entre les deux parties.

— Tu te seras peut-être lassé de moi quand arrivera l'automne.

— Aucune chance, J. Bryde.

— Ou peut-être me serai-je lassée de toi, suggéra-t-elle. Je serai à New York, à rencontrer toutes sortes d'hommes fascinants.

— Il se trouve que j'ai de la famille à New York. Des tas de raisons de venir en visite... et personne ne se lasse jamais de moi.

— Je ne sais pas si je veux continuer à coucher avec un fan des Yankees après septembre. Qu'est-ce qui va se passer quand les Red Sox les auront battus en octobre et que tu refuseras de me parler ?

— Je suis un gagnant très agréable. Je sécherai tes larmes et tu auras l'intersaison pour tirer des leçons de tes erreurs.

— Aucune chance, Rodomovsky.

Elle l'embrassa passionnément, une première fois. Puis, plaquée contre le mur le plus proche, se laissa embrasser en réponse à quatre reprises. De ses mains, elle fourrageait dans ses cheveux tandis qu'il faisait sauter les boutons qu'elle avait fermés si rapidement pour répondre à la porte.

— Pas le temps, murmura-t-elle.

Pourtant, elle ne monta à la cuisine que vingt minutes plus tard, ses cheveux recoiffés à la hâte. D'un coup d'œil discret par la fenêtre, elle aperçut Tony qui quittait la chambre noire.

Alors que, derrière elle, Anneliese remplissait deux tasses de thé, elle suivit des yeux sa silhouette mince qui s'éloignait à petites foulées. *Après une folle aventure d'été, je suis partante pour une folle aventure automnale.* Faire l'amour avec lui n'avait rien à voir avec faire l'amour avec Garrett, avec qui, même si c'était agréable, c'était toujours un peu embarrassant. Et elle n'avait jamais réussi à se débarrasser de l'impression que chaque baiser l'acheminait inexorablement vers le mariage. Avec Tony, elle vivait quelque chose de plus décontracté, qui lui convenait mieux. Ce qui se passait entre eux n'était pas sérieux, ils n'étaient pas coincés par des projets d'avenir, ils n'avaient rien à officialiser. Ils étaient juste deux amants, le travail, le jeu, la passion et l'amitié se mêlant en une relation sans complications.

— Tu as des étoiles plein les yeux, lui dit Anneliese en lui tendant un verre glacé. Qui est celui qui donne un tel éclat à tes joues ?

D'un geste, elle repoussa Taro qui battait frénétiquement de la queue à la joie de l'avoir retrouvée.

Un homme qui me fait vibrer. Qui me fait rire, qui m'aide même à mieux travailler. Peut-être que cela restera une simple aventure d'été. Peut-être qu'il se désintéressera de moi quand je partirai ou alors ce sera l'inverse. Mais pour le moment… Elle dissimula son sourire dans son thé. Il était possible qu'une voisine indiscrète parle à sa belle-mère du jeune homme qu'elle avait vu quitter le sous-sol. Mais Jordan la connaissait suffisamment pour savoir qu'elle ne lancerait pas une enquête.

— Qu'avez-vous acheté aux ventes aux enchères ? s'enquit-elle une fois qu'elles furent passées au salon.

— Rien, dit-elle à regret. Rien du tout. Avec ton père, tout paraissait si simple. Il lui suffisait d'un regard à une commode haute Queen Anne pour savoir immédiatement s'il s'agissait d'une reproduction ou d'une originale. Ou si elle avait été bien restaurée ou bâclée. J'ai été stupide de croire que j'avais suffisamment appris pour l'égaler. Je vais donc être obligée de confier cette mission à un vrai spécialiste.

— Au moins, vous avez pris des vacances, fit-elle remarquer en entourant son verre de ses mains. Et cette semaine à Concord ?

Une expression pleine de douceur se peignant sur son visage, elle répondit :

— Ton père était là, avec moi. J'aurais pu en jurer. J'avais la même chambre que celle de notre lune de miel. Et pour Ruth et toi, tout s'est bien passé ?

Jordan lui résuma leurs emplois du temps, omettant les détails sur son amant de la chambre noire et les leçons de musique. Cela pouvait attendre.

— Mon reportage est presque fini, maintenant. J'ai quatorze photos, j'en veux quinze.

— Dans ce cas, tu devrais commencer à penser à un endroit où habiter à New York. J'ai profité de mon séjour pour commencer à regarder des annonces. Il n'est pas question que tu loues une chambre infestée de puces avec les toilettes sur le palier.

— Une recherche d'appartement me semble encore un peu prématurée.

— Pourquoi ? Ton projet est presque terminé. N'est-ce pas le meilleur moment pour se mettre en quête d'un travail ? Et tu as dit vouloir déménager à l'automne. Tu auras besoin d'un tailleur élégant pour les entretiens. J'ai trouvé le parfait patron Butterick…

— Je comptais attendre que Ruth ait bien fait sa rentrée. Ça ne va pas être facile pour elle.

— Balivernes ! Elle m'aura, elle aura ses amis et sa chienne. Ce n'est pas elle qui devrait te retenir. À moins que…

Anneliese la dévisagea d'un air spéculateur, les yeux plissés, une lueur taquine dans le regard.

— … tu aies une autre raison ?

Jordan éclata de rire.

— Encore une fois, je constate que rien n'échappe à votre sixième sens.

Elle aurait dû se douter que sa belle-mère était bien trop perspicace pour ne pas déceler la véritable raison de ses joues empourprées et de ses yeux pétillants.

— Ça doit être un sacré garçon, fit-elle remarquer en laissant glisser un doigt sur son verre. Mais je détesterais te voir changer tes projets pour un jeune homme, si exceptionnel soit-il.

— Il ne m'empêchera pas de partir.

Même si ce qu'elle vivait avec Tony était délicieux, elle ne laisserait pas passer une chance de travailler, de travailler vraiment. Elle ne l'aurait laissée passer pour personne… À une exception près.

— Néanmoins, je ne peux pas partir avant que Ruth se soit habituée à l'idée de mon absence. Je ne peux vraiment pas.

— Allons, je ne peux pas l'accepter ! la réprimanda Anneliese. Fixons une date, Jordan. Celle du début de ta nouvelle vie. Du jour où tu partiras et que tu commenceras à la vivre. Et rien ni personne ne doit se mettre en travers de ton chemin.

— Du mien ou du vôtre ? plaisanta-t-elle en souriant. Pour un peu, je pourrais croire que vous essayez de vous débarrasser de moi !

Une fraction de seconde, le sourire de sa belle-mère s'évanouit, laissant place à une expression étrange. Sur ses genoux, Jordan sentit son index fléchir. *Clic.*

Mais, se reprenant, Anneliese répondit avec douceur :

— Ce n'est certainement pas ce que j'ai voulu dire !

— Anna, je suis navrée ! s'exclama Jordan en prenant la main de sa belle-mère. J'ai été maladroite.

— Je t'en prie, la rassura sa belle-mère.

Celle-ci se leva, prit leurs verres et se dirigea vers la cuisine.

— Aimerais-tu plus de thé ?

— Oui, merci, dit-elle avec un sourire forcé. Peut-être devrions-nous regarder les listes d'appartements ensemble. Vous n'aviez vraiment pas à le faire pour moi quand vous étiez à New York.

Se retournant, Anneliese lui lança son chaleureux sourire habituel.

— C'était un plaisir.

Surtout si vous voulez me voir partir aussi vite que possible. La pensée la traversa malgré elle. Mais elle s'empressa de la chasser.

Anneliese revint avec le thé glacé, se rassit, et, son affabilité habituelle revenue, demanda :

— Quel sera le thème de la dernière photo de ton reportage ?

Elle n'avait pas encore décidé. Ruth et son violon, ses petits doigts sur les cordes, son front plissé par la concentration alors qu'elle jouait avec un soin exquis cette berceuse russe toute simple ? Mais il lui était impossible d'en parler. Elle évoqua alors l'idée d'aller à la caserne la plus proche pour photographier des pompiers au travail. Et sa belle-mère la taquina, avançant que c'était peut-être un beau pompier qui la rendait rêveuse. Et même si elle en plaisanta avec elle, une autre pensée germa dans son esprit, comme l'image floue d'un tirage dans le bac à développement. Depuis quand exactement avait-elle commencé à avoir tant de secrets pour Anneliese ?

Elle aurait peut-être oublié cet incident mais, quatre jours plus tard, en arrivant au magasin, elle tomba sur sa belle-mère et M. Kolb qui s'invectivaient en allemand.

Ou, plus exactement, Kolb qui criait. Titubant, empestant le cognac, il marchait de long en large en hurlant en allemand. Devant la fureur qu'exprimait ce visage habituellement si cordial, Jordan tressaillit. Il devait être complètement ivre. Sa belle-mère, menue, placide, lui répondait dans un allemand cinglant. En entendant tinter la cloche, ils se turent et se tournèrent vers elle. Elle portait la robe d'été jaune confectionnée par Anneliese.

—Jordan, je ne t'attendais pas, finit par dire cette dernière en passant à l'anglais.

Elle était venue voir Tony. Qui, manifestement, était en pause-déjeuner. Elle s'avança à côté de sa belle-mère et regarda M. Kolb.

—Avons-nous un problème ?

Les yeux toujours rivés sur Anneliese, il ne lui accorda pas un regard.

—Je vous fais gagner de l'argent, je fais du bon travail.

—Qu'importe tout le bon travail que vous avez effectué pour moi, vous ne pouvez pas venir travailler ivre, répondit-elle, glaciale. Rentrez chez vous et décuvez. Gardez votre calme.

D'une voix pâteuse, il bredouilla quelques mots haineux en allemand. Ses yeux lançant des éclairs, sa patronne l'interrompit d'une remarque cinglante. Il ferma la bouche et regarda le sol. Puis, les épaules affaissées, il releva la tête.

—Allez chercher votre manteau ! lui ordonna-t-elle alors.

—J'y vais, intervint Jordan.

Elle ne voulait pas qu'il titube dans l'arrière-boutique au risque de casser des objets fragiles. Elle trouva le manteau de Kolb sur le dossier d'une chaise et fit une grimace en entendant le tintement d'une bouteille dans sa poche. Lorsqu'elle se retourna, elle sursauta. Elle était nez à nez avec lui. Il vacillait.

— Tellement d'argent, dit-il. Cette garce.

Jordan eut un mouvement de recul.

— Ne parlez pas de Mme McBride comme…

Toujours tanguant sur ses jambes, il l'interrompit par un flot d'insultes. *Hure, Scheissekopf, Jägerin*. Il semblait ne pas avoir conscience de sa présence.

La voix d'Anneliese claqua comme un fouet derrière eux.

— *Herr* Kolb !

Il sursauta et Jordan sentit sa bouche se dessécher. Elle ne pensait pas avoir jamais vu un homme aussi terrifié.

— Je ne veux pas que vous fassiez peur à ma belle-fille. Rentrez chez vous.

Kolb attrapa son manteau et sortit en trébuchant. Anneliese lui ouvrit la porte puis la referma. Le tintement grêle de la cloche résonna dans le silence soudain.

Retrouvant l'usage de la parole, Jordan lança :

— Renvoyez-le !

— Je ne peux pas me le permettre, répondit sa belle-mère avec un sourire amer. Il nous a fait gagner beaucoup d'argent, Jordan. Il avait raison sur ce point. Il est très compétent dans son travail.

— Nous pouvons trouver quelqu'un d'autre. Papa n'aurait jamais accepté ce genre de comportement.

— Il n'aurait pas osé parler à ton père de cette manière. Voilà ce qui arrive aux femmes qui dirigent des affaires. Demain, il reviendra discrètement et il fera amende honorable. Comme tous les ivrognes.

— Cela n'excuse pas les noms dont il vous a traitée.

Elle était quasiment sûre de comprendre la signification de « *Hure* ». « *Scheissekopf* », « *Jägerin* », elle n'en avait pas la moindre idée.

— Crois-moi, je n'éprouve aucun plaisir à me voir insultée par des employés, reprit sa belle-mère avec un soupir. Pour le moment, il est inoffensif.

— Vous en êtes sûre ?

Elle esquissa un nouveau sourire acerbe.

— Un homme comme M. Kolb ne me fait pas peur.

Non, songea Jordan. *C'est vous qui le terrifiez.*

Elle avait vu son visage d'assez près pour s'apercevoir qu'il en transpirait.

— Rentrons, tu veux bien ? dit alors Anneliese en prenant ses gants.

Un détail tracassait Jordan. La titillait. Un détail qu'elle ne pouvait pas vraiment analyser. Une phrase de Kolb ? De son père… ? Ce soir-là, distraite par cette pensée qu'elle ne parvenait pas à chasser, elle toucha à peine l'excellent pain de viande d'Anneliese.

— Tu devrais sortir, lui conseilla cette dernière. Demander à ton amoureux de t'emmener quelque part.

Des mots qui firent écho à d'autres phrases de sa belle-mère.

« Tu devrais sortir. »

« Il partira quand nous pourrons nous le permettre. »

« La date du début de ta nouvelle vie. Du jour où tu partiras et que tu commenceras à la vivre »

« Pars. »

C'était ridicule ! Anneliese ne pouvait pas être en train d'essayer de se débarrasser d'elle !

Mais alors qu'elle regardait les yeux bleus candides de sa belle-mère, une nouvelle interrogation germa en elle. Prétextant avoir une pellicule à développer, elle descendit dans la chambre noire où flottait encore un soupçon de l'after-shave de Tony. Elle aurait aimé qu'il soit ici. Curieusement, il posait toujours la question qui faisait jaillir la bonne réponse des méandres de son esprit.

Lentement, elle feuilleta son reportage photo. Le mécanicien de l'aérodrome, la danseuse. *Qu'est-ce que je cherche ?* Le boulanger, le pilote. *Quoi ?* Elle remonta à la toute première, Dan McBride, ses mains encadrant le plateau à cartes de visite. Juste l'éclat de son regard, à la fois sage et amusé.

Peu à peu, comme si une lourde porte s'entrouvrait doucement sur un filet de lumière, elle se rappela ses paroles.

« Tu n'as rien remarqué au sujet de Kolb, ma belle ? »

« Comme quoi ? »

« Je ne sais pas. Chaque fois que j'entre vérifier les travaux de restauration, il prend des airs fuyants. Et avec son anglais si inégal, je ne peux que lui poser des questions simples. Bien sûr, Anna traduit toutes les questions délicates. »

C'était le jour où son père lui avait offert les boucles d'oreilles Lalique pour son prochain mariage. Le mariage qui n'avait jamais eu lieu.

« Est-ce qu'il fait venir du monde au magasin ? Pas des clients. Mais des gens qu'il amènerait dans l'arrière-boutique ? »

« Je n'ai rien remarqué, se souvenait-elle d'avoir répondu. *Pourquoi ? »*

« Je suis arrivé un jour et j'ai trouvé Kolb dans l'arrière-boutique avec un autre Allemand… Kolb s'est lancé dans un charabia… »

« Il lui arrive de faire venir des experts. Anna lui a donné la permission », se rappelait-elle avoir aussi répondu.

Elle resta en contemplation devant la photo. Elle n'avait pas repensé à cette conversation depuis. Elle avait été distraite par le grand jour qui approchait à grands pas. En outre, il n'avait pas eu l'air alarmé, elle n'avait décelé aucune inquiétude dans sa voix.

Mais s'il l'avait été, te l'aurait-il dit ? La réponse était évidente. *Non, il se serait défendu de se faire du souci inutilement.*

Et puis, y avait-il vraiment matière à soupçons ? Anneliese traduisant pour Kolb, lui permettant de faire venir des gens pour l'aider à restaurer des livres très usés ou des petites tables ébréchées ?

La colère de Kolb aujourd'hui.

« Je vous fais gagner de l'argent, je fais du bon travail. Tellement d'argent. Cette garce ! »

— Il nous a fait gagner de l'argent, dit-elle à voix haute. De façon parfaitement légale.

Depuis que Kolb était chargé du travail de restauration, les affaires étaient florissantes. C'était Anneliese qui avait suggéré de le parrainer, et qui, d'une voix pleine d'affection, avait évoqué sa vieille échoppe de Salzbourg où il lui donnait des pastilles à la menthe comme il le faisait aujourd'hui avec Ruth.

Alors pourquoi avait-il paru si terrifié quand elle lui avait dit d'aller décuver et de garder son calme ?

Sa belle-mère avait dit que la guerre ne l'avait pas épargné. L'épreuve d'une guerre pouvait faire flancher un homme, le rendre craintif avec n'importe qui. C'était parfaitement plausible.

À cela près qu'elle ne le croyait pas.

Le lendemain, elle consulta le livre de comptes, ce qui l'apaisa. Elle avait toujours tenu les comptes familiaux. Elle connaissait la somme qu'ils avaient à la banque jusqu'au dernier centime. Les lignes bien tracées n'indiquaient aucune transaction louche. Le solde était sain, témoignant de la croissance régulière dont n'importe quelle affaire prospère pouvait s'enorgueillir. Rien de suspect. Pourtant, inexplicablement, son soulagement fut de courte durée. Et sans prendre le temps d'analyser sa réaction, elle prit son sac et, son chapeau sur la tête, gagna la banque qui avait toujours été celle de son père.

— Jordan McBride ! s'exclama l'employée de banque.

Avec sa mise en plis et ses cheveux blancs, elle ressemblait à une grand-mère. Jordan avait pris grand soin d'attendre que son guichet soit libre. Elle préférait mille fois avoir affaire à Mlle Fenton, qui l'avait connue enfant, plutôt qu'à l'un des nouveaux employés qui, depuis le décès de son père, répondaient à ses questions avec condescendance.

Assise en face d'elle, à son bureau, elle passa quelques minutes à converser avec elle.

« Votre nièce a déjà six ans, mademoiselle Fenton ? N'est-ce pas adorable ? »

Puis elle raconta une histoire élaborée avec soin sur le fait qu'elle avait oublié de consigner un dépôt dans le livre de comptes familial. *« Y a-t-il eu des dépôts importants dernièrement ? Ni sur le compte chèque ni sur le compte épargne ? Quel soulagement ! »*

— Je sais que papa n'est plus là mais je frissonne rien qu'à l'idée qu'il me regarde de là-haut et qu'il puisse penser que j'ai été négligente, avoua-t-elle d'un ton penaud.

— Paix à son âme. Votre père était une personne unique. Exceptionnelle.

— Certes… Et y a-t-il eu de nouveaux dépôts sur le compte de ma belle-mère ?

Elle retint son souffle. Parce que Anneliese n'avait pas de compte à son nom. Son mari lui donnait de l'argent pour le ménage chaque fois qu'elle le souhaitait, mais les comptes avaient toujours été à son nom seul.

— Ce compte a été fermé, mon chou.

— Oh ! parvint-elle à répondre. Quand ?

Mlle Fenton plissa les yeux.

— Il y a environ un mois.

Juste avant le départ d'Anneliese pour New York et Concord.

— Quelle somme y avait-il ? demanda-t-elle alors de son ton le plus détaché.

Ce n'était pas le genre de question à laquelle une employée de banque pouvait répondre concernant le compte d'un tiers. Pourtant, Mlle Fenton n'hésita pas une seconde. Elle lui communiqua immédiatement un chiffre qui la fit tressaillir. Ce n'était sans doute pas une fortune mais ça représentait un vrai magot.

— D'après Mme McBride, c'était une deuxième assurance vie de votre père, expliqua étourdiment Mlle Fenton. Quelle femme charmante, votre belle-mère ! J'ai toujours regretté de ne pas mieux la connaître.

Un jour où elle avait accompagné Ruth chez Mme Dunne, leur voisine lui avait dit la même chose. *« Je suis heureuse d'aider votre belle-mère ! Elle devrait se joindre à mon groupe de couture, toutes mes amies aimeraient mieux la connaître…* » Anneliese habitait le quartier depuis des années, cependant, combien de gens la connaissaient bien ?

Moi, ne put-elle s'empêcher de penser. La femme éperdue de douleur qui avait veillé Dan McBride à l'hôpital, celle qui, une nuit, lui avait confié son cauchemar sur la *roussalka* en partageant un chocolat chaud. La femme qui avait passé des heures à lui coudre des jupes et des robes d'été neuves, qui pouvait rire aux éclats en regardant Taro courir après une balle. La femme qui lui avait offert une cigarette, son affection, l'indépendance, la liberté. *Je la connais*, songea-t-elle désemparée. *Je la connais et je l'aime.*

Et pourtant. La terreur sur le visage de Kolb. Cet argent, qui pouvait parfaitement être une deuxième assurance vie, à cela près qu'elle n'en croyait rien.

Elle prit congé de Mlle Fenton et rentra. Après s'être assurée qu'Anneliese était sortie faire des courses, elle appela l'auberge de campagne à Concord. L'auberge où Anneliese et son père avaient passé leur lune de miel, où sa belle-mère était descendue après son voyage à New York.

Et ne fut pas surprise d'entendre le réceptionniste répondre à sa question :

— Nous n'avons pas eu de Mme McBride parmi nos clients le mois dernier, mademoiselle.

Elle la décrivit avec soin : une ravissante jeune trentenaire, brune aux yeux bleus, très élégante.

— Non, personne ne correspond à cette description, mademoiselle.

Elle mit plus de temps à trouver les numéros de téléphone des collègues de son père à New York dans son vieux carnet de cuir. D'autres propriétaires de magasin, antiquaires et relieurs. Des hommes qui étaient venus à son enterrement, avec qui il marchandait et parlait boutique à des ventes aux enchères comme celles auxquelles Anneliese venait d'assister. Si ce n'était qu'aucun de ceux qu'elle put joindre au téléphone ne se rappelait l'y avoir vue.

— Je l'aurais remarquée, lui répondit le copropriétaire de *Chadwick & Black*, sa voix un peu trop enjouée trahissant qu'il avait déjeuné de deux Martini, votre belle-mère est une beauté. Votre père avait de la chance. Paix à son âme.

— Paix à son âme, répéta-t-elle avant de raccrocher.

Ainsi, Anneliese n'était allée ni à Concord ni à New York ?

Qu'avez-vous fait, Anneliese ?

Où êtes-vous allée ? Que mijotez-vous ?

Elle secoua la tête, refusant spontanément ses soupçons. Mais elle ne pouvait les contrôler. Ils étaient revenus. Tous ceux qu'elle nourrissait depuis le jour où, dans la cuisine, elle avait saisi une photo de sa belle-mère, une assiette couverte de mousse à la main, tournant la tête vers Dan McBride pour lui demander : *« Vous chassez ? »* Les mystères sur les noms, les dates, la croix gammée enfouie dans les roses.

Pour un peu, elle aurait entendu son père la rabrouer :

« Allons, allons. Assez avec ton imagination débordante, ma belle ! »

Mais cette fois, il ne s'agissait pas d'une histoire insensée : Anneliese avait menti sur ses récents voyages, il se tramait quelque chose de louche entre Kolb et elle, et elle était en possession d'une importante somme d'argent inexpliquée.

Elle s'obligea à repenser à la croix gammée. Et à tout le reste.

Qu'avez-vous fait, Anneliese ?

Qui êtes-vous, Anneliese ?

Qui ?

46

Ian

Septembre 1950
Côte de la Floride

— D'après Jordan, hier, Kolb a été renvoyé chez lui ivre, raconta Tony. Je pense qu'il est sur le point de craquer.

La ligne téléphonique crépitait. Ian posa un coude sur la porte de la cabine téléphonique et regarda de l'autre côté de la rue, où Nina était en train de disparaître à l'intérieur d'un petit bazar de bord de mer. Le soleil déclinait rapidement.

— Tant mieux ! Parce que notre piste de Floride n'a rien donné. Il s'agissait d'un homme de cinquante-deux ans qui aurait pu être un employé des camps ou un fonctionnaire du parti nazi, mais évidemment pas Lorelei Vogt.

Tony émit un juron. Mais Ian restait fataliste.

— C'étaient des pistes. Nous devions les suivre jusqu'au bout. Puis les éliminer.

Faisant contre mauvaise fortune bon cœur, Nina et lui avaient pris le bus jusqu'à la petite ville sur Cocoa Beach, en Floride, qui était leur dernière piste. Le bus était non seulement moins cher mais plus rapide que la Ford bringuebalante. Néanmoins, ayant déjà rayé six adresses de la liste, Ian avait pressenti que cette dernière tentative ne serait pas plus fructueuse que les autres.

— Qui sait, je reviendrai peut-être un jour pour aider à arrêter ce quinquagénaire à l'accent berlinois et au regard inquiet, qui nous a ouvert la porte il y a une heure, reprit-il.

Après un silence à l'autre bout du fil, Tony lui demanda, l'air soudain pensif :

— Veux-tu qu'un jour, la mission du centre ne se limite plus qu'à procéder à des arrestations, patron ?

— Tu pensais à quoi ?

— À en faire un dépositaire. Un musée. Ou peut-être que ce n'est pas le mot juste. Je ne sais pas, mais j'ai des idées.

— Est-ce Jordan McBride qui te les a suggérées ? ironisa Ian.

— Elle me fait réfléchir. Elle me fait beaucoup réfléchir, en fait.

Tony prit une inspiration.

— Et si nous l'incluions dans la traque ?

— Quoi ?

— Nous n'avons rien à cacher. Nous ne faisons rien de honteux. Elle pourrait peut-être même nous aider. Après tout, elle connaît Kolb et le magasin. Elle pourrait peut-être apporter un regard neuf à nos recherches.

— Ou peut-être va-t-elle te renvoyer pour lui avoir menti et nous pourrons tirer un trait sur notre accès au lieu de travail de Kolb.

D'une voix crispée, Tony répliqua :

— Je déteste lui mentir.

— Nous en reparlerons, concéda Ian en passant une main dans ses cheveux. Ce sera le premier sujet de discussion quand Nina et moi rentrerons demain.

Cette ville de Floride était un tel trou, il n'y aurait pas d'autre bus avant le matin.

Au moment où il raccrochait, Nina sortait du bazar, chargée d'un petit paquet. Il faisait déjà presque nuit.

— Je suppose que nous devrions essayer de trouver un hôtel, pour peu qu'ils aient des hôtels.

Hormis la chaleur moite et le bruit des vagues, ce hameau n'offrait pas grand-chose.

— Pourquoi se fatiguer avec hôtel ? demanda-t-elle en levant les yeux vers le ciel qui s'assombrissait. C'est belle nuit.

Pour n'importe quelle autre femme, « une belle nuit » aurait signifié un magnifique coucher de soleil et une pleine lune, une nuit pour l'amour. Pour Nina, cela signifiait un ciel sans nuages et un mince croissant de lune, le temps idéal pour tout faire sauter.

— Tu veux dormir sur le sable toute la nuit ?

— Ça nous ferait faire des économies. Et, de toute façon, on ne dort pas après une traque. On est trop énervés.

— C'est vrai.

Ian ne savait pas s'il existait deux insomniaques pires que Nina et lui. Quand ils étaient en voyage, leur budget leur imposait de ne prendre qu'une seule chambre et il était surpris de constater à quel point l'insomnie se vivait mieux à deux. Régulièrement, son rêve de parachute le réveillait à 1 heure du matin. Il calmait les battements furieux de son cœur en allumant la lumière et en lisant subrepticement l'un des romans de gare de Georgette Heyer ouvert sur l'une des épaules nues de Nina qui dormait à poings fermés. Il finissait par se pelotonner contre elle et se rendormir. Une heure plus tard, il la sentait se réveiller. Elle se levait pour aller s'asseoir à la fenêtre de leur chambre et se griser de l'air nocturne. Quand elle revenait, elle se glissait sous la couverture et commençait à lui mordiller l'oreille.

— Je n'ai pas sommeil, *luchik*, épuise-moi.

Après avoir satisfait sa demande, ils parvenaient tous les deux en général à s'assoupir jusqu'à l'aube, leurs jambes entremêlées.

Le bras de Nina sur son ventre, il enfouissait son visage dans ses cheveux.

Je ne renoncerai pas à ça, songea-t-il. *Si je peux juste trouver ce qui te donnera envie de rester.* Comment diable courtisait-on une femme aussi imprévisible qu'une balle de revolver ?

Ils mangèrent des hot-dogs dans un *diner* délabré sur la plage. Puis Nina trouva des toilettes publiques et disparut avec le paquet acheté au bazar. Ian l'attendit dehors, s'éventant à l'aide du panama en paille qu'il avait acheté pour remplacer son vieux borsalino. Il l'avait froissé et frappé avant de le jucher sur sa tête, incliné à l'angle approprié. Quand, enfin, elle ressortit, ses cheveux humides qui caressaient ses épaules sentaient le peroxyde.

— C'est mieux, dit-elle avec un soupir d'aise, en passant ses doigts dans ses racines redevenues blondes.

Ils prirent la direction de la plage.

— Pourquoi te teins-tu les cheveux ? demanda Ian avec curiosité. Je ne veux pas être indiscret, car ça me plaît. Mais, étant donné que ta seule autre coquetterie a été de te faire tatouer ton record de pilote sur la plante du pied…

Elle se contenta de hausser les épaules. Une autre de ces questions impromptues à laquelle elle refusait de répondre. Ian laissa courir et ils se mirent à flâner sur la longue plage déserte, leurs bras se frôlant. Il faisait maintenant nuit noire, l'obscurité éclairée par le pâle scintillement des étoiles au firmament. Il sentait le sable crisser sous ses chaussures. Arrivée au bord de l'eau, elle s'arrêta et retira ses sandales. Son profil se détachait, clair, dans la pénombre. Il repensa à la nuit au bastingage du transatlantique.

À brûle-pourpoint, il lui demanda :

— Nina, au cours des cinq années que tu as passées en Angleterre… as-tu rencontré quelqu'un ? Je ne t'en voudrais pas si c'était le cas, ajouta-t-il, peu sincère.

Il découvrait que le fait de tomber amoureux de sa femme avait fait naître en lui un sentiment de possessivité. Mais cela ne signifiait pas pour autant qu'il devait s'y abandonner.

— Ce n'était pas exactement un vrai mariage, ajouta-t-il.

— Il y en a eu quelques-uns, répondit-elle d'un ton détaché. C'était cinq ans. Et toi ?

Il admit :

— Quelques-unes. Ça n'a duré avec aucune. Est-ce que l'un d'entre eux t'attend ? se força-t-il alors à demander.

Si elle répondait oui, il n'ajouterait pas un mot.

— Non. Peter est parti voler avec équipe acrobatique. Simone, elle est mariée.

Ian trébucha dans le sable.

— « Simone » ?

— Mon patron à l'aérodrome de Manchester. Il ramène une femme française de la guerre. Mais il passe toutes les nuits en ville avec sa maîtresse. Et Simone se sent seule. *Bozhe moi.* Elle aurait pu épuiser un tigre. Si tu as besoin de dormir, trouve une Française de quarante-cinq ans qui sent eau de violette et qui ne s'est pas envoyée en l'air depuis des années, lui conseilla-t-elle.

Ian digéra sa confession.

— Bon sang, Nina !

Elle eut un petit rire.

— Je te choque ?

— Un peu, oui.

Ce n'était pas que l'idée des femmes appréciant la compagnie d'autres femmes lui était étrangère. Toutefois, il était un peu bizarre de se rendre compte que sa femme, comme son rasoir, était à double tranchant.

Souriante, elle l'attira à elle pour lui dévorer les lèvres de l'un de ses baisers voraces.

— Tu es en train de penser maintenant que ça veut dire que tu ne me plais pas ? murmura-t-elle alors, le souffle un peu court. Si, tu me plais.

— J'ai maintenant quelques preuves assez convaincantes que je te plais, camarade.

Il lui rendit son baiser, ses mains glissant dans ses cheveux humides. Puis, se débarrassant de sa veste, il l'étala sur le sable et l'y allongea. Elle ne regrettait personne à Manchester, ni un aviateur britannique ni une Française parfumée à l'eau de violette. Et cela suffisait à le combler de soulagement et d'avidité. Il posa ses lèvres sur sa gorge et, lentement, descendit sur son corps. *Allons, camarade. Il y a les étoiles, le sable, le parfum iodé de la mer, et je suis en train de te faire l'amour. Laisse-toi émouvoir par le foutu romantisme du moment, s'il te plaît. Laisse-toi émouvoir, Nina. Donne-moi une chance.*

— Reste avec moi.

Les mots jaillirent spontanément, après l'amour. Ils se tenaient toujours enlacés au milieu de leurs vêtements éparpillés et, un peu haletant, il la serrait contre lui avant qu'elle ait une chance de se dégager.

— Je ne veux pas divorcer, Nina. Reste avec moi.

Elle le dévisagea et il la sentit s'éloigner sans même un tressaillement de muscle.

— Donne-nous un an, ajouta-t-il en effleurant sa pommette saillante de son pouce. Tu aimes ce travail, tu aimes la traque, tu aimes être avec moi. Pourquoi ne pas rester ? Essaie pendant un an d'être ma femme, pas simplement en portant mon nom. Ce ne serait pas comme la plupart des mariages, avec des enfants, des déjeuners du dimanche, la tranquillité. Tu t'ennuierais et moi aussi. Mais nous aurions ça, les voyages, la chasse et un lit à la fin de la journée. Un an !

Il mit toute sa conviction dans ses paroles.

— Donne-nous un an et si tu veux partir à la fin, nous divorcerons. Mais pourquoi ne pas essayer ?

Elle s'assit, noua ses bras autour de ses genoux, lui offrant un visage fermé et obstiné.

— Je n'aime pas, dit-elle. Ce n'est pas dans ma nature.

S'il lui faisait les yeux doux, elle allait détaler. Aussi, choisissant ses paroles avec soin, il lui dit :

— L'amour n'est pas le mot. Je ne suis pas certain qu'il existe un seul mot pour exprimer ce que tu représentes pour moi, Nina. Peut-être « camarade » serait le mieux. Des camarades qui sont mari et femme. Pourquoi cette relation ne vaut-elle pas la peine d'être préservée ?

Elle secoua vivement la tête.

— Pourquoi ?

Il se redressa à son tour, essayant de contenir la colère dans sa voix.

— Dis-le-moi. Dis-moi quelque chose. Ne reste pas à fulminer en me lançant des regards noirs.

Il soutint son regard dans l'obscurité. Elle détourna la tête vers les longs rouleaux de l'Atlantique qui, sous le ciel nocturne, venaient paresseusement s'écraser sur le rivage. Enfin, tirant sur une mèche de ses cheveux humides, elle demanda d'une voix glaciale :

— Tu veux savoir pourquoi je les teins ? Parce que ça plaisait à *Yelenushka*. Ma pilote. Yelena Vassilovna Vetsina. Lieutenant senior au 46e. Presque trois ans avec elle et je l'aimerai jusqu'à ma mort.

Même à la pâle lumière des étoiles, il vit le scintillement de ses larmes dans ses yeux. Et se sentit soudain angoissé. Anéanti. Elle n'avait pas un cœur de pierre, en fin de compte.

— Yelena, répéta-t-il, gardant sa voix égale. Hélène en russe, c'est ça ? comment était-elle ?

— Brune. Grande. Des cils interminables. Et *tvoyu mat*, elle savait voler. Rien de plus beau dans les airs.

— Que s'est-il passé ?

Laconique, elle raconta. Et il eut toutes les peines du monde à imaginer sa fanfaronne de Nina, le cœur brisé, sanglotant dans un cockpit. Il avait envie de la serrer dans ses bras, mais elle aurait détesté ça.

— Tu sais ce qu'elle est devenue ? demanda-t-il, couvrant le murmure des vagues. Ton Hélène de Troie ?

— Oui.

Il attendit. Sa femme contemplait les flots sombres.

— Après la guerre, le temps d'une courte période, tu pouvais encore envoyer du courrier vers la Mère Patrie. Avant que tout ferme et que l'Ouest devienne interdit. Mais c'est comme envoyer des messages dans des bouteilles à la mer, d'essayer de trouver des gens. Je ne sais pas où trouver *Yelenushka*, j'essaie mon ancienne commandant.

— Bershanska ?

— Bershanskaia. C'est un soulagement savoir qu'elle a vécu. Le régiment, elles sont allées jusqu'à Berlin !

Une fraction de seconde, sa voix résonna d'une fierté farouche.

— Dissous après, bien sûr. Personne ne veut les petites princesses dans les airs, à moins que ce soit la guerre et que vous en ayez vraiment besoin.

Voulant voir s'éclairer le visage renfrogné de sa femme et alléger son cœur lourd, Ian plaisanta :

— Quiconque a pris cette décision peut aller se faire foutre.

Nina esquissa un sourire qui s'évanouit aussitôt.

— Je ne peux pas écrire à Bershanskaia sous mon vrai nom, lieutenant N.B. Markova, déclarée morte en Pologne. J'écris comme une cousine de Kiev qui vit maintenant en Angleterre. Imaginée. Et je mets des détails pour que Bershanskaia comprend que c'est moi et je demande nouvelles de mes *sestry*.

Elle prit une longue inspiration.

— Je reçois une réponse.

Le lent ressac persistait, une vague, deux, trois. Au-dessus de leurs têtes, la végétation odorante bruissait. Des mangroves, peut-être, se dit Ian, l'estomac noué par l'angoisse.

— Bershanskaia me donne la liste des mortes, de celles qui sont mortes après moi.

Ian ne pensait pas que sa langue avait fourché. Au sens propre, le lieutenant N.B. Markova était morte sur ce bûcher funéraire qu'elle avait fait de son avion dans les bois humides de Pologne.

— Ma copilote, la pauvre Galya, elle a survécu jusqu'à la fin de la guerre et elle s'est écrasée dans les environs de Berlin. D'autres aussi, beaucoup de mauvaises nuits finalement.

Il s'arma de courage.

— Ta Yelena est-elle… ?

— Non. Elle a vécu.

Sa réponse l'abasourdit. En entendant le chagrin dans sa voix, il était sûr que son amante avait péri.

— Héroïne de l'Union soviétique, l'un des dix équipages qui ont paradé dans le défilé de la Victoire à Moscou le Jour des Forces aériennes, en juin 1945. Je l'imagine traversant la place Rouge, des fleurs tombant dans ses cheveux.

Un nouveau silence interminable. Nina semblait s'être transformée en statue de glace.

— Bershanskaia me dit qu'elle habite à Moscou, instructeur pilote dans l'aviation civile. Qu'elle partage un appartement avec la copilote qu'elle a eue après moi, Zoya. Je me demande toujours, elle est tombée amoureuse de Zoya ? Cette *suka* aux dents de cheval a des cheveux roux, elle est veuve, elle a deux bébés. Toujours Yelena voulait bébés. Elle tombe amoureuse de sa première copilote, alors peut-être de sa deuxième maintenant ?

Elle poussa un soupir résigné.

— Ou peut-être, elle partage juste appartement.

— Je suis sûr qu'elle pense à toi, dit Ian. Je ne peux pas imaginer que l'on puisse t'oublier.

Il n'avait maintenant plus le moindre espoir que sa femme reste avec lui. Et restait abasourdi devant la douleur qu'il en éprouvait.

— Bershanskaia écrit une fois, finit Nina. Me souhaite bonne chance, et termine : « Ne réécris pas. Trop dangereux. » Je le sais. Et bientôt, il n'y a plus de lettres autorisées Ouest vers Est alors pas d'importance.

Un nouveau silence.

— Je pense que *Yelenushka* est vivante, qu'elle apprend à des garçons à voler, qu'elle joue avec les bébés de Zoya. Heureuse. Peut-être c'est le cas. Je ne saurai jamais.

Se faisant violence, Ian demanda alors :

— Que ferais-tu si tu la voyais venir à ta rencontre, le long de cette plage ?

— Je l'embrasserais à perdre haleine, je lui demanderais de rester. Mais elle ne resterait pas.

— Non ?

— Elle aime la Mère Patrie, juste un peu plus que moi. C'est tout ce qu'il y a à dire.

Elle le regarda.

— Je l'aime. Je la perds. Je n'aime personne d'autre. C'est mieux.

Pour qui ? voulait-il exploser. Mais il refoula sa colère, sa douleur. Contre cette rose de Moscou aux yeux de braise, dans son cockpit d'instructeur quelque part derrière le rideau de fer, il n'avait aucune chance.

Au bout de quelques minutes, il finit par reprendre :

— Je n'aurais pas demandé si j'avais su. Je suis désolé.

Elle fit un signe d'assentiment.

— Je vais lancer la procédure de divorce, poursuivit-il d'un ton faussement détaché. Inutile d'attendre la fin de cette traque. Ça pourrait durer des mois.

Un autre hochement de tête.

— C'est le mieux, approuva-t-elle.

Il se leva et se rhabilla. Nina enfila ses propres vêtements. Ils n'ajoutèrent pas un mot.

47

Jordan

Septembre 1950
Boston

Jordan n'avait pas du tout eu l'intention d'aller à l'appartement de Scollay Square. Toute la matinée, elle avait arpenté distraitement les allées du jardin public, agrippant son Leica comme une planche de salut, et avait oublié son chapeau sur un banc. Elle serrait son sac à main contre elle. Elle y avait caché la photo d'Anneliese dans la cuisine, celle de son bouquet de mariée avec la croix gammée, et celle avec l'homme qu'elle appelait son père. Elle n'avait pas osé les laisser dans la chambre noire. Même si sa belle-mère affirmait ne jamais y descendre, elle n'était plus sûre de rien. À quoi pouvait-elle bien consacrer ses journées ? Toutes ces questions qui se bousculaient dans son esprit la consternaient.

Ces derniers soirs, prétextant qu'elle avait du travail, elle avait réussi à éviter de dîner en face d'elle.

— Si je dois partir à New York si vite, j'ai besoin que tout soit prêt.

Et, avec sa chaleur coutumière, Anneliese encourageait tout ce qui pouvait faire avancer ce projet.

— Je vais te faire du chocolat chaud que tu pourras descendre.

Mais, une fois dans sa chambre noire, incapable de travailler, elle restait en contemplation devant l'onctueuse boisson que sa belle-mère avait pour habitude de parsemer d'une pincée de cannelle pour lui faire plaisir, et essayait de comprendre.

« *Examine la situation avec logique, J. Bryde*, avait-elle marmonné dans le silence de sa pièce. *Étape par étape. Et ne te trompe pas, cette fois.* »

Ne s'était-elle pas déjà une fois laissé emballer par ses soupçons ? Or, cela s'était retourné contre elle. *Je ne recommencerai pas.*

Pour résumer : une absence inexpliquée qui ne l'avait menée ni à Concord ni à New York, mais vers une destination inconnue. Peut-être était-elle allée retrouver un homme. *Si elle avait des vues sur un nouvel homme si peu de temps après le décès de papa, elle me le cacherait.* Mais un nouveau soupirant dans sa vie n'expliquait pas cette étrange scène avec Kolb. Une fraude au magasin ? Le monde des antiquités pouvait engendrer toutes sortes d'arnaques. Peut-être Kolb l'avait-il entraînée dans une affaire douteuse. *Mais j'ai vu son expression. Elle le terrifie. Jamais il n'essaierait de la mêler à une combine contre son gré.* Se pouvait-il que ce soit elle qui ait été à l'origine d'une escroquerie à la boutique et qui y ait impliqué Kolb ? Quel genre d'ennuis financiers avait-elle pour être prête à tout risquer pour un peu d'argent en plus ? Risquer la réputation du magasin, les poursuites légales, de se faire démasquer par son mari ?

Une petite voix glaçante lui avait chuchoté : *Papa s'en doutait. Il t'a dit qu'il avait des doutes concernant Kolb et juste après...*

Mais elle avait coupé court à cette pensée. Et, troublée, était sortie et avait passé la matinée à arpenter les allées de Boston Common.

Incapable de faire taire la petite voix insidieuse, elle s'était dirigée au hasard vers le kiosque à musique. *Anneliese était avec moi quand papa est parti pour son week-end de chasse. Elle ne m'a pas quittée une seconde pendant que j'essayais des robes de mariée.*

Pourtant, la voix glaçante persistait. Quelle chose terrible que le soupçon une fois qu'il avait pris racine en vous. Elle ne pourrait jamais s'en défaire, désormais. Pourtant, elle ne pourrait pas fuir Anneliese pour toujours, en sautant le dîner et en se cachant derrière un journal au petit déjeuner. Tôt ou tard, sa belle-mère comprendrait qu'il y avait un problème.

Et que vas-tu faire, J. Bryde ? Tu ne peux pas te précipiter voir ton père pour lui faire part de tes doutes, cette fois. À qui vas-tu en parler ? Il n'y a que toi.

Machinalement, elle s'était arrêtée à côté du kiosque à musique en marbre blanc. C'était l'endroit où Tony l'avait embrassée lors de leur troisième rendez-vous. Elle avait effleuré la pierre de sa main et avait ressenti une envie viscérale de le voir. Pas pour l'embrasser, pas pour le serrer dans ses bras. Mais pour qu'il l'écoute. Personne n'écoutait comme lui. Il avait beau passer son temps à blaguer avec son sourire goguenard, rien ne lui échappait.

Parle à Tony.

Elle avait eu un mouvement de recul instinctif à la pensée de déballer ces affaires de famille louches à un étranger. Même à un amant en qui elle avait confiance. Mais son hésitation avait été de courte durée. Et elle avait pris la direction de son appartement.

Une fois dans le hall, elle se faufila entre le mur et deux jeunes dégingandés qui, assis dans l'escalier lugubre, se passaient une bouteille. Puis, après avoir monté les dernières marches, elle frappa à la porte. Personne ne répondit. Elle secoua la poignée, et la porte s'ouvrit. Tony lui avait dit qu'elle fermait mal. Elle hésita. En temps normal, jamais elle ne se serait invitée ainsi. Mais Tony lui avait dit que M. Graham et sa femme étaient en voyage. Et elle n'aimait pas l'apparence de ces hommes sur les marches qui parlaient trop fort. Elle entra et referma la porte derrière elle. Tony ne serait pas contrarié.

Dans la pièce, il faisait chaud. La table cassée était jonchée de papiers et de mugs de thé. Elle attrapa une feuille et commença à s'en éventer. *Rentre*, pria-t-elle en regardant le réveil. Elle avait vraiment besoin de lui parler.

Le papier glissa de ses doigts moites et tournoya jusqu'au sol. Elle le ramassa et reconnut l'écriture de Tony, vigoureuse et acérée. Les mots *Chadwick & Black* retinrent son attention. Elle avait appelé ce numéro quelques jours auparavant. C'était une liste d'antiquaires, écrite de la main de son amant.

Perplexe, elle regarda les piles de documents sur la table. Des cartes des États-Unis et d'Europe. D'autres listes de noms et d'affaires, qui semblaient avoir été recopiées à la hâte de la même main. En reconnaissant le papier, elle comprit qu'elles venaient du magasin.

Une coupure de journal tomba de l'une d'entre elles et elle se pencha pour la regarder. C'était l'avis de décès de son père, qui avait été encerclé d'un trait au crayon.

Le cœur battant, elle s'assit et continua à passer les piles en revue. Des notes griffonnées dans ce qui semblait être de l'allemand ou du polonais. Des cartes couvertes d'annotations dans une écriture droite qui appartenait à Ian Graham. Elle la connaissait à cause des titres de morceaux de musique qu'il avait conseillés à Ruth. Un épais dossier qui portait l'étiquette « *Die Jägerin/Lorelei Vogt* ».

Jordan l'ouvrit. Attachée à l'intérieur, elle trouva la photo d'une famille sur un perron d'église. À l'une des extrémités, l'une des silhouettes était encerclée en rouge.

Elle examina la jeune femme aux mains gantées croisées, au regard réfléchi, qui souriait. Elle connaissait ce regard. Le sang lui battant aux tempes, elle ferma les yeux. Les rouvrit et observa la photo de plus près.

Anneliese. Plus jeune, avec son corps tout en rondeur, pas encore formé, elle était à peine reconnaissable. Mais pas pour elle qui la connaissait si bien. C'était Anneliese.

Son regard balaya la table couverte de preuves d'une longue filature.

— Que se passe-t-il ? chuchota-t-elle dans le silence de la pièce qui sentait le renfermé.

Tony Rodomovsky se présentant au magasin en quête d'un travail. Ian Graham n'expliquant jamais vraiment la raison de sa présence à Boston. Si ce n'était qu'il avait tout son temps pour apprendre les gammes à Ruth. Son étrange femme soviétique qui dégageait incontestablement quelque chose de menaçant. Cette photo d'Anneliese dans un dossier portant le nom d'une autre femme…

Les doigts tremblants, elle la repoussa et commença à lire.

48

Ian

Septembre 1950
Boston

Tony bâilla à s'en décrocher la mâchoire.

— Vous avez des têtes de déterrés. C'est moi qui ne dors que trois heures par nuit, à pister Kolb tout seul.

Il était allé chercher Ian et Nina à la gare routière dans la Ford.

— *Poshol nakhui*, grommela Nina. J'ai passé deux ans à ne dormir que trois heures par nuit, tu peux te taire !

— On ne peut pas battre les Russes en matière de souffrance, grommela-t-il en se fondant dans la circulation de Boston. Ils ont toujours plus souffert, et par des températures polaires, et dans un goulag par-dessus le marché. C'est perdu d'avance.

Il jeta un coup d'œil à ses deux passagers. Ian avait la tête obstinément tournée vers la fenêtre, Nina vers l'autre.

— S'est-il passé quelque chose que je devrais…

— Non, répliqua Ian d'une voix rauque.

Ils parcoururent le trajet jusqu'à Scollay Square et montèrent à l'appartement d'un pas lourd, sans un mot. En général, Nina sautillait juste devant Ian dans l'escalier. Il finissait par la rabrouer en lui demandant de le laisser passer. Cette fois, elle montait les marches deux à deux, sans un regard en arrière, dans un silence inhabituel. *C'est mieux ainsi*, songea Ian. Il était déjà impatient de se replonger dans sa routine : les recoupements, les coups de téléphone, la planque du *diner*. Il préférait la corvée de cette traque qui piétinait à cet enchevêtrement de douleur et de colère qu'il n'avait pas le temps de gérer.

Arrivé au dernier étage, il remarqua que leur porte était entrebâillée. Il la poussa d'une main pour l'ouvrir entièrement et oublia tout de Nina, de celle qu'elle aimait à Moscou et de cette plage obscure de Floride qui avait sonné le glas de ses espoirs.

Leur table de travail était nue. Les papiers, les cartes, les crayons étaient dispersés sur le sol, comme si quelqu'un les avait balayés d'un geste violent. Au dos d'une carte, on distinguait nettement une trace de pas féminin, en direction de la porte. Sur la table vide s'étalaient une feuille de papier et deux photos.

— *Der'mo !* jura Nina.

Et ils se précipitèrent dans l'appartement.

C'était la photo de Lorelei Vogt jeune, qui avait été arrachée à son dossier avec une telle brutalité que l'un de ses coins était déchiré. Une autre photo représentait une femme de dos, un torchon à la main, debout à côté d'un évier. Les yeux étrangement brillants, elle tournait la tête vers l'objectif.

Ian entendit le cri qu'étouffait Nina. Il la regarda, sentant sa bouche se dessécher soudain.

— C'est...

Sa femme tendit un doigt vers la nouvelle photo, le regard soudain étincelant.

— C'est elle, déclara-t-elle d'un ton catégorique.

Ian prit la feuille qui accompagnait les photos. Et reconnut l'écriture de Jordan McBride pour l'avoir vue sur des documents au magasin. Elle avait griffonné cinq mots au crayon, avec une telle détermination que le papier était presque transpercé.

« Lorelei Vogt est Anna McBride. »

Partie III

49

Jordan

Septembre 1950
Boston

— Vous pouvez aller plus vite ?

Le chauffeur de taxi répondit d'un air contrarié :

— Ça ne roule pas, mademoiselle.

Le cœur de Jordan battait à coups redoublés. Elle pressait ses pieds contre le sol du taxi comme si elle pouvait physiquement pousser la voiture en avant. Mais l'horreur lui compressait la poitrine comme un étau.

Elle avait pleuré dans cet appartement de Scollay Square. Assise au milieu des documents prouvant l'horreur du passé sanglant d'Anneliese, elle avait hoqueté, sangloté. Mais un moment seulement. Elle n'avait pas le temps de pleurer, de crier, d'attendre Tony pour l'affronter quand il reviendrait. Pas le temps de se jeter sur lui et de hurler : « Pourquoi ? » Pourquoi l'avait-il accompagnée au studio de danse, pourquoi l'avait-il embrassée dans la chambre noire quand, à l'étage, une meurtrière à la voix douce fredonnait, assise devant sa machine à coudre. Puis elle avait ravalé ses sanglots, balayé tous les documents qui se trouvaient sur la table d'un geste brusque, y avait plaqué la photo qu'elle n'osait plus laisser dans sa chambre noire, avait griffonné une phrase et s'était précipitée dans l'escalier. Comme l'indiquait clairement le dossier, l'équipe ignorait qui était Anneliese. Même si elle en mourait d'envie, elle n'avait pas attendu pour le leur dire. Elle aurait tellement voulu rester et exiger des réponses. Et, bon sang, elle allait revenir pour les obtenir ! Mais elle n'avait pas la moindre idée de quand Tony et ses amis seraient de retour. Et Ruth était à la maison, à cet instant précis, avec la meurtrière qui avait fait son nid dans leur famille comme une araignée venimeuse. Quelle importance si la fillette était toujours indemne après des années en compagnie d'Anneliese. Elle voulait arracher sa sœur aux griffes d'une femme qui avait assassiné six enfants de sang-froid, et il n'y avait pas une seconde à perdre.

Soudain incapable de respirer, elle émit un son guttural. Le chauffeur de taxi lui jeta un coup d'œil intrigué, mais elle se tourna vers la fenêtre. Par cette belle matinée d'été, les promeneurs étaient nombreux. Des couples, bras dessus bras dessous, des jeunes filles par petits groupes, riant, des hommes en chemise à carreaux plongés dans des conversations animées sur les Red Sox. Tous loin d'imaginer que des monstres se cachaient dans ce paradis américain qui faisait leur fierté. À la place de la rue éclaboussée de soleil, elle voyait le ravissant lac artificiel à l'ouest de la Pologne, si clairement décrit par les notes laconiques et concrètes du journaliste Ian Graham. Anneliese sur la berge, à peine plus âgée qu'elle aujourd'hui. Les enfants juifs blottis les uns contre les autres…

Elle avait pris connaissance des autres crimes de sa belle-mère dans le dossier. Le frère cadet de Ian, un prisonnier de guerre, assassiné. La chasse aux Polonais anonymes à travers les arbres, pour divertir ses invités lors des réceptions qu'elle donnait. Mais c'étaient les enfants qui, inlassablement, lui revenaient à l'esprit. Des enfants comme Ruth.

Pourquoi ne t'a-t-elle pas tuée, s'interrogea-t-elle, hébétée par l'horreur. *Elle a tué ta mère. Pourquoi pas toi ?*

C'était Tony qui avait rédigé dans un style familier les notes sur le séjour d'Anneliese/Lorelei à Altaussee comme s'il consignait ses réflexions : « *Après la guerre, notre oiseau habitait avec* Frau *Eichmann. Pas d'argent, nulle part où aller, l'amant mort.* Frau *Eichmann ne l'aime pas, lui demande de partir à l'automne 1945. Elle a peur de demander un visa si son nom est signalé, terrifiée à l'idée d'être retrouvée, arrêtée. Comment rejoint-elle les États-Unis depuis Altaussee ???* »

Je pense que je pourrais t'éclairer sur ce point, répondit Jordan intérieurement.

Elle repensa aux deux versions très différentes d'Anneliese sur son séjour à Altaussee. Après Thanksgiving, quand elle avait dû avouer qu'elle n'était pas la mère de Ruth, elle avait raconté l'avoir trouvée, orpheline abandonnée, sur une berge du lac… Mais avant cela, quand elle expliquait les cauchemars de l'enfant, n'avait-il pas été question de l'attaque d'une réfugiée au bord de l'eau qui avait terrifié la fillette ? Avait-elle maquillé la vérité ? C'était la plus habile façon de mentir après tout.

Car elle n'avait pas été la victime mais l'agresseur. Aux abois, prête à tout pour partir, pour ne pas être prise, pour s'échapper, elle avait rencontré une mère et sa fille sur les rives du lac. Une femme juive du nom d'Anneliese Weber qui avait des papiers, des billets de bateau, un statut de réfugiée : la réponse à toutes ses prières. Il lui avait suffi de l'assassiner et de tout lui prendre. Ruth, son regard anxieux, son don pour la musique, qui passait de la joie à la peur, qui, parfois, semblait fuir Anneliese, avait assisté à l'exécution de sa mère par celle qui l'avait ensuite remplacée.

« *Pourquoi l'a-t-elle emmenée ?* » chuchota Jordan. Il aurait été sûrement plus facile de voyager sans bagages. Et elle avait déjà assassiné des enfants sans aucun état d'âme.

Sonnée, elle secoua la tête. Et le souvenir de la vieille remontrance résonna. « *Jordan et son imagination débordante !* »

En l'espace d'une simple matinée, le monde avait basculé dans la folie et l'horreur la plus absolue, la réalité dépassant la fiction.

— Vous êtes arrivée, mademoiselle.

Elle donna une poignée de pièces au chauffeur, descendit précipitamment du taxi et remarqua la voiture. Anneliese était là. Bien entendu, elle était là. Elle poussa un soupir. *Fais comme si de rien n'était*, s'exhorta-t-elle. *Invente une histoire, emmène Ruth en dehors de la maison. Fais-le!*

Elle redressa les épaules et, prête à affronter la Chasseresse, entra.

Les sourcils froncés, Anneliese lui ouvrit les bras.

— Ne pleure pas, Jordan. Il n'en vaut pas la peine.

Ses yeux rouges ne pouvaient échapper au regard azur perçant. Aussi n'avait-elle même pas essayé de les dissimuler. À l'instant où sa belle-mère était sortie de sa salle de couture, Taro agitant la queue sur les talons, Jordan avait laissé échapper le sanglot qui lui nouait la gorge et avait fondu en larmes, balbutiant de façon aussi incohérente que possible qu'il lui avait brisé le cœur.

— Ton amoureux t'a déçue? lui demanda-t-elle. Je me doutais bien qu'il n'était pas sérieux.

Son étreinte était douce, elle sentait le lilas. Jordan parvint à ne pas frissonner.

— Je me suis beaucoup plus attachée à lui que je n'en avais l'intention, hoqueta-t-elle.

Elle s'aperçut qu'elle disait la vérité. Au milieu de ce déferlement de terreur, d'horreur, elle sentait la brûlure de la trahison de Tony. Tony si solide, lui enlaçant la taille de ses bras dans la chambre noire, son désir évident, alors qu'elle lui demandait s'il lui dirait un secret. « *Il y en a un que je veux te confier, mais je ne peux pas.* » La laissant croire que tout allait bien puisqu'il n'y avait ni femmes, ni enfants, ni mandats d'arrêt. Alors que, tout ce temps, ses amis et lui surveillaient son magasin, sa famille, sa vie.

Sers-toi de ça, J. Bryde, se tança-t-elle, sans cesser de pleurer. *Utilise les larmes, la colère. Tout ton désespoir, ta fureur.* Elle finit par se dégager, s'essuya les yeux et esquissa un sourire tremblant qu'elle n'eut pas à feindre.

—Je suis désolée de pleurer, Anna. Vous avez raison, il n'en vaut pas la peine.

—Tu en rencontreras un autre à New York. Un séduisant jeune homme qui t'offrira des roses, lui promit-elle, son front plissé par l'inquiétude.

Vous avez abattu six enfants de sang-froid et, maintenant, vous vous préoccupez de mes problèmes sentimentaux. Mais elle repoussa farouchement cette pensée.

—Je pensais emmener Ruth manger une glace. J'ai besoin de quelque chose de sucré.

—Rien de mieux qu'une bonne glace pour réconforter un cœur meurtri. Ruth vient tout juste d'entrer dans son bain mais je vais l'en faire sortir.

Son bras toujours autour de ses épaules, Anneliese sourit. Et devant ce sourire si chaleureux, si apaisant, Jordan sentit son cœur se briser. Elle ressentait toujours le besoin de lui faire confiance. Comme Taro qui, assise, sa truffe noire sous la main libre de sa maîtresse, l'enveloppait d'un regard adorateur, elle aspirait à son réconfort.

Une heure auparavant, elle avait d'abord éprouvé de l'horreur lors de sa découverte. Puis de la peur pour Ruth. Maintenant, ce qu'elle ressentait était bien pire : elle avait honte. Car, malgré elle, la caresse de ses doigts funestes dans ses cheveux faisait naître en elle une bouffée d'affection. *C'est une meurtrière. Une meurtrière nazie.* Pourtant, elle sentait ce besoin de s'abandonner à cette main apaisante. De douter de la vérité même après avoir vu toutes les preuves. Parce que c'était Anneliese qui l'avait encouragée à avoir des rêves plus ambitieux que Garrett Byrne et son diamant en forme de poire ; qui avait admis ses propres peurs et avait écouté les siennes ; qui adorait Taro et faisait les meilleurs chocolats chauds de Boston.

Et dire que les chiens étaient censés reconnaître les gentils des méchants ! Et les belles-filles, les marâtres !

Mais celle qui se faisait appeler Anneliese Weber avait éveillé ses soupçons dès le début. *Si seulement j'avais réussi à convaincre papa.*

Une autre pensée qu'elle s'empressa de refouler.

— Oh Anna ! dit-elle en pressant la main douce. Je ne sais pas ce que je ferais sans vous. Vous allez me manquer quand je partirai pour New York.

— Nous serons toujours ici, Ruth, Taro et moi. New York n'est pas si loin.

Une cellule de prison l'est beaucoup plus. Qui que soient vraiment Ian, Tony et Nina, il était évident qu'ils cherchaient monter un dossier contre elle. Et avec une détermination aussi soudaine qu'implacable, elle repoussa sa désillusion. Certes, Tony lui avait menti. Mais s'il l'avait fait dans le but de mettre Anneliese en prison, elle allait l'aider.

— Ruth, appelait-elle du bas de l'escalier. Dépêche-toi de sortir du bain ! Ta sœur t'emmène manger une glace.

Jordan examinait ce profil serein.

Je vous aime, Anneliese. Mais cela ne va pas m'empêcher de participer à votre chute.

50

Ian

Septembre 1950
Boston

Tony brisa le silence.

— Admettons que nous sommes des idiots. Tout ce temps, elle était sous notre nez. Je l'ai vue de mes propres yeux, j'ai parlé avec elle...

— Elle ne ressemble plus beaucoup à la photo que nous avons, fit remarquer Ian, laconique. Elle était trop ancienne pour être utile. Seul quelqu'un qui aurait vraiment bien connu ce visage... Bordel ! tu ne peux pas rouler plus vite ?

Agrippant le volant de ses mains, Tony appuyait sur la pédale de l'accélérateur. Mais, à l'heure du déjeuner, la circulation était très lente.

— J'ai regardé son cou le jour où je l'ai rencontrée. Il n'y avait pas de cicatrice ! répliqua-t-il.

— Elle la dissimule, devina Nina sur le siège arrière. C'est peut-être du maquillage. *Blyadt*, on est encore loin de la maison des McBride ?

Ils approchaient. Mais qui savait depuis combien de temps Jordan avait quitté Scollay Square ? *Elle est allée chercher sa sœur*, se dit Ian. *C'est ce que je ferais si j'apprenais que ma belle-mère est une meurtrière.*

Tony continuait à maugréer :

— J'aurais dû percuter quand nous avons parlé. Remarquer que l'anglais n'était pas sa langue maternelle…

— Tu as dit qu'elle n'avait pas d'accent, qu'elle prononçait même ses « R » comme une native de Boston, lui rappela son collègue.

L'air irrité, Nina intervint :

— Vous auriez quand même dû me demander de vérifier ! Je l'aurais reconnue, plus facilement que vous qui n'aviez que cette vieille photo.

Mettant fin à leurs récriminations, Ian déclara :

— Nous aurions tous pu faire mieux, je sais. Mais nous n'avions aucune raison de croire que Lorelei Vogt était restée à Boston contrairement aux autres nazis en fuite. Nous n'avions aucune raison de penser que la belle-mère de Jordan avait des liens avec l'Europe. Pas avec un nom comme Anna McBride, déclarée comme étant née à Boston, et sans un soupçon d'accent pour la trahir : rien de suspect à son sujet pour nous pousser à enquêter sur elle. Et nous avions Kolb sous la main, et son air louche qui ne pouvait qu'éveiller notre curiosité.

— En plus, elle gardait ses distances avec le magasin, renchérit Tony. Jordan disait que son père tirait fierté du fait que sa femme n'ait pas besoin de travailler. Ce qui ne m'a pas mis la puce à l'oreille. Mais elle se tenait à l'écart au cas où quelqu'un voudrait mener sa petite enquête. Or, Kolb était le suspect idéal. Et nous sommes tombés dans le panneau, nom d'un chien !

Implacable, Ian rétorqua :

— Arrête ! Arrête tout de suite ! Nous savons enfin qui elle est et où elle est. Concentrons-nous sur ça. Nous aurons tout le temps de nous autoflageller par la suite.

— Bon Dieu ! J'espère que Jordan a pu emmener Ruthie loin de cette maison, murmura Tony. Si seulement elle avait attendu…

— Pourquoi l'aurait-elle fait ? dit Nina. N'a aucune raison de nous faire confiance ou savoir ce que nous faisons.

— Nous aurions dû l'inclure. Tout lui dire.

— Nous n'avions aucune raison de le faire. Nous n'avons jamais inclus d'étrangers. Une fois pour toutes, arrête avec les « si » et « nous aurions dû ».

La dernière chose dont ils avaient besoin était de se complaire dans les reproches. Mais Ian agrippait si fort les bords de son panama qu'il était froissé comme du papier. Et leur peur muette les faisait vibrer de la même tension.

S'il arrivait quoi que ce soit à Jordan et à sa sœur à cause de leur manque de clairvoyance, c'en était fini de leur équipe.

Dans un crissement de pneus, Tony tourna dans la rue des McBride.

— Si Lorelei Vogt est ici, déclara Ian, nous l'affrontons et nous l'arrêtons sur-le-champ.

— Au nom de quelle autorité ? Nous n'avons pas de mandat ! lui rappela Tony.

Ian pensait qu'il pouvait bluffer. En tout cas, il allait essayer. Ce n'était généralement pas la façon dont ils géraient les confrontations. En temps normal, ils auraient élaboré un plan imparable, et auraient demandé le soutien des autorités.

Sentant l'adrénaline pulser dans ses veines, Ian regarda son associé et sa femme.

— Restez sur vos gardes à chaque seconde. Nous n'avons jamais fait face à quelqu'un comme elle. Privés de leur Troisième Reich, la plupart des hommes que nous retrouvons ne sont pas plus dangereux que des mulots. Mais elle est différente. Si elle bouge un doigt, arrêtez-la. Par n'importe quel moyen.

Nina sortit son rasoir et, pour une fois, il s'en félicita.

La voiture à peine arrêtée devant la bâtisse aux murs bruns, ils en bondirent. Et furent accueillis par la vision d'une porte béante sur une maison désertée.

51

Jordan

Septembre 1950
Boston

D*épêche-toi, Ruth!* priait Jordan, en bas de l'escalier.

Sa sœur qui était enfin sortie de son bain se dirigeait vers sa chambre, enroulée dans une serviette.

—Je pourrai avoir une glace à la fraise? lui cria-t-elle.

Une pensée la traversa : en la pressant, elle risquait d'éveiller la méfiance d'Anneliese. En outre, elle n'en pouvait plus d'être sur ses gardes. Aussi décida-t-elle de mettre sa laisse à Taro. Elle ne voulait pas laisser sa chienne non plus. Puis elle marmonna une excuse pour récupérer quelque chose dans la chambre noire.

—Va déchirer toutes les photos que tu as prises de ce jeune homme, lui conseilla sa belle-mère. Ça te fera du bien.

Une fois au sous-sol, elle s'affaissa contre la porte et se rendit compte qu'elle était en nage, comme si elle avait couru.

Calme-toi, J. Bryde. Garde ton sang-froid, se tança-t-elle tout en cherchant un chiffon pour se tamponner le visage. La pensée la taraudait : *Que vas-tu faire? Où vas-tu emmener Ruth?*

Elle allait retourner à l'appartement de Tony pour obtenir des réponses. C'était un début.

Elle pivota sur ses talons et sursauta. Du haut de l'escalier, Anneliese la regardait, une expression chaleureuse sur le visage. Elle n'avait pas fait un bruit.

—Anna, vous m'avez fait peur, dit-elle, en se forçant à sourire malgré son cœur qui cognait dans sa poitrine. Ruth est prête ?

—Elle est en train de lacer ses chaussures.

—Je ne sais pas quand vous êtes descendue ici pour la dernière fois.

—J'ai toujours eu l'impression que c'était ton sanctuaire.

Anneliese promena son regard sur l'équipement, les murs, les lumières. Elle avait son sac au bras.

—J'ai pensé vous accompagner. Je n'ai pas mangé de glace depuis une éternité.

—Je croyais que vous deviez finir cette jupe que vous étiez en train de coudre sur la Singer, répliqua Jordan, sans se départir de son sourire.

—Un ourlet peut toujours attendre.

—Vous êtes sûre ? Je pourrais vous rapporter un cône.

Elle s'interrompit. Trop d'objections pourraient paraître suspectes.

—En fait, non. Si je vous rapporte une glace, elle fondra avec ce soleil. Venez avec vous.

Elle ferait ressortir Ruth en catimini à leur retour.

—Je vais juste aller chercher mon chapeau, annonça alors sa belle-mère.

Mais, l'air pensif, elle ne fit pas un mouvement.

—Tu sais que je suis allée à la banque ce matin ? reprit-elle alors à brûle-pourpoint. Mlle Fenton m'a dit que tu avais posé des questions sur les comptes d'épargne.

De sa voix la plus posée, Jordan expliqua :

—Je sais que vous répétez que nous n'avons pas à nous soucier de l'argent, mais je m'inquiète quand même. J'ai été soulagée quand elle m'a parlé de cette autre police d'assurance.

— Mlle Fenton m'a dit que tu semblais un peu contrariée.

— J'ai soudain senti une bouffée de l'after-shave de papa. L'un des employés de banque portait la même marque. Vous savez comment c'est… Je me suis dépêchée de partir avant de me mettre à pleurer.

— Hum… Tu as sans doute bien fait.

Anneliese posa les yeux sur sa main qui tenait la rampe et poursuivit :

— Tu connais un Anglais de haute taille, Jordan ? Un homme qui pose des questions ?

— Pardon ? Non, je vous l'ai déjà dit, répondit-elle, sentant les battements de son cœur s'accélérer. Il y a quelques semaines.

— Je sais, acquiesça sa belle-mère d'un ton contrit. Pourtant il y en a un qui rôde en ce moment, si je ne me trompe pas. Kolb a été catégorique à ce propos. Il semble aussi penser qu'il est suivi. J'étais prête à mettre sa paranoïa sur le compte de son penchant pour la bouteille, mais peut-être n'est-ce pas le cas. Tu te présentes alors à la banque pour poser des questions sur mes comptes d'épargne. Puis tu rentres, extrêmement contrariée à cause d'un petit ami. Toutes tes explications sont très plausibles, Jordan. Néanmoins, elles me mettent mal à l'aise. Vraiment mal à l'aise.

Elle se força à lever la tête et se composa un sourire étonné.

— Pourquoi cela devrait-il vous inquiéter ?

— Parce que lorsque tu as traversé une guerre, quand tu as été traquée, tu fais attention aux détails qui sortent de l'ordinaire. Même s'ils semblent parfaitement anodins, ils… alertent quand même.

Un silence aussi oppressant que l'eau sombre d'un lac s'installa. Les mains derrière le dos, Jordan agrippait le bord de sa table de travail. Anneliese, droite comme un I, dans sa robe noire impeccable, avec son chignon brun et ses lèvres parfaitement maquillées, la dévisageait. Désemparée, elle ne voyait qu'une solution : afficher un air aussi perplexe qu'innocent. Son cœur battait la chamade.

— *Scheisse !* finit par lâcher sa belle-mère avec un soupir.

Elle ouvrit son sac et, d'un geste d'experte, assuré, en tira un revolver. Terrifiée, Jordan entendit le coup résonner et son esprit se vida.

Le plateau de métal tomba de la table dans un fracas. Elle étouffa un cri et tressaillit. Il lui fallut quelques secondes pour se rendre compte qu'elle n'était pas blessée.

— Et maintenant, parlons-nous en toute honnêteté ! lança Anneliese, laconique.

Les jambes en coton, elle regarda sa belle-mère, le revolver à la main, et elle voulut crier. Mais dans ce sous-sol aux murs épais, personne dans la rue ne l'entendrait. Et elle doutait que quiconque ait perçu le coup de feu. Elle ouvrit la bouche.

— Quoi que tu sois sur le point de dire, il serait préférable que ce ne soit pas un mensonge. Je ne veux pas te tuer, Jordan. Mais si je n'ai pas d'autre choix, je le ferai.

— Je vous crois, murmura-t-elle. Vous avez assassiné la mère de Ruth de sang-froid pour son passeport, vous avez assassiné un jeune prisonnier de guerre anglais à côté d'un lac et vous avez assassiné six enfants juifs après leur avoir offert un repas. Alors, en effet, je ne pense pas que vous hésiteriez à me tuer.

Elle s'attendait à ce qu'Anneliese nie. Qu'elle pleure, qu'elle proteste en jurant son innocence. Qu'elle lui tienne un discours plein de douceur, d'émotion, comme elle l'avait fait le soir du premier Thanksgiving, quand elle avait regardé la photo de son amant de la SS et qu'elle était parvenue à les convaincre qu'il s'agissait de son père. Mais elle se contenta de pousser un nouveau soupir et de descendre l'escalier.

— Je vois que tu as appris un certain nombre de choses.

Jordan se mit à trembler.

— Qu'êtes-vous ? ne put-elle s'empêcher de demander.

Cette question, ce cri viscéral, avait pris racine dans son esprit depuis qu'elle avait compris toute la vérité… Toutefois, elle gardait la tête assez froide pour raisonner : *Si j'arrive à la distraire, je pourrai peut-être m'échapper. Ou, peut-être, quelqu'un viendra.* C'était un mince espoir mais, face à un canon de revolver, une chance, si minime soit-elle, était toujours bonne à saisir.

— Comment avez-vous pu commettre de tels actes ?

Anneliese ne répondit pas. Et avec un soupir profondément accablé, elle s'assit sur le bord du canapé froissé.

— Je suis si lasse de fuir…

Elle la regarda et, d'une voix chevrotante, demanda :

— Pourquoi a-t-il fallu que tu découvres tout ça ?

— Pourquoi…

Elle s'avança. Mais, devant le revolver braqué sur elle, elle se figea.

— Assieds-toi par terre. Sur tes mains !

Le trouble avait soudain disparu. Anneliese avait la voix lasse mais la main ferme.

Tétanisée, elle obéit et glissa ses mains sous ses cuisses. Elle s'attendait à ce que sa belle-mère tire. Mais elle restait assise sur le canapé, apparemment trop fatiguée pour bouger. Peut-être n'allait-elle pas s'enfuir. Peut-être était-elle prête à se rendre. Même si elle en doutait, Jordan essaya une nouvelle approche.

— Quel que soit le sort que vous me réservez, ne faites pas de mal à Ruth.

La surprise se peignant sur son visage, elle s'étonna :

— Pour quelle raison ferais-je cela ?

— Elle n'est pas votre fille. L'aimez-vous au moins ?

D'un doigt, Anneliese effleura le jeté de canapé.

— Ma pauvre *Mäuschen*. Je n'avais pas l'intention de m'attacher à elle, tu sais. Une enfant juive… Je l'ai emmenée car personne ne soupçonne une mère avec une ravissante fillette dans ses bras. Et elle était si jolie. Ces cheveux blonds et aucune des caractéristiques habituelles : le nez, la grossièreté des traits. Peut-être n'était-elle pas vraiment souillée par le sang juif. J'ai pensé pouvoir la libérer de cet héritage. Une bonne façon de me racheter.

— De vous « racheter » ? répéta Jordan, incrédule. D'avoir assassiné sa mère ?

— Je n'avais pas le choix.

Pensive, elle fit remarquer :

— Vous le croyez vraiment. Vous n'aviez pas d'autre choix que de tuer une femme et la pousser dans un lac après l'avoir dépouillée de tout ce qu'elle possédait ? « Pas le choix » ?

— Tu n'as pas idée de ce qu'une proie acculée est prête à faire quand elle est aux abois. J'étais vraiment très triste de n'avoir pas d'autre solution. Elle n'a pas souffert, au moins. Je porte ses perles en souvenir d'elle, ajouta-t-elle en effleurant le collier de ses doigts.

L'espace d'un instant, Jordan crut qu'elle allait vomir.

— Vous n'allez rien nier, parvint-elle à chuchoter.

— Je ne vois pas l'intérêt, franchement. Il est évident que tu en sais assez. Comment l'as-tu découvert ? poursuivit-elle en se redressant. Qui t'a parlé de moi ?

La crosse de son arme tressauta sur son genou.

— Est-ce que tu attends quelqu'un ?

Sans l'ombre d'une hésitation, elle répondit, mélodramatique :

— Oui. Une équipe de chasseurs de nazis qui vous ont traquée depuis l'Autriche. Vous ne leur échapperez jamais. *Jamais !*

Elle était prête à tout pour faire trembler Anneliese.

— Qui sont-ils ? Ont-ils la police avec eux ? Ne me mens pas.

La voyant hésiter, elle insista :

— Je te connais très bien, Jordan. Je sais quand tu mens.

— Un journaliste anglais. Ses associés, concéda-t-elle, furieuse d'entendre sa voix trembler. Ils vont venir vous arrêter.

—Et ensuite? Ils comptent me traîner devant un jury? M'extrader?

Sans lui laisser le temps de répondre, Anneliese secoua la tête.

—Qu'importe, je suppose. Quoi qu'ils décident, je doute de trouver cela plaisant. Les gens sont tellement impitoyables dans ce genre de circonstances.

Abasourdie, Jordan rétorqua:

—Comme d'assassiner des enfants et des prisonniers de guerre?

—J'ai trente-deux ans et ma vie est la somme de plusieurs périodes. Pourquoi est-ce que certaines l'emportent sur tant d'autres, bien meilleures? Quand pourrai-je arrêter de fuir, de payer?

—Vous pensez avoir payé? fulmina Jordan en s'étranglant presque de fureur. Vous avez volé la vie et l'enfant d'une femme, puis vous vous êtes infiltrée dans ma famille afin de pouvoir passer chacune de vos journées dans l'aisance et le confort les plus absolus. Et vous pensez avoir payé?

—As-tu idée de combien j'ai perdu? rétorqua Anneliese. Une vie que j'adorais, un homme que j'aimais, le contact avec ma mère à l'exception de ces quelques rares lettres prudentes, que je n'ose même pas poster moi-même. Chaque jour, je vis dans la peur, et, chaque nuit, je rêve.

Elle frissonna.

—Il est étrange de faire autant de cauchemars dans cette maison où tout est si sécurisant. Ma maison sur le lac à Posen était tellement isolée… Fin 1944, je n'avais plus de domestiques, tout s'écroulait. Manfred s'absentait plusieurs jours d'affilée. Et pourtant, j'y dormais d'un sommeil si profond. C'était tellement beau. Et je ne pourrai jamais y retourner.

Elle la regarda.

—Tu penses que je n'ai pas déjà payé?

Pas assez.

Changeant de tactique, elle suggéra :

— Alors rendez-vous et contestez les accusations. Défendez-vous. Quoi que vous puissiez être, je ne vous ai jamais prise pour une lâche.

Elle avait espéré la piquer au vif. Mais Anneliese se contenta d'esquisser un sourire.

— La lâcheté n'existe pas, tu sais. Pas plus que la bravoure. Tout est une question de nature. Si tu es le chasseur, tu traques, et si tu es la proie, tu fuis. Et je suis assez réaliste pour savoir que, depuis la fin de la guerre, depuis que les vainqueurs ont décidé que j'étais un monstre, je suis la proie.

— Vous êtes un monstre, répéta Jordan.

— À cause de ces enfants ?

Anneliese secoua la tête.

— C'était un acte de bonté. C'étaient des Juifs polonais et la consigne à Posen était d'éliminer d'abord les Juifs puis les Polonais.

— La guerre était finie. Et vous perdiez. Pourquoi suivre cette directive alors que tout s'effondrait ?

— Parce que les exécutions et les déportations continuaient. Ces enfants ont eu une mort bien plus douce de ma main, rapide et indolore, l'estomac plein, que s'ils étaient morts affamés dans des baraques de camps ou morts de soif dans des trains bondés. Je ne prends pas de plaisir à la douleur. Si tu dois tuer, tue proprement.

Jordan pensait qu'elle allait hurler si elle en entendait plus. Mais elle se força à la faire continuer. Il fallait la faire parler.

— Pourquoi avoir tué ce jeune prisonnier ? Les prisonniers de guerre sont régis par des règles. Vous auriez dû le ramener à son camp vivant. Pourquoi l'avoir tué ?

Sebastian Graham : le frère de Ian dont elle avait lu le nom dans les dossiers, ce matin.

— Les gardes n'aiment pas qu'un prisonnier s'échappe. Je lui ai probablement épargné une mort bien plus atroce.

Elle se leva, l'air décidé d'une femme d'affaires. *Ne la laisse pas filer.*

— Je vous aimais, vous savez, lui lança alors Jordan, comme un défi. Je vous aimais vraiment. Et je pensais que vous m'aimiez. Je suppose maintenant que ce n'étaient que des mensonges.

Anneliese lui jeta un regard surpris.

— Qu'est-ce qui te fait penser ça ?

— Depuis la mort de papa, vous essayez de m'éloigner. De m'envoyer à l'université, à New York, trouver du travail. Tout est bon pour me faire quitter la maison.

— Uniquement parce que, avec toi, je ne peux jamais relâcher ma garde. J'ai donc pensé qu'il serait plus facile que tu sois dans une autre ville. Mais cela ne veut pas dire que je ne tiens pas à toi.

Elle lui sourit, de ce sourire familier, de complicité féminine qu'elles partageaient depuis que, ces derniers mois, elles comptaient l'une sur l'autre.

— Tu es intelligente, équilibrée et tu as du talent. Tu veux réussir pour toi-même. Tu as des rêves. J'étais comme toi à ton âge. Je voulais plus qu'un mari autrichien avocat, quoi qu'en dise ma mère. Et tu voulais plus que ce gentil Garrett Byrne à la tête de mouton, quoi qu'en dise ton père. Je t'ai encouragée à viser plus haut parce que je voulais te voir prendre ton envol. C'était un plaisir à regarder.

— Je ne vous crois pas, Anna ! répondit-elle sur un ton de défi, malgré le tressaillement de son cœur. Anna, Anneliese, Lorelei, qu'importe votre vrai nom.

Un frisson parcourut sa belle-mère.

— Je déteste le nom Lorelei. C'est une autre naïade maléfique. Comme la *roussalka*.

Saisissant la balle au bond, Jordan la pressa :

— Qui est celle qui a vraiment émergé des eaux pour devenir ce cauchemar de la *roussalka* ? Quelqu'un qui n'était pas d'accord avec votre définition de la bonté ?

Elle cligna des yeux.

— Je t'ai parlé de ce rêve, c'est vrai. Ce n'était personne, vraiment. Juste une réfugiée de Posen.

— Et elle vous a fait du mal au lieu que ce soit vous qui lui en fassiez ?

Que peut craindre un monstre ?

— C'est pour ça qu'elle vous fait peur ? Que vous rêvez d'elle ?

— Je ne la crains pas. Pourquoi le devrais-je ?

D'un geste machinal, Anneliese porta une main à son cou.

La vieille cicatrice, dissimulée sous le maquillage, songea Jordan.

— Elle est probablement morte depuis longtemps.

Pourtant, l'éclair qui passa dans son regard trahissait sa terreur. *Moi aussi, je peux lire en vous, vous savez.*

Pourquoi Anneliese lui avait-elle raconté le cauchemar de la *roussalka* ?

Parce qu'il était minuit, qu'elle avait peur et que j'étais là. Parce que quelquefois, même les monstres ont besoin de parler.

Elle fit alors mine de se relever et, d'une voix douce, déclara :

— Anna, ne me laisserez-vous pas…

— Rassieds-toi.

Elle obéit. Le pistolet la visait de nouveau.

— Je vois bien que tu essaies de me retarder, poursuivit sa belle-mère. J'avoue que c'est tentant d'être assise ici et d'attendre l'arrivée de tes amis. Mais cela signifierait renoncer. Et c'était ma dernière promesse à Manfred : ne jamais renoncer. Il a préféré mourir sous une pluie de balles à Altaussee plutôt que de se laisser prendre. Le moins que je puisse faire, c'est m'enfuir.

Elle regarda Jordan droit dans les yeux.

— Ne me cherchez pas. Vous ne me trouverez pas, cette fois. Et quel mal puis-je faire ? Je ne veux faire de mal à personne.

— Vous ne voulez faire de mal à personne mais vous le ferez si vous vous sentez menacée. Papa a soupçonné quelque chose au magasin, non ? Il a décelé des indices de votre petite combine avec Kolb et il est mort avant d'en découvrir plus. Comment est-ce arrivé, Anna ? lui demanda-t-elle en la transperçant du regard. Avez-vous assassiné mon père ?

C'était l'autre soupçon qui, comme une fleur monstrueuse, avait éclos dans ses pensées. Malgré son inquiétude, dans sa précipitation pour venir chercher Ruth, elle avait réfléchi que, si Anna McBride ne connaissait rien aux armes à feu, une femme surnommée « la Chasseresse » saurait sûrement quelles munitions feraient exploser un LC Smith calibre douze au canon en vieil acier souple. Elle aurait pu aller jusqu'au pavillon de chasse sur le lac, glisser une poignée de cartouches mortelles parmi les bonnes, puis emmener sa belle-fille essayer des robes de mariée pendant que son mari partait à la chasse.

— Vous l'avez tué ? la pressa-t-elle, sa voix se brisant. Vous l'avez tué ?

Le visage impassible, sa belle-mère se mura dans le silence.

Oh papa ! gémit-elle intérieurement, pétrifiée par l'horreur.

Au bout de quelques interminables minutes, Anneliese finit par raconter :

— J'avais une profonde affection pour lui, tu sais. Mais il a fallu que tu ailles fouiner dans mes affaires. Et après ce premier Thanksgiving, je n'ai jamais pu totalement regagner sa confiance. Je le surprenais à m'observer, au lit, quand il me pensait endormie. Je suppose que c'est pour ça qu'il se méfiait de Kolb, qu'il posait des questions.

Elle secoua la tête avec stupeur.

— Je me demande encore comment tu as fait. Pour tout reconstituer, à dix-sept ans à peine… Tu comprends maintenant pourquoi je te dis que tu es intelligente ? Après, je n'ai plus jamais rien osé garder dans la maison. De crainte que tu ne le flaires.

— Ne vous avisez pas de me dire que je suis responsable de la mort de papa ! l'avertit-elle d'une voix éraillée.

— Je ne te dirai rien. Va vivre ta vie et laisse-moi vivre la mienne. Tout ce que je veux, c'est disparaître avec Ruth.

Soudain terrifiée, Jordan s'exclama :

— Vous n'emmenez pas Ruth !

— Bien sûr que si. Elle est sous ma responsabilité. Et c'est ma caution, Jordan. Parce que si je sens que je suis de nouveau traquée, je commencerai par la tuer puis je me suiciderai.

Elle la dévisageait, ses yeux brillant d'un mélange de sérieux et de sincérité. Fascinée, Jordan la regardait, la bouche desséchée.

— Je vous en prie…, commença-t-elle.

Mais d'un ton brusque, Anneliese l'interrompit :

— Je ne fuirai pas une troisième fois. Je ne le supporterais pas. Je vais choisir la solution de facilité et j'emmènerai Ruth. On n'abandonne pas un enfant, ce serait d'une grande cruauté. Alors n'essayez pas de me retrouver, tes amis et toi. Ce sera bien préférable pour Ruth.

Sur ces mots, elle remonta les marches, l'arme scintillant à bout de bras. Arrivée en haut, elle se retourna.

— Tu vas me manquer, tu sais. Beaucoup. Je regrette vraiment que tu aies découvert tout ça.

La porte claqua, le verrou extérieur tourna en crissant et le bruit de pas s'éloigna. Jordan s'élança dans l'escalier, se jeta contre le battant de la porte verrouillée et se mit à hurler.

52

Ian

Septembre 1950
Boston

— Elle n'a rien pris.

Jordan inspectait le placard de sa belle-mère. Une chambre féminine, une décoration florale, des tableaux de paysages alpins et des bouquets de fleurs séchées. *Trop tard*, persistait à se répéter Ian. *Nous arrivons trop tard.*

— La seule chose qui manque est la voiture de papa. Sa valise est toujours ici, comme ses vêtements, sa lingerie, même son carnet de chèques et son permis de conduire.

Parce qu'elle laisse tout derrière elle, se dit Ian. Lorelei Vogt s'était débarrassée d'Anna McBride et était partie vers une nouvelle identité sans rien d'autre que les vêtements qu'elle portait. Une rage froide le submergea. *Nous ne sommes pas arrivés si loin pour tout recommencer de zéro.*

— Elle n'a rien pris, répéta Jordan.

Ian la regarda. Elle semblait anéantie. Sous le choc. La pâleur de son visage contrastait avec son habituel teint éclatant de santé. Jamais il n'avait éprouvé un soulagement aussi intense que lorsque, après avoir tourné le verrou de la chambre noire, ils l'avaient vue en sortir en trébuchant. Dans une vieille chemise à carreaux rouges, ses cheveux blonds emmêlés, ses mains tremblantes, mais vivante. Mais son soulagement n'était rien comparé à celui de Tony, dont la peau mate avait pris une couleur spectrale quand la porte s'était ouverte. L'ignorant, Jordan s'était précipitée à l'intérieur de la maison en appelant sa sœur. Ils s'étaient alors rendu compte que Lorelei Vogt n'avait en fait pas tout laissé derrière elle.

Elle avait emmené Ruth.

— *Suka*, marmonna Nina.

Elle ouvrit et referma le rasoir, manifestement avide d'une gorge à trancher. Taro la suivait en gémissant nerveusement. Ian parvenait à ne pas faire les cent pas, mais ses ongles s'enfonçant dans ses paumes y avaient déjà laissé des marques blanches.

— Il doit y avoir un indice nous indiquant où elle est partie. Quelque chose…

Jordan était maintenant en train de fourrager dans les mouchoirs de sa belle-mère. Elle foudroya Ian et Tony d'un regard dur.

— Si seulement vous m'aviez dit…

— Je voulais le faire, déclara Tony, qui inspectait le tiroir voisin. J'ai voulu te mettre au courant. Mais nous ne savions pas si ton père était impliqué et…

Il lui frôla l'épaule. Elle se dégagea brusquement.

— Papa n'aurait jamais…

Sa voix s'étrangla.

— Pourquoi Anna a-t-elle même commencé ces transactions sous la table avec Kolb, pour aider les criminels de guerre ? Sans tout ça, vous n'auriez rien découvert et ne seriez jamais venus à Boston. Pourquoi prendre de tels risques ?

— Peut-être s'agissait-il de ses amis ? suggéra Tony. Elle voulait aussi faire venir sa mère.

— Elle aurait pu les faire venir légalement, les parrainer comme des réfugiés. Personne n'aurait cillé.

— L'argent, déclara Ian, laconique, en se mettant à marcher de long en large, malgré lui. Elle voulait son propre argent pour le cas où elle aurait de nouveau besoin de fuir.

Et maintenant, elle l'a, songea-t-il dans une nouvelle bouffée de rage froide. *Assez d'argent pour s'enfuir loin, très loin.*

Non. Tu ne nous échapperas pas. Tu ne prendras pas la vie d'une enfant innocente. Pas cette fois.

Jordan se baissa pour regarder sous le lit et lança :

— Je ne veux pas que vous jugiez mon père stupide d'être tombé amoureux d'elle. Elle était si déterminée à perdre son accent, à devenir membre de son église, à être une vraie femme au foyer américaine. Si fière d'apprendre l'argot de Boston, de changer son prénom d'Anneliese pour Anna dès qu'elle a obtenu la nationalité. Elle a dupé tout le monde.

— Pas toi, dit Tony en soulevant les draps. À dix-sept ans, tu l'as soupçonnée dès le premier jour. Alors que nous trois qui sommes des professionnels n'avons rien vu. Tu es un sacré génie, J. Bryde !

— Mais je n'ai pas empêché la mort de mon père. Je n'ai pas réussi à lui ouvrir les yeux…, dit-elle en se redressant.

Ian la saisit par les épaules et la regarda sans ciller.

— Arrête ! C'est un chemin qui conduit à la folie, tu peux me croire. Rejette la faute sur la seule responsable. Elle.

Où est-elle partie ? Où…

— Elle l'a pleuré à l'hôpital, reprit Jordan. Elle était bouleversée. Je me demande ce qu'elle aurait fait s'il s'était remis de ses blessures.

— Elle avait un plan pour ça, déclara Nina d'une voix catégorique.

Rien ne manquait non plus dans la chambre de l'enfant. Impuissante, Jordan passa ses mains sur son jean.

— Elle n'a même pas pris une paire de chaussures pour Ruth.

—Ce qui veut dire qu'elle a une cachette quelque part, dit Tony, qui tournait comme un lion en cage dans la petite pièce cosy. Elle y aura stocké des vêtements, de l'argent de ses comptes d'épargne fermés, une nouvelle identité, un cadeau de Kolb.

—Oui, acquiesça-t-elle en se frottant le visage d'une main. Dans la chambre noire, elle m'a dit que depuis que j'avais fouillé sa chambre des années auparavant, elle n'osait plus rien garder dans la maison.

—Alors où aurait-elle une cachette ? demanda Ian.

Tous se regardèrent. Puis Jordan finit par dire :

—Elle m'a fait croire qu'elle avait passé un mois entre New York et Concord. Mais elle était ailleurs. Elle doit avoir organisé quelque chose. Fait des préparatifs pour s'enfuir, pour le cas où elle se sentirait menacée.

—Ça doit être dans les environs, fit remarquer Nina. Quelque part où elle pourrait aller sans que personne ne pose de questions. Nous devons l'attraper, ou…

—… ou elle s'évanouira dans la nature, poursuivit Jordan. Ruth et elle, enfuies qui sait où. Elle ne restera peut-être même pas dans ce pays.

Son visage se décomposa. Tony l'attira dans ses bras. Furieux, Nina et Ian échangèrent un regard désemparé. *Ruth*, songea Ian. *Pauvre enfant titubant au milieu des blés, loin de son pays. Perdue pour toujours, à moins que…*

Il tapota le cadre du petit lit de ses doigts et, pensif, déclara :

—Sa planque doit être dans les environs mais à l'écart de tout. Un endroit où se cacher, changer d'apparence. Un endroit où personne ne la verrait arriver ni partir, n'aurait la moindre raison de s'interroger sur sa présence. Connaîtrais-tu un…

—Peut-être notre pavillon de chasse sur les rives du lac Selkie. C'est à plus de trois heures de Boston, très isolé, sans plages ni promenades. C'est juste un grand étang en pleine forêt, en fait. Il est fermé depuis la mort de papa. Nous n'y allons plus. La clé est une grande clé ancienne.

Elle se précipita dans le bureau de son père, au rez-de-chaussée, et tous la suivirent. Une fois dans la pièce, elle commença à ouvrir brusquement les tiroirs. Ian s'interrogeait. Cette cabane sur le lac, nichée dans les bois, aurait-elle rappelé à Lorelei Vogt sa précieuse maison sur le lac Rusalka, où elle avait pris la vie de Seb ?

Jordan inspecta chaque tiroir ouvert. Les joues cramoisies, elle finit par leur déclarer, tremblante :

— La clé a disparu. Elle est allée au pavillon. Mais elle ne s'y attardera pas. Elle sait que je m'en souviendrai. Et elle a au moins une heure et demie d'avance.

Nous ne la rattraperons jamais, ragea Ian intérieurement. C'était manifestement l'avis silencieux de toute l'équipe.

Plongeant sa main dans sa poche, Tony en tira la clé de la Ford.

— Nous allons tenter le coup.

— Nous n'y arriverons pas, insista son associé. Nous devons la devancer.

Il savait quelle était la solution. Même si cette pensée le glaçait de terreur.

— Je vous exposerai mon plan quand nous serons en route, reprit-il alors. Mais, pour commencer, Jordan, décris-nous la *roussalka* du rêve de ta belle-mère. Dans les moindres détails.

Alors qu'ils gagnaient la porte, elle leur donna une description étonnamment précise du cauchemar né du lac qui, manifestement, hantait les nuits de la *Jägerin*. *Ainsi, la Chasseresse ne dort pas bien*, se dit Ian avec une satisfaction perverse. *Tant mieux!*

Lorsqu'elle eut fini, il regarda sa femme qui descendait les marches du perron en direction de la voiture.

— Lorelei Vogt est terrifiée par la *roussalka*. Et tu es la *roussalka*, je me trompe ?

Nina agrippa la poignée et acquiesça d'un petit signe de tête. Ian la sentait déjà toutes griffes dehors. Mais, cette fois, il ne flancherait pas. Elle allait s'expliquer. Sans lui laisser le temps d'ouvrir sa portière, il posa une main sur la sienne.

— Parle, Nina ! Je sais que tu ne veux pas nous dire ce qui s'est passé sur ce lac. Mais le temps nous est compté. Raconte-nous.

53

Nina

Novembre 1944
Lac Rusalka

L'épaisse soupe aux pommes de terre était crémeuse. Après le refus catégorique de Nina d'entrer dans la cuisine, la femme au manteau bleu leur avait apporté deux bols fumants, derrière la maison aux murs ocre. Sebastian avait pris le sien avec une impatience difficilement contenue. Mais elle était restée les bras croisés.

—Ne sois pas impolie, chuchota-t-il en russe, entre deux bouchées.

Elle sentait l'eau lui monter à la bouche. Néanmoins, elle ne bougea pas.

—Elle a une résidence secondaire au bord du lac et de la vraie crème dans son ragoût, répliqua-t-elle en regardant la femme mince aux yeux d'un bleu perçant. En d'autres mots, c'est une amie des Allemands.

—Je te l'ai dit, elle est veuve. Son mari était allemand. Il est mort avant le début de la guerre. Alors l'administration de Posen la laisse tranquille.

Sebastian et la femme avaient eu une longue conversation en anglais, une langue que, visiblement, elle maîtrisait.

— Elle a étudié l'anglais à l'université et n'a jamais eu de sympathie avec le Reich.

— C'est ce qu'elle raconte.

Elle avait l'air si douce, un sourire si chaleureux. Comme si elle devinait les soupçons de Nina, elle but au deuxième bol. Puis elle le lui tendit de nouveau d'un air indulgent comme pour dire : « Vous voyez ? Elle n'est pas empoisonnée. »

Elle la foudroya du regard mais prit le bol. La première cuillerée lui fit l'effet d'une explosion de saveurs sous le palais. Elle sentit une boule de chaleur dans son ventre. Malgré elle, elle avala le reste d'un trait. La femme sourit et dit quelque chose à Sebastian. Il y eut un autre échange intense.

— Qu'y a-t-il maintenant ? demanda Nina en finissant la dernière goutte. Remercie-la pour le repas et filons d'ici.

Le visage rayonnant, Seb répondit :

— Elle nous propose de passer la nuit ici. Elle dit que nous pouvons dormir dans la cuisine, il y fait chaud et elle fera les lits.

Nina l'attrapa par le bras et l'entraîna à quelques pas de distance.

— Non.

— Pourquoi pas ? Dormir sous un toit, pour changer. Sous des couvertures propres.

— Seb, aucune femme vivant seule n'amènerait des gens qui nous ressemblent chez elle ! dit-elle en faisant un geste vers leurs vêtements dégoûtants. Ce qui signifie soit qu'elle n'est pas seule soit qu'elle va appeler les Boches et nous dénoncer dès que…

— Est-il impossible de croire que quelqu'un puisse prendre pitié de nous ? Pourrait nous offrir de l'aide par simple gentillesse ?

— Oui. C'est impossible à croire. Et nous n'avons pas besoin de son aide.

Son visage aux pommettes rendues saillantes par la faim rougit.

— Tu ne fais confiance à personne. C'est ton fichu problème. Et nous avons besoin d'aide. Nous crevons de faim, nous nous épuisons à ne manger que du gibier et des racines. Pourquoi ne pouvons-nous pas accepter de l'aide quand elle nous est proposée ?

— Parce que, si elle est bienveillante, tout ce que nous obtiendrons c'est une nuit à dormir au chaud. Mais, si elle ne l'est pas, nous serons pris par les Allemands.

— Peut-être plus qu'une nuit. Peut-être serait-elle d'accord pour nous cacher un moment. Tout le monde dans cette guerre ne pense pas qu'à lui. Essaie d'avoir un peu foi dans la nature humaine, pour une fois.

Son visage traduisait soudain son entêtement. Il voulait tellement croire cette femme, tellement lui faire confiance.

— Non, s'obstina Nina.

Il essaya une nouvelle tactique.

— Que pourrait-elle faire ? Une femme contre nous deux.

Elle le dévisagea.

— Tu me connais et tu demandes ce qu'une femme peut faire ?

— C'est différent.

Parce que je suis une sauvage, se dit-elle. Parce que pour un homme honorable comme Sebastian Graham, bien élevé, bienveillant, et qui ne connaissait strictement rien au sexe féminin, une femme menue aux cheveux lisses et aux ongles soignés ne pouvait pas être dangereuse.

Elle jeta un coup d'œil derrière elle. La femme en bleu les observait avec un petit sourire, se contentant de les laisser se quereller.

— Je rentre à notre campement, annonça-t-elle alors. Je ne prends pas le risque.

Il croisa les bras.

— Moi si.

Nina recula d'un pas, surprise de sentir une flèche de douleur la traverser. *Je t'ai nourri, j'ai chassé pour toi, je suis restée avec toi. Et maintenant, ça?*

Il rougit de nouveau.

—Nina...

—Je te retrouve demain au campement, répliqua-t-elle en lui coupant la parole. Si tu ne viens pas, je saurai que tu es reparti vers la captivité, menotté.

—Ou que j'aide la bonne *Frau* dans son jardin et que, en échange, elle m'autorise à me cacher dans sa cave, répondit-il d'une voix égale. Il y a de la bonté sur cette Terre, Nina. Je t'ai fait confiance, non? Quand la seule chose que je savais de toi était que tu serais abattue si tu retournais dans ton régiment, je t'ai quand même fait confiance.

Elle brandit son rasoir.

—Je n'ai confiance qu'en lui.

—C'est étrange comme tu me rappelles mon frère, dit-il. Aussi froide que la glace et à peu près aussi disposée à accorder ta confiance.

—C'est un homme intelligent.

—Mais pas un homme heureux.

—Être heureux n'a pas d'importance. Je choisis d'être vivante.

Après une hésitation, elle plaida:

—Viens avec moi, Sebastian.

Mais il refusa. Et elle s'enfonça dans les arbres, trop furieuse pour regarder en arrière et le voir disparaître à l'intérieur de la maison aux murs ocre.

Au bout de quelques centaines de mètres à longer frénétiquement la rive, Nina ralentit le pas. Le crépuscule tombait, annonçant une nuit sans lune. C'était un temps idéal pour voler, se dit-elle. Un temps idéal pour chasser. Soudain mal à l'aise, elle s'arrêta et frotta ses bottes usées dans les feuilles mortes. Son sixième sens lui soufflait que quelque chose n'était pas normal. Elle ignorait quoi.

Si, tu le sais parfaitement. Cette femme peut être en train d'appeler les Boches, de leur dire qu'elle a un prisonnier de guerre évadé dans sa cuisine.

Mais ce n'était pas ça. Il y avait plus étrange encore. Elle aurait pu le dénoncer sans l'inviter à entrer. Pourquoi l'avait-elle fait ?

Elle leva les yeux vers le ciel. Un crépuscule bleu, des yeux bleus... Son regard n'avait pas exprimé la moindre appréhension devant le couple de réfugiés déguenillés arrivant sur son seuil. Ses cheveux emmêlés, la barbe sombre de plusieurs jours de Sebastian, leurs ongles sales : leur apparence aurait dû éveiller la méfiance. Pourtant, son attitude calme n'avait pas trahi la moindre peur. Et une personne qui se retrouvait seule face à deux inconnus répugnants dans une zone de guerre était soit stupide, soit altruiste, soit dangereuse. La femme n'avait pas eu l'air stupide. Elle était donc altruiste ou dangereuse. Nina savait que Sebastian aurait choisi la première option. *Je choisis la deuxième.*

Elle rebroussa chemin. Lorsqu'elle se retrouva de nouveau à l'arrière de la maison, il faisait nuit. Éclairées, certaines fenêtres sans volets dessinaient des carrés lumineux sur les arbres. Nina s'accroupit à l'ombre d'un sapin et fit le guet. Elle avait à moitié espéré voir des voitures s'arrêter, des sentinelles allemandes monter la garde pendant que le prisonnier anglais était de nouveau capturé. Mais le calme régnait.

Cela ne voulait pas dire pour autant qu'elle ne pouvait pas se faire piéger. Peut-être Sebastian avait-il déjà été recapturé. La femme aux yeux bleus aurait pu dire aux autorités qu'il avait une complice en liberté. Pendant une heure, elle resta immobile dans le silence uniquement troublé par le clapotis des vaguelettes sur la rive, son rasoir ouvert, accroché à son poignet par sa boucle de cuir. *Seb, où es-tu ?*

Probablement pelotonné sous un édredon, devant les tisons d'un feu, sans penser du tout à elle.

Pourtant, elle ne bougea pas. La lune ne brillait pas mais, à la lueur des étoiles, le lac s'étendait, argenté. *Temps idéal pour la chasse*, ne cessait-elle de se marteler en pensée. *Temps idéal pour la chasse.*

La porte s'ouvrit et une lumière tremblotante inonda l'obscurité. Deux silhouettes se dessinèrent à contre-jour. Éblouie, elle cligna des yeux. Et ne tarda pas à reconnaître la démarche de Sebastian, ses cheveux lui balayant le front. La femme à côté de lui avançait d'un pas léger, les mains dans les poches de son manteau. Elle en sortit quelque chose et Nina se releva vivement. Mais elle perçut le grattement léger d'une allumette. Sebastian se pencha et, galant, protégea la flamme d'une main. L'extrémité incandescente d'une cigarette brilla dans la nuit. La femme lui en proposa une. Puis elle entendit le murmure de leurs voix alors qu'ils se dirigeaient d'un pas paisible vers le lac. Incapable de se débarrasser de son mauvais pressentiment, elle les observa. Dans un craquement de planches, le couple s'engagea sur la jetée qui s'allongeait vers les profondeurs. Qu'il s'agisse de planches de pin ou de deux mètres de glace compacte, Nina se méfiait de tout ce qui permettait de marcher sur un lac. Mais, sans l'ombre d'une hésitation, Sebastian s'avança. Il avait l'estomac plein, une bonne nuit de sommeil en perspective, et la cigarette d'un après-dîner raffiné à la main. Et il admirait le reflet des étoiles sur l'eau paisible, à côté d'une femme qui lui avait témoigné de la bonté au lieu de le houspiller pour qu'il garde ses bottes au sec ou de lui demander s'il serait jamais capable de savoir où se trouvait le nord.

Elle continua à regarder les deux silhouettes qui avaient atteint l'extrémité de la jetée. *Rejoins-les !* Peut-être cette femme était-elle vraiment bienveillante. Coupant court à ses hésitations, elle sortit de l'ombre des sapins et s'avança. Mais quelque chose la retint et elle s'arrêta au bord du ponton. Indécise, elle recula, maudissant son appréhension. Le monde ne grouillait-il pas de mille autres raisons d'être terrifiée ? Sebastian pencha la tête en arrière pour regarder le ciel nocturne. La femme jeta alors sa cigarette dans le lac, plongea une main dans la poche de son manteau et en sortit un objet métallique qui scintilla à la lueur des étoiles.

Elle s'élança et vit son bras se lever. Trop tard. Le coup se répercuta, net, sur l'eau.

En voyant Sebastian tomber, Nina étouffa un hurlement muet.

Sur la neige ou sur le sol nu, elle aurait été aussi silencieuse qu'un Po-2 descendant du ciel en planant. Elle aurait tranché la gorge de la femme aux yeux bleus d'une oreille à l'autre avant même qu'elle ne se rende compte de sa présence derrière elle. Mais le ponton craquait sous ses pieds. Et avant même que la fumée du coup de feu ne se soit dissipée, la femme se tourna vers elle. Ses yeux habitués à l'obscurité, Nina la voyait aussi clairement que si, au lieu de se tenir dans la pâle lueur des étoiles, elle s'était trouvée en plein soleil : distante, calme, impitoyable, son regard ne trahissant qu'une faible surprise en la voyant surgir. Le bras se leva de nouveau, résolu, braqué droit sur elle, et un autre coup partit. Nina fit un bond sur la gauche comme si elle esquivait des tirs au sol et, son rasoir à la main, l'attaqua. La femme recula brusquement et, au lieu de lui sectionner la trachée-artère, la pointe de la lame lui trancha un côté du cou, jusqu'à la nuque. En voyant ces yeux cruels s'écarquiller de surprise, Nina, cette fois, laissa échapper un hurlement sauvage.

La femme porta une main à sa blessure, son sang d'un rouge sombre coulant entre ses doigts. Mais déjà elle braquait de nouveau son revolver. Nina, qui, courant toujours, avait dépassé le corps de Sebastian, était trop loin pour lui donner un nouveau coup de rasoir. À cette distance, en revanche, la garce ne pouvait la rater et elle ne pouvait l'esquiver. Malgré la terreur qui la glaçait, la décision s'imposa d'elle-même. Elle continua dans sa lancée et, alors que le troisième coup déchirait l'air, elle plongea dans les profondeurs du lac.

Le froid la transperça comme une myriade de minuscules poignards d'argent. L'eau au goût métallique lui envahit les yeux, les oreilles, le nez. Aveuglée par la panique, elle la sentit s'infiltrer dans ses cheveux. Elle n'avait pas mis la tête sous l'eau, pas même dans une baignoire, depuis le jour de ses seize ans, quand, allongée à moitié noyée sur la surface glacée du Vieil Homme, elle avait entendu son père bafouiller : *« Tu es une* roussalka, *le lac ne te fera aucun mal. »* Incapable de s'en empêcher, elle ouvrit la bouche pour hurler et le lac la prit à la gorge comme une mâchoire glacée.

« Si tu paniques, tu te noies, garce de roussalka », gronda son père, hargneux. Et, tant bien que mal, elle parvint à reprendre le contrôle de ses membres malgré la terreur qui lui faisait perdre tous ses repères. Elle savait nager. Tout enfant ayant grandi sur le Vieil Homme savait nager. Elle se propulsa vers la surface comme une otarie d'eau douce. Puis émergea, pantelante, avide d'oxygène, l'air embrasant ses poumons en feu.

Le bruit terrifiant d'un autre coup de revolver résonna.

Nina plongea de nouveau. Elle ne savait pas si elle avait été touchée ou pas. La peur la tétanisait à tel point qu'elle était incapable de ressentir la moindre douleur. Que la balle l'ait effleurée ou non, au milieu de cette horreur absolue, elle avait plusieurs solutions : s'extirper des griffes de la meurtrière en s'enfonçant dans les profondeurs du lac, hors de sa portée, jusqu'à ce que, tous ses membres anesthésiés par le froid et l'épuisement, à bout de forces, elle coule. Ce ne serait pas long… Ou bien rester sur place, en proie à la panique la plus intense, comme un Po-2 prisonnier de la lumière éblouissante d'un projecteur, et se voir viser chaque fois qu'elle refaisait surface. Ou encore…

Avant d'avoir le temps de changer d'avis, elle fit volte-face et, nageant sous l'eau, à l'aveuglette, se dirigea vers le ponton en battant des pieds. Ses poumons de nouveau sur le point d'exploser, elle se glissa entre les piliers, faisant remonter la vase à la surface, et émergea pour happer silencieusement une bouffée d'air. L'espace entre le lac et les planches au-dessus d'elle était de dix centimètres à peine. Elle s'accrocha à l'un des pilastres, une écharde lui transperçant la main comme une aiguille, et pencha la tête en arrière pour garder la bouche en dehors de l'eau. Déjà, elle sentait le froid paralyser tout son corps. Les lattes de pin craquèrent au-dessus d'elle et elle entendit un bruit métallique.

Elle est juste au-dessus de moi et elle est en train de recharger son arme. Si elle tirait droit sous elle, entre ses pieds, dans le ponton, la balle l'atteindrait en plein front.

La terreur l'anéantit, implacable.

« *Allez,* lui chuchota le lac. *Plonge dans le bleu. Laisse la* roussalka *t'emporter.* »

Des images décousues se mirent à défiler dans son esprit. Le visage joyeux de Yelena. La petite Galya marmonnant en une litanie terrifiée : « *Nous n'allons pas nous noyer.* » Son père, son sourire découvrant ses dents jaunes. Le camarade Staline, sa moustache, sa puissante odeur sauvage. Tout en écoutant les pieds de la Chasseresse aux yeux bleus faire craquer le bois à quelques centimètres au-dessus d'elle, elle faisait du surplace pour garder son visage au-dessus de la surface glacée, alors que le lac continuer à l'enjôler.

« *Renonce,* Ninochka. »

Elle continuait à agiter ses jambes mais elle ne les sentait plus.

« Renonce. Laisse la roussalka *t'emporter. C'est la première sorcière de la nuit, celle qui émerge du lac, avec ses bras froids comme la glace et son baiser mortel. »*

« Non. C'est moi la roussalka. *Née d'un lac pour trouver son havre dans le ciel et revenir à un lac. »*

« Alors meurs ici, dans ton lac. C'est plus facile que là-haut, de sa main. »

« Non. Je crains peut-être l'eau, mais combattre une nazie dans l'obscurité ne me fait pas peur. »

Elle aurait été incapable de dire combien de temps elle avait passé dans les eaux sombres du lac Rusalka, la tête à fleur d'eau, agrippant de ses doigts un pilier vaseux et battant de ses pieds ankylosés pour ne pas couler. Guettée par la Chasseresse au regard glaçant au-dessus d'elle. Quelques minutes seulement, sûrement. Mais cela lui parut des heures.

Couvrant le clapotis de l'eau, elle l'entendit appeler en allemand :

— Où es-tu ?

Elle serra ses dents qui claquaient. Même elle pouvait comprendre ces trois mots désespérés.

Les chaussures de la femme se déplacèrent. Sa respiration se fit irrégulière. Nina perçut son sifflement de douleur.

Je l'ai coupée.

La balafre rouge lui traversait la nuque, un baiser du rasoir. La Chasseresse devait saigner, une main plaquée sur son cou.

— Je t'en prie, sois morte, l'entendit-elle alors marmonner d'une voix rauque de peur. Je t'en prie, sois morte…

Une roussalka *ne peut pas mourir*, songea Nina, l'esprit embrumé par le froid. *Et tu as reçu le baiser d'une* roussalka, *alors tu es à moi à jamais, garce aux yeux bleus.*

Elle perçut son long soupir saccadé, un autre gémissement de douleur. Puis le bruit de ses pas s'éloigna et elle l'entendit tituber le long du ponton, jusqu'à la rive. La Chasseresse devait défaillir d'avoir perdu trop de sang. Elle allait devoir rentrer, panser sa blessure. Immobile, elle resta à flotter sous les planches. Même si elle saignait, même si elle avait peur, cette femme gardait son sang-froid. Elle pouvait se retirer, se cacher dans les ténèbres de la berge, et surveiller le lac. À sa place, elle aurait adopté cette feinte.

Aussi, osant à peine respirer, elle resta accrochée à son pilastre, dans le noir.

« Bouge maintenant, finit par lui souffler la voix son père. *Sinon, tu vas geler et couler. »*

Elle pourrait encore être ici. À attendre.

« Bouge maintenant. »

Ses forces la lâchant, Nina se hissa sur le ponton. Elle resta allongée, épuisée, essayant de fléchir ses doigts et ses orteils raidis. Elle aurait pu rester allongée ainsi pour toujours. Mais, se faisant violence, elle s'agenouilla et regarda autour d'elle. Aucune silhouette féminine ne l'attendait, nuls yeux perçants ne la guettaient. La maison aux murs ocre était plongée dans l'obscurité. Elle ne le resterait pas. La Chasseresse avait sûrement des amis. Ils allaient venir l'aider.

« Bouge. »

Mais elle en était incapable. Le corps de Sebastian Graham gisait, masse sombre et silencieuse sur le ponton. Encore chaud.

Elle savait que c'était sans espoir. Néanmoins, tremblante, elle rampa jusqu'à lui. Le coup de feu l'avait atteint à bout portant dans le crâne. Son visage était presque entièrement déchiqueté. Ce beau garçon, chevaleresque, avec ses longs cils et son grand front, n'était plus qu'un amas sanguinolant.

— Pauvre *malysh*, chuchota-t-elle de ses lèvres glacées. J'aurais dû te suivre à l'intérieur de cette maison. Je t'ai laissé y aller seul et, maintenant, je t'ai perdu.

L'âme dévorée par la culpabilité, elle aurait voulu renverser la tête en arrière et hurler aux étoiles. Mais c'était impossible.

Elle ne pouvait pas non plus s'effondrer sur son torse immobile et pleurer. Elle ne pouvait même pas l'enterrer. Les minutes filaient. Qui savait combien de temps il faudrait à la Chasseresse pour se soigner et appeler à l'aide.

Même si elle ne pensait pas être restée dans l'eau plus de dix minutes, peut-être même cinq, par cette nuit d'automne glacée, elle était transie. Stupéfaite, elle se rendit compte que son rasoir se balançait toujours à son poignet. Sans quitter ses bottes et son pantalon, elle se débarrassa de sa combinaison trempée, qu'elle jeta dans le lac. Puis, le cœur serré, elle dépouilla Sebastian de ses vêtements couverts de sang mais secs qu'elle enfila tant bien que mal. Même si elle hésitait à le laisser à moitié nu sous les étoiles, sans vêtements secs, elle allait mourir. Elle s'obligea à prendre sa plaque d'identité de prisonnier, la bague à son doigt. Son frère aîné les voudrait. «*Aussi froid que la glace, et à peu près aussi disposé à accorder sa confiance*», avait-il de lui.

—Je lui dirai que tu es mort en héros, jura-t-elle à ce compagnon d'infortune qui, au cours de ces quelques mois de survie acharnée, avait été son ami. Je lui dirai que tu as sauvé ma vie, que tu t'es battu avec une meurtrière nazie et que tu l'as blessée jusqu'au sang.

Oui, elle ferait un héros de ce garçon au cœur si généreux qui était mort parce qu'il croyait en la bonté humaine.

Non. Il est mort parce que la malchance lui a fait croiser ton chemin, Nina Markova. Parce que tu as laissé tomber chacune de tes équipes avant de les perdre. Tu as laissé tomber ton régiment de deux cents sestry. *Puis tu as trouvé Sebastian, et même s'il n'était plus que ton seul coéquipier, tu l'as laissé tomber aussi.*

Les larmes ruisselant sur son visage, elle embrassa ses cheveux poisseux de sang et s'avança en chancelant sur le ponton, sans un regard en arrière. Elle jeta un coup d'œil à la maison jaune. Et fut submergée par le désir primitif de s'y introduire furtivement, de pister cette salope d'Allemande au regard bleu et au cou balafré, et de finir ce qu'elle avait commencé. Mais cela épuiserait le reste de ses forces et elle en avait besoin pour regagner le campement vivante.

Titubant, à moitié délirante, ses vêtements ensanglantés chatoyant à la clarté des étoiles, elle se martela :

« Je suis la roussalka *du lac le plus profond de la Terre, aux confins du monde*, se dit-elle. *Je suis une Sorcière de la Nuit du 46ᵉ Régiment de bombardiers de nuit de la garde Taman, je n'ai peur ni des Allemands, ni de la nuit, ni d'aucun lac au monde. »*

Elle n'aurait plus jamais peur de se noyer.

Désormais, une nouvelle peur l'habitait.

Lorsque, au cœur de l'hiver, sa pneumonie empira, la toux la secouant de violents spasmes, elle crut que, cette fois, sa dernière heure avait sonné. Mais Nina Markova survécut. Toussant, maigre, sale, affamée. Jusqu'à ce que, en janvier de la nouvelle année, les Allemands évacuent Poznań. Jusqu'à ce qu'elle puisse émerger, éblouie, titubant, de sa forêt, pour se voir recueillir par la Croix-Rouge polonaise qui déboulait dans les camps et les stalags libérés. S'ensuivirent des mois de soins, de transferts d'un lit d'hôpital à un autre, à se tourner et se retourner sur le mince matelas en rêvant à la Chasseresse aux yeux bleus jusqu'à mieux connaître son visage que ses propres traits. Elle pensait toujours à ce visage quand, alors qu'elle était assise sur son dernier lit d'hôpital, occupée à tracer avec jubilation une étoile rouge sur la plante d'un de ses pieds avec un crayon de navigation en se jurant de se la faire tatouer, un Anglais maigre comme un clou, le regard éperdu, s'était précipité vers elle et l'avait bombardée d'un torrent de questions. Et elle avait été capable de réciter la première ligne de son histoire. Le mythe. Pas : « Ton frère est mort parce que je l'ai laissé tomber », mais « Ton frère est mort en héros. »

54

Ian

Septembre 1950
Boston

Nina évita les yeux de Ian. La femme qui avait soutenu le regard du camarade Staline était en train de fixer ses doigts entrelacés pour ne pas le voir. Ils étaient sortis de Boston et roulaient à vive allure en direction du nord-est.

Ignorant leurs deux compagnons à l'avant, elle ne s'adressa qu'à lui, son accent russe s'intensifiant.

— Je t'ai menti. C'est ma faute si Seb est mort.

Il ne répondit rien. Jordan et Tony échangèrent des regards, sans prononcer une parole non plus.

— J'aurais dû rester avec lui. La *Jägerin*, elle ne m'aurait pas prise au dépourvu. Ou j'aurais dû être plus rapide, le rejoindre sur le ponton. J'hésite trop longtemps, c'est trop tard.

Ian perçut toute la culpabilité et la douleur dans son soupir accablé, devina les longues nuits au cours desquelles, année après année, cette pensée l'avait obsédée.

— Tu as fait de ton mieux, parvint-il à dire.

— Pas assez. Seb aurait dû vivre.

Elle le dévisagea sans ciller.

— C'est ce que tu penses. Je sais.

C'était ce qu'une partie de lui pensait. Aveuglée par la rage d'un frère trop submergé par son deuil pour être objectif: *Tu savais à quel point il était confiant et tu l'as laissé se faire assassiner.* Puis par la rage d'un amant trahi: *J'ai dormi à côté de toi, je t'ai fait confiance, je t'ai parlé du parachute, et tu m'as caché ça?*

—Je l'ai laissé tomber, reprit-elle dans un murmure. C'est ce que je fais, quand j'ai une équipe. Je laisse tomber mon régiment, je le perds. Je laisse tomber Seb, je le perds. C'est pourquoi je n'ai plus d'équipe. Je n'aurais pas dû venir, vous rejoindre…

Son regard alla de Tony à lui.

—Mais je veux trouver la Chasseresse. Depuis que j'ai dû la fuir en trébuchant sur la rive du lac, je veux la retrouver. Ça me rend égoïste. Alors je vous rejoins. Je n'aurais pas dû.

Ian l'observait. *C'est ta peur désormais. Tu n'as plus peur des lacs. Ni de te noyer. Mais de laisser tomber une autre* sestra, *un autre équipier, un autre camarade.*

Il prit une profonde inspiration, refoula sa surprise et sa colère. Puis il noua son index à celui de sa femme et se noya dans l'azur de ses yeux qui, derrière leur bouclier opaque, exprimaient un chagrin si désespéré.

—Tu ne l'as pas laissé tomber, Nina. Et tu ne vas pas nous laisser tomber maintenant. Tu peux me croire. Cette équipe ne sauvera pas Ruth sans toi. Cette équipe ne peut pas attraper la *Jägerin* sans toi. Si ta seule peur est de perdre une autre équipe, toi, tu es la seule peur de Lorelei Vogt. Et nous allons nous en servir.

Les prunelles de Nina étincelaient.

À son volant, Tony fit remarquer d'un ton lugubre:

—Encore faudrait-il que nous arrivions, et nous avons au moins une heure et demie de retard sur elle.

Ian pressa violemment le doigt de Nina et le relâcha.

—Je sais comment nous allons la rattraper.

La Ford s'arrêta dans un jet de graviers. Si Ian n'avait jamais vu l'endroit auparavant, Tony le lui avait décrit: le minuscule aérodrome vétuste où Nina avait fait une balade aérienne. Il regarda le biplan bleu et crème qui ronronnait au-dessus de leurs têtes, s'apprêtant à atterrir, et se sentit terrifié. S'exhortant à refouler son appréhension, il demanda :

— Jordan, peux-tu convaincre ton ex-fiancé de nous rendre un très grand service ?

Derrière son bureau, Garrett Byrne les regarda, abasourdi.

— Vous voulez emprunter un avion ?

— Olive, précisa Nina. J'aime bien Olive.

— Ruth est en danger, Garrett, expliqua Jordan. C'est pour Ruth.

— Si elle est en danger, contactez la police et...

— Excellente idée, Gary ! rétorqua brusquement Tony. Appelez la police et signalez-leur qu'une enfant a été enlevée par sa propre mère. Ils vont se précipiter, c'est sûr ! Génial !

— Je ne peux pas laisser un pilote sans licence faire voler l'un de mes avions.

Ian contourna le bureau.

— Tony, attrape-le par l'autre bras. Nous allons l'enfermer dans le placard.

Tant pis pour les limites que nous ne transgressons pas, se dit-il. Non seulement il allait franchir cette limite, mais il s'en fichait royalement, tout à fait disposé à enfermer Garrett Byrne avec les produits ménagers pour sauver Ruth. Garrett sembla soudain saisir la gravité de la situation.

— Bon Dieu ! s'exclama-t-il en se dégageant de sa poigne. Jordan, c'est vrai ? Tu as raison depuis le début, ta belle-mère est...

Le visage livide, elle fit un signe d'assentiment.

— Bon Dieu ! lâcha-t-il d'une voix étouffée, cette fois, en regardant Nina.

Elle le dévisagea sans ciller, les yeux plissés.

— Madame Graham, vous avez intérêt à ramener Olive sans une égratignure, sinon...

Mais déjà Jordan l'étreignait violemment en guise de merci et Nina réclamait des cartes de navigation. Il se libéra et partit à petites foulées pour s'occuper de faire remplir le réservoir du Travel Air 4000.

Tony regarda Ian, l'air sceptique.

— Est-ce que ça va vraiment marcher ? Partir à la rescousse dans un biplan, c'est digne d'un roman feuilleton dans lequel les jouvencelles se font ligoter sur les voies de chemin de fer.

— Ça va marcher, affirma son collègue avec toute la conviction qu'il pouvait rassembler.

Nina, qui feuilletait les cartes, renchérit d'une voix calme :

— C'est la seule façon d'arriver au pavillon de chasse avant la voiture.

Ian était soulagé de voir qu'elle semblait avoir momentanément effacé ses doutes et sa culpabilité. Elle avait une mission à remplir et, la copilote en elle ayant repris le dessus, elle redevenait l'aviatrice professionnelle.

— Si je peux atterrir, reprit-elle. Jordan, tu dis qu'il y a un terrain plat à proximité, sans arbres ? Montre-moi.

Quelques instants plus tard, ils prenaient la direction de la piste de décollage en courant. Olive se dressait fièrement, sa carlingue bleu et crème rutilante. Nina mit des lunettes de protection. Elle aurait pu paraître ridicule avec ses lunettes de pilote, sa robe d'été Filene et ses bottes. Pourtant, elle ne dégageait que sang-froid et compétence.

— L'avion a quatre places. Deux dans chaque cockpit.

— Ce n'est pas sûr, commença Garrett.

Nina l'ignora.

— Ce sera serré mais possible. Jordan à l'avant avec Tony. Ian, tu voles avec moi, ajouta-t-elle en tournant la tête vers lui.

Il craignait qu'elle lui fasse cette suggestion.

— Ce serait bien moins risqué de voler avec Tony pendant que Jordan et moi suivons en voiture, avança-t-il.

— Une fois, j'ai volé avec quatre de Taman quand le Po-2 derrière moi est poursuivi et le moteur troué. Galya et moi avons dû ramener la pilote et la copilote. C'était comme de faire voler une brique mais il est resté en l'air. Presque tout le temps.

Tony était déjà en train de s'installer dans le cockpit du passager, à l'avant, Jordan grimpant à sa suite. Nina courba son index vers Ian. Il était en train d'essayer de refouler la plus violente vague de panique de sa vie.

Elle connaissait cette terreur, comprit-il. Elle l'avait ressentie quand elle s'était jetée dans le lac Rusalka. Elle aurait pu se laisser submerger, couler, et le seul témoin du meurtre de Seb aurait disparu.

Ignorant les battements précipités de son cœur, il grimpa sur l'aile.

— Ne me laisse pas tomber, camarade, dit-il à travers ses dents serrées en s'affalant dans le cockpit.

Quand les roues d'Olive quittèrent le sol et que, terrifié, Ian aperçut la terre qui s'éloignait, il voulut fermer les yeux et enfouir son visage dans les cheveux de sa femme. Dans ce petit monde de métal, de tissu et de ciel, plus rien n'existait que les odeurs, la pression et le vacarme qui assourdissait ses oreilles douloureuses.

Le cockpit était si minuscule qu'il avait l'impression d'étouffer. Il s'installa dans le siège, Nina se colla contre lui, chacun de leurs membres se frôlant, chaque tressaillement de muscle partagé. *Même lorsque nous faisons l'amour, nos corps ne s'épousent pas aussi bien*, songea-t-il. Nina était tellement plaquée au panneau de commandes qu'il ne comprenait pas comment elle pouvait les actionner. Mais elle le faisait avec la plus parfaite assurance. Au lieu de regarder le ciel terrifiant, il garda les yeux rivés sur les mains de sa femme qui s'activaient sur ces étranges boutons et leviers comme celles d'une pianiste et, malgré sa peur, sentit une bouffée de fierté devant sa dextérité.

Elle cria quelque chose qu'il n'entendit pas. Il n'eut pas la moindre idée de la durée du vol. Mais il lui sembla interminable. Et encore plus interminable quand le moteur se tut.

Elle l'a fait exprès. Elle sait ce qu'elle fait. Elle entame sa descente vers le lac Selkie sans le moteur afin qu'aucun ronronnement ne puisse trahir notre présence. Mais sa terreur lui soufflait que le moteur était mort et qu'ils étaient en train de tomber du ciel comme une pierre. Et, soudain, le silence se fit oppressant. Dans le sifflement du vent, il entendit Jordan pousser un cri, Tony jurer… et Nina rire.

J'ai épousé une folle furieuse, se dit-il. Comme si elle avait pu l'entendre, elle passa une main derrière sa tête et lui effleura la joue. Cette fois, il l'entendit quand elle lui dit :

— Nous n'allons pas nous écraser.

— Tu parles ! marmonna-t-il dans ses cheveux.

Elle ouvrit les bras et les offrit au vent, le dos cambré contre lui comme si elle pouvait ajouter une paire d'ailes à l'appareil. D'un geste brusque, il les ramena à l'intérieur. Olive continuait à tomber.

— Garde les mains sur les commandes, bon Dieu !

Elle se remit à rire. Sous l'avion, il voyait les sapins et l'éclat argenté de ce qui devait être le lac Selkie approcher à une allure vertigineuse. Elle prit le manche et, l'espace d'un instant, comme s'ils ne faisaient plus qu'un, il sentit ce qu'elle ressentait. *Elle fait totalement corps avec son avion. La femme et la machine, les maîtres de l'air. Et un homme terrifié s'agrippant aux plumes de leur queue.*

— C'est là, annonça-t-elle avec un calme olympien. La partie sans arbres. Elle est assez longue.

Il sentit ses mains bouger mais fut incapable de regarder la terre. Et il enfouit de nouveau son visage dans l'odeur de graisse de moteur et de vent du nord de ses cheveux, alors que le biplan continuait à descendre du ciel. Il s'était jeté avec toute son équipe dans le vide et il avait fait confiance à sa femme pour les faire atterrir.

Ne me laisse pas tomber, camarade.

Dans une dernière affolante embardée, les roues rebondirent sur le sol. Il sentit toutes ses dents s'entrechoquer. *Bon sang, nous sommes vivants*, se répéta-t-il comme une incantation. Avant d'en commencer une nouvelle *: Faites que la* Jägerin *soit ici.*

55

Jordan

Septembre 1950
Lac Selkie

Nina fut la première à apercevoir le pavillon de chasse, son modeste toit incliné entre les troncs d'arbre. D'un geste, elle leur intima le silence à tous. Alors qu'ils s'approchaient en catimini, prenant bien garde à ne pas faire craquer des feuilles mortes sous leurs pieds, Jordan sentit son cœur cogner dans sa poitrine. Le grand lac argenté s'étendait à travers les arbres, le court ruban du ponton s'avançant dans l'eau…

Et, assise au bout, Ruth.

Quand elle aperçut la petite silhouette de sa sœur, elle fut submergée par un profond soulagement. Sa tête blonde penchée vers ses genoux, la fillette balançait ses pieds au-dessus de l'eau. *Tiens bon, poussin. Je viens te chercher.*

D'un doigt pointé, Tony leur montra la vieille Ford solide des McBride, garée devant la cabane, son coffre ouvert. La porte d'entrée s'ouvrit et Anneliese apparut, chargée de deux valises. Elle avait totalement changé d'apparence et ne ressemblait plus du tout à une photo de *Vogue*. Un vieux manteau et un pantalon avaient remplacé ses jupes amples. Ses cheveux bruns teints en blond tombaient, humides, sur ses épaules.

Jordan se rendit compte que tous s'étaient figés à sa vue. Pliant et dépliant ses doigts, Tony la fixait sans ciller. Ian était d'une immobilité de statue mais une expression féroce s'était peinte sur son visage. Nina s'était étrangement détendue, ses lèvres esquissant un sourire carnassier. Chacun réagissait à sa manière à sa première véritable rencontre avec la femme qu'ils traquaient.

— Ruth ! appela Anneliese. Nous partons.

Elle referma le coffre de la Ford et jeta les clés sur le siège avant.

Ils avaient failli les manquer. Même en volant, ils étaient à peine arrivés à temps. En voiture, ils n'y seraient jamais parvenus. Ils se murmurèrent rapidement un plan d'action, la priorité étant de récupérer l'enfant. Tant qu'elle était prisonnière des griffes d'Anneliese, ils ne pouvaient rien faire. Il n'était pas question de mettre sa petite vie en péril.

Nina fila vers l'est, s'éloignant de la cabane et du ponton. Tony s'élança vers le mur arrière du pavillon de chasse, où Jordan lui avait signalé la présence d'une fenêtre. Quant à elle, suivant Ian, elle continua tout droit. Ils s'arrêtèrent bien avant la lisière. Ian mit ses mains en cornet et émit un sifflement : les quatre premières notes envoûtantes de la naïve berceuse de Sibérie de Nina qu'il avait enseignée à Ruth au violon.

Anneliese, qui claquait la portière de la voiture, n'entendit pas. Mais, au bout du ponton, la fillette leva les yeux.

Ian siffla de nouveau l'introduction, l'appelant faiblement. En la voyant chercher des yeux d'où pouvait provenir la musique, anxieuse, Jordan se mordilla la lèvre inférieure. Visiblement perplexe, Anneliese s'immobilisa. Mais elle ne jouait pas de violon, ne connaissait pas la berceuse ancienne que Ruth jouait avec tant de talent. Elle s'avança sur la jetée, tournant le dos à la cabane.

— Ruth, monte en voiture ! Cesse de bouder.

À l'extrémité du ponton, l'enfant se leva. Même à distance, Jordan avait l'impression de déceler la détermination de son menton. Anneliese lui tendit la main, mais, l'ignorant, elle passa devant elle et s'élança en courant. *C'est bien, poussin*, voulait-elle l'encourager. Ian siffla encore une fois et la petite quitta la jetée à toutes jambes.

Tony surgit soudain du pavillon, faisant claquer la porte, un objet long à la main. Il souleva Ruth comme un ballon de football, la hissa sur l'une de ses épaules et se précipita vers la Ford. Anneliese plongea la main dans la poche de son manteau, mais, l'espace d'une seconde, son revolver se coinça tandis que Tony filait comme le vent. Il ouvrit la portière avant et, plongeant à l'intérieur, entraîna la fillette, la dissimulant aux regards. Jordan l'entendit l'exhorter à se mettre à plat ventre sur le sol de l'habitacle. Un long canon brillant apparut à la vitre ouverte du côté du conducteur. L'Américain avait pris le fusil de chasse de Dan McBride dans la cabane et le braquait maintenant sur Anneliese.

En voyant Ruth disparaître dans la voiture, Jordan frissonna. Tony avait juré que, s'ils échouaient, il partirait avec elle, que sa sécurité serait sa priorité. Il ne mettrait pas en jeu le pion le plus précieux.

De l'autre côté de l'échiquier, seule la reine leur faisait face.

Son revolver maintenant à la main, Anneliese s'était immobilisée au milieu du ponton. Elle hésitait visiblement entre s'élancer vers la rive ou tirer de là où elle était. Le regard fixé sur la voiture, elle tournait le dos à la forêt. Jordan quitta la protection des arbres pour s'avancer sur la berge.

Ian la rejoignit à grandes enjambées et lui ordonna dans un chuchotement :

— Recule ! Cette fois, elle pourrait t'abattre.

— Je sais comment la prendre au dépourvu, lui murmura-t-elle.

Elle sentait la courroie du Leica autour de son cou. Elle l'avait attrapé par pur instinct en quittant la maison. Peut-être mue par ce même instinct qui poussait Ian vers sa machine à écrire, Nina vers un avion et Tony à user de son bagout. Quand on se préparait à se mesurer à un ennemi, on se munissait de ses meilleures armes.

— Anneliese ne veut pas vraiment me tuer et, après des années passées à se cacher, elle a peur de l'appareil photo. Deux atouts en ma faveur. Sinon, c'est toi qu'elle tuera. C'est toi l'inconnu. Et elle te visera droit à la tête.

Sans ralentir, le soleil allumant des reflets étincelants dans ses cheveux, Ian s'avança vers le ponton. Jordan continua sur ses talons.

De l'intérieur de la voiture, Tony invectivait Anneliese en allemand et en anglais. Les yeux braqués sur elle, il lui intimait de ne pas bouger, sinon il tirerait. Jordan le voyait du coin de l'œil. Mais ni Ian ni elle ne se tournèrent pour le regarder. Le monde s'était restreint à leur trio : l'Anglais, Anneliese et elle. *Il faut que ce soit nous*, songea-t-elle. *Ceux qui l'ont déjà bravée et qui ont perdu un être cher. Ian, son frère. Moi, mon père. Nous. Ceux qui ont refusé de perdre aussi Ruth.*

Se figeant sous l'effet de la surprise la plus totale, Anneliese les vit s'avancer sur le ponton. Jordan ajusta son Leica et, à travers l'objectif, eut l'impression de la voir tourner sur place avec une lenteur infinie. Les mèches de ses cheveux qui volaient au vent, le bleu de ses yeux qui s'écarquillaient, ses phalanges blanchies qui serraient la crosse de son arme. En l'observant, Jordan sentit deux réactions se télescoper en elle : celle de l'humaine que la peur faisait trembler. Et celle de l'objectif qui se rétractait pour une mise au point parfaite, l'œil impitoyable qui étouffait le chaos des émotions et se contentait de regarder Anneliese se débattre comme un animal apeuré débusqué sous un buisson. L'objectif froid qui ne voulait rien d'autre qu'enregistrer la scène pour la montrer au monde entier.

— Souriez pour l'appareil, Lorelei.
Mais c'était elle qui souriait en prenant la photo.
Soudain, le coup de feu déchira le silence.

56

Nina

Septembre 1950
Lac Selkie

Nina s'accroupit sur la rive du lac Selkie, à huit cents mètres de la cabane, à peine, et retira ses bottes. Elle vit Tony saisir la fillette au vol, vit Jordan et Ian émerger à la lisière des bois, vit la silhouette svelte de la femme maintenant pétrifiée sur le ponton. Elle retira sa robe d'été par le haut. *Te voilà !* La Chasseresse aux yeux bleus avec son Walther PPK et sa cicatrice. Elle avait dû voyager cinq ans, parcourir la moitié de la Terre, mais la traque continuait. Si ce n'était que, maintenant, qui était la chasseresse et qui était la proie ?

Ian s'avançait sur le ponton, implacable. L'Américaine à son côté, tout aussi inébranlable. Tony actionna la culasse du fusil et le bruit menaçant résonna sur le lac comme pour avertir Lorelei Vogt de ne pas essayer de leur échapper. *Ici s'arrête ta fuite.*

Nina se redressa. À l'exception de sa combinaison, elle était nue. L'eau du lac Selkie lui léchant les pieds, elle ouvrit son rasoir, l'introduisit avec délicatesse dans sa bouche et égratigna l'intérieur de sa joue. Elle cracha du sang.

Des voix lui parvenaient du ponton, elle voyait le flash de l'appareil photo. La Chasseresse immobile mais sur le qui-vive, prête à bondir. *Ne tuez personne encore. Attendez-moi.* Elle s'avança dans l'eau, qui était bien plus chaude que celle du lac Rusalka ou du Vieil Homme. La cicatrice de la *Jägerin*, le baiser de la *roussalka*, l'appelait. *Tu es toujours à moi.*

Un coup de feu claqua sous le ciel d'un bleu limpide de cette parfaite journée d'été et, submergée par un sentiment protecteur intense, Nina se sentit bouillonner d'une rage indicible. *Tu ne perds rien pour attendre, si tu as tué mon mari, sorcière aux yeux bleus…*

Et elle plongea dans les profondeurs du lac.

57

Ian

Septembre 1950
Lac Selkie

C'était Tony qui avait tiré. Du coin de l'œil, Ian vit que son associé avait visé le ciel. La déflagration nette fit sursauter la femme au regard azur. Tout en continuant à reculer devant le flash de l'appareil de Jordan, elle pivota sur place.

—Souriez Anna! la héla de nouveau Jordan.

Clic, clic, clic.

Elle ne s'était pas trompée en affirmant que sa belle-mère détestait au plus haut point se faire prendre en photo. Ian voyait Anna McBride tressaillir à chaque prise.

Il prit une profonde inspiration et, de sa voix la plus profonde, la plus cassante, il lui ordonna:

—Lorelei Vogt, restez où vous êtes!

En entendant son nom, la Chasseresse se redressa. Il espérait que, prise de panique, elle allait foncer dans sa direction et qu'il parviendrait à lui arracher son arme. Mais, au lieu de cela, elle recula jusqu'à l'extrémité du ponton, la surprise déjà évanouie sur son visage. Ian n'avait jamais vu quelqu'un d'aussi déstabilisé retrouver si vite son assurance. Elle tenait son pistolet à bout de bras. Mais, de crainte qu'elle ne le braque sur eux,

Jordan et lui s'arrêtèrent au milieu de la jetée. Le bruit du coup de feu s'éteignit et, l'espace d'un moment, un étrange silence se fit. Ils s'observaient. Pour la première fois, Ian croisa les yeux de la meurtrière et, autour de lui, tous les sons s'évanouirent : les sanglots étouffés de Ruth dans la voiture, la voix de Tony l'apaisant, le clapotis monotone du lac contre les piliers.

Vous voilà, songea-t-il, soutenant ce regard bleu avec étonnement. *Vous voilà.* Depuis plus de cinq ans, il pensait à elle tous les jours et elle était ici, devant lui. Il se délecta de sa vue. Il la trouvait ravissante. Il la trouvait obscène. *Il l'avait trouvée.*

— Vous voilà, répéta-t-il à voix haute.

Et il sourit.

— Qui êtes-vous ? demanda-t-elle d'une voix sincèrement perplexe.

Ce qui le fit sourire de nouveau. Cette femme avait plané sur sa vie comme une montagne, bloquant son soleil, et pourtant, bien entendu, elle n'avait pas la moindre idée de qui il était.

Il ne répondit pas. Mais prononça les mots qu'il rêvait de prononcer depuis des années :

— Lorelei Vogt, vous êtes accusée de crimes de guerre.

Il s'attendait à des excuses, à la voir se dandiner sur place en une attitude défensive, aux lamentations qui semblaient toujours commencer par « Cela remonte à si longtemps » ou « J'obéissais juste aux ordres ». Elle se contenta de regarder Jordan, à côté de lui, qui persistait à l'observer à travers son objectif.

— Comment es-tu arrivée ici ? lui demanda-t-elle avec une curiosité non feinte. Même si tu avais pu t'échapper de la chambre noire tout de suite, tu n'aurais pas pu…

— Magie, intervint Ian.

C'était une explication comme une autre pour la performance de Nina. *Nina, où es-tu ?* Il fit un pas en avant, Jordan l'imitant.

La *Jägerin* braqua son arme.

— N'approchez pas plus près.

Jordan prit un nouveau cliché. Ian vit leur cible frémir.

— Vous n'aimez vraiment pas être photographiée, fit-il remarquer. Je n'aimerais pas me regarder non plus, si j'avais commis vos crimes.

Clic.

Elle eut un nouveau geste de recul.

— Jordan, arrête ! la pria-t-elle.

— Non, répondit cette dernière en réglant son Leica. Vous et moi nous sommes dit tout ce que nous avions à nous dire, Anna. Alors, maintenant, je fais juste mon travail. J'enregistre le moment.

Clic.

— Le moment où une meurtrière comprend qu'elle va payer pour ce qu'elle a fait.

D'une voix placide, Lorelei Vogt déclara :

— Vous ne pouvez pas m'arrêter.

— Si, nous le pouvons, répliqua Ian. Pour avoir assassiné Daniel McBride. Ce que vous avez reconnu devant Jordan, dans la chambre noire, il y a quelques heures. Nous pouvons procéder à une arrestation civile et vous remettre aux autorités. Le meurtre est sanctionné par la chaise électrique dans le Massachusetts.

Il attendit de voir l'éclair de terreur passer dans son regard pour poursuivre :

— Il y a une autre option, bien sûr.

— M'abattre ici même et me jeter dans le lac ?

Elle leva de nouveau son arme.

— Ne me mettez pas dans le même sac que vous, espèce de garce nazie ! Je n'ai aucune intention de vous faire du mal.

Il ne ressentait aucune peur. Juste une tension qui courait dans ses veines, le galvanisant. Était-ce la même adrénaline qui électrisait Nina lors de ses missions de bombardement, quand elle coupait le moteur ? Il était en train de planer, fondant rapidement droit sur sa cible.

— Posez ce revolver, Lorelei Vogt ! Je sais qu'à cette distance, vous pouvez nous abattre, votre belle-fille et moi, d'une balle entre les yeux. Mais vous devez avoir conscience qu'à l'instant même, mon associé, dans la voiture, là-bas, vous descendra.

Ian voyait à son regard qu'elle évaluait la distance.

— Et même si vous preniez l'avantage sur lui, votre fuite est terminée. Mon article vous démasquant sera publié dans le *Boston Globe* demain. En première page, avec des photos.

Il n'avait pas écrit un seul mot depuis des années, mais il lui lança ce mensonge avec l'assurance la plus totale.

— D'ici à la fin de la semaine, tous les lecteurs de la Côte Est connaîtront votre visage. À la suite de quoi, les Américains vous arrêteront. Il n'y aura plus un endroit où vous pourrez vous cacher, pas un citoyen de cet immense pays pour ne pas vous reconnaître sans avoir un mouvement de recul. Je vous le promets.

Clic.

Jordan saisit l'expression épouvantée qui se peignait sur le visage de sa belle-mère. Qui, en réponse, braqua son revolver sur elle.

— Arrête ! lui intima-t-elle.

Sans prêter attention à son ordre, elle s'avança d'un pas, ses cheveux blonds volant au vent.

— Non.

Clic.

Le coup partit, assourdissant, et se répercuta à la surface du lac. Le cœur cognant à tout rompre, Ian se jeta devant elle, mais la balle alla se ficher dans l'eau. C'était une mise en garde. Imperturbable, Jordan plongea alors une main dans sa poche et changea tranquillement sa pellicule. Le 6 juin 1944, au milieu des tirs d'obus, Ian avait vu des photographes mettre une telle intensité à leur travail que, totalement dans leur bulle, leur monde ne se résumait plus qu'à leur objectif, dont ils se servaient comme d'un bouclier.

Lorelei Vogt dit alors :

— Vous avez Ruth. Vous avez tout. Prenez tout et laissez-moi partir.

— Non. Ce n'est pas le choix qui s'offre à vous, l'interrompit Ian, sa voix claquant comme un coup de fouet. Votre choix est le suivant : vous décidez soit d'être jugée dans le Massachusetts pour avoir assassiné le père de Jordan, soit d'être jugée en Autriche pour crimes de guerre. À vous de choisir, Lorelei Vogt. C'est le seul choix qui vous reste dans la vie.

Clic. Clic. Clic.

Une fraction de seconde, il eut l'impression qu'elle allait craquer. Une ombre passa sur son visage paisible, un éclair dans son regard serein. Mais, retrouvant soudain sa détermination glacée, elle le défia du menton et porta son revolver à son visage. Et Ian comprit qu'elle allait leur échapper. Échapper à la justice, aux salles de procès, à la haine du monde, en se mettant une balle dans la tête. Son hurlement se bloqua dans sa gorge. Sa mort ne suffirait pas, ne suffirait jamais. Il s'élança pour combler la distance entre eux mais, déjà, le canon frôlait la partie inférieure de son menton.

Soudain, un cri perçant fendit l'air. Abasourdis, ils virent alors la créature qui venait d'émerger du lac pour se hisser à l'extrémité du ponton.

Un moment, elle resta accroupie comme une araignée géante, sa peau dégoulinant. Ian savait parfaitement qui elle était : Nina Markova, son amante, sa compagne d'armes, sa femme depuis cinq ans. Pourtant, alors qu'elle se relevait avec la nonchalance d'un reptile, même lui sentit la peur lui oppresser le cœur. Des filets de sang couraient des coins de sa bouche à son cou, des traînées rouges sinuant sur sa combinaison trempée, le long de ses bras, sur le fil du rasoir déplié dans sa main. Les yeux étincelants comme la glace d'hiver, elle souriait, découvrant des dents aussi écarlates que si elle avait dévoré de la chair humaine.

« Elle émerge du lac, couverte de sang, et glisse dans l'eau, vers moi. Et c'est l'instant où je me réveille, avant que la sorcière de la nuit me tranche la gorge. »

Jordan avait décrit le cauchemar de sa belle-mère avec ses propres mots.

Or, maintenant, face à Nina s'avançant sur le ponton, le rêve de la Chasseresse devenait une réalité dont elle ne pouvait se réveiller.

La *Jägerin* ne bougea pas. Elle resta debout, pâle comme une morte, tremblante, comme un lapin paralysé sous le regard d'un serpent, un biplan soviétique épinglé dans le ciel par un projecteur allemand. Impitoyable, Nina s'avançait, son rasoir ouvert.

— Elle est à moi, chantonnait-elle. À moi.

Et, terrifiée, la femme qui avait assassiné Sebastian Graham, qui avait le sang de tant d'autres victimes sur les mains, recula devant elle, se tortillant frénétiquement. Perdant visiblement son farouche sang-froid, elle porta de nouveau le revolver à sa tête. Confirmant les craintes de Ian. Mais il était encore trop éloigné d'elle pour l'empêcher de leur échapper en mettant fin à ses jours.

Nina, en revanche, ne l'était pas.

En un éclair, elle tomba sur la Chasseresse, son rasoir fendant l'air en sifflant. Avec un hurlement, Lorelei Vogt tituba en arrière, le sang giclant cette fois non de son cou mais de son bras. Des gouttes de sang grêlèrent les planches du ponton. D'un geste plein de mépris, Nina la poussa et elle tomba. S'agenouillant sans hâte sur la femme maintenant craintive, celle qui, au bord d'un autre lac, à l'autre bout du monde, lui avait tiré dessus, elle se pencha à un souffle de ses lèvres et lui chuchota :

— Tu n'as pas le droit de mourir.

Puis elle arracha le Walther PPK à ses doigts amorphes et le jeta dans l'eau.

Le visage de la *Jägerin* se décomposa. Elle s'éloigna en rampant, agrippant son bras ensanglanté, et passa devant Ian pour s'arrêter devant Jordan. Elle se blottit contre sa belle-fille, reculant face à Nina en gémissant.

Lentement, Jordan se pencha vers elle pour la prendre dans ses bras.

Le silence s'abattit de nouveau sur la scène figée. Sans quitter une seconde la *Jägerin* des yeux, Nina vint se placer à côté de Ian. Tony sortit de la voiture et, sur le rivage, le fusil au creux d'un coude, il entoura de son bras libre les épaules de Ruth, qui, les joues pâles, s'agrippait à lui. Seules les plaintes étouffées de Lorelei dans les bras de Jordan troublaient le calme. Ian se demandait si les enfants qu'elle avait tués avaient gémi ainsi, comme broyés par la terreur. Son cœur cognait furieusement dans sa poitrine.

Un jour, sur la Grande Roue Ferris du Prater de Vienne, Nina lui avait dit que l'on pouvait « tuer une peur ». Aujourd'hui, elle avait plongé dans le lac pour incarner le cauchemar d'une chasseresse et protéger son équipe. Ian s'était forcé à monter dans un avion. Mais quand sa propre peur surgissait de ses cauchemars pour la regarder droit dans les yeux, Lorelei Vogt était manifestement incapable de l'anéantir.

Pas encore en tout cas, se dit-il. Il fallait donc frapper un grand coup, avant qu'elle ne se reprenne.

Jordan n'avait pas perdu l'expression lointaine qui lui indiquait qu'elle voyait toujours le monde à travers son objectif. De sa main, elle frottait celle de sa belle-mère en une caresse apaisante, même si son corps était raidi d'aversion. Sans lui laisser le temps de parler, elle murmura avec douceur :

— Anna, vous allez devoir faire votre choix, maintenant.

58

Jordan

Septembre 1950
Lac Selkie

— Elle va partir ?

— Elle va partir.

Jordan prit place à côté de Tony sur les marches du ponton. Ses manches relevées, il avait toujours le fusil calé à côté de lui. Elle détourna le regard d'Anneliese, assise dans la cabane, la porte ouverte, immobile. Les mains et les chevilles liées, elle avait un bandage au bras.

— Où est Ruth ?

— Sous le choc. Je l'ai installée sur la banquette arrière de la voiture, l'ai recouverte de couvertures et l'ai laissée pleurer jusqu'à ce qu'elle s'endorme.

Elle va avoir des questions, se dit Jordan. *Que vais-je lui dire ? Peut-être juste, pour l'instant, que je suis ici et que je ne la quitterai jamais.*

— Où sont Ian et Nina ?

— Ils longent la rive. Notre petite poupée soviétique a fait une belle interprétation de cauchemar.

Tony regarda la forme recroquevillée d'Anneliese sur le seuil de la porte. Ses épaules tremblaient.

— A-t-elle vraiment si peur de Nina ?

— Nina est celle qui lui a échappé. Cela l'a hantée.

Jordan était peut-être la seule à se rendre compte d'à quel point. Elle n'avait pas hésité à jouer sur cette terreur. Avec le plus grand calme, elle avait déclaré à sa belle-mère qu'elle pouvait soit aller en Autriche se faire juger pour ses crimes de guerre soit rester aux États-Unis et se faire juger pour le meurtre de son mari. Mais que si elle refusait les deux options, elle confierait à Nina le soin de lui reposer la question.

— Elle a choisi l'Autriche.

— Pourquoi ?

— Parce que je lui ai expliqué que Nina ne resterait jamais en Europe, qu'elle déteste. Qu'importe le continent, tout ce qui compte pour Anneliese, c'est de mettre un océan entre Nina et elle.

Ce qui prouvait la profondeur de la terreur qu'inspirait la *roussalka* à la Chasseresse.

Tony laissa échapper un soupir.

— En la laissant faire ce choix, tu sais que tu renonces à une chance de justice pour ton père. À moins de se lancer dans une nouvelle bataille complexe pour l'extrader après le procès en Autriche.

— Si elle était jugée ici pour son meurtre, pour lequel nous n'avons aucune preuve si ce n'est qu'elle ne l'a pas nié lorsque je l'ai accusée, elle pourrait ne jamais être traduite en justice pour le frère de Ian et les enfants juifs. Ce ne serait pas juste non plus. Donc nous faisons ce que nous devons faire.

Ils restèrent assis un moment en silence. Jordan, qui se sentait envahie par un grand vide, avait toujours cette impression de flotter dans une quiétude absolue.

Tony se frotta le menton.

— Nous allons l'emmener aux États-Unis en bateau. Si l'envie de s'enfuir la prenait, il lui serait bien plus difficile de nous fausser compagnie au milieu de l'Atlantique. Je vais voir quels paquebots doivent quitter le port de Boston demain ou après-demain. Tant que nous faisons la traversée, je me fiche que ce soit sur un transatlantique de luxe ou sur un radeau avec une rame.

— Je réglerai les billets. Quel qu'en soit le prix, pourvu que cela aille vite. J'ai l'assurance vie de papa. Rien ne pourrait être plus approprié à son utilisation.

— Ça aidera.

— Tu ne devras baisser ta garde à aucun moment, l'avertit-elle. Nous avons pu la ligoter aujourd'hui parce qu'elle a accepté à condition que Nina se tienne à distance. Mais nous ne pouvons pas la faire monter à bord attachée, étant donné que, d'un point de vue légal, tu n'auras pas de mandat d'arrêt avant d'arriver en Autriche. Tu devras rester vigilant à chaque seconde jusqu'à ce qu'elle soit arrêtée.

S'ils parvenaient à obtenir un mandat d'arrêt… Mais Jordan refusait de se torturer l'esprit. Ce n'était plus sa responsabilité. Elle n'avait d'autre choix que de faire confiance à Ian et à ses collègues à l'étranger.

— Je ne pense pas qu'elle essaiera de fuir, pas avec Nina la surveillant, reprit-elle. Mais on ne sait jamais…

Elle revit la femme sur le ponton, son pistolet à la main, un animal aux abois prêt à bondir sur n'importe qui, et frissonna.

Mais il y avait aussi la femme qui l'avait encouragée à poursuivre ses rêves, qui l'avait réconfortée quand elle avait pleuré son père… qui avait assassiné son père. Et aucune de ces images ne semblait correspondre à celle qui, sur le seuil du pavillon de chasse, tremblante, plaquait une serviette sur son bras bandé.

— J'ai pitié d'elle, dit Jordan. Et je déteste ce sentiment. Je la déteste et, pourtant, elle compte pour moi. Pourquoi suis-je incapable de passer outre à l'affection qu'elle m'a inspirée ?

Tony l'attira contre son épaule.

— Je ne sais pas.

— Ne dis pas à Ian que… Pour lui, tout est si simple.

Elle avait bien vu que le grand Anglais s'était détendu quand Anneliese s'était rendue. Après avoir conduit sa belle-mère ligotée dans la cabane, elle lui avait suggéré :

« Tu veux entrer avec moi ? Lui demander ce qui l'a poussée à commettre ses crimes ? »

« Je sais pourquoi, avait-il répliqué. *Elle les a commis parce qu'elle le voulait, parce qu'elle le pouvait. Qu'importent ses autres motifs. Et je ne tiens pas à les entendre. »*

Mais moi si, songea-t-elle en regardant le pavillon. Elle aurait souhaité qu'il en soit autrement mais elle y tenait. Tony lui massait la nuque, comme s'il essayait de chasser sa douleur. Elle se frotta les yeux.

— Merci Tony.

— Tu n'as pas besoin de me remercier. J'ai une dette envers toi.

— Pourquoi ? répondit-elle avec un sourire en coin. Pour t'être servi de ma crise de larmes après l'enterrement de papa pour infiltrer le magasin ou pour avoir couché avec moi ?

Tony garda le silence.

— Tu traquais une meurtrière, fit-elle remarquer.

Sa colère initiale s'était calmée pour disparaître totalement après le déferlement des émotions de la journée. Sa déception première lui paraissait bien dérisoire, désormais.

— En me poussant à te recruter lors de notre première rencontre, tu m'as manipulée pour mener à bien cette traque. Mais j'ai des yeux, Tony. Tu ne m'escortais pas aux cours de ballet ou dans des aérodromes uniquement pour me soutirer des informations. Et, à ce moment-là, de toute façon, tu n'en obtenais aucune de moi. Quant au reste, eh bien, si tout ce que tu voulais était une fille facile, je suis quasiment certaine que tu aurais pu en trouver une qui n'aurait pas commencé par te mettre au travail en tant qu'assistant photographe.

— J'ai commencé à te suivre partout parce que je le voulais. Pour aucune autre raison.

Ses yeux noirs empreints de gravité, il poursuivit :

— Je suis désolé pour les mensonges. Tu n'imagines pas à quel point.

— Et j'ai toujours un peu envie de te frapper, essaya de plaisanter Jordan. Mais je vais m'en remettre.

— Tu peux me frapper si tu le souhaites, J. Bryde.

Tony lui prit la main et embrassa la pulpe de l'index qui avait appuyé sur le déclic de son appareil.

— Tu étais magnifique sur ce ponton. Comme si tu avais passé ta vie à arpenter des zones de guerre, armée de ton Leica.

— L'œil a pris le contrôle.

Quel étrange sentiment cela avait été. Pas le sentiment adéquat, peut-être. Il n'était sûrement pas normal, pour un œil obsédé par la photo parfaite, de s'emparer de cet instant sur le ponton et d'éluder le plus naturel, le plus important : la peur, l'amour, l'inquiétude pour Ruth. Peut-être n'était-ce pas normal mais elle l'avait ressenti. Et elle voulait le ressentir à nouveau.

Ian et Nina revenaient le long de la rive. Nina, qui s'était rhabillée, secouait ses longs cheveux mouillés, Ian marchant à son côté, les mains dans les poches. Sentant soudain son estomac se nouer, Jordan fut rattrapée par la réalité : demain ou après-demain, ils seraient partis. Combien ils faisaient tous désormais partie de sa vie ! Et pas seulement depuis qu'ils s'étaient ligués ensemble contre Anneliese. Mais avant. Les thés, les blagues, les souvenirs, la délicatesse de la musique de Ruth. Et maintenant, bien sûr, ils allaient passer à autre chose. À une autre poursuite, une autre traque. Elle regarda Tony qui observait de nouveau Anneliese. *À une nouvelle fille.*

Et je serai ici, songea Jordan.

Et les pensées qu'elle avait refoulées quand elle avait débattu sur le sort à réserver à Anneliese remontèrent à la surface. Pas de

New York, pas d'appartement, pas d'entretiens pour essayer de vendre son reportage « Boston au travail ». Du moins, pas pour le moment. Ruth allait avoir besoin d'elle. Le scandale allait éclater, tout le monde saurait qui avait été sa mère. Désormais, elle serait responsable de tout : les voisins, les factures, le magasin, la maison, Ruth...

Au moins, quand papa est mort, j'avais Anneliese, se surprit-elle à penser. Et c'était une pensée si macabre, si terrible, si sincère. Combien de temps lui faudrait-il avant de cesser instinctivement de se reposer sur le paisible rempart qu'était sa belle-mère, sur qui elle avait toujours pu compter à l'arrière-plan ?

Maintenant, tu es seule. À vingt-deux ans, avec une affaire, une maison et une enfant de huit ans. Elle regarda le Leica : combien de temps pourrait-elle consacrer à la photo dans l'avenir immédiat ?

—Question suivante, dit Nina en arrivant à hauteur du ponton.

Elle s'arrêta pour cracher du sang dans le lac.

—*Tvoyu mat,* une petite égratignure dans la joue, et ça ne s'arrête pas.

—Apparemment, je n'avais pas compris que j'avais épousé un vampire, fit remarquer Ian en regardant la bouche ensanglantée de sa femme. Quelle est ta question, camarade ?

—Je ramène Olive à l'aérodrome. Maintenant nous avons deux passagers de plus, alors c'est trop. Qui rentre en avion, qui rentre en voiture ? ajouta-t-elle en désignant la Ford du menton.

—Par la route, répondirent Ian et Tony à l'unisson.

—Avec Anneliese, ajouta Tony. Je vais prendre le fusil et le garder braqué sur elle pendant tout le trajet.

—En avion, dit Jordan. Ruth peut monter dans le cockpit avec moi.

Elle aurait peur mais c'était préférable à lui imposer un voyage sur la banquette arrière, avec Anneliese.

—Bien.

Nina sourit, découvrant ses dents encore un peu rouges.

— Ça fait longtemps que je n'ai pas volé avec une *sestra*.

Pour Nina aussi, tout était simple, songea Jordan. Elle avait attrapé la femme qui avait essayé de la tuer. Le moment était donc venu de se réjouir.

— Si tu pouvais juste éviter de… couper le moteur d'Olive en plein vol, cette fois, ajouta-t-elle. Si ça ne te fait rien.

— Pas drôle, grommela la pilote.

Et Jordan sourit malgré elle. Un sourire timide, mais un sourire quand même.

Elle ne pensait pas avoir souvent l'occasion de sourire dans les jours à venir.

Anneliese devait embarquer le lendemain sur le transatlantique qui la ramènerait en Europe. Avant son départ, elle ne parla qu'une fois. Elle n'adressa pas un mot à Nina, qui montait constamment la garde devant sa porte fermée. Elle n'adressa pas un mot à Tony, qui lui apportait ses repas sur un plateau. Et ne vit pas Ian qui, soudain pris d'inspiration, s'était installé à la machine à écrire et avait commencé à taper son premier article depuis des années.

Mais quand Jordan entra dans la chambre, chargée de ses vêtements pour le voyage, sa belle-mère, assise au bout du lit, leva les yeux. Agrippant la pile de sous-vêtements et de robes, Jordan s'arrêta, son pouls s'accélérant.

— Puis-je dire au revoir à Ruth ?

— Non, répondit-elle.

Anneliese hocha la tête. Elle se leva, avec sa grâce habituelle, les mains croisées posément devant elle, même si plus jamais elle ne retrouverait son flegme d'avant. Toujours aux aguets, elle ne cessait de jeter des coups d'œil furtifs à Nina qui montait la garde sur le seuil. Cette dernière lui adressa un sourire narquois. Avec un mouvement de recul, elle regarda de nouveau Jordan.

— Lorsque je serai jugée…

Elle s'interrompit, ses cordes vocales saillant à son cou, et, son léger accent allemand revenu, poursuivit :

— Quand je serai jugée, seras-tu présente ?

— Oui, acquiesça instinctivement Jordan.

Pourquoi avait-elle répondu par l'affirmative ? Pourtant, elle répéta :

— Oui.

— Merci, dit Anneliese.

Mais quand elle voulut lui effleurer la main de la sienne, Jordan recula d'un pas. Avec un soupir résigné, sa belle-mère prit ses affaires et s'habilla sous leurs yeux. Elle aurait pu tenter de cacher quelque chose dans ses vêtements. Puis elle fut escortée au rez-de-chaussée et sortit dans la rue. Elle n'était pas attachée mais entourée de Tony, Ian et Nina. Sur le trottoir opposé, les voisins observaient la scène, chuchotant : « Que diable a-t-il pu arriver chez les McBride ? »

Surveillez la première page des journaux, leur suggéra silencieusement Jordan, se félicitant que Ruth soit au premier étage.

Le taxi attendait. En parfait gentleman, Ian ouvrit la portière pour Anneliese. D'un geste machinal, elle redressa son chapeau et regarda sa belle-fille. Ses lèvres s'entrouvrirent.

Dites-le. Dites-moi que vous êtes désolée. Dites-moi pourquoi vous avez fait ça. Dites-moi… quelque chose.

Mais elles se refermèrent. Elle s'installa dans le taxi, tira la portière de sa main gantée.

Et Jordan les regarda s'éloigner.

Jordan ne répéta pas l'erreur de sa grand-tante, qui, des années auparavant, quand sa mère était mourante, lui avait dit pour lui épargner la vérité : *« Ta mère est partie. »*

Mais elle expliqua simplement à la fillette :

— Il y a des années, ta mère a commis de vilaines actions. Elle retourne en Autriche pour répondre à des questions à ce sujet.

— Quand rentrera-t-elle ? chuchota-t-elle.

— Elle ne reviendra pas, Ruth.

Elle s'était préparée à d'autres demandes, mais l'enfant ne semblait pas souhaiter plus d'informations.

— Est-ce que nous devrons retourner au lac ? s'inquiéta-t-elle en revanche, les doigts agrippés au collier de Taro.

— Jamais ! Nous allons vendre cette cabane.

La vendre ou la brûler, comme l'avait fait Nina avec son Po-2, dans la forêt, en faire un bûcher funéraire pour toutes les horreurs dont elle avait été le théâtre.

Son petit visage se fermant, Ruth n'ajouta rien. Jordan ne la pressa pas. Elle la mit simplement au lit avec une tasse de chocolat chaud et resta à caresser ses cheveux blonds jusqu'à ce qu'elle s'endorme. *Tu vas dormir, mais tu vas aussi rêver*, pensa-t-elle en regardant sa sœur. *Pauvre Ruth, hantée toute sa vie par des cauchemars tissés de fragments de souvenirs. Parfois s'écartant d'Anneliese, parfois la recherchant. J'espère qu'elle ne se souviendra jamais de ce qu'elle a vu. Je l'espère sincèrement.*

Sinon, elle lui dirait ce qui s'était passé. Elle lui dirait tout ce qu'elle aurait besoin de savoir, avec autant de délicatesse et de sincérité que possible.

— Bonne nuit, poussin, finit-elle par chuchoter.

Et elle sortit sur la pointe des pieds.

C'était la première fois qu'elle retournait dans la chambre noire depuis qu'Anneliese l'y avait enfermée. Un instant, elle s'arrêta en haut de l'escalier et respira le léger parfum de lilas de sa belle-mère. Puis elle descendit et se tourna pour allumer la lumière. Et sentit soudain des bras virils l'enlacer par la taille. Une voix familière lui souffla à l'oreille :

— Viens ici, J. Bryde.

Avec un cri, elle pivota sur ses talons et le frappa.

— Tony Rodomovsky, je vais te tuer.

Il l'avait attendue au bas des marches, où elle continua à le bourrer de coups.

— Je suis désolé, s'excusa-t-il sans offrir la moindre résistance. *Es tut mir leid. I am sorry. Sajnálom. Imi pare rau. Przepraszam.*

— Tais-toi !

Elle ponctua son ordre d'une nouvelle claque.

— Tu ne pouvais pas frapper à la porte au lieu de…

— Je reviens tout juste. J'ai assisté au départ du bateau puis j'ai tout réglé à Scollay Square. Et je savais que tu serais en train de coucher Ruth. Donc j'ai attendu ici.

Jordan recula. Ses paumes la brûlaient.

— Tu n'es pas sur le bateau, parvint-elle à dire d'une voix mal assurée.

— Excellente déduction, Sherlock ! Pourquoi pensais-tu que je serais sur le bateau ?

— Tu ne m'as pas dit…, bredouilla-t-elle. C'est fini ici. Nouvelle poursuite, nouvelle traque.

— Nouvelle amoureuse ? dit-il d'un air suggestif.

Elle continua d'un ton détaché :

— Nous étions tous les deux d'accord sur le fait qu'il s'agissait d'une aventure d'été.

— Je croyais que nous avions discuté d'amendements au contrat. Une extension possible de trois mois pour une aventure automnale, selon un accord entre les deux parties.

— Arrête de plaisanter, le supplia-t-elle. J'ai vu ma belle-mère partir captive. Bientôt, ce sera en première page de tous les journaux.

— Ce qui est la raison pour laquelle je vais rester, au moins pour un temps. Nina et Ian peuvent gérer les autorités autrichiennes sans moi. Mais il va y avoir des questions auxquelles répondre ici. Surtout quand Ian aura rédigé son article et qu'il sera publié.

Le regard grave, il ajouta :

— J'ai dit que j'y répondrais.

Le soulagement la fit presque défaillir. Elle essaya de dissimuler son trouble. Mais il repoussa ses cheveux en arrière, avec un sourire empreint de tendresse. Puis, l'attirant vers lui, il l'embrassa langoureusement. Elle se sentit fondre de gratitude.

— Oh mon Dieu, Tony ! Je suis si heureuse que tu sois revenu.

Elle regretta ses paroles. Il était censé être un ami, un amant, par un roc auquel s'accrocher. Ils ne se connaissaient que depuis le début de l'été. Mais ses bras étaient si solides, si rassurants que, pour un instant, elle s'y agrippa.

— Tu me fais un câlin ? s'étonna-t-il.

Il la repoussa et, d'un geste anxieux, pressa sa main sur son front, comme pour s'assurer qu'elle n'avait pas de fièvre.

— Tu ne fais jamais de câlins. Ta conception d'après l'amour, c'est de développer six pellicules de photos.

Les yeux humides de larmes, elle se mit à rire.

— Voilà, tu ris. C'est nettement mieux.

Il recula, déposa un baiser sur le bout de son nez, et reprit avec un enjouement délibéré :

— Va rincer tes tirages dans tes plateaux. Je t'encouragerai des gradins.

Dans la pièce silencieuse, éclairée par la lumière rouge, Jordan développa la pellicule la plus récente, les mouvements familiers lui apportant peu à peu le réconfort. Un par un, elle accrocha les tirages et les laissa s'égoutter pendant qu'elle rangeait son matériel. Puis, s'armant de courage, elle revint vers son fil, Tony à son côté. Sans dire un mot, ils regardèrent les photos une à une.

— Elles sont bonnes, murmura-t-il.

Pas toutes. Certaines étaient floues.

— Oui, acquiesça-t-elle. Ce sont les meilleures que j'ai jamais prises.

Elle décrocha un cliché d'Anneliese braquant le revolver sur l'objectif. Les yeux comme la glace du lac du pays hivernal, inconnu, de Nina. Jordan savait où elle avait sa place. Elle prit le dossier contenant les photos de son reportage et les aligna, commençant par celle de son père, finissant par celle d'Anneliese avec son regard cruel, aux abois.

— Je n'arrivais pas à trouver la bonne photo pour le conclure. Maintenant, je l'ai : « Une meurtrière au travail. »

Tony parcourut les clichés.

— Tu vas le vendre, dit-il. Tu le sais ?

— Peut-être.

Et elle pouvait même imaginer ce cliché au début d'un nouveau reportage, totalement consacré à Anneliese, de l'épouse posée à la meurtrière aux yeux glacials, en passant par la prisonnière à son procès. « Les Ombres d'une meurtrière ». « Le Portrait d'une Chasseresse ». Ce genre de témoignage pourrait aider Ruth à comprendre les nombreux visages d'une femme qui l'avait volée à sa mère, élevée, et qui l'avait aimée. Mais elle se détourna de sa table de travail en se massant les tempes.

— Ruth doit passer avant tout, désormais. Je ne sais pas combien de temps je pourrai consacrer à la photo. Je ne peux pas travailler comme j'en avais l'intention.

— Pourquoi pas ?

— Parce que Ruth n'a que moi.

Une fois de plus, elle sentit la panique la gagner, la crainte de décevoir sa sœur.

— Je dois tout gérer, maintenant.

— Tant que je serai à Boston, je t'aiderai. Pas à cause de toi et de moi, mais à cause de la dette que l'équipe a envers toi, Jordan. Cette traque a fait voler ton monde en éclats.

— Ce n'était pas ta faute, commença-t-elle. Papa était déjà parti avant votre arrivée. Et, de toute façon, la traque d'Anna n'aurait pas pu se poursuivre sans conséquences, quelle que soit la manière dont elle aurait été menée. Tant qu'elle est sortie de la vie de Ruth, je les assume volontiers.

— Ça ne veut pas dire que je me sente à l'aise à l'idée de m'en aller et de te laisser recoller les morceaux seule. Cela dérange aussi Nina et Ian.

— Tu resterais pour nous aider ?

Anneliese était celle qui avait tissé ce lien étroit entre eux tous. Que restait-il maintenant qu'elle était partie ?

Ruth ?

Il noua de nouveau ses bras autour de sa taille.

— Tu peux compter sur moi, J. Bryde.

Un long moment, ils restèrent en silence sous la lumière rouge. Les pensées de Jordan, embrouillées, oscillaient entre l'épuisement, le soulagement, et un étrange espoir. À la perspective de continuer entièrement seule, d'accompagner Ruth dans la tempête imminente que serait ce scandale, elle se sentait aussi terrifiée qu'au moment où Nina avait coupé le moteur et que l'avion avait commencé à tomber. Et maintenant, elle avait l'impression que Tony et ses associés avaient remis le moteur en route. L'avion s'était stabilisé.

Elle tourna la tête et effleura la joue de Tony d'un baiser.

— Remonte avec moi. Reste pour la nuit.

— Tu es sûre ? Les voisins curieux remarquent quand un visiteur part le matin.

— Ma famille est sur le point de devenir tristement célèbre dans tout Boston.

Elle passa son Leica en bandoulière et l'entraîna vers les marches de la chambre noire. Puis elle actionna l'interrupteur pour éteindre la lumière.

— Je me fiche que les voisins me prennent pour une dévergondée.

— Jordan ?

Elle se retourna à moitié. Deux marches sous elle, souriant, Tony ajusta le petit Kodak qu'il avait sorti de sa poche.

— Je veux une photo de mon amoureuse.

Certaines très belles photos étaient dues au talent, d'autres, superbes, au hasard, penserait Jordan plus tard. Ce cliché Kodak sans prétention était, à son avis, la meilleure photo d'elle. En jean, coiffée d'une queue-de-cheval, en train de monter l'escalier, son Leica nonchalamment en bandoulière, elle tournait les yeux vers l'appareil. Une femme en mouvement, ses prunelles scintillant comme un objectif.

C'était la photo la plus utilisée par J. Bryde, pour sa signature.

59

Ian

Octobre 1950
Vienne

L'article était aussi acéré qu'un rasoir.

Ian avait pensé ne plus jamais écrire, que la guerre avait épuisé tous ses mots. Et maintenant, assis dans un transat, devant la cabine de troisième classe fermée où Lorelei Vogt devait passer la traversée, il écrivait l'histoire de sa capture, l'article qu'il avait commencé à Boston, sur la machine à écrire de Jordan. Il le finit à la main sur un bloc et le remania pour lui donner sa forme définitive. L'article qui, il en était sûr, allait rendre la *Jägerin* célèbre.

« Le lac Rusalka : un lac de Pologne baptisé d'après une créature de la nuit. Pendant les plus sombres années de la guerre, une femme vivait sur ses berges, bien plus dangereuse qu'une naïade maléfique émergeant des profondeurs de ses eaux. »

C'était son introduction. Puis, dans les paragraphes suivants, il disséquait la femme née Lorelei Vogt, réincarnée après ses meurtres en Anneliese Weber, frauduleusement rebaptisée Anna McBride, et identifiée par son tempérament – primitif, de nature fondamentalement sanguinaire – comme la Chasseresse.

Il savait exactement sur quel point sensible insister, quels déclics émotionnels activer. Les femmes verseraient des larmes ; les hommes secoueraient la tête ; les rédacteurs en chef de journaux verraient les chiffres de vente. Il regarda sa version finale et se félicita. *De la dynamite à l'encre.*

C'était bon de pouvoir toujours écrire, en fin de compte.

Le paquebot fit escale à New York avant d'entamer sa traversée de l'Atlantique. Ian saisit l'occasion pour câbler son article à Tony, lui demander de le présenter à tous les journaux les plus importants de Boston, et s'empressa d'écrire une suite, commémorant son frère, les enfants juifs et le pauvre Daniel McBride. Nina et lui dormirent à peine. Ils se relayaient pour surveiller la porte de Lorelei Vogt en permanence.

Ce ne fut qu'à la fin du voyage, une fois qu'ils eurent débarqué à Cannes et changé plusieurs fois de train pour arriver à Vienne, que la Chasseresse lui parla. Après avoir quitté la sécurité du paquebot, Ian avait été trop tendu pour discuter ou pour écrire. Il avait bien trop conscience que, de panique, Lorelei Vogt pouvait prendre la fuite à la seconde même où il relâcherait sa vigilance. Mais tout le temps du voyage, elle était restée aussi silencieuse et passive qu'une poupée de cire. Dans le dernier train, alors qu'arrivant à Vienne, il ralentissait, elle le regarda comme si elle comprenait soudain qu'ils étaient sur le point de sortir de ces limbes qu'avait représentés le voyage.

—Je ne sais toujours pas qui vous êtes, monsieur Graham.

Ian haussa des sourcils étonnés.

—Je ne sais pas. Alors dites-moi : pourquoi êtes-vous parti à ma recherche ? demanda-t-elle d'un ton sincèrement perplexe. Vous avez traversé la moitié de la Terre pour m'attraper. Que *vous* ai-je fait ?

Combien de fois avait-il imaginé s'asseoir avec cette femme et lui assener avec des mots cinglants ce qu'elle lui avait pris ? Lui parler de son petit frère qui rêvait de piloter des avions et qui ignorait la méfiance. Avec quelle ardeur il l'avait désiré. Tout comme il avait désiré l'entendre lui raconter tous les souvenirs qu'elle pouvait avoir de Sebastian, la façon dont il avait englouti son ragoût quand elle l'avait emmené dans sa maison aux murs ocre, leurs sujets de conversation dans sa cuisine chaude. La dernière expression sur son visage avant qu'elle ne tire sur lui...

Mais Nina lui avait rapporté avec une intensité poignante la dernière expression de Sebastian, avait décrit ses dernières minutes, alors que, debout au clair de lune, réchauffé, rassasié, jamais il ne s'était imaginé sur le point de mourir. *Je ne remplacerai pas ce souvenir par une quelconque image empoisonnée que vous pourriez avoir*, songea-t-il en soutenant le regard azur, perplexe, de la *Jägerin*. *Je veux me rappeler mon frère à travers les yeux de Nina, pas les vôtres.* Les yeux d'une femme qui avait vu un ami, pas ceux d'une meurtrière qui avait vu une proie.

Aussi, avec un sourire aussi acéré que le rasoir de sa femme, il répondit :

— Vous le découvrirez au procès, si je suis appelé comme témoin.

— Vous auriez dû me laisser mourir, murmura-t-elle. Vous auriez dû me laisser me suicider.

— Vous n'avez pas le droit de mourir. Je ne suis pas si clément.

Lorelei Vogt baissa la tête. Et la garda baissée au milieu du tohu-bohu et tout le long des démarches administratives qui accompagnèrent leur arrivée à Vienne. Fritz Bauer vint de Brunswick, accompagné par une multitude d'hommes en civil et en uniforme pour constater l'arrestation. S'il l'avait salué d'un sourire féroce, son éternelle cigarette aux lèvres, Ian n'avait pas été surpris devant le mélange de curiosité et de ressentiment de leurs collègues.

— Ils font grise mine, fit remarquer Nina, intriguée.

Indifférent aux regards courroucés, Bauer expliqua :

— Plus personne ne veut arrêter des nazis. Ils veulent tourner la page, vivre et laisser vivre. Votre Chasseresse ne passera peut-être pas plus que quelques années en prison, ajouta-t-il à l'intention de Ian. Peut-être même sera-t-elle acquittée. Les juges n'aiment pas envoyer de jolies jeunes veuves derrière les barreaux.

— Je vais en faire une telle célébrité qu'ils n'auront pas le choix.

Lors de leur dernière conversation téléphonique, Tony lui avait dit que le premier article avait fait l'effet d'une bombe à Boston. Il avait déjà les articles à suivre, programmés pour faire l'effet d'une succession de coups de poing dans un ring de boxe. Une fois que les Américains auraient repris l'histoire, même les Autrichiens bornés avec leur aversion du scandale ne pourraient plus échapper à leur devoir.

Ian regarda la *Jägerin* s'éloigner, enfin retirée de sa charge, et disparaître dans une nuée de chapeaux mous et de casquettes de policiers. Il ne la reverrait sans doute plus avant son procès. Il devinait que Jordan McBride serait à son côté, son œil braqué sur elle à travers son objectif. *Elle a plus besoin de réponses que moi.* Si ce n'était pas le cas, Ruth, elle, en aurait besoin un jour. Quand elle aurait l'âge de poser les questions difficiles sur la femme qui l'avait élevée.

— J'ai quelque chose à te demander, camarade, dit-il en regardant Nina qui marchait à côté de lui.

Ils étaient descendus dans un hôtel sur le Graben. Mais il n'était pas pressé d'y rentrer. Depuis la nuit sur la plage de Floride, sa femme et lui n'avaient plus vraiment parlé. Depuis, ils avaient été absorbés par la chasse et par la tension de la surveillance lors du voyage de retour en Autriche.

— Tu aurais pu tuer Lorelei Vogt, sur le lac Selkie. Elle avait un revoler, elle s'apprêtait à s'en servir. Au lieu de lui trancher la gorge, tu l'as désarmée. Pourquoi ?

La maîtrise de Nina l'avait surpris. Depuis quand se contrôlait-elle assez pour faire passer la capture avant la vengeance ?

— Mourir, c'est le plus simple pour elle. Elle le veut parce que la justice, c'est plus dur. Alors je lui tranche pas la gorge. C'est difficile, concéda Nina, un éclair de fureur dans ses yeux azur. Un moment, quand je plonge dans le lac et que j'entends le coup de feu, je crois qu'elle t'a tué.

Ian se figea.

— Et tu voulais la réduire en lambeaux pour me venger ?

De la part de Nina, c'était quasiment une carte de Saint-Valentin.

— Mais je le fais pas, dit-elle, vertueuse. Je la désarme juste. Je pense peut-être tu as raison, *luchik*. Justice avant vengeance.

— Bon sang ! Aurais-je vraiment déteint sur toi ?

Elle lui donna un petit coup dans les côtes.

— Moi aussi, j'ai un peu déteint sur toi.

C'est vrai, acquiesça Ian intérieurement. *Et pas uniquement parce que je suis maintenant mordu de tes romances historiques.* Il glissa son bras sous le sien et elle ne protesta pas. En ce début d'automne, il faisait un froid piquant. En dépit des rares marchands de marrons, la ville semblait grise et morne. L'énergie vibrante, le culot et même les accents de Boston lui manquaient.

— Tu retournes à Boston ? lui demanda-t-elle, comme si elle lisait dans ses pensées.

— Oui.

Peut-être pas pour toujours mais il ne doutait pas que, pendant quelque temps, l'accueil qu'on lui réserverait à Vienne ne serait pas des plus chaleureux. En garantissant l'arrestation de Lorelei Vogt, il avait épuisé toutes les faveurs qu'il avait accumulées dans cette ville. Ce ne serait pas une mauvaise chose de s'absenter et de poursuivre des criminels de guerre aux États-Unis pendant quelques années. Lors de leur dernière conversation téléphonique, Jordan lui avait gracieusement proposé le bureau au-dessus du magasin s'il continuait à donner une leçon à Ruth de temps à autre. Vibrant d'une joie contenue, il l'imaginait déjà : un espace inondé de lumière avec une fenêtre donnant sur Newbury Street, les parfums de cire d'abeille et de pâte à argenterie montant de l'atelier où M. Kolb ne travaillait plus. Il s'accorderait une demi-heure par jour pour se dégourdir les jambes et apprendre un nouvel air à l'enfant à sa sortie d'école, puis, après avoir pris le thé avec Tony et Jordan en conversant au son des gammes de son élève, il reprendrait le travail. Et peut-être constituerait-il un dossier sur Vernon Waggoner de Woonsocket, Rhode Island, qui avait sans nul doute enterré quelques cadavres dans des fosses peu profondes en son temps.

— Oui. J'y retourne. Et toi ? demanda-t-il en regardant sa femme.

— C'est un endroit agréable, l'Ouest décadent, répondit-elle, évasive. Décadent, ça me plaît.

— Reviens, Nina. Reste avec l'équipe.

Sans lui laisser le temps de se hérisser, il leva une main.

— Je ne te demande pas de rester mariée avec moi. Je te demande de ne pas quitter le centre. Tu as ta place dans cette équipe. Tu le sais.

— Tu me veux ?

Nina, qui affrontait le monde derrière son bouclier d'impassibilité ou d'agressivité, basculant parfois vers la sauvagerie, paraissait soudain étonnamment vulnérable.

— Je pense que comme j'ai laissé tomber Sebastian, tu ne voudrais pas que je reste. Quand la Chasseresse est attrapée.

Il ne pouvait nier que ce souvenir lui était douloureux. Mais il serait injuste d'en rendre Nina seule responsable.

— Mon frère était un adulte. Il a pris une décision et tu n'as pas pu l'en dissuader. C'est tout.

Elle fit un signe d'assentiment. Il sentait sa culpabilité. Une culpabilité qu'elle garderait toujours en elle mais qui resterait enfouie sous son fatalisme de Russe. *Les âmes meurtries comme les nôtres ne pourront jamais se défaire de leur culpabilité. De leurs fantômes. Des lacs et des parachutes.* Ils pouvaient tous deux avancer en portant ce fardeau.

—Je te veux dans cette équipe, Nina. Dans cette traque, où qu'elle nous mène. Avec moi ou pas, mais toujours en chasse.

Elle réfléchit un instant.

—Alors je reviens à Boston.

Il fut incapable de dissimuler le sourire qui lui fendit le visage. Et vit qu'elle était sur le point de l'imiter. Mais elle s'empressa de froncer les sourcils d'un air courroucé.

—Nous divorçons toujours, le mit-elle en garde.

—D'accord.

—Parce que après Yelena, je ne…

—Qui t'a demandé de m'aimer ? demanda-t-il d'un ton détaché. Ce n'est pas du tout ce que je dis, espèce de Menace Rouge !

—Qu'est-ce que tu dis ?

Il avait cherché comment lui parler sur la plage de Floride et s'était trompé. Mais depuis la capture de la *Jägerin*, sa tension, sa jalousie, s'étaient apaisées. Et, pendant la traversée de l'Atlantique, il avait eu de longues heures pour méditer en contemplant les vagues.

—Je dis juste que je vais te trouver des loups enragés à chasser et que jamais je ne te briserai le cœur, la rassura Ian.

Il trouvait parfaitement juste qu'une partie de ce cœur lui soit à jamais inaccessible. Lorsque vous donniez le vôtre à une Sorcière de la Nuit, un aigle aussi splendide que meurtri qui planait au firmament, vous ne pouviez pas espérer l'intégralité du sien en retour. Dans le tréfonds de son âme, Nina aspirerait toujours à voir son bombardier, piloté par sa rose de Moscou aux yeux de jais, monter en flèche vers la lune. Et c'était bien comme ça. Il pensait qu'en dépit de ses épines, il y avait une chance qu'un morceau de ce cœur puisse un jour fondre pour lui.

Mais je me trompe peut-être. Peut-être finiraient-ils par divorcer. Il aurait néanmoins une Sorcière de la Nuit dans son équipe et pas un criminel de guerre ne pourrait leur échapper.

Il attendit volontiers que Nina prenne sa décision.

Un sourire flottant sur ses lèvres, sa femme avait levé la tête. Il suivit son regard et vit qu'elle fixait la silhouette de la Grande Roue du Prater qui dominait le parc d'attractions.

— On y va ? le mit-elle au défi.

Soixante-cinq mètres de hauteur. Il avait failli s'effondrer la dernière fois qu'il y était monté. Mais, depuis, il avait volé avec une Héroïne de l'Union soviétique, à une altitude bien supérieure à soixante-cinq mètres. Avec le moteur coupé. Souriant à son tour, il secoua la tête.

— Pourquoi pas ? demanda Nina. Tue la peur, *luchik*.

Il noua son index au sien et l'entraîna dans la direction de leur hôtel.

— C'est déjà fait, camarade.

Épilogue

Nina

Avril 1951
Fenway Park, Boston

Nina ne comprenait rien au base-ball.

— Pourquoi ils se disputent ?

— Le batteur n'aime pas la décision de l'arbitre, expliqua Jordan, sa queue-de-cheval se balançant. La zone de prise a été très généreuse.

— Une « zone de prise » ? Maintenant il va le frapper ?

Elle avait décidé que c'était un jeu ennuyeux. Si les joueurs se frappaient, cela mettrait un peu d'animation.

— Non. Il discute juste pour gagner son point.

— Devrait le frapper avec sa batte, grommela-t-elle. À quoi bon avoir une batte si on ne frappe pas les gens ?

— Je vais frapper Kinder avec une batte s'il n'arrête pas de lancer des balles rapides intérieures, fulmina Tony. Il a failli blesser Rizzuto au bras.

Assis de l'autre côté de Jordan, il foudroya du regard le lanceur des Red Sox. Entre les heures qu'il consacrait à Ian et les remplacements au magasin pour Jordan quand elle en avait besoin, il avait décidé de s'inscrire pour prendre des cours à l'université de Boston.

« Le centre avait besoin d'un expert juridique et j'ai la chance de pouvoir bénéficier de la loi pour le financement des études des G.I., avait-il annoncé à Noël dernier, une lueur malicieuse dans les yeux. *On ne peut pas continuer à monopoliser nos lignes téléphoniques pour demander des conseils à Bauer quand le moment viendra de juger notre première affaire d'extradition. »*

« Toi, avocat ? » avait ricané Nina.

« Je peux vendre de la glace à des Esquimaux et attirer les oiseaux hors de leurs arbres. Ou je deviens avocat, ou vendeur de chaussures. »

— Continue à pleurnicher, lui dit Jordan en riant, alors qu'il persistait à grommeler sur la zone de prise. Tes Yankees chéris sont menés de cinq points.

— Pas pour longtemps, J. Bryde…

— Ce jeu est stupide, répéta Nina à son mari.

— Je suis bien d'accord.

Ses longues jambes nonchalamment allongées devant lui, Ian était assis à sa place, son chapeau en arrière, son col ouvert. L'odeur mêlée d'herbe coupée et de craie montait du terrain. Dans les gradins qui résonnaient des craquements de coquilles de cacahuètes et du grattement des crayons sur les cartes de scores, la foule vibrait d'acclamations et de grognements. C'était une rare journée de congé pour eux tous : l'équipe montait un dossier sur un certain Vernon Waggoner de Woonsocket, Rhode Island, recoupant son identité avec celle d'un fonctionnaire qui avait travaillé à Belsen. Quant à Jordan, lorsqu'elle ne travaillait pas comme photographe pour l'équipe, elle prenait des photos pour une agence de tourisme.

« Un travail facile, pour un salaire décent, disait-elle en photographiant des vues classiques aux quatre coins de Boston. *Mes photos de brochure nous permettront de manger jusqu'à ce que je vende* "Boston au Travail". »

Elle commençait à susciter un certain intérêt. Ses photos accompagnant les articles de Ian sur la capture de Lorelei Vogt/Anna McBride avaient été remarquées.

La balle fusa et, les yeux plissés par la perplexité, Nina vit tous ces joueurs en tenue se mettre à courir en rond de manière incompréhensible, ce qui fit bondir Ruth avec enthousiasme.

— Tu comprends ça, *malyshka* ? s'étonna-t-elle.

Ruth bavardait avec Tony dans un mélange d'anglais et de yiddish, qu'il avait commencé à lui apprendre pendant l'hiver. Sa vraie mère était juive. Si la fillette ne la connaîtrait jamais, cela ne l'empêchait pas de s'imprégner d'un fragment de la culture de son peuple. Elle revint à l'anglais pour expliquer :

— C'est la règle de la chandelle intérieure.

Avec un soupir résigné, Nina l'écouta se perdre dans des explications bien plus détaillées qu'elle ne l'aurait souhaité. Même quand on aimait bien les enfants, ils pouvaient être ennuyeux. Le soleil donnait à la fillette un teint rose. Elle n'avait plus rien d'une petite maigrichonne à faire pitié. Pendant l'automne, elle avait fait de méchants cauchemars au sujet d'une femme qui se cachait dans son placard la nuit pour l'enlever. Et Jordan en avait fait toute une histoire, bien inutile. Munie de son rasoir, Nina était alors entrée dans l'armoire et en avait cogné les cloisons en proférant des cris stridents de Baba Yaga avant d'égratigner le bout de son doigt pour laisser des traces de sang sur sa lame. Puis elle était ressortie et l'avait fait inspecter à la fillette en lui annonçant : « Morte maintenant. » Et, depuis, les cauchemars avaient quasiment cessé.

— Bon sang, Nina ! tu as mangé toutes mes cacahuètes, la rabroua Ian en secouant le sac vide.

— Ce qui est à toi est à moi, ce qui est à moi est à toi.

— On divorce. Donc ce n'est pas vrai.

— Je vais en chercher d'autres.

Elle quitta sa place, monta les marches du stade en direction des stands de nourriture. Elle n'en revenait toujours pas de voir une telle abondance.

« Tu succombes à la cupidité capitaliste », railla son père.

Mais elle l'ignora. Elle pouvait s'acheter un deuxième paquet de cacahuètes si elle en avait envie. Elle avait des sandales qui n'étaient ni en écorce de bouleau ni en cuir d'usine de mauvaise qualité. Elle avait une robe qui n'avait jamais été portée par une autre avant elle. En coton tissé, d'un rouge aussi écarlate que l'étoile sur la Roussalka. La robe que Ian lui avait offerte chez *Filene* l'année précédente, une robe qui aurait fait pétiller les yeux de Yelena d'intentions coquines. Si c'était ça la cupidité capitaliste, elle l'acceptait.

« Putain de l'Ouest », grommela son père.

Mais sa voix lui parvenait désormais plus faible que par le passé. Peut-être parce qu'elle ne pouvait l'imaginer ici, dans ses peaux de loup, à manger des cacahuètes en savourant cette belle journée d'avril. Elle regarda l'herbe du terrain extérieur qui se prolongeait en un champ et imagina le mois d'avril sur le Vieil Homme. Le lac serait toujours gelé, la *roussalka* à la chevelure verdâtre endormie sous la glace. Mais l'air se réchaufferait avec juin, quand la glace se briserait en aiguilles aux couleurs de l'arc-en-ciel, en blocs turquoise, en fragments assez acérés pour trancher une gorge. Elle se revoyait debout sur cette rive gelée, dans ses bottes de fourrure de phoque, détestant les lieux, s'interrogeant avec fureur sur le monde qui lui paraissait si glacial, si fermé.

« Quel est l'opposé d'un lac ? De la noyade ? Qu'y a-t-il là-bas, à l'ouest ? »

Avec Yelena et les Sorcières de la Nuit, elle avait trouvé ses deux premières réponses. Mais la troisième l'avait tourmentée tout au long de ces années difficiles qui avaient suivi la mort de Seb, jusqu'à l'appel de Tony lui proposant de venir traquer la Chasseresse avec eux. Elle luttait alors pour gagner sa vie dans une Angleterre dévastée, éreintée, Yelena lui manquait, et elle s'interdisait d'aimer à nouveau. Et, sous la pluie anglaise, elle pataugeait dans la boue de l'aérodrome délabré, se répétant que c'était tout ce qu'elle méritait pour avoir d'abord laissé tomber son régiment, puis Seb. Il était préférable d'être seule. Et qu'importait si cet Ouest auquel elle avait aspiré de toutes ses forces se révélait être un monde moins froid mais tout aussi fermé que celui qu'elle avait fui.

Mais non, se disait-elle maintenant en regardant le parc, la pelouse verte et les hommes courant en carrés absurdes. C'était l'Ouest. Elle baissa les yeux sur les rangées de sièges et vit Tony qui parlait à Ruth. La fillette qui retirait l'emballage d'un chewing-gum, attentive. Jordan qui prenait une photo du terrain... et Ian qui s'éventait paresseusement avec son panama cabossé.

— C'est notre année, lui prédit le vendeur de cacahuètes. On ira jusqu'au bout, cette année, je le sens. C'est notre équipe.

Avec un sourire, elle contempla les deux têtes blondes, la tête brune et celle aux cheveux poivre et sel.

— Oui, acquiesça-t-elle. C'est notre équipe.

Peut-être n'étaient-ils pas les Sorcières de la Nuit mais ils formaient un régiment.

Elle redescendit en direction de sa place en déchirant le paquet de cacahuètes. Les hommes sur le terrain s'étaient remis à courir en rond, les spectateurs s'étaient levés en criant. En quel honneur ? Elle aurait été bien incapable de le dire.

— Frappe-le de ta batte ! hurla-t-elle, juste pour prendre part à l'action.

Puis elle se rassit à côté de Ian. Il avait lâché son chapeau et tira un livre de poche de son sac à main : *Adorable Sophie* de Georgette Heyer.

— Tu me piques encore mon livre, *Vanya*, se plaignit-elle.

— Sophia Stanton-Lacy est contrariée par la méchante Mlle Wraxton mais je suis sûr qu'elle triomphera, répondit-il en retirant un marque-page. Et depuis quand suis-je « *Vanya* » ? Nous avons laissé tomber « le petit rayon de soleil » ?

— Ian en russe serait Ivan. Le diminutif exact pour Ivan est *Vanya*.

— Les diminutifs sont censés raccourcir. Tu ne raccourcis pas un prénom de trois lettres en quatre lettres puis en cinq.

— En russe, tu peux, répondit-elle sereinement.

Intrigué, il haussa les sourcils et l'observa.

— À quoi penses-tu, camarade ?

— Je pense peut-être on repousse divorce d'un an.

Cela faisait quelque temps déjà qu'elle y réfléchissait.

— Juste un an, s'empressa-t-elle d'ajouter en le foudroyant du regard. Alors, peut-être…

— Alors peut-être, acquiesça-t-il, se voulant désinvolte.

Mais les hommes anglais étaient incapables de désinvolture. Ou peut-être était-ce juste son Anglais. Il luttait contre son petit sourire en coin, ce sourire pour lequel il lui avait plu d'emblée, même sans comprendre un mot de ce qu'il disait. Il n'avait pas grand-chose à voir avec celui qui fronçait si adorablement le nez de Yelena. Mais, quelque part, ils devaient se ressembler, car il produisait un effet similaire sur son estomac.

— Un an, répéta-t-il, comme si l'idée lui plaisait.

Elle plaisait aussi à Nina. Un an n'était pas trop contraignant. Cela ne lui donnait pas envie de se hérisser et de battre en retraite. Ne l'empêcherait pas de contempler un croissant de lune pâlissant et de vouloir retrouver Yelena. Qui lui manquait à en mourir. Elle ne pensait pas combler un jour ce vide. Mais elle pouvait le supporter.

S'emparant du panama, elle le jucha sur sa propre tête et, regardant vers l'azur, elle offrit son visage aux chauds rayons du soleil.

— *Tvoyu mat!* dit-elle en clignant des yeux. Temps idéal pour voler.

MEURTRIÈRE NAZIE CONDAMNÉE
PAR IAN GRAHAM

9 octobre 1959

Le dernier acte du procès de la criminelle de guerre nazie, Lorelei Vogt, s'est joué hier, quand la femme connue sous le nom de la Jägerin *a été condamnée par un tribunal autrichien. Bien qu'elle ait été arrêtée en 1950, son procès n'a pas débuté avant 1953 et s'est étalé sur six ans. Les foules se sont rassemblées devant le palais de justice pour assister à l'arrivée de l'accusée, rendue tristement célèbre par le reportage photo primé «Portraits du Mal» (J. Bryde) paru dans le numéro d'octobre 1956 de* LIFE. *Son expression indéchiffrable, Lorelei Vogt a écouté son verdict sans montrer la moindre émotion: la prison à vie. Justice est donc faite.*

Ceux qui espéraient lire des réponses sur son visage ont sûrement été déçus. Le visage du mal reste incompréhensible et les questions subsistent: qui est-elle? Qu'est-elle? Comment a-t-elle pu? Ses victimes sont commémorées dans le Centre de documentation Rodomovsky de Boston (directeur Anton Rodomovsky, avocat des droits de l'homme), sur les portes duquel on peut lire: «Les vivants oublient. Les morts se rappellent.»

Les morts ne peuvent plus se battre. C'est donc, à nous, vivants, de nous battre pour eux. Nous avons un devoir de mémoire. Car, outre la roue de la justice, d'autres roues tournent.

Le temps en est une, vaste, indifférente, et quand il passe et que les hommes oublient, nous courons le risque de revenir en arrière. Relâchant notre vigilance, nous avançons, indifférents, vers un nouveau futur, et nous retrouvons à contempler de vieilles haines semées et abreuvées par l'oubli qui éclosent en nouvelles guerres. En nouveaux massacres. En nouveaux monstres comme la Jägerin.

Arrêtons cette roue.

Cette fois, n'oublions pas.

Souvenons-nous-en.

Note de l'autrice

« L'INS *(United States Immigration and Naturalization Service*/Services d'immigration et de naturalisation des États-Unis) a-t-elle connaissance de la présence de criminels de guerre nazis vivant actuellement aux États-Unis ? — Oui. Ils sont au nombre de cinquante-trois. » Cette question a été posée en 1973 par la députée démocrate Elizabeth Holtzman lors d'une séance de routine de sous-comité et la réponse l'a autant surprise que moi, lors des recherches que j'ai entreprises pour l'écriture de ce roman.

Des criminels de guerre notoires vivaient-ils vraiment aux États-Unis depuis la fin de la Seconde Guerre mondiale ? Oui. Si ce n'est qu'il n'y avait ni financements ni organisation visant à enquêter sur eux. Par la suite, Holtzman a fait pression pour la création de l'OSI *(Justice Department's Office of Special Investigations)* mais, avant l'OSI, n'importe quel criminel de guerre nazi qui parvenait à entrer aux États-Unis avait de grandes chances d'y vivre en toute impunité… y compris une femme dont je me suis partiellement inspirée pour le personnage de *die Jägerin* (la Chasseresse). Après une brève incarcération en Europe, Hermine Braunsteiner, qui avait été l'une de ces gardes si brutales aux camps de Ravensbrück et de Majdanek, a épousé un Américain et est devenue citoyenne des États-Unis, domiciliée dans le Queens, à New York.

Lorsque, en 1964, elle a été retrouvée et accusée de crimes de guerre, ses voisins étaient abasourdis. Et son mari, stupéfait, a protesté : « Ma femme ne ferait pas de mal à une mouche. » Anneliese/Lorelei Vogt est un composé fictif de Hermine Braunsteiner et d'une certaine Erna Petri, épouse d'un officier SS qui, pendant la guerre, a trouvé près de chez elle en Ukraine six enfants juifs en fuite et qui, après leur avoir offert un repas, les a froidement abattus. Jugée en 1962, Petri a été condamnée à la prison à perpétuité. Quant à Braunsteiner, elle a été la première criminelle nazie à être extradée des États-Unis. Qu'est-ce qui a poussé ces femmes à commettre des actes aussi abominables ? La question reste sans réponse.

Sur la défensive, Petri a soutenu qu'elle avait été conditionnée par les lois racistes/raciales nazies et que le fait de vivre au milieu de SS qui procédaient à de fréquentes exécutions lui avait fait perdre toute sensibilité. Elle a admis avoir voulu prouver qu'elle pouvait se conduire comme un homme. S'apitoyant sur son sort, Braunsteiner a pleuré : « J'ai été suffisamment punie. » Les deux femmes n'ont fini par être traduites en justice qu'après un long travail de formalités juridiques et de démarches administratives : dix-sept ans se sont écoulés avant l'extradition, le procès et la condamnation à la prison à perpétuité de Braunsteiner.

Je voulais que *La Chasseresse* connaisse un dénouement plus rapide qu'une bataille juridique s'étalant sur des décennies. En outre, je n'avais pas le moindre désir de voir mes personnages de roman s'attribuer le mérite des vrais journalistes et enquêteurs qui ont permis de faire juger Petri et Braunsteiner. C'est ce qui a motivé ma décision de créer une criminelle de guerre fictive à partir des dossiers de ces deux femmes. Prononcez le terme « chasseur de nazis » à voix haute et la plupart des véritables chasseurs de nazis tiqueront. Le terme évoque une vision hollywoodienne d'aventures haletantes qui est bien loin de la réalité.

Avant même que l'on fasse sauter les bouchons de champagne pour célébrer la Victoire, les premières équipes d'investigation sur les crimes de guerre étaient déjà au travail. Les enquêteurs recueillaient les témoignages des survivants et des libérateurs des camps, pistaient les coupables dans les camps de prisonniers de guerre et dans les cachettes où, après s'être échappés, ils se terraient, et cherchaient les assassins civils d'aviateurs alliés et de prisonniers évadés abattus, ainsi que les responsables de la « Solution finale ». Des hommes comme William Denson, le procureur général de l'armée américaine aux procès de Dachau, et Benjamin Ferencz, le procureur général au procès des assassins Einsatzgruppen, ont été des héros, surmenés de travail, qui ont fait condamner des centaines de ces criminels.

Mais, à la suite des procès de Nuremberg, le sentiment public sur les criminels nazis était majoritairement : « Et maintenant, c'est fait. » Même si un petit pourcentage seulement des coupables avait été jugé, l'intérêt suscité par la poursuite des procès pour crimes de guerre s'était émoussé. Le nouvel ennemi à craindre n'était plus le défunt Troisième Reich mais l'Union soviétique.

Néanmoins, au cours des années 1970 et 1980, avec le déclin de la guerre froide, une prise de conscience que le temps passait et que les vétérans de la Seconde Guerre mondiale vieillissaient a provoqué un regain d'intérêt pour les procès de nazis. Les équipes d'investigateurs post-Nuremberg avaient toutefois un rude combat à mener. Elles pouvaient être financées par les gouvernements, dirigées par des centres de documentation de réfugiés, comme celles créées par Tuviah Friedman à Vienne ou par Simon Wiesenthal à Link, ou encore agir à titre privé.

N'ayant ni stratégie commune ni méthodes concordantes, ces groupes étaient souvent en désaccord (allant même jusqu'à se quereller). Constamment à court de fonds, surendettés, ils pistaient les criminels de guerre en se basant sur de laborieux recoupements d'archives, sur des questions prudentes aux voisins ou familles d'un suspect, qui n'avaient nulle obligation légale de coopérer, ou sur de longues heures de filature de ses amis ou de ses connaissances, s'efforçant souvent de les identifier formellement grâce à de vieilles photos et à des témoignages caducs de témoins. Beaucoup reposaient sur la corruption, le charme, la ruse et la patience, la plupart des recherches demandant des mois, voire des années. Une fois le criminel de guerre débusqué, ce n'était que le commencement.

Or, rien ne garantissait qu'une arrestation débouche sur un procès. En Europe, nombre d'anciens nazis occupaient encore des postes influents, et les obstacles contrecarrant les jugements pour crimes de guerre se traduisaient par une résistance passive qui pouvait aller jusqu'à des menaces de mort. La traque des criminels à l'étranger était encore plus cauchemardesque, certaines équipes ayant même recours à des moyens illégaux pour contourner l'extradition, comme l'enlèvement (par exemple celui, spectaculaire, d'Adolf Eichmann par le Mossad qui, après l'avoir séquestré, l'a ramené d'Argentine en Israël où il a été jugé et exécuté) ou encore l'assassinat sur place (l'exécution de Herberts Culturs, que l'on appelait le Eichman de Lavia, au Brésil).

Bien que Ian et Nina Graham soient des chasseurs de nazis fictifs, je me suis partiellement inspirée du célèbre couple, Serge et Beate Klarsfeld, dont l'association repose à la fois sur une touchante histoire d'amour d'après-guerre et sur un dévouement sans faille à la justice humaine. La plus célèbre de leurs prises a été Klaus Barbie, « le boucher de Lyon ». Et même s'ils sont aujourd'hui octogénaires, ils persistent à mener un combat sans trêve contre le fascisme.

Le personnage de Tony Rodomosdky est également fictif, tout comme le sont son centre de Boston et celui de Ian, basé à Vienne. Même si de tels centres étaient indispensables pour la traque les criminels de guerre ainsi que pour la collecte des témoignages des survivants de l'Holocauste. Sans leur travail de sauvegarde des déclarations des témoins et des rapports sur les camps, beaucoup d'informations sur les atrocités nazies auraient été perdues.

Fritz Bauer, en revanche, a vraiment existé. Ce réfugié juif est rentré dans son pays après la guerre et, ignorant l'hostilité du gouvernement d'Allemagne de l'Ouest qui voulait oublier ses crimes passés, a poursuivi sans relâche les criminels de guerre. Les temps ont changé et, dans l'Allemagne contemporaine qui a reconnu sa responsabilité pour son abominable histoire, Fritz Bauer est aujourd'hui honoré comme l'un des premiers chasseurs de nazis.

En écrivant *La Chasseresse*, j'ai compris que j'avais besoin d'un lien entre mon équipe de chasseurs de nazis et leur insaisissable gibier. Et dès que j'ai découvert les Sorcières de la Nuit, j'ai su que j'avais trouvé mon lien. L'Union soviétique a été la seule nation impliquée dans la Seconde Guerre mondiale ayant pris la décision de faire voler des femmes pilotes de chasse ou de bombardiers. Et quelles femmes! Produits du dynamisme de l'aviation soviétique des années 1930, ces jeunes aviatrices étaient parrainées par Marina Raskova, l'Amelia Earhart de l'U.R.S.S. Les pilotes de bombardiers de jour et les pilotes d'avions de chasse (parmi ces dernières, Lilia Litviak, qui fait une brève apparition au camp d'entraînement d'Engels, abattue lors d'un combat aérien pendant la guerre, qui est devenue la première femme pilote d'élite de l'histoire) seront finalement incorporées avec le personnel masculin… L'unité des bombardiers de nuit resta néanmoins uniquement composée de femmes pendant toute la période de son service, un fait dont elles tiraient une farouche fierté.

Les aviatrices du 46e Régiment d'aviation de bombardiers de nuit *Taman Guards* partirent en guerre dans de vieux

Polikarpov U-2, des biplans au cockpit ouvert, en toile et contreplaqué, d'une lenteur consternante et hautement inflammables, construits sans radio, parachute ni freins. Ils furent rebaptisés Po-2 après 1943.

Les femmes volaient hiver comme été, à raison de cinq à dix-huit vols par nuit, en ayant recours à des stimulants qui les empêchaient de se reposer quand elles n'étaient pas en mission. Trois ans durant, elles volèrent sans discontinuer, ne tenant que grâce à de courtes siestes et à leur camaraderie et en mettant au point une chaîne pour le ravitaillement au sol, ce qui décuplait leur rendement par rapport aux régiments de bombardement de nuit équivalents. Pour les Allemands qu'elles survolaient, l'implacable efficacité de ces femmes prit la forme d'une véritable guerre psychologique. Leurs vols planés silencieux qui leur évoquaient des sorcières sur des manches à balai leur valut le surnom de *Nachthexen*. Un dévouement pour lequel elles payèrent un lourd tribut. Le régiment perdit approximativement vingt-sept pour cent de son effectif volant dans des avions écrasés ou abattus par les tirs ennemis. Les Sorcières de la Nuit furent, en outre, décorées d'un nombre impressionnant de médailles d'Héroïnes de l'Union soviétique, la plus haute distinction de l'URSS.

Si Nina Markova est un personnage fictif, ses exploits sont loin de l'être. Après avoir assisté à l'atterrissage forcé d'un Pe-5, le lieutenant Serafima Amosova-Taranenko, native de la lointaine Sibérie, s'est juré de devenir pilote. Le lieutenant chef Yevgeniya Zhigulenko est parvenue à se faire enrôler dans son groupe d'entraînement à force de harceler un colonel du ministère de l'Air, choisi au hasard. Elle a fini par décrocher un rendez-vous et a refusé de partir jusqu'à ce qu'il la réfère à Raskova.

La copilote Irina Kashirina réussit un atterrissage avec un seul bras en tenant le manche d'une main, tout en maintenant de l'autre sa copilote loin du tableau de bord.

Le capitaine Larisa Litvinova-Rozanova a décrit la façon dont la pilote et la copilote se relayaient en mission, l'une dormant à l'aller, l'autre au retour. Et l'horreur qu'elles ont connue en voyant un avion de chasse ennemi abattre de nuit les trois avions les précédant et celui les suivant (la nuit où le régiment a connu le pire nombre de pertes).

Volant par un ciel bas et couvert, le commandant Mariya Smirnova s'est retrouvée au-dessus de la mer et a failli se noyer.

Plusieurs Sorcières de la Nuit ont décrit leurs expériences : grimper sur une aile pour décrocher une bombe fixée au râtelier ; se voir poursuivre par des avions allemands ; chanter, danser et broder entre deux raids aériens ; se faire bizuter par les pilotes masculins ; et – le pire ! – l'humiliation de porter des dessous d'hommes distribués en masse.

Yelena est également un personnage fictif. On ignore si des femmes du 46e Régiment ont eu des relations amoureuses. Dans l'atmosphère oppressante de l'Union soviétique, personne n'aurait soufflé mot de telles liaisons.

Dans leurs souvenirs et interviews, les pilotes sont tout aussi réticentes à émettre des critiques sur le régime en place. Même après la chute de l'Union soviétique, seule l'une des Sorcières de la Nuit a reconnu avoir haï Staline et son régime. Indubitablement, d'autres étaient loin d'être d'ardentes communistes, même si elles se battaient pour défendre leur patrie. Mais, tout comme Nina, consciente des écoutes de la police secrète, elles se sont tues. Il n'existe aucune archive témoignant d'une femme du 46e Régiment ayant profité d'une mission de bombardement pour passer à l'Ouest.

Même si, manifestement, les Forces aériennes de l'armée rouge l'appréhendaient. En effet, elles ont toujours refusé d'accorder les honneurs posthumes à tout pilote disparu dont le corps n'était pas retrouvé. Les supérieurs soviétiques étaient sans nul doute conscients du danger encouru de voir certains des plus entreprenants de leurs pilotes voler vers l'Ouest, en quête d'une nouvelle vie.

La Pologne, où Nina s'écrase en 1944, aurait été un enfer où survivre. La révolte de Varsovie grondait, vouée à l'échec, l'armée soviétique s'avançant de l'Est tandis que les nazis commençaient à fuir à l'Ouest. Poznań, rebaptisée Posen par les Allemands, était un endroit marqué par la tragédie. Lors de l'installation des colons allemands qui venaient fonder une nouvelle province aryenne, de nombreux citoyens polonais furent déplacés, arrêtés et exécutés. Le lac Rusalka est le résultat du travail forcé des Polonais et, même si aucune chasseresse ne vivait dans un manoir aux murs fortifiés sur ses rives, il fut le théâtre de plusieurs massacres.

Les monuments aux morts, seuls témoins silencieux au milieu de cette magnifique nature, s'élèvent aujourd'hui parmi les arbres. Poznań abritait également un camp de prisonniers de guerre, le Stalag XXI-D, où furent emprisonnés de nombreux Alliés qui, frustrés de ne pouvoir se battre, attendirent la fin de la guerre les bras croisés. Nombre d'entre eux avaient été capturés pendant la retraite à Dunkerque, y compris des membres du 6e Bataillon du régiment du Royal West Kent, dans les rangs duquel j'ai placé le personnage fictif de Sebastian Graham. Les tentatives d'évasion du stalag étaient fréquentes. La plupart des évadés étaient recapturés ou tués. Pourtant, un homme, Allan Wolfe, auquel Sebastian fait référence, est arrivé jusqu'à la Tchécoslovaquie en marchant et est parvenu à survivre dans la campagne jusqu'à la fin de la guerre. Malgré la difficulté, il était donc possible de survivre à la dure.

Juste après la guerre, beaucoup d'officiels nazis de haut rang trouvèrent refuge dans la jolie ville de cure de Altaussee, y compris Adolf Eichmann. Sa femme et ses fils continuèrent à habiter le 8 Fischerndorf après sa fuite. En 1952, quelques années après l'interview fictive par Ian et son équipe, la vraie Vera Eichmann rejoignit discrètement son mari en exil, emmenant leurs enfants.

Si elle avait été surveillée, Eichmann aurait probablement été pris des années avant qu'il soit enfin arrêté, en 1960.

Comme toujours, j'ai pris quelques libertés avec les archives historiques au profit du roman. Je n'ai pas pu confirmer s'il y avait un club aérien à Irkoutsk, mais à l'époque où Nina a appris à voler, il en existait des centaines un peu partout en URSS.

On ignore si des délégations de régiments aériens de femmes étaient présentes aux funérailles de Marina Raskova, sur la place Rouge, ou si Staline en personne y a assisté. Mais, étant donné la profonde affection qu'inspirait Raskova à ses collègues et au « Patron », c'est probable. (En outre, je n'ai pas pu résister à l'occasion de montrer Staline et sa célèbre habitude de griffonner des loups sur les documents !)

L'épisode des Sorcières de la Nuit qui décollent alors qu'elles viennent tout juste de s'installer pour prendre leur petit déjeuner s'est déroulé en Crimée et non en Pologne. Il est associé à un autre événement rapporté par le lieutenant Polina Gelman, qui se rappelle avoir exceptionnellement bu un verre lors d'un dîner de fêtes de fin d'année et avoir piloté un bombardier avec une bonne cuite.

Ian Graham est un personnage fictif, tout comme l'est sa présence en tant que correspondant de guerre lors d'événements historiques comme Omaha Beach et les exécutions de Nuremberg. Son personnage s'inspire de divers journalistes comme Ernie Pyle, Richard Dimbleby, ainsi que le photographe de guerre Robert Capa, qui a passé la guerre à franchir les lignes de front des zones les plus dangereuses pour récolter des informations. Sans être des soldats, ces hommes ont risqué leur vie en sautant de bombardiers en parachute, en s'intégrant à des groupes de résistants et en débarquant sur les plages de Normandie, avec pour seules armes leurs bloc-notes et leurs appareils photo.

Leur courage était stupéfiant et beaucoup ont souffert de troubles post-traumatiques aussi graves que ceux de n'importe quel soldat.

Ces correspondants de guerre et photographes, pour la plupart masculins, incluaient néanmoins quelques véritables héroïnes, comme celles de Jordan McBride. Jordan est un personnage fictif mais ses héroïnes, qui ne le sont pas, méritent d'être rappelées à notre souvenir : Margaret Bourke-White (la photographe star de *LIFE*) et Gerda Taro (la première photographe femme de l'histoire à couvrir une zone de guerre).

Le paquebot *Conte Biancamano* qui amène Ian et son équipe aux États-Unis était un vrai transatlantique qui reliait Gênes à New York via Naples et Cannes. Néanmoins, les dates de voyage exactes ont été adaptées pour l'histoire.

Certains reconnaîtront peut-être l'agent des service secrets britanniques avec qui Ian boit un verre pendant cette traversée et qui n'est autre qu'Eve Gardiner, de mon roman *Le Réseau Alice*. Ruby Sutton, la chroniqueuse de presse citée par Eve pendant le Blitz, est une référence à *Goodnight from London* de Jennifer Robson, avec la permission de l'autrice qui était en tournée avec moi pendant que j'écrivais mon livre.

Enfin, un mot au sujet des lacs et des esprits du lac. Si le lac Selkie, dans le Massachusetts, est le fruit de mon imagination, Altaussee, le lac Rusalka et le lac Baïkal sont bien réels. Cette histoire m'a d'abord été inspirée par les lacs, les naïades censées les habiter (certaines bonnes, d'autres mauvaises, suivant les folklores) et par les trois femmes si différentes qui, au début de ce roman, vivent sur des rivages très éloignés les uns des autres.

Il aura fallu les courants de la guerre et la détermination d'un Anglais et de son associé juif pour tisser les liens entre ces trois femmes : ils les entraîneront dans des aventures peut-être plus palpitantes encore que celles que les vrais chasseurs de nazis vivaient généralement. Mais c'est l'histoire que la muse m'a soufflée et je discute rarement avec la muse (parce que je ne gagne jamais).

Remerciements

Je remercie du fond du cœur les nombreuses personnes qui ont aidé à l'écriture et à la documentation de ce livre. Ma mère et mon mari, toujours mes premiers lecteurs et soutiens.

Stephanie Dray, Annalori Ferrell, Sophie Perinot, Aimie Runyan et Stephanie Thornton dont le judicieux stylo rouge a évité à ce livre d'être un pur navet.

Mon agent, Kevan Lyon et éditrice, Tessa Woodward : merci de m'avoir laissé ce mois supplémentaire pour terminer. Vous avez une patience d'ange.

Brian Swift pour ses conseils éclairés sur les défaillances des armes à feu et Aaron Orkin pour ses conseils non moins éclairés sur le type de blessures qui résultent de ces défaillances. J'espère que nos longues chaînes de mails n'auront pas incité le FBI à nous inscrire sur ses listes de surveillance.

Jennifer Robson pour avoir répondu aux questions sur les tenants et les aboutissants du journalisme et son père Stuart Robson pour ses explications sur le sujet compliqué des grades de l'armée et de l'agencement des camps de prisonniers pendant la Seconde Guerre mondiale.

Anne Hooper pour ses connaissances sur les enfants apprenant le violon, et Julie Alexander, Shelby Miksch et Svetlana Libenson pour leurs cours d'argot russe (particulièrement les jurons !).

Un grand merci à Danielle Gibeault et à Janene et Brian « Biggles » Shepherd of Fun Flights, à San Diego pour avoir vérifié tous mes détails concernant l'aviation et répondu aux innombrables questions sur le métier de pilote.

Enfin, merci à toi, Olive, non un avion fictif mais un vrai Travel Air 4000 de la Seconde Guerre mondiale, de m'avoir fait survoler San Diego avec Biggles aux commandes. Olive a fait découvrir à cette autrice ancrée au sol les incomparables sensations de l'ivresse de voler.

Achevé d'imprimer en mars 2021
Par CPI Brodard & Taupin à La Flèche
N° d'impression : 3042874
Dépôt légal : avril 2021
Imprimé en France
38122190-1